Las batallas perdidas

Las batallas perdidas

Eudora Welty

Traducción del inglés a cargo de
Miguel Martínez-Lage

IMPEDIMENTA

Título original: *Losing Battles*

Primera edición en Impedimenta: septiembre de 2010

Copyright © 1970 by Eudora Welty, renewed 1998 by Eudora Welty
Copyright de la traducción © Miguel Martínez-Lage, 2010
Copyright de la presente edición © Editorial Impedimenta, 2010
Benito Gutiérrez, 8. 28008 Madrid

http://www.impedimenta.es

Diseño de colección y coordinación editorial: Enrique Redel

Esta obra ha sido publicada con una subvención de la Dirección General del Libro, Archivos y Bibliotecas del Ministerio de Cultura para su préstamo público en Bibliotecas Públicas, de acuerdo con lo previsto en el artículo 37.2 de la Ley de Propiedad Intelectual

ISBN: 978-84-15130-00-0
Depósito Legal: P- 247 / 2010

Impresión: Gráficas Zamart
Italia, 51. Parcelas 14-18. 34004 Palencia

Impreso en España

En memoria de mis hermanos,
Edward Jefferson Welty
Walter Andrews Welty

Personajes de la novela

La familia
Elvira Jordan Vaughn, la abuela

Sus nietos:
Nathan Beecham
Curtis Beecham, casado con Beck
Dolphus Beecham, casado con Birdie
Percy Beecham, casado con Nanny
Noah Webster Beecham, casado con Cleo
Sam Dale Beecham *(fallecido)*
Beulah Beecham, casada con Ralph Renfro

Los hijos de Beulah y de Ralph Renfro:
Jack, casado con Gloria
Ella Fay
Etoyle
Elvie
Vaughn

Lady May Renfro, hija de Jack y de Gloria
La señorita Lexie Renfro, hermana del señor Renfro
La tía Fay, hermana del señor Renfro, casada con Homer Champion
Varios descendientes y primos y familia política de los Beecham

De la comunidad de Banner:
El hermano Bethune, predicador baptista
Curly Stovall, tendero de Banner
La señorita Ora Stovall, su hermana
Aycock Comfort, amigo de Jack
El señor Comfort y la menuda señora Comfort, padres de Aycock
Earl Comfort, tío de Aycock, enterrador
Willy Trimble, un chico para todo
Otros: los Broadwee, el capitán Billy Bangs, etc.

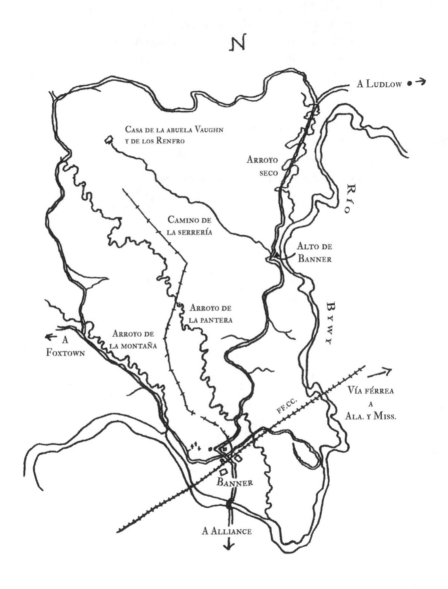

N

A Ludlow

Casa de la abuela Vaughn
y de los Renfro

Arroyo
seco

Río

Camino de
la serrería

Alto de
Banner

Bywy

Arroyo de
la pantera

A
Foxtown

Arroyo de
la montaña

Vía férrea
a
Ala. y Miss.

FF.CC.

Banner

A Alliance

1

Cuando cantó el gallo, la luna aún no se había despedido del mundo, y ya bajaba con la mejilla arrebolada en vísperas de estar llena. Una nube fina y alargada la atravesaba despacio, estirándose como el nombre con que se llama a alguien. Cambió el aire, como si a poco más de un kilómetro se hubiese abierto de golpe una puerta de madera, y de pronto un olor más cálido que húmedo, un olor a río en estiaje, ascendió pegado a la arcilla de las lomas que se alzaban sumidas aún en la oscuridad.

Apareció entonces una casa en la cresta de la colina, como el reloj de plata de un anciano que asoma una vez más del bolsillo del chaleco. Saltó un perro de donde se había tumbado a dormir como un tronco, y se puso a ladrar como si saludase el día, como si no fuese a callar nunca.

Una niña chica salió entonces como un rayo de la casa. Bajó casi a gatas las escaleras y echó a correr por la parcela con los brazos abiertos, tropezando con los macizos de flores aún descoloridos como rostros pálidos, tocando uno por uno, a la carrera, los cuatro árboles grandes que jalonaban las cuatro esquinas del terreno, tocando el pilar de la cancela, el brocal del pozo, la pajarera, el poste de la campana, un asiento hecho de troncos, un columpio colgado de un árbol y, dando la vuelta a la casa, hizo uso de todas sus fuerzas para dar la vuelta a un cajón grande, de madera, con lo que dejó salir en tropel a las gallinas blancas, de la raza Plymouth Rock, que se esparcieron por el mundo. Las gallinas se atropellaron veloces por delante de la niña, tras la cual apareció una jovencita en camisón. Le bailaba en torno a la cabeza un círculo de rulos para el pelo, de papel, más claros que la luz del alba, pero ella corría segura, de puntillas, como si creyera que nadie podía verla en esos instantes. Cogió a la niña chica en brazos y se la llevó dentro de la casa sin que la niña dejara de patalear en el aire como si por piernas tuviera las aspas de un molino.

La más lejana de las lomas, como la lengua de un ternero, dejó un cárdeno lametazo en el cielo. En los bancos de bruma, los eriales, las arboledas y los trechos de arcilla pelada, palpitaba la vida como en los rescoldos aún prendidos, entre el rosa y el azul. Un espejo colgado en el interior del porche comenzó a titilar a la vez que se prendían algunos fósforos en la cocina. De súbito, los dos árboles del paraíso que medraban al fondo del jardín se encendieron como dos gallos que se pavoneasen levantando la cola de oro. Las babas de las orugas relucían en el árbol del pecán. Una sombra se abultaba bajo la copa, con una forma tan familiar como el Arca de Noé: un autobús escolar.

Entonces, como si algo se descolgase del cielo, todo el techo de chapa de la casa se tiñó de un nuevo azur. Los postes del porche suavemente florecieron en línea descendente, como si se fuesen trazando rayas de tiza, bajando de una en una en la pizarra todavía brumosa. La casa se fue revelando como si se encontrase allí y surgiera del puro recuerdo, recortada sobre un cielo ya sin luna. En lo que dura un respiro todo permaneció libre del menor atisbo de sombra, como si se hallase bajo la mano que levantara un velo, y entonces se vio un pasadizo que atravesaba la casa, justo por el centro de la construcción, y en el arranque del pasadizo, en el centro del salón de entrada, se reveló la presencia de una figura, una muy anciana señora sentada en una mecedora, con la cabeza ladeada, como si estuviera ansiosa de que alguien la viera.

La luz del domingo se derramó entonces a raudales sobre la granja con la misma rapidez con que se escabullían las gallinas. El primer haz de luz plana, sólida como una vara de avellano, se posó de inmediato sobre las lomas.

La señorita Beulah Renfro salió por el pasadizo al trote y clamó con esa voz de alarma que era su voz de siempre al elogiar a los demás.

—¡Abuela! ¿Cómo puede ser eso? ¡Ya de pie, vestida y arreglada y esperando a que lleguen, y todo lo has hecho tú solita! ¿Cómo no me has dado una voz para que te ayudara?

Esta nieta de la anciana señora andaba por los cuarenta y muchos, y era alta, huesuda, de movimientos impacientes, con una piel luminosa y restregada que se le estiraba al máximo de su finura y de su tonalidad sonrosada por encima del semblante alargado y parlanchín. Sobre los pómulos marcados sobresalían unos ojos azules como las piedras preciosas. Arropó a la anciana señora con enorme delicadeza entre sus brazos y la besó en la boca.

—¡Y la tarta de cumpleaños ya ha salido del horno! —exclamó.

—Sí, todavía no he perdido el olfato —dijo la abuela.

La señorita Beulah dio un grito que resonó como la campana que se toca para llamar a la cena:

—¡Venid, niñas!

Sus tres hijas respondieron a la llamada. Las chicas de Renfro salieron corriendo del pasadizo, todavía en sombras: Ella Fay, de dieciséis años, la única que tiraba a regordeta; Etoyle, de nueve, olorosa aún a las vacas y a la leche ordeñada temprano; Elvie, de siete, que era la aguadora de este verano, con el pozal en la mano y lista para partir. Se pusieron en fila y plantaron una por una un beso en la mejilla acalorada de la abuela, un beso veloz como una picadura.

—Feliz cumpleaños, abuela —dijeron las tres al mismo tiempo.

—Tengo la esperanza de ver a todos mis nietos, a todos mis biznietos y a todos los tataranietos que me quieran traer, y cuento con verlos bien pronto —dijo la abuela—. Hoy cumplo cien años.

—Tú no le lleves la contraria —ordenó la señorita Beulah cuando Etoyle abrió la boca—. Ah, abuela, te vas a llevar el mejor regalo del mundo, la alegría de tu vida vuelve a casa... —La abuela asintió.

—¿Verdad que valdrá la pena la espera? —gritó la señorita Beulah. Y dio unas palmaditas sobre la mano temblorosa de la anciana.

En la tierra sin regar apenas medraban a pesar de todo algunas flores. Las cannas daban la vuelta a la casa por uno y otro lado en doble fila, como los muros de Jericó; las flores exhibían los colores preferidos de la señorita Beulah, colores de los que no toleran la sombra. Subían como cohetes los dondiegos de día amarrados hasta los cantos superiores del porche, y a lo largo de la entrada, colgadas de cestos sujetos al alero del tejado, las hojas verdes y estrelladas de los helechos. Los tramos de tubería de cemento que había al pie de la escalera rebosaban de verbena de hojas finas como el encaje. Por el lado de la parcela que daba al prado se alineaba una larga hilera de montbretias de un naranja resplandeciente, y en las corolas los colibríes sorbían el néctar como si no tocaran siquiera la flor. La salvia roja, la espadaña amarillenta y el cordón de cardenal se apiñaban en un arriate poco mayor que una bañera; una mata de hibisco tenía las flores abiertas de arriba abajo, rosadas como las mejillas de las niñas. Los grandes árboles del paraíso, a uno y otro lado de la cancela, aún parecían mayores a causa de las cornamentas plateadas de las ramas muertas durante el año anterior, que irradiaban en medio del verdor de la copa. El camino que conducía a la granja se internaba entre uno y otro, hasta ir a desembocar en el jardín de la entrada. Se alargaba entre uno y otro con el color de la palma de una mano, y con muchas más líneas y grietas y mayor desnudez.

—Podría venir ahora mismo —dijo la abuela.

—Pues entonces a ver si me desayunas deprisa y estás lista para cuando llegue —dijo la señorita Beulah.

La abuela se meció hasta ponerse en pie y, tratando de apartar la ayuda que se le ofrecía, se encaminó por el pasadizo. La señorita Beulah se mantuvo tras ella sin llegar a tocarla, como si los hombros menudos y endebles que se encorvaban y temblaban delante de ella tuvieran la fragilidad de las alas de una mariposa, aunque al tiempo la enmarcaba con ambos brazos. Las seguían las niñas, avanzando a saltos para compensar la lentitud del paso.

El benjamín de la familia, Vaughn Renfro, que había terminado de ocuparse de lo que nadie más que él se podía ocupar aún, de atrapar y matar al gallo que se había escapado, y de recoger el resto del gallinero, dejó el hacha en su sitio. Subió los escalones del porche y se lavó en la jofaina que había junto a la mesa. Tomando de nuevo el trapo que hacía las veces de toalla, limpió el polvo reciente que cubría el espejo, dejándolo de un color tan delicado como el jugo de una sandía en una fuente recién limpia, y se miró la cara. No hacía mucho que había cumplido doce años.

Entró dando picotones detrás de las niñas y de las mujeres.

A lo lejos se había disipado del todo la bruma debida al calor reinante, pero el pasadizo por el que acababan de internarse estaba tan luminoso como el ojo de una aguja. Al otro extremo, el cielo. La casa no era sino lo que parecía, un conjunto formado por dos edificios en uno. La segunda edificación se había construido junto a la original —todo ello tiempo atrás— y el suelo del espacio que mediaba entre ambas se había cubierto, tal como se había retechado, sin que aún se hubiera cerrado por uno y otro extremo. El pasadizo, en el que se encontraba el viejo telar de la abuela sin que nadie lo molestase y a nadie estorbase, era de una anchura algo mayor que las estancias que se abrían a un lado y al otro. Los troncos de ambos edificios se habían encajado herméticamente usando arcilla y restos de caliza, en algunos trechos reforzados por tablones de cedro que el tiempo y la intemperie habían vuelto de un tono casi rosáceo. Las chimeneas se alzaban por ambos lados, a los extremos de la casa. Los porches recorrían toda la anchura de la casa, por delante y por detrás, y al socaire del alero los seis esbeltos porches del frontero se hallaban espaciados a cada metro y medio, calculado a ojo de un muy buen cubero. Los clavos que afianzaban los maderos eran cuadrados como la uña del pulgar y asomaban entre las juntas; en los postes, la veta de la madera era rugosa al tacto. Las hechuras de la casa nunca se habían ocultado al aire del Mississippi, que en este primer domingo de agosto, y a esta hora, aún era suave como la leche.

Cuando la abuela, la señorita Beulah y las niñas ocuparon sus asientos en la mesa de la cocina, llegó el señor Renfro a sentarse con ellas. Era más bajo que la señorita Beulah, su mujer, y caminaba con una especie de cojera que parecía imprimir una rara reverencia a cada uno de sus pasos. Se acercó a la mesa e hizo una inclinación de cabeza ante la abuela, su esposa y sus hijas, inclinándose con reverencia ante el día. Ocupó su sitio en una de las cabeceras.

—¿Y esta, dónde se habrá metido? —preguntó la señorita Beulah.

Las tres hermanas pequeñas alzaron la voz al unísono para llamar a la impuntual.

—¡Glo-ri-a! ¡Hermana Gloria!

Desde la salita de la entrada llegó una dulce voz.

—Ahora mismo estamos ocupadas. Adelante, no nos esperéis para desayunar.

—Pues en tal caso, bendice la mesa a la velocidad del rayo, señor Renfro —le dijo la señorita Beulah a su marido—. Que a los demás nos queda un ciento de cosas por hacer.

Todos inclinaron la cabeza. El señor Renfro la tenía calva, bronceada por el sol, marcada por venillas abultadas que formaban por ambos lados el mismo dibujo, como el caparazón de una tortuga de tierra. La de Vaughn era de un rosa argentino, afeitada del todo a fin de no pasar calor, y las orejas le sobresalían como dos asas por las que se le pudiera sujetar y sacudirlo. La señorita Beulah y sus tres hijas se peinaban todas el cabello para atrás, con raya al medio, y lo llevaban pegado a la piel y formando sendas trenzas. La señorita Beulah se sujetaba las suyas tan rectas como una vía de ferrocarril alrededor de la cabeza. Las tenía negras como el alquitrán y se las fijaba con los mismos pasadores que llevaba cuando se casó, ahora brillantes como una moneda de diez centavos. Las chicas se peinaban las trenzas formando guirnaldas tan prietas que les duraban así hasta la hora de acostarse. Elvie tenía el cabello aún tan claro como una alubia rubia, a Etoyle ya se le oscurecía por mechones, mientras que el de Ella Fay era tan negro como las alas de un cuervo. Las trenzas que gastaba la abuela ya no le daban para formar un círculo completo en la cabeza;

así que se las sujetaba a la nuca en dos nudos tan apretados como los puños cerrados de un bebé.

Tras decir amén, el señor Renfro se adelantó para dar a la abuela su beso de cumpleaños.

—Oiga joven —dijo ella—, tiene fría la nariz.

La señorita Beulah se apresuró a servirles.

—¡Y ahora a comer todos en menos que canta un gallo! ¡No sea que nos sorprendan en la mesa!

—¿Quiénes serán los primeros en llegar? —aventuró Ella Fay.

—Yo diría que el tío Homer llegará el último, porque contamos con que traiga el hielo junto con tía Fay —dijo Etoyle.

—Pues para mí que el último será el hermano Bethune, porque hoy tendrá que calzarse los zapatos del abuelo —dijo Elvie con una mirada de búho que le llenaba la carita delgada.

Todos miraron al punto a la abuela, que estaba ocupada lamiendo el sirope de su cucharilla.

—Seguro que el último será el tío Nathan —dijo Ella Fay—. Viene a pie.

—Y por el camino vendrá haciendo las labores que el Señor quiere ver hechas —dijo la señorita Beulah desde la cocina—. Pero ese nunca nos ha fallado. Es el primogénito de la abuela.

—El último será Jack.

—¿Quién ha dicho eso? ¿Quién ha dicho que el mayor de mis hijos será el último en llegar?

La señorita Beulah se volvió en redondo desde la cocina y echó a caminar a paso veloz hacia la mesa, dando la vuelta a la misma y levantando la cafetera de loza, de granito, con un perfil que recordaba tanto al suyo como al de George Washington, y lanzando miradas a cada uno de los integrantes de la familia antes de servir las tazas con gran pericia y velocidad.

—Ha sido Vaughn —dijo Etoyle con una sonrisa.

—Vaughn Renfro, ¿acaso se te ha metido en la cabeza llevarle la contraria a todo el mundo hoy precisamente? ¿No podía haber sido cualquier otro día? —clamó la señorita Beulah, sirviéndole un chorro de café en la taza.

—Jack es el que tiene que venir desde más lejos. Siempre y cuando logre ponerse en marcha —dijo Vaughn con voz terca, pero todavía sin hacer, aflautada.

Etoyle rió.

—¿Y tú qué sabes lo lejos que está, eh? ¡Si no has salido de Banner en tu vida!

A Vaughn de pronto se le extravió la mirada.

—¡Pero he ido a la escuela! ¡He visto un mapa del mundo!

—Pura filfa. Mi chico llegará hoy de donde quiera que tenga que llegar —dijo la señorita Beulah subiendo la voz—. Sabe perfectamente quién le está esperando.

La abuela, con la cucharilla ante los labios, hizo una larga pausa y asintió.

—En cuanto a ti, señor Renfro... —exclamó la señorita Beulah—. Si sigues poniendo esa cara cuando te sientas a la mesa, que parece que el mundo se fuese a terminar hoy mismo, es posible que todos los que vienen se vuelvan sobre sus pasos y se larguen a sus casas sin haber llegado siquiera a la puerta.

En ese momento aumentaron los ladridos del perrillo, Sid, multiplicándose por veinte con el atronar de los perros pastores y el aullido cortante de los sabuesos. Ella Fay, Etoyle y Elvie salieron corriendo por el pasadizo, adelantándose a todo el mundo.

Las tres niñas se alinearon al filo del porche y ya antes de ver que nadie llegase comenzaron a saludar agitando los brazos. Los vestidos de las tres, hechos de la misma tela de algodón sencilla y estampada, cubiertos por dibujos de Robin Hood y sus felices compinches con arco y con flechas, se hallaban en tres grados distintos de luminosidad; la mayor llevaba el más bueno. Estaban limpísimos, duros como tablones de tanto almidón que les habían puesto, el borde de las mangas apretado en los brazos, tan afilados los frunces como unos dientecillos.

Avanzaba por una de las lomas, descendiendo por la falda, una polvareda como una pared del color del cobre. La provocaba un viejo sedán Chevrolet de diez años de antigüedad, reconvertido en camioneta tras arrancarle el asiento posterior y los cristales de las ventanas. Llegó bamboleándose hasta la entrada, con un pasajero subido en el estribo que agitaba en la mano un guante de béisbol. El interior iba lleno de rostros emocionados, algunos de perros, con un cargamento de cestas de tomates sujetas en la baca, en el capó, en los guardabarros, cada una de las cestas repleta de pirámides de melocotones rojos y amarillos. Con los perros del jardín y los perros del coche ladrando todos a un tiempo, la camioneta rebotó por los baches de la entrada hasta el árbol del pecán y se detuvo detrás del autobús escolar, y una vez allí fue alcanzado por la polvareda que había ido levantando.

El tío Curtis Beecham, el segundo de los hermanos de la señorita Beulah, descendió por la portezuela del conductor. Se agachó al pisar el suelo y luego se estiró cuan alto era, con los hombros a la altura de las cestas de melocotones. A su espalda, el tropel de sus hijos y los saltarines hijos de sus hijos, acompañados todos de sus mujeres, salieron corriendo unos tras otros, los perros lanzados como flechas a los cuatro rincones de la granja.

Las hermanas Renfro, antes que nada, se ocuparon de ir a recoger las cestas del tío Curtis y asomaron todas la punta de la lengua entre los labios para darle las gracias.

—¡Vaya, tejado nuevo! ¡Habéis puesto un tejado nuevo! —gritó el tío Curtis a su hermana, la señorita Beulah, como si no se lo pudiera creer.

—¡Jack está de vuelta a casa! —dijo ella con un alarido—. ¡Hoy llega el mayor de mis chicos!

—Un tejado más sólido que un bidón —dijo el señor Renfro, que se encontraba en el porche con la señorita Beulah y con la abuela—. Más vale que lo sea.

—Ah, yo no te culpo de nada —protestó la tía Beck. Subió los peldaños por el mismo sitio que el tío Curtis. Su rostro, sonrosado y sencillo, era como la insignia misma de la confianza. Sobre el cuero cabelludo, también sonrosado, se esparcía una gran profusión de rizos minúsculos de color cremoso, como las estrellas de las clematis.

—Y habéis traído vuestro pastel de pollo —dijo la señorita Beulah, tomando de sus manos la tartera cubierta por un mantel.

—Pues justamente lo hice pensando en Jack —dijo tía Beck—. Si le preparo mi estupendo pastel de pollo, pensé, seguro que viene, por muchos kilómetros polvorientos que tenga que recorrer. Tanto ella como el tío Curtis eran miembros de la Comunidad de Morning Star. Tía Beck besó a la abuela y luego besó al señor Renfro, al que llamó primo Ralph, así como a la señorita Beulah y a las niñas. Volvió entonces con la abuela y le volvió a dar un beso.

—¡Hay que ver qué bien está la abuelita, qué estupenda se la ve! ¡A saber cuál será su secreto!

La anciana señora se acomodó en la mecedora y se colocó con toda precisión el sombrero, un sombrero negro, de terciopelo, de edad indefinible. El vestido de batista, entre púrpura y morado, le quedaba ya varias tallas demasiado grande, y prácticamente la envolvía del todo. Se adornaba con unos pompones negros la puntera de los chapines.

—¡Ahí vienen más! —chilló Etoyle.

En medio de la polvareda que aún tapaba por completo el camino apareció una vieja camioneta que rodaba con un neumático pinchado, con la parte trasera tan llena de pasajeros que estos no podían ni agitar la mano para saludar, con bebés colgados de los brazos, como los querubines del Cielo en las ilustraciones de la Biblia familiar. El armatoste en cuestión era propiedad del tío Dolphus y la tía Birdie Beecham, de Harmony. En menos de un minuto la camioneta se fue vaciando. La muy menuda tía Birdie y sus hijas saltaron veloces, adelantándose a los demás, tocadas con toda clase de sombreros y bonetes, como si el polvo y el calor y la luz constituyeran más bien una tormenta enfurecida que se abatiera sobre las mujeres y las niñas. Todas iban cargadas.

—Si hay una cosa que de veras detesto es viajar a la intemperie —exclamó alborozada la tía Birdie—. ¡Vaya, habéis puesto chapa nueva en el tejado! ¡Caramba, Beulah Renfro! ¿Y cuánto te habrá costado?

—¡Pregúntale al señor Renfro!

—¿Y con qué pretexto? —gritó la tía Birdie abrazándola.

—¡Es que viene mi chico! ¡Mi chico viene a casa! —exclamó la señorita Beulah—. Viene para darle una sorpresa a la abuela... Lo que pasa es que nos hemos enterado.

La tía Birdie, chillando de contento, abrió los brazos y corrió a saludar a la abuela. Se la notaba desdibujada, y aun así seguía siendo el colmo de la animación, como si mucho antes se hubiera dejado engatusar en una especie de suspense perpetuo.

—¡Feliz cumpleaños, abuela! ¡Y va a venir Jack! ¿No nos compensará eso por todo? —exclamó al oído de la abuela.

—No me grites, que te oigo perfectamente —dijo la abuela.

Entonces llegaron los pequeños Beecham y le quisieron regalar a la abuela un enorme ramo de dalias, cada tallo del tamaño de una muñeca de trapo, además de una carretada de flores rojas y mullidas y molladas como las crestas de gallo, y un montón de peras de cocinar sujetas en un mantel amarrado por las cuatro esquinas. La señorita Beulah acudió en su ayuda.

El tío Dolphus, el mediano de los hermanos Beecham, avanzó con pesados pasos por el porche y arrimó su rostro curtido, renegrido casi, para besar a la abuela.

—No pasa nada, todos echaremos una mano mientras tú esperas a que llegue —le dijo.

Mientras los propios nietos del tío Dolphus se movían de un lado a otro como un enjambre de abejas, la abuela fue depositándoles uno a uno un beso en la cabeza, como si fuese una forma rápida de contarlos. En la coronilla de las niñas el cabello se abría en crenchas blanqueadas por el sol, separadas y rectas como las púas de un tenedor, sobre otras de un amarillo más oscuro que nacían por debajo. Las cabezas de los chiquillos, debidamente rapadas, eran de un blanco albino o de un gris plateado, como las cabezas de unos ancianos diminutos.

—¡Feliz cumpleaños, abuela Vaughn! —le iba diciendo cada uno de ellos cuando les tocaba.

—¡Va a venir Jack! ¡Va a venir Jack! —chillaba la señorita Beulah. Entretanto otro coche había entrado por el patio chorreando gasolina y había aparcado tras el destartalado Ford del tío Dolphus. Era otro

Ford viejo y baqueteado, alabeado por el peso, aunque solo transportaba a dos personas.

—¡Abuela, son el tío Percy y la tía Nanny! —gritó Etoyle.

—Todavía veo perfectamente... —dijo la abuela.

La tía Nanny Beecham subió los peldaños como si llevase sujetas a las faldas del vestido de algodón estampado unas seis o siete sandías, y solo cuando llegó arriba resopló.

—¿Vuelve Jack? ¿Para quedarse? —Miró en derredor guiñando el ojo—. Bueno, bueno. ¿Y dónde está Gloria?

—Pues yo diría que estará encaramada a la tabla de planchar —dijo la señorita Beulah.

—Y dónde si no. —La tía Nanny le entregó a la señorita Beulah un recipiente lleno de miel, todavía en un trozo del panal que había arrancado esa misma mañana, y que había troceado de cualquier manera. El recipiente despedía un olor a clavo tan fuerte como la pimienta más picante—. ¿Y qué pasa, que no hay nadie aquí que venga a decir hola? —dijo a voz en cuello.

—La abuela se está portando como una valiente, ahí mismo la tienes, detrás de ti —le recriminó con amabilidad la tía Beck, y la tía Nanny por poco dio un traspié al darse la vuelta para abrazar a la anciana, las mejillas de su rostro enorme y abotargado llenas de rosetones colorados.

Los hijos del tío Curtis y los nietos del tío Dolphus ayudaron a transportar el cargamento que acababa de llegar. Entraron con los tomates y los pimientos, con algunas peras de otoño y con un pozal lleno de uvas gruesas; todos los niños del grupo andaban ya a su antojo con las manos moradas. Trajeron unas dalias con las hojas caídas de los tallos como si fueran enaguas, unos cordones de cardenal más oscuros y más robustos, del color de una puesta de sol una tarde de tormenta, y una caja de puros llena de higos tardíos, todos apretujados, casi magullándose unos a los otros, aún prendidos a la hoja de la higuera, purpúreos y pesados como sacos, con unas burbujitas rosas que afloraban a la superficie y una avispa embriagada que había hecho con ellos todo el viaje desde Peerless. Trajeron sandías. Entre ellas una cuyo peso se calculó que rondaría los treinta kilos.

El tío Percy contemplaba todo esto en silencio. Como tenía la voz escasa y ronca, se le consideraba un hombre delicado de salud. Levantó, para que la abuela los viera bien, unos cuantos pececillos que llevaba sujetos por un cordel, y que se agitaban como la cola de una cometa.

—Feliz cumpleaños —dijo, con la nuez de Adán tan temblorosa como alguno de los peces.

—Todos esos caben en una sartén —dijo la abuela—. Tengo prevista una comilona un poco más a lo grande de lo que casi todos parecéis pensar...

—¿Y no te vas alegrar de ver en casa a ese hermano mayor que tienes? le gritó la tía Birdie a Vaughn.

—A mí lo mismo me da que no venga hasta mañana —dijo Vaughn.

—Este chico habrá crecido dos palmos desde que Jack se marchó —dijo el tío Curtis, como si así se explicase todo lo dicho.

—Pero si no ensancha un poco me parece que no lo vamos a ver mucho, y a lo mejor ni lo encontramos cuando queramos buscarlo —dijo la tía Nanny, y dio a Vaughn un pellizco en la cintura.

—A mí lo mismo me da que no venga a casa hasta la siguiente reunión familiar —dijo Vaughn.

—Vale, lo que tú digas, señor Contrariado —gritó la señorita Beulah, que llegó con un jarrón y un tarro grande de cristal, repletos ambos de flores—. Ahora mismo quiero que cojas el carro y vayas por mí al cementerio. Allí ya hay un canasto bien cargado, así que coges la mata de salvia y se la pones a mamá y papá Beecham. Estas dalias de aquí se las pones al abuelo Vaughn. A Sam Dale Beecham, los lirios de color vino y leche que van en este tarro. Y te aconsejo que los lleves bien sujetos entre los pies.

—Sí, señora.

—¡Y que no se te olvide lo que te tienes que traer a la vuelta! ¡No te dejes por el camino a ningún caminante solitario!

—Sí, señora.

—Venga, ve volando. Y si por el camino te encuentras a ese bendito mortal, das la vuelta sobre la marcha y vuelves con él —gritó la señorita Beulah cuando Vaughn ya se marchaba—. ¡Y que él lleve las riendas! ¡Déjale a él que guíe el carro!

Al ver a Vaughn marcharse traqueteando en el carro de madera de avellano, la señorita Beulah alzó ambas manos al cielo.

—Nunca será como Jack —dijo—. Siempre dice lo que no debe, hace lo que no debe, no hace lo que le digo, y va por ahí como le da la gana. Y además le importa un bledo lo que le digas.

—Beulah, Jack llegará de un momento a otro —avisó la tía Birdie.

Vaughn había esperado a dejarlo pasar. Un viejo cupé, un Ford, que en ese instante pareció una tetera negra a pleno hervor, que alguien retirase a todo correr del fogón, cruzó entonces la entrada. Dando tumbos se detuvo en el último trozo de sombra que quedaba libre bajo el árbol del pecán, y Etoyle dio un profético chillido.

—¡Es el tío Noah Webster! ¡Ha vuelto a Banner! ¡Y se trae a su mujer para enseñárnosla!

Acto seguido, un hombretón de poblado bigote descendió del coche con dos sandías sujetas bajo los brazos, y con ambas manos ocupadas aguantó el empellón con que Etoyle se le vino encima a todo correr, deteniéndola con las rodillas. Se rió sin dejar de caminar, y sin dejar de llevarla consigo a la carrera. Etoyle tomó el banjo que sujetaba en un puño y el señor Renfro tomó las sandías y las dejó en el porche.

—¡A ver si pones más cuidado, Sissy! ¡Ese es un hermoso…! ¡Cuidado, que lo rompes! —gritó el tío Noah Webster al dejar que la señorita Beulah tomase el regalo envuelto que traía en la otra mano. La besó con tal fuerza que por poco se le cae el objeto que traía envuelto. Con los brazos libres, rodeó a la abuela, mecedora incluida—. Si no eres la más bendita de…

—¿Y tú, qué estás haciendo aquí? —dijo la abuela a la defensiva—. Pero si me habían dicho que te habías muerto…

Aún tuvo tiempo de hacerle algunos arrumacos hasta que ella trató de responder con una sonrisa, y luego se marchó poco menos que al galope por el porche, atravesando el jardín, abrazando a sus hermanos, besando a sus cuñadas, lanzando a los sobrinos por el aire para después cogerlos al vuelo. Al señor Renfro le dio una palmada en la espalda.

—¿Y tú a quién pretendes engañar con esa tapadera nueva que le has puesto a la casa?

—Anda, tío. Toca *Yo tenía un burrito*, tío Noah Webster —gritó Etoyle.

—A ver, dónde está Jack —vociferó el tío Noah Webster, y rasgueó una sola vez el banjo—. ¿O es que no ha llegado aún?

—No, pero ya vendrá —gritó la señorita Beulah—. Ya verás qué alegrón le da a la abuela.

—No te quepa duda, Sissy. De eso estoy tan seguro como tú —exclamó el tío Noah Webster—. Por eso he pensado que si Jack lo consigue, pues yo también, ¿no? ¿Dónde está esa noviecita que tiene?

—Ha llevado al bebé a dormir —dijo Elvie con aire de solemnidad—. Para que cuando abra los ojos Jack ya esté aquí.

—Tío Noah Webster, mira lo que tienes detrás —dijo Ella Fay.

Caminando hacia donde se encontraban iba la nueva incorporación a la familia, la tía Cleo, procedente del sur de Mississippi, la segunda esposa del tío Noah Webster. Llevaba un vestido camisero a rayas moradas y blancas, de mangas tan cortas y tan prietas que la cicatriz de la vacuna le brillaba como un espejuelo que hiciera señales en la parte más alta del musculoso brazo.

—Hemos intentado estar preparados para cuando llegaran todos los invitados —dijo la señorita Beulah, mirándola de frente—. Esta es tu casa. Supongo que sabrás quién soy.

—¿Ese de ahí es tu marido? ¿Y ya se le ha clavado algo en el pie en lo que va de mañana? —preguntó la tía Cleo al ver cojear al señor Renfro.

—No, señora; lo que pasa es que una vez, con un poco de dinamita… —dijo la señorita Beulah.

—Pues qué llamativo que no le arrancase algo más gordo —dijo la tía Cleo.

—En fin, no vayas a pensar que lo ha hecho solo por ti —dijo la señorita Beulah—. Llegó con muletas y justo a tiempo el día en que nos casamos, hace veinticuatro años. Y aquí está la abuela, que hoy cumple los noventa...

—Ah, igualito que tú los he cuidado yo —dijo la tía Cleo, y se inclinó para acercarse a ver mejor a la abuela—. Igualito, igualito.

—A mí no me venga con eso de «igualito, igualito» —dijo la abuela—. Voy a tener que dejar lo que estaba haciendo y echarla a bastonazos, como hago con alguna que otra.

—Y estas son mis hijas —dijo la señorita Beulah—. Ya tienen siete, nueve y dieciséis.

—Tres generaciones y todas se peinan con las mismas trenzas. Han tenido que hacer un camino largo, larguísimo, para llegar hasta aquí desde la civilización —dijo la tía Cleo.

Las niñas siguieron correteando.

—Es una reunión familiar mucho más concurrida de lo que nunca imaginé. Enhorabuena —dijo la tía Cleo.

—Un momento —gritó la tía Nanny—. Si es que todavía no hemos empezado, Cleo.

Y a medida que la tía Cleo comenzaba a mirar de nuevo en derredor, la tía Nanny gritó otra vez.

—¡Ya se enterará del momento en que empiece, cuando oiga la estampida! Será la señal de que nuestro chico por fin ha llegado a casa. Jack Renfro...

—¿Y dónde se supone que está? —preguntó la tía Cleo.

—En la penitenciaría —se oyó decir a una voz en poco más que un susurro. Era el tío Percy.

—¡La penitenciaría! ¿La penitenciaría estatal? ¿Parchman?

—¿Pero se puede saber qué ha hecho Noah Webster en todo este tiempo, que todavía no te ha contado la triste historia? —preguntó la tía Birdie.

—¿Qué fue lo que hizo Jack? —exclamó la tía Cleo.

—Nada de nada —se oyó a un coro de voces por encima de ella.

—Ya basta —dijo la señorita Beulah.

—Pues entonces... A ver, decidme con quién se casó antes de que se lo llevaran a la cárcel. Apuesto a que de alguien se querría asegurar, ¿no?, y así tener alguien a cuya casa volver...

—Pues por ahí mismo asoma —gritó Ella Fay—. Le gusta hacerse esperar, para luego estar más fresca y más limpita que nadie.

—¿Quién es el rayo veloz que pasa por detrás de mí? —preguntó la anciana señora—. Que lo diga.

La jovencita que en ese momento salía de la sala de delante se presentó ante la anciana vestida de organza blanca, con un olor como a pan recién hecho por el perfecto planchado del vestido.

—Soy Gloria.

Con la excepción de la abuela, todos respiraron hondo.

—Vaya, una pelirroja. Oh-oh —dijo la tía Cleo.

—Se te ve ahora mismo, así de puntillas, tan rica que dan ganas de comérsete —exclamó el tío Noah Webster. Subió al porche de un brinco y le dio un fuerte abrazo y luego un beso.

—¿A que parece que acaba de salir de un cuento de hadas? —exclamó la tía Beck con su voz, cargada de compasión.

—Desde luego, tienes la pinta de estar tan rica y tan fresquita como un pastel recién horneado —le dijo la tía Birdie.

—¿Y con toda esa mata de pelo que tienes pasas calor? —preguntó la tía Nanny—. Yo es que te juro que me asaba, y más viendo de qué color lo tienes.

—La verdad es que a pesar del vestido tan caluroso y del cabello rizado, ahora mismo es cierto que se te ve más fresca que a nadie —dijo la tía Birdie—. Solo de echarte un vistazo una se muere de celos, Gloria, querida.

—Cuando le dan ganas de ser agradecida, Gloria es capaz de mostrar la más bella gratitud de toda la familia —dijo la tía Beck con su voz más amable.

—Bueno, pues si quieres que te diga la verdad ya me gustaría a mí saber por qué no iba a ser así —apuntó la señorita Beulah.

Gloria se sentó delante de todos ellos en el primer peldaño del porche, un tablón alargado y liso como el cuero, y más cálido que la piel, con sus zapatos de tacón alto, blancos y almidonados, sobre la piedra de montaña que formaba el peldaño inferior. Cubría los tres peldaños con sus tres metros de organza, con sus susurros y su frufrú, ruidoso como un montón de ratones juerguistas, y así permaneció sentada, con el mentón en la mano, la cabeza como una llamarada encendida. El cabello entre rojo y oro, una nube casi tan grande como el asiento de un taburete de órgano de iglesia, prácticamente ocultaba todo aquello a lo que pudieran los demás asomarse curiosos, e impedía verle los grandes ojos de color avellana. En un espacio del tamaño de una galleta, alrededor de los codos huesudos, pequeños, no tenía pecas en ninguno de los dos brazos; la cara interna también la tenía nívea. Pero todo el resto de su piel, cada ápice visible, incluidas las orejas, era un muestrario completo de pecas, como si la hubiesen espolvoreado con nuez moscada cuando aún la cubría el rocío y ya nunca fueran a borrársele.

—Estate quieta y bien sentadita, hermana Gloria —canturreó Ella Fay—, con las manos recogiditas, no se te vaya a ensuciar el vestidito. Tú solo ponte bien guapa y preparadita para tu maridín. —Las dos hermanas menores la imitaron sonriendo—: Estate quieta y bien sentadita…

—¡Sí, señor! ¡Aún estás aquí! —El tío Noah Webster saltó de un brinco al suelo, correteó por delante de Gloria y la miró desde abajo de las escaleras, dándose una palmada en ambos muslos—. Cleo, hace tan solo dos años esta noviecita estaba tan verde como tú lo estás hoy. —Los desvaídos bigotazos le colgaban como dos pistolas cruzadas sobre su sonrisa radiante. Se dirigió a Gloria con una repentina exclamación—. ¿Ha conseguido alguno de estos obligarte a contar de una vez por qué te decidiste a casarte con un miembro de esta familia tan espantosa? Eso, para empezar…

—Ahí viene uno nuevo, justo a tiempo de impedirle que lo cuente —anunció la tía Cleo.

Vaughn entraba en ese momento por la puerta de la finca con las mesas del club social de la iglesia dando tumbos en el carro y con una pasajera a su lado; durante un minuto, todo lo que llegaron a ver de ella fue un sombrero estiloso, con una pluma inclinada a un lado. Luego sacó una pierna embutida en un calcetín blanco, de hombre, calzada con un zapato de invierno.

—Es la hermana solterona del señor Renfro, la señorita Lexie. Ay, esa mujer siempre se las ingenia para llegar en mala hora —exclamó la señorita Beulah saliendo a toda prisa de la casa.

La dama se bajó de la carreta muy endomingada, y alcanzó una vieja maleta de hule y la bajó ella misma.

—¡Una hora entera llevo esperando! Ya casi había llegado a pie hasta el puente, y allí me teníais, plantada en la tienda, esperando a que alguien se ofreciera a traerme. Algunos habéis pasado por delante de mí, y me habéis dejado con un palmo de narices —exclamó la señorita Lexie Renfro.

—Es por ese maletón que llevas. Cualquiera se plantearía si llevarte de ahora en adelante —dijo la señorita Beulah—. Y no sé yo sin habrá algún cuarto libre donde puedas dejar una maleta semejante.

—Todo lo que tengo me cabe de sobra en ella —dijo la señorita Lexie—. Así no tengo que volver a ningún sitio si no tengo ganas.

—No vayáis a morder a Lexie, que es una perra buena —dijo la señorita Beulah a uno de los perros pastores, y se encaró con la señorita Lexie al verla subir las escaleras.

—He tomado prestado un poco de aquí y otro poco de allá, y de una despensa y de la otra, así que aquí está mi donativo a la reunión —dijo la señorita Lexie, a la vez que rebuscaba en la maleta y sacaba un paquete bastante plano.

—¿Y qué es eso? —preguntó la señorita Beulah antes de haberlo aceptado.

—Un pastel de picadillo. Mal no le sentará a nadie —dijo la señorita Lexie.

La señorita Beulah lo desenvolvió de la hoja de periódico, una del Boone County Vindicator, en que venía envuelto, y lo encontró sujeto después dentro de una vieja tela de holanda oscurecida por las manchas de las moras. Lo sujetó por los lazos del cordel.

—A mí que no me mire nadie como si fuera la última mona —dijo la señorita Lexie—. Mi hermana Fay aún no ha venido, ni tampoco su marido, Homer Champion; he llegado antes que Nathan Beecham, y al hermano Bethune aún no se le ve por ninguna parte. Todo lo cual, la verdad, no me sorprende.

—No, y todavía falta Jack por llegar —exclamó la señorita Beulah.

—Vaya, eso sí que me sorprende —dijo la señorita Lexie.

—¡Pues va a venir! Y, por supuesto, no tiene usted que preguntármelo, bien lo sé yo —exclamó la señorita Beulah.

—¡No me digas! ¿Y qué clase de postal ha conseguido hacerte llegar, si se puede saber? —preguntó la señorita Lexie.

—Mi chico mayor nunca dejó de poner todo su esmero con el lápiz y el papel —replicó la señorita Beulah—. Pero te aseguro que nada le haría olvidar que es domingo y que es el cumpleaños de su abuela. No se le olvidaría ni aunque le fuera la vida en ello. Él sabe quién ha venido hoy y quién le está esperando, y con eso es más que suficiente.

La señorita Lexie Renfro inclinó las rodillas y se llevó la mano al sombrero una sola vez. No hizo ningún ruido, aunque en ella eso era lo mismo que una risotada.

—Pues entonces te puedes quitar el sombrero, Lexie —dijo la señorita Beulah.

—Cuando divisé ese sombrero acercándose, pensé… Pensé que serías otra persona —dijo Gloria a la señorita Lexie.

—Me he puesto el sombrero de los domingos que ella se pone. Eso no es ningún secreto. Ella no volverá a necesitar sombrero ninguno —dijo la señorita Lexie—. La señorita Julia Mortimer ha desaparecido de la vista de todos de una vez para siempre.

Salió el señor Renfro a llevarse la maleta de Lexie.

—¿Te has venido así sin más y has dejado sola a tu señora, Lexie? —preguntó a su hermana.

—A lo mejor es que se me necesita aquí mucho más que allá, mucho más, antes de que se ponga el sol —contestó.

La abuela señaló sus zapatos.

—¿Es que acaso eres enfermera? —preguntó a voces la tía Cleo mientras la señorita Lexie cruzaba breves saludos con los Beecham que tenía alrededor y se negaba a sentarse en un barril de clavos.

—Bueno, digamos que sé lo que hay que hacer tan bien o mejor que cualquier hijo de vecino —dijo la señorita Lexie.

—Pues ahora te has encontrado con un asunto de verdad. Te vas a enterar de lo que vale un peine, hermana —dijo la tía Cleo.

—Y yo podría contarte unas historias que ni te las imaginas, ya lo creo que sí…

Vaughn, tras haber sacado la mula del jardín, fue bajando poco a poco del fondo de la carreta los pozales de cedro y los pozales de la leche llenos de agua, los mismos que había traído del viejo pozo del abuelo Vaughn, el único que no se había secado. Los acarreó de dos en dos a la casa, rellenó el pozal de beber que había en el porche y dejó los demás en la cocina. Luego, con la ayuda del señor Renfro, fue sacando de la carreta las mesas que había traído del club social de la Iglesia de Damasco, en Banner, junto con dos de sus mejores bancos.

—¡Vaughn! ¡Date prisa y cámbiate de ropa! No vayas a dar que hablar a toda la reunión con esa pinta de pasmarote que tienes —le gritó la señorita Beulah.

Había ya familia por todas partes: en el porche de la entrada y en el de atrás, entrando y saliendo de la sala, llenando los dormitorios y la cocina, atascando el pasadizo. El pasadizo en sí crujía. Unas veces se mecía bajo los pasos de la gente, y otras veces parecía que temblase por su cuenta, como tenía fama de suceder en el puente de suspensión que salva el río a la altura de Banner. Con las sillas, las camas, los alféizares de las ventanas, las cajas y los cajones, los bidones y los barriles y los pozales ocupados todos, poco espacio libre quedaba, con lo que unos y otros salían al jardín y merodeaban por la parcela mientras que los hombres se sentaron en tierra, a la sombra. Más allá, en el pasto, se había improvisado un partido de béisbol. Y las niñas le habían cogido el tranquillo al juego.

—¿Qué? ¿Demasiada gente a la vez, tía Birdie? —preguntó la tía Cleo.

—Es que mire a donde mire no hay más que Beechams y más Beechams —dijo.

—Son todos hermanos de Beulah. Con una sola excepción, el círculo sigue sin haberse roto —dijo la señorita Lexie Renfro—. Los Renfro venimos a ser un poco más escasos.

—¿Y de dónde ha salido tanta gente? —gritó la tía Cleo, y miró en derredor suyo.

—De todas partes. De todas partes que uno pueda imaginarse, de todos los rincones del condado de Boone. Veo rostros de gente que ha llegado de Banner, de Peerless, de Wisdom, de Upright, de Morning Star, de Harmony y de Deepstep; los veo sin el menor problema.

—Y esto es Banner. El corazón mismito —dijo la señorita Beulah a voces desde la cocina.

—En mi vida había oído hablar de ninguno de esos lugares —dijo la tía Cleo—. Excepto de Banner, claro está. Banner es de lo único que sabe hablar Noah Webster, y eso que habla por los codos. Yo misma soy de Piney.

—Yo en la actualidad resido en Alliance —dijo la señorita Lexie—. Eso me pone al otro lado del río respecto de todos los demás.

Se fue a dejar el sombrero en lugar seguro y regresó a duras penas por el pasadizo, hacia ellas, arrastrando algo.

La señorita Beulah dio un alarido.

—¡Vaughn! Ve a quitarle eso de encima a tu tía Lexie —dijo, y corrió ella misma hacia aquello, un cactus plantado en una maceta de madera—. Será bandida, mira que cargar con más de veinte kilos, con un agave americano, solo para alardear delante de nosotros…

—Pesos mayores he movido yo sola. Y así la concurrencia podrá dar vueltas alrededor —dijo la señorita Lexie—. Algo más habrá que darles a todos un día como hoy, digo yo; que algo tendrán que hacer además de hartarse a comer y oírse parlotear los unos a los otros.

El cactus iba amarrado a un palo de escoba, pero crecía hacia abajo, en largos tentáculos, como si quisiera salir a rastras de la maceta. Era de un color muy pálido, como la artemisia o el muérdago.

—Eso amenaza con florecer, madre —advirtió el señor Renfro a la señorita Beulah.

—Veo esas espinas que brotan igual de bien que las ves tú. Y sí, ya va siendo hora, diría yo. ¡Florece, florece! —exclamó con contento—. Sí, se ve que ya tiene ganas de florecer, a lo mejor lo hace esta misma noche… más o menos cuando sea hora de que se marchen todos, si es que el agave sabe lo que es bueno.

—A un agave no se le puede decir lo que ha de hacer —dijo la abuela.

—Bueno, pues baste con eso por tu parte, Lexie. Déjalo estar —dijo la señorita Beulah—. Y echa una mano en traer a Jack.

—¿A Jack Renfro? Ese no vendrá. Según mis cuentas, no ha pasado mucho tiempo allí metido —dijo la señorita Lexie. Tenía un semblante grisáceo, cansado, y llevaba el cabello a mechones grises y cortado como Buster Brown, solo que era ella misma quien se lo cortaba con unas tijeras de costura que llevaba colgadas de una cinta amarrada en torno al cuello, mientras iba de un lado a otro en busca de algo que hacer—. Más te valdría ir pensando en la cara que se te va a poner como no venga —le dijo a Gloria. Y le pisó el extremo del vestido con el pie enfundado en el calcetín blanco y fino, y calzado con un zapato de cuero negro polvoriento, con el tacón desgastado.

—¿Y esta? ¿Qué hará largándose cada dos por tres y dejando de estar en buena compañía? —preguntó acto seguido la tía Cleo—. ¿O es que se cree que es demasiado buena para nosotros, eh?

Y es que Gloria se había alejado por el jardín, dejando a la espalda la casa, atravesando los corrillos de los que esperaban sentados, hasta quedarse totalmente sola. Como llevaba zapatos de tacón tenía que caminar casi de puntillas, como un ave a punto de levantar el vuelo.

—Vaya cabello tan llameante, hasta parece que le haga daño —murmuró la tía Beck—. Más aún si lo lleva así, con la que está cayendo ahí fuera…

Todas las tías, en el porche, se guarecían del sol como si lloviera a cántaros. Los helechos colgados de unos cestos de alambre se extendían por encima de sus cabezas, oscuros como nidos, uno para cada una de ellas. La única que no parecía dispuesta a sentarse era la tía Lexie.

—De todos modos, ¿a dónde piensa Gloria que va? —preguntó la tía Nanny apantallándose los ojos.

Cerca de la cancela había un buen trozo de tronco de cedro bien pulido y casi plateado a la sombra del árbol del paraíso. Bruñido por el paso de las estaciones, con los nudos luminosos y las circunvoluciones alisadas, parecía un instrumento musical de pistones.

—A ese poyo se encarama —dijo la señorita Beulah cuando Gloria se sentó de espaldas a ellas, las colas de la cinta con que se ceñía el vestido colgando como las de un organista en la iglesia.

—Es que tiene que estar lista para cuando venga su marido, tanto si logra llegar como si no —dijo en voz queda la tía Beck—. Pero aún es joven, podrá aguantar la decepción.

—Es tan joven que no conoce otra cosa. No hay manera más pobre en el mundo de conseguir que venga —dijo la tía Birdie—. Prepararse con tanta antelación, y luego clavar los ojos en el camino por si lo ve aparecer.

—Estate quieta y sentadita, hermana Gloria, con las manos recogidas —canturrearon a coro las hermanas de Jack—, no se te vaya a ensuciar el vestidito. Bastante tienes que hacer, basta con que te sientes a esperar y esperar a tu maridín. —Las dos hermanas menores la imitaron sonriendo—: Estate quietecita y sentadita...

—Cuando nos oculta esa carita de resolución que tiene, y solo se la ve de espaldas, una la encuentra tiernísima —dijo la tía Beck a las demás en tono sentencioso—. Al verle así las paletillas, me parece una noviecita que fuera la ternura en persona.

Un gato grande, pinto, de aire tontorrón y que parecía estar mudando de pelo, salió al porche, y fue apoyando la cabeza contra los pies de las tías, tras lo cual se irguió y emitió un sonoro ronroneo.

—Este sigue igual de fiel que siempre. Está buscando a Jack —dijo Etoyle.

—Ese gato casi se podría haber convertido en perro desde que empezó a echar en falta a Jack.

—A ese más le vale azuzar al caballo —dijo la abuela.

—Seguro que viene, abuela; vendrá todo lo deprisa que pueda —le prometió la tía Birdie.

—Escuchad —dijo en son de chanza la tía Nanny—, supongamos que estén por fin dispuestos a dejar salir a esos chicos, y que luego se metan en algún otro lío y los pillen con las manos en la masa.

—Si así fuese, más les valdría sujetarlos bien por las orejas —dijo la señorita Lexie. Había empuñado una escoba y barría bajo la silla que habían traído del colegio, la única en la que nadie se había sentado.

—Tú no castigarías a un niño el último día de clase, ¿verdad que no? —preguntó el tío Noah Webster—. ¿Tú lo harías, Lexie?

—Naturalmente que lo haría. Por Dios bendito, no te olvides de que yo trabajé de maestra —exclamó la señorita Lexie.

Vaughn espantó a las niñas del columpio, y mientras los tíos se ponían en pie para mirarlo, comenzó a preparar las mesas alargadas, de madera basta. Eran cinco en total, grises y fatigadas de tantos años a la intemperie, como los cascos de los botes de remos, y olían a mostaza húmeda, a lluvia olvidada, a hojas de morera. A ninguna de las cinco fue fácil convencer para que aguantasen sin temblequear sobre las patas de los caballetes. Vaughn trazó una línea imaginaria desde el gran naranjo de Luisiana hasta el árbol del paraíso. A menos que Gloria cambiase de sitio, tendría que darle una sacudida justo en el centro.

Cerca de la casa, los perros de la concurrencia habían formado una serie de hileras desperdigadas, una congregación de dorsos correosos y sacudidos a un tiempo, como si fuesen una única y alargada locomotora que se escuchase a varias millas por la potencia de su respiración. Sobre las piedras castañas de sus frentes aleteaban las amarillas mariposas de agosto como en los sueños, algunas posándoseles casi en el morro. Sid, atado detrás, en el granero, era el único que se ocupaba ahora de ladrar. Sus llamadas, llamadas lánguidas e insistentes, sonaban sin descanso.

—Creo yo… —dijo la tía Cleo, que era la recién llegada al clan—. Vaya, que me parece que estoy esperando a que alguien me cuente a qué se debe todo esto de la bienvenida que se va a dispensar a Jack Renfro. ¿Qué es lo que ha hecho ese muchacho, si es tanto o más importante que lo hecho por todos estos tíos suyos tan crecidos y tan grandullones, y por todos sus primos, e incluso por el tullido de su padre? ¿Cuándo se marchó? Y a todo esto, si no ha enviado siquiera una postal, ¿por qué estáis todos tan seguros de que es hoy cuando vuelve a casa? ¿Y para qué se ha puesto su esposa el vestido de novia?

Le habían dejado la silla del colegio a la tía Cleo para que tomara asiento. Había puesto el codo en el ala que se usa para apoyar el cuaderno y había cruzado los pies.

Los tíos se desperezaron entonces y se acercaron con paso cansino hacia la casa. El tío Noah Webster se deslizó sobre el suelo del porche y puso la silla de anea del revés, para sentarse a su lado.

—Si no te han dicho nada y no tienes por dónde empezar, me temo que no podríamos contarte todo eso ni así que pasaran cien años, hermana Cleo —dijo la tía Birdie—. Mucho me temo que Jack iba a llegar antes de que terminásemos.

—Se puede intentar —dijo ella.

No soplaba ni una pizca de aire. Pero las hojas en forma de corazón del naranjo de Luisiana que crecía junto a la casa se mecían sin cesar sobre su propio eje, como si pendiesen de un hilo. Y algunos remolinos de polvo se desplazaban como personas descabezadas por el camino de la granja, o bien se aventaban por los campos, camino de ninguna parte.

—¿No es mejor esperar a que llegue el hermano Bethune y nos lo cuente a todos cuando estemos sentados a la mesa? Él seguro que sabrá entretejer la historia con la de la familia —suplicó la tía Beck.

—Pero esta será la primera vez que lo intente con nosotros —le recordó el tío Percy.

—Pues ya puestos, si se muestra tan pobre en comparación con el abuelo Vaughn como en sus discursos en el púlpito los segundos domingos de cada mes, para mí que ni siquiera se habrá ganado la cena —dijo el tío Curtis.

—El hermano Bethune lo hará lo mejor que pueda, eso es seguro, y todos disfrutaremos de esa voz que tiene —dijo la tía Birdie—. De todos modos, su papel en esta historia ha sido bastante mezquino. Yo no diría que sea impropio de un predicador abstenerse de algo en lo que no tuvo mucho que ver.

—Yo lo que quiero sobre todo es saber por qué mandaron a Jack a la penitenciaría —dijo la tía Cleo.

La señorita Beulah se levantó y se fue, y casi en ese mismo instante oyeron el estrépito de cacharros en la cocina.

Un sinsonte trazó una pirueta en el aire, piando, hasta remontar el vuelo y posarse en lo alto del tejado del granero. Después de pasar todo el verano alicaído, en la época de la muda, se encaramó en su sitio de costumbre y se puso a trinar como si le fuera la vida en ello, interpretando a los dos contrincantes de una pelea.

Las voces de los demás se acompasaron con la del pájaro, unas como sartenes que golpeasen los fogones, otras como cadenas que cayeran dentro de un pozal, otras como los pichones que había en el granero, otras como los gallos al alba, otras como el crepitar de las cigarras al atardecer, todas a coro. La voz de la paloma al alba era la de la tía Beck, la de la niña de cinco años era la de la tía Birdie. Pero al final se impuso la voz de señora entrada en carnes de la tía Nanny:

—¡Que sea Percy quien lo cuente! Su voz es tan delicada... A ver hasta cuándo es capaz de aguantar.

Solo en el último instante se le ocurrió a la tía Cleo exclamar:

—¿Tan larga es la historia?

—En fin. Un año más se había recogido la cosecha. Tiempo para que a los hijos de todos se los tragasen las aulas. —El tío Percy, con una voz que era fina y cascada a la vez, ya había empezado su relato—. Podemos estar seguros de que el abuelo Vaughn los había llevado a todos por el buen camino, bendiciéndolos como es debido aquí mismo, cuando se sentaban a la mesa, y de que todos se marcharon felices y contentos, bien dispuestos, aseados y despiertos. Jack portándose a las mil maravillas. Se los llevó el autobús escolar, se los llevó a todos entre chirridos y bocinazos. Jack se marcó dos o tres docenas de canastas jugando al baloncesto sin fallar ni una sola, se colgó de la rama del roble mientras Vaughn contaba hasta cien en voz alta, y cuando llegó la hora de jurar lealtad a la patria fue él quien izó la bandera y encabezó la salutación de todos los chicos del colegio. Y una vez hecho esto, entró en el aula y fue cargándose una por una todas las moscas veraniegas mientras la maestra aún estaba sacando los bártulos del pupitre. Eso, a lo que sé por Etoyle.

—No te alargues más de la cuenta con Ella Fay —sugirió la tía Nanny.

—El hecho es que, encajada a duras penas en el pupitre, la muchacha le había cogido el gusto a los caramelos, y se lo había cogido bien fuerte —dijo el tío Percy con voz trémula—. Total, que cuando la maestra nueva miraba para otro lado, ya había cruzado ella el camino y ya se había plantado delante de la tienda para comprarse unos cuantos.

—Vergüenza debería darle, una vez más, a una niña ya tan crecida —dijo la señorita Lexie.

—Vaya. ¿Y a ti no te hubiese gustado hacer lo mismo? —bromeó el tío Noah Webster—. ¿No te habría apetecido una cosita dura y dulce que tener un rato en el carrillo, Lexie?

—A mí no.

La tía Nanny guiñó el ojo a todos los que estaban en el porche.

—El primer día que tuve que volver al colegio de Banner, yo me moría de ganas de hacer lo mismo…

—Y una buena azotaina que te llevaste justo por eso —rieron—. Y bien fuerte era el brazo que te la propinó…

—A Ella Fay le bastaba con dar un buen salto por encima de un barrizal seco para plantarse en la tienda. Y el viejo Curly Stovall la estaba esperando.

—¿Stovall? Un momento, para el carro —le interrumpió la tía Cleo.

—Ah, vaya. Tú eres una Stovall… —dedujeron varios.

—No, señor. Estuve casada con un Stovall, mi primer matrimonio —dijo—. La familia de mi primer marido es oriunda de Sandy. Vaya horda enorme y ruidosa; aún quedan muchos en la zona.

—Pues los primeros Stovall de por aquí llegaron a Banner a pie y por si fuera poco descalzos, y eran tres, además de la mujer de uno, que también venía con ellos. No sé de qué especie de pocilga vendrían —dijo el señor Renfro, que pasaba por el jardín—, pero el tendero de aquel entonces le dio un empleo al que venía con pantalones largos. Los Stovall viven con nosotros y los entierran junto a nosotros.

—Pues ve a visitarles a sus tumbas —invitó la tía Beck a la tía Cleo—. Están necesitadas de atención…

—¿Es que no cuidáis vosotros de los Stovall? —preguntó la tía Cleo, y el tío Noah Webster le dio una palmada en el muslo y le pegó un grito, como si el gusto de ver cómo lo descubría por sí sola fuese una de las razones por las cuales se había casado con ella.

—Si yo fuese de un modo u otro una Stovall, procuraría estarme calladita durante el resto de la historia —se oyó decir con voz campanuda a la señorita Beulah desde la cocina.

—En fin, que Ella Fay nada más entrar en la tienda, tuvo que largarse a todo correr —dijo el tío Percy.

—¿Por qué? ¿Qué había hecho? —dijo la tía Cleo en tono desafiante.

—Que sepamos, lo que se dice nada de nada, además de crecer un poco durante el verano —siguió diciendo el tío Percy con tono mesurado—. «Bueno, bueno», dice Curly, «mira tú a quién me mandan a pagar lo que se debe en la tienda.» «Yo no he venido a pagarle nada, yo solo vengo a por un caramelo», dice ella con la misma cortesía que aquí se gasta cualquiera. «¿Ah, sí? ¿No me digas?» — Para dar el tono de zascandil a su voz, el tío Percy elevaba el tono en la medida de lo posible con un aire de falsete confidencial—. «Y mañana vendrás a por otro», le dice, «y a por otro más pasado mañana, y así todas las mañanas que vengas al colegio, todas, toditas, hasta que llegue la hora de la siembra la primavera que viene. Eso no me lo puedo permitir. ¡No voy a aguantaros un año más!» Y entonces se pone en pie de un salto. «¿Cuándo voy a ver yo un centavo de todos los caramelos que te habrás comido?», le dice. Así que ella echa a correr como alma que lleva el diablo.

—Anda, dile cómo es Stovall, pero hazlo deprisita —dijo la tía Birdie.

—Es un gigantón que tiene unos ojillos que parece que muerden —dijo Ella Fay desde donde estaba arrancando madreselvas junto al establo—. Gasta gorra de béisbol y patillas…

—¡Lo ha clavado! Es como si lo viera ahora mismito venir por el camino —dijo la tía Nanny, echándose hacia delante en la mecedora.

—«Ni se le ocurra acercarse a mí», le dice Ella Fay. Y entonces sale al trote por delante de Curly y da la vuelta a la tienda tan rápido como le permiten sus piernas... Ya sabéis cómo es la tienda de Banner, que no se puede decir que sea tan luminosa como el día.

—Con lo buenecita que es cuando quiere... —exclamaron las tías.

—Sí, si no tuviese esos andares de elefante —dijo la señorita Beulah desde la cocina.

—Hasta las muchachas de la congregación a la que pertenece salen corriendo en cuanto lo ven, así que tengo entendido que prefiere el culto de los metodistas de la Mejor Amistad, aunque en las reuniones que se prolongan más de lo debido, tengo entendido, todas las que son menores de cuarenta y cinco salen corriendo en cuanto lo ven —dijo el tío Percy con aire de remilgo.

—Hasta la última palabra que se dice allí es puro pensamiento baptista —dijo la tía Beck—. Yo quisiera recordaros que hay razones de sobra, igual de buenas, para andar cuanto más lejos mejor de ese tendero; y conste que tengo toda la simpatía del mundo por su hermana. Pero ni siquiera ella logra arrastrarlo a la iglesia.

—Total, que sale detrás de Ella Fay y va y le grita: «Vuestra familia me debe un dineral por la simiente y por la comida desde quién sabe ya cuándo, así que digo yo que a ver si me apoquina tu papá al menos una parte. ¡Sois todos unos muertos de hambre y nunca tendréis lo que se dice nada!». Y a punto está de echarle el guante. Y entonces ella se da la vuelta y le planta delante de las narices el tesoro más preciado que puedas imaginarte, un anillo de oro nada menos. Así le funciona la cabeza a la niña —dijo la tía Nanny con orgullo.

—Un anillo que tomó prestado de la Biblia de la abuela para el primer día de clase —dijo la tía Birdie—. Pues sí, señor, y se lo guardó donde guarda la abuela la cajita de rapé de plata.

—Vaya diablillo —dijo la tía Nanny.

—¡Y él va y alarga la manaza y se lo arrebata! Ella, como es natural, le pide muy educadamente que por favor se lo devuelva.

—¿Y él no se lo quiso devolver? —resonaron varias voces a coro, tan hilarantes como si ninguno hubiera oído jamás contar la historia.

—¿Y qué disculpa dio por comportarse así? —preguntó la tía Birdie en tono impertinente.

—¿Disculpa? Ella no le dio ni tiempo a que se sacara una de la manga. ¡Salió volando de la tienda! Ni un caramelo suyo se quiso quedar. Lo escupió en cuanto estuvo en la calle. Y luego le sacó la lengua la muy descarada para que no se olvidase de quién era ella —exclamó la tía Nanny, adelantándose un poco más.

—¿Era de oro puro, el anillo? —preguntó la tía Cleo.

El tío Noah Webster la regañó.

—Era nada menos que el anillo de boda de nuestra difunta madre. La abuela lo guardaba en su Biblia. Esa es la respuesta que buscabas.

—¿Y qué hacía una niña, por muy creidita que estuviera, paseando con ese anillo en su poder? —preguntó.

—Llevarlo al colegio. Ya se lo había enseñado a las compañeras —dijo la tía Beck con un suspiro—. Aunque lo que no entiendo es cómo no se enteró la maestra.

—La maestra era muy jovencita, estaba verde para el puesto —dijeron varias voces en broma.

Gloria seguía sentada, a la vista de todos y dándoles la espalda. Más allá de la cancela, el calor palpitaba y bailoteaba en el aire, y algunos espinacardos rodaban por el camino.

—Menuda es Ella Fay Renfro; saldría por ahí a presumir con tu propio sombrero si no se lo impidieras a tiempo —recalcó la señorita Lexie Renfro.

—Le encanta pavonearse, vive en un país de ensueño —dijo la tía Nanny, y guiñó un ojo—. Muy parecidita a mí cuando yo era una colegiala.

—Entendido. ¿Y qué hizo ella entonces? —exclamó la tía Cleo.

—Entonces va y se planta allí mismo, en medio de la calle, y se pone a gritar a voz en cuello: «¡Ese hombretón es peor que el coco, se ha quedado con el anillo de oro de la abuela!». Etoyle dice que en su vida había visto a su hermano Jack saltar más deprisa de su pupitre.

—Ay, es que con Jack sí que se puede contar; nunca falla —suspiró la tía Beck.

—¿Jack es siempre así? —preguntó la tía Cleo.

—Tú haz la prueba: pide auxilio una sola vez y ya verás —exclamó la señorita Beulah desde la cocina.

—Saltó por encima del pupitre como un cervatillo y salió del colegio y se plantó de un salto en la tienda. Y en dos sacudidas Jack Renfro y Curly Stovall se enzarzaron en otra de sus peleas.

—¿Un colegial contra un hombre ya mayor? —exclamó la tía Cleo.

—Mira, Curly Stovall de mayor no tiene nada. Como mucho es mezquino —le respondió el tío Noah Webster.

—Y Jack no sería ya un colegial por mucho tiempo —sonrió la tía Nanny—. Él no lo sabía, pero ya tenía los días contados en la escuela.

—Escucha, hermana Cleo, te voy a describir a Curly Stovall: es un tipo grandullón, más ancho que el fogón de la cocina, tiene la cara más colorada que Tom Turkey, y es más feo que un pecado. De viejo, el viejo Curly Stovall no tiene un pelo, y tampoco creo que llegue a viejo —dijo el tío Dolphus.

—El señor Stovall al que yo enterré sí que era viejo —dijo ella—. Era todo un vejestorio.

—Pues ve olvidándote de ello. —El tío Dolphus arrastró con fuerza las patas de la silla—. ¡Si se hubiesen ahorrado la trifulca para el sábado! —exclamó dirigiéndose a sus hermanos—. No lo digo solo porque nos perdiésemos una de las buenas. Es que con quince o veinte más, de haber estado allí a mano, y de ser capaces de contarlo todo más tarde con pelos y señales, en el juzgado o donde fuera, la cosa nos habría servido de gran ayuda para dar una imagen mejor al mundo sobre el modo en que hacemos las cosas en Banner.

—Pero la verdad es que andaba todo el mundo muy ajetreado, recogiendo todos los últimos garbanzos —dijo el tío Percy—. En fin, que Curly le despellejó a Jack la oreja, y Jack tuvo que despellejarle a Curly la suya, y así sucesivamente, y el viejo Curly se fue poniendo de peor humor según iba avanzando la cosa, así que azuzó a su perro para que le arrancase a Jack un buen pedazo de los pantalones. Y allá que viene el perro, y el perrillo de Jack, Sid, que lo está esperando a la salida del colegio, pues se mete también en la trifulca, y le planta un buen beso a ese sabueso tan feo. «¡A por ellos, Frosty!», grita Curly, y si hubieras estado allí más te valdría haberte quitado del medio, o esconderte tras el barril de los encurtidos. ¡Si Curly hasta llegó a llamar a su hermana! Llamó a la señorita Ora para que saliera de la casa en la que vivía, en la trastienda, y se liara a escobazos con Jack.

—Hay que reconocer que con una escoba en la mano esa mujer es toda una artista, pero aparece siempre que se la llama —rió por lo bajo la tía Birdie—. Al menos esa es la fama que tiene.

—Buena cosa para los dos que no llamasen a Lexie —dijo la señorita Lexie—. Los hubiera matado a los dos allí mismo antes que dieran un paso más.

—Si te hubieras acercado lo suficiente a la tienda, es probable que te hubiera pillado en medio de una trampa ratonera —le dijo el tío Curtis—. Pero... ¿pararles los pies a Jack y a Curly? Eso ni lo sueñes. Tu escoba no es más larga que la de la señorita Ora.

—«¡Devuélveme ese anillo! ¿Dónde lo tienes escondido, bribón?», sigue gritando Jack. «¿Qué es lo que has hecho con él, tragártelo?», le dice.

»—Tú suéltame el cuello —dice Curly—. Y no sigas poniéndome toda la tienda patas arriba. Lo he guardado en la caja fuerte.

»—¡Pues ya la puedes ir abriendo! —dice Jack.

»—¡Eso ni lo sueñes!

»—No armes tanto alboroto —dice Jack—, que la nueva maestra está ahí mismo, intentando que el curso empiece con buen pie. Haz el favor de hablar más bajo.

»—¡Porque tú lo digas! —dice Curly.

—Así que Jack le despanzurró a Curly en toda la cabeza un saco entero de fertilizante para simiente de algodón...

—¿Sin avisarle? —exclamó la tía Cleo.

—... de fertilizante para simiente de algodón, que Curly guardaba allí mismo. Le despanzurró todo el saco encima y le dejó cubierto de fertilizante al muy bribón, de la cabeza a los pies, tanto como para que estuviese bien fertilizado durante el resto de su vida. ¡Y vaya si no se movió el viejo Curly! ¡Como si le hubieran echado polvos pica-pica!

»—¡Trágate esa, Curly! —dijo Jack—. Vaughn, ¡vuelve ahora mismo volando a tu pupitre!

—Así es. El pequeño se había escabullido del aula y había ido tras su hermano a la batalla.

—¿Es que la nueva maestra no era capaz de atar en corto a sus alumnos? —bromeó el tío Noah Webster—. En mis tiempos, las maestras manejaban una vara tan larga como mi brazo…

—A mis hijos no hay quien consiga tenerlos encerrados en un colegio si se han dado cuenta de que algo se cuece en otra parte —exclamó la señorita Beulah intentando hacerse oír por encima del repentino chisporroteo de las sartenes en la cocina—. No son precisamente unos idiotas, vaya.

»—Vaughn, no te pongas a tiro de nadie —dice Jack. Y Vaughn, que aún era tan pequeño que no pudo atinar siquiera a apartarse con la rapidez que le indicó su hermano, aunque era ya grandecito y no se alejó más que hasta un punto desde el que pudiera ver bien lo que pasaba, se acuclilló en lo alto de la bomba de mano, y desde allí lo vio y lo oyó todo.

—Ahora viene lo bueno… —canturrearon las tías.

—Entonces Jack se lanza por encima del mostrador, a por Curly, y de un empellón lo aleja de ese viejo artefacto de hacer fechorías que Curly andaba con intenciones de alcanzar, y que estaba cargado, eso seguro, y lo conduce fuera del mostrador sacándolo hasta el único sitio despejado que hay en toda la tienda, y en ese momento toda la tienda revienta de golpe. Toda entera en medio de una nube dorada de fertilizante para simiente de algodón.

—Ahí es donde ojalá hubiera podido yo plantarme encima de los dos —dijo la tía Nanny a voces—. Esgrimiendo el arma con la que revuelvo yo el barreño de la colada.

—Todo el colegio también debía de estar a punto de reventar —exclamó la tía Birdie—. Y la maestra, claro está, la maestra no pudo hacer gran cosa.

—Puede que la maestra no. Pero me pregunto qué estaba haciendo Gloria durante todo ese tiempo. ¿Dónde estaba? —preguntó la tía Cleo—. En alguna parte tendrá que encajar en toda esta historia.

—Cuando una es maestra, se supone que ha de seguir dando clase pase lo que pase —se oyó decir a Gloria. No se había movido del tronco de cedro.

—Hasta el día en que te mueras o te cases, según lo que suceda antes —concedió la tía Birdie.

—¿Acaso me estás diciendo que Gloria era la maestra? —gritó a voz en cuello la tía Cleo.

—Aquel fue mi primer día en clase. —Gloria volvió levemente la cabeza hacia ellos—. No estuve ni mucho menos ciega ante lo que estaba ocurriendo fuera. Me percaté de todo aquel alboroto asomada a la ventana del aula, pegadita al sacapuntas de mesa. Y procurando estar atenta para no perder comba con los niños que tenía detrás de mí, sin que me importase mucho a qué viniera la pelea, para que los niños aprendieran bien el ejemplo que se les estaba dando. Y al mismo tiempo les enseñaba un poema para tenerlos entretenidos, ese que trata sobre Cristóbal Colón y las grises Azores que acaba de dejar atrás.*

—¿Y cuando Curly estiró el brazo para hacerse con el arma, qué hiciste? —gritó la tía Birdie.

—Toqué a rebato la campana del almuerzo —dijo Gloria.

—¡Si Ella Fay hubiese aguantado hasta entonces! Llevaba galletas con jalea en la lonchera, además del resto del almuerzo —exclamó la señorita Beulah desde la cocina.

»—Curly, ¿es que no has oído la campana? Ya es la hora del almuerzo —dice Jack—. Anda, dame el anillo y que sea rapidito. No querrás que haga esperar a la nueva maestra.

»—No pienso abrir esa caja fuerte —dice Curly.

---

*. Se trata del célebre poema «Columbus» (1892), obra del norteamericano Joaquin Miller (1841–1913), apodado el Poeta de las Sierras y el Byron de las Montañas Rocosas. Se trata de uno de los más conocidos poemas de la literatura estadounidense, y desde hace décadas es memorizado y recitado por legiones de escolares en ese país. (N. del E.)

»—Pues entonces quietecito y espérame —dice Jack—, que después del almuerzo vengo y ya verás cómo me las arreglo para abrirla yo solo.

»—¿Y por qué crees que me voy a quedar aquí quieto esperándote? —dice Curly.

»—A ver, ¿qué pinta ese ataúd ahí en medio? —dice Jack, y de un empujón lo tira dentro...

—¿Un ataúd? ¿Y de dónde ha salido ahora un ataúd, tan de repente? —preguntó la tía Cleo.

—Uno hecho en especial para él. Construido a medida para contener a Curly el día en que le llegase su momento, cortesía de la señorita Ora, su hermana —dijo el tío Curtis—. No era ninguna novedad. Toda su clientela estaba más que acostumbrada a tropezar con el ataúd nada más entrar en la tienda. La señorita Ora ordenó a Willy Trimble que se ocupara de construir ese ataúd cuando Banner en general, y ella en particular, decidieron que a Curly le faltaba poco para ocuparlo, y esto fue cuando la gripe española anduvo rondando por estos pagos. Luego, cómo no, el viejo Curly se recuperó milagrosamente y la dejó con un palmo de narices. En resumidas cuentas, que esa pifia sigue ocupando un sitio en la tienda de Curly aún a día de hoy.

—Y Cleo, hay que ver cómo es ese ataúd —dijo el tío Noah Webster—. Está hecho de dos clases de madera, de cedro y de pino. Y dentro caben dos como tú. Si no fuese domingo, podías pasarte por la tienda y echarle un vistazo.

—Si no fuera domingo podía pasarse por la tienda y echarle un vistazo a la talla que gasta Curly —apuntó el tío Percy—. Y Vaughn...

»—¡Eso no se lo puedes hacer a nuestro tendero! —dice Vaughn.

»—¿Solo porque no se lo ha hecho nadie? —replica Jack.

—¿No puso Curly Stovall ninguna objeción a que se le tratase de esa forma en su propia tienda? —preguntó la tía Cleo.

—Pues, abreviando mucho, dijo que no le hacía muy feliz la idea —susurró el tío Percy con un hilillo de voz—. Terminó metido en la caja del revés, más amarillo que la tiña por todo el fertilizante, y bien encajonado... todo lo que le faltaba era la tapa.

—¡Apretadito del todo encima de su trasero de viejo rechoncho! —exclamó la tía Birdie.

—Bien encajado el pompis entre las tablas —gritó la tía Nanny.

—Más prieto y mejor sujeto que un empalme de tubería galvanizada. Y escrito a tiza en un lateral de la caja, esta leyenda: «Venta solo al contado, hágame una oferta». Digo yo que hasta ese mismo día el viejo Curly se había regodeado de tanto pensar que algún día aparecería alguien llegado a saber de dónde para llevarse el armatoste y dejarle el sitio vacío y las manos llenas.

El tío Noah Webster se desgañitaba de la risa.

—Y dice Curly: «Jack, ¡espera! ¿Te vas a almorzar y me vas a dejar así para que me vea toda mi clientela?».

»—Más me vale estar seguro —dice Jack, y pasa un cordel de tendedero alrededor de la caja. Lo deja bien amarrado y ata los cabos por detrás, con lo que un hombretón de brazos gruesos como él no podría alcanzar los nudos. Como le pasa a la buena de Nanny, que no se puede desatar ella sola las tiras del delantal.

—¡Pues entonces fue una idea sensacional para jugársela! —exclamó la tía Nanny con deleite.

—Dice Vaughn —prosiguió el tío Percy—: «¿Y ahora, Jack? ¿Le puedo pegar ya una pedrada?». Y entonces Jack le dice: «Tú te vuelves a toda pastilla con la maestra y le entregas el tirachinas antes de que tenga tiempo de decirte que se lo des. ¿Entendido? Esa maestra quiero que nos dure. Tú ayúdame a lograr que se encuentre a gusto en Banner, para que se quede con nosotros». Esto lo contó Vaughn después.

»—Y sin mediar palabra Jack se acerca a la caja fuerte, quita de encima un bosque de lamparillas de carburo y de tubos que tiene encima, se agacha por debajo y se echa a la espalda todo el armatoste. ¡Se lo echa a la espalda! Ya os podéis imaginar la gracia que le hizo a Curly ver su caja fuerte ponerse en pie y largarse...

—Más o menos la misma gracia que le haría tragarse una dosis de Verde-París —canturreó el tío Noah Webster, antes que el tío Percy siguiera con la voz cascada:

—Allá que se marcha Jack, trastabillando a duras penas al bajar las escaleras de la tienda, y se dispone a cruzar la calle. Los niños del colegio ya tienen abiertas las loncheras, ya están almorzando, pero la maestra sigue en la puerta dale que te pego a la campana. Supongo que es en ese momento cuando se le cae de la mano.

—Y yo supongo que tenía toda la intención de poner la caja fuerte allí mismo a sus pies —dijo la tía Beck con voz queda—. Pero cuando llega a donde está ella, ella ya lo está esperando.

Callaron todos para mirar a Gloria. Las niñas y las primas se habían ido acercando a ella y ahora daban vueltas a su alrededor, cada una de las falditas de una longitud distinta a las demás. Cantaban a coro, a pleno pulmón:

¡En esta alfombra te has de arrodillar!
¡Tan cierto como que el trigo hay que trillar!

»—Eso no lo puedes traer al colegio —dice la señorita Gloria—. El colegio no es lugar para algo así. Tú y tus payasadas os quedáis en la tienda. —Y al cabo añade—: Si todo esto lo has hecho para que me sentara a tu lado bajo el roble y abrir las loncheras el uno junto al otro, me temo que has tomado el peor camino posible, Jack Renfro.

—Hay que ver —dijo la tía Cleo, arrellanándose en la silla.

—La pequeña Elvie fue la que se chivó de esto. Es capaz de copiar a Gloria como si fuera un loro de repetición —sonrió la tía Nanny.

»—Si vas a cargar con una tonelada a la espalda solo para que me entere de que eres así de fuerte y así de bueno, no te voy a dar la satisfacción de que te libres de tu carga —le dice—. Por mí como si quieres seguir con ella hasta el fin del mundo. Anda, llévatela a casa y a ver qué te dice tu abuelo. Ya he mandado a tu hermana llorando a casa. ¡Y que no se te olvide esto! —Se apresura a alcanzarlo y le cuelga la lonchera de la mano que a duras penas tiene libre. A renglón seguido ata con una correa los libros de historia y aritmética y de geografía y ortografía y también se los cuelga del cuello—. Adelante —le dice—. A ver hasta dónde te lleva tanta proeza. Si voy a seguir al frente del colegio de Banner, más me vale ocuparme ahora mismo de cómo haya de ser mi futuro.

—¡No es de extrañar que los alumnos salieran corriendo por la puerta! Me sorprende que no se arrojaran también por las ventanas —dijo la tía Nanny, dándose una palmada en el muslo.

»—¡Y en cuanto termines te quiero ver aquí mismo de vuelta! ¡Y me traes una nota por escrito, firmada por tu madre, que explique por qué te has ido a casa antes de terminar la clase. ¡Y si no me la traes prepárate para el castigo que te voy a poner en cuanto vuelvas!

—Y allá que se va a duras penas.

—Y digo yo si no será que Jack quiso pavonearse, al menos un poco, siendo como era el primer día de clase. Lo digo si me pongo a sumar todo lo ocurrido, porque parece lo más lógico —preguntó la tía Cleo.

—Ah, puede ser que se quisiera pavonear, pero no más que la maestra —dijo la señorita Beulah con aplomo, allí de pie y mirándola.

Un par de mariposas revoloteaban por encima de Gloria, que seguía sentada en el tronco de cedro; partículas arremolinadas una con la otra como si las elevase en el aire un invisible batidor de clara de huevo. Pero ella seguía perfectamente inmóvil, con la mirada clavada al frente.

—Bueno, estoy lista para oír todo lo demás —dijo la tía Cleo—. ¿Qué tamaño tiene una caja fuerte?

—Pues viene a ser como un ternero de un mes —exclamó la tía Nanny.

—Bueno, ¿y qué tamaño tiene Jack?

—Jack es como todos los Renfro —dijo la señorita Beulah—. Pero es un Beecham por los cuatro costados.

—¿Y cómo es que no le dio por abrir la caja fuerte aunque fuese a martillazos para intentar llevarse a casa solamente el anillo? —preguntó la tía Cleo.

—¿A ti te parece que tenía todo el día para eso? —exclamó la tía Birdie.

—¡Pobre Jack! No alcanzo a comprender cómo pudo subir la primera cuesta y luego seguir adelante, de verdad —dijo la tía Nanny.

—¡Pobre Jack! Es increíble que no se cayera de bruces una sola vez, para no levantarse más —dijo la tía Beck.

—¡Con la caja fuerte a cuestas, con los libros y la lonchera y el resto de los arreos que le había puesto ella, uno encima de otro! Se zampó el almuerzo, ese peso sí se lo quitó de encima, no hace falta que nos lo cuentes —exclamó la tía Nanny.

—¿Y no empezó la caja fuerte a pesarle más de una tonelada casi en cuanto dio tres pasos? —preguntó la tía Cleo.

—Es difícil creer que llegara a pasar uno solo de los puentes con ese peso a cuestas —reconoció el tío Percy—. Tenía que pesar tanto como un pedazo de hielo del mismo tamaño, solo que una caja fuerte no se funde a medida que uno avanza, no se derrite, sino que se hace más pesada cada vez.

—Yo lo vi acercarse cuando comenzó a cruzar los sembrados —dijo la señorita Beulah—. Ay, ojalá lo hubiera obligado a dar la vuelta allí mismo…

Ella Fay, en el jardín de la entrada, rió por lo bajo.

—Y va mamá y le grita: «¿Y qué es lo que traes ahora para que me sirva de estorbo?». Yo estaba llorando tanto que no acerté a decirle…

—El día anterior había llegado a casa con unos pedazos de tubería vieja que había desenterrado en los restos de un puente que ya no existe, y los había puesto ahí mismo, al pie de las escaleras, para que su madre los aprovechase… con lo que la nueva maestra los tendría que ver cada vez que subiera o bajara las escaleras —exclamó la señorita Beulah—. Y ahora va y…

—Jack atraviesa sin resuello la cancela y la entrada y deja en tierra su carga, ante las escaleras del porche. «Esto es para que lo descerraje papá», dice Jack.

—¿Y de qué medio y manera iba a abrirla el señor Renfro? —preguntó la tía Cleo, a la vez que llegaba el señor Renfro cargando con una sandía—. No me parece a mí que tenga ni medio ni manera.

—Eso lo mismo da, porque nunca tuvo ocasión —dijo la señorita Beulah—. Estaba claro que algo se había torcido, no había sino que esperar a que llegara el primer indicio de ello —dijo la tía Birdie, tirando del poderoso brazo de la tía Cleo—. Lo que pasa es que para cuando llegó aquí la caja fuerte, nada más caer en esta tierra, se abrió por sí sola. La puerta de par en par…

—Y en el cajón no había nada —susurró el tío Percy. Se volvió hacia la abuela—. Allí no había más anillo que el que hay ahora en la palma de mi mano. —Y se la mostró, y no había nada.

La abuela lo miró entornando mucho los ojos.

—¿Y qué fue lo que dijo Jack? —preguntó la tía Cleo.

—Pues va y dice: «Tráeme que dé un sorbo de agua». Y Ella Fay le lleva el cazo, y cuando él recobra el aliento y el habla le dice: «Si Curly quiere esa caja fuerte, después del modo en que se ha comportado conmigo, va a tener que venir con sus bueyes y llevársela él solito». Y va y le explica a su madre el meollo del asunto y le dice: «No te apures por el anillo, mamá. Dile a la abuela que no se preocupe, que alguien que tenga vista de halcón podrá echarme una mano y lo encontraremos». Y le dice: «La nueva maestra me ha dicho que no vuelva al colegio sin una nota que explique por escrito que estás enterada». «Ahora mismo no podría escribirte una nota de excusa aunque tuviera que complacer a la Reina Anne», dice Beulah. «Estoy demasiado atacada ahora mismo para que no me tiemble el lápiz, y ¿a ti cómo te parece que se va a quedar el abuelo cuando se entere?» «Pues entonces tengo que darme prisa —dice Jack—. Si no estoy de vuelta cuando suene la campana, la maestra es capaz de matarme.» Silba para llamar a Dan. Monta de un salto y sale disparado como el rayo.

—¿Y por qué no ha vuelto? —preguntó la abuela—. Yo esta historia ya la he oído antes.

—Tú no te apures, abuela, que ahora mismo está en camino —tronó el vozarrón del tío Noah Webster—. Eso es lo que estamos haciendo aquí: traerlo a casa, ayudarle a volver al hogar.

—¿Quién abrió la caja fuerte? —preguntó la tía Cleo.

—Nadie —zumbó el tío Noah Webster sonriéndole—. La caja se abrió por sí sola. Jack la había dejado caer al suelo una o dos veces por el camino.

—¿Y a ti no te hubiera pasado lo mismo que a él? —exclamó la señorita Beulah—. Era más grande que una casa y pesaba a lo mejor el doble.

—Bueno, bueno, no diría yo que fuera para tanto —dijo el señor Renfro al dar la vuelta a la casa cargado con otra sandía para añadirla a la exposición—. No creo que pesara tantísimo. Yo creo que las paredes debían de llevar alguna aleación de latón, madre. Si no, se habría terminado por hundir en el suelo de la tienda.

—¿Y eso cómo lo sabes tú, señor Renfro? —preguntó la tía Cleo.

—Pues porque la caja fuerte era mía —repuso—. La tienda era mía.

—Hay que ver, hay que ver —dijo ella—. ¿Y cómo es que has caído tan bajo…?

—Y antes de ser mía fue de mi padre —dijo él—. Y remontándose más aún resulta que fue mi abuelo el que la puso en marcha… Un almacén donde comerciaba con los indios. Pero cuando me tocó a mí el turno la perdí.

—Fue el año en que nos casamos —dijo la señorita Beulah—. Ni que decir tiene…

—Ya, ya, lo demás ya lo veo —le dijo la tía Cleo.

—Para que no quede duda de que la dichosa caja fuerte pesa un quintal —dijo la señorita Beulah—, conste que yo oí el ruido que hizo el suelo cuando cayó de golpe y los cimientos retemblaron. Fue igualito que un trueno.

—Seamos justos y digamos que no fue culpa de la caja fuerte sino más bien culpa de este terreno —dijo el tío Curtis—. El suelo arcilloso de Banner es tan duro que a uno le puede partir la espalda en dos cuando pasa tiempo sin llover. ¿No es el caso, señor Renfro? —preguntó—. A lo más que uno llega es a cultivar unas sandías, ¿no es cierto?

El señor Renfro dejó la sandía en su sitio y se marchó a por más.

—¡Y mira que pensar que un muchacho ignorante anduvo a pie por esta montañosa parte del mundo mientras se le iba cayendo la calderilla y repartía a su paso monedas de todos los colores! Por doquiera que pasó el chaval dejó buenos dineros tras sus pasos, y él ni siquiera se llegó a dar cuenta.

Rieron todos menos la señorita Beulah.

—¡Fue el anillo lo que perdió! —dijo levantando la voz—. Justo lo que se había tomado tantas molestias por recuperar, y…

—¿Y cómo le va a Curly Stovall? —exclamó de pronto la tía Cleo.

—¿En su ataúd? Mejor no puede estar —dijo el tío Noah Webster, dándole una palmada en el hombro.

—Daría cualquier cosa en el mundo por ver a Curly dentro de su propio ataúd todavía hoy, y por escuchar sus atinados comentarios —dijo el tío Curtis—. Aquello pasó en el peor día de la semana, y eso en el fondo es lo principal.

—Espero que solo fueran esos dos chiquillos preciosos los que llegaran a echarle un vistazo como Dios manda —dijo la tía Cleo.

—La maestra, en el momento mismo en que terminaron de almorzar, y mira que lo hicieron deprisa, va y los pone en fila y se los lleva más tiesos que una vela al colegio —dijo la tía Nanny—. Nunca llegaron a saber lo que se habían perdido. Y ella nunca llegó a saber de ese ataúd, o de ningún otro, más de lo que supieron ellos…

—Aunque daba gusto qué bien veía con esos ojos tan brillantes —dijo la tía Birdie.

—¿De qué le iba a servir la vista, por buena que fuera? En primer lugar, la báscula de la tienda queda justo frente a la puerta de entrada, con lo que impide que se vea el interior. En segundo lugar, ahí dentro está todo oscurísimo —les recordó la tía Beck con amabilidad—. No se puede saber qué hay en la tienda si no está uno dentro, e incluso aunque así se pueda ver, hay veces que uno se tropieza sin darse cuenta —dijo el tío Curtis—. Dichoso ataúd…

—Y va y resulta que Curly está ahí dentro atascado, más prieto que la cinta del sombrero que lleva Dick, y sin que nadie lo vea —dijo el tío Percy.

—Apretado ahí dentro y aún con la gorra de béisbol calada —dijo la tía Nanny sonriendo—. Con las patillas aún llenas de fertilizante. Como si fueran ramas de vara de oro silvestre que le colgasen de las orejas, según cuenta Etoyle.

—¿Y cómo se enteró Etoyle? —preguntó la tía Cleo.

—Fue la que menos tardó en almorzar y la que más deprisa se fue corriendo a contar lo que había visto, y cuando lo hizo no encontró a nadie que la creyera —dijo Ella Fay desde la entrada—. Solo está en cuarto curso, y todo el mundo sabe que tiene fama de embustera.

—En fin, en fin. ¿Y qué fue lo que hizo entonces Curly Stovall? —preguntó la tía Cleo.

—Ponerse a dar alaridos a voz en cuello—susurró el tío Percy—. Y sin un alma que acuda en su auxilio. Vuelve a llamar a la hermana Ora. Pero ella, naturalmente, no irá hasta que no esté lista.

—La mitad del tiempo es incapaz de oír lo que Curly tenga que decirle, por la sencilla razón de que es ella la que le está hablando —dijo la tía Birdie—. Cuando él está en la tienda, ella le habla desde la casa. Cuando él anda en el jardín que tiene detrás, ella le habla desde la tienda. Me juego el cuello a que ella estaba en la casa hablando con Curly sin parar, como si nada hubiera pasado. Y él tuvo que escuchar todo lo que ella le iba diciendo, atascado ahí dentro de su propio ataúd.

—Me alegro de que así fuera —dijo el tío Dolphus—. Y más por el mucho bien que le hizo.

—Total, que no le quedó más remedio que armar todo el alboroto que pudo. Claro que... ¿a quién pensaba llamar? No era sábado. Uno se puede desgañitar a gritos hasta arrancarse la cabeza, que eso no le garantiza que pueda atraer a una sola alma si el lunes aún queda bien lejos —siguió diciendo el tío Percy.

—Pues yo pienso que si no pudiera hacer que nadie viniese a gritos, creo que al menos intentaría usar el teléfono —dijo la tía Cleo—. Sobre todo si me hallase en una situación tan adversa como la de ese hombre.

—Hermana Cleo, para mí que tú has entrado en sueños en esa tienda y has visto dónde estaba puesto el dichoso ataúd. Justo frente al poste del que cuelga el único teléfono que hay en siete millas terrestres a la redonda —dijo la tía Birdie.

—En efecto, así que pasado un rato el viejo Curly asomó la cabezota entre las botas colgadas y los faldones de las camisas colgadas, y logró descolgar el aparato —dijo el tío Percy, y adoptó una voz de falsete—: «¿Aló? ¡Que alguien me mande a la fuerza de la ley! ¡Estoy atado! ¡Me han robado...!».

—La señorita Pet Hanks está en la centralita de Medley. Eso quiere decir que tiene un teléfono conectado con Banner en el cuarto de estar —dijo la tía Birdie—. A veces, cuando uno trata de contarle sus penas a otro, es fácil oír cómo trina su reloj de cuco al dar la hora.

—Bien, pues ya sabéis qué guasa se gasta la buena mujer. La señorita Pet Hanks se pone al aparato, le toma la llamada y le dice: «¡Pero si la ley es usted, alcornoque!».

—Ja, ja —dijo Ella Fay a la vez que salía al jardín. Llevaba el atril del predicador y lo colocó a la sombra, listo para engalanarlo con ramas de madreselva.

—Es cierto, para entonces ya habíamos ascendido a Curly en el escalafón. Era el ayudante del sheriff. Así que la señorita Pet se limitó a dejar que se cociera en su propio jugo durante un buen rato. Su puesto de trabajo era vitalicio, no tenía nada que temer —dijo el tío Curtis.

—¿Y no fue ni una sola alma caritativa a ver qué le pasaba? —exclamó la tía Cleo.

—¿Incluyes en ese grupo al hermano Bethune? Cuando va y se planta en la tienda, es con la idea de llevarse unos huevos de la caja en que están a la vista de los clientes. A voces le dice a Curly cuántos son los que se lleva y luego sigue su camino. Curly no permitiría que ni siquiera un predicador baptista se llevase nada gratis de su establecimiento. Y hace falta mucho más que un tendero metodista atascado en su propio ataúd para que al hermano Bethune se le vaya de la cabeza la idea de no meterse donde no le llaman —susurró el tío Percy.

—Ay, pues a mí que me empieza a dar lástima el pobre Curly… No puedo evitarlo —avisó la tía Beck—. Es un ser humano al que todos los demás han dejado en la estacada.

—¿Me vas a decir que Gloria no iba a cruzar una calle de tierra apisonada para ayudar a una persona necesitada para que saliera de su propio ataúd? —preguntó la tía Cleo—. ¿Qué estaba haciendo ella entre tanto?

—Pues dar clase, qué voy a hacer —dijo Gloria alzando la voz—. Enseñar a los chicos a memorizar ese poema que dice «¡Navegad, navegad sin parar!».

—Estaba en el aula, que es donde tenía que estar, haciendo todo lo posible para atar en corto a un rebaño de criaturas cuyos nombres y apellidos aún no se había aprendido siquiera —explicó la tía Beck con amabilidad.

—El primer día de clase me iba saliendo todo lo bien que cabía esperar —dijo Gloria desde la cancela—. Luego, cuando el tendero empezó a alborotar más que todos los de séptimo curso juntos, creí llegado el momento de asomarme a la calle para hablar con él.

—Oh-oh —exclamó la tía Nanny.

—Le llamé la atención. Le dije que era la maestra. Le dije que me estaba interrumpiendo el recitado de un poema que costaba muchísimo trabajo aprenderse de memoria, y que con su actitud no estaba haciendo ningún bien a la causa de la educación. Y le dije que más le valía poner fin cuanto antes a tanto empeño por llamar la atención, porque la opinión que tenía sobre Banner estaba empezando a desmerecer.

—Oh-oh —exclamaron unos cuantos.

—Apenas armó bulla hasta que oyó la campana que anunciaba el final de las clases —dijo Gloria—. Los hombres aprenden a ser comedidos si se les hace entender qué es lo que se espera de ellos.

—¿De dónde ha sacado todo eso? —rió por lo bajo la tía Birdie, y la señorita Lexie encogió las rodillas y se echó hacia atrás para reír con ganas.

—Por muy verde que estuviera, si se le había condenado a dar clase, la pequeña Gloria necesitaba que se la tuviera muy en cuenta —dijo la tía Birdie—. Al menos algún día.

—Que no se te olvide que sabía a quién imitar —dijo la señorita Lexie.

—Pues entonces me da que Curly Stovall tuvo que esperar como estaba a que regresara Jack, para ver si tenía compasión y lo soltaba para reanudar la trifulca —dijo la tía Cleo—. ¿Quién ganó al final?

—¿Sabes qué te digo? Que Jack nunca volvió a la tienda ni siquiera para desatarlo —el tío Percy ladeó la cabeza al decírselo—. Ya podéis ir adivinando las razones.

—Una de ellas es que Curly Stovall se tenía bien merecido pasarse un buen rato bien amarrado. Esa es una, desde luego —propuso la tía Birdie.

—Y hay un montón más. Pero también hubo una razón para que alguien se decidiera a acercarse y desatarlo —siguió diciendo el tío Percy.

—Fue Aycock Comfort, y ese no necesita razones de ningún tipo —dijo el tío Curtis.

—¿Y quién es ese Aycock Comfort y qué es lo que pinta en esta historia? —preguntó la tía Cleo.

—Es un chico del pueblo, de Banner, amigo de Jack. Lo que le pasa es que no es Jack —dijo el tío Noah Webster, con una sonrisa expansiva que dedicó a sus hermanos.

—¿Había seguido Aycock a Jack al venir desde el colegio, como lo sigue a todas partes? ¿Y se fue quedando rezagado? —preguntó la tía Birdie.

—Aycock ni siquiera se había dignado a ir a clase. Ni siquiera se había enterado de que había una maestra nueva. Lo que pasa es que le entran de pronto las ganas de comerse un pepinillo. Y da la casualidad de que la señorita Ora Stovall decide sacar algo de tiempo para prepararle unas rodajas de fiambre para acompañar su encurtido —dijo el tío Percy—. Y entonces entra en la tienda y tiene la visión de Curly dentro del ataúd y se le escapa una carcajada. «¡Esto lo tengo que sacar en el periódico!», le dice. Y es que ella es la que se encarga de escribir las noticias de Banner para el Boone County Vindicator. «¿Se puede saber qué mosca te ha picado?» «¡El colegio ha empezado esta mañana!», dice él. «Anda, sácame de este corsé.» «Jack Renfro se ha debido de tomar muy en serio eso de seguir adelante con su educación», dice ella, al ver la clase de nudos con que estaba atado. «Ay, ¡si al menos le impidieras entrar en la tienda!» «Y si tú pudieras al menos soltarme de una vez…», le dice Curly. Así que Aycock, que entretanto se ha quedado en la puerta como un pasmarote, coge el cuchillo de cortar el queso y sierra el cordel del tendedero. Y Curly entonces le pega un grito: «¿Y ahora quién me va a comprar la cuerda, Aycock, después de que la hayas cortado así?». Pobre Aycock, da igual a dónde vaya, siempre le cuesta horrores recibir alguna muestra de gratitud.

—Mira tú, en eso también es distinto de Jack —dijo la tía Beck.

—Total, que va la señorita Ora y dice: «Anda, coge el pepinillo y largate, Aycock, y no vayas a molestar a los que están ocupados de verdad. Mi hermano y yo no tenemos ningunas ganas de que nos rayes este barniz, que es de primera, ¿te enteras?». Se planta junto a su hermano, lo mira de hito en hito y tira fuerte de él. Y vuelve a tirar. Hasta que lo arranca del ataúd como se arranca una muela del juicio, en medio de grandes alaridos. La buena mujer tuvo que hacer el esfuerzo de su vida para arrancar a su hermano de allí dentro. Aun hoy, cuenta a todo el que la quiera oír que aún no se le ha pasado la fatiga —dijo el tío Percy.

—Y nada más quitarse ella del medio, Curly se vuelve en redondo y le arranca a Aycock el faldón de la camisa. Y si Aycock no agarra en ese instante una palomitera pequeña, de las de poco más de cincuenta gramos, y se abalanza contra Curly mientras se lo está clavando en el madero…

—Percy —dijo el tío Noah Webster—, no le das ninguna credibilidad al bueno de Aycock. A mí me parece que al menos se trataría de una batidora para mantequilla, y seguro que no era tan pequeña.

—En fin, para el caso es lo mismo, porque se abalanza contra él a toda velocidad. Y a punto está de asestarle un buen mamporro cuando va y entra Homer Champion…

—Que es el marido de mi hermana Fay —aclaró la señorita Lexie a la tía Cleo—. Ya te iré yo diciendo quién es quién, no hace falta que lo preguntes, cuando llegue el momento.

—Y más vale que contemos hoy con él —dijo el tío Noah Webster—. Forma parte de esta reunión y ha confirmado su asistencia.

—En fin, que llega Homer todo acalorado, y acelerado además, con el pozal lleno de huevos en una mano… Está haciendo el reparto. «Homer Champion», le dice Curly, «tú eres el juez de paz. ¿Cómo es que no te han avisado por teléfono? Me han dado una paliza, me han vilipendiado, me han atado y me han robado, me ha sacado a tirones del aprieto una mujer que arrastra casi cien kilos de peso y me han soltado un buen cacharrazo con una batidora de mantequilla en toda la cabeza. Un pieza que tendría que estar en el colegio me ha convertido en un hazmerreír, y por si fuera poco me ha hecho callar una maestrita que pesa menos que un alfeñique. Me han hecho de todo, salvo servirse de mi teléfono gratis. Bueno, pues a Aycock al menos lo tengo aquí sujeto por la oreja. Al menos tengo a uno de ellos. Y tú podrías echarle el guante al otro. Tú atrapa a Jack, lo detienes y te los llevas a los dos al calabozo, a los dos juntitos.»

»—¿Te he entendido bien? ¿Has dicho Jack? —dice Homer Champion.

»—¡Ahora resulta que es un atracador que se lleva las cajas fuertes de los tenderos! —dice Curly—. Le podrás echar el guante, es fácil; tiene que volver para conducir el autobús escolar.

—Pero entonces Homer Champion le dice: «Curly Stovall, ¿tú de verdad te crees que me vas a convencer así como así para que me lleve al chico mayor del hermano de mi esposa por todo el condado, hasta la frontera de Boone, para que lo metan entre rejas en Ludlow? ¿O es que pretendes que me lleve a todo el equipo de baloncesto del colegio de Banner de una tacada?».

»—Eso es justo lo que quiero —dice Curly.

»—Pues ganas me están entrando de tirarte algo a la cabeza —dice Homer. O al menos así es como lo cuenta él.

»—Vamos a ver: ¿os podéis largar los tres de aquí ahora mismo y dejarme en paz para que ponga en orden la tienda y limpie un poco? —dice la señorita Ora, que acaba de entrar para retirar los huevos del alcance de todos los presentes—. ¿Puede ser antes de que esa marea de chiquillos entre aquí en tropel en cuanto suene la campana del colegio? Ay, Señor. Ojalá no fuerais tan palurdos. —Y mandó a Curly a la bomba de agua, a ver si se aseaba un poco.

—Si yo hubiera sido Curly, me habría puesto hecho un basilisco con todos, con ella incluida —dijo la tía Cleo.

—Lo que se dice contento no estaba —dijo el tío Curtis—. Eso te lo digo yo. Total, que suena la campana para salir de clase y sin perder un minuto entra toda la horda de chiquillos en busca de su caramelo, su pirulí o su chicle para mascar en el autobús, de vuelta a casa. Luego entran todos de golpe en el autobús, y resulta que Jack todavía no ha regresado.

—¿Y acaso no pensó la nueva maestra que mejor habría sido esperar a que llegase? —bromeó la tía Birdie.

—Dice la maestra: «A ver, tú, el larguirucho de las manos coloradas, el que no lleva libros, ven aquí ahora mismo». Aycock se queda pasmado, boquiabierto, mirándola. «¿Cómo te llamas, y a qué curso vas?»

»—Soy Aycock Comfort, y yo pensé que había colgado los libros.

»—Creo yo que aún se te puede sacar partido —dice ella.

»—Pues verá, es que no soy yo de esos a los que se suele llamar para nada —dice Aycock.

»—Tienes estatura suficiente para ver lo que haya por encima del volante —le dice ella—. Así que quiero que lleves a todos estos niños hasta donde quiera que vivan.

»—Eso si consigo arrancar la manivela, claro está, pero... Vale, por mí, de acuerdo —dice Aycock—. Preferiría conducir un coche de postín, pero aun así...» Los Comfort nunca han dado las gracias por mucho favor que se les haga. Dicen que es porque están convencidos de que no son ni una pizca inferiores a quien se les ocurra hacerles el favor. Pero la maestra decide no subirse con él.

»—Tú lleva a los niños —le dice—. Yo tengo que esperar a que vuelva el conductor titular para poder administrarle el castigo que merece. En cuanto a ti, no eres más que el suplente.

—Puso a Aycock a cursar séptimo como quien no quiere la cosa. Se había pasado cuatro años sin pisar el colegio, mientras que Jack había tenido que pasar cinco años sin ir a clase para que los hermanos menores pudieran empezar sus estudios. Y ahora, y gracias a la nueva maestra, está encantado de hacer todo el trabajo que sea menester y además está dispuesto a aprender todo lo que ella le enseñe. ¡Durante cinco meses al año, nada menos!

Al tío Percy le flaqueó la voz por espacio de un minuto.

—Mal podía saber el bueno de Jack, cuando volvió a ir al colegio, que aquella mañana empezaba sus clases la nueva maestra —dijo la tía Nanny con una sonrisa resplandeciente.

—Mal podía saber Gloria... —añadió la tía Beck—. Terminado todo el alboroto, yo calculo que se sentó en el columpio del colegio a esperarlo.

—Tuvo que llevarla a su casa a caballo, a la grupa, bien sujeta ella a su cintura —dijo la tía Nanny.

—Qué va, Nanny. La sentó a ella en la silla y él se dejó llevar a la grupa —dijo la señorita Beulah—. Y eso que las vacas mugían llamándolo desde que amaneció.

Gloria se puso en pie y se le abatieron los hombros en lo que pareció un suspiro. Allá revoloteaban con ella las amarillas mariposas de agosto, tan silvestres y luminosas como las ideas y los sueños que suele tener la gente, aunque colmadas por un sueño propio; hechas un solo cuerpo de luz, como si afrontasen el viento de cara, volaban hacia el este.

—Muy bien. ¿Y el anillo? ¿Llegó a aparecer? —preguntó la tía Cleo.

Cleo, en el nombre de Dios, ¿tú para qué crees que hemos empezado a contarte todo esto? ¡Pues claro que no apareció!

—¿En serio? ¿Lo buscasteis bien? —preguntó.

—¡Óyeme! Todos y cada uno de nosotros lo buscó hasta que se puso el sol. Ya se nos salían los ojos de las cuencas de lo oscuro que estaba —dijo la señorita Beulah, que había llegado a la embocadura del pasadizo—. ¡Si hasta peinamos los bosques y los pastos y la orilla del arroyo y los matojos y los brezales…! Aquí, en la granja, buscamos bajo cada maizal, bajo cada mata de alubias… Y Jack tenía las hileras tan limpias como tengo yo esta casa, ¿no es así? ¡Y esta familia sabe cómo hay que buscar cuando toca hacerlo! Si algo se nos esconde o se nos despista, ¡vaya que si lo encontramos! Pero el bendito anillo nos la dio con queso a todos.

—Ja, ja —dijo Ella Fay desde el jardín de la entrada.

—Y tú, no te creas que te he perdido de vista —le gritó la señorita Beulah—. Quiero verte ahora mismo engalanar el atril del abuelo con tal cantidad de ramas de madreselva que al hermano Bethune le cueste su buen trabajo encontrarlo debajo.

—Bueno, pues si no han visto el anillo por ninguna parte al menos espero que recogieran todo el dinero que se le fue cayendo a la caja por el camino —dijo la tía Cleo.

—¿Qué dinero? ¿El dinero de Curly? —preguntó el tío Noah Webster en medio de las sonoras carcajadas de todos—. ¿Tú has oído de alguien que pague al contado a ese cabrito?

—¿Me quieres decir en qué parte del mundo elige nadie con qué sacar adelante una tienda? —inquirió la tía Cleo—. Algo de dinero suelto tendría que guardar.

—Si miras hoy en el monedero de Ora creo yo que encontrarás la mayoría; pues por entonces ya era igual. Pero no pretendo yo decir que no tengan también por ahí guardado un tarro lleno de azúcar en donde... Si quieres echar abajo la puerta y entrar en la casa para asegurarte, allá tú —dijo la señorita Beulah—. Yo no tengo ningunas ganas. Yo en su casa ni se me ocurre entrar.

—Hermana Cleo —dijo el tío Curtis—, antes de que Curly se embolsara ese anillo de oro, bien poca cosa guardaba en la caja fuerte, poca cosa que valiera la pena llevarse.

—La señorita Ora —dijo la tía Birdie— guardaba un par de cosas suyas ahí dentro, cosas que no cree que sea asunto de nadie ir a mirar.

—El alfiletero, las agujas y la caja de los hilos, y las tijeras y todos los aparejos que yo le he visto sacar de allí —dijo la tía Beck—. Y las gafas. Bah...

—Y luego está ese tarro enorme de maquillaje con que se embadurna la cara todos los sábados —dijo la tía Nanny.

—Lo único que se llegó a encontrar fueron los papeles de la hipoteca —susurró el tío Percy—. Estaban todos juntos, amontonados en el lecho del Arroyo de la Pantera. No había caído una sola gota de lluvia en todo ese tiempo.

—¿Y quién fue el que encontró los papeles de la hipoteca? —preguntó la tía Beck con un suspiro.

—Vaughn Renfro, el pequeño; y en cuanto los encontró se fue corriendo derechito a llevarlos a la tienda... Curly solo tuvo que ponerles una goma nueva para tenerlos bien sujetos; la otra se la habían comido las hormigas, pero no le hincaron el diente a las firmas. Una pena, ya lo creo, que el tiempo fuera tan seco en aquella época.

—Yo les pido que me lleven a los bosques. Si lo que buscan es el anillo, yo a lo mejor podría encontrarlo —dijo la tía Cleo con gran osadía.

La señorita Beulah acababa de volver con un huevo en una mano, como si estuviera a punto de cascarlo.

—Hermana Cleo, si fueras tú la que supiera adónde fue rodando ese anillo y además nos lo dijeras, recibirías una bienvenida mucho más entusiasta en el seno de esta familia, tanto que nunca sabrías qué hacer con tantas muestras de cariño —dijo—. Pero la verdad es que tú no lo sabes, ni lo sé yo, ni lo sabe nadie que esté en el radio que alcance mi voz, porque ese anillo era la alianza de boda de nuestra difunta madre, hija única de la abuela, que estaba a salvo de toda contingencia en su Biblia… Y ha desaparecido, como si nunca hubiese existido. —Volvió a la cocina y poco después se oyeron golpes secos y bien medidos en un cuenco de masa pastelera.

La abuela tomó la palabra.

—El tiempo se acaba.

—No pasa nada, abuela, no se preocupe —dijo la tía Birdie—. A ninguno se nos olvida que es su cumpleaños.

—Quiero que me lo traigáis, ¿entendido? —dijo la abuela—. No hagáis esperar mucho más a la abuela.

—Es lo que estamos haciendo, abuela. Se lo vamos a traer —dijo el tío Noah Webster, que se había acercado a ella para darle una palmada en el hombro, frágil como un trozo de cristal—. Lo traeremos tan pronto como podamos.

—Pues bien. A la mañana siguiente, a primera hora —el tío Percy reanudó el relato—, subiendo por el camino hasta la casa, aparece Homer Champion en su furgoneta de las gallinas, recién llegado de Foxtown. Y cuando hace un alto son dos los que bajan, Homer y Curly Stovall. Como si fueran amigos del alma.

»—¡Aquí tienes la prueba, Homer Champion! ¡Ahí está mi caja fuerte, que Jack ha convertido en un juguete para niños! —dice Curly—. Si no me la devuelven ya lo puedes detener.

—Y son Etoyle y Elvie y Vaughn, los tres pequeños de Beulah, los que están jugando a las tiendas, felices y contentos, bajo un árbol del paraíso. Y no hacen otra cosa que sentarse los tres muy deprisa encima de la caja fuerte, formando una piña. Unos niños preciosos, pero que por estos pagos no se suelen topar con juguetes tan bonitos.

»—¡Fuera de mi caja fuerte! —dice Curly—. Si no, el bueno de Homer se os llevará a la cárcel a todos a la vez.

—Y Elvie se niega a hacer nada, aparte de abrir la portezuela de la caja fuerte y meterse dentro y cerrarle la portezuela en las narices.

»—Ya basta, pequeños malhechores. Devolvédsela como dice el señor —dice Homer—. La caja fuerte no está dañada, Curly; solo hay que ajustar un poco las bisagras y aceitarlas para que no chirríen. Ahorrémonos la inquina. Seamos todos buenos amigos.

—El viejo Curly aparta de un manotazo a los otros dos niños de la caja fuerte y abre la portezuela y saca a Elvie por una pierna.

»—¡Dadme ahora mismo el dinero! —aúlla.

»—Si no tenemos dinero, solo tenemos los frutos del árbol, somos aún pequeños —replica Elvie al salir de la caja.

—Y Curly, ¡vaya abusón!, tiene que sacar a Elvie, que suelta patadas y le planta cara, hasta que le arranca la dichosa caja fuerte de los bracitos con los que se había entrelazado a las aristas de metal. Elvie estuvo llorando a moco tendido, a causa de la caja, hasta el anochecer.

—Etoyle sabe que lo suyo es llamar a Jack a voces para que venga del granero. Allá que viene, directo de la vaca, con dos pozales llenos de leche, diciendo que nunca es temprano para recibir visitas, preguntando a la vez por qué no se sientan en las escaleras a tomarse un buen vaso de leche espumosa y gozar del amanecer.

»—Jack, ¡quedas detenido! —dice Homer.

—Jack lanzó el primer pozal en un visto y no visto. Y le roció la cara a Curly con toda la leche recién ordeñada.

—¿Y por qué no se la tiró también a Homer Champion? —preguntó la tía Cleo.

—Hermana Cleo, es Homer el que viene a detenerle, pero por matrimonio es de la familia. La hermana del señor Renfro y de la señorita Lexie es su esposa. Y ya sabes en qué estima tiene Jack a la familia. Y en especial a las señoras, les tiene un respeto terrible.

—Se lo metí yo en la cabeza cuando era niño —gritó la señorita Beulah.

—Jack, sin embargo, tuvo que dejar en el suelo un pozal antes de poder lanzar el otro, como le hubiera pasado a cualquiera, y sin que pudiera darse cuenta el bueno de Homer le devolvió la jugada, lanzándoselo todo a la cara. ¡A poco lo deja ciego! Curly y Homer, trabajando en equipo, lo toman entonces en vilo, ciego como está, y se lo llevan a la furgoneta de Homer y lo echan allí con las gallinas. A saber cómo encuentran sitio para meter también la caja fuerte, y luego Curly se sube detrás y se sienta encima… Etoyle puso buen cuidado de ver que se sujetaba la nariz con la mano. Así que Homer cierra las puertas y se larga sin haber tenido el detalle siquiera de entrar en casa para dar los buenos días. La pequeña Elvie es la que entra en la cocina llorando a todo llorar y da la noticia…

—¿Y no ha cambiado Homer Champion de parecer sobre lo que hizo? —preguntó la tía Cleo.

—Esa mañana andaba un poco pasado de tragos. Y es buena cosa que la leche no le diera en la cara, porque no es precisamente lo que más le gusta beber —dijo el tío Curtis.

—Lo que sigo sin entender es por qué no procedió el mismo Curly Stovall a la detención —dijo la tía Cleo—. Siendo delegado del sheriff, tiene todo el derecho del mundo a hacerlo. Un juez de paz es muy poca cosa más que él…

—Porque Curly tonto no es, ni más ni menos. Así que se llevaron a Jack a Foxtown y lo metieron en la cárcel. Y Etoyle dijo que Homer le había advertido antes de llevárselo que si oponía la menor resistencia a la detención, le metería una bala en la pierna para que se estuviera quieto.

—Etoyle es un poco embustera. ¿Se puede saber qué haces aquí sentada con la gente, Etoyle Renfro? —preguntó la señorita Lexie.

—Es que me encanta escuchar y contar historias.

—¿Y has llegado justo ahora por lo que viene a continuación? ¿A tiempo de oír cómo tu pobre madre…? —dijo la tía Beck en tono de reproche, subiendo la voz.

—Yo, desde luego, no trataré siquiera de contar cómo se comportó

Beulah aquella noche —susurró el tío Percy—. No tengo fuerzas para hacerle justicia.

—Y además tú no estabas aquí —gritó la señorita Beulah.

—Bueno, ¿y cómo se comportó Gloria? —preguntó la tía Cleo.

—¡Cleo! ¡Si Gloria aún no era miembro de la familia, no pudo serlo tan deprisa! —Las otras tías se rieron, y la tía Nanny la llamó—. ¿O sí que lo eras, Gloria?

Gloria seguía sentada dándoles la espalda sin decir una sola palabra.

—¿Esta chica está en sus cabales? —quiso saber la tía Cleo.

—No, claro que no. Está hecha un lío —gritó la señorita Beulah para aclarárselo—. Y no hay una sola cosa que ni tú ni ninguno de los presentes podamos hacer para remediarlo. Eso es algo que solo puede hacer Jack.

—Me estaba preguntando a estas alturas por qué no habrá llegado todavía Homer Champion —dijo la tía Cleo—. A no ser que esté esperando a que Jack llegue primero, claro está…

—Ah, te puedo contar con todo detalle qué es lo que estará haciendo Homer ahora mismo. Estará atornillado en alguna parte, en un banco en el que hace bastante calor, esperando el momento del amén para salir y así poder estrechar la mano de todos los fieles de la congregación según vayan saliendo por la puerta —dijo la señorita Beulah.

—La iglesia baptista más grande, la más atestada, la más apiñada de fieles que pueda encontrar —dijo la tía Beck.

—Luego se irá a todo correr a estrechar la mano a todo el que pase por delante de la fábrica de hielo de Foxtown —dijo el tío Percy—. Así pescará a los metodistas cuando vayan a casa a la hora del almuerzo.

—Se las apañará para hacerse el encontradizo con algunos presbiterianos antes de que termine el día de culto, si es que encuentra alguno —dijo la señorita Lexie.

—¿Y qué estará haciendo Curly Stovall, habida cuenta de que este será su último domingo? —preguntó la tía Cleo.

—Andará ingeniando la manera de hacer algo así como harina

de freír pescado para poder aglutinar a todos los infieles —dijo la señorita Beulah, ya marchándose.

—Se cree que tiene a los cristianos cogidos por el cogote, siendo como es un próspero tendero —recitó Elvie imitando la voz de su madre.

—Pero… ¡niña! ¿Tú qué estás haciendo ahí? —exclamó la tía Beck.

—Espantar las moscas.

—En fin, cariño, pues tu tío Homer Champion y Curly Stovall estarán metidos en el mismo follón de siempre disputándose el mismo cargo de siempre —le dijo el tío Noah Webster—. No es probable que entiendas todo lo que estás oyendo al menos hasta que tengas edad de votar.

—¿Compiten los dos en las elecciones? —preguntó la tía Cleo.

—Pues claro. Y la verdad es que no sé de qué forma se las ingeniará el bueno de Homer para ganarlas otra vez con una de sus artimañas —dijo el tío Noah Webster—. Homer tiene la misma edad que yo. No podrá ir un paso por delante de Curly durante mucho más tiempo.

—Para mí —dijo el tío Percy con voz trémula—, lo que tendrían que haber hecho es desestimar el caso el mismo día en que tuvo lugar la vista en Foxtown.

—Piensa en las complicaciones que se habría ahorrado todo el mundo —suspiró la tía Beck.

—Para mí, y para la mayoría —dijo el tío Curtis—, Jack actuó de la única forma en que puede actuar un hermano y un hijo, e hizo lo que cualquier buen muchacho del Mississippi habría hecho en su lugar. Yo de veras contaba con que desestimaran el caso y lo tirasen por la ventana.

—Sin más que buenas palabras en favor de Jack —dijo la tía Birdie.

—En fin. Si Jack tiene suerte, entonces Curly pierde el tiempo empeñado en detenerlo a toda costa —dijo la tía Cleo.

—La verdad es que Jack mucha suerte no tuvo, y Curly tampoco perdió mucho tiempo. Así que no lo des por hecho —dijo la tía Nanny con sorna.

—Bueno, es que muy apurados tenían que andar en Ludlow, con la cantidad de casos que tenían previstos para esa primavera, si Jack fue en su día lo peorcito que encontraron en Foxtown para sumarlo a la agenda —dijo el tío Curtis.

—Muy bien, hermana Cleo. Veamos: ¿tú dirías que había caso o que no? —preguntó la tía Birdie en tono impertinente.

—Te estamos poniendo a prueba —exclamaron.

—A ver, a ver, un momento —dijo la tía Cleo—. Yo diría que a lo mejor.

—¿Cómo? El suyo no era un caso para una vista judicial; antes aquí mi esposa se habría convertido en un animal volador —dijo el tío Percy. Puso la mano sobre el hombro de la tía Nanny.

—Yo he dicho que a lo mejor —dijo la tía Cleo—. Por más que Jack se trajera a casa la caja fuerte y estuviera vacía, calculo que se podría hablar de que la había forzado. No sé de qué otra cosa se podría hablar.

Cesó una vez más el trajín en la cocina. La señorita Beulah salió al porche.

—Si Jack hubiese querido de veras robar alguna cosa, hermana Cleo, podría haberse largado con el puerco mejor cebado de Curly y haberlo sacrificado y habernos hecho un buen favor a todos al mismo tiempo. Mi hijo no es un ladrón.

—Si un chico se ha criado en casa del abuelo Vaughn, y si sabe que la bebida, el baile y los juegos de cartas son pecado, no hace falta meterle a machamartillo en la mollera que robar es una cosa que tampoco es de recibo —exclamó el tío Noah Webster.

—Impedir que se viera el caso en el juzgado —dijo el tío Curtis—, eso fue lo único que habría tenido que hacer Homer Champion, y no lo hizo. Arrojó a Jack a las fauces del gran jurado. Homer nos aseguró que no pudo permitirse el lujo de hacer nada más. Lo habrían acusado de favoritismo.

—Y dijo que Jack no mejoró mucho las cosas con la manera que tuvo de comportarse en la cárcel de Foxtown —dijo el tío Dolphus.

—Al parecer, nos contaron que le daba por quedarse tumbado a la bartola en un rincón, y que se largaba nada más limpiar el primer plato del almuerzo —dijo el tío Percy—. Fue fiel a sus ideas, eso es todo. Pero Jack es un chico de Banner, ¿y cómo iba a saber que si le daba por excavar un boquete en la tapia de la cárcel de Foxtown con su navaja de bolsillo desembocaría en el cuartel de bomberos? En esto que el jefe de bomberos, al verle aparecer, levanta la cara del tablero de ajedrez y le dice: «Hijo, creo que yo por aquí no te he visto nunca. Así que más te vale volver por donde has venido a toda pastilla, y reza a Dios cuando traten de decidir qué hacer contigo». Y le ayudó a colarse de nuevo por el boquete.

—Total, que cuando apresaron a Jack le dijeron que tendrían que arreglárselas para encerrarlo un poco mejor a partir de entonces, y tenerlo a buen recaudo hasta la primavera, y Jack les dijo entonces que era agricultor y que entendía de ganado —dijo el tío Curtis—. Jack les dijo exactamente quién era y también dónde vivía. «Tengo que recoger el heno de mi padre, tengo que tamizar su sirope, y también ayudarle a matar su cerdo, tengo que recoger su algodón y hacer todas las demás tareas de la granja», les dice. «Tengo que plantar la simiente para el año que viene. Y tengo que terminar mis clases en el colegio. Así que no puedo quedarme aquí sentado, cruzado de brazos y meneando el pie, mientras ustedes le meten a cualquier hijo de vecino el miedo en el cuerpo para que me condene», les dice.

—Así que le dijeron a Jack: «Pues adelante, márchate». Y otro de los presos le espetó: «En la cárcel de Foxtown no tenemos sitio para los patanes como tú».

—¿Y lo dejaron marchar? —exclamó la tía Cleo.

—Mucho cuidado, no vayamos ahora a hablar bien de los juzgados, ni de los de Foxtown ni de los de ningún otro sitio —gritó la señorita Beulah—. No, señor, y menos cuando Homer tuvo aún el resabio de decirle a Jack que como no se presentara en el juzgado de Ludlow el día y a la hora en que lo llamasen, podía dar por sentado que volverían a detenerlo. ¡A Homer no le deis las gracias por nada! Y que no me entere yo de que nadie le da las gracias a Curly Stovall por haberle pagado la fianza de la condicional. —Y se marchó.

—Eso sí que me parece digno de nota tratándose de un Stovall —dijo la tía Cleo—. Dice mucho de él.

—¿Y cómo iban a mantenerse los Renfro si no lo hacía? ¿Cómo iba a pensar que tenía ni la más remota posibilidad de sacarles un centavo? —rió el tío Noah Webster—. Vaya si sudó el bueno de Jack, la gota gorda sudó de sol a sol. Y cuando menos falta nos hacía se puso a llover. Y cada semana estaba más cerca el día del juicio. Así que llegó el día en que ya no pudimos soportar verle la cara, y tuvimos que decirle: «¡Jack! Antes de que te lleven a rastras al juzgado de Ludlow, ¿qué es lo que más te gustaría hacer? ¡Deprisa!». Y va y dice: «Casarme». A nadie le sorprendió más que a su madre.

—No se podría decir que Jack hubiese dado ningún indicio de cuáles eran sus intenciones. El año anterior, casi todos habríamos pensado en la jovencita de los Broadwee —dijo la tía Birdie.

—¿Imogene? ¿Esa que es tan tímida? —sonrió la tía Nanny.

—Sí, y aún sigue esperando.

—A todas las ha cortejado. Pero cuando por fin escoge a la que se quiere traer a casa, va y escoge a la maestra.

—Pues vaya sorpresa que os llevaríais… —dijo la tía Cleo.

—Pues ahora que ya vive en casa y come con nosotros en la misma mesa, la verdad es que no —dijo la tía Nanny.

—Gloria también tuvo que elegir, incluso dejando a un lado a Aycock. Curly Stovall tenía la tienda enfrente del colegio, sin nadie de quién ocuparse, quitando de la señorita Ora, y disfrutaba de un trabajo de cara al público. Y en su tienda tenía todo lo que ella pudiera desear. Pero en el fondo ella lo desdeñaba.

—No me causó una buena impresión ya desde la primera vez que lo vi —dijo Gloria desde lejos.

—Pero aquel año nos tocó a nosotros el turno de dar alojamiento y manutención a la maestra, imposible ahorrárselo —dijo la señorita Beulah, asomando la cabeza por el pasadizo—. Pasamos todo el verano muertos de curiosidad por ver qué nos mandaban después de que la última solterona diera por perdida la batalla. Y aquí que vino. Ese buen hombre que tiene el puesto de inspector de enseñanza la trajo en un coche como nunca he visto otro a la entrada de mi casa, ni antes ni después, y ella bajó con el bolso sujeto entre ambas manos, una mochila de libros al hombro, una maleta a los pies, y en el regazo un cestillo lleno de polluelos para regalárselos a quien le fuera a dar alojamiento. Tuve una sensación nada más verla quitarse el sombrero… «Mira tú», recuerdo que pensé, «una maestra de la que Banner no podrá librarse así como así.»

En ese momento Lady May Renfro, con catorce meses de edad, irrumpió de golpe en medio del corro, desnuda, con una voz que era ya un firme alarido, sonando en la tarima como si fuera un tambor los pasos que daba con los piececillos encallecidos. Se había despertado ella sola de la siesta y se había bajado de la cama. Sus andares, recién aprendidos y no por cierto delicados, hicieron que retemblase el espejo de la pared, cuyo marco golpeó contra la madera de la casa como si llegaran aún más familiares.

—¿A quién andas tú buscando? —dijo la tía Nanny haciendo una carantoña a la niña.

Lady May se escabulló entre las manos que se ofrecieron para sujetarla, bajó las escaleras haciendo una buena imitación del señor Renfro, y corrió como una loca por el jardín de la entrada, mientras Gloria se levantaba para correr tras ella.

—¿Dónde está tu papi, granadina? —le gritaron al alejarse a pasitos veloces—. ¡Llámale, anda! ¡Llámale!

Elvie fue la tercera en la carrera, siguiendo solemnemente con el pañal a sus predecesoras.

Lady May correteó alrededor de la colcha tendida a secar y Gloria la atrapó. Una vez detrás de la colcha se arrodilló, defendida por la cortina de la casa. La colcha pendía inmóvil, apenas rozando el suelo. Era un cuadrado del tamaño de una cama que parecía frotado a cada palmo por rayazos de tiza de colores suaves que se repetían con mayor suavidad que las voces que resonaban en el porche. En la sombra de la enramada que formaba una maceta de hierro allí mismo, ascendiendo sin descanso como las chispas de un hogar, una pareja de zorzales volvía a cortejarse.

El saco de azúcar que Gloria sujetó con imperdibles en las caderas de su niña se sonrojó a la luz y centelleó por los minúsculos cristales que nunca se irían del todo, por más que se lavara. Alrededor de ambas el aire se estremecía con el canto de las aves, nunca tan sonoro desde que fue primavera. En toda la granja, lo único que resultaba tan luminoso como la chapa del tejado nuevo era el color del cabello de Gloria, inclinada su cabeza sobre su niña. Era de un dorado como el de una alianza matrimonial.

—Tú actúa como si supieras para qué estás aquí, Lady May —dijo a la carita lisa, elevada hacia ella.

La niña volvió a mirar a la madre con los ojos del padre abiertos del todo, casi cuadrados, sin sombra casi, tan claro el azul que se le veían unos puntos relucientes como tréboles violetas en lo más hondo del iris. Tenía el cabello rojo como la oreja de un gato al sol, y enhiesto, recto como un campo de avena, alto como si le formase una pequeña diadema.

—Tú no te olvides y copia a quien tengas que copiar —dijo Gloria a su hija.

Llevó de la mano a Lady May a la casa, y pasó entre la familia, apostada en el porche y en la sala de delante. A su vuelta, la niña caminaba de puntillas con un camisón puesto.

—Siéntate con nosotros, anda —dijo la tía Nanny—. Así está mejor.

Gloria se sentó en un barril y Lady May se acomodó en su regazo. Alzó las palmas de ambas manos formando una V. Se le enarcaron las cejas formando dos lunas crecientes de tonalidad sonrosada, como las primeras hojas del palorrosa en primavera. Miraba con los ojos clavados en los de su madre.

—Aprende a esperar… —dijo Gloria, bajando las manos de la niña. Esta permaneció sin moverse, las pestañas tiesas como las colas de las aves; fue como si aguzara el oído en espera de captar su nombre.

—Cariño, ¿tú de dónde venías cuando llegaste al colegio de Banner? —preguntó la tía Beck, adelantándose en su asiento—. ¿Te lo han preguntado alguna vez?

—La señorita Julia Mortimer me educó para que llegado el momento ocupase yo su lugar —dijo Gloria.

—¿El lugar de quién? —preguntó la tía Cleo, y todos los presentes soltaron un gruñido.

—La maestra más anciana de cuantas viven. Fue quien me enseñó a ser maestra —dijo Gloria.

—¿Tenías intención de dar clase más de un año? —exclamó la tía Birdie—. Nunca hubiera dicho…

—Una vez llegué, vi cómo mi propia vida se iba desenrollando por delante de mí, tan lisa como una cinta —dijo Gloria.

—Vaya, vaya. Qué cosas —dijo la tía Cleo.

—Lo único que debía hacer era aprender más a lo largo del verano, yendo a la escuela de magisterio, y pasados tres años podría ocupar con provecho el lugar de la señorita Julia. Y se acabaría el colegio de Banner para los restos.

—Pero entonces fue cuando se topó con Jack —dijo la tía Nanny, y pellizcó a Gloria en el brazo.

—Me pregunto yo qué fue lo que le dijeron todos ustedes a Jack cuando llegó a casa y dijo que se quería casar con su maestra… —inquirió la tía Cleo.

La señorita Beulah dio una voz.

—Yo le dije: «Jack, para eso se necesita una cosa que a ti te falta. Y es una alianza. ¿Recuerdas el anillo de oro que guardaba tu abuela en la Biblia? Seguramente se desprendería de él para dárselo a su nieto preferido. Y… ¿adónde fue a parar?».

—Supongo que en eso su madre lo pilló desprevenido —dijo la tía Birdie.

—No, ni mucho menos. Jack le dijo: «Mamá, ya me encargo yo de comprar a mi novia el anillo que ella quiera, y para eso solo necesito un poco más de tiempo». ¡Tiempo! Creía que tenía todo el tiempo del mundo. Daba verdadera lástima el chico. Los dos daban lástima.

—De todos modos, ya veo que tienes uno… —dijo la tía Cleo a Gloria—. ¿Qué tuviste que hacer? ¿Robarlo? —se rió enseñando la lengua.

—Cuidadito, hermana Cleo, que a Gloria no le gusta que le digan lo que ha de hacer —dijo a voces la señorita Beulah, mientras

Gloria apoyaba la mejilla en la de la niña. Lady May, con manos veloces, se apoderó de las horquillas de su madre, y los rizos se le desenrollaron, inundándolas a las dos.

—Gloria dio clase en el colegio de Banner durante un año entero para comprarse ese anillito, eso pienso yo —dijo la tía Birdie, y se rió con nerviosismo.

—Una maestra siempre tiene un justificante con el que puede valerse por sí sola —dijo la señorita Lexie—. Viene a ser lo mismo que un sueldo. Y de la maestra depende en qué decida emplearlo, si es que al final lo emplea, y cuándo. Eso si no se muere de hambre por el camino.

—Si recurriste al justificante para comprar el anillo, ¿qué te quedó para el vestido de novia? —preguntó la tía Cleo—. Si lo pregunto es porque me pica la curiosidad.

—Está hecho en casa.

—No se le ven las muchas costuras que tiene porque las tapa la niña —dijo la tía Nanny.

—¡Un momento! Como se desgarre… —Gloria se dirigió a las dos niñas que se le habían plantado una a cada lado, deseosas de verla de cerca, y que en ese momento le tiraban de las mangas y del dobladillo de la falda—. Es mejor que no os acerquéis tanto.

Las mangas cortas, abullonadas, estaban planchadas primorosamente, formando unos frunces que se abrían y se cerraban, tiesas como el lienzo, casi como si quisieran imitar unas alas pequeñas.

—La falda entera, enterita, y el dobladillo bien grueso —dijo Ella Fay, tropezando con ellas camino de la casa—. La organza con muchos pliegues, las mangas como pétalos de flores, y una banda bien subida en la cintura. Así es el vestido de novia que quiero yo.

—Pues casi podrías ponerte el suyo. Ahora veo que hay muchísima tela de sobra en ese vestido —dijo la tía Cleo—. A pesar de que la criatura le ocupa casi todo el regazo —rió—. ¿Y entonces estuviste aquí todo ese tiempo, preparada, esperando —preguntó a Gloria—. Y… ¿dónde fue la boda? ¿En la iglesia que hay junto al camino? ¿O tal vez oráis en los bosques, en algún claro?

—Me sorprende que no te fijaras en Banner al pasar de camino aquí, hermana Cleo —dijo el tío Curtis—. ¿No te mostró Noah Webster qué iglesia era la nuestra?

—Estaba todo el rato pendiente del conductor —respondió.

—Pues atiende: el abuelo Vaughn taló por su cuenta y riesgo árboles suficientes para construir la iglesia de Damasco. De los árboles serró los tablones con que hizo los bancos, todos de cedro macizo, y el púlpito es de una sola pieza. Y si por si acaso piensas decirnos que no la recuerdas, a lo mejor sí te acuerdas de que el cementerio que hay detrás es más extenso que el que tienen hoy en Foxtown.

—¿Cuántos vinieron a la boda? ¿Estuvo la iglesia llena hasta el último banco?

—Ponte de pie y saca tú la cuenta —gritó la señorita Beulah a la vez que trajinaba ruidosamente con las cacerolas—. Y aún puedes sumar los que han de venir hoy: Nathan, bendito sea, Fay y Homer Champion, el hermano Bethune...

—Y Jack —exclamaron.

—Pues yo diría que no está nada mal —dijo el tío Curtis—. Vi a Aycock Comfort asomado por una de las ventanas... Ese fue el único sitio que nos quedó para un metodista.

—Fue el abuelo quien unió en matrimonio a esos dos niños ruborizados y los trajo a la vida en la iglesia de Damasco un domingo de primavera, por la tarde —dijo la tía Birdie—. Se me olvida todo lo demás, pero me acuerdo de la boda por cómo lloré —exclamó.

—Ah, ¡y vaya si supo hablar bien el abuelo Vaughn! Celebraba las bodas con un rito más estricto que nadie, y la plegaria, que hizo él solito, sin ayuda de nadie, fue la más completa que se haya oído jamás.

—Y los consejos que les endilgó en el sermón ocuparían kilómetros y kilómetros —apostilló el tío Noah Webster—. Podría haber desangelado a cualquier pareja de novios, salvo a los más robustos.

—Y Curly Stovall avanzó por el pasillo y le dio una palmada en el hombro a Jack a mitad de la ceremonia, ya me lo imagino —dijo la tía Cleo.

—¡Hermana Cleo! Curly Stovall no osaría jamás, vaya, ni se le pasaría por la cabeza siquiera entrar en la iglesia de Damasco con el abuelo Vaughn allí presente, con su luenga barba, mirándolo por encima de la Biblia —exclamó la tía Birdie—. Y además, Curly ni siquiera es de credo baptista.

—¿Ni siquiera por la escena que habría armado? —les preguntó.

La señorita Beulah avanzó hacia ella.

—Solo venía a que me digas el nombre de la iglesia a la que asistes —dijo.

—La iglesia del Arroyo de la Derrota, de la confesión de la Asamblea de Dios. Estará a dos kilómetros al sur de Piney.

—En mi vida he escuchado hablar de ella.

Puso cara de circunstancias y se marchó.

—Eso viene después, hermana Cleo, cuando ya estamos en casa, tomándonos un buen refresco de limonada, la que prepara Beulah de maravilla, mientras vemos ponerse el sol. Es entonces cuando el viejo Curly sale sigiloso por el camino, por segunda vez, para encontrarse con Jack. Dice Curly: «A las ocho en punto de la mañana, según dé la hora el reloj del juzgado, tienes que presentarte en Ludlow». Y para cerciorarse de que Jack le contesta como debe, lo pone a buen recaudo en la cárcel de Ludlow. ¡En su noche de bodas! —dijo el tío Noah Webster—. Y no irás a pensar que Curly no disfrutó dándole el aviso, ¿eh?

—Supongo que pagaríais la fianza —dijo la tía Cleo—. Pero... ¿y el abuelo Vaughn? ¿Estaba aún despierto, atemorizando a todo bicho viviente?

—El abuelo no osaría interponerse en el camino de la justicia, hermana Cleo. Solo lo habría hecho si Curly hubiese querido hacernos esa jugarreta en la iglesia, antes de haberlos casado el abuelo. Ahí sí que se habría enterado Curly de quién era el abuelo.

—O incluso de lo que era capaz Jack —dijo con voz queda la tía Beck.

—Yo sigo convencida de que no nació Jack Renfro para dejarse tomar fácilmente por sorpresa —dijo la tía Birdie con toda lealtad.

—Su noche de bodas seguramente fue la primerísima ocasión en que se atrevieron a correr ellos el riesgo —dijo el tío Curtis.

—¿Y a quién se iba a llevar Curly de compinche esta vez? —preguntó la tía Cleo—. ¿Seguía conchabado con Homer Champion?

—Oh, no. Ya se había postulado al cargo para competir con Homer —exclamó el tío Noah Webster—. El viejo Curly se trajo consigo a Charlie Roy Hugg, su compinche en la cárcel de Ludlow.

—¿Qué pinta tiene?

—Es un borracho que va siempre por ahí con dos pistolas. Obliga a su esposa a que conteste al teléfono.

—En Piney tenemos uno igualito.

—Hermana Cleo, la familia entera tuvo que sentarse donde estamos todos ahora mismito y ver cómo se llevaban a Jack Jordan Renfro cual si fuese un saco de cereal, y cómo bajó abatido los escalones de este mismo porche de aquí en su noche de bodas. Boquiabierto. Desencajado.

—Arrastrando las punteras de los zapatos —dijo Etoyle con una sonrisa.

—Curly tuvo que ayudarl y sujetarle de un brazo. Y en parte sujetar a Charlie Roy Hugg para que no diera tumbos, antes de que se subieran al mismo trasto en que vinieron y se largaran. Y en la tienda de Banner, en el banco de la entrada, estaba sentado Aycock como si esperase que alguien lo llevara a algún sitio. Charlie Roy se para y Curly salta del sidecar y rodea a Aycock. Entonces Charlie Roy se llevó a los dos chicos hasta Ludlow en una motocicleta tambaleante; iba demasiado curda para conducir de modo pasable.

—Si Charlie Roy Hugg no hubiera sido pariente de Aycock por parte de madre, y si no tuviera un padre ya anciano que vivía aquí con nosotros, en Banner, creo que Jack habría puesto fin a la excursión y le habría dado una buena tunda mucho antes de llegar a Ludlow, yendo como iba sentado tras él —dijo el tío Curtis.

—A lo mejor tuvo que hacer todo lo que pudo para que Charlie Roy no se quedara dormido por el camino. Estoy seguro de que Aycock se quedó como un tronco en el sidecar. Treinta kilómetros es mucha distancia cuando ya se ha puesto el sol —dijo el tío Percy con un hilillo de voz—. Eso, sin contar con todos los arroyos y los montes que hay que salvar. Fue la señora Hugg quien les dio una celda en la cárcel, y de cena no les dio precisamente tarta, de eso puedes estar segura.

—Esa sí que no fue forma de tratar a uno de los míos —dijo la abuela—. No, no lo fue. Decidles que lo he dicho yo. Estoy impaciente por que vuelva.

—Ya se lo dijimos, abuela. A lo mejor ya lo han soltado. O a lo mejor es que ya está entre nosotros y usted no lo atina a ver… —bromeó la tía Cleo.

—¡Cállate la boca, hermana Cleo! ¡Eso sí que no! Tus truquitos de enfermera aquí no los quiero ver ni en pintura —clamó la señorita Beulah.

El tío Noah Webster se levantó de la silla y pilló al vuelo una pelota de béisbol que llegó volando desde el prado. Bajó las escaleras de un brinco, tomó impulso y la devolvió al campo de juego.

—Lo siguiente que supimos —exclamó ya de vuelta, a horcajadas sobre la silla—, fue que nos tocaba ir a todos al juicio. Cleo, ojalá hubiésemos tenido el privilegio de tenerte con nosotros ese día en el juzgado.

—Aun sabiendo lo que pasaba, aun contando con que alguien me llevase a Ludlow, mi primer marido no me habría dejado sentarme con vosotros: todavía estaba vivo —dijo la tía Cleo.

—Discúlpame —dijo el tío Noah Webster.

—Y eso que a mí un buen juicio me gusta tanto como al que más —dijo.

—Tuvimos que apretarnos bien apretados para que cupiéramos todos en el banco de delante, donde nos sentaron. El abuelo estaba a un extremo del banco, un poco más encorvado que antes y apoyado en el bastón, y Beulah ocupaba el extremo contrario, con todos los demás entre uno y otra. Es asombroso que finalmente cupiésemos todos. Y eso que no era cualquier época del año, ojo. ¡Era primavera! El mundo entero estaba en pleno rebrote, necesitado de hombres que trabajaran la tierra. ¡Y necesitado también de Jack, desde luego que sí! Y con la boda y el juicio, fueron dos días seguidos de trajín. Pero no faltó nadie; bueno, solo faltó Nathan, que no pudo llegar a tiempo. Allí estuvo la mayoría de la comunidad de Banner, todos en los bancos que había detrás de nosotros. Los de Harmony batieron otro récord de asistencia, para que Dolphus y Birdie se sintieran bien de verdad, y los de Morning Star se apretaron como un solo hombre detrás de Curtis y Beck, y creo que Percy y Nanny al menos contaron con los suyos del Arroyo de la Pantera. Estuvieron incluso algunos lugareños de Ludlow, que digo yo que no tendrían otra cosa mejor que hacer, aparte de ir a ver a un montón de palurdos del campo. —El tío Noah Webster les sonrió con ternura.

El tío Percy se tomó un buen trago de agua y sacudió la cabeza.

—Desde la melodía que tocó para empezar, con su mazo dando golpes —dijo—, me sorprendí rezándole a Dios para que el juez Moody se cayese muerto antes de terminar el juicio y fuese necesario aplazar todo aquello por los respetos debidos al difunto. ¡Eh, que son cosas que pasan! Yo nunca lo he presenciado, pero el hermano Bethune guarda un suceso así en la memoria, y nos lo estaba contando cuando el juez Moody nos llamó al orden.

»—Supongo que se declara inocente —le dice a Jack.

»—Sí, señor. Es que se me necesita —dice Jack.

»—¡Silencio en la sala! —ordena el juez Moody—. ¡Basta ya de parloteo! ¡Si no, mando que desalojen la sala y se cierran las puertas! Aquí se está celebrando un juicio.

—Supongo que eso te dará una idea.

»—Llamen al ayudante del sheriff, E. P. Stovall —dice el juez.

—¿Y ese quién es? —preguntó la tía Cleo.

—Ese es Curly. Su mamá tuvo a bien ponerle por nombre Excell Prentiss. Allá que entra en la sala y resulta que viene paseando el dichoso ataúd. El señor Willy Trimble es el que lo sostiene por el otro extremo —dijo el tío Curtis.

—Todo endomingado, corbata incluida —dijo la tía Nanny.

—Corbata roja. Se podría haber vuelto a meter a Curly en el ataúd y mandarlo derechito a verse las caras con su Hacedor sin necesidad de ningún otro pronunciamiento.

—Y el señor Willy iba diciendo mientras recorría el pasillo: «Si hay alguien en Ludlow que quiera uno como este, que lo diga, que están delante del artista».

»—Deje ese trasto en el rincón hasta que sea necesario, y demuestre más respeto por este tribunal, caballero —le dice el juez Moody a Curly.

—No sé por qué me lo tomé tan a pecho —dijo el tío Percy con voz temblorosa—. Luego llegaron con la caja fuerte y entonces el juez sí que le quiso echar un buen vistazo.

—¿Tan vacía como estaba? —preguntó la tía Cleo.

—No del todo. Un pájaro había anidado dentro.

—Hay que ver, cómo sabemos hacer por estos pagos para que las cosas parezcan que tienen peligro —exclamó el tío Noah Webster—. ¡Y el pájaro estaba dentro!

»—¿Acaso pretenden ustedes que proceda al examen de esa caja fuerte delante de un petirrojo en su nido —dijo el juez, según el tío Percy.

—Es que era primavera —interrumpió la tía Nanny—. Eso le pasó a Curly por dejar la caja fuerte a la entrada de la tienda, con la portezuela abierta, para mostrar a todo el que quisiera verlo qué era lo que había ocurrido. La verdad, lo sorprendente habría sido que no hubiera un nido dentro cuando la llevó al juicio.

—Dice Jack: «Juez Moody, detesto presentarme en el juzgado de esta manera actuando como si supiera más que usted, pero eso no es un petirrojo exactamente: es un avión».

»—¿Se puede saber qué clase de caja fuerte es esa? —dice el juez Moody—. Y quiero que el dueño me dé la mejor respuesta posible.

—Y va Curly y le dice que es una caja fuerte de la marca Montgomery Ward con una portezuela Sears Roebuck.

»—¿La tenía usted cerrada? —dice el juez Moody, y Curly va y le dice que no era necesario que la tuviera cerrada del todo, que bastaba con apoyarse en ella con fuerza.

»—¿Me puede explicar por qué no la tenía usted cerrada? —dice Moody, y Curly va y le dice que es porque cada vez que la cerraba le costaba otro saco de carbón conseguir que el señor Willy Trimble detenga el caballo cuando pasa por el pueblo y se la abra otra vez. Y dice que cuando uno se apoya con fuerza en la portezuela, encaja tan bien que no se abre por más que la fuerces, si no es con una buena tanda de mamporros que hay que darle con el puño justo en el sitio exacto, en la parte superior, que es donde tiene puestas las lamparillas de carburo.

—A mí, empezó a parecerme que esa caja fuerte era una excusa bien pobre para armar ese jaleo que se armó con tal que se examinara el caso en el juzgado —dijo el tío Curtis.

—Oh, la caja fuerte estaba a la vista, el ataúd estaba a la vista, todo estaba a la vista de cualquiera que quisiera echarle un vistazo, ¡todo menos el anillo! La única cosa del mundo que podría haber aclarado el caso, y además por sí sola —gritó la señorita Beulah—. Eso sí que no estaba por ninguna parte.

—La caja fuerte era la prueba, Beulah —dijo el tío Noah Webster—. ¡Y vaya manera de trinar que tenía el pajarillo que vivía dentro!

—Y la hembra tampoco se movió de su sitio —susurró el tío Percy—. Ni siquiera por algo tan poco corriente como un viaje en carro hasta Ludlow y una visita a un juzgado, y luego el mismo viaje de vuelta. Lo aguantó todo como si tal cosa.

—Está claro que le entró el hambre, ¿no? —exclamó la tía Nanny.

—Y para colmo no mucho después puso unos cuantos huevos —dijo la tía Birdie—. Fue el gato de Ora el que al final se los zampó.

—Bueno, pues de eso sí que no se puede culpar a Jack —dijo la tía Beck—. Demasiado lejos estaba de nosotros para ir encima por ahí salvando polluelos.

—Es el dinero lo único que les preocupa en la ciudad —dijo el tío Curtis—. Curly los tenía bien sujetos con eso. Se puso a cantar y a bailar contando lo pobre que era, y que los pobres granjeros nunca le pagaban las deudas, y que luego perdió su caja fuerte, y que cuando la recuperó estaba llena de frutos de los árboles del paraíso. Me sorprende que no enseñase allí mismo los frutos —dijo el tío Percy—. Pero al final termina de declarar y le toca el turno a Jack.

—El tío Percy elevó las manos para pedir silencio y retomó el tono de falsete—. «A este chico lo voy a interrogar yo mismo», dice el juez Moody, y aporrea con el mazo hasta que toda la familia en los asientos y todos los perros de Banner dejan por fin de ladrar. Luego le dice a Jack: «Muy bien, ya has oído los cargos. ¿Le hiciste todo eso al ayudante del sheriff Stovall?».

»—Sí, señor, todo eso y más.

»—¿Y se puede saber por qué?

»—Bueno —dice Jack—, pues porque es un tipo exasperante.

—El juez Moody da otro golpe con el mazo.

»—¡Nada de palmas ni de abucheos en la sala mientras esté yo aquí! —ordena a la concurrencia—. Procuren recordar que están ustedes en Ludlow y en esta sala a regañadientes —dice, y pregunta a Jack—: ¿Qué significa "exasperante" según tú? Danos un ejemplo —dice.

»—Quizás lo mejor sea que se lo demuestre él mismo —dice Jack.

—Bueno, es que Jack es un chico bastante tímido —dijo la tía Birdie con un tono de voz que ponía de manifiesto su lealtad.

—¿En serio?

—También a ti te habría entrado la timidez, hermana Cleo —dijo la tía Beck—, de haber sido un chico de apenas dieciocho años recién casado con tu maestra, en ceremonia oficiada por tu abuelo Vaughn la víspera misma del juicio, y si te hubieras despertado esa mañana en la cárcel de Ludlow para que te juzgara un apremiante desconocido sentado frente a ti y toda tu ansiosa familia, y eso sin contar al público. Y más si diera la casualidad de que eres el único de todos los presentes que está de pie.

—¿Y cuál es el problema? ¿No supo Jack contar una buena historia? —preguntó la tía Cleo—. Para eso estaba allí.

—Estaba a treinta kilómetros de casa y a campo traviesa —gritó el tío Noah Webster.

La señorita Beulah salió secándose las manos con el delantal.

—Y en ese instante todos supimos que no permanecería en pie delante del público para contarles a todos aquellos extraños nuestros asuntos familiares. ¡Ni siquiera daría el nombre de pila de su hermana! Y eso que ella no paraba de sentarse y levantarse una y mil veces, agitando el brazo para saludarle, como si lo que quisiera fuera darle ánimos.

—Se sentía engañada, ¿no es cierto? —sonrió la tía Nanny.

—Solo deseosa de levantarse y plantarse ella mismita delante de todo aquel montón de desconocidos y ponerse a gritar. —La señorita Beulah se marchó otra vez.

—Vaughn también creía que se estaban aprovechando de él. Jack nos había dicho que el mejor sitio para Vaughn Renfro era uno de los peldaños de las escaleras que hay a la salida de los juzgados, que lo dejásemos allí sujetando a los perros. Y allí que se quedó él, abucheando como todos los demás cuando tocaba —dijo la tía Nanny con una sonrisa.

—El Juez Moody va y dice entonces: «¡Basta de llantinas! ¿Por qué no están todos esos niños en el colegio?». Y luego pregunta a Jack cuántas veces se le cayó la caja fuerte por el camino, y Jack dice que no llevó la cuenta. «La dejé caer alguna que otra vez al borde del camino para secarme el sudor como se sera usted el suyo, señor», dice. «Y me parece que hace más calor aún aquí en Ludlow que en Banner.»

—¡Y vaya si es verdad! Los dos estaban chorreando de sudor —dijo la tía Birdie.

—Y yo también sudaba a chorros, como todos. Ay, no viviría yo en una ciudad adoquinada ni por todo el oro del mundo —exclamó la tía Nanny.

—Y además las moscas —dijo la tía Birdie.

»—El tendero —dice el juez Moody a Jack— te resultó exasperante, deduzco que por sus agravios, así que te llevaste su caja fuerte. ¿Fue tu intención robársela?

»—No, señor —dice Jack—, solo quise exasperarle yo a él también.

»—A pesar de lo cual todo lo que había en la caja fuerte se volatilizó, desapareció, se fundió, no se encontró jamás —dice el juez.

—¿Verdad es que es maravilloso el bueno de Percy? A todos los deja boquiabiertos —dijo la tía Birdie—. Ojalá me hubiera casado con él —dijo al tío Dolphus—. Me tendría siempre entretenida.

—Ah, ojalá hubieras estado allí, Cleo —exclamó otra vez el tío Noah Webster.

—Pero es que entonces habría estado con el señor Stovall y a favor del bando contrario —le recordó ella.

»—El cuadro que empiezo a ver me resulta conocido —dice el juez. No parece que esté lejos de ser lamentable, eso sí—. Todos ustedes, residentes en Banner, hacen sus compras en la tienda de Stovall, lo votan para ocupar un cargo público y ponen el grito en el cielo cuando les viene en gana. —El tío Noah Webster sonrió.

—Y además recorremos unas cuantas millas cada vez con esa misma intención —añadió el tío Percy—. Aunque ahora los festivos se van espaciando más que antes.

—Y en caso de que no deis vuestros votos a Curly, ¿qué pasa con el crédito que tenéis abierto en la tienda? No sé yo si habrá algo más fácil de entender —dijo el tío Dolphus.

»—Acosáis al tendero y de paso os burláis del juez de paz —dice Moody—. Con la bendición de Excell Stovall, la población de Banner es capaz de lograr ambas cosas a un tiempo.

—Pero Moody todo eso no podía saberlo con la menor certeza. ¿Cómo iba a saberlo? —dijo el tío Dolphus—. Se gana la vida haciendo conjeturas. Por eso le pagan el jornal. A la fuerza tendrá que acertar alguna vez, digo yo.

—Y entonces se destapa todo el pastel, lo que Moody se trae entre manos —dijo con voz trémula el tío Percy.

La señorita Beulah dio una voz desde la cocina.

—¡Yo te lo digo! Se rió de Jack como se ríe uno de un mono.

—Así es, Beulah. Aún ahora mismo atino a oír su voz. —El tío Percy aflautó la suya—: «¿Cuánto tiempo ha de pasar hasta que el pueblo muestre el debido respeto por aquellos a quienes han designado para ejercer un cargo público?».

—Caramba, pues no sé yo si eso es posible en todos los casos —exclamó la menuda tía Birdie.

—Andaros con ojo —gritó la tía Nanny—. Y aseguraos de que no sea Curly Stovall.

—O el propio juez Moody —apostillaron otros.

—El juez a la fuerza iba a perderse lo esencial, y de hecho, ahora se lo ha perdido —dijo el tío Curtis.

—El grito de guerra del juez Moody solo fue el del respeto. No creo que a ninguno de los presentes en la sala les hiciera mucha gracia. Nadie estaba muy preparado para lo que les iba a tocar escuchar en aquella sala —susurró el tío Percy.

—Yo desde luego vi a Curly desconcertado —exclamó el tío Noah Webster, y soltó una carcajada que sonó a desmedida admiración.

»—Todos ustedes van por ahí tomándose las cosas a su antojo y sin pensar en nada más. En fin —dice Moody—, mi cometido hoy ante ustedes consiste en decirles que eso debe terminar. No pueden ustedes seguir vapuleando la ley cuando se interponga en su camino, no pueden seguir tomándose la ley como les dé la gana y metiéndola en el primer cajón en que les quepa —y señala con un gesto el ataúd—, y tampoco pueden salir como si tal cosa de la tienda con una caja fuerte, al menos presuntamente —y señala con un gesto al pájaro hembra—, y todo ello sin dar mayor razón ante este tribunal de que… "es que el tipo es exasperante". ¡Esto sí que es exasperante!

»—Señor juez —dice Jack—, yo creo que le hice justicia a Curly, tendría usted que verlo en Banner —dice Jack—. El mejor sitio que hay es su propia tienda, y el mejor momento es el sábado.

»—Aquí el único que hace justicia soy yo —dice Moody—. Cuando me haga falta la ayuda de otros, ya se la pediré. ¡Qué más dará que sea exasperante!

»—Me gustaría verle a usted si él se empeña en cortarle el faldón de la camisa y clavarlo a una columna antes de que tome usted una decisión, señor juez —dice Jack, haciendo gala todavía de toda su cortesía. El juez empuña el mazo.

—Pero… ¿y no podíais haberle pagado entre todos a un abogado que diese una mejor versión de la historia interrogando a Jack? —preguntó la tía Cleo—. Son gratuitos.

—Bueno, si es así como quieres llamar al tipo… —dijo el tío Curtis—. No estuvo allí por invitación mía, y creo que en esto hablo en nombre de toda la familia. Se entrometió en todo y de todas las maneras que supo, digo yo. Gran parte de lo que dijo él se fue por el desagüe. Ni llegué a enterarme de su nombre de pila, y dudo que llegara a reconocerlo si me lo encontrase de frente.

—Total, que cuando Moody por fin se lía con el mazo para pedir orden en la sala, se inclina hacia Jack —dijo el tío Percy—, y va y le dice: «Dime una cosa más: ¿volverías a hacerlo?».

—Caramba, si Jack es tan de fiar como que la noche sigue al día —exclamó la tía Birdie.

—Y Jack dedica una gran sonrisa a Gloria y dice: «En fin, señor, ahora soy un hombre casado. Supongo que mi esposa tendría que aprobar una ley que me lo permitiera».

—Bang, bang, toc, toc, toc, resuena el mazo. Y el juez Moody dice a Jack: «Vuelve aquí, jovenzuelo. ¿No te das cuenta de que el jurado aún no tiene orden de pronunciarse sobre el caso y de que yo no he dictado sentencia?». Jack estaba a punto de ir a sentarse con su familia. «Estoy a punto de darte un escarmiento y de hacer de ti un ejemplo viviente, jovenzuelo!» Y suena entonces un gemido que me juego lo que quieras a que se podría haber escuchado de un extremo al otro del Estado de Mississippi. Esta familia... «Servirás de lección para todos los demás», dice el juez Moody, y entonces le endilga al jurado un razonamiento de lo más estricto, diciéndoles que no se crean que son mejores que el resto de los pobres seres humanos que pueblan la tierra, y va y los manda salir a deliberar. Se limitaron a dar la vuelta a la manzana y volvieron enseguida; y Jack, a todo esto, seguía con cara de estar alucinado.

—¿Qué os pareció el veredicto? —preguntó la tía Cleo.

—¿El de culpabilidad? —exclamaron todos a coro, mientras el tío Noah Webster se retrepó en su asiento y abrió ambos brazos como si fuera a abarcarlos a todos o a alumbrar de nuevo el mundo.

—¿Y de qué se le declaró culpable? —preguntó a la concurrencia.

—¡De agresión con exasperación!

—... a saber qué diablos significa eso —gritó la señorita Beulah desde la cocina con una voz súbitamente alegre, aguda, la de la cocinera cuya fuente está a punto de salir del fuego pase lo que pase. Tras lo cual salió enfebrecida al porche con un pan de jengibre sujeto entre los pliegues del mantel.

—Y de robo —dijo Elvie con solemnidad, saliendo detrás de su madre para servir la crema fría.

Al pasar por delante de la mecedora de la abuela la encontraron con la cabeza inclinada sobre el pecho, dormida, y pasaron de puntillas.

—Agresión con exasperación y robo, hay que ver. Seguro que os desmayasteis en el acto —dijo la tía Cleo en tono de congratulación, a la vez que daba un bocado a un rectángulo de pan recién cortado.

—A Jack le faltó poco —exclamó la tía Birdie.

—Más justo sería decir que se quedó noqueado —dijo la tía Nanny, y partió una gruesa tajada con las manos antes de darle un buen mordisco.

—Lo que nos sorprendió fue que el juzgado no se viniera abajo. —El tío Curtis alcanzó su porción de la fuente—, Cuando el juez dice: «Dos años en la penitenciaría del Estado, a descontar tiempo de condena por buena conducta...».

—El abuelo Vaughn apoyó la frente en la empuñadura del bastón que tenía ante él —dijo el tío Percy, mirando atentamente por el rabillo del ojo a la abuela.

—Hicimos todo lo que pudimos por reforzar sus gemidos de queja —exclamó la tía Nanny—. Homer Champion tampoco lo hizo tan mal. De pronto se multiplicó y estuvo en todas partes, suplicándonos clemencia a todos.

—Vaughn entró con los perros a tiempo de oír a Moody dictar sentencia. Y vi a Vaughn... se mordió él solo. Le dio la espalda a Jack y se dio un buen mordisco en el brazo —dijo la tía Birdie.

—Seguro que Curly se golpeó un talón con el otro —dijo la tía Cleo—. ¿No se quedó encantado?

—Más contento que un cerdo en su pocilga. Invitó a todo el mundo, menos a nosotros, a una parrillada de pescado el domingo siguiente, y dijo al juez Moody que no dejara de acudir y que fuera con su esposa si es que estaba casado. Al final no fueron ni él ni su esposa —dijo el tío Noah Webster.

—Me alegro. Mala cosa sería que un desconocido de esa calaña juzgara la hospitalidad que gastamos en Banner por los pescados a la parrilla de Curly. Los Stovall asan los pescados sin quitarles la piel —sonrió la tía Nanny.

—Todos los demás —exclamó la señorita Beulah— estuvimos ese domingo en la iglesia de Damasco para escuchar al abuelo y para que sus palabras sobre el Reino que ha de venir sirviesen para aliviar el dolor que sentíamos todos en el corazón. En medio del sermón nos llegó el olor a fritanga de pescado de Curly. Con gusto me habría puesto yo a bailar sobre tu tumba. —Se volvió de golpe con la fuente del horno aún caliente—. De haber sabido lo que el juez tenía pensado hacerle a Jack, me habría plantado en medio de la sala en un visto y no visto y le habría dicho a la cara un par de cositas, y a fe que no se le iban a olvidar. ¡A fin de cuentas, soy la madre del muchacho…!

—Beulah, ¡pues claro que sí!

Se sirvieron por turnos, deprisa, mientras ella pasaba la fuente.

—Por dos centavos lo habría hecho, ya lo creo…

—Por tu forma de largar cuando te animas, Beulah, de haber estado yo en la piel del juez Moody me habrías hecho callar del todo —dijo la tía Birdie.

—Y vaya que si le habría hecho callar, ya lo creo —dijo la señorita Beulah, y salió corriendo y volvió con la segunda fuente—. Le habría hecho callar del todo, eso seguro. Y que no se le vuelva a ocurrir hacer lo que hizo, porque nadie arruina a mi chico más de una vez.

—Me parece ver un sombrero con que alguien se protege del sol, por allí viene —dijo Etoyle mientras masticaba.

—La menuda señorita Comfort… ¿Habrá hecho a pie todo el camino? —preguntó la tía Nanny.

—Será para fisgar y ver qué estamos haciendo —dijo la señorita Beulah—. Subirá por el camino solo lo necesario para contar cuántos somos, y se dará la vuelta para regresar por donde vino. —Se rió—. Dijo antes que iba a desplumar una gallina y a cocinarle las mollejas a Aycock, y no sé por qué me da que de eso nada.

—¿A ti te parece que Aycock también vuelve a casa? —preguntó la señorita Lexie—. Ese vive pegado a los faldones de Jack. Sería incapaz de arreglárselas solo —dijo.

—Entonces, ¿cómo es que no se ha quedado en casa a preparar el recibimiento? —exclamó la tía Birdie.

—Dudo que haya preparado siquiera el pan —dijo la señorita Beulah.

—¿No ha llamado a su parentela para que la acompañe cuando llegue él? —preguntó la tía Beck—. ¿Para que la ayuden a entretener la espera?

—Además del señor Earl Comfort, y a Earl nadie lo quiere ver ni en pintura, no tenía a nadie en el mundo, salvo al señor Comfort, y ese ya se murió.

—El señor Comfort y la menuda señorita Comfort... muy bien no se llevaban, la verdad —dijo la señorita Lexie explayándose.

—¿Queréis decir que Aycock también fue a la penitenciaría con Jack? —preguntó la tía Cleo.

—Pero... ¡si es que no te enteras! Pues claro que sí, señora; Jack al menos tuvo a Aycock a su lado, para no pasar tanta nostalgia echando de menos a los suyos. No te negaré que es algo que nos ha ayudado a todos a conciliar mejor el sueño —dijo la tía Beck.

—¿Y cómo es que Aycock tuvo que cumplir la misma condena que Jack? —preguntó la tía Cleo—. ¿A él qué se le había perdido en todo esto?

—Pues verás: cuando a Aycock le tocó declarar ante el juez, se puso en pie y dijo que él también pensaba ir a la cárcel. «¿Y cómo piensas dar la medida para que se te prive de libertad en la penitenciaría?», dice Moody. Y Aycock va y dice que había estado en la tienda desde el primer momento, apoyado junto al barril de los encurtidos. Que se quedó allí, mano sobre mano, y dejó que volasen las mercancías por encima de la cabeza, dejó que Jack se viera encañonado por la pistola de Curly y dejó que Curly fuese encajonado y atado, y que también pudo ver cómo Jack se llevaba la caja fuerte, y también el alboroto que armó Curly. Y que en todo momento no hizo más que disfrutar con la trifulca y atiborrarse de encurtidos. —El tío Noah Webster le dio una palmada a la tía Cleo en el muslo—. Pero entonces va el juez, da un golpe con el mazo y dice: «Bueno, pues en tal caso no veo por qué no habría de darte también a ti un escarmiento para que sirvas de ejemplo a todos». El veredicto fue de culpable.

—Caramba, en un visto y no visto... —dijo la tía Cleo.

—Aycock acabó en la penitenciaría, igualito que Jack. Que vuelva a casa o no ya es otro cantar. Los Comfort no saben qué es una reunión familiar —dijo el tío Curtis.

—Nunca me han caído nada bien esos Comfort, son de lo peorcito que se ha visto nunca por estos pagos. Lamento que los tengamos por vecinos. Hasta la madre es un desastre —dijo la señorita Beulah.

—Ya se ha marchado —dijo Etoyle.

—No tenía ni idea de qué cara poner cuando pasó todo aquello —dijo la señorita Beulah.

—¡Y tú en cambio allí, sólida como una roca! Y cuánto nos hubiese costado a cualquiera ponernos en tus zapatos —gritó la tía Birdie dirigiéndose a Gloria.

—¿Habíais terminado de despediros? —preguntó la tía Beck con tristeza.

—No, señora —dijo Gloria—. Pero sí nos hicimos nuestras promesas. Prometimos vivir de cara al futuro.

—A buen seguro que has tenido que llorar lo tuyo —dijo la tía Nanny.

—Pues no ha derramado todavía una lágrima —exclamó la señorita Beulah—. No ha llorado una sola vez, al menos estando delante de mí.

Gloria cerró los ojos. Todos le miraron las mejillas. Las tenía moteadas, como una pera en dulce, pero ni rastro de lágrimas se apreciaba en ellas.

—Estabas llorando por dentro —le dijo la tía Beck.

—¿No tenías tal vez un buen hombre en el que llorar? ¿De dónde es tu familia? —preguntó la tía Cleo.

—Hermana Cleo, le acabas de hacer esa pregunta a la única huérfana que hay en un par de kilómetros a la redonda —dijo la tía Birdie—. Por esta vez vamos a tener que perdonarte tus preguntas.

—¿Y tu padre y tu madre? ¿Quiénes eran, y de dónde? —preguntó la tía Cleo.

—Eso no lo sabe nadie —dijo Gloria.

—¿Es que perecieron en un incendio, se los tragó la tierra, o qué?

—Eso no lo sabe nadie —dijo Gloria.

—Gloria es una cosita llegada de ninguna parte —dijo la tía Beck con cariño.

—Viene del Orfanato Presbiteriano de Ludlow, si es que te interesa saberlo con más precisión —dijo la señorita Beulah—. Y su manera de darle la vuelta a todo eso, y de convertirlo en algo de lo que se puede presumir, es un poco más de lo que yo podría contar.

—¿La encontraron abandonada a la puerta de una casa? —preguntó la tía Cleo.

—No, fue algo mejor. A lo mejor un día llegas a enterarte —dijo la tía Beck para sosegar los ánimos—. Por el momento, le han arrancado de su lado al hombre con el que se acababa de casar. Y todavía no ha llorado ni una sola vez.

—¿Y qué hay de esa mujer que la preparó para que fuera maestra? —preguntó a Gloria la tía Cleo—. Podrías haber ido a llorarle a ella. Sin duda se trata de la persona más indicada para ser tu paño de lágrimas.

—Nunca volví a ver a la señorita Julia Mortimer y tampoco le di la ocasión.

—¡Caramba, pues que me perdonen! No es de extrañar que lleves todo el día de hoy sentada encima de ese barril de pólvora, con tu vestido de novia puesto —exclamó la tía Cleo.

—Hoy no tengo muy claro a quién me apetece más echarle la culpa, si al juez Moody o al viejo Curly Stovall —dijo la tía Birdie.

—A Moody —gritó la señorita Beulah—. ¡A Moody! Por haber mancillado el buen nombre de mi hijo. Solo espero que a Jack se le pase el malestar antes que a mí.

—Yo me alegraría diciendo que la culpa fue de Moody —dijo la tía Beck.

—Y allá que fue Jack, confiando en él —gritó la señorita Beulah—. Pobre tonto… Supongo que creyó estar a salvo porque aquí se le necesitaba. Ya aprendí yo la lección entonces.

—Pero fue Curly el que se quedó con el anillo como si fuese calderilla —dijo la tía Nanny—. Yo desde luego que lo culpo, y es más: lo desprecio. Y, por si fuera poco, el martes que viene no pienso votar por él.

—Curly volvería a hacer lo mismo una y mil veces, es lo único que sabe hacer, no conoce otra forma de comportarse —dijo la tía Birdie—. Por más culpa que tenga, a él le da lo mismo. Lo único que quiere son vuestros votos. Es demasiado mezquino para vivir siquiera.

—Y tampoco es que Curly hubiera dejado viuda e hijos si alguien hubiese entrado como un loco en la tienda y lo hubiese matado. ¡Es demasiado mezquino hasta para casarse! Eso fue lo que le dije yo al predicador de su iglesia, al hermano Dollarhide, que es el que ocupaba la otra mitad de mi asiento durante el juicio —dijo la tía Nanny.

—Al viejo Curly lo bautizaron en la fe metodista hasta las cachas, si es que alguien se lo puede imaginar cuando era un bebé de un mes —dijo el tío Percy—. Un regañón de cuidado, que ya por entonces berreaba sin parar.

—Yo en cambio lo achaco a que el juez Moody es presbiteriano. Y lo digo por una razón de peso. Durante todo el dichoso juicio, en todo momento tuvo la boca en forma de línea recta. No miró al público ni sonrió una sola vez. Ni una sola. —El tío Noah Webster apoyó la mano, que tenía llena de migas, en la rodilla de su esposa.

—Y yo si no vuelvo a verle esa cara de Moody que tiene, si no se la vuelvo a ver en toda la vida —gritó la señorita Beulah como si aún la separase todo el pasadizo del resto de la concurrencia—, sería lo primero que de verdad podría agradecerle.

—Para él nosotros ya no contamos, madre —dijo el señor Renfro.

—Ese juez de tres al cuarto nunca se llegó a enterar de qué iba toda esta historia —vociferó la señorita Beulah—. Nacido y criado en Ludlow, ¡y seguramente a la sombra misma del juzgado! Es un hombre que no ha pasado un solo día de su vida en Banner, que hasta ese día nunca había oído hablar de ninguno de nosotros...

—Yo tampoco creo que se pueda decir gran cosa en favor de aquel jurado —dijo el tío Curtis—. La verdad, me pregunto de dónde habrían resucitado a ese hatajo de desgarramantas.

—Ya, ya. Si volviera a ver a ese jurado delante de mí una sola vez, no me importaría nada tomarme un minuto para despellejarlos vivos a todos solo por darme el gusto —dijo la señorita Beulah, y volvió a poner a circular la fuente del pan de jengibre entre los presentes—. Vaya prisa se dieron los doce en hacer justo lo que Moody les había dicho.

—De vez en cuando incluso no puedo evitar sentirme molesta con Ella Fay, por dar a entender a todo el mundo que había cambiado un caramelo normal y corriente por un tesoro: un anillo de oro precioso, que no hay otro igual en toda la Cristiandad —dijo la tía Beck, y las lágrimas afloraron a sus ojos.

—¿Durante cuánto tiempo lo tuvo en su poder? —preguntó la tía Cleo.

—Fue un solo día.

—La abuela lo guardaba en la Biblia, anudado con un buen cordel —dijo la señorita Beulah, dirigiendo sus palabras a la mecedora en la que se había adormilado la anciana señora—. Yo creí que lo único que había que hacer era asegurarnos de que las niñas no se lo fuesen a tragar.

—Todos ellos lo quisieron, todos, y lo lograron. Yo al menos es así como lo veo —dijo la tía Birdie—. Han encerrado al chico más dulce y al más trabajador de todo Banner y de todo el condado de Boone y puede que de toda la Creación.

—¿Y nunca se llevó una buena tunda aquí en casa por todas las complicaciones que os causó? —preguntó la tía Cleo.

—A quien le dimos una buena tunda fue a Ella Fay —dijo la señorita Beulah.

—Eh, Ella Fay, bonita, ¿y tú lloraste? —le dijo a voces la tía Birdie.

—Podrían haberme oído desde la tienda —dijo a voces Ella Fay desde dentro de la casa.

—Bien hecho.

—Pero le clavaría el anillo en la cara ahora mismo si al menos pudiera recuperarlo —añadió con dulce voz.

—¿Cuántas oportunidades crees que te quedan aún? —le dijo su madre en tono cortante.

—En fin, pues vaya lo que salió de una cosa tan pequeña como un anillo, ¿verdad? —comentó la tía Cleo.

—¡Eso lo sabe hasta la hermana Cleo! Y una vez más os diré que fue eso precisamente lo que perdió de vista el juez Moody —exclamó la señorita Beulah—. El dichoso anillo…

—No tenerlo delante de las narices para así recordárselo —dijo la tía Beck con comprensión.

—Sí, señora, solo que todo habría sido una pizca diferente para Jack y para todos nosotros si se hubiera contentado con descerrajar la dichosa caja fuerte allí mismo, en la tienda, para sacar el anillo y luego volver a casa con el anillo en el bolsillo de la camisa para devolvérselo a la abuela. ¡Pero es que el juez era un hombre! E hizo las cosas tal como las hacen los hombres —dijo la tía Nanny.

—El juez lo hizo lo mejor que supo —exclamó la señorita Beulah—. ¡Y trajo consigo un montón de complicaciones! Para él y para todos nosotros…

El señor Renfro se detuvo a contemplar la hilera de sandías que había ido alineando en el porche, y una por una las fue golpeando al pasar. Resonaron como caballos prestos para salir al galope.

—Ah, yo a los míos los he criado con elogios —exclamó la señorita Beulah, mirándolo con una chispa en los ojos.

—Y lo que hiciste tiene mucho mérito, Beulah —exclamó la tía Birdie—. Tiene mucho mérito porque son todos una maravilla.

—Y seguiré actuando igual hasta el día en que me muera —gritó a la cara de todos—. ¡Elogios! Y de vez en cuando una regañina para no pasarse, claro.

—Somos las chicas las que nos llevamos todas las regañinas —dijo Elvie, y salió corriendo. La tía Nanny sonrió.

—Y pensar —dijo pensativa— que puede que durante todo este tiempo ese anillo haya estado ahí tirado en medio de la calle, en Banner, delante mismo de la tienda de Stovall, como si fuera un trozo de hojalata, o un pedazo de metal suelto… ¡Apuesto cualquier cosa a que allí mismo está! Si tuviera dientes, mordería.

—Yo digo que lo perdido pues perdido está —dijo la señorita Beulah, y pasó la fuente con el último pedazo de pan de jengibre, que a la señorita no le importó zamparse—. Y mi hijo en la penitenciaría por haberse tomado la molestia de evitar que se perdiera.

—Así que nos habíamos quedado con todas las hermanas pequeñas y con el benjamín, con un padre impedido y con unos cuantos tíos obligados a esparcirse por la tierra, y con el abuelo y la abuela Vaughn cuyo corazón está hecho pedazos, y con Beulah, que está fuera de sí y que se las tiene que apañar sin ayuda de Jack. Y luego de que Jack dejara de ir al colegio para que los pequeños pudieran recibir una buena educación, tuvieron que ir solo la mitad del día, por muy listos que fueran... —dijo el tío Percy intentando retomar el hilo de la historia.

—Bueno —dijo la señorita Beulah—, Vaughn ha hecho el trabajo de Jack y parte del mío, y yo he hecho el suyo, y las niñas se han ocupado de fregar, de acarrear, de hacer los recados, y todas han cumplido su parte a la perfección, y ese ha sido nuestro sistema hasta ahora.

—Y Vaughn incluso se las apañaba para espantar a la menuda señorita Comfort siempre que se lo pedía su madre —dijo la tía Birdie.

—No iba a permitir que viniese pidiendo limosna —gritó la señorita Beulah.

—De todos modos, eso hizo. Sin que tú te enterases —dijo la tía Beck—. Nuestro predicador se la llevó al juzgado y volvió con una caja grande llena de comestibles destinados a los menesterosos.

—Lástima me da —gritaron varios a la vez.

—Nuestro predicador dice además que en el Ejército de los Estados Unidos nunca se le sirvió nada tan malo como lo que le endilgaron en el juzgado del condado de Boone el pasado mes de diciembre.

—Y aquí estaba la niña además. Lady May Renfro, Dios bendiga su corazoncito, vino al mundo tan pronto pudo —dijo la tía Beck.

El cuello de Lady May, como el tallo de un tulipán recién brotado, mantenía en perfecto equilibrio la pequeña esfera de la cabeza. Acababa de oír su nombre. Abriendo los brazos del todo, saltó del regazo de su madre al suelo.

—Mirad. Si hasta parece que la niña ya sabe volar —dijo la señorita Lexie en tono de advertencia, pues Lady May correteaba por el porche haciendo más ruido si cabe que antes.

—Te voy a pillar y me voy a marchar contigo bajo el brazo, pequeñaja —gritó la tía Nanny al verla pasar veloz—. ¿A quién vas persiguiendo tú, eh?

—La pobrecita Lady May va corriendo con ese camisón que le llega hasta las pantorrillas —dijo la tía Cleo—. ¿Quién se lo ha hecho?

Era como uno de esos vestidos que se les pone a las muñecas, hecho a partir de un saco de azúcar doblado en dos, con agujeros redondos para que metiese la cabeza y los brazos, y luego cosido por ambos lados. Un volante le adornaba los bajos, un detalle de su madre.

—Así puede seguir creciendo como lo ha hecho, como un tallo de habichuela —dijo la señorita Beulah—. ¿Algún reparo?

—No, señora —dijo—. La naturaleza es así, hay que aceptarla.

—En fin, la verdad es que nos ha dado una pena tremenda —replicó la señorita Beulah.

La niña bajó a gatas las escaleras y saltó al jardín. Con sus zapatos de tacón embadurnados de blanco con almidón de maíz, en los que se balanceaba un poco inestable por quedarle un tanto holgados, Gloria salió tras ella. Echó a caminar deprisa, pero sin echar a correr, tal como un zorzal recorre un trecho de tierra sin tener que ayudarse de las alas.

—¡No te vayas a caer! ¡No te rasgues el vestido con el rosal! Tenéis que estar las dos preciosas para cuando llegue Jack —gritó Etoyle.

La niña se escondió tras la colcha tendida a secar y Gloria la atrapó por el otro lado. Pero ya se le intentaba escurrir, resbaladiza como un pez, y escabullirse de sus brazos y echar a correr de nuevo por delante de su madre.

La tía Nanny echó a correr tras Lady May. Jadeando, se agachó y la tomó en brazos.

—He venido para llevarte conmigo...

Pero Lady May se soltó de ella y de nuevo emprendió la carrera por un caminillo que se abría a su paso entre sus rodillas, sobre sus piececillos veloces.

—En fin, por si acaso alguien se olvida del tiempo que lleva fuera Jack Renfro, basta con ver cuánto pesa su hija —dijo la señorita Lexie, e impidió el paso de la niña con una escoba, la atrapó y la fue a dejar en el regazo de la abuela Vaughn.

Antes de abrir los ojos, la abuela ya había extendido ambos brazos. Lady May, las plantas de los pies arrugadas como la frente de una anciana, se entregó al abrazo más frágil y a la vez más tenaz que conocía. Se abrazaron la una a la otra el tiempo suficiente para recordarse que acaso eran rivales.

—¿Y qué sabe Jack de esta criatura? —preguntó la tía Cleo.

—No tiene ni idea de su existencia. Ella es la gran sorpresa que queremos darle —gritó la tía Birdie—. ¿Qué otra cosa podía ser si no?

—Sí, señora. Ya empiezo yo a preguntarme cuándo empezará a hablar y qué cosas va a decir —dijo la señorita Lexie.

Lady May hizo amago, desde el regazo de la abuela, de irse con Gloria, y Gloria la tomó en brazos y se puso a fabricarle un gorro con las hojas de la planta que le quedaban más a mano. Fue arrancando las hojas de un geranio, amontonándolas sobre la cabeza de la niña y sujetándolas con los tallos sin espinas de los brotes de la planta de pimienta y del rosal de las hadas que crecían en una maceta, y que previamente cortó a mordiscos para darles la longitud deseada. Algunas de las niñas formaron un corro para observarla, el cabello en las mejillas, en pálidos mechones, tanto más pálidos cuanto más cerca estuvieran del corte a tijera, como tallos de lirios recién cortados. Lady May ya tenía su gorro.

—¿Y adónde se marcha, adónde se va tan pronto? —bromeó con Gloria el tío Noah Webster.

—Eso solo el futuro lo dirá —replicó.

—Bueno, a fin de cuentas —dijo la tía Birdie con firmeza—, un hijo es capaz de hacer cosas que son infinitamente más duras de sobrellevar que lo que hizo Jack.

—Eso es verdad, bien podría haber matado a alguien —dijo la tía Cleo—. Y haber sido condenado a muerte en esa silla eléctrica portátil; ya sabes, esa que te llevan al juzgado que te quede más cerca.

Y luego todos podríais veros en su entierro, que se haría con uno de esos ataúdes cerrados.

Todos protestaron a gritos.

—Yo al chico no le culpo de nada —dijo la tía Beck en tono de pasmo.

—¿Buscarle un defecto a Jack? Mucho lamentaría ver al primero que lo intentase —dijo la tía Nanny.

—Mucho lamentaría yo ver a nadie intentarlo en el mundo —exclamó la tía Birdie.

—Sería la manera más fácil de matarlo —dijo la señorita Beulah.

—Si alguna vez hubo un hombre seguro de algo —dijo el señor Renfro—, ese fui yo cuando le puse a la casa un tejado nuevo y reluciente para que se reflejase en la cara de Jack el día de su vuelta al hogar. Ese tejado habla como si fuese un mundo, habla una enormidad.

—El señor Renfro poco menos que gastó todo lo que nos quedaba para poner ese tejado de chapa sobre nuestras cabezas —dijo la señorita Beulah—. Necesitaba mostrar ante la familia, él solito, que el mundo no tiene por qué saltar hecho añicos cuando tu hijo mayor te causa complicaciones.

—¿Has clavado la chapa tú solo? —preguntó con incredulidad la tía Beck—. ¿Solo porque no estaba él para echarte una mano? Primo Ralph, la verdad es que mucho me sorprende que no te hayas partido la crisma por lo menos.

—Ha contado con ayuda —dijo la señorita Beulah—. Y os diré que de lo que terminé yo más que harta fue del señor Willy Trimble, que andaba gazapeando y enredando como si fuese una ardilla en su territorio por encima de mi cabeza. Fue muy amable por ofrecerse como un buen vecino, pero después se ha tomado algunas libertades. Y es que sigue siendo el tejado de nuestra casa, digo yo.

—¿Y con qué dices que lo has pagado? —preguntó la recién incorporada, la tía Cleo, a modo de cumplido.

—No te apures, que nuestra granja tampoco es que vaya mucho mejor que la vuestra, señor Renfro —dijo el tío Curtis—. Es posible que Beck y yo hayamos mantenido una casa llena de hijos, es posible que ni uno solo haya tenido que ir a dar con sus huesos en Parchman, pero se fueron de casa a pesar de todo. Se casaron, y se marcharon a cuidar a las familias de sus esposas. Se han esparcido por la tierra.

—Pues claro que sí, es lo natural —dijo la tía Beck con voz tranquila.

—Pero es que han sido los nueve —dijo el tío Curtis—. ¡Los nueve! Y nunca vienen por casa.

—Yo le doy gracias a Dios por tenerlos a todos aún con nosotros —dijo el tío Percy, y miró el partido de béisbol que se jugaba en el prado—. ¿Con quiénes juegan? ¿Con sus mujeres? —se quedó mirando antes de exclamar con su voz cascada—. Mirad por dónde anda el pavo.

El pavo reservado para el Día de Acción de Gracias, que recordaba a un objeto hecho en la granja, solo que de tubo de fogón, y al que se hubiese dado cuerda para que anduviera, caminaría a su aire por donde le viniera en gana durante los tres meses de vida que aún le quedaban, pavoneándose por un trecho sin hierba, grasiento, oscurecido, en el que se había formado una zanja en la arcilla, un espacio rectangular y cercado por los tocones de cuatro pinos.

—Ya me parecía a mí que allí hay algo que no es del todo natural —dijo el tío Noah Webster—. ¡Beulah! —llamó subiendo la voz—. ¿Dónde está el camión de Jack, el precioso camión de Jack? No se lo habrá llevado alguien para salir a su encuentro, ¿verdad?

—Adivina.

—Oh, el muy canalla… —gritaron los tíos al unísono, poniéndose todos en pie.

—A ver, los Beecham, igual da que se sienten todos. No era más que chatarra, una máquina que apenas lograba farfullar unas toses —dijo la señorita Beulah.

—Curly ni siquiera le permitió a Jack venir primero a casa para terminar de ponerlo en marcha —dijo el tío Noah Webster.

—Jack estaba completamente enamorado de ese trasto; me sorprende saber que le haya podido pasar algo —dijo el tío Dolphus.

—¿Un camión? ¿Y cómo se hizo Jack dueño de un cacharro así, con tanta escasez como hay? —preguntó la tía Cleo—. A lo que se ve, no parece que aquí anduviera nadie muy sobrado de recursos que digamos.

—Le tocó de pura chiripa, como si le hubiera caído encima, o casi. Es que Jack es así, hermana Cleo —dijo la tía Beck.

—La última vez que lo vi ahí, coronando el patio, Beulah, todavía andaba necesitado de algunas atenciones —dijo el tío Curtis—. No creo yo que haya mejorado gran cosa mientras el chico andaba lejos.

—A los niños no les dejé ni tocarlo —proclamó la señorita Beulah. Alzó la mano—. Y escuchadme bien todos: que no se entere Jack de lo de ese camión mugriento, al menos que no se entere hoy. No digáis nada, os lo ruego. Con tanta gente aquí, a lo mejor ni siquiera se da cuenta de que ya no está; tampoco vosotros lo habíais notado hasta ahora. Y vosotros, niños, no se lo digáis —gritó a los cuatro vientos—. Ahorradle la noticia por lo menos hasta mañana.

—Cubrid los tocones con unas cuantas tablas, como si fuera una mesa más. Y que Ella Fay le eche un mantel por encima. No es tan difícil de ocultar con ese truco —dijo la tía Nanny—. Yo misma cenaré allí.

—Y hay otra cosa que descubrirá y que seguro le llamará la atención —dijo el tío Curtis—. El Juzgado del condado de Boone. Ya no existe, se quemó del todo, Dios sabe cómo fue…

—¿Cuántos de los aquí presentes han ido a verlo? —preguntó la tía Cleo.

—A mí y a Percy —dijo la tía Nanny— nos invitaron unos vecinos a ir a verlo justo cuando el tejado se estaba venciendo. Y… ¿a que no sabéis a quién vi con los que estaban sacando las cosas de dentro? A mi padre, nada menos. No le había visto en cinco años, y andaba tan ajetreado que ni siquiera me lanzó un saludo con la mano. Estaba rescatando el mueble del archivador, ese donde se coloca todo el correo del juzgado.

—Se quemó justo en la época del reparto de víveres a los necesitados —dijo el tío Percy.

—Y siempre que pienso que se hizo humo… pienso en todo el azúcar que se echó a perder —dijo la tía Nanny.

—No importa. Con la bienvenida que le espera, ni siquiera se pondrá a hacer un recuento de lo que ya no está —dijo la tía Beck.

—Si le da por ahí, seguro que ese tejado nuevo le deslumbra —dijo la tía Birdie—; siendo un muchachote tan dulce y confiado… A mí, por lo menos, me deslumbró.

—Y en cuanto se siente, el hermano Bethune le concederá aquí mismo en la mesa el perdón por todos sus pecados —dijo la tía Beck—. Solo espero que no decepcione a nadie. Sé que ahora está en vuestra iglesia, con todos los baptistas…

—Beck, si no puedes olvidarte de que eres la única metodista en varios kilómetros a la redonda, ¿cómo esperas que los demás lo olvidemos? —dijo la señorita Beulah—. No hace falta ser metodista para darse cuenta de que el hermano Bethune es alguien un poco decepcionante, sobre todo después del abuelo. Es natural.

—Tiene que haber al menos una docena de predicadores baptistas sueltos vagando por los montes de Bywy, con la lengua fuera, en busca de un púlpito —sostuvo la tía Beck.

—Hay unos cuantos a los que les encantaría quitarles la iglesia de Damasco hoy mismo —reconoció la señorita Beulah—. El hermano Yielding, de Foxtown, de mil amores la añadiría al resto de las iglesias en las que predica. Pero el hermano Bethune es el único que se crió aquí en Banner, y por eso hay que aguantarlo, o bien explicarle que pasa algo raro con él, lo que sea. Así que es intocable.

—La verdad es que tengo el presentimiento de que no estará a nuestra altura en una hora como esta —dijo la tía Beck con un suspiro.

—Sí, es al abuelo a quien necesitamos, y está criando malvas. Esta misma noche hará un año que nos dejó —dijo el tío Curtis.

—Caramba, pues la muerte de un familiar es razón suficiente para que a Jack le hubieran dado un permiso y así estar con los suyos —dijo la tía Cleo—. ¿O acaso no dice eso la ley en Mississippi? Tendrían que haberle dejado venir al funeral aunque fuera entre dos guardias, y llevárselo luego. Esposado.

Todos volvieron a protestar. Solo la abuela conservó la compostura, cabizbaja.

—Hermana Cleo, no le dijimos nada de lo del abuelo. Jack se enterará hoy mismo, forma parte de su vuelta a casa —dijo la señorita Beulah—. Es lo que más le dolerá, aunque tengo la esperanza de que al menos le ayude a crecer un poco.

—Si hasta ya es padre… —dijo el tío Dolphus.

—Pues eso tampoco lo sabe —dijo la tía Nanny.

—Así es. Le daremos esa sorpresita cuando más la necesite, ¿no es así? —exclamó la tía Birdie.

—Esa sorpresa se la daré yo —dijo Gloria.

—Y… ¿no tienes ganas ya de echarte a llorar de una vez y desahogarte un poco, ahora que todavía tienes tiempo? —preguntó la tía Cleo dirigiéndose a Gloria.

Gloria meneó la cabeza y apretó los dientes.

—Es lo que decimos nosotros aquí, en casa —dijo la señorita Beulah—: esta Gloria tiene una voz dulcísima cuando se digna usarla, y un aspecto tan impecable que solo de verla le duelen a uno los ojos. Además, es tan pulcra que si le quitas la Biblia, la separas de su niña o le robas los rulos del pelo, y no está a la vista su escritorio, no encuentras ni rastro de ella en el salón de la entrada. Y, por si fuera poco, es muy guapa. Pero no hay quien sepa leer lo que le va por dentro.

—Se sabe recoger el pelo a oscuras —dijo Elvie con devota admiración.

—Ese sí es un canto lindo de oír —dijo la tía Nanny a Lady May en el momento en que cantó la paloma torcaz su melodía luctuosa—. Seguro que ya no queda mucho para que tu chico llegue a casa y te coma un cachito de aquí.

—Yo no le dejaría probar ni una pizca de esa carne —dijo Gloria—. Le falta mucho todavía para poder comerse la carne de ese pájaro tan viejo y tan duro.

—¡Escucha! Yo las he visto cuando no las veían sus madres, y se estaban zampando las mazorcas de maíz —exclamó la tía Cleo.

—Basta, hermana Cleo. Gloria no necesita que le expliques lo que tiene que hacer —la corrigió la tía Beck con amabilidad.

—En fin, eres como una mona de imitación —exclamó la tía Cleo, pero nadie le rió la gracia.

El señor Renfro las contó y una por una fue colocando las sandías en forma de torpedo, con todo cuidado, en la carbonera de debajo del porche.

—¿Dónde queda Parchman exactamente? —preguntó de pronto la tía Birdie.

—Vaya horas tienes de hacer esa pregunta… —dijo el tío Dolphus.

—Bueno —dijo el tío Curtis—, solo nuestro hermano Nathan ha visto con sus propios ojos dónde está, creo que se lo he oído decir.

Vaughn, ante el pozal del agua, señaló recto hacia donde estaban.

—Se atraviesa derecho el estado Mississippi hasta que está uno a punto de caerse al mismísimo río Mississippi.

—¿Está en *Arkansas?*—exclamó un primo que empuñaba un bate de béisbol—. Si es así, me voy para allá y lo saco.

—Arkansas nos habría dado el golpe de gracia —exclamó la señorita Beulah—. No, mi chico puede que esté en Parchman, pero no se lo han llevado al otro lado de la frontera del estado.

—Jack está en el Delta —dijo el tío Curtis—. Lejos de los montes, donde la tierra es buena.

Sonrieron.

—¡Este Jack…!

—Donde abunda la riqueza y hay enjambres de negros mires a donde mires —dijo el tío Curtis—. Sí, en sus viajes Nathan ha llegado a ver hasta el depósito del agua. Allí está, como lo oís.

—A la primavera siguiente de que se fuera Jack, la General de Verduras estuvo a punto de quedarse con vuestro maíz, ¿os acordáis? —dijo el tío Dolphus al señor Renfro, quien por fin subió cojeando las escaleras y se reunió con los demás—. Y hoy vuestra granja apenas da sustento ni consuelo.

El tío Noah Webster le dio una palmada en la espalda al señor Renfro, y exclamó en tono de elogio:

—Es como si cada vez que a nosotros nos ha llovido, aquí no hubiera caído ni una gota.

—Y sin ese chico, de aquí a nada todo esto se secará o arderá o saltará por los aires. ¿Es ese tu veredicto, señor Renfro?

—Y mientras tanto Jack se pasa el día sentado allí lejos, en el corazón del Delta. Igual da qué quieran plantar allí, que el Delta se lo cultiva solo —susurró el tío Percy.

—Lamento haber preguntado dónde estaba —dijo la tía Birdie—. Me pregunto a qué hora habrá salido si es tan larga la distancia que ha de recorrer.

—Más le vale ir dándose prisa —dijo el tío Dolphus—. Si supo salir de la cárcel en Foxtown en apenas veinticuatro horas... no veo razón por la cual no pueda volver de Parchman en un año y medio.

—Chitón —exclamó la señorita Beulah.

—No se puede salir de Parchman con ayuda de una pala de servir tartas —exclamó el tío Noah Webster.

—Señores, a callar —ordenó la señorita Beulah—. Vendrá tan deprisa como pueda. No dejará que el mundo se acabe hoy; antes de que finalice el día, estará aquí sentado a la mesa.

—Y es buena cosa que Jack lo sepa. Porque la verdad del caso es que... —murmuró la tía Beck mirando a la anciana señora en su mecedora—. Si tuviésemos que esperar otro año, ¿quién sabe si la abuela...?

Se oyó una detonación como la de una pistola procedente del jardín de la entrada.

Todos volvieron la cabeza. Ella Fay había hecho restallar el primer mantel almidonado para sacudirlo y deshacer los pliegues, y ondeaba en ese momento como una bandera. Lo dejó caer a tierra y echó a correr hacia la casa chillando como una posesa. Los perros, tanto los grandes como los pequeños por igual, empezaron a ladrar con ímpetu de tenores, y a correr desde todos los rincones y alrededor de la casa y por el pasadizo, como flechas lanzadas hacia la cancela.

La tía Nanny tomó a la niña de las rodillas de Gloria y corrió a esconderla en el salón de la entrada, chillando como si la acabasen de sorprender en camisón. La señorita Beulah corrió junto a la abuela. Los ladridos alcanzaron un tono de frenesí agudo a la vez que una polvareda arremolinada llenaba el espacio comprendido entre los árboles del paraíso. Cuando los que estaban charlando en el porche de atrás y los que llenaban la casa ya habían empezado a salir por el pasadizo, hubo un tamborileo que recorrió el suelo, la tierra misma se bamboleó, se cayó una sartén del clavo de la cocina, y hasta la chapa del tejado pareció retemblar con un sonido tal como si todas las cucharas de la familia tintineasen en vasos de cristal.

A lomos de una ola de perros, un muchacho de diecinueve años subió las escaleras de un brinco para plantarse en el porche. Aplastó una mano contra otra y luego extendió ambos brazos.

—Jack Jordan Renfro —anunció la señorita Lexie a la concurrencia—. Vaya, bien hecho: habéis conseguido traerlo a casa.

Fue como si justo hasta ese instante nunca hubiera estado bajo techo desde el día en que se fue de casa. Su semblante franco, de rasgos toscos, con la barba de la mañana sin afeitar, se le había quemado con una tonalidad de un rojo más intenso incluso que la arcilla de la tierra que le vio nacer. Jadeaba con fuerza, le subía y le bajaba visiblemente el pecho, con la boca abierta, y sudando a raudales. Con los ojos completamente abiertos, un rostro tan ajeno a la sonrisa como el de un niño, permanecía en pie, a la espera, con los brazos abiertos como una puerta de par en par.

Entonces fue como si de pronto toda la congregación quisiera arrancar al mismo tiempo.

—¡Ay, ay, ay! Mirándote cualquiera diría que estás muerto —dijo a voz en cuello la señorita Beulah a la vez que se abría paso entre los demás para cubrirle la cara de besos.

—¿Qué me has traído? —gritó Etoyle.

—¿Qué me has traído? —gritó Elvie. Las dos le daban puñetazos, Elvie en las piernas, gritando de alegría, hasta encontrar un cardillo que se le había prendido en los pantalones, y Etoyle atrapando viva con un chillido triunfal una mariquita que le subía por la manga, una manga desgarrada que flotaba libre del hombro, como una vieja bandera que hubiera llegado al hogar procedente de una batalla librada muy lejos.

—¿Dónde está lo mío? —dijeron en son de chanza los primos—. ¿Y lo mío, Jack?

Ella Fay dejó de chillar y corrió a recibir su abrazo. Luego Vaughn atravesó el porche dando zancadas, sus pantalones almidonados y plegados por los recios dobleces del fondillo. Se había puesto su camisa de ir al colegio, hecha de tela de arpillera, nueva y con los rótulos legibles por delante y por detrás. Llevaba las puntas de los cuellos levantados por la humedad. Jack se abalanzó a plantarle un beso, pero Vaughn se le adelantó.

—Me he puesto tus pantalones. —Llevaba un par de tallos de maíz secos, y se los ofreció. Jack tomó uno y por un momento los dos hermanos jugaron a pelear con ellos como si en vez de tallos fueran espadas, agitándolos como si fuesen sonajeros gigantes, moviéndolos como dos estacas de papel—. ¿Tuviste algún privilegio estando preso? —preguntó Vaughn, y salió corriendo.

—¡Y mira si por fin ha vuelto a casa, aunque derrengado y dolorido y cojeando tras tan largo y abrasador camino! —exclamó la tía Birdie, atrayendo hacia sí la cabeza de Jack para besarle en las mejillas y en el mentón, a la vez que la tía Nanny lo abrazaba con fuerza por detrás.

—Cariño, no te puedes ni imaginar lo dura que se nos ha hecho la espera —dijo la tía Beck, retirándole con gran cuidado una ramita de brezo de la pernera del pantalón—. Ojalá lo supieras.

—No has escrito a tu familia ni una sola vez, eso lo sé por tu padre. —La señorita Lexie barría los trozos de barro y las hilachas de rastrojeras que llevaba pegadas a los zapatos—. ¡Es como si volvieras de entre los muertos!

—Pero no digáis que no viene con buena pinta y bien alimentado —dijo la tía Nanny sin dejar de tentarle las costillas—. Me parece a mí que has ganado un poco de peso durante todo este tiempo que te has tirado fuera.

—Aunque me aventuro a decir que no te dieron de comer nada tan rico como la comida que te estamos preparando hoy —dijo la tía Birdie, dejándolo libre.

—Y bueno, ¿nos traes algo de lluvia? —le gritó el tío Noah Webster como si estuviera en lo alto del tejado.

Los tíos se acercaron a darle cachetes amistosos y palmadas de afecto, al tiempo que Etoyle y Elvie se sentaban en el suelo y se le anclaba una a cada pierna.

—¿Dónde está Gloria? ¡Gloria! *¡Gloria!* ¡Ya tienes aquí a tu hombre! ¿O es que ya se te ha olvidado lo que es estar alegre? Nena, ¿no encuentras el camino en medio de todos? —le gritaban las tías a la vez que los hombres les decían que se apartasen y la dejaran pasar.

Cuando por fin se apartaron, allí al fondo estaba Gloria. Le caía el cabello sobre los hombros, en donde se deshacía en una marea de rizos que se movían cuando ella lo hacía, despidiendo un fuerte olor a jabón. Le pendía sobre la frente formando finos ganchos de color canela, como los estámenes de una rosa Dainty Bess. Como si hubieran repicado las campanillas, sin su permiso, en sus hombros, sus caderas, sus pechos, incluso en sus codos, un tintineo tan fino que no lo percibiera por muy poco el oído, se adelantó paso a paso hasta atravesar el porche para recibirlo.

—Mira qué andares. Yo nunca hubiese dicho que era una simple maestrita —dijo la tía Cleo.

Jack se apoyó el dorso de los dedos en las caderas mientras la veía acercarse. Estiraron los dos los cuellos tan jóvenes, ambos entreabrieron los labios como un par de conejos a los que les apeteciera la misma brizna de hierba, y Jack la tomó por la cintura con sus fuertes brazos, hasta entrelazar los pulgares a su espalda.

—El primer beso en público que se darán en su vida, me apuesto cien dólares —susurró la tía Cleo.

—Di algo, Jack —chilló su madre.

—Di algo, Jack —repitieron todos a coro—. ¿No te habrás quedado sordomudo?

—¡El tejado es nuevo! —por fin sonó su voz melodiosa—. Podía verse a kilómetros de distancia. ¿Qué ha ocurrido?

—Bendito sea —exclamó agradecida la señorita Beulah.

—Bueno, hijo, yo creo que es algo que nos puede venir muy bien —dijo el señor Renfro. Seguía un tanto apartado de los demás, con los brazos cruzados sobre el pecho y la mano en el mentón. Pero en cuanto Jack hizo ademán de avanzar hacia él, la abuela hizo un ruidito para llamar la atención.

—Mira quién estaba esperando, mira qué poquita cosa —gritó el tío Noah Webster justo cuando Jack, volviéndose y tomándola en vilo, se acercó la cara de la abuela a la suya, mentón con mentón.

—¿No me has traído un poco de azúcar? —le preguntó.

—No he escuchado al abuelo tronar antes, cuando llegué a la parcela —dijo Jack tras haberla besado, abrazándola todavía para verla bien—. ¿Dónde lo tienes escondido, abuela?

—Jack, el abuelo ya no está con nosotros —dijo la señorita Beulah, moviendo las manos con frenesí ante los labios.

—El abuelo Vaughn se nos fue hoy mismo hace un año —dijo el tío Curtis. Todo se quedó en silencio, y desde la cocina llegó, como el redoblar de minúsculos tambores, el sonido de una nueva pava con agua puesta a hervir.

—¿No te paraste en el camino a ver la nueva tumba que hay en el cementerio, la que tiene las flores recién puestas? —preguntó la señorita Beulah, al leer su rostro—. Te la habrías encontrado de frente.

—Era el último sitio en el que se me habría ocurrido echar un vistazo —dijo Jack sin aliento.

—Sí, hijo. Pero ya sabes tú cómo es el dolor de una anciana. Estábamos también preocupados, nos daba miedo no poder ocultártelo —exclamó la señorita Beulah.

La abuela, todavía en vilo, se limitó a mirarle a los ojos con petulancia.

Con gran cuidado, Jack la depositó en el suelo, y luego le sacudió algo del polvo del camino que se le había pegado en las mangas.

—Oh, que alguien le limpie las mejillas a Jack —dijo la tía Birdie.

—Y ahora, te tenemos preparada una sorpresa de mucho cuidado —dijo la tía Nanny.

—¡Justo cuando más lo necesitamos! Ya es momento de que te la mostremos —dijo la tía Birdie.

—¡Gloria! ¿Qué es lo que le tienes guardado a Jack? ¿No te parece que ya va siendo hora de que lo vea? —Casi toda la familia estaba con ella en la cocina, pidiéndole a gritos que hiciera lo que tenía preparado.

—Eso seré yo quien lo decida —gritó Gloria desde los fogones.

Jack se sumergió en medio del humo y del vapor, la volvió en redondo, rodeó la mesa de un salto, contando en voz alta los pasteles preparados por su madre, robando un ala de la montaña de pollo frito que se amontonaba sobre la tabla de cortar el pan, y besó la cobertura de un pastel con la hoja de un cuchillo. Luego se acomodó en la mecedora de la cocina, se quitó los zapatos y se los tendió a la hermana que le quedaba más cerca.

Bajo el polvillo rojo que los recubría por encima, los zapatos estaban casi desgastados del todo. Las suelas las tenía rajadas. Los cordones pesaban por el polvo acumulado, por los rastrojos, por el exceso de nudos. Eran los mismos zapatos que llevaba cuando se fue de casa. Elvie se los llevó a la salita, mientras Jack tomaba una jarra de la mesa y daba un trago de leche.

Y mira quién está aquí. El que más ladraba —gritó la tía Nanny.

Sid entró a la carrera, jadeando. Era un perrillo de aire festivo y pelo largo, blanco y negro, con una marca en el pecho que recordaba una corbata de lunares. Un pastor de los pequeños. Jack se lo subió a las rodillas, elevó el gato ansioso hasta la altura del hombro y los balanceó juntos a los dos.

—¿Qué habríamos hecho si al final no llegas y no estuvieras aquí sentado en esta silla? —le dijo a gritos la señorita Beulah.

—Bueno, mamá, creo que llego justo a tiempo —dijo él con un cerco de leche en los labios.

—Jack Renfro, llegas incluso antes de tiempo, al menos por lo que se refiere a mis cálculos —la señorita Lexie Renfro apareció en la cocina. Hablaba con el mismo sonoro restallido del beso que le había plantado poco antes—. ¿Cómo es que te han compensado así?

—Tía Lexie, me dijeron que fue por buena conducta.

—¡Qué raro que no se diesen cuenta de tu buena conducta en el mismo instante en que te vieron! —resopló su madre, y le embutió en la boca un cuadrado de pan de jengibre que le había reservado especialmente.

Mientras masticaba con parsimonia, no le quitaba a Gloria los ojos de encima, hasta que ella, de pronto, se le acercó envuelta en una guirnalda de vapor. Se inclinó para decirle unas palabras al oído, las primeras que le decía en privado.

—Jack, ya sabes que en esta casa el agua es un bien preciado, pero he reservado una poca y la he puesto a hervir.

—¿Y para quién es? —le dijo él en un susurro.

—Para Lady May.

El azul inundó la totalidad de sus ojos.

—Hay una bañera de pie que te está esperando en el cuarto viejo de Vaughn. Ve a asearte. Luego te puedes afeitar esos bigotazos, no sea que le des un susto a alguien.

Le puso en la mano que él tendía el trozo de jabón, le dio una toalla que le había preparado, tiesa como un tablón y recién recogida del tendedero, y además caliente, y le precedió, con el agua recién hervida, ligeramente lechosa, humeante.

—Ya me he bañado en el río —dijo él, siguiéndola con humildad.

—Como si no lo supiera yo…

El porche, que se había vaciado cuando Jack se fue a la parte de atrás, a la cocina, seguía desierto de momento. Estaba solo decorado con las chaquetas de unos y otros, repartidas junto con los pozales y los hatillos, mientras el suelo se combaba como si las sandías del señor Renfro lo apretasen por debajo.

Jack saltó por encima de un banjo que alguien había dejado sobre una chaqueta doblada, y salvando el pozal de las zinnias se plantó ante el espejo. Ella le señaló en dónde había guardado durante todo ese tiempo su brocha de afeitar y el platillo. Luego le puso en la mano la navaja que ella misma afiló.

—Te pido que no me mires —dijo él.

El espejo estaba moteado como un huevo de ave. Lo llenó con su rostro apremiante.

—Se está portando como una mujercita de verdad, le está obligando a que se gane la sorpresa —dijo la tía Birdie por lo bajo. Se había vuelto a formar un círculo en el porche.

—Esa mejilla ya empieza a parecerse más a la tuya. Haría falta mucho más que el mundo entero para que cambiases, Jack —dijo la tía Beck.

—¡Cuidado con los dedos! Me apuesto cualquier cosa a que ya ha perdido varios litros de sudor solo demostrando todo lo que se alegra de vernos —dijo la tía Birdie.

La tía Cleo pasó por delante de los demás, se asomó por encima del hombro de Jack y su cara apareció en el espejo.

—¿A que no sabes quién soy? —le preguntó.

Por poco se hizo un tajo. Todos rieron la gracia, todos menos Gloria, la abuela Vaughn, la señorita Beulah y la tía Cleo.

—La historia —le explicó la tía Nanny— es bien sencilla: tu tío Noah Webster puso un anuncio en el *Boletín del Mercado* pidiendo una señora de raza blanca, cristiana, bien asentada, sin lazos familiares, a la que proveería de un salario a cambio de que le llevara las cosas de la casa.

—¿Y eso no habría sido lo mismo que hacerle una invitación a la tía Lexie? —preguntó Jack, que estaba afeitándose con cara de perplejidad.

—Sabes de sobra que me hubiese rechazado —dijo la señorita Lexie.

—El autobús se detuvo junto a la tienda de Foxtown —dijo la tía Nanny—. Y cuando la mujer se bajó resulta que era Cleo. «Bueno, ahora que he visto su casa», le dice a Noah Webster cuando está ya dispuesta a marcharse, «supongamos que se viene usted conmigo y le enseño yo la mía.» Total, que él acabó subiéndose al autobús con ella…

—Mi anuncio terminaba diciendo: «me da igual que beba, que juegue, que suelte maldiciones o que flirtee con hombres, con tal que sepa manejar una escoba y le guste la música de banjo» —añadió el tío Noah Webster.

—Al principio pensé que ni iría —dijo la tía Cleo.

—Recibí unas cuantas respuestas al anuncio, por cierto —dijo el tío Noah Webster.

—Aún te siguen llegando. En el *Boletín* parece como si no se hubieran enterado de que en algún momento hay que quitar los anuncios —dijo el tío Dolphus—. El cartero dice que si tú no las quieres, que entonces se las queda él.

—De todos modos, Jack —dijo el tío Noah Webster—, fue cuando vi el apellido Stovall asomado tras el nombre de la respuesta de Cleo cuando las cosas me empezaron a sonar familiares. Supe que había encontrado la horma de mi zapato.

—Y adivina de quién se trata —gritaron todos—. Nada menos que de la viuda de un Stovall.

Gloria tuvo que quitarle la navaja a Jack, pues de lo contrario se le habría caído de la mano.

—No, no es Curly… —exclamaron todos al unísono mirándole a la cara ya despejada y con tintes de alarma. La única de todos que no sonreía era la tía Cleo.

—Por un momento me habéis hecho pensar que alguien se había enamorado de Curly, que se había casado con él y que al verlo la noche de bodas se había muerto de la impresión —dijo Jack a la tía Cleo. Se dio unas palmadas en las mejillas con la toalla de Gloria, y plantó su bienvenida en la mejilla de Cleo.

—Y es cierto que le lleva las cosas de la casa, solo que finalmente se han casado y la casa en la que viven es la de ella, que está bastante lejos de donde vivimos todos nosotros, en el sur de Mississippi —dijo la tía Birdie.

—Él cree que ya se lo hemos perdonado —gritó la señorita Beulah.

Gloria tomó a Jack por la muñeca, todavía sin secar, y se lo llevó desde el porche hasta la puerta del salón de la entrada, y allí lo detuvo.

—No puedes dar un paso más hasta que no termine la reunión; la sala está abarrotada de gente —le dijo. Abrió la puerta para acceder a una estancia en la que el aire caliente se podía cortar, casi como una rodaja de sandía—. Saca la nariz de ahí —le advirtió, y cerró la puerta dándole casi en los dedos de los pies, dejando solo una ranura abierta.

En el interior de un círculo que formaban los sombreros de las señoras y los regalos todavía envueltos, el ancho de la cama estaba lleno de bebés, hasta una docena incluso, todos ellos dormidos, amontonados unos encima de los otros. Gloria esperó un minuto ante la niña cuyos párpados no estaban del todo cerrados, la niña cuyo cabello se derramaba suave como el aliento contra la palma de la mano de una madre. Como si quisiera demostrar que se acordaba de cómo era cuando vino al mundo, Lady May tenía la cara apartada de la luz, y en la nuca le nacía el mismo tipo de cabello, de un rosa como el de las capuchinas.

Gloria sacó entonces su maleta de debajo de la cama y tomó algo de dentro. Cuando de nuevo salió al pasadizo lo sostenía en alto: era una camisa que nadie jamás había usado.

—Hay alguien que no te ha visto nunca y a quien le gustaría que estuvieses un poco más presentable —le dijo ella en un susurro—. Curly Stovall me la cambió por unas cuantas nueces negras. Las fui recogiendo por el camino que hay de aquí a la tienda, más que nada por entretener el paseo. Un barril lleno de nueces.

—El muy cerdo… —dijo él con saña.

Sin quitarle los ojos de encima, y sin moverse a la vez que ella le retiraba la camisa vieja, le introdujo un brazo por la manga algo rígida. Ella le ayudó a ponérsela. Él introdujo el otro puño. Pareció que precisara de la fuerza de los dos para que cediera el almidón con que ella la había planchado, para que se introdujera en la prenda su cuerpo todavía húmedo. Ella comenzó a abrocharle los botones a la vez que los brazos de él encontraban un lugar donde apoyarse en el interior de la tela, cuyo olor se extendió por encima de los dos, como un frasco de tinta derramada en el pupitre del colegio. Era de color azul, de un tono que al cabo de unos cuantos hervores haría juego con la cinta azul celeste con que ella se adornaba.

Para el momento en que estuvo de espaldas a la puerta, abrochándole el último botón en el último ojal, él se apoyaba en ella como quien se apoya en el lateral de una casa. Apoyó la mejilla contra la suya como si fuese una voz enronquecida que hablara demasiado alto.

Las voces de los otros, ese hilo que era solo un poco más leve que los pasos, viajaron por el aire hasta donde ellos estaban. Alguien más había llegado.

—Es el tío Homer, que viene con la tía Fay y el hielo. Y el tío Homer dice que Jack vaya de un brinco a verlo, hermana Gloria. —Elvie ensayó su mejor carita de anuncio. Traía un regalo envuelto y atado en forma de búho, y otro sombrero para dejarlo en la cama.

Jack aún cargaba todo su peso contra Gloria. Ella lo enderezó y lo condujo hasta donde estaban todos los demás.

Con los dos recién llegados, el porche estaba tan atestado de gente que el espacio disponible para quedarse de pie parecía extenderse hasta más allá del borde de los tablones. Lo único que impedía que la reunión se desbordase por el jardín era la hilera doble de cannas que marcaba sus límites.

La tía Nanny soltó un silbido de lo más juvenil al ver aparecer de nuevo a Jack, que venía con Gloria.

—¡Vaya! ¿Y para quién te has puesto así de guapo?

—Ahora sí que parece preparado —dijeron los otros, en tono de cordial bienvenida—. ¿De dónde has sacado esa camisa? ¿Quién te la tenía guardada? ¿Y cómo la ha pagado? Anda y pregúntale dónde te tiene guardada tu sorpresita…

La tía Fay, una mujer menuda, y el doble de frágil que la señorita Lexie y el señor Renfro juntos, aunque con las mejillas maquilladas de rosa, sujetó a Jack con un chillido y con un segundo chillido lo soltó, como si por error hubiese agarrado un fogón al rojo.

El tío Homer Champion atravesó el porche haciendo un ruido tremendo con sus botas de vaquero. Por encima del hombro llevaba una chaqueta negra, de alpaca, sujeta por el pulgar. La colgó de uno de los ganchos y se quitó el sombrero y allí mismo lo dejó. Cuando se dio la vuelta, resplandecía en su pechera una corbata verde adornada con urracas.

—¡Jack Renfro! ¿Qué es lo que te propones apareciendo por aquí justo el domingo anterior al día de las elecciones?

—Aún tienes tiempo hasta el martes, tío Homer —dijo Jack, y le estrechó la mano—. A mí se me acababa hoy. —Lo dijo con ronquera—. Por favor, tráeme algo de agua para beber —dijo a Gloria, y con el brazo rígido en la manga almidonada alargó la mano para alcanzar la calabaza que ella le trajo. Bebió y se la devolvió.

—Siéntate —dijo el tío Homer.

Todos los presentes se sentaron como pudieron. Solo la silla del colegio quedó vacante, y fue Jack quien se sentó en ella. Gloria se acomodó a su lado, en la tabla que se usaba para escribir; desde allí le podía ver bien la cara.

—En todo este grande y soberano Estado de Mississippi, ¿cuánto has tenido que desviarte hoy de tu ruta con el fin de buscarte complicaciones? —comenzó diciendo el tío Homer.

—Pues creo que he venido por un camino bastante recto —respondió Jack. Cuando escuchaba al tío Homer actuaba igual que cuando escuchaba a cualquier otro miembro de su familia: se inclinaba hacia delante con los ojos claros y clavados en su interlocutor, como si lo que le dijera ya nunca más fuese a decirse, como si nunca nadie fuese a repetirlo.

—Pero te habrás encontrado un coche en la cuneta, ¿verdad que sí?, cuando aún te faltaba un buen trecho para llegar a Banner…

—Arrimé el hombro para empujar y lo sacamos de la zanja —dijo Jack—. ¿Es que ese Buick se ha vuelto a caer en ella?

La tía Fay respiró hondo y dio un gritito.

—Willy Trimble, créeme lo que te digo, te vio hacerlo —dijo con voz chillona—. Y le dijo a Homer…

—Cuéntamelo, Jack. ¿Quién iba al volante de ese Buick? —preguntó el tío Homer—. A lo mejor a todos nos apetece saberlo.

—Un forastero, eso es seguro. Nunca le había visto por el condado de Boone, y menos aún a juzgar por el lenguaje que le dio por usar al verse en ese apuro —dijo Jack—. Un tipo entrado en años; no supo bajar muy deprisa del coche.

—Homer, ¿no te apetece una galleta untada con mantequilla? —exclamó la señorita Beulah. Se acercó con una fuente llena.

—Beulah, serías capaz de pararle los pies al mismísimo maldito predicador que estuviera a punto de pronunciar una oración fúnebre en tu memoria con tal de intentar que se sintiera más a gusto —dijo el tío Homer. Tomó la galleta, pero siguió en pie—. Jack, yo me andaría con más cuidado antes de decir que ese tipo fuera un hombre entrado en años. Más bien diría que se trata de un hombre en la flor de la edad, más o menos como yo. ¡Jack! ¿Es que has salido hoy mismo de la penitenciaría solo para sacar de una zanja el coche del hombre que precisamente te mandó allí? —exclamó, y untó la mantequilla en la galleta.

Jack se puso en pie de un brinco. Poco le faltó para caerse de espaldas, trastabillando, sobre una cesta llena de platos y una funda de almohada repleta de cubiertos. Los niños corrieron a sostenerlo para que no perdiera pie.

—¿Quieres decir que era el juez? —exclamó Etoyle—. Ay, ay, ay.

—Oh, Jack Jordan Renfro —dijeron a coro las tías al verle sentarse de nuevo bajo los ojos de Gloria.

—Sí, señor. El juez Oscar Moody, el mismo que viste y calza —dijo el tío Homer, y se contuvo—. Esa es la persona con la que se te ocurrió hacer de buen samaritano antes incluso de llegar a tu hogar.

—Más te vale que se te ocurra una buena —dijo la tía Cleo.

—Todos mis hijos son igual de impulsivos —dijo la señorita Beulah—. Igual de impulsivos.

—Gloria, yo creo que está pidiendo a gritos que le den otra sorpresa, y que sea cuanto antes —dijo la tía Beck. Pero Gloria siguió en donde estaba, atenta al rostro de Jack.

—Di algo, Jack —exclamó el tío Homer.

—Todo lo que tengo que decir es que había un coche de paseo, un Buick de unos cinco años de antigüedad, rodando tan tranquilo hacia el cruce de Banner, y que de repente el señor Willy Trimble se metió en la historia sin que lo llamaran —dijo Jack.

—Así es que el señor Willy se cruzó en su camino —dijo el tío Curtis.

—¿Y quién es Willy Trimble? —preguntó la tía Cleo.

—Es un viejo solterón, tan desmañado que limpia la chimenea arrastrando las cenizas por toda la casa, a paladas, para volcarlas luego en un montón a la misma entrada —dijo la señorita Lexie Renfro—. ¿Respondo así a tu pregunta?

—Tiene una zanja al lado de su casa llena de ceniza —dijo Jack—. Pues bien, esa es la zanja en la que se metió el Buick.

—Y cuando el tipo vio dónde se había metido... —dijo el tío Percy para animarle a seguir.

—Pues hizo lo mismo que cualquier hijo de vecino que se hubiera metido con su coche en una zanja, se pondría a gritar: «¡Sáquenme de aquí!». Y fue Jack, igual que cualquier buen samaritano, quien le ayudó a salir —gritó la señorita Beulah—. Eso es algo que no puede evitar. Y no es ningún secreto.

—¿Y cómo es que un hombre con la fama que se gasta el juez Moody encontró ayuda tan deprisa? Para ser más precisos, ¿cómo es que topó con Jack? —preguntó el tío Curtis.

—Pues porque irías montado en la rueda de repuesto —dijo Vaughn.

—No sé cómo un colegial como tú, un mozalbete, es capaz de adivinar algo así —exclamó Jack—. Pero esa es la pura verdad, íbamos los dos subidos a la rueda de repuesto. Aycock y yo nos habíamos montado en el Buick en el camino entre Peerless y Harmony. Como iba derecho a Banner...

—Pero... hijo, ¿crees tú que ese es modo de comportarse? —exclamó la señorita Beulah.

—Mamá —le dijo Jack—, ya habíamos hecho buena parte del viaje con tres predicadores, los habíamos acompañado durante muchos kilómetros, y nos habíamos cansado de oírles hablar por los codos, y nos habían obligado a escuchar tres sermones distintos, y a pararnos en tres cenas dominicales, y en un bautizo en un río, así que razoné y me dije que quizás llegaríamos antes a casa si encontrásemos a alguien que tuviera más ganas de seguir su camino sin pararse cada dos por tres. Y cuando por fin la suerte nos sonríe, resulta que el tipo, sin darte tiempo ni a decir esta boca es mía, ya se había metido en la zanja.

—¿Y entonces qué hizo? —exclamó la tía Birdie.

—Se alegró de que le echásemos una mano —exclamó Jack.

—Si la zanja de Willy Trimble es la zanja en la que yo estoy pensando, creo que el juez se habría alegrado bastante de que le echase una mano hasta el mismo Lucifer —dijo la tía Nanny.

—No nos llevó más de un minuto sacarlo del apuro —dijo Jack.

—¿Y no lo lamentaste? —le reprochó la tía Birdie.

—¡Pero si yo no sabía quién era! —gritó Jack.

—Willy Trimble debe de haber ido contándolo por ahí como solo él es capaz de hacerlo. Todo el mundo estaba al tanto en la fábrica de hielo. ¡Muertos de risa estaban todos! —dijo el tío Homer.

—Y Homer ni siquiera pudo imaginarse, hasta que se enteró del incidente, de que a Jack lo habían puesto hoy mismo en libertad —les contó la tía Fay.

—Jack, a ti alguien tendría que hacerte un examen —dijo el tío Homer. Elvie, con cara de pena, le llevó un vaso de leche cremosa con un trozo del hielo que él mismo había traído.

—¿Por qué no te advirtió Aycock, el muy ruin, de lo que estabas haciendo? ¿Para qué lo llevabas contigo? —exclamó la tía Nanny.

—Creo que cuando topamos con la zanja, tía Nanny, fue el momento exacto en que Aycock dijo: «Adiós muy buenas, yo me largo». Y se marchó a paso ligero a casa de su mamá —dijo Jack—. Estaba todo lo cerca de su casa que se pueda pedir.

—De haber estado nosotros allí, yendo detrás de vosotros… —exclamó el tío Dolphus.

—Te habríamos avisado en un santiamén. «¡Cuidadito a quién rescatas, Jack!» —exclamó la tía Birdie.

—Beulah, este chico tuyo ha llevado una vida muy resguardada —dijo el tío Homer cargando las tintas—. Y a mí no me parece que le hayan puesto mucho remedio estando donde ha estado.

—Algún día se le pasará —exclamó la tía Nanny—. Tendrá una sacudida, y después despertará.

—¿Cómo es que Jack ni siquiera sabe echar un vistazo para ver por dónde va? —El tío Homer señaló a Jack con el dedo sucio de mantequilla—. ¿No te podías haber tomado la molestia al menos de mirar por la ventanilla y ver quién conducía el coche que ibas a sacar de la zanja?

—Nosotros íbamos con la polvareda por toda compañía, tío Homer —dijo Jack—. Todo lo que alcancé a ver fue una especie de tarta de chocolate, o algo así, bajo una servilleta, en el asiento de atrás. No tengo ni idea de por dónde salió el tipo cuando se metió en la zanja.

Las mulas del señor Willy se escaparon, se separaron, y siguieron de camino hacia Banner como si tal cosa. La mula blanca tiró para la iglesia de la Mejor Amistad, y la negra siguió deambulando hasta debajo del puente. Fui yo quien empujó el Buick hasta que estuvo de nuevo en la carretera. Después logré atrapar a las dos mulas y se las llevé al señor Willy para que volviera a engancharlas. Y luego he venido corriendo a casa y no he vuelto a pensar ni una sola vez en ninguno de ellos.

—El juez Moody podría haberte invitado a subir al coche en pago a las molestias que te habías tomado, podría haberte traído hasta la mismísima puerta de tu casa y ofrecerte la oportunidad de que le dieras las gracias delante de toda tu familia reunida, y aun así tú habrías seguido sin caer en la cuenta de quién era —dijo el tío Homer—. Eso es lo que pienso de ti.

— Sí, hasta las gracias le habrías dado por traerte —dijo la tía Beck con un punto de tristeza—. A veces eres de lo más espeso que hay, hijo mío. Oh, lo retiro, lo retiro…

—Que se atreva ese Moody a aparecer por la puerta de mi casa —vociferó la señorita Beulah—. Que se atreva a enseñar su jeta de Moody en esta reunión. Entonces se iba va a enterar de lo que es, vaya que si me encargaría yo de decírselo.

—Mamá, le vi bien la cara cuando bajó del coche para ver los desperfectos. Y no creo yo que tuviera pinta precisamente de ser un juez —dijo Jack.

—Bueno, ¿y qué pinta tenía entonces?

—Más que un juez parecía un atracador. Llevaba un pañuelo blanco atado por encima de la nariz, cubriéndole la boca —dijo Jack.

—Me parece que poco le puede importar una polvareda —dijo la tía Cleo.

—Era el juez Oscar Moody, el mismo que viste y calza, y tú fuiste a rescatarlo —apuntó el tío Homer—. Tú espera a que todos los demás votantes se enteren.

—Y vaya si se enterarán —dijo la tía Fay—. Otra cosa no habré aprendido al lado de Homer…

—Jack, le hiciste un favor al juez Moody, a cambio de que él te mandase a la penitenciaría. En eso se resume todo este episodio —dijo el tío Homer.

—Y tampoco es que fuera difícil —dijo Jack—. ¡Si la zanja estaba reseca de polvo! Es como si no hubiera llovido en Banner desde hace cien años.

—Ahora lo único que falta es que Curly venga corriendo a contármelo. ¿Cuánto tiempo crees que me queda, Jack, para planear una buena respuesta que darle a la población? —preguntó el tío Homer.

—El señor Ortiga, así llamábamos Aycock y yo al juez durante todos los días que hemos pasado en Parchman —dijo Jack con voz ronca.

—Entonces es que no lo reconociste al verlo en la cuneta —dijo la tía Cleo—. Para mí que es como si alguien te hubiera gastado una broma.

—Déjalo en paz —le gritaron todos por turno, salvo el tío Homer y Gloria.

—Yo creo que es una broma que nos han gastado a todos —dijo la tía Cleo.

—¿Y quién es esa? —preguntó el tío Homer. Y dijo a la tía Cleo—: Señora, usted no vota por estos pagos, ¿no es así?

—Es viuda de un Stovall. Te he pegado un buen susto, ¿a que sí? —dijo la tía Nanny al tío Homer.

—No, de eso nada, Nanny Broadwee. Ni siquiera que haya una Stovall hoy con nosotros, en nuestra reunión, me sorprende lo que se dice nada —y dijo el tío Homer a la tía Cleo—: Y usted es más o menos lo que me esperaba a estas alturas del partido.

Jack se encorvó en su silla, las manos apoyadas en las rodillas. La señorita Lexie lo observó.

—Hermano —dijo al señor Renfro, que permanecía con el mentón en la mano, contemplando también a Jack—, estos hijos tuyos son los menos preparados para corregirse que me haya encontrado en mi vida. Trabajo me cuesta imaginar cómo se conducirán el Día del Juicio Final.

—Yo lo único que puedo decir es que me alegro de que Jack no tenga todavía edad de votar —dijo el tío Homer—. Si no, pensaría que ibas a votar en mi contra.

—¡Homer! ¡Eso es terrible, eso no se puede decir así como así! —exclamó la tía Fay.

—¿Votar en contra de su propia familia?

—¿Y a favor de Curly? —exclamó el tío Dolphus.

—Homer Champion, mi hijo haría cualquier cosa por su familia, haría lo que fuese —exclamó la señorita Beulah—. ¡Míralo bien! Votaría por ti si eso es lo que se le pidiera, y ni siquiera se contentaría con eso, sino que...

—De no haber sido por esta familia — dijo el tío Homer, mirando con enojo a la concurrencia—, a saber a dónde habría llegado yo a estas alturas. Quién sabe, hasta podría ser el sheriff.

—¡Maldito fuese el día! —exclamó la señorita Beulah—. Señor Renfro, si no se te ocurre algo que decirle a este muchacho, lo vas a dejar corrido de vergüenza en muy pocos minutos. Mira cómo se muerde el labio..

—¿Y el juez Moody no cometió siquiera el error de delatarse? —preguntó la tía Beck, como si tal vez ni siquiera fuese demasiado tarde para hacer esa pregunta.

—Se hizo pasar por un forastero —dijo Jack—. Se ofreció a pagarme por toda la ayuda prestada. Yo le dije que vivía por aquí cerca y que me incomodaría mucho tener que aceptar su dinero.

—Ay, qué pena más grande me está dando mi chico —dijo la señorita Beulah—. Qué pena más grande —y pegó un pisotón en el suelo.

—Mamá —exclamó Jack—. Escucha un momento: si era el juez, y si tan listo es, ¿cómo es que no me reconoció?

—Ese es mi chico —gritó el tío Noah Webster.

—¡Tiene razón! —dijeron a coro sus hermanos.

—¿De qué le iba a servir darme un escarmiento y convertirme en ejemplo para todos si no me iba a reconocer a la próxima vez que me viera? —exclamó Jack.

—Y, a todo esto, ¿qué se le había perdido por esta parte del mundo, que es la nuestra? —exclamó la señorita Beulah—. Homer Champion, explícamelo. Te hace falta un poco más de leche cremosa para terminarte esas migas.

—Ha venido a hacer campaña. Eso es lo que hoy hace todo el mundo y eso es lo que ha venido a hacer Moody hoy. Campaña, política —exclamó la tía Fay—. ¡Tiene que presentarse al cargo, al igual que todos los demás! A su reloj se le agota la arena tan deprisa como al de Homer…

—Los jueces no se eligen, hermana Fay; eso no sería muy seguro que digamos —dijo el tío Curtis.

—¿Y entonces por qué hay tantos?

—Por lo que alcanzo yo a saber, que tampoco me he parado a pensarlo, los designan a dedo ellos mismos—dijo él.

—¡Y así actúan! —exclamó la señorita Beulah—. Y estoy pensando en uno en concreto.

—Si tan mala memoria tiene que no me recuerda desde que me fui, no pasaré por alto la oportunidad de recordárselo yo —dijo Jack.

—¿Quieres decir que te propones ir en su busca? —susurró el tío Percy—. ¿Ahora?

—Si lo viese, reconocería ese Buick a más de un kilómetro de distancia —dijo Jack.

—¿Y luego qué? —dijo a voz en cuello el tío Noah Webster.

—Le pararía y le diría quién era el buen samaritano sin andarme por las ramas.

—No basta con que anuncies tu presencia en este mundo, Jack —dijo el tío Curtis—. Eso ya te lo vimos hacer en el juzgado. Más bien te valdría arremeter de frente contra ese hombre y darle un testarazo bien fuerte para hacerle pagar lo que te debe. Y nosotros estaríamos contigo como un solo hombre. ¿Verdad que sí, hijos? —preguntó.

—¡Sí, señor! —exclamaron a coro los tíos y los primos.

—Si a uno ya lo has rescatado, pues rescatado queda —dijo la señorita Lexie Renfro—. Así que renuncia ahora mismo a esa idea.

—Vamos a ver, Lexie: lo que todos queremos es una segunda oportunidad en la vida —exclamó el tío Noah Webster—. Y eso es lo único que pedimos, ¿verdad, chicos?

—Rescataste a quien no debías, pero siempre estás a tiempo de volver y hacer que se sienta mal por lo ocurrido. Ese sigue siendo nuestro privilegio, o al menos eso espero —dijo la tía Birdie a Jack.

—Jack, ojalá pudieras volver atrás y echarle a perder el día —dijo la tía Nanny—. Desde luego, a mí me aliviaría bastante.

—Jack, cariño, tú no sabes, ni siquiera podrías imaginarte lo que hemos pasado, solo de saber dónde te tenían preso —dijo la tía Beck, siempre la más afable de todas las tías—. ¡Muriéndonos de pena por ti todo el día! Luego por fin parece que vuelves a casa y va y resulta que al juez que te ha condenado le salvas la vida antes incluso de haber pisado tu casa.

—¿Dónde crees que estará ahora? —preguntó la tía Cleo—, ¿Habrá llegado ya a Tombuctú?

Jack se puso en pie de un salto.

—No pierdas los estribos, hijo —dijo el tío Noah Webster con afecto—. Y recuerda una cosa fundamental: es un hombre que por estos pagos no se siente como en casa. No sabrá distinguir un camino de otro cuando llegue a un cruce, y me juego diez a una a que ya se ha perdido. Andará perdido en medio de lo desconocido. ¿No te sientes ahora más animado?

—Noah Webster, hablas como si supieras adónde se dirige ese hombre —dijo el señor Renfro, y se puso en pie.

—¿Y qué más dará adónde tenga pensado dirigirse? —exclamó la tía Birdie con lealtad—. Anda por ahí, recorriendo nuestras carreteras, ¿no es así?

—Al menos nuestras carreteras son bastante malas —exclamó la tía Beck.

—Seguro que vuelve sobre sus pasos. Esas carreteras ya se encargan ellas solas de que así sea con quien no las conoce —predijo el tío Curtis.

—Y entonces ya sé qué pasará —dijo Etoyle, dando vueltas sobre su propio eje a ver si así se mareaba. La tía Birdie se le adelantó.

—Podrías esperarle —dijo— en un sitio estratégico, y cuando pase le saltas encima.

Jack se levantó de repente y se fue al pozal a por agua.

—¡Date cuenta de que el juez Moody podría terminar zambullido en el río Bywy! —dijo la tía Fay—. Eso es lo que intentaba decir desde que puse los pies en esta casa.

—Bueno, eso es algo que no podemos permitir —exclamó la señorita Beulah.

—O a lo mejor lo que necesita es un empujoncito para cruzar nuestro puente, eso es —exclamó la tía Nanny.

—El viejo puente de Banner —dijo la tía Birdie—. Esa sí que sería una zambullida para toda la eternidad. Si alguna vez se decide a hacerla, hoy es el día perfecto.

—Las tablas de la solera están hechas una pena todo a lo largo del puente. Casi no se sostiene —dijo la señorita Beulah al señor Renfro con cierto tono de saña—. Di algo, señor Renfro, dile lo que está esperando oírte decir.

—En pleno mes de agosto el viejo Bywy no tiene profundidad suficiente ni para que le cubra a uno la cabeza, Beulah. Como mucho se dará un remojón —dijo el tío Noah Webster con el rostro ya resplandeciente—. Me da la sensación de que estoy rejuveneciendo por momentos.

—¿Cuándo creéis que reparará nuestro puente el supervisor por el cual votamos todos, eh? —preguntó la tía Beck, y le tiró del brazo.

—Hoy desde luego que no —exclamó el tío Noah Webster alegremente, levantándose de un salto.

—A ese supervisor lo tengo yo en el bolsillo siempre y cuando salga elegido, claro. Pero más vale andarse con cuidado en lo que se refiere a ese puente mientras aún lo tengamos, chicos —exclamó el tío Homer, y descargó un puñetazo sobre un barril—. ¿Por qué se pensará todo el mundo que solo porque se cae a pedazos es el sitio perfecto para pasarlo en grande? Y que nadie interprete mal mis comentarios.

—Jack no le haría daño ni siquiera a una pulga, eso lo sabéis todos —dijo la señorita Beulah a sus hermanos con un punto de frenesí.

Jack miró por encima del borde del vaso.

—Cada vez estoy más cabreado con el juez Moody —dijo—. No creo que se pueda hacer gran cosa para impedirme que me presente delante de sus narices, para que le diga quién soy, y para que se entere de que he vuelto.

—Eso es, Jack. Ese tipo te convirtió en un hazmerreír. Ahora eres tú quien tiene la oportunidad de darle a él un repaso —dijo la tía Birdie—. Eso es todo lo que te estamos pidiendo que hagas.

—Os estoy diciendo que no vayáis tan deprisa —gritó el tío Homer, con las migas de la galleta saltándole por encima de la corbata.

—Homer es tan inconstante... —exclamó la señorita Beulah—. A veces me pregunto si de veras sabe de qué bando está. Es él quien ha dado carrete a esta cometa...

—Jack, por poco me enredas y me dejas en ridículo la última vez, cuando te mandaron a la penitenciaría —dijo el tío Homer—. Ahora estás intentando dejarme de nuevo en ridículo nada más llegar a casa y recordar a los votantes que perteneces a esta familia.

—Anda, vete a pastar —dijo la señorita Beulah, y se marchó a la cocina.

—Homer —dijo el señor Renfro, adelantándose y apuntándolo con el dedo índice—, si lo que quieres es hablar de votos, más te vale enterarte de que el encarcelamiento de mi hijo es justo lo que te dio el margen de mejora que necesitabas. Me acuerdo como si fuera ayer del día en que quedaste noveno en las elecciones para juez de instrucción. No tendrías un cargo del que enorgullecerte si no fuera por Jack.

—En todas partes se le tiene aprecio por ser un chico tan dulce y tan muerto de hambre —exclamó la señorita Beulah, que volvió de la cocina con una fuente en la que había puesto las galletas recién hechas, abiertas y rellenas de mantequilla fundida por un lado, y de grumos de mermelada de moras en la otra mitad—. Sí, así es. Homer procedió a detener a Jack, a su propio sobrino, y luego hizo campaña para que lo nombraran juez de paz, basándose en lo mucho que detestó tener que hacer lo que hizo. Pidió a los votantes que le tuvieran compasión por haber cumplido tan bien con su deber. ¿Pues sabéis lo que os digo? ¡Que los votantes son todos un hatajo de idiotas! Y yo fui uno de ellos, es verdad.

—Vamos, chicos, vamos —exclamó el tío Noah Webster.

—¿Ha desayunado al menos como es debido? —les reprochó a todos la señorita Beulah, mientras Jack negaba con un gesto y abría la boca al mismo tiempo.

Pero antes de que su madre pudiera meterle una galleta en la boca, uno de los primos los interrumpió con una exclamación:

—¡Eh! ¡Jack! ¿Es que nos vamos a pasar la mañana aquí todos sentados, esperando a que te pongas al día?

Todos los hombres se pusieron en pie. Al mismo tiempo, el porche pareció llenarse de pronto de perros con manchas amarillentas e incluso de color limón. Empezaron de nuevo los ladridos.

—A Nathan todo esto no le va a hacer ninguna gracia —exclamó la señorita Beulah con un punto de desesperación—. Recordad que aún falta un hermano por venir…

—Beulah, para la hora en que llegue Nathan, todo esto estará finiquitado —dijo el tío Noah Webster—, y volveremos a tener el cielo despejado.

—Vamos a ver —dijo el tío Curtis—. ¿Cómo tenemos pensado ir? A mí no me apetece ir a pie.

En ese instante Gloria se levantó, se giró sobre los talones y entró en la casa.

—Está claro que todos en una mula no vais a ir —dijo el señor Renfro.

—Entonces, ¿os fiáis de esa chatarra en la que viajamos nosotros? —preguntó el tío Curtis.

—Yo tengo una fuga en el tanque de gasolina —dijo el tío Percy—. No es grande, pero a lo mejor no me llega ni para regresar con Nanny hasta Peerless estando como está, aunque siempre podemos aprovechar mi furgoneta.

—Nuestro viejo Ford es capaz de ir adonde sea y por donde sea. Es cierto que el agua del radiador ha hervido ya dos veces desde que empezamos a subir por los montes en el viaje hasta aquí —dijo el tío Noah Webster—. Pero aún no he probado a ver cómo va cuesta abajo.

—Pues cualquiera puede ver que la rueda delantera izquierda del trasto de mi hijo vuelve a estar deshinchada —dijo el tío Dolphus—. No sé yo si es buena idea…

—Vais a tener que volver todos a apañaros con el autobús escolar —gritó Elvie. Estaba bajo un árbol, enfilando la cuesta abajo, y era el primero de los vehículos en fila, con un tronco encajado bajo una de las ruedas. Estaba cubierto de una capa de polvo que recordaba una manta rosa para bebés.

—No, no es posible —dijo Vaughn—. Tú ya no eres el conductor, Jack, hoy no te toca a ti.

—¡Una cosa sí os diré! Se acabarían todas estas pamplinas si pudiera contar con mi camión. ¡De tener arreglado ese buen cacharro, nadie me diría cómo tengo que moverme! —exclamó Jack—. Quiero decir que sería perfecto si no os importase ir como nosotros cuando nos sacaban a trabajar al campo en Parchman, todos de pie en la caja, No habría quien me detuviera…

Jack se había vuelto a mirar. Anticipando ese instante, Ella Fay alzó sus adorables brazos, de piel blanquísima, y extendió por fin el mantel sobre el hueco que se había formado entre los cuatro tocones de los pinos.

—Jack —dijo la señorita Beulah—, ¿estás preparado para otra mala noticia?

—Creo que ya lo he adivinado yo solito, mamá —le dijo.

—¿Y a qué viene esto? —inquirió el tío Homer, deseoso de saber qué pasaba—. El dichoso camión no se ve por ninguna parte.

—¿No te apetece sentarte un ratito, Homer? —exclamó la señorita Beulah—. Sigues necesitando unas cuantas galletas más para terminarte la leche. —Puso las manos sobre los brazos de Jack—. Hay una historieta que me gustaría contarte sobre Stovall y ese camión, Jack —dijo—. La verdad es que tuvimos que hipotecarlo.

Sin poder articular palabra, Jack miraba a todos los presentes de uno en uno.

—Curly se lo llevó a remolque justo al lugar en que tú lo compraste —contó Etoyle a Jack—. Se lo llevó atado con un par de bueyes.

—Se está poniendo blanco —dijo la tía Birdie, y la tía Beck se anticipó con voz temblorosa a lo que Jack estaba a punto de gritar.

—¡Gloria!

—Estoy aquí, estoy ocupada —contestó por la ventana de la salita—. Pero me entero de todo lo que estáis diciendo.

—¿Se llevó a rastras todo el armatoste? —exclamó Jack—. ¿Todo entero?

—No quedó nada más que una maldita mancha de aceite —dijo la señorita Beulah.

—Será canalla… —exclamó Jack.

—Ahora ya podéis elegir entre uno y otro —proclamó el tío Homer Champion al mundo entero.

—Desde luego, nunca podrá poner en marcha ese motor si yo no le echo una mano. Un motivo más para seguir bregando —gritó Jack.

—El sábado aún está por llegar —exclamó el tío Dolphus con algunos aplausos de otros.

—De acuerdo, Vaughn, saca a Dan del prado y le pones la brida. Yo me adelanto, y los demás que me sigan. Le voy a hacer a Dan un regalo que lleva esperando mucho tiempo —dijo Jack.

—Pídeme algo más fácil —dijo Vaughn.

—¿Qué pasa? ¿Me ha echado tanto de menos que ya no es el que era?

—Jack, es que también tuvimos que prescindir de Dan —dijo la señorita Beulah.

—¡Oh, vaya, Elvie! —exclamó cuando su hermana, que estaba justo delante de él, se echó a llorar. Se separó del resto, bajó de un salto las escaleras y echó a correr hacia el prado, hacia el granero, mirando por todas partes.

—¿Es que queréis echarle a perder su bienvenida? —gritó la señorita Beulah a Elvie y a las niñas—. Mirad que sois lloronas…

—¡Ay! ¿Y quién es Dan? —preguntó la tía Cleo.

—El semental de Jack, su caballo —le dijeron.

—Dan era un caballo único entre un millón —dijo el tío Noah Webster.

—Ese caballo era tan bueno y estaba tan mimado como todos los demás miembros de esta familia —dijo la señorita Lexie Renfro.

—Decidle aunque sea una mentirijilla… —suplicó la tía Birdie.

Los primos andaban corriendo detrás de Jack.

—¡Vuelve, Jack! —le gritó uno—. Curly no se quedó con tu semental. —Jack se detuvo en seco.

—Tuvimos que pegarle un tiro —le gritó compasiva la tía Beck—. Aún le cuesta aceptarlo… —dijo nada más darse la vuelta—. No hay más que ver cómo se muerde el labio.

—Y no sé si te das cuenta, pero es que ni siquiera valía la pólvora que hubo que gastar —Curtis Junior le hablaba en tono persuasivo, a la vez que los demás primos lo rodeaban.

—Llevadme a su tumba…

Lo sujetaron.

—¡Jack! ¡Cuidado! Te pido por favor que no nos vuelvas a dejar a toda la familia con tanta pena antes de marcharte —le suplicó la tía Beck desde el porche.

—No vas a encontrar su tumba. Se lo vendimos a los de la sala de despiece —dijo Euula con las manos unidas sobre el pecho—. ¡Se lo llevaron a Foxtown! Yo misma vi cómo se lo llevaban.

—¡Gloria! —vociferó.

—Ten paciencia —respondió ella con dulce voz—. Enseguida estoy contigo, cuando lo tenga todo preparado.

—Siempre dije que a mi caballo se le enterraría bajo los árboles —dijo Jack sin aliento apenas.

—Necesitábamos carbón y cerillas y almidón —le enumeró la señorita Beulah—. Y harina y azúcar y vinagre. Y sal y jabón. Y simiente y forraje. Y necesitábamos mantenernos con vida. Hijo, primero prescindimos de la cabra, luego de un trotón bastante gordo y pequeño. Y luego la vaca parió un ternero…

—Mamá, no quiero que me sigas contando ese cuento —dijo Jack—. Al menos no delante de todos.

—¿Y cómo va la vieja mula? —preguntó la tía Nanny.

—Pues te aseguro que ha hecho de todo, ahí está si la quieres ver, anda medio coja —replicó la señorita Beulah.

—Ya decía yo que estaba leyendo la señal de este tejado bastante bien —dijo Jack por fin—. El juez Moody tiene un montón de cosas en la cabeza. ¡Pero muchas más cosas tengo yo que contarle además de decirle quién soy! ¡Traedme los zapatos!

Gloria apareció entonces en el porche con los zapatos de Jack en la mano. En ese mismo instante soltó a Lady May, que iba sujeta a su falda, en medio de todos.

Jack subió las escaleras como un tiro. Cuando vio a la niña, que iba derecha hacia él como una bala de cañón, abrió la boca y dejó escapar un potente grito. La niña viró en redondo y volvió corriendo hacia su madre. Jack se lanzó al suelo e hizo el pino. Mientras Lady May lo miraba atónita, los ojos abiertos como las flores de la vinca al mediodía, él empezó a pedalear despacio con los pies en el aire.

—¡Jack! —Todos se pusieron a hablar a la vez, mientras estrechaban el círculo en torno a los tres.

—¡Jack! Llevas casi dos años lejos de casa; esta es tu hijita.

—¡Ahí tienes tu sorpresa!

—¡Ella es tu recompensa!

—Tómala en brazos, Jack —exclamó el tío Noah Webster cuando vio que él empezaba a temblar.

—¿No parece un poco jovencito, con todo lo que ha hecho ya y con todo lo que aún le queda por hacer? —preguntó la tía Cleo, mirándolo con la cabeza ladeada hasta casi la horizontal.

—Está tomándose su tiempo. Y no creo yo que haya mucho pecado en eso —dijo la señorita Beulah—. Todos los Renfro se suelen tomar su tiempo, ahorran, nunca se fatigan. En cambio, nosotros los Beecham, cuando vamos, lo hacemos por impulso, a ciegas, deslumbrados por la gloria del momento.

La camisa nueva se le volvió sobre los faldones en una sola pieza, como un tablón sobre sus bisagras, descubriendo toda la espalda tostada de Jack y los pantalones con los que había vuelto al hogar, tan desgastados y deslucidos que no tenían más color que la leche colada. Los agujeros deshilachados se abrían como dos peces con la boca abierta en ambas rodillas.

Lady May se acercó más a él con su primer vestido de color, su sombrero de hojas, con sus zapatos nuevos, de bebé, abotonados, por encima de los cuales asomaban las puntillas de unos calcetines azules. Miró los agujeros de los pantalones de Jack, los miró de arriba abajo, de uno en uno, y luego elevó la mirada hasta sus pies. Aún se le acercó un poco más, hasta situarse bajo esos mismos pies que parecían ir caminando por el aire, del revés, polvorientos, con hojas secas pegadas a los dedos ensangrentados.

—Mirad. Ya la adora —dijo la tía Beck. Entonces él se dejó caer como si la niña lo hubiese derribado.

—¡Mirad qué sonrisa le ha sacado en esa carita linda! Jack es un artista.

Se acuclilló delante de ella, cara a cara los dos.

—Ven acá, niñita, ven acá —le decía con su voz melodiosa—. A ver qué me traes.

La niña pasó y volvió a pasar delante de él.

—Se la está ganando.

Ella le devolvía continuamente una mirada firme y solemne, como si fuese una mujer hecha y derecha que se probase un sombrero. Cuando se quedó quieta, él extendió los brazos y ella se adentró entre ellos. La abrazó de tal manera que pareció que iba a hacerle crujir los huesos.

— Mira cómo va derechita a él. Mira cómo le da su juguetito. —Era el peine de su madre.

—¿Y lo mío? —dijo uno de los primos tomándole el pelo a la niña.

—Chist, callad, ya basta con eso —dijo la tía Beck.

Jack se pasó el peine por el cabello empapado y se lo guardó en el bolsillo de la camisa almidonada sin que la niña supiera qué había pasado. A Lady May se le abrió una boca tan redonda como una ciruela.

—Tiene menos de año y medio, y ya se cree que Jack es su sorpresa —dijo la tía Birdie.

—Hola, Lady May —dijo Jack—. Lady May Renfro, ¿cómo estás? —y le plantó un beso, que la niña le devolvió.

—Escuchad. Escuchad eso... La ha llamado por su nombre —dijo la tía Nanny.

—Gloria ya se lo había dicho —gritó la tía Birdie—. ¡Gloria ya se lo había dicho todo!

—Pues vaya. Así que esa niña no es más sorpresa, para él, de lo que pueda ser yo... —exclamó la tía Nanny.

—No me asustan el lápiz y el papel —dijo Gloria.

—Yo la sorprendí cuando iba a llevarle las cartas al tío Sam —gritó Etoyle—. Además de un huevo fresco para pagar el sello…

—Y todos que estábamos convencidos de que Lady May sería su sorpresa. Y ahora… ¿qué va a ser la niña si no? —exclamó la tía Birdie.

—La sorpresa se la di yo cuando le conté todo —dijo Gloria.

—Pues para mí que has sido un poquito tramposa —dijo la tía Nanny, a la vez que empezaba a sonreír.

—¿Y de dónde os parece que ha sacado Gloria ese vestidito? —exclamó la tía Birdie.

El primer vestido de Lady May no estaba hecho con sacos de harina de la marca Robin Hood, ni era heredado de Elvie. Era un vestido azul, con bolsillos en los lados, cuyas solapas parecían dos asas para levantarla del suelo.

—Lo he hecho yo, sacando tela de uno de los míos —dijo Gloria—. Del vestido que llevaba el día en que vine aquí.

—Al menos me alegro de que no permitieras a Curly Stovall engañarte en la tienda —dijo la tía Beck con simpatía.

—Mirad, ¡ahora sí que llora! ¡Se acaba de enterar! ¡No es ninguna sorpresa! Os ha oído y lo ha entendido todo la pobrecilla —dijo la tía Birdie.

Jack la tomó en brazos.

—Blanquísima palomita —le dijo con voz queda.

—Es inmaculada —dijo Gloria, alcanzando para tomarla en brazos—. Tiene la piel igualita que yo, tierna, muy tierna. Hasta ahora, la he tenido bien guardadita en la casa.

Jack levantó la hoja del sombrero por ver qué había debajo, y la roja cabellera de la niña asomó como un resorte. Entonces se le dibujó una sonrisa en los labios. Tenía una melena espléndida.

—Bienvenido a casa —rugió el tío Noah Webster—. Se acabó la penitenciaría.

Lady May, en brazos de su madre, gorjeó.

—¡Ríete, niña! ¡Ríe, pajarito, que eso está bien! —exclamó el tío Noah Webster.

—Y ahora pongámonos en marcha —gritaron algunos de los primos.

Con una gran sonrisa que era tanto de gratitud como de satisfacción prendida aún en los labios, Jack se agachó y se anudó los zapatos que Gloria le había cepillado.

—¡Hay que ver, la de cosas que pasan a la vez! —exclamó el tío Noah Webster y a punto estuvo de besar a la tía Cleo—. Qué alegría estar aún vivo y haber podido venir hoy con tan grata compañía.

—Muy bien, Homer Champion; ahora, ¿ves lo que has conseguido por haber sacado esa historia a relucir? —rabió la señorita Beulah.

—¿Tú no vienes con nosotros, Homer? —bromeó el tío Noah Webster.

—Vamos a ver, hatajo de idiotas —exclamó la señorita Beulah.

—Adiós, abuela —susurró Jack ante la cabeza que asentía—. Adiós, mamá; adiós a todas, hermanas y tías y primas. Adiós, Gloria. Te dejo a nuestra hijita hasta que se haga de noche. Espéranos con la cena preparada.

—Tu madre ya se ha adelantado y tendrá la cena lista para cuando la sombra llegue a esas mesas del jardín —gritó la señorita Beulah—. Y si a esa hora aún estáis todos vivos, más os vale llegar a tiempo y con ganas de zampar. Y tú, Jack, vigila a esos idiotas y no dejes que nadie haga ninguna estupidez en honor a tu regreso; y luego me los traes a todos de vuelta sanos y salvos, ¿me has oído?

Los hombres y los muchachos salieron de la casa en tropel. Los perros para la caza de aves, para la caza del mapache, y para la caza de la ardilla, saltaban y daban zarpazos al aire corriendo hasta la cancela, cada uno ladrando a su modo.

—¡Que todos y cada uno de vosotros vuelva a su sitio! —dijo Gloria alzando la voz—. No quiero que ningún hombre, que ningún chico salga de esta casa, y que nadie se mueva de su sitio hasta que Jack vuelva con nosotros. Esto es cosa de Jack Renfro y de nadie más. Y con él no va a ir nadie. Nadie más que la niña y yo.

Todos se quedaron clavados en el sitio. Un grito prolongado viajó por todas las notas de la escala. Gloria tomó su vieja mochila de maestra del batiburrillo que había en el suelo y se echó la cincha al hombro.

A Jack se le abrieron los ojos azules hasta ponérsele casi como platos. Fue el primero en pasar a la acción; echó a correr y le llevó un cuenco de agua.

—No, muchas gracias —dijo ella—. Nunca he conseguido acostumbrarme al agua de Banner, así que intento pasarme sin ella.

—¿De verdad vas a ser así de valiente? —preguntó la tía Birdie con voz tenue—. ¿De verdad vas a ir caminando detrás de Jack con el calor que hace?

—Ahora sí que me parece que está mal de la cabeza —dijo la tía Cleo.

—Lo más duro ha sido la espera —dijo la tía Beck con voz afable—. Y eso le ha tocado a ella.

—¡Pero ya se ha terminado! ¡Todo ha terminado! ¿No entiende que se acabaron las penurias? —preguntó la tía Birdie.

Los tíos habían vuelto cada cual a su asiento como si Gloria los hubiese barrido de un soplido.

—Quedaos ahí y sujetadme a los perros, chicos —ordenó Jack a sus primos.

—¿Ni siquiera va a permitir Gloria que vayan los perros? —exclamaron.

—Solo uno —dijo Gloria.

—Sid, me parece que te ha llegado el día —dijo Jack.

—Ese perro no vale más que para amigo fiel. Y eso ya tendrías que saberlo tú perfectamente, Jack —dijo el tío Dolphus a la vez que Sid se erguía sobre las patas traseras.

—Oh, por favor, hijo, espera —exclamó la señorita Beulah—. Ni siquiera has oído una sola palabra de labios de tu padre.

—Bueno, la verdad es que lo del tejado no se le ha pasado por alto —dijo el señor Renfro.

La abuela abrió los ojos.

—¿Y ahora? ¿Ahora quién se quiere escabullir de la abuela?

Jack fue corriendo a su lado.

—Aún me queda una cosilla por resolver antes de regresar del todo a casa, abuela —le dijo—. Pero no puede llevarme mucho tiempo, no desde luego con la ayuda que tengo. —La abrazó y le habló en voz queda—. En un rato nos verás a todos juntos y sentados a la mesa.

Se echó entonces a la niña a horcajadas en la cadera.

—Jack también sabrá hacer maravillosamente de madre —predijo la tía Beck.

—Diles adiós, Lady May —dijo Jack—. Así, con la mano.

Sujeta bajo su brazo, Lady May se despidió como Elvie, moviendo la mano deprisa. Jack puso la palma de la mano que le quedaba libre entre los omoplatos de Gloria, la hizo rotar y juntos bajaron las escaleras.

Ella Fay los vio marchar, desde el trozo de la parcela donde estaba preparando las mesas.

—Traedme algo cuando volváis —les gritó.

—Aunque la reunión familiar tuviera que terminar en este instante, habría valido la pena venir en medio de toda la polvareda —dijo la tía Birdie.

—No hay manera de saber qué se trae entre manos —explotó la señorita Beulah—. Me refiero a Gloria. Yo diría que lleva toda la vida esperando este momento.

2

La polvareda que levantó el tío Homer aún no se había posado sobre el camino que daba acceso a la casa, como la manga de una camisa roja de algodón. Jack echó a caminar campo a traviesa. Llevaba a Lady May a hombros, y Gloria, con su mochila, iba a su derecha por la estrecha senda.

—No me ha gustado nada tener que marchar y dejarlos a todos con el orgullo herido —dijo Jack—. Pero todos han envejecido, eso es lo más asombroso. De haber venido con nosotros, habríamos tenido que encontrarles un sitio para que se sentaran a descansar.

La granja estaba tan seca como una vieja campana de arcilla que sirviera de nido a las avispas entre las vigas del granero. Al quedarse atrás el alboroto de la reunión familiar, al rebajarse incluso el volumen de los ladridos, el calor, como la más antigua de las manos, sujetó a Jack y a Gloria por el cogote y no los dejó escapar. Avanzaban por los maizales, donde ya solo quedaban las cáscaras de las mazorcas, carentes de color debido a la sequía, como si estuviesen a la luz de la luna, y luego atravesaron los algodonales que ese año no le llegaban a Jack ni a las rodillas. Se arrodilló de hecho y cascó una sandía que a su padre se le había pasado de largo.

—No le abras una a Lady May —dijo Gloria—. No tengo prisa por que empiece a comer cosas normales.

—¿Qué pretendes decirme, prenda? —preguntó, volviendo la cabeza hacia ella.

La mula esperaba junto a la entrada del prado, como si estuviera pasmada ante alguna idea que hubiera flotando por el aire.

—¿Quieres que veamos si Bet puede llevarnos a los tres, así por las buenas? —exclamó como si acabara de tener una inspiración.

—Ni en sueños se me había ocurrido que podíamos ir en mula —dijo Gloria.

—Sigue siendo mejor que nada, y además se sabe el camino, bendito sea su negro corazón.

Fue a pasarle el brazo libre alrededor del cuello.

—Se está quedando en los huesos, voy a tener que darle de comer.

A la sombra de un árbol que tenía forma de ave a punto de emprender el vuelo, dos vacas apoyaban la testuz una contra otra en la charca de color marrón, inmóviles; el agua en el centro tenía la profundidad suficiente para que se les refrescaran las ubres, pero poco más. El resto de la charca se cocía al sol como uno de esos pasteles de barro que hacía Elvie el verano último. Caminaron atravesando los altos brotes de los cipreses, que les llegaban hasta la cintura, verdes como un potente veneno, en donde el olor de la mala hierba y el calor del sol tenían fuerza semejante, como enemigos bien igualados o dos que se quieren y se emparejan. Jack se desabotonó la camisa nueva. La llevaba como la levita de un predicador, con los faldones sueltos. Pasaron por delante del molino de la caña y llegaron a lo alto de una loma, donde un campo festoneado de lanzas, viejas púas de hierro de la altura de un hombre, formaban un círculo tirando a cuadrado, como una corona, dentro del cual un viejo roble aguantaba a la vez que daba algo de sombra. Dentro de ese recinto estaba enterrado el anciano capitán Jordan, bajo una losa plana y negra como el granito, como una mesa que tuviera toda entera para sí. Un arbusto de la salvia roja de la abuela asomaba de una quebrada en lo alto. Las abejas andaban a gatas, como los bebés, en las cabezuelas de las flores. Más allá se encontraba el último cercado, en donde campaban a sus anchas las gallinitas de Bantam, como una colcha hecha de retazos que se moviera a la vez que alguien bajo ella.

Jack ayudó a Gloria a pasar la valla tras él. Uno junto al otro, con la niña apretada contra el pecho desnudo de Jack, echaron a correr y se deslizaron por un terraplén embarrado, que se había desgastado tanto que todo parecía un cúmulo de codos, rodillas y hombros, caliente como las cenizas de un fuego recién apagado. La arcilla pelada de Banner era del color de un hierro al rojo. El terraplén los llevó hasta el lecho de la herrumbrosa vía férrea de una serrería, prácticamente cubierto por la maleza, como el lecho de una tumba que no se cuida ya. Un velo urticante de hierba reseca desde tiempo atrás acogió sus pasos a la vez que ocultaba las bostas de las vacas, tan secas como la pólvora. Caminaban a buen paso, manteniéndose a la par, quemados los tres por el sol, casi como si fueran del color negro de las fichas de dominó, pero esponjosos como el pan y deambulando como si hubiesen perdido el camino. Los zumaques pendían sobre el camino, más adelante tachonados de largos racimos de flores, como tizones de chimenea al rojo. En la curva se subieron cada uno a un raíl de las vías y caminaron haciendo equilibrios, cada uno con un brazo en arco sobre la cabeza. Gloria fue la primera en perder pie. Jack la alcanzó y la hizo pasar al otro lado por encima de un madero blanqueado del todo, y luego se lanzó hacia el lecho del arroyo, tomó a la niña en sus brazos, y de un salto se plantó delante de Gloria, abriendo el camino por una senda estrecha, de suelo resbaladizo como el cuero. Era como caminar a través de una cesta de mimbre.

—Lady May —dijo Jack—, quiero que recuerdes una cosa: cuando el viejo Bywy se recrece por el Arroyo de la Pantera, este paraje de aquí se convierte en un océano.

—Y que ahora mismo está repleto de mosquitos… —dijo Gloria.

Jack arropó a la niña dentro de su camisa.

Las altas lomas de los montes de Bywy descollaban más adelante, cerca, aunque parecieran hechas de una sustancia tenue en el cielo de agosto. Parecían poco más que los manchurrones que podría haber hecho Lady May en las páginas de la Biblia de los Renfro al pasarlas con sus manitas veloces.

Subieron deprisa hasta dejar atrás la vieja chimenea.

—Este es terreno de serpientes —dijo Gloria, retrasándose un poco y dejando que Jack abriese la marcha para salvar los viejos montículos, cubiertos por unas rastrojeras tan densas que ni siquiera se veía el terreno en donde estuvo en su día la primera casa que tuvo el abuelo Vaughn, como si en su día hubieran sido los parapetos de defensa de las colinas. Luego, por el camino del pozo, las sombras de las pinedas se proyectaban suaves sobre sus pasos. Avanzaron deslizando los brazos y los costados hasta tocar las agujas de los pinos caídas antes de tiempo. La senda era una alfombra en la que destellaba la luz como si fuera agua que fluyese. Echaron a correr, Gloria por delante de Jack, que cargaba con la niña. Unas cuantas ardillas en plena estación de cortejo electrizaban un pino delante de ellos, y bajaron a raudales, y atravesaron los arbustos, los árboles, la maleza, apartando las ramas, emitiendo una especie de sollozos no disímiles del zureo de las palomas, hasta virar todas a la vez y volver sobre sus pasos. Gloria se resbaló una vez, tropezó luego con una raíz, cayó de rodillas. Jack se acuclilló a su lado, soltando un momento a la niña que lloraba. El resplandor al final de la espesura les cayó encima como si los vistiera de nuevo. El viejo pino que tenían delante había formado con los años un profundo lecho de agujas.

En torno al círculo que formaban las agujas, resbaladizas, calientes, dulces como una piel bajo sus pies, y en lo más recóndito del bosque, se azuzaron uno al otro para seguir adelante, arrodillándose veloces como los niños, persiguiéndose alrededor del árbol. Una familia de langostas con el dorso abierto del todo ascendía en actitud de oración por el tronco. Cada vez que se daba la vuelta para cambiar de dirección, Gloria se recogía una brazada del vestido llevándose la tela al pecho. Con ojos febriles y el rostro acalorado, siguieron persiguiéndose uno al otro o bien a la niña, que hacía esfuerzos por sumarse al juego. Jack arremetía con la cara hacia ella como si fuera una locomotora.

Se abrazaban al chocar, jadeando sudorosos. Se les desbocaba el corazón, como a dos personas que aporreasen a la vez una puerta muy fina, cada cual por su lado. De pronto, Gloria echó hacia atrás la cabeza, y dejó caer todo el peso de sus rizos.

—¡Jack! No hemos venido para esto.

Se incorporó. Lady May, todavía a todo correr, tropezó contra las piernas de su madre y esta la tomó en brazos, y la alzó junto con la mochila, dando tiempo a que Jack se levantara también.

Incluso después de haber reanudado el camino, el pozo que había al final pareció como si siguiera girando. Bajo el dosel de las enredaderas con flores como trompetillas el efecto se fue refrenando poco a poco, como un tiovivo que acaba su recorrido.

Jack se acercó al pozo, y el dilatado chirrido de la polea lo acompañó tras el tiempo que le llevó tomar el pozal y dejarlo caer y llenarlo e izarlo de nuevo. Cuando llegó de nuevo junto a ellas para llevarles un vaso lleno, Gloria y Lady May esperaban las dos sentadas en un árbol caído. Gloria se colocaba con esmero la mochila.

Se pasaron el vaso del uno al otro, Lady May sentada entre los dos, y al cabo Gloria vertió en el suelo lo que quedaba. La tierra se tragó el agua en el acto, dejando un escueto depósito que parecía hecho de limaduras de hierro.

Se levantaron a un tiempo. En dos pasos estuvieron de nuevo en el camino de la granja. Jack extendió ambos brazos y tomó la delantera para impedir que Gloria y la niña tomasen demasiada velocidad mientras descendían en perpendicular. Llegaron abajo en medio de una polvareda. El camino de Banner se devanaba ante ellos, bien elevado por encima de la zanja.

Allí era donde alcanzaba el camino su cota máxima. Llegaba trazando curvas y ascendiendo hacia donde se encontraban entre los dos terraplenes de arcilla que lo reforzaban, con hondas roderas, rojo como un hueso de melocotón. Flanqueaban las dos orillas algunos guijarros de tonalidad rosada y amarilla, como si fueran las semillas de una tajada de sandía. Había más gravilla de la que jamás se había depositado en el camino. Al pie de las zanjas y hasta la altura de un hombre crecían las anémonas silvestres que jalonaban todo el trayecto. Las hojas y los tallos parecían lastrados por el polvo, como las viejas sillas tapizadas que se colocan a la vera del camino en las rutas más transitadas, en verano, aunque las flores de la mañana eran tan amarillas como una pieza bordada.

—Por aquí no ha pasado ni un alma. Ni se ha levantado el polvo. Hemos llegado antes que el juez Moody, seguro. Y eso que viajamos con una niña pequeña y él no —dijo Jack. Saltó la zanja con Lady May a hombros y tendió la mano para que Gloria saltase tras él.

Directamente frente a ellos, al otro lado del camino, se encontraba el Alto de Banner. De forma era como una porción de tarta que se les ofreciera, con la cobertura del lado en el que estaban, el canto más afilado en el lado opuesto. Con Jack en cabeza llevando a la niña y la mochila, procedieron hacia la cima y abordaron el Alto de Banner por la pendiente menos inclinada. Había una alambrada de espino a lo largo de la cuneta, que subía y bajaba en ángulos muy marcados, con algunos rótulos que rezaban «Prohibido el paso», del color rubí de la herrumbre, como los colgantes sujetos a una cadenita de oro que aparecían en las páginas de un catálogo de venta por correo.

Jack ascendió por una pendiente para pasar por encima al otro lado de la alambrada, con la niña en brazos, y luego ayudó a Gloria a colarse por debajo.

—¡Subir una cuesta! Esto es algo que sí he echado de menos —dijo Jack.

En aquel punto, las rocas calizas sobresalían en medio de la arcilla y la teñían de un tono blancuzco. La verdadera cima del Alto de Banner semejaba el fragmento de una copa gigantesca, a medias enterrada de costado. Tomando con la mano libre la mano de Gloria, Jack hizo ademán de ascender en línea recta. El terreno se ondulaba en estribaciones del tamaño de la palma de la mano de un niño. Había zonas tan limpias y tan blancas como si las hubiera lamido un gato. La arcilla formaba surcos de poca profundidad, y alrededor de las jorobas entre uno y otro estaba festoneada por asientos y depresiones. El saledizo mismo tenía un surco como el pico de una jarra; era arenoso, de color de melocotón, granuloso, y en verano conservaba el calor hasta después de la puesta de sol, mirando el ángulo por el que salía la luna. Un cedro alto y viejo crecía con terquedad al filo mismo del precipicio. Unas cuantas matas que daban ciruelas, delicadas y temblorosas, cargadas ya de frutos de otoño, ciruelas anaranjadas, de las que tienen una piel que al chuparla sabe a moneda de a centavo, constituían el único resguardo para que quien recorriese el camino fuese sorprendido haciendo lo que fuera que hubiera venido a hacer allí.

—A ver, Lady May. Lo primero que se hace es abrir bien los ojos y fijarse bien en lo que uno tiene alrededor —dijo Jack a la niña—. Esto de aquí es el Alto de Banner, niña, y alrededor de nosotros todo son hermanos y hermanas.

Se había colocado a la niña sobre los hombros. En lo que se alcanzaba a ver, el mundo se henchía de rojos y de rosas que el calor había pelado y que el polvo había recubierto hasta hacer que pareciera que todo se mecía en una única burbuja. El cielo mismo parecía parcheado aquí y allá con el remozado rosa de la tierra.

—Cuida de no acercarte demasiado —dijo Gloria, y se puso tras ellos—. A Lady May no le asustan las alturas.

—Esto hasta podría llamarse un monte —propuso Jack a Lady May—. Así que si quieres que sea un monte, yo no te lo voy a discutir.

La niña tapaba en ese momento la cabeza de Jack. El trasero, envuelto y blanco como una sopera, lo llevaba apoyado en la nuca, y todo lo miraba con el cabello crespo, enhiesto incluso.

—Y bajando por la ladera, serpenteando por todo el terreno, corren las aguas del viejo Bywy. Ahora mismo está más seco que un pecado, y por eso no se ve. Si estuviésemos en lo más crudo del invierno, podrías mirar allá donde te indico y ver la iglesia del abuelo apuntarte con el dedo.

Con ambas manos, la niña daba suaves tirones al pelo de Jack a la vez que este se daba la vuelta poco a poco, mostrándole el mundo.

—Mi viejo y querido Banner no se alcanza a ver desde aquí. Por el camino queda a ocho kilómetros, al pie de las lomas. Pero está justo allí, donde te indico —le dijo Jack—. Como si fuera una cría de ave bajo el ala de su madre. Solo hay que seguir el camino.

Le cogió el brazo a Gloria y la condujo, a través del Alto, de vuelta al camino de Banner. Pasaba a gran profundidad entre las lomas, brillantes como una sandía en el instante en que se abre. Seguía por encima de una colina, bajaba hasta al fondo y desaparecía en las orillas arcillosas del río.

—Aquí está el trozo del mundo que yo llamo hermoso de veras, sin más —dijo Jack—. Por allá queda Banner. —Señaló a lo lejos—. Y ese es el otro extremo del camino. Y a saber por dónde andará ese viejo carcamal en estos momentos. Igual vale lo que digas tú que lo que diga yo.

Lady May apuntó con el dedo hacia delante.

—Caramba, esa es la chimenea del abuelo otra vez —le dijo Jack.

Por el lado por el que habían llegado, descollaba embebiéndose en la luz, roja como la arcilla, hecha de la arcilla misma.

—¡Ay, abuelo Vaughn! Vine oyendo su voz por todo el camino de vuelta a casa, esta mañana. Y cuando me dio un beso de despedida creí que llegaría a vivir hasta los cien años —dijo Jack.

—Lo cual demuestra que cuentas con la gente mucho más que yo —dijo Gloria—. Anda, apártate del precipicio.

Jack dio un blando pellizco a Lady May en la pierna.

—Y escúchame bien: fue el más estricto de los mortales que jamás haya pisado este mundo. Ahora duerme bajo tierra, y ya no tiene necesidad de que recemos por él. Y yo lo echo de menos. Echo de menos su presencia ceñuda siempre que me dispongo a hacer cualquier cosa.

—Pues si lo que deseas es a alguien difícil de complacer, alguien a quien no le gustaría demasiado saber lo que estás planeando ahora mismo, la tienes sobre los hombros, vivita en este instante —dijo Gloria—. A ver, digo yo: ¿no hemos tenido ya más que suficiente con estas pamplinas del Salto del Amante? —exclamó.

—Así es como llaman al Alto de Banner los que no han nacido aquí —le susurró Jack a Lady May, sonriendo—. Gloria, hay una cosa que quiero decirte sobre el sitio en el que me han tenido durante este año y medio: el lugar era completamente llano.

La niña se quejó y Jack le habló en un susurro.

—No me dirás que ya tienes ganas de volver, ¿eh? Porque si echas de menos tu casa, te puedo enseñar el sitio del que hemos venido. La chapa del tejado nuevo nos da la señal desde allá lejos —dijo señalando—. Aquel es el tejado de nuestra casa. —Recorrió con el dedo la senda de la granja, roja como una hebra de lana recia, que sobresalía a lo largo de la curvada ladera a la que se iba ciñendo hasta caer en peldaños sucesivos hasta el último momento, en que atravesaba la orilla arcillosa del río y descendía cuatro o cinco metros y desembocaba en el camino de Banner, con la zanja a sus pies—. Y aquella es nuestra senda. Llega derecha donde estamos. ¿Y quién es ese que sostiene el buzón, eh? —Y le dijo—: Es el tío Sam.

La figura en madera se encontraba al pie de la senda de la granja como un muñeco de papel hecho de una pieza, deteriorado de tanto tiempo que llevaba a la intemperie, aunque reconocible por las rayas de color ya rosáceo y por la forma del sombrero que le venía demasiado grande. Sostenía el buzón con un solo brazo de palo.

—Os he traído hasta aquí por el atajo —dijo Jack.

—Ahora explícale a la niña a qué hemos venido —le retó Gloria.

—Deberes de familia —dijo Jack a Lady May—. Y no tardaremos más de lo que tardas tú en chascar los dedos en encontrar al juez Moody metido en una zanja como la otra en la que se metió; le habremos dado tiempo suficiente para que aprenda la lección. Para ahorrarnos un tiempo precioso, me voy a asegurar de que la zanja en la que se meta sea una de la que luego pueda salir él solito, al menos para variar.

—¿Y qué zanja conoces tú de salida tan fácil? —preguntó Gloria.

—La nuestra. La acabas de pasar de un salto.

Trotó con la niña por la cornisa, allí donde la zanja paralela al camino era más profunda. En el fino pliegue de la arcilla, en lo alto, alguien había abierto antiguamente un boquete, una mirilla por la que se disfrutaba de una panorámica del camino en el punto que torcía hacia Banner.

—Mira por ahí y dime si viene alguien. —Jack dejó mirar a Lady May, ella se sonrió, y luego fue él quien se asomó—. ¡Pues sí que has visto venir a alguien! ¡Nada menos que al hermano Bethune! Va a pie por el camino y al menos no va haciendo muchas eses.

—Eso es porque ha ocupado el puesto de tu abuelo Vaughn —dijo Gloria—. Predica en el púlpito de la iglesia de Damasco el segundo domingo de cada mes. Y hoy se dispone a ocupar el sitio del abuelo en la reunión familiar.

—¿Es que pretende contarnos la historia de nuestra propia familia? —gritó Jack—. Pero si para empezar está acabado…

—Calla. Nos ha oído hablar. Mira tú a quién vas a traerte aquí arriba —dijo Gloria.

El viejo subió al Alto de Banner como si la senda fuese una temblequeante escalera que viera en sueños. Al llegar arriba, tropezó y cayó cuan largo era. No soltó la pistola, pero todo lo demás se desparramó por el terreno. Jack y Gloria le ayudaron a levantarse y a mantenerse erguido.

—¡No me digáis dónde estoy! —les advirtió el viejo. Gloria le sacudía el polvo del sombrero y se lo encasquetaba, mientras Jack le sacudía el polvo de los pantalones negros de sarga, le colocaba el diapasón en el bolsillo de la camisa y recuperaba su Biblia. La niña miraba la escena muy atenta, metiéndose un dedo en la boca—. Ni tampoco a dónde pensáis que voy. Porque yo os lo diré. A su debido tiempo me acordaré de todo.

La Biblia del hermano Bethune, encuadernada en tapas finas de un cuero negro que viraba al rojo por el excesivo uso de la goma de borrar, parecía que le hubiese llegado a la puerta de su casa todos los domingos después de que alguien se la arrojase enrollada, como el periódico dominical de Ludlow. Las páginas, de cantos rosados y sucios a causa de la lluvia, parecían tan sueltas y tan frágiles como las plumas de un ave de caza que Jack recogiese de una mata de ciruelas para quitarle el polvo de un soplido.

—Esa parece la mía —dijo el hermano Bethune, y alcanzó la Biblia y la plegó para encajársela en el bolsillo del pantalón—. Quedaos quietos. Quiero que me hagáis compañía aquí mismo, hasta que sepa deciros quiénes sois.

—Jack, ¿no querrá decir que toda la gente de Banner ya se ha olvidado de ti? —susurró Gloria.

—Espero que no. Y ya me daría yo buena prisa en recordárselo

—exclamó. Luego le advirtió en voz baja—: Pero a él no se lo digas. Hay que dejar que lo haga a su manera; es viejo y además predicador.

—Pues entonces vete acostumbrando a la idea de que se pase el día entero con nosotros.

—Tú supón que el juez Moody aparece de pronto, antes que el hermano Bethune me reconozca —susurró Jack—. ¿Acaso voy a tener que morderme la lengua?

—Eso tendrías que haberlo pensado mejor antes de ponerte a gritar así.

—¡Vaughn! —gritó Jack, dando al apellido el sonido de un árbol que cae tras haberlo talado.

—¡Ahí sí que no me vais a pillar! De Vaughn no queda nada, eso seguro. Criando malvas está ahora —dijo el hermano Bethune, y se le iluminó el semblante.

—Eh, si quieres actuar como un buen samaritano —gritó Jack—, necesitamos transporte para volver desde el buzón. —Se acercó más al hermano Bethune—. Una cosa te voy a decir, y que no se entere nadie, hermano: llevas el arma cargada y amartillada.

El hermano Bethune se volvió a mirarlo con fijeza. La piel de su rostro huesudo e impávido parecía la película que se forma en la superficie del caldo de gallina cuando se enfría, incluidas las manchitas y los puntos oscuros que se quedan atrapados.

—Muy bien, sé perfectamente que he de llevar consuelo y solaz a alguien —dijo.

—Hoy no —le advirtió Jack—. Te doy mi palabra, hermano; hoy vas de camino a un sitio en el que puedes prestar tu presencia en ausencia de otro hombre más poderoso, cenar lo que te toque y ofrendar unas cuantas palabras de agradecimiento por la hospitalidad recibida.

—¿No ha habido una muerte en la familia, ni repentina ni de otro tipo? —discutió el hermano Bethune. Miró de Jack a Gloria y de esta a la niña—. Y ahora que lo pienso... ¿se puede saber quién es esta?

—Quiso meter el dedo en la boca de la niña, estirándosele la suya de deleite.

Se oyeron unos cascos al trote y el chirrido de un eje, como si llegasen desde el más allá. Hicieron un alto en el camino justo debajo de donde se encontraban. Ellos corrieron a asomarse desde la cornisa. El polvo ascendió hasta donde estaban en nubes sucesivas, como vagones de tren. Al diluirse el rojo en el aire y tornarse transparente, lo primero que distinguieron fue el corte de las orejas que llevaba la mula. Vieron entonces un sombrero chafado, quieto, en el punto en que se asentaba la polvareda.

—¡Aquí tiene la mula! Va camino del cementerio. ¿Quiere que lo lleve conmigo? —gritó el mulero.

—Hermano, tú no quieres ir con él, te lo digo yo —dijo Jack al hermano Bethune—. Solo te diré una cosa más. Ese hombre es Willy Trimble.

—El mayor bromista que hay en toda la Cristiandad —dijo el hermano Bethune, con aire de estar tan contento como si ese fuera su pasatiempo preferido—. No, señor. A mí no me va a llevar. No, aún no estoy listo para montar en su carreta, no estoy listo para que venga a nosotros Tu Reino. ¡Ja, ja, ja! —El hermano Bethune soltó unas cuantas risotadas en medio de la polvareda que de nuevo se levantó al azuzar el mulero al animal. Y entonces preguntó con un temblor en la voz—: ¿Qué tan lejos ando de un poco de agua fresca?

Jack bajó al pozo y se oyó el chirrido de la polea. Volvió con el vaso lleno, las facetas del cristal teñidas del color del té por el agua ferruginosa de Banner.

—Esto está más caliente que una meada —meditó el hermano Bethune, y soltó un alarido—. ¡El agua, eso es! ¡Esto es Banner! ¡Y hoy es primer domingo! Y yo soy el buen hermano Bethune…

—Por el momento, lo va recordando todo de golpe —dijo Jack.

El hermano Bethune se apoyó en la escopeta y taladró a Jack con la mirada.

—Y tú eres el Hijo Pródigo.

—Pues sí, señor, todo indica que estoy a punto de serlo —dijo Jack. Se puso colorado. En la piel le brillaba el rastro cristalino, como el rastro del caracol cuando amanece, de las confidencias y los besos de Lady May.

—Hola, mariquita —dijo el anciano con alegría, probando suerte otra vez con Lady May—. Vamos a ver. ¿Me vas a triturar el dedo con tu lengüecita? ¿Aún no sabes hablar? ¿Cuándo te van a llevar a la iglesia? —Miró a Gloria; no parecía muy seguro de ella—. ¿Y tu madre? ¿Todavía vive? —le preguntó a modo de cumplido.

—Soy huérfana, hermano —dijo.

Él torció el gesto intentando mostrar lástima.

—Y no soy de Banner.

El hermano Bethune cambió de pronto de actitud y clavó la mirada en la cornisa. Una cabeza pequeña asomaba por el filo con una especie de movimiento gallináceo. Como si fuera una media negra y larga que pasara por un rodillo, se fue desplegando entera y destacó sobre el fondo, que era rojo como el de las banderas, y las rocas calizas, blancas como la leche, en dirección al camino de Banner. El hermano Bethune puso cara de incredulidad; su vieja nariz, oscura como un higo a punto de marchitarse, se cernió sobre su boca, tan abierta como la de un tipo al que le estuvieran contando eso mismo, pero en forma de cuento. Apenas un instante después juntó los talones y disparó su arma. Reluciente, la serpiente apareció durante un instante en medio de la nube de polvo que se les formó a los pies, y que siguió arremolinándose en el aire durante unos segundos.

El galope de unos cascos de animal parecieron abarcar toda la región al mismo tiempo, y de pronto apareció la figura de Vaughn, como si en realidad estuviese volando por encima de la orilla opuesta. Iba de pie en la carreta y azuzaba a Bet como si a todos les fuera la vida en ello. Fustigaba a la mula por el camino que venía de la granja y aún le dio más tralla cuando atravesó la zanja. Solo a mitad de camino del Alto de Banner se detuvieron.

El hermano Bethune, con el índice y el pulgar manchados de tabaco, se tocó el borde mellado del sombrero. Volvió a cargar el arma.

—Ahora viene la siguiente —dijo a Lady May—. Ya sabrás que vienen por pares.

Lady May seguía con la boca abierta. Estaba encaramada en brazos de Gloria, mirándolo fijamente.

Vaughn llegó corriendo y se fue derecho hacia la serpiente.

—Yo me llevo a ese bicho para que lo vea la abuela —gritó, y alargó el brazo para agarrar al animal que aún se movía y se enroscaba, tal vez descabezado ya.

—Ese cuento la abuela ya se lo sabe —dijo Jack—. Al único que necesitas llevar a casa es al hermano Bethune, aquí en persona.

—No se dio cuenta de que era de cascabel, hermano —gritó Vaughn. El hermano Bethune le plantó en el hombro una mano tan pesada que podría haberlo hundido.

—Todas las serpientes venenosas se reconocen porque vienen trazando eses, hijo. Si una serpiente se te acerca bien derecha, es que no viene con idea de matarte.

—A mi entender —dijo Jack—, tendríais que ver las serpientes de cascabel que hay en Parchman antes de llegar a ninguna conclusión —dijo Jack—. Anda, llévate eso de ahí, Vaughn. A donde te dé la gana menos a nuestra zanja.

Vaughn se acuclilló, recogió la serpiente con ambas manos, como si fuese una mujer recién desmayada, y se la llevó despacio hasta la cornisa para dejarla caer.

—El Alto de Banner tiene un aspecto muy natural —observó el hermano Bethune. Se volvió en redondo—. Y los rostros francos y sinceros de los baptistas todavía más. Muchos esperan mis palabras en vuestra reunión familiar.

—¿Cómo es que te has perdido, hermano? —preguntó Jack amablemente.

—Ya me gustaría a mí saberlo —dijo el hermano Bethune—. Un cochazo de paseo que venía levantando una polvareda tremenda y arrojando piñas fuera de la carretera estuvo a punto de atropellarme, y eso me espantó a la mula. Luego un forastero me preguntó qué camino tenía que tomar para ir a Alliance sin tener que cruzar el río por el puente de Banner. Lo dijo sin andarse por las ramas y sin mostrarse muy amable, por cierto.

—Hermano Bethune, me encantaría saber qué respuesta fue la que le diste —dijo Jack.

—Le dije que diera la vuelta a la primera oportunidad y que regresara hasta el Vado del Camino del Medio y que probase por allí.

«Ni lo dude», le dije. «Vaya usted recto, por la parte estrecha, que ya verá cómo rápido se le presenta la oportunidad», le dije, «y llegará al Molino de Grinder al poco rato, donde verá un puente. Al menos había uno cuando a mí me llevaron por allá de chico.» No me pareció que se diera por muy satisfecho que digamos. Pero verás, pequeña: es que me había espantado a la mula —dijo el hermano Bethune ante la mirada aún más espantada de Lady May—. ¡Vaya día que llevo con los contratiempos, pequeña! Te diré de todos modos a dónde espero que se me haya ido la mula: cuento con que al menos haya tirado para casa.

—Gracias, hermano Bethune —dijo Jack.

—No hay de qué. Y sé bienvenido, Hijo Pródigo.

—A ver, Vaughn —dijo Jack—, si te has limpiado ya bien, lleva al hermano Bethune a la reunión familiar. ¿Por qué no has venido con el carricoche del abuelo?

—Esa mula no aprenderá nunca a tirar del carricoche del abuelo —dijo Vaughn—. Se engancha solo a la carreta.

—Procura que el hermano Bethune no se vuelva a perder por ahí —dijo Jack—. Y dile a mamá que nos espere con la cena. El hermano Bethune me ha mandado al juez Moody derechito al Molino de Grinder.

—¡No me digas que era ese, nada menos! —dijo el hermano Bethune por encima del hombro en que había apoyado la escopeta. Vaughn lo tomó por el dedo del gatillo y se lo llevó a donde tenía el carro esperando—. Qué pequeño es el mundo, caray. —Apoyó la bota de media caña en las manos de Vaughn y se aupó hasta sentarse en el pescante. Inspiró con fuerza, llenándose los pulmones de un olor dulce, a suspiro.

—No sé por qué me da que te has saltado las normas del Sábat, hijo —dijo el anciano, pasándose con una maniobra desgarbada al heno reciente que había en la parte trasera de la carreta. Al emprender la marcha camino a la casa, elevó el arma cuanto pudo y nada más verla Lady May rompió el silencio con un chillido.

—El hermano Bethune va a expulsar a todas las serpientes fuera del condado de Boone si no para un poco el carro —dijo Jack—.

Pobre serpiente gallinera… Yo creo que vivía por ahí mismo y que solo había salido a dar el sorbo de agua de costumbre.

—¿Por qué querrá el juez Moody encontrar el camino de Alliance? —se extrañó Gloria.

—No lo sé, pero por Grinder desde luego nunca cruzará el río —dijo Jack—. No lo hará al menos si sabe lo que es un puente. Y si ha decidido ir a Grinder por ese camino, ya tendrá tiempo de razonar, porque cualquier camino que da la impresión de empeñarse en ir en contra de la naturaleza, y además con tanta terquedad, seguro que tiene algún sitio mejor que Grinder al que ir. Tomará el cruce que lo traiga de vuelta por el camino de Banner siguiendo el curso del Arroyo de la Pantera casi palmo a palmo, si es que anda avispado. Estoy completamente convencido, Gloria, de que pasará por aquí mismo en cuanto tenga oportunidad de recorrer los sesenta kilómetros de vuelta.

La había cogido de la mano y la había conducido hacia la cornisa. En ese momento pasó el dedo por el lazo de su vestido y todo el vestido se separó de ella como si fuera una tienda de campaña. El lazo y la cinta se le deslizaron hasta los tobillos. La rodeó por la cintura con el brazo, y la sentó junto a él mientras ella sujetaba a la niña en sus brazos.

Ante ellos se extendía la mejor de las sombras, un proscenio delimitado por viejas raíces de cedros, expuestas desde antaño a los elementos y tan lisas como astas.

Lady May había perdido su gorro, pero aún llevaba los zapatitos.

—Llévale a Jack un secreto —dijo Gloria. Susurró algo al oído de la niña y la mandó seguir de puntillas. Lady May envolvió la cabeza de Jack en sus brazos y emitió un murmullo apenas audible.

—¡Entendido! Dile a mamá esto de mi parte —exclamó.

Pero cuando Lady May fue a hablarle al oído, Gloria la tomó, se la colocó en el regazo y se abrió el corpiño.

Jack se puso en pie de un brinco y con la misma celeridad cayó al suelo como si la niña lo hubiese zancadilleado.

—Prenda, es lo último que me habría imaginado que harías —balbució.

—A lo mejor te sienta bien.

—Pero si ya tiene dientes.

—Así te das cuenta de todo el tiempo que has estado lejos. Y déjame decirte que está muy orgullosa de esos dientecitos que tiene, de cada uno de ellos.

—Dios del amor hermoso... —se apoyó en un codo y miró el rostro de Gloria, deliciosamente cabizbaja como estaba. Ella alzó los ojos y lo miró despacio.

—Acostúmbrate a ser padre, por favor, y procura ser afable.

—Podría comerse un plato entero, igual que tú y que yo. ¡Si te va a dejar seca! Es como un lechón, ¿no te parece?

—Esta mañana, cuando la viste por vez primera, no te daba ningún miedo una niña tan chica.

—Es que esta mañana me hizo sentirme de veras en casa. Vino a mí como una bala de cañón, como si fuera una versión en miniatura de su mamá.

—E hiciste el pino para ella.

Él no podía dejar de mirarla.

—Es una preciosidad, y no veas lo que ayuda, ¿verdad? —exclamó. Lady May le lanzó una mirada distraída mientras sujetaba el pecho de Gloria con ambas manos, como un pequeño trompetista que diera las notas sobre todo con los ojos—. Supongo que sabe hacer prácticamente de todo, menos hablar.

—No te metas con ella —exclamó Gloria—. Si supiera hablar, ahora mismo te diría que no puedes aparecer así, de repente, y dar por hecho que basta con que vuelvas a casa para que la vida siga igual que antes, e incluso mejor.

—Tú fíate de tu padre —dijo a la niña.

—Eso que intentas no funciona —dijo Gloria—. Yo no me tomaría la molestia de plantarte con los pies en la tierra si no fuera tu mujer.

Él sonrió.

—Me parece que gracias a haber venido precisamente hoy no recibiste la última de mis cartas —dijo Gloria.

—No pasa nada. Ya habías dejado a la altura del betún a todos los demás autores de cartas del mundo entero.

—Me alegro por ti y lo siento por el resto de los presos, por los que no tuvieran ese consuelo.

—Por ellos no te apures. Lo que sí tenían muchos era una familia que acudía a pedir que los dejaran en libertad —dijo, abanicándola a ella y a la niña con los faldones de la camisa.

—¿A pedir que los dejaran salir?

—Los más hábiles recibían visitas de lo mejorcito de la familia. A esos se les elegía para ir a Parchman a pedir su libertad. Si no, ¿cómo iban a salir de allí alguna vez esos pobres idiotas? Los Renfro y los Beecham y los Comfort se fiaron al cien por cien de nuestro buen comportamiento, del mío y del de Aycock. Ese camino es el más lento.

—¿Y cómo diablos iba yo a ir a Parchman? —exclamó.

—Lo llaman día de visitas.

—¿Y qué querías? ¿Que fuese a pie? ¿Todo el camino hasta Parchman? —exclamó Gloria.

—Podrías haberme llevado una botella de agua de Banner. Y una pizca de tierra de por aquí, podría haberla llevado escondida en el zapato. Te estaría esperando en el día de visitas. El tío Homer tiene el mejor medio de transporte del mundo, pero no habría pedido mi libertad ni tanto ni tan bien como tú. Hay que suplicar de todo corazón antes que los de Parchman te empiecen siquiera a hacer caso.

—Yo no sabía que en Parchman las cosas eran así —dijo Gloria.

—Hay que exasperarlos hasta que atienden. —Las abanicó.

—Yo tenía una hija. Eso es justo a lo que me estaba dedicando.

La miró por encima de la mata de pelo de la niña.

—¡Y yo nunca hubiese querido que tú pusieras los pies en un sitio como Parchman, por mucho que pudieras darme! Eso ya lo sabes, preciosa. Solo quería arrancarte una sonrisa. Donde me enorgullezco y me alegro de que estés conmigo es aquí, en casa, en Banner, tal como eres.

—Entonces ¿por qué me tomas el pelo? —dijo en un susurro.

—Cariño, el juez Moody se ha ido al Molino de Grinder.

—Tú fuiste mucho más lejos que al Molino de Grinder.

—Y he vuelto.

—Y mira lo primero que haces.

—¿Se ha quedado contenta? —dijo subiendo la voz, y contestó por ella, pues la niña se acababa de separar de la madre con un bostezo enorme—. Creo que tiene sueño. ¿Cómo suena nuestra niña cuando duerme?

La mano de Lady May cayó como una estrella fugaz. Más despacio, se le cerraron los párpados.

—Es como si cada noche se fuera hasta las Puertas del Más Allá, igualita que tú —susurró Gloria.

Él se quitó la camisa y la dobló y envolvió con la prenda a la niña dormida para llevarla a donde la sombra del árbol alcanzaba las matas plumosas cargadas de ciruelas. La depositó en tierra y la envolvió mejor con las mangas, cuidándose de que la protegiera un dosel de ramas livianas, de las que pendía una ciruela como si fuese a caerle en la boca.

Se dio la vuelta y Gloria salió corriendo. Una vez más se persiguieron a toda velocidad, Gloria delante, rodeando la explanada en toda su extensión, pasando cerca de la cornisa, dejando atrás la mirilla, taconeando sobre las piedras calizas, saltando los montículos, saltando las hondonadas sin perder pie, trazando eses entre las matas, más ligera al acercarse a la niña, hasta volver de nuevo al árbol, donde él la atrapó con ambas manos. Apresando todo su peso como si le perteneciera, la acomodó en un asiento desde el que se podía divisar lo que había más allá del precipicio y se situó a su lado.

El tronco del árbol, hasta la primera de las ramas, estaba lleno de inscripciones; había un reguero de cordones y de nudos formados por nombres e iniciales como si tejiesen una cadeneta de flores silvestres. En la penumbra de la copa, dos palomas torcaces entraron como dos estrellas y salieron en un instante para sobrevolar el río, que no se avistaba desde allí.

—¿Cuándo nos iremos a vivir solos a algo que sea nuestro? —susurró Gloria.

—Creo que eso mismo fue lo último que me dijiste antes de que se me llevasen de casa al juzgado.

—El día en que nos casamos. Con esas mismas palabras…

—Una cantinela conocida.

—Y también te las escribí, no quise que se te olvidaran durante todo el tiempo que estuvieras lejos.

—Prefiero con mucho oírlas decir con tu dulce voz —le dijo, y la tomó de la mano y le puso la boca en el dorso.

—Para —dijo ella cuando pudo hablar de nuevo—. ¿Qué es lo más importante del mundo para ti?

—Creo que lo que ahora necesitamos es alguien que vigile —dijo él sin dejar de mirarla a la cara—. Vaughn vendrá si le doy otra voz. El chaval se pasa el rato ahí sentado, a la escucha.

—No, quiero que Vaughn te recuerde más adelante como un buen ejemplo.

—O Aycock. Aycock haría por mí cualquier cosa, y yo por él. Podría ponerse a vigilar.

—Jack, quiero que dejes de tener tratos con él.

—¿Con Aycock?

—Es un inútil, y no tiene carácter. Y ahora está de nuevo en casa, pero con antecedentes penales.

—¡Si solo es un chaval de Banner! Es buena gente. Lo único que pasa es que no ha tenido todas las cosas buenas que he tenido yo; no ha tenido padre, ni tampoco una madre capaz de llevarlo bien derecho, ni hermanas, ni hermanos, ni mujer... Y menos aún una niña tan maravillosa, tan amable.

—Yo no dejaría que Aycock le tocase ni un pelo de la ropa —dijo ella—. Si no fuera por las personas que tenemos alrededor, nuestra vida sería distinta ahora mismo.

—¿Y quién pretende que lo sea? —susurró.

—Tu mujer.

Él se arrimó más.

—Y aquí estás de nuevo, no acabas de llegar y ya estás otra vez en la carretera buscándote complicaciones, apenas te alejas de mí un minuto —dijo ella cuando él la estrechó.

—Solo porque una cosa pueda causarnos alguna complicación no me vas a ver arredrarme, ¿sabes? —le acarició la mejilla con la suya—. Mi deber, ante todo, es que la reunión familiar vaya como la seda, que el cumpleaños de la abuela sea algo que haya valido la pena ver. Y mi deber, también, es velar para que los pollos que ha preparado mamá no se echen a perder, y para que todos los que han viajado en medio de esta polvareda no se marchen decepcionados. Es asunto mío y solo mío verme las caras con el juez, prenda, cantarle mi nombre alto y claro, y dejarlo empantanado en el fondo de una zanja igualita a aquella de la que lo rescaté esta mañana. Eso es todo.

—Entonces es asunto de tu esposa oponer todo su sentido común, Jack —dijo recuperando el resuello.

—Cariño, el juez Moody ha ido a Grinder. Tu hija está sana y salva; ahí la tienes, durmiendo con los angelitos. —La rodeó con los brazos.

—Ay, Jack, tenía que haberte dado en toda la cabezota con las planchas que usa tu madre para hacer el pan de maíz; así quizás te habrías vuelto a donde estabas al principio. ¡O haberte dado una buena tunda encima de mi mesa con el borrador cuando tuve ocasión! Nunca te hice quedarte después de clase en el colegio para que te aprendieras de memoria el «Abou Ben Adhem».*

—Nunca me hizo gracia tener que aprendérmelo.

—Pues yo no podría olvidar ni una sola palabra aunque quisiera.

—No me lo recites ahora —le suplicó sin aliento—. Dudo mucho que me acuerde.

El rostro de ella, con su miríada de pecas, se movía de lado a lado como un tigre que quisiera no delatarse por su propio perfume.

—Prenda... —gimió.

Ella se desembarazó del nudo con que él la tenía sujeta y en un instante estuvo encima de él. Le dio con la base del puño en el pecho

---

*.   Ibrahim Bin Adham (? – 777 d. C.), o Abou Ben Adhem, fue un musulmán y santo sufí. El poema epónimo que le dedicó James Henry Leigh Hunt en 1838 le dio fama en la cultura anglosajona. Se trata de un poema moral que se citó incluso —resumido— en la Convención Constitucional del Estado de Alabama en 1901: «Abou Ben Adhem despertó de un sueño y se encontró a un ángel que escribía en un libro de oro los nombres de los bendecidos por Dios. "¿Y el mío está?", preguntó. El ángel le dijo que no. "Entonces, te ruego que me inscribas por ser uno que ama a sus semejantes." El ángel lo anotó y desapareció. Luego, con una luz intensa que lo despertó, vio los nombres de los bendecidos por Dios. Y, ¡asombroso!, el nombre de Ben Adhem encabezaba todos los demás». *(N. del T.)*

desnudo como si este fuese de roble macizo, y a el pareció que se le iba a salir el corazón por la boca.

—¿Sigues pensando que vas a querer reanudar nuestra vida justo donde la dejaste? —le preguntó a quemarropa.

—¿Se te ha metido en tu linda cabecita la idea de que no puedo?

—Este es el instante contra el que me he ido preparando a lo largo de un año, seis meses y un día —dijo con la respiración entrecortada. Pero si él llegó a oír algo más que las primeras palabras no se le notó, puesto que con todo su peso se arqueó, golpeó la cabeza contra el cuello de ella y se movió a ciegas hacia su rostro, su mejilla caliente como un fogón contra la suya, y algo más caliente aún que los salpicó a los dos, acaso las lágrimas.

—Ay, Jack, Jack, Jack, Jack… Me acabas de hacer daño… Me has dado un golpe…

Él había rodado a la vez que ella y había dejado de respirar. Sin detenerse a lamentarse por el daño causado, le llenó de besos la boca, y ella le rodeó con ambos brazos la cabeza empapada, devolviéndole cada uno de sus besos con otro.

Pero casi en ese mismo instante tres o cuatro sabuesos nerviosos comenzaron a lamer la nuca de Jack y la planta del pie de Gloria, que se había quedado descalza.

—Eh —dijo un joven enteco que llegó al Alto de Banner con una guitarra bajo el brazo. Jack y Gloria se separaron en el acto.

—¡Aycock! Parece que hayan pasado cien años desde la última vez que te vi —dijo Jack—. ¿Qué tal has encontrado a tu madre?

—Muy enojada conmigo. ¿A ti qué te dijeron al verte llegar a pie?

—Pues parece que pensaron que no pude ser más oportuno —dijo Jack—. Todos me dieron una gran bienvenida. Y enseguida empezaron a ponerme al día y a darme novedades.

—Seguro que había muchas cosas por saber.

—El abuelo Vaughn ha muerto, Aycock. Lo enterraron mientras me tenían allí lejos, donde no llegué a saber nada.

—Bueno, pues al menos sabes dónde está —dijo Aycock—. No como mi padre. No sabemos qué se ha hecho de él, no sabemos nada.

—¿No se llevó a nadie consigo? ¿Ni siquiera a tu tío Earl?

—El tío Earl habría hecho cualquier cosa antes que marcharse de Banner —dijo Aycock. Tenía una cara tan contraída que durante toda su vida debía de haber tenido la misma pinta que en ese momento, como si estuviera a punto de echarse a llorar. Tenía el pelo como la herrumbre de un cedro que hubiera matado una helada en invierno, e incluso esa misma textura de arbusto de hoja arrugada—. Me vio llegar alguien por la mirilla. Era una niña pelirroja —añadió.

—Si no se ha despertado y no se ha desembarazado del arnés con que la sujeté… —Jack dio un salto y fue corriendo a por la niña, la saludó y la tomó en brazos para balancearla delante de Aycock.

—¡Dios del amor bendito! ¿Qué es eso? —dijo Aycock.

—¡Una niña! Lleva un vestido que lo demuestra —dijo Gloria—.

—¡Dios del amor bendito! —Aycock se acuclilló—. ¿Y ese zapato tan grande que llevas de quién es?

—Me pregunto si Aycock tendrá una buena excusa para haber subido hasta aquí —dijo Gloria.

—Mamá dijo que había oído un disparo. Sonó por aquí. Por eso he venido a ver si aún estabas vivo, Jack —dijo Aycock—. Mientras te ibas poniendo al día de las malas noticias, ¿te dijeron algo del Señor Ortiga Moody?

—Me moría de ganas de decírtelo —exclamó Jack.

—¿Cuánto tiempo tardaste en enterarte?

—Me lo dijo el tío Homer. Me la jugó por la espalda —dijo Jack—. ¿Y a ti quién te lo dijo?

—Yo he fisgoneado —reconoció Aycock.

—¡Lo dices como si ya contaras con encontrártelo! Si tú andabas en busca de un juez en el camino de vuelta a casa desde la penitenciaría, Aycock, yo te aseguro que no —dijo Jack—. Y cuando el señor Willy Trimble se cruzó como si tal cosa delante de su Buick y este se metió en una zanja, fíjate si no estaba claro que era un forastero. Yo lo tomé por tal.

—Para mí que sigue con las mismas trazas que tenía en el juzgado de Ludlow —dijo Aycock—. La misma pinta de pecador, más o menos.

—En fin, ahora todo lo que he de hacer es meterlo de nuevo en una zanja igualita que la zanja de la que lo saqué, y así quedamos en paz —dijo Jack abrochándose la camisa.

—¿No les vale a los tuyos con una zanja cualquiera?

—No, Aycock. Él solito ya se metió en una. Y yo no tuve ni la sensatez ni la resistencia necesarias para dejarlo ahí tirado —dijo Jack—. En mi familia están a punto de que les dé un ataque.

—¿Cuántos están en tu casa?

—Toda la congregación familiar.

—¿Ya vuelve a ser el día de…?

—Es el cumpleaños de mi abuela, y ahora es además mi festejo de bienvenida. Ahora mismo lo están celebrando.

—¿Te esperan con la cena puesta?

—¿Y cómo quieres que cenen mientras yo no vuelva?

—Caramba, siempre me alegraré de no ser tú —dijo Aycock.

—Esperarán —dijo Jack—. De entrada, el tío Nathan aún está por llegar, y quién sabe de dónde viene.

—Jack, ¿tú es que no tienes ojos en la cara? Me has dado un golpe en la cabeza contra eso de ahí —dijo Gloria. Y señaló un pequeño cartel de madera, clavado en tierra, no muy lejos de la cornisa. Las letras negras aún eran legibles por sus elaborados trazos de pintura.

—«La destrucción está al caer» —leyó Jack en tono afectuoso—. Bendito sea el tío Nathan, es él quien lo ha hecho…

—Dentro de nada se estarán poniendo las botas, Jack… —dijo Aycock—. No me importaría nada ser uno de los que se sientan a la mesa.

Lady May se le acercaba poco a poco, pues seguía acuclillado a su altura. Ladeando la cabeza azafranada, Aycock se puso la guitarra sobre una rodilla. Con el primer acorde entornó los ojos y miró a lo alto y emitió una voz de tenor.

Me compré una gallina y mi gallina me gustó
y até mi gallina tras un árbol
y mi gallina cantó cocoricó.
El que dé de comer a sus gallinas,
da de comer a la mía.

Lady May abrió la boca del todo, conteniendo la respiración. Siguió con los ojos el movimiento de las patillas de Aycock a la vez que cantaba, unas patillas largas como dos arañazos de gato.

—*Me compré un gallo y mi gallo me gustó...*

—Aycock, la has hecho llorar —dijo Jack.

—Pues entonces ¡gran rayo me parta! Oye, ¿estás pensando en meter al juez en una zanja con una niña llorona por socia?

—Se lo estaba pasando mejor que en toda su vida hasta que apareció por aquí el pequeño Aycock Comfort —dijo Gloria. Alzó ambos brazos, se subió el pelo y se lo sujetó con gesto de furia, aunque sin atárselo, con lo que le caía desde la cinta como los pétalos de una flor. Su cabeza era tan llamativa, tan encendida como una flor con el cáliz en forma de trompeta sobre el fondo verde intenso de los cedros. Aycock no la miró a los ojos. Adoptó una mirada soñolienta y hasta las orejas se le pusieron del color del oro.

Con ambas manos, Jack colocó la chinela en el pie pequeño, caliente y suave de Gloria.

—No creo yo que ese zapato se hiciera para andar dando brincos por ahí —dijo—. Me enorgullece que mi mujer y mi hija no tengan nada mejor que hacer que sentarse a la sombra a contemplarme. —Y de un salto se plantó al lado de Aycock—. Chaval, si lo que intentas es arrimarte, más vale que te ahorre tiempo y te invite ahora mismo.

—Jack... —exclamó Gloria.

—Sería como en los viejos tiempos, Jack —dijo Aycock—. Pero... ¿estás seguro de que tienes la mayoría a tu favor?

—Es mi mujer —protestó Jack—. ¿Cómo iba a sentarse Gloria aquí a mis pies y no estar por siempre conmigo en lo que haga?

Y fue ella la que se puso en pie de un salto.

—Entonces solo tenemos que preocuparnos por él. Ya atraparemos al viejo señor Ortiga, basta con solo desearlo. Tiene que pasar tarde o temprano, Jack —dijo Aycock.

—Intenta cruzar el río y llegar a Alliance, esa es su intención —le dijo Jack—. Pero no sé qué se traerá entre manos.

—Si toma la carretera de Banner, no habrá nada que se lo impida. Lo llevará derecho al puente.

—No le preocupa abiertamente la pinta que tenga nuestro puente —dijo Jack.

—A lo mejor por eso apareció por la entrada de nuestra casa, pasó rozando las pajareras y se largó otra vez como un alma en pena —dijo Aycock—. Nos quiso acostumbrar a sus vueltas y revueltas.

—¿En vuestra propia casa?—exclamó Jack—. ¿Qué dijo tu madre?

—Se quejó de la polvareda. Después se quejó del disparo que había oído.

—Lo que oyó fue tan solo al hermano Bethune cuando dictó sentencia sobre una serpiente gallinera. Antes había hablado con el juez Moody para indicarle el camino al Molino de Grinder, con la esperanza de que encontrara un puente que tuviera mejor pinta. Pero se va a encontrar con el viejo puente cubierto de Grinder, que no tiene ni solera por donde pasar. No creo que ni siquiera el molino siga estando en funcionamiento.

—Jack, ¿dónde te has enterado tú de tantas cosas sobre el Molino de Grinder? —objetó Gloria.

—En Parchman. ¡Venga, pregúntame lo que quieras! Calculo que por cada sitio que haya en el mundo, hay alguien en la penitenciaría que echa de menos su terruño. Un viejo presidiario que era de confianza me lo contó todo acerca de Grinder, al igual que le conté yo todo acerca de Banner —dijo Jack—. Tan solo espero que ahora no esté uno de los suyos con nada mejor que hacer, aparte de decirle al juez Moody que podría seguir ese camino lleno de baches otros cinco kilómetros para que lo pasen a la otra orilla del río por Wisdom's Point. Es Aycock quien lo garantiza.

—Prepárate para el susto —le dijo Aycock—. La barcaza de Wisdom's Point se amarra ahora los domingos. El tío Joe Wisdom se ha convertido, y se pasa todo el día en la iglesia gritando a voz en cuello que se ha arrepentido y que eso debería hacer todo quisque. Eso lo sé por mi madre.

—Pues le das las gracias, porque es la mejor noticia que podía darme. Así, a menos que enseñen a nadar al Buick, al juez Moody no le queda otra que el puente de Banner. Y seguro que toma esa decisión. Volverá resoplando por donde se ha ido, volverá en cualquier momento apretando los dientes. Es más o menos como yo, no es de los que pierden la cara ante una pequeña adversidad —dijo Jack.

—Jack, espero que te equivoques —dijo Gloria mientras él se acercaba a la vera del camino.

—Nos lo vamos a encontrar en la zanja de mi casa y acabará besando el buzón, ya lo verás.

—Eso es mucho arrimarse —dijo Aycock pegado a su hombro.

—No es una mala zanja, Aycock. Es la zanja que el autobús escolar ha ido ahondando por sí solo durante una eternidad, entrando y saliendo de la casa para ir hasta el colegio.

—¿Sabes qué te digo? —dijo Aycock—. Si es la segunda vez en un día que se mete en una zanja, a lo mejor le da por pensar que es algo que se ha hecho a propósito y pensando justamente en él.

—¡Pero si es que de eso se trata, zoquete! Eso es lo más bonito de todo el plan —dijo Jack—. Es en ese momento cuando le digo a la cara quién soy yo, justo cuando se pose el polvo y él asome la cabeza.

—Se situó de un salto a la espalda de Aycock, la guitarra bailoteó en el aire y los dos chicos se pusieron a saltar el uno por encima del otro.

—La verdad es que el viejo señor Ortiga no nos va a tomar más cariño a ninguno de los dos por todo esto —dijo Aycock, que tropezó y cayó rodando.

—¿Cariño? —exclamó Jack, y se sentó encima de él—. Aycock, me voy a meter en un montón de líos solo por evitar que se le ocurra una cosa así.

—Un tío tan despacienciado como el juez es muy capaz de mandarnos mañana a los dos derechitos a Parchman, eso te lo digo yo. El lunes por la mañana a primera hora.

—Yo no pienso volver a ese llano, y no hay más que hablar. Súbete al árbol, Aycock, y mira bien hasta que lo veas venir.

—Ya me han tomado la delantera —señaló Aycock—. ¿Cuál de todas era esa?

Alguien con un vestido de estampado Robin Hood iba ya por la mitad de la primera rama del árbol, con los brazos sonrosados en alto, los pies quemados por el sol firmes en la rama.

—Han crecido mucho todas —dijo Jack—. Etoyle ha ensanchado tanto que ya parece Ella Fay, ahí sentada en esa rama.

—He venido para verle la cara al juez Moody —canturreó Etoyle.

—Pues, a lo que se ve, tienes compañía suficiente, chico. Y además todo chicas —dijo Aycock en tono de cortesía—. ¿Me dará tiempo a dar mi primer sorbo de agua de Banner? ¿Qué te parece?

—Por ahí se divisa una polvareda —canturreó Etoyle desde el árbol—. Alguien viene.

Gloria se apoderó de la niña y siguió a Jack y a Aycock a la margen en la que la zanja ascendía hasta quedar a la altura del camino. El camino formaba una pendiente hacia ambos lados, como una cinta sujeta con un palo por el medio. A lo largo del camino corría la zanja, unas veces de un lado, otras del otro. Al fondo, ambos extremos del camino desaparecían en medio de dos curvas ciegas idénticas.

—El camino de Banner está que da gusto verlo —dijo Jack. Una polvareda asomó a lo largo de la siguiente loma, casi como si se hubiera prendido un fósforo en una mecha en Freewill que fuese a terminar en el Alto de Banner—. Es él. Ya viene. Ha dado la vuelta.

Durante unos minutos, un águila ratonera voló lenta e indecisa sobre las copas de los árboles, y súbitamente fue como si tuviera una prisa repentina. Luego el polvo empezó a transformarse en una nube creciente. Al cabo llegó un ruido desde el camino, fino como un visillo que se separa.

—Ahora está pasando por la casa del supervisor. ¡He oído la gravilla! —dijo Aycock. Parecía que los pensamientos se persiguieran unos a otros en su cabeza, ondulándose como la cola de una ardilla.

—¿Es justo que le avise? —preguntó Etoyle a voces.

—¿Quieres que te mande ahora mismo a ayudar a mamá? —le gritó Jack—. ¡Ve contando los puentes del Arroyo Seco, y cuando llegues a seis da un grito! ¡Gloria! ¡Mantén a la niña en alto y lejos de la polvareda! ¡Aycock! En el último momento vas y te me cuelgas de los pantalones.

—Es que nadie se tira de cabeza a un lío tan de golpe como tú, Jack.

—¡Pero hombre, suéltame los pantalones! ¿O es que quieres que me los quite y te los deje en la mano? —vociferó Jack—. ¡Tenemos que bajar a la carga y espantarlo para que caiga en la zanja, hombre! Te lo digo porque no nos va a esperar.

—Es que he cambiado de idea —dijo Aycock.

A Jack se le rasgaron los pantalones, Aycock lo soltó y Gloria le pasó a su hija.

—Si no vas a dar un buen ejemplo a Lady May, al menos tenla en brazos.

Gloria trazó con el brazo un círculo en un espléndido gesto de maestra, con lo que dio un traspié hacia atrás, y al abullonársele la falda en la vera del camino, extendida, brilló como una perla, giró sobre sí misma y comenzó a deslizarse hacia el camino.

—¡Sujeta a la niña! —dijo Jack azuzando a Aycock.

—¡Sujétala tú!

—¡Sujeta a la niña! Yo tengo que ir a por Gloria.

—¡Yo no sé cómo se sujeta a una niña tan pequeña! Me acaban de soltar de la penitenciaría hace muy poco, lo más fácil es que se me caiga.

—Tú la abrazas y ella se te abraza a ti.

—¡Y seis! —cantó Etoyle desde el árbol.

Jack le tendió a la niña a Aycock, que la esquivó con la guitarra. Lady May dio un alarido. Se dio la vuelta y se refugió en el pecho de Jack, con las piernas como las de una rana. Aferrada a él con los brazos por la nuca, apretando la cabeza contra el cuello, empezó a sollozar despacito, en voz queda, anticipándose a una llantina.

A Jack se le salieron los ojos de las cuencas. De pronto extendió de manera antinatural los dedos de los pies.

—Para, Jack... para, Jack. P-A-R-A —le llegó la voz de Gloria desde abajo, diluyéndose al deletrear la orden—. A Lady May no le gusta nada ir cuesta abajo.

Un ruiseñor emitió dos o tres notas agudas, como un herrero que clavase un clavo, y calló. Abrazado a Lady May, a pasos cortos, frenéticos, como si alguien lo hubiera sorprendido en pelota picada, descendió por la zanja siguiendo la nube de polvo que levantó Gloria, rígido y muy erguido, primero en zigzag y luego frenando, clavando los talones en el terraplén de arcilla. Dio un grito, aunque la niña en ese momento no dijo nada, no hizo más ruido que el batir de las plantas de los pies descalzos por encima de su cinturón. Notó en la piel del pecho el mordisco de su boquita; podría haber sido que todo lo femenino se riera ahora de él a la cara. Aterrizó en el lecho de una mata de anémonas amarillentas En su rostro destellaba y se apagaba una descompuesta sonrisa de paternidad forzada, al tiempo que alzaba a la niña en brazos como si fuera un ramo de flores para Gloria.

No había conseguido frenar la caída hasta que se clavó con ambas rodillas en la vaguada, al pie del buzón, a cuya base terminó abrazada.

El piececito caliente de Lady May golpeó la tráquea de Jack. Se le había resbalado, lo dejó sin respiración y con los dos pies clavados por delante, mientras la niña echó a andar atravesando el camino. Daba saltitos con ambos pies por el calor del polvo. Lloraba con un llanto desgarrador. Se enganchó a su madre, le dijo algo al oído y regresó sobre sus pasos, a saltos, en busca de Jack. En ese momento el coche apareció atronando desde lo alto de la cuesta, un crepúsculo tornasolado de polvo que se abanicaba en el aire, de una margen a otra del camino.

Jack se puso a duras penas en pie. Gloria hizo lo propio de un salto, corrió tras la niña, colisionó con Jack, que estaba tan sin resuello que cayó para atrás, hacia el lado del que venía el coche, y atrapó a la niña echándosela encima, de espaldas. Se quedó allí quieto en medio del camino de Banner, como si aguardase el paso de un ciclón.

El coche tomó la única vía que le quedaba libre y embistió contra el lado del Alto de Banner en un bombardeo de nubes rosáceas como rosas arrojadas al paso. Aycock apareció en medio de la estela de polvo. Corría tras ella agitando la guitarra. Fue apresado y levantado en vilo como si se lo llevase un ave enorme, extraña, nada que ver con las aves de la región. El coche no llegó a detenerse del todo. Los perros salieron veloces tras él, ladrando por el camino. En las márgenes llovió una polvareda sólida como una catarata y el coche siguió de largo, arrancando el poste de una valla, podando en seco varias matas de ciruelo. Se oyó el chillido de Etoyle, un golpetazo, un chirrido, un estrépito, el silencio incluso entre los perros.

Jack reunió a su familia. Se quedó en pie con la cara de Gloria entre ambas manos, Lady May abrazada a sus piernas, y luego tomó en brazos a la niña y la abrazó a la vez que abrazaba a Gloria.

Las nubes de polvo que al principio parecían enormes Buicks flotantes quedaron suspendidas, estancadas en el aire hasta que se tornaron primero rosas, luego de gasa. El cedro a cuya copa se había encaramado Etoyle fue lo primero que emergió. Luego apareció el coche; aún estaba allí, sobre las cuatro ruedas, algo más allá del árbol. Podía estar en cualquier parte salvo en la cornisa. Los perros volvieron a la vida y quisieron ladrar armando una barahúnda mayor que nunca.

Jack se desembarazó de las dos y se echó hacia delante.

—¡Jack! No me dejes sola —exclamó Gloria.

—Ha salvado a mi mujer y a mi hija —gritó mientras ella lo agarraba.

—Pues quédate con ellas.

—He de darme prisa si lo quiero pillar a tiempo.

—Desde aquí le veo la cara —gritó Etoyle.

Se había abierto la puerta del conductor, y el juez Oscar Moody salió del coche. Se plantó allí, con su traje de rayas, grandullón, un hombre de mediana edad en medio de un pequeño mar de matas de ciruelo. Con una ronquera debida al polvo dio una voz.

—¡Señorita!

—¡Están vivas! ¿Está usted vivo? —dijo Jack a voz en cuello.

Se abrió entonces la puerta del pasajero y salió alguien. El juez Moody rodeó el árbol para pasar al otro lado del coche, y acompañó entonces a una señora de mediana edad. En medio de los cendales de la polvareda parecía que fuese vestida para ir a la iglesia. Iba toda de blanco, con una pamela de ala ancha y un bolso del tamaño de una cesta para recoger ciruelas. El juez Moody la tomó del brazo y ambos echaron a caminar, temblando un poco, a través del Alto de Banner.

—Ahí llega el juez Moody —dijo Etoyle, agachándose y deslizándose por el terraplén hasta el camino—. Y su madre viene con él.

—Su esposa —exclamó Gloria.

—¿Su qué? —dijo Jack—. ¡No tenía yo idea de que el juez Moody tuviera señora! ¿Qué pinta aquí?

El juez Moody puso el pie en el alambre de espino de la valla que aún seguía entera, y la señora la pasó primero, como una novata.

—Jack, intenta entender las cosas, todo el mundo puede tener una mujer —dijo Gloria con voz temblorosa.

—Hermana Gloria, te has arañado una rodilla —dijo Etoyle—. Te sangra. Claro que… ¿y si hubieran apuntado un poco mejor en dirección a mi árbol, eh?

Gloria soltó un grito. Jack se acuclilló, le besó la sangre para limpiar la rodilla y se la frotó con pudor hasta que la polvareda rosada volvió a formarse y sirvió de pantalla que los rodeó durante un minuto. Se levantó, le acercó los labios al oído y le dijo en un susurro: «De ahora en adelante, los miras de frente. Se te ha desgarrado el vestido por detrás».

Gloria sacó el pañuelo del bolsillo, limpió una capa de polvo y lágrimas de la cara de la niña, la puso en pie y luego se limpió la cara ella misma.

—Mi niñita ha perdido los zapatos nuevos.

—¡Pues te ha salvado la vida! Y supongo que su esposa iba a su lado y le ayudó —dijo Jack, y ella, con más resolución incluso, le limpió la cara.

—Y ahora ahí vienen los dos a comérsenos crudos —dijo Gloria.

Los Moody llegaron al camino y se dirigieron hacia ellos. El juez Moody se había atado un pañuelo sobre la boca y la nariz, y la señora Moody le llevaba el sombrero panamá junto con su bolso.

El juez Moody, con voz potente y hablando despacio, repitió lo que dijera antes.

—¡Señorita!

—Esa eres tú, Gloria —dijo Etoyle—. A lo mejor se te lleva a la cárcel.

—Se me puso justo delante. Podría haberla atropellado, haberla matado. ¿Se encuentra usted bien? —dijo el juez Moody.

—Sí, señor. Solo es un rasguño —contestó Gloria.

—¡Podríamos habernos estampado de frente contra usted! Y ese cerraba el paso de la otra carreterita, el único sitio por donde podíamos salir —dijo la señora Moody, señalando con el dedo a Jack—. ¡Y aún había otro, corriendo por la maleza, con algo en la mano! Por todas partes que mirase una, había uno de ustedes.

—Y aún otra en el árbol —dijo Etoyle—. A mí no me dio miedo.

—A ti es a la primera a la que vi, hija. —La señora Moody señaló a Gloria—. Agarrada a ese buzón como si fuese una roca en medio de una tormenta. ¡Y en un visto y no visto te encuentro en medio del camino! Hay que ver. Piensa una que en una carretera tan solitaria como esta no puede vivir nadie —se quejó—, y de golpe y porrazo aparece una personita que te sale de un salto y desaparece por el camino sin tiempo a saber qué ha pasado.

—¿Personita? Es mi esposa, a la que ha salvado usted la vida —gritó Jack con el rostro encendido ante los Moody.

Lady May levantó un pie y se quejó.

—¡Santo Dios! ¿Y de dónde ha salido esa niñita? —preguntó el juez Moody cuando Jack la acogió en sus brazos con gesto triunfal.

—Sí, señor. Es nuestra primogénita —dijo Jack, y sostuvo a Lady May sujetándola por las rodillas. Se bamboleó como una varita mágica.

—¿Tú no la viste, Oscar? Esa niña cruzó la carretera —dijo la señora Moody—. Y de pronto esta muchacha sale de ese lado y se lanza sobre ella como una posesa. Zas, en medio justo de la carretera.

—Me voy a chivar de ti a mucha gente, se lo voy a contar a todo el mundo —dijo Etoyle a Gloria.

—¿Y la niña, está herida? —preguntó el juez Moody.

—No, señor, yo me había tirado encima de ella —dijo Gloria.

El juez Moody gruñó.

—Pero usted supo salvarlas a las dos —exclamó Jack.

Gloria le puso la mano en la manga.

—No quisiera que se culpase tan precipitadamente a mi marido por el modo en que dejó escapar a la niña —dijo al juez Moody—. Es la primera vez en toda su vida que pasa un rato con ella, señoría.

—Hija, ¿cómo es posible que sepas quiénes somos? —exclamó la señora Moody.

—Aún estamos dentro de mi jurisdicción, Maud Eva. Supongo que soy una persona conocida por donde quiera que vaya —dijo el juez Moody.

—Bueno, pues demos gracias al Cielo por esos pequeños favores que te hacen —dijo ella—. Me alegro de que alguien te conozca por estos andurriales, porque yo desde luego ni siquiera sé dónde estamos.

—El sitio en que está usted ahora —se oyó decir a Aycock arrastrando las vocales, y todos callaron. Solo los perros ladraban—, se llama el Alto de Banner, al menos para los de acá. Otros lo llaman el Salto del Amante. Es el punto más alto de toda la comarca de Banner.

—Aycock os la ha dado a todos con queso. Se os ha metido en el coche —dijo Etoyle.

—¡El coche! Mira el coche —gritó Jack, y se lanzó derecho por el terraplén de arcilla.

Un poco más allá de la repisa arcillosa que formaba la cornisa, el sedán de cinco plazas se encontraba intacto del todo, con su pintura original reluciente salvo por un paragolpes, el parabrisas y el cristal trasero, pero sin un rasguño, el paragolpes trasero con un destello de luz polvorienta bajo la rueda de repuesto. Justo detrás estaba el árbol. El Buick había pasado casi rozando el tronco, que había crujido como si le hubiera dado de lleno una racha de viento. Ahora el viejo cedro vigilaba el coche, casi pegado al paragolpes de atrás.

Jack echó a caminar hacia el vehículo.

—El Buick ha terminado bastante mejor de lo que te figurabas, Jack. —Aycock estaba sentado en el asiento de atrás.

—Voy a tener que pensar en algo, y bien deprisa —dijo Jack.

—Ya te lo decía yo. Caer en una zanja dos veces seguidas no nos habría hecho muy populares que se diga.

—¡Calla, Pete! ¡Callad, Queenie, Slider!

Esta vez, cuando los perros callaron, todo el mundo prorrumpió en una exclamación, y Aycock con todos los demás. El ruido que había hecho era inconfundible, aunque tuviera la suavidad de una pava que silba después de hervir el agua: los Moody, tras bajarse del coche, habían dejado el Buick con el motor en marcha.

El pie de Aycock, despojado del zapato y arqueado como si exagerase los escrúpulos, asomaba por la puerta de atrás.

—¡No te muevas! —gritó Jack—. ¡Quédate en donde estás hasta que me oigas! ¡Aycock! Ese Buick no estaría en una situación más dulce ni aunque fueras tú mismo el conductor. —Alargó la mano y la apoyó con cuidado contra el lateral del capó—. Es como si se estuviera preguntando si puede echar a volar —dijo con aire de respeto—. Y lo va a descubrir en cuanto tenga un par de temblores más, si no nos andamos con mucho ojo.

—Veamos, joven —dijo el juez Moody a través de su protector para el polvo—. ¡Cuidado! No parece que al coche le haga falta mucho para que vuelva a echar a rodar. Alto, mantente atrás. —Y le impidió el paso.

Todos los perros de Aycock echaron a correr por la cuneta y se pusieron a ladrarle. La señora Moody ya estaba hablando.

—Oscar Moody, vuelve aquí ahora mismo. Tienes cincuenta y cinco años, te han avisado de que tienes alta la tensión, te sienta fatal el polvo, tienes la fiebre del heno y encima hoy te has empeñado en ponerte tu mejor traje de rayas. Quédate en donde estás, ¿me oyes? Y limítate a darles a estos chicos las instrucciones.

—Alejaos —advirtió el juez Moody—. No os acerquéis al coche.

—Sujétalo —vociferó la señora Moody.

Jack inclinó la cabeza con gesto de profesional hacia el capó del coche, arrimando el oído.

—Aquí no hay nada de qué preocuparse —gritó—. Lo único que se escucha es la dulce música del motor original de un Buick, al ralentí, y no está mucho más recalentado que yo.

Protegiéndose la mano con el faldón de la camisa nueva, la alargó hacia la tapa del radiador. El Buick respondió columpiándose ligeramente, como si morro y cola fuesen los dos platillos de una balanza.

—Tú, a ver si tratas a ese coche con más respeto —protestó la señora Moody.

Cuando Jack dio un paso atrás, siguió meciéndose.

—Estoy completamente seguro de que le puse el freno de mano —dijo el juez Moody—. Si no soy un burro redomado, se lo tuve que poner.

—Juez Moody, le aseguro yo a usted que no lo ha puesto. Y el coche todavía está encendido —le dijo Jack—. Pero no le ha pasado nada. Está al cien por cien en tierra.

—Vuelve aquí, ya me has oído. ¡No quiero perderte a ti y de paso perder el coche! —gritó la señora Moody a su marido mientras los perros ladraban delante de él—. No sé ni dónde estamos ni cómo se vuelve a casa.

—Pues no es el árbol lo que lo ha frenado. ¿Qué será lo que lo retiene? —gritó Jack. Saltó a tierra y se deslizó por debajo del Buick. Salió y se puso en pie—. Esperemos que se quede plantado en donde está. Juez Moody, el coche está apoyado sobre un rótulo de madera de avellano que mi tío Nathan clavó en tierra hace algún tiempo y donó al público que pasara a tiempo de disfrutarlo. ¡La pintura aún está fresca! Desde luego, vaya una forma de ir a detenerse. —Bajó al trote hacia el camino—. Y verá usted cuál es mi veredicto. Aquí lo tiene. Si alguien monta por la puerta del conductor de ese coche, o si a alguien se le ocurre bajar usando la portezuela de atrás… —Volvió corriendo al coche, se asomó al interior y añadió—: Aycock, un recado para ti: no te puedes bajar todavía.

—¿Puedo al menos sentarme al volante? —preguntó Aycock.

—¡Tú quédate en donde estás! Bien recostado —gritó Jack.

—Pero es que eso nos deja colgados de la pura nada —exclamó la señora Moody delante de las narices de su marido.

—Bueno —dijo el juez Moody—. Una cosa es segura. Mejor será por el momento mandar a buscar a un buen mecánico, para que baje el coche de ahí antes que le sigan pasando cosas.

—Pero si aquí mismo tiene a un buen samaritano... —le dijo Jack a voces.

—No estoy pidiendo un buen samaritano, estoy pidiendo a alguien que sepa qué se trae entre manos —respondió el juez Moody—. Y que tenga una buena maquinaria de remolque.

—Pero es que usted salvó a mi esposa y a mi hija —exclamó Jack, corriendo a asomarse a la cuneta, por encima de él—. No puedo permitir que un forastero suba hasta aquí para ayudarle con su coche y lo saque del Alto de Banner, no mientras yo viva. No, señor

—Quiero que me saquen ese coche de ahí —dijo el juez Moody.

—¡Y que lo vuelvan a poner en la carretera, en la carretera! —gritó la señora Moody— ¡Y escuchadme bien: el coche es mío, y quiero que a todos os quede claro!

—El coche es suyo —dijo Jack a Aycock con bastante aspereza—. Señora —le suplicó—, tenga cuidado y no le vaya a dar algo ahora. Si se me queda donde está y sigue usted bien tranquila, me pongo al volante y le bajo ese Buick del Alto de Banner tan raudo como el rayo, tanto que el coche ni sabrá qué fue lo que lo ha retenido ahí.

—¡Jack! —gritó Gloria, pero la señora Moody, despavorida, gritó más alto que ella.

—¡De acuerdo! Me da lo mismo quién lo haga con tal de que se haga a tiempo y que además no le rayen la pintura. Solo quiero volver a ver ese coche en la carretera pero ya.

—¿Y mirando de qué lado lo quiere? —preguntó Jack.

—Hijo —dijo el juez Moody—. Me gustaría señalarte un detalle. Hay un árbol justo detrás de ese coche. Y el árbol no se va a levantar de donde está para cambiarse de sitio porque sí.

—¡Solo me hace falta medio palmo! ¡Medio palmo, nada más! ¡Y que apague el contacto! Aycock, esto está hecho antes de que te des cuenta de nada —dijo Jack, corriendo hacia el Buick y plantando la mano en la puerta.

—Creo que lo mejor será subir allá y procurar que este muchacho goce de una quietud absoluta —dijo el juez Moody—. Señorita, no es usted la única de esta familia que se comporta con demasiada precipitación—. Mientras hablaba se protegía la boca con el pañuelo. La niña se asomó desde los brazos de Gloria para verlo hablar.

—¡Oscar! Si no vas a tener en cuenta tu tensión arterial, piensa al menos en la mía. Tú te quedas aquí abajo, conmigo —dijo la señora Moody—. No se te ocurra poner el pie en ese terraplén, o se lo digo al doctor Carruthers en cuanto lleguemos a casa.

—Lo único que necesita es un buen empujón —dijo el juez Moody, y la niña demostró su alborozo al no verle la cara y oírle hablar.

—Hija, sube tú. ¿Puedes convencer a tu marido de que se olvide de rescatar mi coche hasta que a mi marido se le ocurra alguna solución mejor? —preguntó la señora Moody a Gloria—. Si tú no puedes convencerlo, no me va a quedar más remedio que atar al juez Moody.

—Si tiene la bondad de sujetarme a la niña, yo me ocupo de ver si puedo disuadirlo —dijo Gloria, y empezó a subir en diagonal, tal como hubiese hecho si hubiese tenido que presumir de la escalera de su propia casa imaginaria.

Cuando llegó junto al coche, Jack estaba limpiando el polvo del parabrisas con la manga de su camisa.

—Jack, no sé yo qué va a ser peor —dijo Gloria—. Lo que pensabas que ibas a hacer o lo que vas a terminar haciendo. Por el bien de tu familia, que tienes ahí reunida, te empeñaste en que el juez Moody acabase metido en una zanja. Ahora, por satisfacerlo a él, estás igual de dispuesto, pero a romperte la crisma.

—Esto lo resuelvo yo en un minuto… ahora que se ve por el cristal adónde va uno.

—Allá que voy —dijo Aycock de pronto en voz de falsete.

Jack dio un salto atrás y uno de los pies se le deslizó por el canto de la cornisa. No cayó. Una raíz ahuecada, rota, corta, se afianzaba en el espacio como el cañón de un arma, y se pudo sujetar a ella. Con una pierna localizó otra raíz que sobresalía como la cola de una sirena. En un visto y no visto trepó de nuevo a la superficie llana.

—Eh, Aycock —le dijo—, me juego lo que quieras a que si pudiéramos estar tú y yo pescando en el Bywy, este Buick iba a parecer un cacahuete en equilibrio en la punta de la nariz.

Gloria sujetó a Jack y apretó la cabeza, mareada como estaba, contra el hombro de él. Notó los latidos de su corazón.

—Jack, he llegado justo a tiempo de ponerte un límite.

—¿Qué es lo que pretendes decirme, prenda?

—Te voy a permitir que seas un buen samaritano, pero que sea la última vez. Y siempre y cuando lo hagas con sentido común. No voy a consentir que te pongas al volante de ese coche —le gritó.

—Pero… cariño —dijo él—, ¿quién sabe mejor que yo lo buen conductor que soy?

—Una cosa es conducir el autobús escolar por el camino de Banner, conmigo pegada a tu espalda —dijo—, y otra muy distinta es sacar el sedán Buick reluciente de un juez y de su señora bajándolo por el Salto del Amante mientras yo observo cómo te partes la crisma.

Se le quedó mirando.

—Supongo que te darás cuenta de que eso significa que hemos de hacerlo mucho más despacio, de otra manera, prenda —protestó.

—Cuanto más despacio, mejor —dijo ella.

Dio un paso hacia el coche. Aycock, en la ventanilla, estaba sentado de perfil, recostado en el respaldo. Por la manera en que le crecía, tenía el pelo como una funda de almohadón de sofá con borlas en las esquinas, como si lo llevase bajado sobre la frente.

—Aycock Comfort, no se te ocurra gritar ni una vez más «allá que voy» hasta que tengas los dos pies a punto de tocar tierra. Estaré con las orejas bien abiertas —le dijo Gloria.

—Sí, señora.

Jack bajó con Gloria hasta el camino, mirando con el mismo afecto de siempre en todas direcciones, sobre los abultamientos rojos de la arcilla y el camino de orillas ralas que ascendía hacia la loma, y la zanja que discurría a la par, y el puesto del sirope cercado por las flores y el buzón con el tío Sam y el camino de su casa, hundido entre dos bancadas de tono rosáceo, apretado como un hogar en el que se acabara de prender el fuego.

—¡Tú no te preocupes, Lady May! No hay aquí nada que pueda con tu padre, no al menos mientras siga jugando en casa —le dijo.

—Vamos a ver, hijo. ¿Te ha quedado claro que de ninguna forma puedes poner las manos en ese coche, verdad? —preguntó el juez Moody.

—Sí, señor —dijo Jack—. Mi esposa es la que dicta la ley.

—No será para tanto, hijo. A punto has estado de irte para allá por tu cuenta y riesgo —dijo la señora Moody—. Empiezas a parecerme uno de esos que son muy capaces de arañarme la pintura sin que le importe lo más mínimo. Este coche lo hemos cuidado como si fuese un hijo nuestro, y no querría yo que tuviese ningún problema.

—¡Problemas! —exclamó Jack—: justo lo que jamás me busco yo. Pregunte a mi esposa, señora. —Se volvió hacia el juez—. Pero si a su señora y a mi esposa les parece mejor así, me planto detrás del Buick con todo el cuidado del mundo, amarro el mejor animal de tiro que encuentre a la rueda de repuesto y lo bajamos tocando tierra por la parte de atrás. Supongo que la señora Moody no le habrá permitido echarse a la carretera sin cuerda ni aparejos de remolque, ¿verdad, señor?

—La cuerda y los aparejos de remolque y todas las demás herramientas —farfulló el juez— están dentro del coche, bien a salvo bajo el asiento de atrás.

—Aycock, ¿te has enterado bien de lo que tienes debajo del culo? —le gritó Jack, y añadió entonces—: Usted no se preocupe, señora Moody. Nunca me he visto yo en un apuro del que no hallara una salida.

—Ya, pero yo antes quiero que me digas bien claro cuál es esa salida de la que hablas —dijo el juez Moody.

—A mí lo que me pide el cuerpo es estar preparado para lo que se me ocurra de repente —dijo Jack.

—Pero yo en cambio prefiero hacerlo —dijo el juez Moody— llamando a mi propio mecánico, aun cuando haya que esperar un poco más.

—¿Ir a buscar a un forastero? —exclamó Jack. Miró a Gloria y a la niña con cara de pasmo.

—A ver: tendría que haber una tienda en algún sitio, es razonable que haya una tiendecita en un cruce por ahí cerca, digo yo, y que tenga teléfono —dijo el juez Moody.

Arriba, en el Alto de Banner, Aycock soltó una carcajada.

—¡Querrá decir en Banner! El único tendero que hay es Curly Stovall y cierra los domingos, señor —dijo Jack al juez Moody.

—Pues vayan a buscar al tipo y que abra, si es que allí es donde está el único teléfono público del pueblo —dijo el juez Moody.

—Sí, quizás podría sacarlo a rastras de la iglesia —señaló la señora Moody—. Seguro que no es más que un baptista de tantos.

—El viejo Curly aprovecha los domingos para irse a pescar —dijo Jack—. Ahora mismo andará flotando por algún vericueto del Bywy, eso no le quepa la menor duda. Pero la puerta de su tienda la tiene cerrada tan a cal y canto como si fuese un cristiano de pies a cabeza. Ha atrancado la puerta por dentro con un banco macizo.

—¿Y quién tiene un teléfono en su casa? —preguntó el juez Moody—. El más cercano.

—La señorita Pet Hanks.

—¿Y dónde vive la señorita?

—En Medley. Eso queda a ocho kilómetros en la otra dirección. Esta misma mañana habrá pasado por delante de su casa al venir hacia aquí. Es ella la que llama con dos largas y una corta a la tienda de Curly cuando alguien necesita hablar con Banner.

—Lo mismo daría que fuésemos a Ludlow —dijo la señora Moody a su marido—. Para utilizar el de tu despacho.

—Pues entonces vayamos a la tienda que haya en el siguiente cruce de caminos lleno de ignorantes que encontremos por estos pagos —exclamó el juez Moody.

—En todas partes le va a pasar lo mismo, juez: todo estará cerrado —dijo Jack—. Todo, menos la fábrica de hielo de Foxtown, que sí que abre los domingos.

—¿De dónde vienen esos cánticos? —preguntó con brusquedad la señora Moody.

—Si el viento rola un poco al oeste y es primer domingo de mes, puede oírse a los metodistas desde Banner —dijo Jack.

«¡Arrojad el salvavidas, arrojad el salvavidas!», cantaban los metodistas. «Hoy alguien se hunde, hoy alguien se ahoga.»

—¿Y entonces qué se supone que tenemos que hacer? —preguntó la señora Moody—. ¿Permanecer aquí hasta que pase alguien?

—Señora Moody, lo más normal es que los primeros que pasen no sean precisamente los que usted habría elegido si pudiese —dijo Jack—. Yo lo único que tengo que hacer es dar una voz. Hay por lo menos un centenar de personas ahí mismo, esperando. —Inspiró hondo, hasta llenarse los pulmones del todo, y cuadró la boca bien abierta para dar una voz, pero Gloria le indicó con la cabeza que no lo hiciera, así que se tragó el aire.

—Y yo que pensaba hasta hoy mismo que conocía todos los recovecos del condado que quisieras enseñarme... —dijo el juez a su esposa—. Así que dime, querida. ¿En qué parte de esta carretera esperas tú que viva un centenar de personas?

—Se trata de una reunión familiar. Para mí que están todos —dijo Gloria a los Moody—. No creo que sean más de cincuenta, pero a ellos les gusta contar a ojo. Jack —le dijo—, por lo mucho que les gusta a tus parientes contar historias, seguro que ahora mismo no oirían ni las Trompetas que anunciarán el Día del Juicio. Vas a tener que ir allá a buscarlos y traerlos de uno en uno.

—De acuerdo. Etoyle —dijo Jack.

—¡Hurra! —exclamó ella.

—Sin ponerte a hacer el baile de San Vito, ve a decirles a todos que cometí un ligero error de cálculo al prever lo que me iba a encontrar —dijo Jack—. Dales a entender que no me vendría nada mal una buena cuerda. Y la fuerza que tienen.

—Pero no les vayas con embustes —gritó Gloria a la niña que ya se marchaba alborozada.

—«Un ligero error de cálculo», eso es todo lo que necesita saber mi familia —dijo Jack—. Así que no se me descorazone, señora Moody. En seguida vendrán en nuestro auxilio. Lo único que necesitamos es algo del mismo peso de su coche, algo con lo que tirar de su coche. El del tío Homer, que lo tiene ahí mismito, puede ayudarnos a solucionar la papeleta.

—¿El tío Homer? —exclamó Gloria.

—Bueno, hay que contar con que algún día las cosas mejoren. Es de la familia desde hace ya tiempo, aunque solo sea por matrimonio —dijo Jack—. ¿Por qué no iba a ser este su día? Señor juez, señora, ahí detrás tienen sitio donde sentarse a la sombra.

Salvando la zanja, a la sombra de una morera había unos tablones clavados encima de unos ladrillos. Jack solía utilizarlos para montar a la orilla del camino el puesto en el que vendía su sirope. El polvo se había posado en cada una de las planchas y les daba la pátina de una alfombra de terciopelo rosa.

—Yo prefiero seguir aquí, con los pies en tierra. No voy a ponerme cómoda hasta ver qué es de mi coche, muchas gracias —dijo la señora Moody—. Y eso vale igual para mi marido.

Al pie del camino, en la zanja, se había formado una rodera de sombra, estrecha como una alfombra que adornara una escalera. El juez Moody se acercó para contemplar el camino de la granja, perpendicular a la carretera, y los terraplenes de arcilla, marcados, como la senda misma, por innumerables cicatrices que hacían que aquel pareciera el escenario de una batalla. El polvo se amontonaba en las roderas talladas a lo largo del invierno con la profundidad de la ceniza en un hogar que no se limpia; era un polvo tamizado mil veces, removido, ahora mismo aquietado del todo. Al pie del camino, justo donde se encontraba la figura de madera del tío Sam, que al juez le llegaba a la cintura, el mismo juez Moody rebuscó en el bolsillo de su pechera a fin de cerciorarse de que lo que llevaba allí estaba relativamente sano y salvo.

—Yo no soy de aquí —aseguró Gloria a la señora Moody cuando las dos se quedaron solas a la sombra de la morera—. Cuando empecé a trabajar de maestra, me tocó el colegio de Banner.

—¿Maestra? Qué curioso: tiene a otra justo delante —dijo la señora Moody sin quitar los ojos del coche—. Di clases durante nueve años antes de que el juez Moody llegase al galope a rescatarme. Digo yo que no habrá ni una sola chica en todo el Estado de Mississippi que no haya hecho algún turno dando clases en algún lejano colegio, pero eso sigue sin ser excusa para que me saltase usted tan de pronto desde la maleza, sin previo aviso, vestida como una novia de campo, y aterrando a todo el que viniese conduciendo por el camino.

En el Alto de Banner, Jack montó guardia junto al Buick, con los brazos y las piernas cruzados. La sombra del árbol lo envolvía como un trozo de arpillera agujereado. En cualquier otro punto, la luz encharcaba todo ese lado del camino, de arriba abajo.

—Bueno, pues aquí estamos —dijo Aycock—. Supongo que el señor Ortiga está que se muere de ganas de salir pitando con su coche y poner tierra de por medio.

—Y yo voy a hacer todo lo que esté en mi mano para que se ponga en marcha de una vez —dijo Jack.

—Tú déjale que se cueza un rato más en su propio jugo, Jack. Yo me he encontrado con un asiento en un coche de paseo al venir para acá, y gratis, y me fastidia un poco tener que bajarme.

—Aycock, tú a lo mejor no tienes ninguna prisa, pero el juez Moody sí que la tiene. Y el coche sigue siendo suyo. O de su señora, que viene a ser lo mismo. Lo voy a poner de vuelta en el camino aunque sea lo último que haga —dijo Jack—. Por haber salvado a mi esposa y a la niña como lo hizo cuando las esquivó.

—Pues por mí todavía no ha hecho nada —dijo Aycock—. Y yo me alegro de no deberle ni esto.

—Me pregunto cuánta gente traerá el tío Homer cuando venga —dijo Jack—. Según mis cuentas, y dejando a un lado a las señoras, vendrá la reunión en pleno. Y desde luego no me voy a quejar si todos ellos se apuntan a la hora de arrimar el hombro. —Estiró el brazo y trató de alcanzar el árbol.

—A este árbol de aquí le han acribillado a muescas, le han trepado a la copa. Se han sentado a su sombra, han correteado alrededor, y más de un tiro le habrán pegado también —dijo Aycock—. Y como empiecen a pasar muchas más cosas alrededor de este árbol, quién sabe, a lo mejor no lo aguanta.

—Ha sido un buen árbol toda la vida —dijo Jack—. Mi intención es velar porque siga siéndolo.

El cedro había sufrido las inclemencias del tiempo, y tenía las marcas en el tronco de las muchas ramas que había perdido; algunos de los muñones tenían forma de cebolla, como si las ramas que faltaban se las hubieran arrancado unos chicos bromistas, por cuyos nombres fuese a llamarlos ahora una buena maestra. La parte superior del tronco estaba horadado como por agujeros de flauta, por cuyos orificios tuvieran entrada a su guarida los pájaros carpinteros o los búhos.

—En los viejos tiempos aquí colgaron a un malhechor, me lo contó mi abuela. Aunque ahora mismo no creo que aguantara su peso —dijo Aycock.

—Pues ni eso le pediré, sino algo menos —dijo Jack—. Tú recuéstate y espera.

Se oían a lo lejos los acordes de *Nos reuniremos en el río* diluyéndose en el aire. El petardeo del motor del Buick ronroneaba en el silencio del mediodía. Les llegó, lejano, el sonido remoto de una piqueta, golpes lentos en terreno reseco, espaciados por gritos de protesta.

—Eso suena a mi tío Earl —comentó Aycock—. Además, en domingo. Qué raro. ¿Quién le habrá ido a gastar una broma?

—Quiero que el mundo entero sepa —la señora Moody levantó la voz y el eco le respondió desde los cuatro puntos cardinales— que yo no habría salido esta mañana del frescor de mi casa en Ludlow salvo para ir a la catequesis, de eso pueden estar seguros, de no ser porque he tenido que ceder al prurito de mi señor esposo. ¡Y mira adónde me ha traído!

—¿No podríamos librarnos de esos perros de una vez? —preguntó el juez Moody.

Mientras deambulaba de un lado a otro, Queenie, Pete y Slider trazaban círculos veloces a su alrededor.

—Tranquilo, señor, que no le han de morder —dijo Jack—. Solo quieren saber qué es lo que quiere usted con Aycock.

—¿De dónde sale toda esa gente? —exclamó de pronto la señora Moody.

Una hilera de hombres y de muchachos llegaba salvando la cuesta, por el camino de Banner. Se mantenían alejados unos de otros a la misma distancia, y era como si todos fuesen encaramados en un mismo vagón, una especie de vagoneta de carga, que los desplazaba al unísono como si algo tirase de ella. Todos iban comiendo una sandía, la mirada puesta en el Alto de Banner.

—Esos no tienen pinta de venir a ayudar —dijo la señora Moody.

—Vaya, los Broadwee siguen vivos —dijo Jack, y cuando los saludó ondeando el brazo se encaminaron veloces hacia el puesto a la vera del camino, donde los primeros en llegar tomaron asiento como si cada sitio llevase su nombre escrito.

—Eh, Jack. Eh, Aycock. ¿Dónde habéis estado? —comenzaron a gritar con voces ahuecadas.

—Mira tú, a saber de quién es ese coche —dijo el mayor de los Broadwee.

—¿Qué te parece si le damos un buen empujón, Jack? ¿Qué andas tramando?

—Esto es todo un ejemplo. Esto es lo que no funciona en este rincón del condado de Boone, esto de aquí justamente —dijo la señora Moody, señalando con el dedo a la doble hilera que formaban los Broadwee.

—Ojo con lo que decís, chicos —advirtió Jack—. Hay señoras presentes.

—Eh, señorita —saludó uno a Gloria.

—Buuu —gritaron todos a la niña, que se había anticipado al saludo echándose a llorar.

—¡Mucho cuidado todos vosotros con mi niña, que por algo es una niña! No le gusta nada ver a unos pazguatos como vosotros, ni tiene por qué oír palabras malsonantes —dijo Jack.

—¡Buuu! ¡Buuu! ¡Buuu! —corearon los Broadwee compulsivamente, al unísono, como si ese fuese el modo habitual en su familia para darse ánimos.

—Si no tenéis nada mejor que hacer, aparte de sentaros a esperar, por lo menos comportaos como es debido —gritó Jack—. ¡Y mucho cuidado, a ver dónde ponéis los pies! A lo mejor sale alguien por el camino de mi casa con bastante más prisa que vosotros.

—Hablando del rey de Roma. Uno que ha mordido el cebo, Jack —le gritó Aycock—. Alguien viene por ahí levantando polvo.

—¡Es el tío Homer, seguro! Por fin se ha rendido a las circunstancias. —Jack bajó resbalando por el terraplén—. Juez Moody, aquí viene el tío Homer con un montón de gente para arrimar el hombro.

Gloria lo tomó de la mano.

—El tío Homer nunca había venido en tu ayuda, por lo menos hasta hoy —le dijo—. Si lo hace esta vez, tendré que retirar lo que opino de él.

Se divisó entre los árboles una nube de polvo como una manta recién sacudida. El muro de polvo se levantó de súbito y luego se fue desmoronando. Entonces se oyó un estallido en la zanja, y una furgoneta de reparto, ligera, apareció traqueteando a duras penas por el camino.

—¿Y este trasto es el que va a remolcarnos? —preguntó el juez Moody.

—¡Y justo cuando estén saliendo de la iglesia al lado de casa! —exclamó su esposa.

La furgoneta, al terminar de pasar la depresión y enfilar hacia el Vado del Camino del Medio, mostró el lateral que mostraba una gallina grande con sombrero de paja, pajarita y bastón de caña, mientras que por encima de la cabeza ostentaba un hacha del tamaño de uno de los Padres Peregrinos. Derrapó, se le cayó algo de la caja, y pasó de largo por delante de todos. Tan vacía de carga iba que la mitad posterior bailaba por el camino, levantando el polvo en una sucesión de tiendas de campaña que trazaban una línea en zigzag. Atado a las puertas traseras, como un delantal puesto del revés, llevaba una franja de hule en la que se podía leer: «Homer se encarga. No hay nada mejor que la experiencia».

—Ni siquiera ha esperado a traer a su propio perro —dijo Jack—. Algo tiene en su manera de manejarse, no sé qué puede ser exactamente, que a uno le entran ganas de creer que en parte está deseoso de suprimir toda tu alegría de vivir. En fin, que tío Homer no hay más que uno.

—De todos modos, yo estaba en lo cierto respecto a él —dijo Gloria.

—No al cien por cien —dijo Jack. Pescó lo que el tío Homer había dejado caer, un trozo de cadena algo más corto que el brazo de Jack. Lo sostuvo en alto entre las carcajadas de los Broadwee.

—Bueno, esto significa que al menos se han enterado. Así entiendo yo lo de esta cadena —dijo Jack—. Quiere decir que aún vendrá más ayuda, aunque sea más tarde.

—Están todos sentados escuchándose los unos a los otros, Jack. No te engañes —dijo Gloria.

—¿Qué? ¿Contándole a la abuela algún cuento acerca de mí? —se extrañó.

—Al paso que vamos, como no tengas cuidado este va a ser uno bastante bueno.

—Otra polvareda por el lado opuesto —dijo la señora Moody.

—Y además de las grandes —dijo Jack—. Eso lo que quiere decir es que los de la Mejor Amistad los habrán soltado ya a todos, y que un montón de metodistas hambrientos se dirigen a sus casas para cenar.

—¡Eso es, gentes de la iglesia! Serán la respuesta a mis plegarias —dijo la señora Moody—. Seguro que se paran a echar una mano. —Puso cara larga y se adelantó.

—Cuidado con dónde pone los pies, señora Moody —le avisó Jack.

La señora Moody alzó el sombrero del juez Moody y comenzó a agitarlo ante la hilera de los que iban llegando: carricoches y carretas, además de un Ford cupé que venía claqueteando en medio de la polvareda.

—¿Cómo son los metodistas de por aquí? —exclamó la señora Moody a medida que uno tras otro iban pasando de largo a su lado.

—Pues verá, Aycock es metodista —dijo Jack.

—¿Y cómo es que no se paran a ayudar a un feligrés de su mismo culto? —gritó sin dejar de sacudir en el aire el sombrero panamá del juez Moody.

—Es que últimamente puede decirse que su asistencia a la iglesia ha sido entre baja y muy baja —contestó Jack—. De hecho, durante el último año y medio ha sido poco menos que nula. A lo mejor en su iglesia hasta se han olvidado de la pinta que tiene.

—Puestos a elegir, preferiría que fueran un montón de presbiterianos los que pasaran de largo por delante de mí a esa velocidad —dijo la señora Moody.

—Y allá va el predicador Dollarhide, me parece. Debe de haberle entrado un apetito recio de verdad —comentó Jack al ver pasar de largo su Ford, que adelantó incluso a un carricoche.

—Pero si ni siquiera me habéis ayudado a decirles que paren —exclamó la señora Moody—. Creo que incluso les habéis animado a que pasen de largo.

—Señora Moody, son mi esposa y mi hija las personas a las que salvó el juez Moody cuando las esquivó de un volantazo —le dijo Jack con la mayor seriedad—. Y siento que tengo un derecho muy particular en lo que a ayudarles se refiere.

—Andaos todos con ojo, que algo más viene por esa carreterita tan graciosa —avisó la señora Moody.

Algo que recordaba a una luna llena, dibujada a tiza rosa, había asomado sobre la loma en la que se perdía la senda de la granja. Permaneció inmóvil unos instantes, como si esperase a que se lo creyeran todos. Era el autobús escolar de Banner y llevaba todo el polvo del verano encima. Parecía vacío. Al cabo, se distinguió la carita de Elvie enmarcada en la mitad inferior del volante.

El juez Moody alzó un dedo.

—¿Esa no es la niña que se marchó a pedir ayuda?

—En su opinión, ella es la ayuda —dijo Jack.

—Me niego a que me rescate un autobús escolar, igual que se ha opuesto mi esposo a que lo haga una furgoneta de reparto de gallinas —dijo la señora Moody. El autobús se paró junto a ellos, con una cara sin fauces, desaparecidas todas las piezas de metal por debajo de los faros—. Con eso sí que no nos van a remolcar. No, señor.

—¡Quién ha hablado de remolcar nada! No puede ser con ese Buick suyo, que tan empeñado parece en bajar del lado opuesto —exclamó Jack—. Está usted a punto de formar parte de uno de los equipos del mejor concurso de socatira que se haya visto nunca en Banner y alrededores.

—¡Bajo ningún concepto! —exclamó el juez Moody.

—Juez Moody, no pienso aceptar un no por respuesta —gritó Jack—. Orejón Broadwee, tú y Emmett quitaos de ahí y dejad sitio al juez y a la señora Moody en mi puesto de vender sirope. ¡Vamos, hombre, a ver si nos portamos! ¿O es que en mi ausencia se os han olvidado los buenos modales, eh?

Se pusieron en pie a regañadientes y se esparcieron por el camino, abriéndose paso entre las matas de anémonas.

—Juez Moody, no fabricarían los autobuses escolares como los fabrican si no aguantasen todo lo que aguantan —dijo Jack—. Anímese, porque este es el que yo solía conducir. —Y dio una voz—. ¡Adelante!

—O despejan el camino o los atropello —se oyó decir a Elvie muy en serio, y entonces el autobús escolar se abalanzó lentamente hacia donde estaban, aunque en punto muerto. Llegó igual que un búho acostumbrado a planear, sin rozar siquiera ninguna de las márgenes del camino. Lleno de arañazos y abollones, abultado como el Arca de Noé, se estrelló contra el fondo de la zanja y con su mismo rebote se elevó a la altura del camino de Banner, y se puso en perfecta posición de arranque dispuesto a partir hacia el colegio—. Lo he traído yo sola —gritó. El juez Moody se dejó caer en uno de los asientos del puesto del sirope y la vio pasar de largo, cuesta abajo. Queenie, Pete y Slider se desgañitaron a ladridos cuando ella los dejó atrás. Queenie tropezó contra uno de los Broadwee, le tiró un mordisco y luego se largó con una rodaja de sandía en la boca.

—Atenta, Elvie —Jack corría a su lado—. Vete pensando en dónde parar.

—Ese cacharro es una antigualla, eso es lo que es —les gritó la señora Moody.

—Elvie Renfro, ¿quieres hacer el favor de parar ya ese trasto? —gritó Gloria, y el autobús dio un giro brusco y soltó un gran chasquido al entrar en la zanja de nuevo, casi al pie del terraplén en que arrancaba la cuesta de subida al Alto. El intermitente se había encendido; brillante como un ramo de capuchinas, el agua herrumbrosa comenzó a salir a chorros del radiador sin tapa.

Elvie se dejó caer en brazos de Jack y le acercó el pozal del agua.

—Siempre me dije que conduciría uno de estos cacharros antes de morirme —dijo Elvie, en vilo en sus brazos—. Ojalá hubieran estado dentro todas las niñas que conozco…

—Lo que has hecho te califica como hermana, Elvie. Muchísimas gracias —dijo Jack—. ¿Quién te dio el primer empujón?

—Nadie. Quité el tarugo de madera y me monté en marcha —dijo—. Y digo yo… ¿arrancará de nuevo?

Jack se había subido al asiento del conductor. Clavó el pie en el suelo.

—¿Qué planes tienes? —le dijo Elvie con aire candoroso—. ¿Vas a arrearles un último empujón a los Moody?

—¡Qué va, Elvie! Mi intención es rescatarlos.

La chiquilla dio un alarido y se volvió corriendo a casa.

El motor arrancó y se caló enseguida. Por más pisotones que le pegara al acelerador, Jack no consiguió que reaccionara.

—Las vacaciones han echado a perder más de una batería… —dijo—. Cada año que pasa, este viejo autobús necesita que le metan más en cintura. Lástima me da el conductor al que le haya tocado este año.

—Pues entonces es tu propio hermano el que te tiene que dar lástima —dijo Gloria.

—¿Vaughn Renfro? —gritó Jack a voz en cuello.

—En vez de ser el más popular del colegio, ahora el puesto lo tiene el que mejor nota saque en ortografía —dijo Gloria.

—Bueno, pues por el momento ya ha permitido a una niña de siete años que conduzca el trasto en su lugar —exclamó Jack.

—No quiero ni pensar quién va a ser el siguiente que llegue por esa carreterita a ayudarnos —dijo la señora Moody.

—Pues no se apure, que pronto lo verá —le gritó Aycock.

Se oyó ruido de cascos y un tintineo, y apareció Etoyle montando a la mula a pelo, cargada de cadenas. Iba descalza y azuzaba a Bet dándole talonazos en los costillares. Cuando salió al camino se inclinó sobre sí misma para contener la risa, y todos vieron su pecho plano abultarse como un abanico de iglesia, desnudo y tembloroso bajo el vestido.

—¿Qué es lo que se cuenta en casa? —dijo Jack para saludarla intentando sobreponerse a la algarabía de ladridos.

—«No dejes que se caiga esa preciosidad.»

—¿Y no han mandado de momento nada más que esto? —dijo, y recogió las cadenas, ayudó a bajar a Etoyle, que seguía con la risa tonta, y luego se sentó a mujeruelas sobre la mula y le rascó la frente al animal. La mula echó a andar por el camino hacia el Alto de Banner, entre los postes caídos de la valla, atravesando las matas de las ciruelas hasta llegar al trecho de piedra caliza. Se le movían las ijadas como si tuviera fuertes hipidos, o como si sollozara, pero cuando Bet se dio la vuelta al llegar al árbol la vieron resplandecer de gusto.

Jack bajó de un salto y se puso a trajinar con las cadenas. Bet se quedó a la vera del camino y defecó; sus excrementos eran como el cobertor aterciopelado y ocre que se coloca sobre el piano en la catequesis dominical.

Entonces montó de nuevo.

—¡Venga ya, Jack, muchacho! ¡Ahora! —gritaron algunos de los Broadwee.

¿Y qué le pasa a Ren-fro?
Pues no le pasa nada.

cantaron los Broadwee a coro.

—Eh, que Jack ya no juega al baloncesto —protestó Gloria—. Ya tiene su diploma.

—Ha engarzado la cadena en torno al árbol y al coche, sí, señor. ¿Pero cuándo diablos se supone que conseguirá hacer algo? —el juez Moody se puso en pie.

—*Ese árbol no va a aguantar* —cantaron los Broadwee, y la señora Moody se volvió hacia ellos.

—¿Qué les parece si se limitan a rezar, eh?

Jack habló al oído de Bet. Ella, sin embargo, alicaída, blanca como una cabritilla, con las pestañas blancas, rehusó la orden.

—¿Es que quieres que te cambie por una sierra de cadena? —exclamó Jack.

Se produjo una explosión, y en un visto y no visto se encontró sentado en el aire. Las cadenas se abrieron en dos justo en el instante en que Bet se arrancó veloz, en una polvareda rosa y ondulada, enloquecida por el camino de bajada. Jack aporreó la arcilla ya apisonada para encaminarla mejor. Los Moody se habían puesto en pie sobre los tablones del puesto del sirope, no demasiado firmes, y los Broadwee ya habían salido huyendo en todas direcciones. Gloria estrechó a Lady May y escondió la cara de la niña, mientras Jack corría con los brazos extendidos para protegerlas. Bet inició el ascenso por la senda de la granja, como si estuviera deseando ir a contar lo ocurrido.

—¿Has oído ese estrépito? —preguntó la señora Moody a su marido—. Ha sonado casi a reventón.

—Justo la única cosa que no nos convenía —dijo él.

—Pues sí, señor —gritó Jack al regresar al coche—. La señora Moody está en lo cierto. Un reventón, eso es lo que rehusaba Bet. La rueda de recambio.

Al oír las risas de los Broadwee, la niña gimió a voz en cuello, y los Broadwee la ayudaron con sus alaridos.

—Buu, buu, buu.

—Seguid, seguid —les dijo Gloria—. Haced todo el ruido que queráis. Ganas tengo de enseñar a nuestros visitantes lo maleducados que pueden llegar a ser en Banner. ¡Que no se diga, Emmett, Joe, VanCleave, Wayne, T. T. y Orejones Broadwee! No esperaba yo menos de vosotros.

—Disculpe, señorita. Disculpe, se siente mucho —dijeron todos compungidos.

—Bien, hijo. ¿Y a qué esperas para traernos la clase de ayuda que de veras nos saque del apuro? —preguntó la señora Moody a Jack, señalándole con el dedo.

—¡No se me desanime, señora Moody! Aún tengo una recua entera de familiares a los que puedo recurrir.

—Y ni uno solo te servirá de veras más de lo que te ha servido la llorona de tu hermana. Con siete años que tiene —exclamó Gloria.

Jack bajó veloz al camino.

—Cariño...

—Lo más que pueden hacer es alardear delante de ti.

Se inclinó para mirarle a la cara mientras la niña colocaba la mano llena de lágrimas en su mejilla y le daba una palmada.

—Gloria —dijo con amabilidad—. Tú sabes todo lo que hay que saber sobre libros, pero de las cosas de la casa aún te quedan algunas por averiguar. No todos se dedican a alardear como idiotas. Mira, ahí viene papá.

—¡Bueno, en todo caso mejor tu padre que tu madre! —gritó Aycock. El señor Renfro estaba a la vista en la senda de la granja. Elvie venía con él, cantando:

No te rindas
a la tentación
que rendirse
es pecado...

mientras bajaba por la parte más empinada. Con un paso bien abierto a cada lado, llevaba el compás con aquella nostálgica y descendente melodía, que entonaba con voz tan dulce como si estuviera plañendo un instrumento de cuerda. Lentamente, como un pichón que asoma por el tejado de un granero, el señor Renfro fue bajando tras ella, y juntos los dos subieron la rampa de acceso al camino.

El señor Renfro saludó con el sombrero en alto a la señora Moody y a Gloria, hizo un gesto de reconocimiento a Lady May y se adelantó con talante dominical hacia el juez.

—Dígame, buen hombre, ¿tiene usted algo que ver con el teléfono? —preguntó el juez Moody antes de darle tiempo a decir nada—. Disculpe, pero es que creo que tengo bastante más prisa que usted.

Sobre su camisa de dril y sus pantalones, el señor Renfro se había puesto una chaqueta azul oscuro, remendada, que se le ceñía como si fuera un jovencito. Llevaba la camisa abotonada hasta la nuez, y se había puesto una clemátis de color púrpura en el bolsillo de la pechera, de las que llaman por la zona «la alegría del viajero».

—Hay un teléfono allá abajo, en lo que llaman la tienda de Stovall, en Banner. Eso sí, uno ha de estar dispuesto a llevarse un disgusto —le dijo.

—Pues entones vuelva por donde ha venido, buen hombre —exclamó la señora Moody—. Eso ya lo sabemos.

—Encantado, soy el señor Renfro —dijo—. Resido al final de esa misma senda. —Se volvió hacia el juez Moody, que aún se cubría la cara con el pañuelo—. ¿Y se ha llevado también a la señora Moody a dar su paseo dominical? Espero que esté bien. ¿Ha visto a mi hijo por aquí? —E hizo amago de escrutar el camino.

—Mira por el otro lado, señor Renfro —dijo Elvie con una risita. El señor Renfro oteó el Alto de Banner y soltó un silbido.

—¡Papá! —dijo Jack, que llegaba corriendo del pozo para traerle un vaso de agua—. No era preciso que fueras tú el que vinieras. ¿Qué ha hecho que te decidieses?

—Me pareció percibir algo así como una conmoción excesiva —dijo el señor Renfro tras beber un sorbo de agua—. Ninguno de los que han salido de la casa ha vuelto aún, y la mula volvió caminando ella sola. —Señaló al Alto de Banner—. No consigo saber exactamente cómo te las has ingeniado para…

—No todo ha sido cosa mía, señor —dijo Jack, y Gloria se sonrojó—. La verdad es que ha sido cosa de todos.

—Me alegra ver que lo reconoces, hijo. Por más que lo hubieras intentado, no te las habrías arreglado para lograr que pasara una cosa así —dijo el señor Renfro—. Pero no veo cómo ibas a mejorar la cosa demostrando tu empeño en hacerlo al revés. —Le devolvió el vaso a Jack y echó a caminar, poniendo el pie bueno en el terraplén de ascenso.

—¡Papá, no hace falta que te quedes a ayudarme! —dijo Jack, alcanzándolo y deteniéndolo. Lo miró con gran seriedad.

—Señor Renfro —dijo Gloria—, lo que estamos intentando en realidad es hallar una forma de devolver el coche al camino sin que Jack se ponga al volante.

—En fin, estoy empezando a preguntarme cuál de los dos ha causado más contratiempos al otro —dijo el señor Renfro con un brillo en los ojos, que se paseaban de Jack al juez Moody—. Es buena cosa para todos que se me haya ocurrido venir.

—Papá —dijo Jack—, a ti no se te ha perdido nada en esto, y menos con las prisas que tenemos.

—Vaya, pues te aseguro que hay motivo para ello —dijo la señora Moody.

—Según lo veo yo, el único inconveniente aquí es el viejo cedro —dijo el señor Renfro—. Sí, y que me aspen si ese no es el cedro más tozudo que he visto en mi vida. Ya me gustaría a mí coger y arrancarlo de cuajo. Y asunto solucionado.

—Ah, claro, y de paso destrozarle la pintura a mi automóvil —exclamó la señora Moody—. Ni se os ocurra poneros a talar nada junto a mi coche con una de vuestras hachas melladas.

—Papá, ese Buick ha llegado a donde está esquivando el árbol. Tenemos que bajarlo por el mismo camino por el que llegó. Esa es la respuesta.

—Puede que sea tu respuesta, hijo. A mí se me ocurre otra un poquito más madura —dijo el señor Renfro. Echó la cabeza atrás y miró al árbol—. Buenas gentes, creo que puedo deciros bien rapidito qué es lo que hace falta. Es bien sencillo: hay que darle una buena sacudida.

—¿Una buena sacudida? ¿Qué quiere decir? —preguntó la señora Moody.

—Desde luego, parloteando no lo sacaremos de ahí —contestó él con amabilidad.

—Un minuto, señor —dijo el juez Moody—. Me parece que más nos vale ir aclarando las cosas.

—Subamos allá usted y yo —dijo el señor Renfro, dedicándole una repentina sonrisa de complicidad—. No estamos tan achacosos todavía que no podamos subir ese trecho, ¿verdad? Yo diría que tiene usted la misma edad que yo.

—Papá, creo que a la señora Moody le va a dar un ataque —balbució Jack.

—Mi hijo piensa que su padre puede estar un poquitín falto de práctica. Pero creo que si se preguntase a las personas indicadas en

Banner, se descubriría que tengo fama precisamente de eficaz —dijo el señor Renfro a los Moody.

—Me gustaría señalar una cosa —estaba diciendo el juez Moody.

—Señor Renfro, tenemos a Aycock sentado dentro del coche —dijo Gloria.

—Eso es otra de las cosas que tampoco habría hecho yo —repuso en el acto.

—Ha sido culpa suya —exclamó la señora Moody.

—Bien, veamos —dijo el señor Renfro—. Eso lo cambia todo. Significa que habrá que ir más ligero de carga de lo que había pensado en un principio.

—¿Carga? —preguntó la señora Moody, mientras el juez respiraba sonoramente.

—Lo que comúnmente se llama dinamita. Es lo más fiable —dijo el señor Renfro con voz queda.

—¡Eso lo que es es un disparate! —dijo el juez Moody. La niña, que empezaba a mostrarse inquieta, sonrió al oír esa palabra nueva que salía de debajo del pañuelo.

—¡No me lo quiero ni imaginar! Primero nos salvamos de caer hasta el fondo de un barranco, en medio de ninguna parte, y al final acabamos volando por los aires gracias a un cartucho de dinamita… ¡Eso sí que no! —dijo la señora Moody—. ¡Sinceramente…!

—Solo hace falta mandar recado a casa para que me envíen el material. Y tengo gente de sobra para que me lo traigan —dijo el señor Renfro—. Y me importa un comino que sea domingo, y menos cuando hay necesidad de meter a un hijo en vereda.

Jack le plantó ambas manos a su padre sobre los hombros, y Gloria tomó la palabra.

—Señor Renfro, Jack no necesita que nadie vaya en busca de su dinamita. Todo lo que necesita es el sentido común de su esposa, y eso ya lo tiene aquí mismo.

El señor Renfro le dedicó el mismo tipo de inclinación de cabeza que a menudo dedicaba a la señorita Beulah.

—Eso es así —dijo Jack—. Ya podría haber saltado al Buick a la vuelta del árbol y haberlo bajado en medio de una polvareda, por el mismo camino por el que subió, pero es que Gloria se ha precipitado un poco más de lo debido con su sentido común.

—Y esto es lo que me dicta a mí mi sentido común: no voy a permitir que ningún viejo prenda un cartucho de dinamita debajo de mi coche, Oscar —dijo la señora Moody—. ¡Vas avisado!

—No es debajo del coche, sino debajo del árbol —la corrigió el señor Renfro con amabilidad—. En fin, señor, vamos a tener que dejar todos de hacer lo que nos dicen nuestras buenas señoras que hagamos, para intentar hacer lo que nos queda —dijo al juez Moody, y la luz de sus ojos se apagó—. Si prefiere llamar a Stovall, y pagarle lo que quiera cobrarle, no seré yo quien le tosa. Vendrá con una yunta de bueyes, eso hará. Empeñados los dos animales en hacer maldades, algo de lo que sin duda se daría cuenta si supiera usted leer lo que dice el brillo de sus ojos. Y le aseguro que no le hará ninguna gracia la manera que tiene de trabajar Stovall, como tampoco le enojará su comportamiento ni el de sus bueyes. Y no le prometo que después de que lo haya intentado no vaya a estar usted también enojado conmigo, ni que al final no terminemos todos a gritos. —El señor Renfro se había puesto el sombrero—. Y ahora, si me lo permite, necesito reunirme con los míos. Las buenas señoras estarán sirviendo ya las mesas que hemos colocado bajo los árboles. Jack —se volvió a su hijo—, es la hora de la cena.

—Gracias, Papá. Dile a mamá que por favor nos la guarde.

—Has herido los sentimientos de papá —dijo Elvie, y le dio una palmada en la mano.

—Papá, Elvie ha metido el autobús escolar directo en la zanja —dijo Etoyle, asomándose desde el puesto del sirope.

—Vaya, Elvie, ven conmigo. ¿Es que no sabes guardar el debido respeto por tu familia? Ese es el autobús de Vaughn. —El señor Renfro señaló hacia el Alto de Banner. Actuó como si allí arriba no hubiera nada insólito—. Allá crecen unas cuantas varas. Anda, tráeme una.

—Papá, Etoyle y yo no tenemos permiso para subir allá, aún somos pequeñas. Eso es para los mayores.

—Anda, ve corriendo.

Frenética, Elvie subió trotando y bajó a saltos. El señor Renfro tomó la vara, la más pequeña de las tres que ella le ofreció, y le dio en las piernas un levísimo fustazo. Dejó caer la vara, se quitó el sombrero, miró con cierta reserva a todos los que estaban reunidos a su alrededor y silbó a la niña una sola vez, imitando un tren que circulara a lo lejos, antes de empezar a subir por la senda. Elvie le tomó la delantera, para así llegar a casa gritando antes que él.

La niña, mientras tanto, asomada por encima del brazo de su madre, miraba al juez Moody semioculta tras la manga del vestido.

—Esa criatura tendría que estar en su casa —resopló el juez—. De bien poco nos está sirviendo la ayuda de ese viejo y de las niñas.

Está claro que aquí no hay nadie que tenga ni la más remota idea de cómo sacar al coche de allí. Son todos de la misma familia —dijo la señora Moody.

—Juez Moody, señora, no se me desanimen —dijo Jack—. Banner sigue siendo territorio mío.

—Pues a mí no me parece que este territorio tenga nada de suyo —dijo la señora Moody—. Si no tiene siquiera un teléfono o un par de bueyes para rescatar a los forasteros que se queden atascados por aquí...

—Tenemos gente —dijo Jack—. Y la gente es mejor que todo eso.

—A mí solo me hace falta una máquina que esté en condiciones y funcione como es debido, además de una cuerda con la cual remolcar el coche —dijo el juez Moody.

—Y un conductor —dijo Jack—. Si quisiera esperar y probar el sábado que viene, me tendrá dispuesto con el camión y una buena cuerda para remolcar, esperando a que usted me dé la señal.

—Tan solo espero que para entonces no sigamos aquí sin saber qué hacer —exclamó la señora Moody.

Los huesudos perros de Aycock corrían y se entrometían sin cesar alrededor de las piernas de los dos Moody, olisqueando, hozando, torciendo el gesto como una señora que hubiera sido acusada injustamente de haber hecho algo malo.

—¿No podríamos librarnos de estos perros de una vez? —preguntó el juez Moody.

—¿Les doy un silbido para que suban conmigo? —gritó Aycock.

—Ni se te ocurra —exclamaron todos.

—Se sentarían sin pensárselo en el asiento del conductor —dijo Jack.

Se produjo otra explosión. Jack subió veloz por el terraplén.

—Ha sido la delantera derecha —anunció en un momento—. Una Firestone de las buenas, con el dibujo todavía impecable. Creo que se están sobrecalentando… Una forma de evitar que revienten todas consiste en quitarles el aire antes de que…

—¡Ni se te ocurra tocarlas! Así están más seguras, aunque revienten —dijo el juez Moody—. Querida —dijo a su esposa—, ¿cuánto aire pusiste en las ruedas?

—El máximo —repuso—. Siempre exijo el máximo cuando se trata de ti.

—¿El máximo de aire? Pues entonces lo de las otras solo es cuestión de tiempo —dijo el juez Moody. Miró al coche y soltó una risa como un ladrido.

—Ya basta, Oscar, que te veo venir. Ahora empezarás a compadecerte de ti mismo. Una cosa te voy a decir —dijo la señora Moody—. Si ese coche no está destrozado antes de que pase mucho tiempo, te aseguro que durará una eternidad.

—¿Cuánto tiempo crees que seguirá la Providencia interviniendo a nuestro favor? —le preguntó el juez.

—Tú sigue hablando así, que el coche se destruirá por sí solo ahora mismo —exclamó ella—. Oscar, en vez de tentar a la Providencia, más te valdría echar a andar por esa carretera hasta encontrar esa tienda que dicen que está cerrada. Y si no ves por ahí al tendero, pues trepas y te cuelas por una ventana.

—¿Y no saben ustedes cómo se le llama a eso? Invasión de propiedad privada —dijo Jack.

—Sí, eso mismo diría yo —dijo el juez Moody—. Pero si supiéramos al menos dónde se puede encontrar a ese hombre y se le pudiera avisar…

—Estará subido a un bote de remos, cualquiera lo encuentra —exclamó Jack—. Y aunque supiera qué quiere usted de él, se plantaría aquí mismo para decirle que ni hablar. Y yo tendría que sujetarlo bien sujeto, y mientras llamase usted desde la casa de la señorita Pet Hanks, lo tendría inmovilizado y me ocuparía de que se mostrase dispuesto a colaborar.

—Eso no tiene nada de malo, al menos bajo mi punto de vista —dijo la señora Moody con tono compasivo—. Si de ese modo te permite utilizar el teléfono, Oscar...

—Dirígeme mejor al hombre que tiene la yunta de bueyes —dijo el juez Moody a Jack.

—Sigue estando en un bote de remos, hablamos del mismo granuja —dijo Jack—. Y cualquier otra cosa que se le pase a usted por la cabeza, y todo lo que pueda necesitar, es el viejo Curly el que lo tiene.

—Si tuviésemos al menos un buen camión... —rezongó el juez Moody.

—Él tiene uno. El mío —le dijo Jack—. Aunque no tenga derecho ni a una sola de las piezas con que está fabricado. Antes de que le diera yo el último repaso, se adueñó del armatoste y ahora me han dicho que lo tiene en su cobertizo, cerrado a cal y canto tras una persiana de hierro. Seguramente más despiezado de lo que estaba cuando era un adorno más en la entrada de mi casa, y todo gracias al viajecito que tuve que emprender. Me apuesto lo que quiera a que preferiría no haberlo hecho.

—Me temo que alguien va a tener que ir a pie hasta Foxtown —dijo el juez Moody a su esposa—. Y llamar desde esa fábrica de hielo.

—Allí no hay teléfono. No necesitan tener uno —dijo Jack—. Y además, ¿qué ayuda iba usted a encontrar? ¿No estará todo cerrado? También es domingo en el juzgado, ¿no?

—Entonces, ¿cuál es la respuesta a este embrollo, quién hay, en todo el Estado soberano de Mississippi, que nos pueda echar una mano? —preguntó el juez a su esposa.

—Aún me vas a tener que demostrar que quieres ir adonde vas —le dijo la señora Moody—. Se te empieza a notar en la cara el recelo que te inspira todo esto.

—¿Es que es capaz de verla a través del pañuelo? —preguntó Etoyle con cara de curiosidad.

—Soy capaz —dijo la señora Moody.

Entonces el juez hizo un gesto desvalido con ambos brazos y ella se le acercó.

—Bueno, querido. —Ella le puso el sombrero. Lo tomó por los hombros—. Adelante, pues —le dijo—. Hasta el último confín de la tierra si es preciso. Pero tráeme a alguien que tenga los medios y las agallas para devolverme mi coche.

—No se aleje más allá de la distancia de un grito del Alto de Banner —dijo Jack—. No queremos que el juez Moody se nos pierda por ahí.

—¿Cómo va a perderse? ¿Quién se piensa usted que es, eh? —dijo la señora Moody. El juez Moody permaneció quieto unos momentos y entonces emprendió el camino en dirección contraria a donde estaba Banner.

—Si se encuentra con alguien que lleve unos cacahuetes tostados, un paquetillo no me iría nada mal —gritó Aycock.

—Tú, arrapiezo, ocúpate de tus propios asuntos —exclamó la señora Moody.

—¿De qué forma y exactamente en qué momento se nos logró colar ese tipo en el coche? —le preguntó el juez Moody haciendo una pausa—. ¿Tú lo viste?

—No, querido. Demasiado ajetreada estaba guiándote a ti.

Pero el calor empezaba a apretar fuerte antes de que divisasen otra polvareda rojiza procedente del Vado del Camino del Medio. En medio de la nube se oía un estruendo de chirridos.

Gloria sujetó a Jack por el cinto. Él tenía en brazos a Lady May, y su carita asomaba por encima de la suya como si fuera una lámpara de carburo, aupándose hasta su cuello y sujeta ahora a sus orejas con los codos apretados.

—Jack, hay algo que no te he dicho.

—Ahórratelo hasta después de la cena —le dijo Jack con apremio.

—Se trata de esto. Hay una persona en el mundo, y no está muy lejos por cierto, que podría bajar ese coche de ahí en un pispás, si es que quiere.

—Entonces más le vale que tenga algo con más potencia que una docena de mulas —exclamó.

—Lo tiene —dijo ella. Ya más cerca, una especie de piar, como el de un cargamento de polluelos, se había sumado a los chirridos.

—¡Mi camión! Y si no lo es, me lo como. Se te nota en la cara que acabo de dar en el clavo —dijo boquiabierto—. Curly lo ha sabido poner en marcha sin mi ayuda.

—Es que la vida no se detiene aunque tú... —exclamó ella.

—Dios del amor hermoso —gritó a voz en cuello, y la niña le tapó la boca con las manos.

Al principio solo se distinguieron en medio de la polvareda dos globos amarillentos en el tejado del vehículo, brillantes como los ojos de una langosta, en los que rebotaba la luz del sol. Les seguían unos cuernos de buey que avanzaban por el camino, más extensos incluso que el paragolpes que iba detrás, y que prácticamente rozaban las dos márgenes del camino.

—Vaya, ahí viene la respuesta a nuestras plegarias —exclamó la señora Moody—. ¡Como si hubiera brotado del mismísimo terreno! Un regalo de la Providencia. Mi marido ya solo tiene que volver sobre sus pasos.

Jack se subió por encima de la cabeza a Lady May como se habría quitado una camiseta ceñida, y la dejó en el suelo. Estaba atónito.

—No quería decírtelo, he esperado hasta el último momento, antes de que lo descubrieses por tu cuenta —dijo Gloria.

—Te has portado lo mejor que has sabido, mujer —reconoció él con voz dolorida. De pronto, dio un alarido—. ¡Señora Moody! ¡Ahora sí que sacaremos su coche de ahí, vaya que si lo haremos! Cariño, aléjate del camino todo lo que puedas, y llévate a Lady May hasta el pozo —le dijo a gritos a Gloria.

—Pero Jack, tú sabes a qué hemos venido...

—¡Pues entonces agachaos!

—Y pensar que me ibas a pedir que me escondiera... —dijo ella

199

con tristeza, y fue tras el puesto del sirope, adentrándose en las matas de solidago y anémonas para tomar asiento con su hija sobre las hojas de la morera.

—¡A casa, Queenie! ¡A casa, Pete y Slider! Id a pedirle a la mamá de Aycock vuestro hueso. Aquí ya no se os ha perdido nada —dijo Jack a los perros. Resbalaron al frenar en la carrera y se alejaron cabizbajos por el camino. Desde su escondite, Gloria dio un grito: entre los dientes de Queenie acababa de ver los dos zapatos de Lady May—. Y tú échate para atrás, Aycock, mira para adelante y atento adonde vas. El viejo Curly viene derecho para acá con mi camión. Ni siquiera se me habría ocurrido soñarlo. —Se volvió en redondo y desapareció por la senda de la granja.

La señora Moody ya avanzaba por el centro del camino que dirigía a Banner. Agitaba el bolso con la decisión y la firmeza de un guardafrenos que, farol en mano, hiciera señales al tren, indicando al camión que se detuviese. De un agujero en el centro del parabrisas irradiaban unas franjas de cinta adhesiva que recordaban una puesta de sol, aunque detrás del cristal se veía una gran cara colorada que asomaba ya por la ventanilla como si esperase recibir un beso. Era una cara tan reluciente y tan papuda como un pimiento morrón que hubiese madurado más de la cuenta.

—Señora —dijo con voz fina un hombre grueso—, ¿ese coche que hay atravesado en la valla es suyo?

—Pues claro que es mío —dijo ella—. ¿O es que no me ha visto hacer señales?

—Entonces, ¿qué diablos hace el coche en el Alto de Banner? ¿O es que no sabe leer? Todos los rótulos que hay en esa valla lo dicen bien claro: «Prohibido el paso». Ha invadido usted una propiedad privada.

—¡Que he invadido…! ¿En un lugar perdido y dejado de la mano de Dios como este y en un domingo con un calor que corta la respiración? —clamó—. ¡Está usted haciendo que me indigne!

—Señora, ¿quién le ha dicho a usted que puede meterse así como así con un coche de paseo por medio del campo y encima dejarlo ahí abandonado? En una parcela, además, que no le traerá más que complicaciones. Llena de tentaciones de todo tipo. ¿Sabe usted lo que está pidiendo a gritos ese coche?

—Escúcheme usted bien. Hablemos de negocios, caballero —dijo la señora Moody—. ¿Usted sabe quién soy yo?

Una anémona silvestre se meneó y Jack bajó por la senda de la granja a paso vivaz.

—¿Puede indicar a un forastero cuál es el camino más corto para llegar a Banner? —preguntó.

—¿Cómo? —La voz untuosa del conductor se transformó de pronto en un rugido. De la cabina salió un hombretón que pesaría más de cien kilos, en la flor de la edad. Cuando plantó las botas en el camino levantó una inmensa polvareda. Extendió ambos brazos de piel rojiza. Al mismo tiempo, Jack se abalanzó hacia él y comenzaron a darse fuertes palmadas en la espalda.

—¡Y yo que pensé que no ibas a atreverte a salir hasta la época de la matanza!

—¡Y tú qué! ¡Intentabas largarte con mi camión, canalla! —exclamó Jack—. Vaya. Buen repaso que le acabas de dar a mi espalda. —Alcanzó un tarugo de madera de la zanja y lo colocó bajo una de las ruedas delanteras.

Los rizos de Curly Stovall se le apelmazaban como los platillos de una balanza de a kilo a uno y otro lado de la frente; rebotaban al ritmo de sus carcajadas. A su espalda, el capó del camión, los paragolpes y el protector de la caja también daban brincos bajo una capa de polvo cada vez que el motor daba un nuevo tirón. Unas cañas de pescar, colocadas encima de la cabina, se aserraban una contra otra, y la puerta abierta bailoteaba sobre su única bisagra.

—Pues sí, y bonito favor que le he hecho a ese camión, Jack.

—Ya se ve que aún le quedaba resuello para subir esa cuesta —dijo Jack, y pasó la mano por el capó. El estrépito del motor era ensordecedor.

—Yo lo que quiero es hablar de negocios y muy en serio —gritó la señora Moody, levantando al máximo la voz para hacerse oír.

—Curly, no voy a decirte lo que opino hasta que lo vea a prueba —exclamó Jack.

—Pues tú espera a ver cómo marcha cuesta abajo —dijo Curly Stovall—. Voy de camino a mi casa.

—¿Cómo está la señorita Ora, cómo es que te has ido tan lejos de ella? —preguntó Jack—. ¿Cómo va la tienda? ¿Se sigue cayendo a pedazos?

—Jack, las cosas no han ido a mejor desde que te fuiste. Mi tienda está a punto de morir de inanición, no encuentro ni un motivo para estar tranquilo. No parece que haya en Banner ni un alma que sea capaz de volver a cosechar ya nada nunca más.

—¿Se creen ustedes que estoy aquí para escuchar sus problemas? ¿Y qué hay de los míos? —gritó la señora Moody, y se acercó más.

—A mi entender, no había más que una solución posible, Jack. Presentarse a un cargo y salir elegido —dijo Curly.

—Lo siento mucho por la pobre señorita Ora, con lo trabajadora que es, porque te van a derrotar con todas las de la ley —dijo Jack.

—¿Quién, Homer y esa furgoneta para repartir gallinas que tiene? Pero si se le va de cola en cada curva y es una ratonera. ¡Tú espérate al martes y ya verás! Será una explosión en toda regla. Este camión es mi respuesta a Homer. Un camión bien recio, que aguanta lo que le echen, un camión de primera. Un señor camión. —La voz de Curly Stovall se elevó por encima del estrépito del motor—. Aguanta lo que le eches, desde remolcar el heno hasta sacar de las zanjas a la gente que se ha quedado atascada, antes de que se lo trague definitivamente el barro de Banner. Cualquier acto de amabilidad vecinal que pueda ofrecer un juez de paz se hará a precio de orillo.

La señora Moody les sujetó a ambos, cada uno de una manga.

—Pero por favor, fíjese en mi coche —exclamó.

—Eso mismo llevo haciendo toda la mañana: de buen vecino. He ido a visitar a los enfermos e impedidos —dijo Curly Stovall—. Y a los que no pueden salir de su casa. Les he prometido que volveré el martes con una urna para que voten. ¡El viejo señor Hugg incluso se puso a dar palmas!

—¿Y ahora qué planes tienes, Curly? —preguntó Jack.

—¡Una parrillada de pescado en el arenal! Es mi último domingo, así que quiero mostrar a todo el mundo lo hospitalario que soy.

—Pero fíjese en mi coche —exclamó la señora Moody sacudiendo el bolso delante de su cara.

—Como dé un paso más, señora, se le van a complicar aún más las cosas —le dijo él.

—¡No tengo intención de dar ni un paso más! —respondió a voces.

—Mira tú aquel coche de allá arriba. Parece una mariquita posada en una rosa roja —dijo Jack—. ¿Cómo es que una señora conductora ha logrado subirlo hasta allí ella sola?

Curly Stovall entornó los ojos y de pronto señaló con el dedo.

—¡De eso nada! Si ahora mismo hay alguien más en el coche. Allí asoma la cabeza de un hombre. —Subió una octava su remilgado tono de voz—. ¡Eh, tonto del culo! ¡Te habla la ley! Aquí no nos hace ninguna gracia que los bobos como tú se nos metan por terreno peligroso, ¿me oyes? ¡Baja con ese Buick ahora mismo y ponlo de nuevo en la carretera!

Aycock sujetaba un volante imaginario delante de él, trazando curvas veloces.

—Curly, a ver si afinas, que no ves nada. Ese tipo que está en el asiento de atrás no es más que un pasajero inofensivo —dijo Jack—. No te dejes engañar.

Curly se volvió hacia la señora Moody. Adoptó un tono de voz que ya empezaba a ser más respetuoso.

—¿Cuánto tiempo hace que tiene ese Buick con ese idiota metido dentro, señora? —preguntó.

—Me empieza a parecer que desde hace una eternidad —exclamó ella.

—Bien, pues dígale a su simpático pasajero que pase al asiento de delante y agarre el volante y baje ahora mismo —exclamó Curly Stovall—. Aquí no toleramos este tipo de exhibiciones ante el público.

—Escúcheme bien, mozo —dijo la señora Moody con brío—. Ese coche es mío. Y el idiota ese no va a tocar el volante, ni tampoco ningún otro idiota. Ni por todo el dinero del mundo.

—Pues entonces déjeme decirle una cosa. Si no le pide que baje con el coche cuanto antes, y que se dé prisa, y si además no se lo dice usted misma, señora, tendré que subir yo mismo a remolcarlo hasta aquí. Amarrado a la cola de mi camión —dijo Curly Stovall con mojigatería. Jack, mientras tanto, se daba palmadas en los muslos.

—Eso es justo lo que yo quería —gritó la señora Moody—. ¡Ay, si los hombres se parasen el tiempo necesario para atender a lo que se les dice…! Y ahora dese prisa, antes de que vuelva mi marido, ¿de acuerdo? Espere a que se entere de que me he quedado en donde debía y de que he conseguido el doble de lo que podría haber conseguido él sin moverme del sitio.

—Le costará un dólar —dijo Curly Stovall—. En metálico.

—Un momento. ¿Es usted de fiar? —preguntó ella.

—¿De fiar? —exclamó Jack—. Señora, está hablando con el viejo Curly Stovall. ¡Todo el mundo lo conoce! Es el tendero de Banner y es un granuja y un puerco codicioso y unas cuantas cosas más. Por todo eso se puede usted fiar de él. Adelante, Curly enséñale de lo que eres capaz. En marcha. —Cerró el capó del camión. Amortiguado el ruido del motor, les llegó desde arriba el suave ronroneo del motor del Buick.

Un gritito escapó de los labios de diácono que tenía Curly Stovall.

—Vamos a ver, señora: ¿me está diciendo que ese coche está ahí arriba, al borde de la pura nada, sin nadie al volante y sin que nada lo detenga por delante, y para colmo con el motor en marcha?

—Está que se muere de ganas por dar el salto —dijo Jack.

—¿Y a qué espera? ¿Qué es lo que lo retiene? —le gritó Curly.

—Es el Señor quien vela por mi marido y por mí —dijo la señora Moody con voz cortante—. ¡Eso es lo que lo retiene! Así que ahora…

—Apaga el motor —exclamó Curly Stovall.

—No le llegan los brazos, a no ser que le hayan crecido mientras esperaba a que llegaras tú en su auxilio —dijo Jack—. Ya has oído lo que dice esta señora, el tipo no se puede mover de donde está sentado.

—Que lo intente, aunque sean dos dedos —dijo la señora Moody.

—Ah, a mi no se me ocurre ni mover un músculo —dijo Aycock al instante.

—Un momento —dijo Curly—. Ese de ahí habla con acento de Banner...

—A ver si abres un poco más esos ojillos de mapache que tienes —dijo Jack—. ¿No tiene esa cabeza de calabaza algo que te recuerde un poco a alguien que conoces?

Aycock torció el cuello del todo y sonrió por el cristal de atrás como si fuese una calabaza ahuecada con una vela dentro.

—¡Aycock Comfort! —gritó Curly Stovall—. ¿Qué diablos estás haciendo tú por aquí, y además en un Buick, y para colmo en el Alto de Banner?

—Pues aquí estoy. Sentado, ya ves —dijo Aycock.

—Tú no has llegado ahí por ti mismo —dijo Curly, y se volvió hacia Jack.

Los rizos se le desenroscaron sobre la frente en el momento en que agachó la cabeza.

—Todo esto —dijo— empieza a tomar el cariz que suelen tomar los trucos que tú te gastas, Jack Renfro. Ahora es cuando todo empieza a parecer de lo más natural y a sonar también de lo más natural. Al genuino estilo de Banner. ¡Es como si me hubiese tomado una buena dosis de tónico! Así que explícate: ¿qué papel juegas tú en todo esto?

—¡Yo soy el buen samaritano! Es lo que llevo siendo todo el día —dijo Jack a voz en cuello.

—Tú has metido el coche de esta señora aquí arriba, en el Alto de Banner, y nada menos, además, que para darme a mí la alegría. Y te has pasado el día esperando a que llegara. ¿Es eso?

—¡Por favor! —gritó la señora Moody.

—Curly, que me cuelguen si así fuera —dijo Jack—. Y a esta pobre señora ya la habría bajado yo hace mucho rato, y ella lo sabe de sobra, si no me hubiesen dado esta mañana la noticia de que antes de robarme el camión ya te llevaste a mi caballo.

—¿Y cómo se lo ha tomado la mula?

—Pues ya te lo puedes imaginar.

—No habría aceptado yo la mula en pago por todo lo que se me adeuda.

—¿Hay alguien que me esté escuchando? —exclamó la señora Moody.

—Señora, acabo de subirle un dólar el precio del servicio —dijo Curly Stovall sin moverse de donde estaba, mirando al cielo.

—Mientras ese Buick siga estando en donde está, seguro que esta señora se sabrá comportar, Curly —le dijo Jack—. Se encuentra en el equilibrio más precario que uno pudiera imaginarse, con el chasis apoyado en un rótulo de avellano que mi tío Nathan donó al Alto de Banner. No sé yo si aguantará mucho más tiempo ahí.

—Yo no me fiaría si es cosa de tu tío. Ese vive con una mano delante y otra detrás —dijo Curly Stovall.

—No creo que te puedas imaginar la situación en que se encuentra ese trasto ahí arriba. No creo que seas capaz de imaginártelo hasta que no subas y lo veas con tus propios ojos —dijo Jack—. Ahí lo tienes, ronroneando, una pieza de ingeniería, desafiando a las leyes de la gravedad, y retando al más pintado a que se acerque y le eche un vistazo. Pero la señora quiere que se lo bajemos y tú estás de acuerdo en hacerlo.

Curly Stovall se apoyó contra el camión, el brazo rojizo apoyado en el marco de la ventanilla.

—Jack, te aseguro que no sé cómo me las he arreglado yo sin ti todo este tiempo.

—Yo tampoco me habría movido de aquí si ese trasto fuera mío.

—No, señor; no ha nacido nadie capaz de armarme semejante zapatiesta, nadie, desde que tú te fuiste. Banner estaba como muerto sin ti, eso te lo aseguro.

—No hará falta gran cosa para resucitarlo en un periquete —dijo Jack—. Por lo menos, Aycock, tú y yo ya estamos cumpliendo con nuestra parte a las mil maravillas.

—¡Pues a qué esperan! ¡Pónganse en marcha de una vez! —exclamó la señora Moody—. ¡Manos a la obra! ¡Y que no se les olvide! En cuanto entren en mi coche, nada de rascar la pintura, y nada de darse demasiada prisa al bajar, a ver si además me van a destrozar la tarta de chocolate.

Se oyó un ruido desde dentro del Buick.

—¿Y eso qué ha sido? —preguntó Curly Stovall con una vocecilla atiplada.

—Reventón número tres —le dijo Jack—. Me apostaría cualquier cosa a que ha sido la otra rueda delantera.

—Dese prisa, señor —exclamó la señora Moody a la vez que Curly se lanzaba a por Jack con el puño en alto. Los dos iniciaron una especie de baile.

—Señora, todavía no consigo entender cómo la ha convencido Jack para meter el coche ahí arriba, eso de entrada. En cuanto al modo en que está logrando Aycock que toque tierra, me parece que es aún un poco temprano para preguntárselo. Lo único que le sé decir es que Jack Renfro ha vuelto a casa y que todo empieza a ser de lo más natural, según lo que se estila en Banner; incluso demasiado natural, diría yo.

—Pero... entonces, ¿no va a cumplir su palabra? —exclamó la señora Moody.

—Señora, a mí no me va a pillar tan fácilmente como piensa —dijo Curly bailoteando de puntillas—. Se lo digo porque... ¡escúcheme bien! Yo no hago negocios los domingos, acostumbro a santificar las fiestas. Trabajar los domingos ni es legal ni es cristiano.

—Y eso es justo lo que yo estaba esperando —gritó Jack, y dio un salto a la puerta de la cabina del camión.

Curly también lo estaba esperando; se volvió en redondo y subió de un salto, ocupando de un empellón el asiento del conductor.

—¿Será que he mentado a la Providencia demasiado pronto? —exclamó la señora Moody.

—Quita de ahí, Curly. O mueves el esqueleto o te saco yo mismo —dijo Jack a voz en cuello.

—¿Qué es lo que te propones, robarme el camión? —gritó Curly por toda respuesta.

El motor seguía atronando, el hato de las cañas de pescar retemblaba en el techo y colgaba por ambos lados, estremecido como los bigotes de un gato desmesurado.

—¡El volante lo cojo yo! Voy a subir y a sacar de ahí el Buick de la señora. ¿Tú qué te has pensado? —exclamó Jack—. Por Dios que me pondré al volante de este camión y rescataré el Buick delante mismo de tus narices.

—Ah, ya. De eso se trata —dijo Curly—. Primero te las ingenias para atraer con malas artes ese coche hasta el Alto de Banner, con trucos que más vale que los sepas tú y nadie más. Y luego plantas a Aycock dentro del coche, y así me tiendes una trampa tan bien tramada que por muy poco no me pillas. Todo lo que yo tenía que hacer era reconstruir el camión, cargarlo con diez litros de gasolina y pasar por el lugar exacto a la hora precisa, y así dejártelo para salvar a una señora que está en apuros. Pues de acuerdo, te voy a contar yo como acabará la cosa. Seré yo quien rescate el coche mientras tú miras de lejos, y a cambio no te cobraré ni un centavo por el privilegio, ni a ti ni a tu padre. La única a quien cobraré la tarifa será a la señora.

—¡Aleluya! —exclamó la señora Moody mirando al cielo—. Por fin se da por vencido.

—¿Y quieres saber por qué te trato como a un hijo, Jack? Pues porque al viejo Curly Stovall le das mucha pena —gritó Curly.

—¡Jack! ¡Jack, te estás poniendo pálido! —gritó Gloria, corriendo por detrás del puesto del sirope. Llevaba las arrugas de las hojas de la morera impresas en las piernas. Dejó a Lady May de pie y fue a ayudar a Jack a levantarse.

—Caramba, encanto. Hola —dijo Curly Stovall.

—¿Quieres decir que te doy pena? —dijo Jack, sujetándose a Gloria—. ¿Has oído lo que ha dicho Curly? ¡Nadie, en toda la vida, se ha atrevido a tener pena de Jack Renfro! Nadie, ni en Banner ni en ninguna parte, ha amenazado siquiera con tenerme ninguna lástima.

—Antes era así, pero las cosas han cambiado —vociferó Curly—. Ya va siendo hora de que abras los ojos, Jack. Has vuelto a casa en un estado que das pena.

Jack tropezó sin moverse del sitio. Gloria le abanicó la cara con ambas manos. Lady May se abrazó a las rodillas de su madre y empezó a sollozar.

—Curly no sabe de qué está hablando, Lady May —dijo Jack, y la niña sollozó más fuerte. Tomó carrerilla y aterrizó con ambos pies en el estribo que prologaba el guardabarros.

—Jack, no tienes ni la más remota posibilidad de quitarme este camión, ¿o es que no lo sabes? —dijo Curly desde dentro.

—¡Pero si ya es mío! Lo construí yo mismo con estas manos, de la nada; invertí una tonelada por lo menos de mi propio sudor. —Jack tiraba de la puerta, que vibraba con fuerza y Curly sujetaba del otro lado—. Pero… ¡Hombre de Dios! Me llevaré lo que es mío.

Curly Stovall asomó la cabeza por la ventanilla y se encaró con Jack. Estiró la boca chica en una sonrisa forzada.

—¡Pues ve a preguntarle a tu padre! ¿Qué crees que me dio en pago por la chapa del tejado nuevo, eh? El tejado que puso para que la gente no sintiese lástima de tu familia…

Jack dio dos pasos atrás y cayó de culo en medio del camino. Lady May dio un alarido y Gloria corrió a abrazarlo.

—Lo que Lady May quiere decir es que no le gusta nada verte como estás, así de alicaído —le dijo en un susurro, abrazándolo.

Curly tocó la bocina del camión, sumándose a toda la algarabía con un ruido como el zumbar de un centenar de moscas.

—Vuelva aquí —exclamó la señora Moody cuando él apretó el acelerador.

—¿No me ha escuchado antes cuando le dije que voy de camino a una parrillada de pescado a la que resulta que invito yo? —gritó por la ventanilla.

—Pero es que a usted lo mandó la Providencia, so abusón —exclamó la señora Moody.

—No puedo llegar tarde a mi propia parrillada. ¿Estamos? El arenal estará lleno ya de votantes. Hay un montón de hermanos que me estarán esperando —dijo Curly—. Y se me estará derritiendo el hielo.

—¿Piensa marcharse usted a cenar por ahí y abandonar a una señora en apuros? —exclamó.

—Las señoras le dicen a Jack Renfro qué es lo que ha de hacer, pero a mí no me llevan del ronzal —dijo Curly cuando Jack se puso en pie—. Pueden ustedes ir a buscarme, si quieren, mañana por la mañana después de la hora de ordeñar las vacas. Entonces volveré a ver qué les ha deparado la noche.

—Lo tendrá bien empleado si mañana por la mañana, a la hora de ordeñar las vacas, ya no tiene usted nada que rescatar —exclamó la señora Moody cuando las ruedas pasaron sobre el tarugo de madera y el camión echó a andar por el camino de Banner—. ¡Ay, por qué no estará aquí mi marido para hacerse cargo de ese individuo! Aunque dudo mucho que se haya enterado de quién soy.

El camión cogió velocidad.

—Curly, esta vez te has librado por los pelos, te has librado por muy poco —vociferó Jack corriendo a la par que el camión—. Por poco te metes en un lío del que ni mañana habrías podido salir, ¿te enteras?

—Anda, apártate de ahí, te he dado una paliza —dijo Curly—. ¡Lárgate a tu casa y así se lo cuentas a todos! Y así me dejas finalizar mi campaña envuelto en un halo de gloria.

Llegó al punto la respuesta.

—Ya veremos quién se lleva la gloria —gritó Jack al aire. Se plantó en el camino, de espaldas a los demás, mirando al camión alejarse. Las pacas de polvo rodaban tras él hasta que tomó la curva ciega y desapareció—. Todavía, todavía no alcanzo a entender cómo ha podido poner ese trasto en marcha sin mí, tanto si es suyo como si es mío —dijo—. A lo que se ve, esos cuernos son lo único que se le ha ocurrido ponerle. Lo único que no se me había ocurrido antes a mí.

Gloria se acercó corriendo hasta él y le llevó a la niña.

—¡Gloria! Dime tú qué puedo hacer con este canalla —le preguntó en tono de súplica.

—Olvídate de él —exclamó ella.

—Estoy de tu parte, Gloria —dijo Etoyle—. ¿Sabes por qué? Porque eres tú la que sangra y la que peor lo pasa.

—Vaya que sí —gritó Gloria.

No acabó de decirlo cuando se escuchó un segundo estrépito. Venía del Vado del Camino del Medio. Se oyeron unas ruedas que se detenían y un eje crujió sonoramente. Entonces se levantó una polvareda como una gran tienda de campaña cuyos faldones aleteasen.

—¡Oscar! —exclamó la señora Moody cuando divisó, en medio de la polvareda, el triángulo blanco de su pañuelo. Luego, a medida que el resto fue dibujándose con más claridad, añadió—: Vaya, no me traes más que a otro viejo, con una yunta que tiene toda la pinta de estar cayéndose a pedazos.

Detenidas en medio de la pendiente, las mulas del señor Willy Trimble, con las patas delanteras extendidas para frenar el carro, podrían haber aterrizado tras llegar volando y posarse con demasiada fuerza en la arcilla de Banner.

—Me parece a mí que es justo al revés, señora Moody, y que el señor Willy es quien lo ha encontrado a él —le dijo Jack—. Vive por el camino, más adelante. Buenas tardes, señor Willy. ¿Qué tal lo trata la vida?

—¿Estás listo para que ate mi cuerda a tu circo y le dé un buen meneo? —preguntó el señor Willy, entornando los ojos bajo el sombrero de ala ancha mientras miraba de soslayo al Alto de Banner.

—No, señor, aún no hemos llegado a ese punto —dijo Jack.

—No quiero decir que lo haría si me lo pidieses. Todo esto tiene la pinta de que puede perjudicar seriamente mi reputación —dijo el señor Willy.

El juez Moody bajaba de la carreta, aún con la cara envuelta como la de un ladrón para protegerse del polvo.

—Me parece que me perdí en el Vado del Camino del Medio —empezó a decir.

—¡Tendrías que haberte quedado con nosotros! Estuve a punto de hacerme con los servicios de un camión de gran tamaño —dijo la señora Moody—. Pero la cosa se complicó...

—No me lo digas: no trabajaba los domingos —suspiró el juez Moody.

—Primero, el hombre amenazó con bajar él solo el coche. Descubrió entonces qué era lo que yo quería, y dijo que él no hacía negocios los domingos. Le ofrecí todo lo que llevaba encima, ¡pero él me dijo que se iba a una parrillada de pescado! En el último instante dijo que ya volvería mañana por la mañana. Así que se supone que me tengo que sentir afortunada por estar todavía aquí. ¡Por poco tienes que pagar la fianza para sacarme de la cárcel por invasión de propiedad ajena!

—¿Te quedaste con su nombre? —preguntó el juez Moody.

—Ah, es el mismo tipo, el tendero —dijo—. A fin de cuentas, es el único tipo en las inmediaciones que tenía un camión. Pero te ahorraré todo lo que he tenido que oírle decir mientras estaba aquí de pie.

—Pues ya has hecho más que yo, Maud Eva. Llegué a un vado. Allí lo único que había era una casa. Con una docena de perros enseñándome los dientes. Llamé y no me abrió nadie.

—Era la casa de los Broadwee, señor. Allí los domingos no se quedan ni las mujeres —dijo Jack.

—Lo encontré medio agotado y se lo he traído, señora. Le dije que mejor que se quedara con alguien de los suyos —dijo el señor Willy—. Que se quede tranquilo, que la respuesta siempre llega.

—Desde luego. Yo ya he visto casi todas las muestras posibles, y a usted también le incluyo en el muestrario. Y dudo mucho que quede nadie en este confín del mundo, nadie todavía por venir —dijo la señora Moody con indignación—. Basta con ver lo desierta que está la carretera.

Allí no había más que los terraplenes de arcilla y, salvo a ellos mismos, no se veía un alma. En el lugar donde antes estuvieron sentados los Broadwee se había formado una depresión en forma de B, como un gato sentado sobre la cola, y junto a ella, junto al puesto del sirope, se veían las dos mitades de la sandía que se habían estado comiendo, huecas y abandonadas como unos zapatos junto a una cama.

—Es hora de cenar —dijo Jack—. Y hasta los Broadwee se han largado. Supongo que también se habrán ido a la parrillada.

—Oscar —dijo la señora Moody—, creo que no te quedará más remedio que asaltar el siguiente trasto con ruedas que con suerte pase por aquí, y obligarle a que te lleve de vuelta a la civilización, donde supongo que tendrás que convencer a alguien, aunque sea dándole de golpes en medio de la cabeza, para que venga a remolcarnos.

—¡Atentos! —exclamó Etoyle.

Algo se acercaba rechinando por uno de los puentes del Arroyo Seco. Un ruido confuso les llegó de la parte del camino, una vez más en dirección hacia Banner, un rumor salpicado de crujidos, acompañado por todo un registro de voces femeninas.

—¡Asáltales! ¡Secuéstrales si es preciso! —dijo la señora Moody.

Un autobús ancho y corto, pintado de azul, apareció entonces por encima de la loma.

—Pero si es uno de los autobuses de la iglesia, señora Moody, y va justo en dirección contraria. No podrá dar la vuelta —dijo Jack—. Y va lleno hasta los topes. Me pregunto de dónde vendrá, siendo ya tan tarde como es.

El autobús se detuvo en la cuneta, inclinándose, detrás de la carreta del señor Willy Trimble. Por cada una de las ventanillas abiertas asomaba una cara arrebolada de entusiasmo.

—¡Pero si es Gloria Short! —exclamó una de ellas, y una sonriente señora de mediana edad, con sombrero y vestido blancos, se asomó hasta la cintura por una de las ventanillas de delante—. ¡Toda vestida, toda elegante y esperando a la vera del camino! ¿Esperas a que alguien te lleve a alguna parte?

—No, señorita Pet, no me he vestido así para ir de viaje —dijo Gloria.

— Pues cualquiera diría que te vas a casar de nuevo. ¿Qué has hecho para adelgazar tanto? —exclamó otra de las viajeras—. En fin, pues la verdad es que el vestido te sienta bien.

Jack se acercó al camino, al lado de Gloria, y apoyó una mano sobre su hombro.

—¡Ahora entiendo para qué te has puesto tan elegante! Ha vuelto tu marido —dijo la señora que sonreía, aunque en tono de broma.

—Lo he recibido esta misma mañana, señorita Pet.

—Y espero que estuvieras lista para su llegada.

—Hice todo lo posible.

—¿Cuántas señoras transporta ese cacharro? —preguntó Jack.

—Este es un autobús de maestras de escuela, todas ellas son maestras menos la señorita Pet Hanks —dijo Gloria a Jack—. Como quien dice, ahí van todas las maestras del Sistema Escolar Consolidado del Condado de Boone. Esta es la primera vez que alguna de ellas me ve desde que me casé contigo.

—Cariño —le dijo él al oído—, pregúntales a esas maestras qué quieren de ti.

—Veo que tenéis unos amigos muy elegantes también —dijo la señorita Pet—. ¿Es que ahora recibís a las visitas al pie del camino?

—Están esperando a marcharse en su coche. Mire allá, a ver si alcanza a verlo —dijo Gloria.

—Claro, aquello es el Salto del Amante —dijo la señorita Pet Hanks guiñando el ojo—. Así lo llamábamos en tiempos. Y algo más allá hay alguien abrazado con alguien en el asiento de atrás de un coche y además a plena luz del día.

—No abrazaba a nadie, lo que abraza es una guitarra —dijo Etoyle, que llevaba un rato correteando por la margen del camino, subiendo y bajando por el terraplén sin llamar apenas la atención de nadie.

—Pues más le valdría salir marcha atrás. Yo no daría ni dos centavos viendo adónde parece que va encaminado —dijo una de las maestras.

—Parece que apunta más bien en dirección a la luna, pero que no ha conseguido llegar. Más les valdría a ustedes quedarse en tierra firme —dijo la conductora, protegida por un sombrero de flores.

—Está a punto de precipitarse a la condenación eterna y no hay gran cosa que usted ni yo podamos hacer al respecto, señorita Grierson. No somos más que unas pobres maestras —dijo una voz malhumorada en la trasera del autobús.

—¿Eso ha sido cosa tuya? —la señorita Pet Hanks señaló con el dedo a Jack.

—Jack está aquí para echar una mano, siente que es su obligación —dijo Gloria.

—Pues en ese caso espero y deseo que no le hayas permitido cometer ningún nuevo error —dijo la señorita Pet.

—Exactamente eso es lo que estoy haciendo —dijo Gloria.

Jack la atrajo hacia sí.

—Cariño, pregúntales qué sucede —susurró.

—La verdad, Gloria, es que vaya día que hemos elegido para dar contigo, ¿verdad que sí? —bromeó la señorita Pet Hanks.

—No vamos a escatimar ningún esfuerzo —dijo Gloria—. Aún nos queda historia, hasta que logremos bajar ese coche de ahí arriba sin un rasguño.

—En fin, para historia de cuidado la de haberlo subido hasta allá —dijo la misma voz malhumorada de antes.

—Al final se caerá por sí solo y así se solucionarán vuestros problemas —dijeron otras dos voces al unísono, y todas las ocupantes del autobús se echaron a reír. Las dos que hablaron hicieron votos para que así fuese.

—Aycock Comfort —exclamó la señorita Pet Hanks cuando él se había vuelto de cara a todas ellas—. Nunca te habría imaginado en esa situación.

—¿Es ese chico familia de la señora Comfort? —preguntó una con vocecilla tímida desde uno de los bancos traseros del autobús—. ¿La señora Comfort, la que vive a poca distancia del colegio de Banner y quiere dar alojamiento a la maestra?

—¡Claro que lo es! Señoras, si es eso lo que han venido a preguntar, mejor será que sigan su camino —dijo Jack—. Aprovechen la última oportunidad que les queda para ponerse en marcha y cruzar el puente; hay que pasar junto a un gran roble que apenas deja espacio, pero si el autobús escolar cabe, pues seguro que ustedes también.

—Si una cosa esperaba no encontrarme cuando llegase aquí, eran malas noticias —dijo Aycock desde el coche.

—Adiós, entonces —dijo Jack a las maestras.

—Adiós —dijo Gloria.

Todas contemplaban a Gloria asomadas por las ventanillas, unas de pie y mirando por encima del hombro de las demás. Iban vestidas con todos los colores del arcoíris, como si tuvieran previsto asistir a una reunión anual de maestras, todas ellas maquilladas y tocadas con sombreros, y compitiendo a gritos como si fueran hermanas.

—Gloria Short, nos vamos camino de Alliance —gritó la señorita Pet Hanks sobreponiéndose al barullo que montaban las demás—. La señorita Julia Mortimer murió esta mañana, así que he reunido a todas las maestras que he podido encontrar. Allí te esperamos.

Gloria permaneció en pie como si le acabaran de pegar una pedrada en medio de la frente.

—Se cayó estando en su casa... —dijo una señora entrada en años.

—No había nadie con ella. La encontraron después. A fin de cuentas, ya sabes lo que dicen: la propia casa es el sitio más peligroso que hay.

Jack sostuvo a Gloria, que parecía a punto de caerse de espaldas.

—Difundí la noticia tan pronto como alguien fue a avisar a su médico. Aunque me llamaron a mí primero —dijo la señorita Pet Hanks—. Gloria, querida, estuve llamando toda la mañana a la tienda de Stovall, dos largas y una corta, pero nadie cogió el teléfono y no pude dar el recado. ¡En fin! Hay veces que hay que rendirse, pero ese no es mi estilo —rió.

—¿Gloria? ¿Estás llorando? No creo que esté llorando, no —se oyó otra voz procedente del fondo del autobús.

—Es la niña la que está llorando —dijo otra.

—Y por eso, me dije yo —prosiguió la señorita Pet Hanks—, mientras pudiésemos pasar por Banner, que tampoco queda más a trasmano que otra ruta, y mientras nos quedase un sitio libre, me dije que podíamos recoger a la nueva maestra, la que se encarga del colegio de Banner, y dejarla en el mismo sitio a la vuelta, y así también podríamos recoger de paso a Gloria Short, y que ocupase el asiento de Myrtle Ruth para venir con nosotras hasta Alliance. Y así matábamos dos pájaros de un solo tiro. Sería inexcusable hacer un viaje tan largo desperdiciando un asiento libre.

Como si fuera una señal, la puerta del autobús se abrió de golpe y el humo del motor y el olor a caramelos de menta se extendió por el aire.

—¡Vente con todas las demás maestras! Toca rendirle homenaje, sí señor —exclamó la señorita Pet.

—Creo que está llorando un poco. Esperemos que no le dé un ataque —dijo una de las maestras.

—No, señora —dijo Jack. Estrechó a Gloria contra él.

—Yo formo parte de todo el equipo solo porque hacía falta una que fuera capaz de organizar todo el viaje, una que fuera lista —dijo la señorita Pet—. Hemos ido pasando por Gowdy, por Roundtree, por Stonewall, por Medley, por Foxtown, por Flowery Branch y por Freewill. Solo nos quedas tú.

—Nos pusimos en camino nada más salir de la iglesia —dijo una de ellas—. Tomamos prestado el autobús de los presbiterianos porque dicen que es el que más aguanta. Es el de Stonewall. ¿Verdad que es una suerte que se le haya ocurrido morirse un domingo? Imaginaos que hubiera sido un día lectivo, por ejemplo mañana. No habríamos podido ir ninguna...

—Yo sí que habría podido. Me las habría arreglado para ir —dijo la señorita Pet Hanks, volviendo la cabeza de un lado a otro—. Me considero un espíritu libre, vaya que sí.

—Venga, Gloria Short. Sigues siendo una de nosotras. Aunque no lo llevaras demasiado bien ni durases tanto como las demás —dijo la conductora—. Te puedes venir como estás, aunque no tengas sombrero.

—Y no te olvides de todo lo que le debes a la difunta Julia Mortimer —se oyó decir a una voz anciana desde dentro.

—A ella le debe mucho más que ninguna de nosotras. Se lo debe casi todo —dijo otra.

—Prácticamente todo —dijeron a coro.

—Y además de deberle tu educación, recuerda que no eras más que una huérfana —dijo la señorita Pet Hanks—. Creo que no es difícil imaginarse cómo fueron tus primeros años...

—Ella te quería la que más, y te apreciaba por encima de cualquier otra. Tres buenos golpes te llevaste —dijo la de la voz severa.

—¿Y cuál fue el tercer golpe? —preguntó Etoyle a la vez que tiraba de la cinta que llevaba Gloria en la cintura.

Gloria le pasó a Lady May, y solo entonces comenzaron a rodarle gruesos lagrimones por las mejillas.

—Fue a mí a quien se me ocurrió la idea de venir a recogerte para llevarte al lugar en el que te encontramos —gritó la señorita Pet.

—Y por cierto, que te has dejado encontrar con facilidad, Gloria —dijo la conductora—. Imposible pasar de largo sin verte.

—¿Y no te alegraría volver a ver a tus compañeras, las maestras? —preguntó una—. ¿No aprecias que aún se cuente contigo?

—Oye, ¿tu niña llora así a todas horas? —preguntó la nueva maestrita con un hilillo de voz.

—Llora por mí. —Gloria ocultó la cara en el hombro de Jack, que le siguió dando palmaditas, cada vez más deprisa.

—Y pensar que todo esto está pasando en un domingo tan bonito... Yo lo que quería era encontrarte y ver cómo te lo tomabas. Quería decirte que vinieras con nosotras por ver si te animabas —dijo la señorita Pet Hanks, volviendo de un lado a otro la cara rosada bajo el ala del sombrero, como si estuviera dispuesta a aceptar halagos de quien quisiera dedicárselos. El juez y la señora Moody permanecían tan quietos como el tío Sam a la vera del camino. El juez Moody estaba cabizbajo.

—Quería usted matar dos pájaros de un tiro —recordó Etoyle a la señorita Pet Hanks—. Ahora ya veo yo al otro pájaro. Veo qué cara tiene la nueva maestra, la que nos encontraremos mañana. Ay, ay, ay.

—Levanta la cabeza, cielo. Me tienes aquí —dijo Jack a Gloria.

—No, déjala llorar —dijeron varias mujeres dentro del autobús—. Le sentará bien. Es bueno que llore un poco.

—Ahora, escuchadla —dijo una maestra a las demás—. Por fuerza hay que preguntarse cuántas veces habrá llorado sin que nadie le hiciera ni caso.

—Seguro que se siente muy sola en Banner. Había olvidado lo sola que se puede sentir una —dijo otra.

—Empezamos a estar ya cerca del territorio de la señorita Julia —dijo la señorita Pet Hanks.

—Sí, señora, adelante otros ocho kilómetros, y luego al pie del monte, poco antes de llegar al puente. Allí está el colegio de Banner, si es que no se lo ha llevado el viento —dijo la conductora.

—¿Y cuántos alumnos se recogían para ir a clase con la señorita Julia? ¡Yo iba con ella! —exclamó la señorita Pet.

—¡Íbamos a pie! No teníamos un autobús como este en aquellos tiempos, ¿verdad que no? ¡Autobuses escolares! Lo mejor que saben hacer es mantenerse lejos de la conductora —dijo la conductora del sombrero de flores, al volante del autobús de la iglesia—. Mirad ese de allí. Me alegro de que esté en la zanja, si es que hemos de pasar por ahí mismo.

—En mis tiempos, cuando yo era pequeña e iba al colegio de Banner desde Medley, donde vivía, el camino no estaba tan estropeado como ahora —dijo la señorita Pet Hanks—. O al menos a mí no me lo parecía.

—A mí tampoco, señorita —dijo el señor Trimble desde su carreta—. ¿Es que nadie se acuerda de mí? Vamos a probar, Thelma Grierson: «¿Willy Trimble? ¡Ojalá que no!». Yo me sentaba justo detrás de ti.

—¡Willy Trimble, una vez me mojaste la punta de la trenza metiéndola en el tintero! —replicó la conductora—. Me acuerdo de ti, claro que me acuerdo, y querría que te arrimaras un poco más a la zanja y que sujetaras bien a esas mulas si no es mucho pedir. ¡Llevo a treinta señoras que aspiran a pasar a tu lado sin que nada les ocurra!

Eso es. Esta fuente llena de ensalada de pollo no tiene ganas de seguir esperando mucho tiempo. Probemos una vez más con Gloria Short, y si no sube de un salto pues seguimos sin ella, aunque tengamos que pasar el puente con un asiento libre —dijo la señorita Pet Hanks.

—Si me disculpan, hablaré por ella —dijo Jack—. Lo siento, señoras, pero Gloria no irá con ustedes. Yo no se lo voy a permitir, y no hay más que hablar.

Por una de las ventanas de atrás asomó un rostro arrugado protegido por un minúsculo sombrerito negro. Se escuchó una voz severa.

—¡Gloria Short! —dijo—. Soy casi tan vieja como la propia Julia, que en paz descanse. Creo que harías bien si arreglases las cosas con tu marido y te subieses ahora mismo al autobús con nosotras en dirección a Alliance, al menos mientras tengas ocasión. Si no, ¿quién te dice que no lo lamentarás, y mucho, durante lo que te quede de vida?

Gloria levantó la mano y formuló una pregunta al autobús en pleno.

—¿Tienen ustedes alguna razón para suponer que una madre se largaría corriendo y abandonaría a su hija así como así?

—Es justo al revés —dijo Etoyle, que se plantó de un salto a su lado y levantó el dedo—. Mira por ese boquete de ahí…

Jack avanzaba a grandes zancadas por la carretera. En la parte más elevada del terraplén, por donde subía la cuesta del Alto de Banner formando mayor pendiente con el camino, la mirilla tenía un borde sin una sola franja de sombra a esa hora del día, que enmarcaba un círculo de cielo no más iluminado que la arcilla que lo rodeaba, tan solo un matiz distinto de la misma sustancia y parecido color, como si fuera el sello impreso a lacre en un documento. En medio asomaba la carita de Lady May, que miró un momento antes de desaparecer. Reapareció, miró y desapareció.

Jack comenzó a trepar por la pared lisa, debajo justo de donde estaban, agarrándose con pies y manos, balanceando el cuerpo entero. En un visto y no visto había llegado a la cima, y una vez allí descansó un momento a recuperar el resuello con las piernas y los brazos extendidos.

La carita de la niña desapareció y asomó por debajo su piececito descalzo. Desde abajo, parecía blanco y aéreo, como un pañuelo en una despedida.

—¡Jack! ¡Corre! ¡Trepa a por tu niña! —chilló Gloria.

La piernecita de Lady May y todo su trasero entraron por el boquete y casi salieron por el otro lado, como un corcho demasiado fino para el cuello de la botella. De inmediato se afanó tratando de dar la vuelta entera en el boquete, como si en todo momento hubiera tenido la intención de encontrar un buen asiento para mirar de frente, y de pronto lo consiguió.

—¡Aycock! ¡Salta! ¡Sal de ahí, ve a por mi hija! ¡Sujétala! —vociferó Jack a la vez que avanzaba palmo a palmo en su ascenso.

—Ven para acá conmigo, niñita —gritó Aycock.

—¡Hay demasiada gente mirándola! —gimió Gloria.

—Rezo a Dios… —chachareó la señora Moody sujetándose a su marido.

—Que no se caiga esa niña —gritó Etoyle.

El juez Moody hizo ademán de ir a por ella, pero la señora Moody lo sujetó por el faldón de la chaqueta.

—Tú lo que vas a hacer es asustarla; solo conseguirás que se caiga antes, eso es lo que harás —dijo a la vez que le castañeteaban los dientes.

Lady May los miraba a todos desde donde estaba sentada, al borde del boquete, como si estuviese en casa, en el neumático que hacía las veces de columpio colgado del árbol, esperando a que alguien la empujase por detrás. Jack dio un paso para recuperar terreno y se agarró a un saliente en que crecía el solidago. Se había desplazado el sol; por encima de él ya solo tenía la pared de un rosa rojizo. Más abajo la envolvía una sombra ocre oscuro, como si una ola de grandes dimensiones se hubiera formado en el Bywy y hubiera colmado todo el espacio, salvo el punto en que se encontraba la niña. Fuera de la sombra asomaban las mangas de su camisa.

Lady May alzó los brazos y se dejó caer en los de Jack, aterrizando justo en su pecho. Él la abrazó.

Al mismo tiempo la señora Moody sujetó al juez Moody.

—¡Podrías haberlos matado a los dos! —exclamó.

—¡Vaya viajecito! Y eso que aún no hemos cruzado el puente —exclamó la señorita Pet Hanks.

Jack bajaba con gran cuidado por el terraplén, con Lady May en brazos.

Una vez estuvieron abajo del todo la niña se puso a dar alaridos, se volvió del revés en el hueco de su brazo y le arreó un talonazo en el ojo.

—Vaya chicazo que hemos tenido —anunció Jack.

Subió por el camino con la niña en brazos, alisándole el cabello, limpiándole la frente, colocándole el pelo por detrás de las orejas, dándole un aire más lánguido, de niña algo mayor. Ella lo miraba con seriedad, inexpresiva, como si chorrease agua, como si supiera que la había arrebatado en cuerpo y alma zafándola de algo muy preciso, de algo que ella empezaba a preguntarse qué podía ser.

—Ese agujerito que ha encontrado conserva el calor como si fuera el horno de mamá —dijo Jack a Gloria a la vez que le entregaba a la niña—. No es de extrañar que estuviera a punto de saltar igual que una palomita de maíz.

Lady May abrió con una mano el vestido de su madre y apresó el pezón con la otra. Cesó bruscamente todo sonido de protesta. Gloria curvó el brazo a su alrededor y se inclinó sobre ella.

—Querido, esto empieza a pasar de castaño oscuro —dijo la señora Moody a su marido.

—¿Lo entienden o no? —preguntó Gloria a las ocupantes del autobús—. Ahora estoy demasiado ocupada.

—Hay que ver. De todas las cosas del mundo… —dijo alguien sin ninguna emoción dentro del autobús.

—Quédate en donde estás, Gloria —dijo la conductora—. Ver para creer.

—¡Adiós, Gloria! Creo que haces más falta aquí. Tu niñita no lo ha podido decir más claro —gritó la señorita Pet Hanks—. Y es igualita que tú. Mi enhorabuena. Señor Willy Trimble, esta es la primera vez en mi vida que le he visto a usted, pero aun así creo que le conozco perfectamente: haga el favor de hacerse a un lado y permita a estas treinta maestras y a esta señora seguir su camino, se lo ruego.

El señor Willy se arrimó a un lado.

—Haré lo que pueda con tal de complacerlas, lo mismo da que sea ya tarde.

Jack se aplicó a dar un buen empujón al autobús, y el motor por fin se puso en marcha, un motor con voz de tenor que sonaba a maquinaria enloquecida. Con todas las maestras mirando hacia atrás, el vehículo pasó de largo, dejó a un lado la carreta y luego el autobús escolar. Cortando gas al motor, la conductora lo llevó hasta el pie de la cuesta en punto muerto.

El señor Willy Trimble se quitó el sombrerito y se inclinó desde el pescante de la carreta hacia Gloria.

—No pasa nada, hija. Ha sido esta mañana —dijo él—. Se cayó, eso es todo. Ahora mismo estás mirando justo al que la encontró.

En el camino, el juez Moody se llevó las manos a las mejillas y se desató el nudo del pañuelo para secarse la frente y atárselo luego a la cabeza, con lo que apareció su semblante tal cual era.

A Lady May se le escapó un grito. Quizás esperase que bajo el pañuelo apareciera una cara como la de Jack, o como la del señor Renfro, o la de Bet, e incluso que no apareciera ninguna cara, pero no una que no había visto nunca, no un nuevo rostro, colorado y congestionado. Y con todo el rostro a la vista, con sus largas arrugas, fue como si todos le vieran los ojos por primera vez, unos ojos castaños, tristes.

—De acuerdo, Oscar. Y ahora permíteme decirte una cosa más —dijo la señora Moody—. Si se lo hubieras pedido, te habrían dejado subir a ese autobús. Tenían incluso un asiento libre. ¡Los hombres sois todos unos cobardes sin remedio! —Se puso en pie—. Ya me dirás ahora tú qué podemos hacer...

—Juez Moody, señora —dijo Jack—, el tiempo se nos acaba. No voy a permitir que nadie se quede al fresco en el camino de Banner, sin un techo bajo el que guarecerse, ahora que el sol ya empieza a bajar en el cielo. Al Buick le deben de quedar unos cuantos dedos de gasolina en el depósito, suficientes para ir tirando sin necesidad de que tengan ustedes que quedarse para verlo, al menos mientras Aycock siga prestándose a mantener el cacharro en equilibrio ahí arriba. Les invito a venir a nuestra reunión.

—Jack —exclamó Gloria débilmente.

—No habrá nada que resulte demasiado bueno para el juez Moody, que por algo salvó a mi esposa y a mi hijita. Si no llego a estar aquí de nuevo, habría tenido que volver a salvar a Lady May. —Se dio la vuelta y se plantó delante del juez—. De todos modos, juez Moody, antes de que empiece a darme las gracias, quiero que lo piense bien. ¿Está usted seguro de que no me había visto antes, señor? —Jack arrimó la cara a la del juez y le miró fijamente a los ojos.

El juez Moody dio un paso atrás. La señora Moody, que estaba detrás de él, de pronto soltó un grito.

—¡Yo sí! —exclamó—. ¡Yo sí lo he visto! Oscar, te lo juro...

—Me parece a mí que también empieza a resultarme algo familiar —dijo el juez Moody—. Vamos a ver, ¿hace cuánto tiempo...?

Jack se acercó más, abriendo los ojos como platos.

—Esta misma mañana —exclamó la señora Moody—. Se nos metió el coche en una zanja y el primero que vino en nuestra ayuda fue este chico.

El juez Moody gruñó.

—Una zanja como la copa de un pino. Una zanja de la que no había forma humana de salir. No me cabe duda de que eras tú, y más valdría que nos hubieras dejado en el mismo sitio donde nos encontraste.

—¿Y quién era el buen samaritano? —preguntó Jack con urgencia por conocer la respuesta—. Tendrá que remontarse bastante más atrás, juez Moody. Yo me llamo Jack Jordan Renfro. Eso es lo que he venido a decirle y, a lo que se ve, por fin he encontrado la ocasión de hacerlo. Jack Jordan Renfro, de Banner. —Miró al juez Moody a los ojos con semblante serio, y encontró que el otro le devolvía la mirada.

—Hijo, me jugaría un cuarto de dólar a que a ti te hemos metido entre rejas —dijo la señora Moody en repentino destello de luz.

—¿Y por hacer qué? —dijo Etoyle en tono desafiante.

El juez Moody tenía los ojos clavados en él.

—¿Tú eres el tipo que me corrigió sobre el pájaro que había en el juzgado? ¿Eres tú el que corrigió a todo el tribunal cuando dio el nombre de este maldito pajarraco?

—¡Eso es! Ustedes decían que era un petirrojo cuando en realidad era un avión. Empezando por ahí, si tira del hilo a lo mejor ahora se acuerda de quién soy —dijo Jack.

—¿Cuál fue tu caso? —preguntó el juez Moody—. Dímelo.

Gloria, que aún le seguía dando el pecho a la niña, habló con una voz que casi era ya de agotamiento.

—Señoría, le resumiré cuál fue el caso de Jack Renfro en tan solo dos palabras: lazos familiares. Jack Renfro tiene una familia entera que depende de él.

—Y muy orgulloso estoy de que así sea —dijo Jack—. Y lo han pasado mal, francamente mal, durante todo el tiempo que me he tenido que tirar yo en Parchman arrastrando de un arado.

—Eso me temo. —El juez Moody suspiró—. Sin embargo, también estoy seguro de que la primera vez que aparecieron todos juntos y presentaron una petición por usted... —Sin mirar en realidad a Gloria y la niña, hizo un gesto hacia donde estaban—. Deduzco que ya te habrán soltado, ¿no es cierto? No hace falta que le hables a este juez sobre lazos familiares, bastante hecho estoy yo a ellos. ¿Cuánto tiempo lleva fuera, hijo?

—He salido esta misma mañana, señor, a tiempo de llegar a la reunión familiar. He llegado justo cuando empezaba la fiesta —dijo Jack—. Tendría que haber estado usted en mi casa y haber visto salir a mi hija a darme una sorpresa.

—A poco es ella la que me la da a mí. ¿Y por qué delito te condené? —preguntó el juez Moody, como si a duras penas pudiera contener un gemido.

—Por agresión exasperante —dijo Jack—. Y la verdad es que bien podía haberme ahorrado lo que hice, señor, porque Curly seguirá siendo Curly hasta el día en que se muera.

—¿Se refiere al tendero, ese que nada más traerá el camión cuando le venga en gana?

—No hay más que uno. El mismo que viste y calza —dije Jack.

—Querido, creo que están todos conchabados —dijo la señora Moody

—¿Y tu socio? —el juez Moody miró hacia el coche—. ¿También ha vuelto de Parchman?

—Recién salido de Parchman, sí señor. Y todavía no ha podido ir a cenar, en eso está igual que usted y que yo. Pero hay de todo, en mi casa hay cena de sobra. Usted y la señora Moody están invitados si se dan buena prisa. Están esperando a que yo llegue —dijo Jack.

Resonó el aire como si todas las cacerolas y sartenes se hubieran caído de golpe en la encimera de hierro de un fogón. Poco a poco fueron apagándose las reverberaciones.

—¿Qué ha sido eso? —preguntó la señora Moody, con la mano posada sobre el juez Moody.

—Eso ha sido el viejo puente de Banner —dijo Jack—. El autobús de la iglesia acaba de pasar al otro lado. —De un salto subió al pescante de la carreta del señor Willy y tomó del ronzal a la mula blanca—. Puedes llevar a esta gente a mi casa, ¿verdad que sí, señor Willy?

—No me gustan a mí los que salen a pasear por placer en domingo. Y no pienso llevar yo a ninguna niña llorona como la tuya. Odio a los niños que lloran sin parar.

—No te preocupes, que a Lady May ni la oirás. Se ha dormido como un tronco —dijo Gloria en un susurro.

—Pues entonces de acuerdo, que suban todos, a ver si puedo llevarlos —dijo el señor Willy.

Habló con las mulas, y después de que cada una de ellas diera un jugoso bocado a las anémonas que crecían en la margen del camino, sacó la carreta de la zanja y aguardó.

—Fíjate, señor Willy. Tu vieja carreta se está cayendo a pedazos —dijo Etoyle al subir por un lateral y asomarse desde arriba.

En las barandillas de los laterales, hechas con postes flacos como los de una valla mal reparada, faltaban algunos troncos transversales entre los postes verticales. En la caja había trozos de madera a la vista, junto a un montón de mantas y unas cuantas sillas aparcadas en doble fila. La carreta olía igual que una serrería en la que no se dejase un instante de trabajar.

—Hay gente que no me da ocasión de que la arregle, chiquilla —dijo el señor Willy—. No me dejan en paz ni un minuto. —Se volvió de lado en el pescante y se dirigió al juez—. Le afilo el arado, le arreglo los arneses, le reparo la máquina de coser de su señora. Mi territorio es Banner. Usted póngame a prueba y verá.

El mismo sombrero que no se quitaba en todo el año tenía el ala apelmazada por el polvo, baja como un protector adicional contra el sol, y se le ceñía casi en torno a las mejillas macilentas.

—Un momento —dijo la señora Moody—. Solo un momento. —De un codazo se abrió paso por delante de su marido para ir a ver la carreta por detrás—. Oscar, este es el mismo individuo que ya nos puso en apuros esta mañana. Ya dije yo que tenía la esperanza de no volver a encontrármelo nunca en mi camino.

El juez Moody estaba a su lado.

—Bueno, acabas de descubrir la pólvora —dijo él—. Vamos a ver, buen hombre: usted no me dejó pasar de largo, y por eso tuve que meterme en la zanja…

—Es que para haberle dejado pasar habría sido yo el que tendría que haber metido la carreta en la zanja —dijo el señor Willy—. Imagínese.

—… y al final dobló a la derecha en el camino justo delante de mí y me obligó…

—Pero si todo el mundo sabe que ese es el camino de mi casa —dijo el señor Willy. Solo Etoyle, trepando por el lecho de la carreta, le rió la gracia.

—En fin, Maud Eva. Y aquí nos vemos, a pleno sol —dijo el juez Moody—. Ahora que ya ha pasado lo peor, ¿le parece a usted que puede llevarnos en la carreta para ir a resguardo y cobijarnos bajo el techo que nos ofrece este muchacho dejando el coche en donde está?

—Ah, pero si el coche ya no va a caer de ningún lado… ¡Desde luego, se le han dado todas las oportunidades del mundo para que lo hiciera! —dijo la señora Moody con un tono de sorpresa en la voz, casi como si se diera por ofendida—. De haber querido el Señor que cayese, ¿no te parece que ya lo habría precipitado ya? Yo desde luego estoy segura.

El juez Moody se dio la vuelta, avanzó hacia la orilla del camino y llamó a Aycock con voz ronca.

—Espero encontrar ese coche exactamente en el mismo sitio cuando vuelva. Y a ti verte ahí sentado. ¿Me has entendido?

—¿Eso es que se despide usted? —dijo Aycock a voces.

—¿Puedo fiarme de ti?

—Sí, señor, puede fiarse de mí —gritó Aycock—. Todo el que quiera fiarse de mí, bienvenido sea.

—Pues claro que puede, señor. Aycock es el mejor amigo que tengo y es mi vecino más cercano —dijo Jack—. Tan solo tengo la esperanza de que su Buick también le haya oído, señor.

—Hablando de excusas, querido, creo que nadie en su sano juicio te creería —dijo la señora Moody señalando el Buick—, si intentases explicarle por qué no has logrado llegar a tu destino. Esto que nos ha pasado no hay quien se lo crea.

—A mí no me va mucho eso de poner excusas, Maud Eva…

—Es que no se lo creería nadie —dijo, sin dejar de señalar—. La verdadera excusa tiene tan poco peso que no se sostiene. Más vale que ni siquiera tengas que dársela a nadie.

El juez Moody la acompañó a la carreta. La escalera clavada en el lateral bajaba hasta tocar casi el camino. La señora Moody puso el pie en el peldaño.

—Muy bien, Oscar, pero no te olvides de que esta ha sido tu decisión.

—¿Este hielo es tuyo, señor Willy? —dijo Etoyle levantando una de las mantas que había en la caja de la carreta, por ver qué tapaba—. ¿Para quién es todo esto? —preguntó al saltar a los brazos de Jack.

—Para nadie de Banner —le dijo Jack dándole una palmada en la cabeza y dejándola alejarse.

—Oscar, ¿tú estás viendo lo que yo veo? —dijo la señora Moody tropezando de espaldas contra el juez—. ¡Sinceramente…!

Era un ataúd nuevecito, de madera de pino todavía sin desbastar del todo, el que originaba ese olor medicinal que emanaba de la carreta mientras habían estado esperando a la vera del camino.

—Aquí tienen al artista —dijo el señor Willy Trimble—. Acabo de conseguir el forro, y solo me queda alisarlo un poco más. Justo ahora iba a la vieja serrería. —Señaló hacia Banner—. Hay una balsa entera de tablones de cedro perdida en medio de la madreselva enmarañada desde los tiempos de Dearman. Bastante curtida, eso sí. Cualquiera podría entrar ahí y servirse de la madera que le viniera en gana siempre y cuando no le dieran miedo las serpientes. Pierdan cuidado que nadie le diría que no es suya. Este ya lo estoy terminando porque es un regalo especial. Mi intención es llevarlo al otro lado del río, hasta Alliance—. Se quitó el sombrero y lo dobló para señalar a lo lejos.

—Caramba, buen hombre, pues no deje de llevarlo a donde sea menester —dijo la señora Moody—. Váyase derechito a Alliance, no hace falta que acompañe a los Moody a ninguna parte. Adelante, ea —y plantó el pie en el camino—. Arre, caballo —exclamó dirigiéndose a las mulas.

El señor Willy se volvió a encasquetar el sombrero. Una avispa salió volando a duras penas del ala, y con las patas recogidas como si fuesen una cesta, despegó del todo. El señor Willy enfiló por el camino de Banner y se fue traqueteando hasta desaparecer en la curva ciega. En el aire quedó una fina polvareda.

—No se preocupe, que no le ha herido en su orgullo —dijo Etoyle a la señora Moody—. Mamá dice que eso es algo que nadie puede hacer por más que lo intente.

Casi a continuación, otro estrépito llegó a sus oídos. Un nuevo torbellino de polvo se levantó por la senda de la granja. Al igual que la vez anterior, Vaughn llegó hasta ellos conduciendo la mula desde el pescante de la carreta como si las vidas de todos dependieran de ello. Bet salvó la zanja de un salto y la carreta pareció por un instante que fuese a volar en pedazos, pero antes de que pudiera volcar del todo, Jack sujetó a la mula.

—¿Qué dice mamá? —preguntó a Vaughn, al que recogió del camino de modo que lo devolvió a su asiento.

—Ha dicho que aunque fuese el fin del mundo la reunión tiene que empezar, que todos están ya listos para sentarse a la mesa.

—Entendido, Vaughn. Creo que nosotros también estamos listos. Pero vas a llevar al juez y a la señora Moody.

Vaughn se quedó boquiabierto. Jack ayudó a la señora Moody y al juez a subir al asiento de muelles.

—¿Y qué le digo a mamá cuando nos vea aparecer? —preguntó Vaughn a bocajarro.

—Mamá ya sabe lo que hay que hacer —dijo Jack—. Tú ve al trote y procura que no se te caigan por el camino. Los demás iremos a pie y llegaremos a la vez que ustedes —indicó a los Moody.

—¡El autobús escolar! —gritó Vaughn en el instante mismo en que se depositó la polvareda que había levantado—. ¡Pero mira dónde has metido el autobús escolar, hombre!

—Tienes que ocuparte de mantenerlo durante un año entero, Vaughn. Haber empezado antes —dijo Jack. Dio un azote a Bet.

En el último instante, Etoyle dio un brinco y montó en la carreta. Se tendió en el heno, detrás de los Moody, y sonrió.

—No, desastre, no te dejo que cojas en brazos a mi niña —dijo Gloria cuando Etoyle le tendió los brazos desde la carreta en marcha—. No subió ella solita hasta el Salto del Amante.

—Y allá que vamos por esta carreterita tan graciosa —dijo la señora Moody. Como si necesitase estrujar algo, el juez Moody retorció el pañuelo con ambas manos, y luego se secó las mejillas y la frente y se lo volvió a atar.

Cuando fue levantándose la polvareda, Etoyle se puso en pie y saludó con el brazo al único que aún alcanzaba a ver por encima de ella, a Aycock.

—¡Que tengas dulces sueños! —le gritó. La sonrisa de felicidad pura que le iluminaba la cara era la misma con la que le había dado por la mañana la bienvenida a Jack.

—¿Me queda mucho rato aquí? —preguntó Aycock.

—Tú no te apures. Una de mis hermanas hallará la forma de volver para traerte un buen muslo de pollo —dijo Jack.

—Pues dile que no, que quiero una lata de sardinas y una de salchichas vienesas y un abrelatas. Y unos encurtidos de los que sabe hacer tan bien curados la señorita Ora Stovall —le gritó—. De esos que tanta morriña me dan.

—Ahórratelos para el sábado —le aconsejó Jack.

—¿Me puedo quedar con Queenie? Se portará bien, es la mejor perra que hay.

—Se ha marchado correteando detrás de esos otros. Llegarán a casa sin ti. Pero iré corriendo a decirle a tu madre que estás sano y salvo antes de que salga a llamarte a gritos —dijo Jack.

Junto con Gloria y la niña dormida, eran los únicos que quedaban en el camino, y el sonido de todas las ruedas que pasaron se había extinguido del todo. La tomó con ambas manos por la cintura.

—¿Lista para volver a casa? —preguntó.

Echaron a andar por la senda y Jack las condujo hacia el pozo. El olor les salió al paso, como el de una tetera que lleva un buen rato humeando antes de enfriarse, sin que nadie la vea, todo el día al fondo del fogón. Bajo el pino grande se quedó olvidada la mochila de Gloria, ya de un rosa aterciopelado. La tapa de madera que cerraba el pozo conservaba el calor de una fuente en la que se hubiera servido el pollo del domingo. Entre las manos de Jack descendió la cuerda de un tosco trenzado rojo, que luego izó con el pozal rechinando en la polea. Compartieron el mismo vaso. Jack, mirando a Gloria a la cara, llenó otro vaso y se lo dio.

—De una cosa puedes estar segura, Gloria —le dijo—. Antes de que termine el día voy a ocuparme de que puedas despedirte como Dios manda de la señorita Julia Mortimer.

A ella se le derramó el agua y se le cayó el vaso.

—¡Jack!

—No tendrías por qué haberte preocupado, no iba a permitir yo que se te llevara esa banda de gansas —dijo él, y le cepilló las gotas que se le quedaron en la falda—. Aún no estamos tan mal, no es preciso ir en busca de mi esposa en estos tiempos de penuria. Aún tenemos una carreta y una mula y nuestro buen nombre.

—¿Es que me piensas mandar al lugar del que vine? —exclamó.

—Te voy a llevar yo, no voy a dejar que vayas a ninguna parte tú sola, cariño.

—¡Si yo no quiero ir! Yo ya me he despedido de la señorita Julia.

—Pero ella fue muy buena contigo. Fue quien más ánimos te dio y quien te puso en el buen camino.

—¡Pues entonces escucha! No fue la señorita Julia Mortimer quien me animó precisamente a casarme contigo, Jack —gritó Gloria.

—¿Cómo?

—Ella estaba en contra, y me dejó bien clara su opinión.

Las pupilas de sus ojos, desbordadas de asombro, a punto estuvieron de inundar el iris azul.

—¿Por qué?

—Ella dijo que era casi garantía segura de que tendría complicaciones en el futuro.

—¿Te lo dijo con esas mismas palabras?

—Complicaciones y penurias.

—Gloria, además de la pérdida del abuelo, esta es la peor noticia que me han dado últimamente —dijo él.

—Y la única carta que encontré en el buzón era suya... —dijo Gloria.

—¿Y qué decía? Cuéntamelo, cariño —dijo Jack.

Gloria estrechó a la niña en sus brazos.

—Me decía que fuese a Alliance y que ella me diría lo que iba a ser de mí. Me lo diría a la cara —susurró—. Pero nunca fui a verla…

—Claro, ¿cómo ibas a llegar hasta allí? —dijo—. Ni siquiera pudiste ir a Parchman a suplicar por mí.

—«No tengas prisa en casarte», me dijo.

—Prenda, ¿y entonces que quería ella que hicieras?

—Dar clase, dar clase y dar más clase —exclamó Gloria—. ¡Hasta caerme muerta dando clase, como todas ellas!

Él la sujetó.

—¿Me culpas por no haber ido a verla? —le preguntó ella.

—Pero es que es muy llamativo —dijo él, mirándola fijamente—. Decía saber lo que iba a suceder sin haberme visto siquiera una sola vez. No me conocía de nada.

—Pero sí que había oído hablar de ti.

Él la estrechó entre sus brazos, su rostro cuajado de pecas, y en sus ojos asomaron las lágrimas como si los hubieran rozado las alas de una libélula.

—No llores. Ahora no llores por eso —le dijo él con la mejilla apoyada en la suya.

—¡He esperado tanto a que llegase este día…! Creí que estaba preparada para todo con tal de que tú vinieras, para la reunión familiar o para lo que fuese. ¡Y entonces llegó el juez Moody y ahora lo de la señorita Julia Mortimer! ¡A los dos los culpo por estar como estamos ahora!

—No puedes culpar a una persona a la que quieres —dijo él.

—Sí que puedo. Culpo a la señorita Julia Mortimer.

—No puedes culpar a alguien después de muerto —dijo él.

—Sí que puedo.

Mientras se miraban uno al otro, él de pronto se cambió de sitio, pues había llegado una avispa que revoloteaba junto a su sien. La espantó, sacudió el aire alrededor de ella, dio un pisotón a la avispa y acarició otra vez con cuidado a Gloria, aunque no había llegado a tocarla. La niña ni se inmutó. Seguía apretada en el seno de Gloria, durmiendo con la boca abierta.

—Y tú no puedes culpar a nadie que siga vivo —lo acusó ella.

—No puedo culpar al juez Moody. Él os salvó. —Se acercó a ella y le acarició la frente, retirándole el cabello húmedo detrás de las orejas.

—¡Mira que mandar a buscarme y decirme que fuese a verla para que me dijera cuál iba a ser nuestro futuro! Una vieja solterona, de ciento un años de edad...

—Los viejos siempre tienen ganas de contar lo que les ronda en la cabeza, al margen de que uno tenga o no ganas de saber lo que opinan —susurró Jack. Siguió acariciándola como si ella se hubiese caído y se hubiese lastimado, o como si la avispa hubiese llegado a picarle—. Y siempre son ellos los que escogen el momento en que quieren contártelo. Siempre ha de ser cuando ellos digan, no les hace ninguna gracia esperar. Hay que contar con que así sea.

—Pues yo espero, a pesar de todo lo que quisiera decir, que estuviera equivocada del todo. —A Gloria le corrían las lágrimas por la cara que él le besaba sin cesar.

—Pobrecilla, mi prenda —susurró—. Ahora entiendo qué has hecho todo este tiempo sin mí. Pensar, meditar, entristecerte...

—La última vez que pasé el puente, ella trató de convencerme para que no te hiciera caso. Fue cuando aún eras alumno mío.

—Y cuando te pusiste de mi parte —le preguntó él, acariciándole la frente acalorada—, ¿no respetó tu sentido común?

—Jack, se burló en mi cara de lo que hice. Se rió de mí. —En ese momento, hasta el trocito más pequeño de su persona estuvo a punto de disolverse en lágrimas. Él se dejó caer al suelo arrastrándola a ella y a la niña, y se las echó en el regazo, encima de sus pantalones viejos, andrajosos, blanquecinos y descosidos, como si estuvieran confeccionados con migas de pan.

—Ya me extrañaba a mí que no hubiese venido a nuestra boda —dijo él—. Pero ahora entiendo que no pudiera venir de frente y dar la cara.

—No te quise decir cómo se rió de mí. Pero si me lo hubiese callado, me habrías llevado derecha a su velorio —susurró ella.

—Ahora, detrás de ti hay una que se ha reído y detrás de mí hay uno que se ha lamentado —dijo Jack.

Ella sollozó.

—No importa, cariño. Yo no me voy a reír jamás de ti, y tú nunca tendrás motivo para lamentarte de mí. Ahora estamos a salvo los dos, el uno junto al otro.

—Eso es lo que significa estar casados —convino ella entre dos sollozos.

—Y no te preocupes, cariño, porque somos una familia. Aún tenemos a toda la familia reunida que nos respalda en todo.

—Ay, si al menos tuviésemos una casita para nosotros, aunque solo fuera este espacio que ahora ocupamos —susurró—. ¡Y donde nadie nos encontrase nunca...! Pero al final todos terminan por encontrarnos. Vivos o muertos.

Él acunó la cabeza flamígera contra su hombro. La tuvo en sus brazos y las meció, incluida la niña, mientras ella agotaba sus lágrimas. Cuando la niña comenzó a rodar y escaparse de su débil abrazo, él la atrapó y le puso la cabeza sobre la mochila del colegio. Luego tomó a Gloria y la llevó en brazos los pocos pasos que los separaban del lecho de agujas de pino que parecía estar esperándolos.

—Nos están esperando con la cena preparada —dijo Jack cuando bajó más el sol. Se pusieron en pie y Jack tomó en brazos a Lady May, la niña cuya mejilla se había quedado de color rosa, con la huella de una hebilla impresa, y que estaba tan descalza como una pobre de solemnidad.

Una bandada de pájaros, con plumas de ese azul que solo se ve en los parajes más despoblados, cruzó sobrevolando la senda de la granja. Tras ellos sonó un instrumento de cuerda, y comenzó a oírse una melodía.

—Yo creo que lo que más ha echado de menos Aycock en todo este año, seis meses y un día, ha sido su guitarra —dijo Jack—. Ahora se entretiene con unas serenatas. Me pregunto cómo pudo saber que la iba a necesitar antes incluso de volver a su casa.

—Y una cosa, Jack —dijo Gloria cuando ya habían cogido el atajo—. Los integrantes de la reunión te mandaron a librarte del juez Moody, y lo que tú has hecho ha sido invitarlo a cenar en la casa. Y, por si fuera poco, se presenta con su mujer. Esta vez me parece que sí que te van a matar.

Él le sonrió.

—Pues a lo mejor tienen que callarse y aceptarlo —auguró.

—Gallinitas, antes de pararos ya habíais llorado de sobra por ellos...

—Esas fueron lágrimas que nos ahorramos, Jack. Yo tenía que concederme una buena llantina, un desahogo, antes de dar un paso más.

Él asintió igual que cuando ella le habló de su sentido común.

Las densas zarzas de las moras aguantaban bajo las sucesivas capas de polvo, como si fueran enormes cacerolas de hierro colado que cerrasen el prado por el fondo. Por encima de los árboles de la última loma se veían los destellos en el tejado de la casa. Ya se oía el espeso murmullo de las voces. Lady May empezó a frotarse los ojos con los puños cerrados.

—Todo lo que te pido es que me dejes lavarme la cara primero —dijo Gloria—. Para estar lista y presentable.

—Esa sí que es mi mujer —dijo Jack, anudándole la cinta a la cintura.

3

La sombra había trazado un círculo en torno al jardín de la entrada. Parecía que las mesas se hubiesen abierto y que hubieran florecido. Formaban una línea recta desde la mata de boj hasta el porche, casi hasta tocar el poste del que colgaba la campana. Con solemnidad, Elvie retiró los sacos y desveló el hielo.

La señorita Beulah fue corriendo hasta el asiento que ocupaba la anciana señora.

—Abuela, ¿te parece oportuno que el hermano Bethune se sirva hoy de la Biblia de los Vaughn? —preguntó.

—No, no hasta que no me demuestre que tiene todo el derecho a estar aquí —sentenció la abuela—. ¿Quién ha sido el que le ha permitido entrar?

—El hermano Bethune viene con su propia Biblia, madre —dijo el señor Renfro.

—Que se la deje en el bolsillo —dijo la señorita Beulah—. No me fiaría yo de que contenga todo lo que tiene que contener. Trae la Biblia de los Renfro, Elvie, que está en la mesa de la salita. Vamos allá. Curtis, Dolphus, a la de tres.

Mecedora incluida, levantaron en vilo a la abuela Vaughn y se la llevaron en medio de toda la multitud. Unas nubecillas de aroma fragante parecieron marcharse con ella. El día había traído consigo el olor de su vestido negro, un olor a luto que salió de su baúl, con su candado de latón, y era un olor un tanto avinagrado que perduraba aún, debido al lavado del cuello de encaje hecho a mano con que lo adornaba.

Elvie salió de la casa a saltos ágiles, con la Biblia de los Renfro en las manos. Al dejarla caer en el regazo del hermano Bethune golpeó con fuerza la tapa, tan pesada como la tapa de una mesa, y despidió un olor intenso, como el de la despensa. El hermano Bethune se puso en pie con los brazos extendidos y primero condujo a la concurrencia, y luego siguió sus pasos, esparciéndose todos a lo largo de la sombra opaca de la casa y de la sombra flotante de los árboles, desplazándose hacia las mesas, al tiempo que la señorita Beulah los llamaba y les indicaba dónde tomar asiento, o bien tomándolos por los hombros y conduciéndolos a cada cual a su sitio.

La abuela, transportada a la cabecera de la mesa principal, con un ramo de dalias en la mano, se sentó con la cabeza ladeada. El hermano Bethune y el atril se encontraban encajados entre las raíces del árbol, a su lado, entre la silla que ocupaba ella y la del abuelo. Había un barreño de limonada al lado del atril, de aroma tan intenso que hacía que a uno le llorasen los ojos.

—La mesa está tan bonita que casi da pena sentarse en ella —vociferó el tío Noah Webster desde la cabecera opuesta, sentado en el barril del azúcar. Alrededor de la mesa de la abuela se habían sentado sus nietos, los Beecham y sus esposas y el señor Renfro y sus hermanas. Más allá de las mesas, los demás estaban sentados en el suelo, ante manteles y colchas extendidos en rombos adyacentes unos a otros, y los más alejados de ella se encontraban casi en donde estaban aparcados los coches y las carretas.

El tío Nathan seguía en pie a la espalda de la abuela, la mano sobre el respaldo de la mecedora, como un adorno inamovible a partir de ese momento. Tenía el cabello entrecano, enmarañado, hasta los hombros. En la chaqueta y los pantalones viejos se había hecho remiendos nuevos sobre los remiendos del año anterior, y, aunque cosidos con esmero, se notaba que los había arreglado deprisa y corriendo. Despedía su persona un vapor que recordaba al río y de vez en cuando olía a alquitrán. Tenía el rostro curtido por el sol y arrugado como la carne de una nuez de pecán.

—¿Eres soltero? —preguntó la tía Cleo.

—Y además el mayor de los Beecham —dijo la señorita Beulah, dando un paso para ponerse a su lado—. Nathan nunca nos ha fallado. Ay, si al menos pudiéramos tenerlo siempre aquí…

La tía Nanny aún tenía un niño chico en el regazo, y solo paró de cosquillearle y lo dejó cuando el hermano Bethune hizo una señal. Abrió la Biblia de golpe y retiró la mano, como si de ese modo demostrase que podía empezar por cualquier página que le viniera en gana sin siquiera echar un vistazo. Sonrió.

—Bueno, miradme todos —dijo el hermano Bethune—. Me llena de orgullo haber podido llegar aquí. Tal como van últimamente las cosas, con cada año que pasa se nos va un Bethune. Hubo un tiempo en que pareció que este año me iba a tocar a mí. Pero como sin duda recordarán mis muy apreciados amigos, el Señor quiso llevarse en cambio a otros dos. Enterramos a la hermana Viola en su tumba del cementerio de Banner y ya estaban prestos a cubrirla con la tierra cuando mi hermano mayor, Mitchell, va y dice: «Pásame la pala, Earl Comfort, que quiero ser yo quien eche un poco de tierra encima de su ataúd, pues será lo último que pueda hacer por ella». Y así lo hizo, y en menos que canta un gallo la pala se le cae de las manos y se cae él mismo al suelo y empieza a estirar la pata. ¡Igualito que mi hermana! Me arrojé con todo mi peso encima de él, eso fue lo que había hecho por mi hermana, pero ya vi entonces que a él se le estaba poniendo la cara morada. Vaya, que lo sujeté con fuerza, con toda mi alma lo sujeté. Y él dale que dale pegando patadas al aire. Hasta que la palmó igual que la hermana, y antes incluso de haberla enterrado siquiera. —Gimió—. Y escuchad una cosa, porque a mí no me pudieron poner en pie. ¡Ni yo mismo atinaba a ponerme en pie! Así que Mitchell fue el segundo y no faltó nada para que fuese yo el tercero, tres Bethune que se habrían ido en un solo año, qué digo en un año, poco menos que en un solo día. Ahí queda eso, a ver quién lo iguala.

—Ojalá que el hermano Bethune se reservase al menos parte de la historia para relatarla en el púlpito —se oyó decir a la tía Birdie—. No es para tanto, y los que no son de la familia se podrían fatigar fácilmente.

—Y así pues —continuó el hermano Bethune en una nota una octava más alta—, este bello y viejo hogar, esta familia feliz, muestra de la prodigalidad con que Dios nos bendice, señal de su maravillosa munificencia con los hombres, nos alegra el corazón en esta velada tan señalada. Si alguien me preguntase ahora mismo qué es lo que me parece el Libro según lo estoy mirando —puso el dedo sobre la Biblia, que crujió como un latigazo y despidió un olor a madreselva—, le contestaría en un santiamén: el festín de Baltasar.* ¡Si es que la misma señorita Beulah podría haber servido aquel festín! Y me juego cualquier cosa a que está todo tan bueno como de hecho parece.

La señorita Beulah se le acercó para avisarle:

—El abuelo Vaughn no se hacía esperar. Bendecía la mesa y contaba la historia enterita e impartía la lección estando todos sentados y sin mirar siquiera a la mesa.

—Es el festín de Baltasar, pero sin una misteriosa escritura en la pared que venga a empañarlo —siguió diciendo el hermano Bethune como si tal cosa—, y sin ángel que por el momento venga a llevarse la gloria y el mérito.

---

*. El capítulo 5 del libro de Daniel, en el Antiguo Testamento, narra la historia de un festín ofrecido por Baltasar, rey de los caldeos. Bajo los efectos del vino, el rey mandó traer para ser usadas en la fiesta las copas de oro y plata hurtadas del Templo de Jerusalén por su padre Nabucodonosor. Interrumpiendo súbitamente la celebración, una mano surgió de detrás de un candelabro y escribió en la pared del palacio: «Mené, Mené, Teqel y Parsín». Daniel, uno de los judíos deportados que el rey padre había traído de Judá, conocido por su sabiduría en la interpretación de los sueños, descifró el mensaje, que quería decir: «Dios ha medido tu reino y le ha puesto fin. Has sido pesado en la balanza y encontrado falto de peso. Tu reino ha sido dividido y entregado al rey de los persas». Aquella misma noche el rey Baltasar fue asesinado, Dios le había condenado por los excesos cometidos. Hay una referencia ulterior a Nabucodonosor, que fue expulsado de entre los hombres, y se vio impelido a comer hierba como las bestias. *(N. del E.)*

—¿Va a tardar mucho en hablar de Jack? —susurró la tía Birdie entre los Menés y los Teqels con que seguía perorando el hermano Bethune—. ¿No lo va a perdonar enseguida para que nos pongamos a cenar?

—Birdie, Jack todavía no se ha sentado siquiera a la mesa. Cada cosa a su tiempo —dijo el tío Curtis.

—Aunque tengo la esperanza de que Ralph Renfro no tenga previsto actuar como el padre de Baltasar, es decir, como Nabucodonosor cuando se fue a comer hierba —dijo el hermano Bethune con timidez—. Ya me gustaría que me enseñaras dónde hay hierba suficiente para satisfacer siquiera a un conejo, Ralph, a menos que cuentes toda la que se han ido comiendo tus algodonales, Dios mío, buena falta os hace que llueva. —Los hombres le rieron la gracia—. Muy bien, pues. Inclinad todos la cabeza y haced callar a los niños, que voy a pronunciar la bendición.

Cuando el hermano Bethune interpeló al Señor, lo hizo con un vozarrón tal que voló más allá de la gran mata de boj, por encima de la cabeza de la abuela. Era ese árbol voluminoso el que a esa hora se había adueñado del jardín. Venía a decir, a su manera, que si alguna vez quisiera el desastre abatirse sobre aquel paraje, que probara suerte con ese árbol. La copa se había extendido casi en idéntica anchura a la del tejado, que le daba una sombra azulada como la de los montes lejanos. Sus ramas duras y bifurcadas nunca podrían quedar del todo ocultas por las hojas que se mecían de continuo, rebrillando sin que soplara una brizna de aire. El hermano Bethune había apoyado la escopeta contra la base del tronco.

—Conozco yo a otro que alarga sus preces más de la cuenta —dijo la abuela cuando hubo concluido el hermano Bethune—. Y no lo voy a consentir.

Entonces, y rápidamente, la señorita Beulah, con la ayuda de Ella Fay y de Elvie, comenzaron a moverse como si trenzaran guirnaldas a espaldas de todos los comensales, ofreciéndoles más comida antes de que hubiesen empezado siquiera a cenar y diciendo a diestro siniestro cuál era la manera adecuada, la única, para proceder a la pitanza.

—Y no dejéis de estar atentos por si aparece Jack —exclamó la señorita Beulah por encima de todos cuando se servían de las fuentes—. A veces basta con dar el primer bocado, el más goloso, para que el muchacho aparezca de sopetón.

—Esos niños son como los cochinillos. Lo que no quiere uno se lo zampa el otro. Miradlos —dijo la tía Nanny con la pata de pollo delante de la boca.

—Tenemos la inmensa suerte de tener hoy con nosotros a la abuela Vaughn, y encima en pleno uso de sus facultades. Sus nietos y biznietos todavía vivos la están haciendo feliz y van a llenarle el regazo de regalos en cuanto yo dé la señal. Pero antes voy a mirar bien quiénes están y quiénes no —comenzó de nuevo el hermano Bethune.

—Eso no es lo que he venido yo a oír —dijo la tía Birdie a los de la mesa principal.

—Tú deja que el hermano Bethune dé un poco de calor al ambiente mientras cenamos los demás. Todavía no has probado ni la costra de un ala —le dijo el tío Dolphus.

—Uno de los que están todavía vivos, pero no presentes, es Homer Champion —les dijo el hermano Bethune—. Homer Champion está dispuesto a dar el alma incluso con tal de seguir siendo lo que es ahora cuando llegue el martes: juez de paz. En fin, aún no sé qué excusa tiene para no estar presente, ¿sabe alguien algo? Creo que en cualquier caso todos somos los que hemos de ser, sin echar en falta a Homer.

—Jack es harina de otro costal —dijo la tía Beck cuando el hermano Bethune repicó con la uña en una página de la Biblia para llamar la atención.

—¡De acuerdo! La abuela Vaughn es la señorita Thurzah Elvira Jordan, nacida en esta misma casa, conocida a lo largo y a lo ancho de los territorios en que residen los baptistas por el alcance de su voz y el respeto que imponía ya de soltera. Es a día de hoy una de nuestras ciudadanas de mayor edad, en lo que la aventaja tan solo el capitán Billy Bangs, que ha alcanzado los noventa y cuatro años y todavía va por su propio pie a votar. La abuela está hecha un sol, es amable, es valerosa, dulce, cariñosa, fiel, juguetona y muy capaz de llamar a las cosas por su nombre. Se dice que a la Muerte le gusta todo lo que resplandezca. Por eso, haremos bien si cuidamos a la abuela de la mejor manera que sepamos, apreciados amigos, y la tratamos de maravilla durante todo este año que ahora empieza, porque es de ver cómo resplandece. ¿No es así, abuela Vaughn?

La abuela lo miró a los ojos con ojos claros. Estaba chupando un hueso de pollo.

—Tengo para mí que es muy cierto que alcanza a ver el ojo de su propia aguja, aunque no le vamos a pedir que nos lo demuestre en la mesa —siguió diciendo el hermano Bethune—. Se sigue levantando a las cuatro de la mañana, cuida de las gallinas...

—Como si yo le dejase —dijo la señorita Beulah, dirigiéndose hacia su abuela con una fuente repleta de trozos de algo blanco.

—A muy temprana edad ya empezó con sus quehaceres, crió a una encantadora señorita que ahora descansa en el cementerio, y volvió a empezar todo de nuevo con la familia de esa hija. ¡Y aquí los tiene a todos a su lado, todos vivos, menos uno solo! Ha pasado sus penalidades en este valle de lágrimas, y todavía, bien a la vista está, jamás se ha dado por vencida. Cuando miro esa adorable cabeza que no se rinde y cuento... ¡Levantad las manos! Veo a seis nietos vivos, treinta y siete o treinta y ocho biznietos vivos, y mucha más parentela. Veo rostros llegados de Banner, de Deepstep, de Harmony, de Upright, de Peerless, de Morning Star, de Mountain Creek, y veo el de uno incluso que ha hecho del mundo entero su hogar. —Señaló con la mano al tío Nathan—. Conforme a los años que tiene, poco le falta para poner fin a su vida en la tierra, y cualquier día es de esperar que la entregue a su Creador, pero todos tenemos la esperanza de que se le permita obsequiarnos con su preciada presencia al menos en una reunión familiar más.

—Cuando le toque el turno a Jack, voy a decirle que pare el carro —dijo la tía Birdie—. Quiero oír una por una todas sus palabras cuando perdone a ese dulce mortal.

—Pero antes necesitamos que Jack llegue a la mesa, a recibir su perdón —dijo la tía Beck—. Y que Gloria y la niña estén en su sitio, a su lado, para que podamos llorar por los tres.

—Jack no nos decepcionará —dijo la tía Nanny—. A estas alturas ya ni siquiera sabría cómo.

—Es el hermano Bethune el que no está dando la talla —dijo la tía Birdie—. La retahíla que está soltando está hecha para servir a cualquier reunión a la que haya tenido la suerte de ser invitado.

—Siempre hace lo mismo con todos los baptistas. Yo ya me lo esperaba —dijo la tía Beck.

—A las dos os sentaría peor que hubiese venido y hubiese estado mejor que el abuelo, ¿no es así? —preguntó el señor Renfro—. Dadle un poco de cuerda, señoras.

—El abuelo de la abuela construyó esta casa. La construyó en el año en que se cayeron las estrellas —dijo el tío Curtis, hablando a la vez que el hermano Bethune y elevando el tono de voz un poco por encima del predicador—. Jacob Jordan se llamaba, el capitán Jordan: así le gustaba que lo llamasen. Aquí vino a encaramarse, en medio y medio de los indios, con vistas al camino panorámico que se acerca serpenteando entre los cañaverales y va hasta Tennessee. Sigue siendo ese el camino que llega a la casa. —Se volvió a mirarlo—. Tiene una chimenea con metro y medio de fondo y metro y medio de ancho. Y después de que el hijo del capitán Jordan escogiera novia en Carolina, fue en esa misma habitación donde nació la abuela, llorando a grito pelado junto al fuego del hogar.

—¿En pleno mes de agosto? —exclamó Elvie—. ¿El primer domingo de agosto? —La abuela la observó con los ojos entornados.

—El invierno llegaba pronto por estos pagos —dijo el tío Percy—. Muchas cosas se cuentan de aquellos crudos inviernos, y yo me las creo todas.

La abuela dejó una miga en el mantel y levantó el puño a la espera de la frase siguiente.

—Y para cuando asomó el viejo Grant por el horizonte y metió una bala de cañón en aquella chimenea, ya tenía la moza edad suficiente para corretear por el jardín con su vestido de volantes y sus botas y afearle la conducta por haber cometido tal tropelía —dijo el tío Curtis.

—Ojalá hubiera sido un año mayor, porque entonces sí le habría dado lo que bien merecido tenía —dijo la abuela, con aire de estar divirtiéndose de lo lindo.

—¿Qué se hizo del capitán Jordan? —preguntaron algunos de los niños.

—Murió como un valiente. Su hijo también murió como un valiente. Y a uno de aquellos Jordan, Jack Jordan, tuvieron que matarlo de hambre para poder acabar con él —contó el tío Curtis.

—No lograron hacer mella en la chimenea, por más andanadas que lanzaron —dijo la abuela, y se comió la miga de pan.

— El predicador Vaughn también se crió en Banner —dijo el hermano Bethune—. Aquí es donde pasó toda su vida.

—El padre del abuelo fue quien construyó la primera casa del pueblo de Banner —le azuzó el tío Curtis.

—Y eso queda a un buen trecho del sitio en que terminó, de esta casa —dijo el hermano Bethune.

—Banner está a la distancia de un grito. Es el camino el que tiene revueltas — dijo el señor Renfro.

—Creo que hoy ya no queda nada de la casa del primer Vaughn —dijo el hermano Bethune—. Aunque en Banner tampoco la echan a faltar.

—El padre del abuelo levantó esa casa talando sus propios robles, sus pinos y sus cedros, y luego levantó la iglesia. Predicaba en la iglesia los domingos, y el resto de la semana lo pasaba en el porche de su casa mirándola con fruición —dijo el tío Curtis—. La casa vieja se quemó. Aunque no tenga memoria del incendio nadie más que la abuela.

—Cuando yo era chico aún seguía en pie la chimenea, tan grande que dentro se podía asar un buey —dijo el señor Renfro—. Estaba retranqueada a la orilla del río. Luego desapareció la chimenea. Después, toda la orilla del río en la que estaba desapareció con una crecida. Se desmigó y se hundió en el río mismo. Fue devuelta al Bywy. Siempre he tenido la idea de que al abuelo Vaughn eso no le importó lo que se dice nada.

—Aún tenía el árbol con que hacía las varas para manejar a los caballos. Ese de ahí —dijo el tío Percy.

La abuela elevó un dedo tembloroso como si él solo fuese a encontrar lo que deseaba señalar. Era la gran mata de boj, que estaba justo tras ella.

—Sí, señor. Antaño llamaban a ese árbol el Varal de Billy Vaughn —dijo el tío Curtis—. Él plantaba en el terreno la vara que traía, en cuanto bajaba del caballo, cuando venía a cortejar a la abuela, y una noche se le olvidó recogerla. Vinieron las lluvias y cuando se quiso dar cuenta de lo que había pasado ya había echado brotes.

El árbol parecía un veterano de todas las batallas, un superviviente. Las viejas heridas del tronco habían cicatrizado, dejando costurones gruesos como ruedas de carreta, y en donde habían salido las ramas inferiores, las más grandes, se amontonaban las capas de corteza que se habían ido desgajando del tronco en una floración de astillas de una tonalidad roja, casi animal.

—Ya es tarde para darle altura —dijo la abuela, mirando de un rostro a otro alrededor de la mesa.

—Ya, pero hay matas de boj y más matas de boj que crecen desde aquí hasta la carretera —dijo Elvie—. Jalonan todo el camino. No pueden ser todos ellos las varas que usaba el abuelo Vaughn con los caballos cuando venía a ver a la abuela para que se casara con él.

—¿Quién dice que no puedan serlo? —dijo la abuela al punto.

—El buen esposo de la abuela, el predicador Vaughn, llegó a esta hermosa casa y se quedó a vivir en ella desde el mismo día en que se casaron, y tengo entendido que fue también entonces cuando profesó su ministerio, a los dieciocho años. El señor Vaughn es el vivo ejemplo de un auténtico baptista, un baptista de pies a cabeza —proclamaba el hermano Bethune, que sonrió al pasarse la mano por la cara—. Me pregunto si se acordaría alguna vez de una anécdota de la cual era yo protagonista. Me llevaron con él cuando yo era poco más que un niño, para hacerle compañía, a un festival del renacer que celebraron los metodistas durante un mes de agosto en la iglesia de la Mejor Amistad. Todo fue como la seda mientras pudo disfrutar de los buenos cánticos y de los buenos sermones y de la sombra de los árboles, pero después comenzaron con una cosa con la que no contaba él, pobre hombre. ¡El bautismo de los niños!

Nunca en la vida se habrán oído tan hondos quejidos como los que soltó aquel día el buen predicador Vaughn, cabizbajo al fondo de la bancada, delante de nosotros, sufriendo como el que más por aquellas pobres criaturas.

Comenzaron a escucharse murmullos entre las tías sentadas a la mesa. Cuando miraron a la abuela, esta les devolvió la mirada sin parpadear, como si tiempo atrás hubiera decidido con claridad meridiana si valía la pena o no, y en qué medida, meterlas en cintura por lo que fuese.

—Una de aquellas criaturas era Clyde Comfort —musitó el hermano Bethune.

—¿El padre de Aycock? Creo que si el abuelo pudiera ver hoy al señor Comfort volvería a soltar otro de sus quejidos —dijo el señor Renfro.

—Y si el señor Comfort pudiera ver al abuelo entre nosotros, se volvería a largar con la misma —dijo la tía Nanny, que guiñó un ojo sin poder contenerse.

—Desde luego que sí, los quejidos del predicador Vaughn se oían muy por encima de los llantos de los niños metodistas. —El hermano Bethune soltó una risotada—. ¿No es cierto, predicador Vaughn?

La tía Beck dio un grito, presa del pánico.

—Hermano Bethune —lo llamó el tío Curtis con mesura, mientras algunas de las niñas se reían por lo bajo, igual que las mujeres—, te acabas de cambiar de carril. Ya sabrás que perdimos al abuelo Vaughn.

—Me parece a mí, hermano Bethune, que tienes una memoria larga como el dedo meñique —dijo la tía Nanny admirándose.

—Ponte al día —clamó la tía Birdie.

—¡Estás delante mismo del Asiento Vacante, hermano Bethune! ¡Pero si hasta has dejado el sombrero encima! Si tuviese dientes, te habría tirado un buen bocado —gritó el tío Dolphus.

—¿Es que no sabes qué fue del abuelo? —exclamó la señorita Beulah, rodeando con los brazos a la abuela—. ¿Es que se te ocurre que pueda haber otra razón para que te encuentres en pie, delante de la mesa, haciendo un esfuerzo por ocupar su sitio en esta reunión?

—Es cierto —dijo el hermano Bethune en tono de congratulación—, lo hemos perdido. Nos dejó hace exactamente un año, a los ochenta y nueve años de edad. Dejó de hablar, dejó de importarle todo, la comida y todo lo demás, y luego ya no pudo levantar siquiera la cabeza y pereció. Con todos estos benditos cristianos a su alrededor, suplicándole que se quedara con ellos un poco más de tiempo.

—No fue así, ni mucho menos —dijo la señorita Beulah.

—Estoy seguro de que esas mismas palabras son las que usa para referirse a todo el mundo —dijo la tía Beck—. Mi consejo es que prescindamos de él antes de la próxima reunión.

Lo dijo en un susurro, pero la abuela la miró con fijeza. Algo resplandecía en ella, el reloj de plata que llevaba prendido del vestido como una medalla que hubiese ganado por el solo hecho de que el abuelo hubiera muerto antes que ella.

—Y estoy segura de que la abuela Vaughn me perdonará por este desliz que he tenido, el primero en toda la velada, y que estará de acuerdo conmigo en que eso no ha sido jugar limpio con el nuevo predicador, poniéndole a prueba por ver hasta dónde era capaz de llegar. ¿Es así?

—Ojalá pudiéramos habernos saltado la reunión familiar del año pasado —dijo la tía Beck, y suspiró.

—Jack se nos fue. El abuelo Vaughn se quejaba sin cesar, así que le pregunté si no le parecía correcto contarnos la historia y darnos el sermón estando sentado a la mesa. De haberlo hecho así, tal vez habría salvado la vida —dijo la señorita Beulah—. Tal vez todavía lo tendríamos hoy sentado entre nosotros.

—¿Murió en plena reunión de la familia? —exclamó la tía Cleo, y se mordió el labio y se volvió a mirar de nuevo a la abuela.

—No, hermana Cleo, esperó hasta después de dar las buenas noches, hasta terminar las despedidas, hasta que todos se fueron a la cama —dijo el tío Curtis.

—Fue en el granero —dijo el tío Percy con un hilillo de voz.

—Cuando no fue a acostarse, y es que no fue, salió la abuela a buscarlo y lo encontró con ayuda de un farol. Se había caído de rodillas.

Pero al menos había sido en un buen lecho de heno —dijo la señorita Beulah con vehemencia.

—Nunca olvidaré al abuelo en aquella última reunión —dijo el tío Curtis—. ¡Qué manera de atronar con su voz! Nos hizo una prédica con pasajes de los Romanos y nos mandó a todos a la cama compungidos por nuestros pecados.

—No llegamos a saber, hasta que el señor Renfro vino a contárnoslo, y vino a caballo con la luz del día, qué poco duró después del «Bendito sea el lazo que nos une» —dijo el tío Percy con un hilillo de voz.

Todos miraron de reojo a la abuela. Buscaba a tientas con los dedos el reloj del abuelo que llevaba prendido del vestido. Abrió la tapa para echarle un vistazo con la misma rapidez con que abría una galleta para estar segura de que estaba untada con mantequilla, y lo cerró de nuevo.

—Creo que somos valientes por seguir viniendo, con los tiempos que corren —dijo la tía Beck—. Somos todos unos valientes.

—Dejo que mis pensamientos se detengan unos minutos en el tiempo de la cosecha en el Cielo —proclamó el hermano Bethune, y pasó por detrás de ella. Se interrumpió para ponerse en fila con los niños ante el bloque de hielo. Con la densidad del amoníaco, como lo que valdría medio dólar de luna, se derretía el hielo en medio de un lecho de serrín renegrido. Se sirvió en el vaso un pedazo que rompió él mismo para enfriarse la limonada, y volvió a su sitio sin dejar de hablar.

—La abuela Vaughn y el abuelo Vaughn, ay, eran como David y Jonatán —siguió diciendo el hermano Bethune alegremente—. Después que el abuelo abandonase este mundo de pesar, pareció que por un tiempo la abuela anduviera arrastrando un ala. Sí, señor; en Banner nos dijimos unos a otros que pronto se nos había de ir también allá arriba la anciana señora. ¡Sabíamos que él la estaba echando en falta! Espero que mientras estemos aquí hoy sentados, el abuelo esté ocupado en el Cielo preguntándose por qué será que ella no se pone ya en marcha, y sigue sus pasos para estar a su lado. Pero yo imagino que ella ya tiene la respuesta.

—Suponte, hermano, que intentas sentarte de una vez —se oyó decir a la abuela—. Ve allí mismo, a la esquina. —Le señaló un viejo tronco de cedro.

—Y tras él, en este mundo, el predicador Vaughn dejó a cinco nietos vivos, solo uno de los cuales se dedica a la obra del Señor, aunque sea cuando le viene en gana y donde le pille en cada momento. —El hermano Bethune miró de frente al tío Nathan.

El tío Nathan, a espaldas de la mecedora que ocupaba la abuela, inclinó su cabeza agitanada en señal de reconocimiento.

La tía Cleo lo señaló con un trozo de pan de maíz en forma de pico.

—¿Y ya teníais a uno en familia? Entonces... ¿por qué invitar a otro para que haga las prédicas? —les preguntó.

La señorita Beulah respondió al punto.

—Nathan es demasiado modesto, hermana Cleo, y nunca se le pasaría por la cabeza ocupar el lugar del abuelo. Casi cualquiera tiene la sensatez suficiente para no intentar tal cosa.

—¿Y entonces por qué no cena? —preguntó la tía Cleo—. Si no va a predicar, ¿por qué no cena?

—Hermana Cleo, él tampoco ha venido a cenar. Intenta entender que no siempre se sabe a qué ha venido uno —le aconsejó la señorita Beulah—. Y alguna vez suele ser buena cosa pensarse dos veces lo que una vaya a decir.

—Solo tuvieron una hija los Beecham, solo hubo una señorita Beulah —exclamó el hermano Bethune—. Y por siempre será la señorita Beulah Beecham. Y querría que me guardase algunas mollejas de pollo de las que tantas ha servido en la mesa, que me las querría llevar para mi cena. ¿Me has oído? La señorita Beulah, que nunca permitirá que nadie en el mundo pase hambre al menos mientras pueda ella mover un dedo, tomó por amante esposo al señor Ralph Renfro, que aún está hoy con nosotros. Debe de andar por ahí, por alguna parte, tratando de no perder comba con sus hijos y seguir tan vivo como siempre —rió el hermano Bethune—. Beulah y Ralph se han pasado toda la vida trabajando juntos, como dos bueyes en la misma yunta, y han criado a unas cuantas chicas que son un gusto y a un chico mayor y otro pequeño. Las niñas aún no tienen quien las haya reclamado para sí, aunque la mayor es muy capaz de darnos la sorpresa el día menos pensado. —Hizo un alto para que Ella Fay, dondequiera que estuviese, pegase un pisotón en el suelo.

—Y eso es cometer un error —dijo la señorita Beulah, recorriendo la mesa con la fuente—. Cualquier día de estos, más bien será el hermano Bethune el que se perderá por ahí y no volverá.

—Me estoy impacientando, qué ganas tengo de que pase a otorgar el perdón a Jack y pasemos cuanto antes el mal trago —dijo la tía Birdie cuando el hermano Bethune alzó el tono de voz y pasó a ocuparse de los Renfro.

—Pero si es que no puede perdonar nada mientras no llegue Jack, a no ser que esté dispuesto a malgastar el perdón —dijo el tío Curtis.

—El abuelo Vaughn lo habría hecho antes que nada, o incluso lo habría dejado para el final del todo —dijo la tía Nanny—. No lo habría colado entre medias.

—No lo habría hecho en ningún momento —dijo el tío Curtis.

—Papá —dijo Elvie, de pie y pegada al oído de su padre—, mira ahí mismo, detrás de ti. Ahí vienen.

En ese mismo instante, Etoyle se sujetó las faldas y las sacudió como un látigo para quitarse el polvo acumulado, y llegó corriendo al jardín de la entrada. Se dio de cabeza contra el costado de la señorita Beulah y la abrazó.

—¡Lady May saltó por el boquete del Alto! ¡Jack la atrapó al vuelo! Claro que no iba a fallar, le cayó encima como si fuera un balón de baloncesto —exclamó.

—¡Oh, no, no puede ser! ¿Y quiénes son esos?

La señorita Beulah echó a caminar hacia la carreta. El juez Moody, torciendo el gesto como si le crujieran todos los huesos, bajó y le ofreció la mano a su esposa.

—¿Es que alguien se ha muerto? Nunca he visto a tanta gente junta en mi vida —exclamó la señora Moody.

—Pues está usted viendo exactamente a todos los que somos, aunque haya que contar a otros tres —exclamó la señorita Beulah—. Y si ha venido usted hasta aquí esperando encontrarse con un velatorio, se equivoca usted de sitio. —La señora y el juez Moody se plantaron ante ella, mirándola a la cara por encima de la fuente que llevaba con ambas manos—. Me da en la nariz que sé muy bien a quiénes tienen que agradecer ustedes la invitación. ¿Qué han hecho esta vez con mi hijo mayor? Me supongo que esta señora será su esposa —siguió diciendo—. Y bien se ve que vienen hambrientos, sedientos y derrengados, y parece que se van a caer redondos en cualquier momento. Vengan por aquí conmigo. Lo mismo le dará quitarse la chaqueta, juez Moody, y no se haga el remolón.

—No se ha quitado la chaqueta en ningún momento, así que lo mismo da. Se la dejará puesta durante el resto del tiempo, muchas gracias —dijo la señora Moody.

—¡Vaughn! Va siendo hora de traer ese asiento libre que hay en el porche —gritó la señorita Beulah, y Vaughn apareció acarreando la silla del colegio. Era un mueble recio, pesado, de roble, con un agujero en el respaldo, el asiento de madera nudosa, el brazo que se utilizaba como soporte para escribir como un trozo de pasta quebrada y cuajada de iniciales. Al llevarlo Vaughn en alto, por encima de la cabeza, los imperecederos depósitos de ámbar que habían formado los chicles a lo largo de los años quedaron al descubierto.

—Eso es, señor. Así tendrá una mesita para usted solo —dijo la señorita Beulah.

—Mamá, ¿y ese quién es? ¿Es el coco? —preguntó una niña chica en medio de la multitud cuando el juez Moody se encajó bajo la tabla de extensión del pupitre y el hermano Bethune le miró a los ojos y lo saludó con la mano.

—Señora Moody, el señor Renfro se ha tomado la molestia de ofrecerle su asiento. ¿Y dónde están sus hijos? ¿Cuántos tiene, qué ha hecho con ellos? —preguntó la señorita Beulah pisándole los talones a la señora Moody.

—Nunca he querido tener hijos —dijo la señora Moody, mirando a la concurrencia a resguardo del ala de su sombrero a la vez que se metía con dificultad entre la señorita Lexie Renfro y la tía Birdie, sentándose en una silla de asiento de cuero.

La señorita Beulah pinchó dos alas crujientes de la fuente.

—Mejor será empezar por el principio, yo creo que si pone empeño podrá enterarse de todo —dijo—. La de allá al fondo es mi abuela, que hoy cumple noventa años. Procure no llevarle la contraria. Hoy ya está recibiendo todas las emociones que puede necesitar, y aún le queda un buen rato hasta la hora de apagar las velas.

La abuela no había perdido de vista el plato ni un instante, pero el tío Nathan, a su espalda, levantó despacio un brazo para saludar a los recién llegados.

—¿Quién es ese individuo de aire tan familiar, el que se encarga de los discursos? —preguntó la señora Moody, y en ese momento el hermano Bethune levantó la mano a modo de saludo.

—Así que aquí estamos todos, con muy pocos sobresaltos y alguna que otra sorpresa. —El hermano Bethune proseguía con su perorata, con la voz persuasiva de quien tiene por costumbre dar consuelo a los demás. Sus palabras pasaban por encima de la abuela, que cabeceaba despacio, y recorrían toda la mesa, y de allí saltaban a las otras mesas y a los que estaban sentados por el suelo, ascendiendo por las copas de los árboles, posándose en la chimenea con un sinsonte, deslizándose por encima del barreño de la limonada. De vez en cuando se le iban los ojos al lecho del hielo, como podría haberle pasado con la cara de un acusado en el banquillo—. Han recorrido unos y otros largas distancias, se han embarcado en peligrosos viajes hasta llegar aquí. ¡Sería una verdadera lástima que alguno de ellos faltara esta noche en el hogar! Esperemos que lleguen sin perderse por el camino y sin tener que tragarse demasiada polvareda, o sin que se les espanten los caballos o se les vuelquen los carricoches y se caigan al río. —Extendió los brazos—. Y que no se encuentren con el Demonio por el camino de Banner.

—¿Cuánto tiempo piensa seguir así? —susurró la señora Moody volviéndose por encima del hombro al juez Moody, que se había sentado tras ella.

La silla de colegio en la que estaba sentado el juez se encontraba casi encajada en el arbusto de malvavisco. El señor Renfro había arrimado un barril al otro lado, se había sentado a la altura del juez Moody, y comía con un plato sobre las rodillas. Un perrillo blanco y negro apareció al trote, se tendió a los pies del juez y se puso a lamerle el zapato

—Tú siéntate a cenar como todos los demás, Maud Eva. Otra cosa no se puede hacer —le dijo, y mordió un buen trozo de pechuga de pollo.

—¡Ha dejado que las niñas le terminen por ganar, hermano Bethune! ¡Ya llega la tarta de cumpleaños! —exclamó la señorita Beulah. Tomó al hermano Bethune por los tirantes, le hizo dar la vuelta en redondo y se lo señaló.

Las tres hijas de la señorita Beulah y el señor Renfro avanzaban en procesión por el pasadizo dando la vuelta al cactus para atravesar el porche, y bajando ya las escaleras y pasando por la entrada, abriéndose camino en zig-zag entre los que estaban sentados en el suelo. Llevaban los vestidos tan almidonados que se movían al compás de sus pasos, como un conjunto de tamboriles con bordón. Elvie, la última de las tres, parecía demasiado pequeña para mantener el paso. Etoyle se había lavado la cara, y además de los zapatos se había puesto la chaqueta de la banda de música del colegio, de un verde esmeralda. Unas charreteras del tamaño de los girasoles le adornaban los hombros y le estiraban el vestido por delante. La tarta la llevaba Ella Fay, en cabeza de las tres, con doce velas encendidas, las llamas aplastadas hacia atrás como si fuesen las orejas de un animal sigiloso. En medio de un silencio casi clandestino, la tarta fue depositada en la mesa, ante los ojos de la abuela. Durante unos instantes nada quebró el silencio, nada más que un ave que zureaba en el arbusto de malvavisco, como alguien que se asomase al cajón de un secreter en donde hubiera un objeto bien guardado.

La abuela entonces se puso en pie, y el crujido de sus enaguas dio paso al aquietamiento general, tal como sucede cuando después de atizar el fuego por fin se prende la llama. Solo asomaba su cabeza por encima de la tarta con las velas, cuyas llamas se habían enderezado del todo. De un solo soplido, con los labios azulados, con un aliento que cayó como una ola sobre un mar de llamas azules y rosas, la abuela apagó todas las velas.

—¡Que pida un deseo! —dijeron algunos a coro.

—Sí, señor, la señorita Vaughn es de veras notable —sentenció el hermano Bethune, mirándola con gesto de cautela.

La abuela aceptó el cuchillo que le tendió la señorita Beulah, colocó la hoja y procedió a hundirla. Cortó la tarta como si fuese crema.

—La he preparado en la fuente más grande que tenía —dijo la abuela—. Si no llega para todos, pues habrá que preparar otra.

Mientras la tarta de cumpleaños, con el resto de las tartas, recorría las diversas mesas, todos se retreparon en sus asientos y murmuraron con voces quedas, como en un nido. De improviso, los perros de Jack se soltaron de donde quiera que estuvieran sujetos y aparecieron como rayos en medio de la congregación, dando por tierra con dos o tres de los comensales, ladrando despavoridos. Los gritos, los vítores surgieron en medio de la multitud, y los perros llegaron de un salto a las escaleras del porche.

Jack, Gloria y la niña aparecieron de repente en el pasadizo.

—Han empezado sin nosotros —dijo Jack, atónito.

—Antes que nada, ahí están los Moody —dijo Gloria—. Sus rostros destacan en medio de todos los demás como dos tréboles de cuatro hojas en medio de mil tréboles normales. Ahora, mira qué bienvenida te van a dar.

Jack, aseado y aderezado y con la camisa abotonada del todo, aunque la llevase por dentro de los mismos pantalones andrajosos, se plantó de un salto en medio de la reunión. La señorita Beulah, con los brazos abiertos, lo estrechó con fuerza.

—Hijo, ¿qué piensas traerle a tu madre la próxima vez? —exclamó abrazándolo.

—¡Ven para acá, Jack! ¡Ábrete paso, ocupa tu sitio en la mesa! Ahí viene el muchacho vergonzoso —rugió el tío Noah Webster a la vez que le abrían paso para que llegase a donde estaba la abuela. Detrás de él caminaba Gloria, reluciente, con Lady May en brazos, completamente despierta, descalza, con los piececitos limpios.

Jack se inclinó a besar a la anciana, que tenía la boca llena de tarta de coco.

Lo saludó con un gesto. Extendió la mano y se encontró con uno de los piececitos bien lavados de Lady May, que agarró con fuerza, como si necesitara saber quién más estaba allí de pronto. Los dejó seguir.

—Tío Nathan —exclamó Jack—. Cada vez que te veo, ya sé que el más crudo invierno te vendrá pisando los talones. Quiero que sepas que el rótulo que pusiste en el Alto de Banner sigue aguantando de firme todas las inclemencias.

—¿Y qué decía el cartel? —preguntó el tío Nathan con modestia, pero en ese momento los dos piececitos de Lady May, como dos pistolas, asomaron en medio de su pecho, y se retiró un paso.

Otros alargaron los brazos en busca de Jack, unas cuantas manos tiraron de él, y él se fue abriendo paso por la mesa que presidía la abuela, besando a las tías y dejándose besar por ellas, recibiendo las palmadas afectuosas de los tíos, con Gloria a su lado y Lady May gorjeando.

—Jack, has llegado justo a tiempo —le dijo la tía Beck.

—Y eso que yo no veo del todo con buenos ojos que los Moody estén presentes en el festejo —dijo la tía Birdie.

—No importa, Jack. Ya sabemos que no has podido evitarlo —dijo la tía Beck—. Yo no te culpo de nada. Solo me alegro de ver que sigues vivo, y además preparado para la que te espera.

—A todos nos complace y nos enorgullece dar la bienvenida al hijo primogénito, que de nuevo está entre nosotros. Jack Renfro —gritaba el hermano Bethune en competencia con los demás—. ¡Ha estado lejos, habitando entre desconocidos durante casi dos años enteros! Aunque Jack haya estado lejos de nosotros, ninguna falta nos hace que nadie nos diga que hoy ha vuelto a nosotros siendo el mismo de siempre, ni que seguirá siendo un buen chico después de volver al hogar, igual que siempre lo fue antes de marcharse. Jack no es más que uno de los buenos chicos Renfro de la comunidad de Banner, tal como lo hemos conocido desde que nació. ¿No es cierto, queridos amigos?

Se oyeron gritos de aprobación en medio del barullo, pero el hermano Bethune siguió a lo suyo, elevando el tono de voz.

—Jack estaba ya a punto de ser uno de los mejores agricultores, uno de los más conocidos a este lado de las lomas. Cultivaba el algodón y el maíz de los suyos, cultivaba el sorgo, el heno, los guisantes, los cacahuetes, las patatas, ¡y unas sandías de cuidado! Y todos tenían necesidad de él, mayor necesidad de la que nunca haya visto yo en tiempo de cosecha. Molía la caña de azúcar en el momento apropiado y vendía el sirope al público. —A medida que Jack recorría la mesa, al hermano Bethune se le fue soltando la lengua y empezó a hablar más y más deprisa—. Cortaba la leña y la vendía en invierno, toda se la vendía a Curly Stovall. ¡Si los Renfro ni siquiera atinaban a ver el serrín! ¡Ja, ja! En tiempo de matanza despachaba un cerdo o a veces dos. Se afanó en tener un buen rebaño de vacas lecheras. ¡Y a su padre aún le quedan dos, con las que podrá empezar de nuevo! Lo mejor de todo es que ayuda a su padre y a su madre solo por el hecho de vivir con ellos. Y ahora que ha dejado atrás todos sus juicios y todas sus complicaciones, ahora que llega ileso, a punto está de retomar las cosas justo donde las dejó, para que todos los que de él dependen vuelvan a estar tan bien como estaban antes de que tuviera que marcharse, ni más ni menos. Hoy, el que se lleva el beso de la niña por haber regresado desde tan lejos es el bueno de Jack Renfro. ¿Qué te parece el cambio, hermano Nathan? Muy bien, Jack —gritó el hermano Bethune, aunque en esos momentos era difícil que nadie le oyese, puesto que arreciaba el griterío y las bromas y los ladridos de los perros—. ¡Contigo no iba a acabar nadie antes de tiempo!

Una niña, como si acabara de aparecer volando con sus propias alas, le fue mostrada a Jack. Seguía siendo Lady May, aunque estaba en brazos de la tía Nanny.

—Deja libre ese barril de azúcar, Noah Webster. Ese es el sitio de Jack —dijo la señorita Beulah, y él tuvo que traerse una escalera para acomodarse, apretado al otro lado de la tía Cleo, casi en el mismo regazo de la señorita Lexie Renfro. La señorita Beulah empujó a Jack al barril, situándolo en la cabecera opuesta de la mesa, de modo que la abuela y él se hallasen frente a frente.

—Ahora, ¡a comer como todos los demás! —exclamó, y colocó una docena de piezas de pollo en una fuente, delante de él—. Muy bien, Gloria —le dijo—. Ahora te toca a ti. Te he guardado el balancín de la niña.

Gloria se acomodó en el balancín. El balancín, más bajo que el barril que ocupaba Jack, era una pieza tan alisada como una pala para batir mantequilla, y era tan bajo que el mentón de Gloria apenas le quedaba a la altura de la mesa. La niña se acomodó en su regazo; solo su pequeña cresta, de color rojo encendido, era del todo visible para los que se encontraban en torno a la mesa.

—¿Ya ha perdonado a Jack el hermano Bethune? ¿O todavía no? —preguntó la tía Birdie al resto de las tías.

—Pues si ha querido perdonar a Jack con lo que ha dicho, malo sería pensar que no lo sabe hacer mejor —dijo la tía Beck.

—Juez Moody; señora Moody. Espero que su apetito esté a la altura de las circunstancias —decía Jack en ese momento, al tiempo que les indicaba los pedazos de melocotón y de pera encurtidos, además de comprobar que las cinco clases de pan, las salchichas y el jamón curado, las ensaladas, las jarras de leche recién ordeñada, la mantequilla que se acababa de sacar del pozo, donde estuvo un buen rato a la fresca, quedaban colocados a su alcance. Y luego llegó a la mesa el pastel de pollo de la tía Beck, que humeaba delante de sus narices—. Y les aseguro que mamá no se tomará nada bien que se marchen ustedes dejando siquiera una migaja en el plato —dijo a los Moody.

El hermano Bethune había llegado en su relato a la guerra mundial.

—Todos los chicos de los Beecham, salvo el más viejo y el más joven, estuvieron conmigo en las trincheras, y todos, salvo el más joven, volvieron igual que yo, de una pieza. No sé yo cómo lo hicieron ellos, pero sí sé que volver de una pieza es más propio de los Beecham que de los Bethune. Unos cuantos rasguños, poca cosa, unas cuantas medallas, nada del otro mundo; los chicos se curaron y las medallas se guardaron a buen recaudo, aunque volvieron siendo los mismos chicos Beecham que siempre habían sido, los mismos y buenos chicos Beecham que seguimos sabiendo que son, no hay más que verlos. Como si nunca hubiesen tenido que marcharse.

—Si volvemos a salir de cacería a por alemanes, digo yo que no nos haría falta más que una sola noche —gritó el tío Noah Webster. La risa se le derramaba de la boca como si fuese un montón de migas de la tarta.

—Dicen que la próxima vez serán los alemanes los que vengan hasta aquí a por nosotros —susurró el tío Percy.

—Que lo intenten y verán —gritó el tío Dolphus.

—¿Nos tendremos que armar como los caballeros de antaño? ¿O tendremos que darnos a la fuga, como aquella liebre que se ve por allá lejos? —preguntó el hermano Bethune, y disparó el brazo para señalarla cuando todos volvieron la cabeza. Se oyó entonces una carcajada.

—Hermano Bethune, a mí me parece que todavía está a tiempo de llegar a alguna parte —proclamó el tío Dolphus.

—No eres el abuelo Vaughn —dijo el tío Curtis—, pero al menos no se te ocurre intentar imitarlo.

El hermano Bethune carraspeó y miró en derredor.

—El viejo hogar, ahí está, parece el mismo de siempre —dijo, y adoptó el gesto de quien porta una buena nueva. Se volvió hacia todos tan deprisa que fue como si contase con que alguno ya hubiese desaparecido de allí.

—Pero no son las cosechas las mismas de siempre —apuntó el tío Curtis como si el hermano Bethune necesitase que le diera un empujón para seguir.

Siguió hablando en tono sosegado.

—No creo yo que el viejo Mississippi haya sido nunca tan pobre como lo es ahora, quitando la época en que perdimos, claro. Y en todo nuestro glorioso Estado no se me ocurre que haya un solo condado que tan a gusto esté siendo el más pobre y en general el que más padecimientos sufre, ni uno solo, como el viejo y buen condado de Boone. —Se oyeron elogiosos suspiros de ánimo, y el hermano Bethune hizo una pausa para dar un sorbo a su limonada. Se esfumó la sonrisa de su rostro—. A la vista está que no muy lejos de donde mi voz alcanza vamos a tener que recibir ayuda por vez primera. ¡Ja, ja!

—No será ese el caso de Ralph Renfro —le aseguró el señor Renfro en el acto. También él se había acercado al barreño de la limonada. Se llenó el vaso y volvió a sentarse junto al juez Moody, para mostrarle su complacencia.

—Creo que aún podríamos elevar unas cuantas quejas por lo puramente material en todo el condado de Banner, si de veras nos lo propusiéramos —dijo el hermano Bethune, que se las ingenió para servirse un poco más de limonada inclinando el barreño y sujetándolo con la rodillas—. Inundaciones durante toda la primavera, sequía durante todo el verano. Creo que no nos van a faltar probabilidades de morir de hambre este invierno que viene. Cualquiera podrá cosechar sin complicaciones más bien poca cosa, y no sería de extrañar que el señor Ralph Renfro se llevara la palma y fuera el que menos cosechara de todos.

—El bueno del hermano Bethune —murmuraba alguien entre la multitud—, ahora sí que se está calentando.

—No hay maíz en los maizales, no queda comida en los barreños, no hay forraje para los animales, no hay zapatos ni ropas de vestir, y luego bla, bla, bla —canturreó mirando a los más pequeños, incluyendo a un bebé que estaba sujeto en una carretilla—. No hay más crédito que el que se da a un interés tal que a nadie le sale a cuenta pagarlo. Los cerdos se alimentan de sandías. Y ni el que ni sandías tenga, bien hará en pasarse por mi casa. Tan baratas salen que ni siquiera vale la pena agacharse para recogerlas del campo este año. ¡Y a pesar de los pesares…! Ardua tarea iba a ser dejar morir de hambre a una cuadrilla como esta. —Dedicó una sonrisa bienhumorada a todos los presentes—. Digo yo que todos nosotros, o prácticamente todos nosotros, aguantaremos lo que nos echen todavía una vez más. —Se oyeron vítores entre todos los presentes, y el hermano Bethune volvió a elevar el tono de voz—. Ya tenemos el heno en el granero, pronto tendremos carne, las señoras tienen la despensa llena con todas las hortalizas que se han podido cultivar acarreando el agua desde muy lejos. Tenemos leche y mantequilla, tenemos huevos frescos, y después de la cuchipanda de hoy a lo mejor hasta nos quedan algunas gallinas. Y si no queda más remedio que aceptar las dádivas del tío Sam, aunque sea por Navidad, esperanza no nos falta para que las preferencias del condado de Boone se tengan en cuenta mejor que el pasado año y nos dejen al menos las manzanas con gusanos, ¡ja, ja, ja! Yo espero que a estas alturas haya descubierto que podemos ser bastante más exigentes que cualquiera.

—Cuéntanos alguna más —exclamaron los hombres, las voces henchidas de risa, igual que la suya, mientras la señorita Beulah se desgañitaba a espaldas de Jack.

—¿Listo para zamparte otra fuente entera? ¡Pues aquí tienes la salchicha que te guardé del cerdo del año pasado! Aquí tienes más jamón curado, ve haciendo sitio para el pollo. ¡Elvie! ¡Trae crema de leche fresca! Y esta vez ven con la jarra bien llena.

—Me gustaría trazar un retrato de cómo es Banner a día de hoy —dijo el hermano Bethune elevando los ojos al cielo, paladeando el nombre propio en el mismo instante en que lo pronunció—. Los Bethune. —Pero en el acto cambió de tono—. En el maizal de Stovall, esta misma mañana vi una serpiente tan larga que estaba tendida sobre siete colinas y media de sembrados. ¡No me la llevé por delante, apreciados amigos! Por el lado contrario venía otra, y yo me coloqué entre medio de las dos, como para dejar que ambas se largasen tan contentas. Y en este cuento, amigos, hay una lección que aprender.

—Con eso que está diciendo, casi me alegro de no vivir aquí —dijo la tía Cleo.

—Eso es porque has hecho caso al predicador que no te corresponde —dijo la tía Beck.

—Yo la verdad es que no reconocí Banner —exclamó la tía Birdie, y señaló con el dedo al hermano Bethune—. Y estuve en Lovat, que es donde me crié, con el río en la puerta misma de la casa. Si aquello era Banner, yo desde luego no oí ningún cumplido.

—No creo yo que sea elogio suficiente el que has hecho al vecino, hermano Bethune —dijo la tía Beck—. Algo echo a faltar en tus palabras. ¿No podrías dar a esa rivalidad entre las iglesias un tono un poco más fuerte?

El hermano Bethune se limitó a mirarlos a todos encaramado al viejo atril del abuelo.

—Banner es hoy bastante más conocido por lo que no tiene que por lo que tiene —dijo—. En verdad puedo asegurar que no ha crecido ni un palmo desde que yo me dedico a predicar.

—Sí que ha crecido, pero lo ha hecho como el rabo de una vaca. Para abajo, no para arriba —exclamó el tío Noah Webster—. Cleo, cuando éramos chicos todo ese paraje estaba lleno a rebosar de ardillas. Y repleto de perdices. Y si tú no has visto los ciervos rondar por ahí, te aseguro que yo sí que los vi. ¡Era la abundancia misma, de todo había! Había toda clase de cosas buenas por estos contornos, cuando tanto yo como el resto de los Beecham éramos chicos y crecíamos aquí al cuidado estricto de la abuela y del abuelo Vaughn. Había manantiales que nunca se agotaban, había un pozo que daba el agua más dulce que se pudiera encontrar en el mundo entero, había una laguna y un arroyo. Y ya lo ves hoy, en lo más agostado del verano.

—Está seco —dijo el tío Dolphus—. Igual que mi terreno. Tan reseco que las serpientes aparecen por el corral a beber con las gallinas.

—Y también es una vergüenza, es un crimen lo de las orugas telarañeras —dijo la tía Nanny, y miró al otro extremo del jardín de la entrada, donde se alzaba el majestuoso árbol del pecán, cargado de años. Los nidos de orugas que lo infestaban daban a la superficie de la madera el aire de un espejo nublado y viejo.

—Está repleto —dijo el señor Renfro—. Si lo pones en duda, Nanny, basta con que te subas a una rama y te pongas a contar la que se nos viene encima.

—Yo ya he decidido que no hay nada capaz de acabar con todas esas nueces de ahí —dijo la tía Birdie—. Lo mismo da, les hagas lo que les hagas.

—Y ya verás cómo te alegras cuando esos frutos duros y prietos empiecen a caer como las gotas de lluvia —dijo la tía Beck—. Son de los más dulces, de los más jugosos que hay. Y los que más trabajo cuesta cascar, claro está.

—Ninguno de los aquí presentes tiene gran cosa, ¿verdad? —dijo la tía Cleo.

—Nos dedicamos a la agricultura. Para eso nos han criado —dijo el tío Curtis con gran seriedad, sentado a la derecha de la abuela.

—Agricultores somos, y agricultores seremos por siempre —dijo el tío Dolphus, más hacia la izquierda.

—Ahora lo fiamos todo a Jack. Él nos sacará de la miseria, y eso que pensamos que nos iba a sacar de pobres con ese pedazo de camión que sirve para un roto y para un descosido. —El tío Curtis esbozó en su rostro alargado la primera de las sonrisas—. Todos mis chicos se han marchado ya.

—Y los míos. Es la única manera de salir adelante —dijo en un susurro el tío Percy.

—¡Pero es que a mí se me han ido los nueve! —dijo el tío Curtis, y se volvió en la silla para mirar a la multitud en derredor—. La única posibilidad que tengo de verlos, más allá de los domingos en que sus esposas los arrastran a la iglesia, es en las reuniones familiares.

—¿Y por qué se marcharon de casa? ¿Es que no había suficiente para ir tirando todos? —bromeó la tía Cleo.

—Es la misma historia de siempre —dijo el tío Dolphus—. Es lo malo que tiene la tierra, que se vuelve contra nosotros y nos trata de mala manera. Es demasiada la sustancia que se ha llevado el río, ya no se puede cultivar lo suficiente para dar de comer a todos.

—Ahora, el pozo se ha secado y al río poco le falta. Por aquí no corren ya más que las serpientes y los candidatos a un cargo oficial. ¡Y las serpientes y los candidatos son capaces de correr por cualquier recoveco incluso durmiendo! —dijo el tío Dolphus.

—Es una pena que nosotros, los chicos, tuviésemos que dejar al abuelo y a la abuela en la vieja granja —dijo el tío Curtis—. Todos los chicos tuvimos que marcharnos y dejar la casa como estaba para ir tirando. Y eso que intentamos no marcharnos muy lejos.

—Yo fui el último de los chicos de la abuela que se marchó. Me quedé hasta el final. ¿Verdad que sí, abuela? —preguntó el tío Noah Webster desde la escalera.

—Igualito que el general Benedict Arnold —dijo ella.

—¿Cómo es que tuvieron que marcharse todos? —bromeó la tía Cleo—. ¿Por hambre?

—De todo hay una cantidad limitada —dijo la tía Nanny.

—Hay que aprender a pasar sin muchas cosas —dijo la tía Beck con serenidad.

—Bueno —dijo el señor Renfro—, nosotros no nos marchamos a ninguna parte, Beulah y yo. Así, al menos la abuela tendría a alguien. Y ahora también está Jack y su familia.

Todos miraron a Jack y Gloria, que estaban tirando cada uno de un extremo del hueso de pollo que tenía forma de horquilla para pedir un deseo.

Se oyó un potente estallido. Arrodillado en tierra, el señor Renfro acababa de abrir una sandía partiéndola en dos. Se levantó con una mitad en cada mano, como si fuesen las Tablas de la Ley. Sirvió primero a la abuela, y luego empezó a repartir a los demás, rajando las sandías, agachándose, colocando una mitad en cada plato.

El hermano Bethune también seguía a lo suyo, contando las batallas de su padre, sus idas y venidas, y aquella vez en que recibió la ayuda de un ángel cuando iba por la carretera de Banner.

La tía Birdie, incapaz de contenerse por más tiempo, volvió la cabeza.

—Jack, muchacho —le dijo—, cuando el juez Moody termine de cenar, ¿tú crees que te va a volver a detener? ¿Tú crees que esa es la idea con la que ha venido?

—Bueno, pues la verdad es que no pudo haber tenido esa idea cuando emprendió el viaje, tía Birdie —dijo Jack. Mirando por encima de su sandía, sonrió al juez Moody—. Ya me sentenció una vez, y no se le ha olvidado contar. Ni siquiera podía saber que yo iba a llegar hoy aquí, no se habría enterado hasta mañana.

—Explícaselo cuanto antes al juez Moody, hijo —le indicó la señorita Beulah, que seguía al señor Renfro para repartir la sal—. Da la impresión de que está a punto de dejar el cuchillo para marcharse a su casa.

—No sigas, hijo. No quiero escuchar una palabra más —dijo el juez Moody a Jack.

—Nuestra reunión es de las que no admiten espera, señor —dijo Jack al mismo tiempo—. Si no llego a presentarme hoy, nadie, ni siquiera mi esposa, me habría perdonado jamás, por mucho tiempo que viviera.

—Oh, Dios mío… ¿Te has fugado? —exclamó Gloria.

—¡Horror! —gritó la señora Moody.

—Ha sido cosa mía y solo mía —dijo Jack—. ¿De qué nos habría servido, a mí o a cualquiera, haber llegado mañana en vez de hoy?

La tía Nanny ya se reía a carcajadas.

—¿Y cómo te has librado del traje a rayas, corazón? —le gritó—. ¿No se supone que vestías con un pantalón a rayas? Porque yo no lo veo…

—Chist —dijo el tío Curtis.

—Seguro que ha trepado por la tapia y luego ha caído del otro lado, igual que Zanco Panco —dijo la tía Birdie—. ¿O es que te escabulliste por debajo de la verja?

—¿En Parchman? En Parchman no hay una sola verja —dijo Jack—. Tía Birdie, Parchman es demasiado grande para rodearlo con una verja. Es interminable, eso es lo que pasa.

—Así que no has salido a pie de Parchman —murmuró el juez Moody.

—Salí con Dexter —dijo Jack.

—No entiendo —dijo el juez Moody.

—Me monté en un caballo y me fui así, un domingo por la mañana, con la fresca, cuando me pareció más razonable, y en verdad lo era —dijo Jack—. Monté a Dexter. Nos conocemos bien. Hay un capataz que lo monta todos los días menos el domingo. Con todo lo caballo que es, Dexter parece casi un capataz más. Me llevó a supervisar todas esas hectáreas que hay en Parchman, y al final me condujo por un caminito que acabó siendo el correcto.

—¿Y Aycock iba montado detrás de ti?

—Tía Birdie, de haber ido los dos montados habríamos llamado la atención. Aycock venía detrás del caballo, agachado, sin que apenas se le viera por encima de los campos de algodón.

—Jack, eso tendrías que haberlo mantenido en secreto —le susurró Gloria—. Aunque, claro, ni siquiera sabes cómo hacerlo. A ti los secretos te los tenemos que guardar los demás.

—Me quité la camisa y la hice tiras y lo dejé allí atado en un algodonal, a la sombra, y hablé con él y me despedí de él como se merecía, y si ahora te quieres reír, tía Nanny —dijo Jack—, la verdad es que ni siquiera sé de quién son los pantalones que me calcé. —Ella dio un chillido—. Los cogí de un tendedero. Al principio solo encontramos esos pantalones. Aycock a poco tuvo que ir envuelto en una sábana. Pero perseveramos, y en cuanto nos cruzamos con el primer predicador por el camino saltamos derechos a su coche. ¡Y vaya historia nos contó mientras nos llevaba por el camino de Winona! Nos contó que alguien le había pegado fuego al juzgado.

—Bien, pues ya puedes ir a cambiarte esos pantalones —dijo la señorita Beulah.

—No te cambies los pantalones, Jack —le dijo la tía Birdie en tono de súplica—. Ahora ya nos hemos acostumbrado a la pinta que tienes. Cuéntanos lo que te pasó después, por favor.

—Así que el muchacho salió de Parchman montado en un caballo de tiro… —le estaba diciendo el juez Moody a su esposa, que lo miraba.

—Como era la hora de ir a la iglesia, en los caminos había abundancia de buenos samaritanos. El juez Moody fue uno de ellos y ni siquiera se dio cuenta. —Jack se volvió al juez—. Durante el tiempo que se tarda en contarlo, salté a su rueda de repuesto, señor, y Aycock hizo otro tanto de lo mismo. Fue entonces cuando nos dimos de bruces con la zanja del señor Willy.

El juez Moody permanecía sentado con una expresión imperturbable, mientras el señor Renfro lo miraba deleitándose.

—Supongo que a lo mejor han salido tras él con los sabuesos. Es buena cosa que también nosotros tengamos aquí unos cuantos —gritó la tía Birdie.

—Yo creo que lo dejarán en paz —dijo el señor Renfro al juez Moody.

—Si yo fuera uno de Parchman, desde luego que lo haría —declaró la señora Moody, mientras el juez la taladraba con la mirada.

—Eché de menos mi regalo de despedida, unos zapatos nuevos —contó Jack a Gloria como si le estuviera pidiendo disculpas—.

Pero los dono de todo corazón a quien haya tenido que decir adiós a la penitenciaría mañana en vez de hoy. Yo tenía claro que había que volver como fuera a tiempo del cumpleaños de la abuela, antes de que acabase el domingo.

La tía Birdie volvió a esgrimir la cuchara ante el juez Moody.

—¿Y entonces qué habíamos quedado que estaba haciendo en el camino de Banner, eh?

—A él no le vamos a pedir que nos cuente su historia —dijo la señorita Beulah—. A ese hombre se le ha ocurrido la feliz idea de recorrer nuestros caminos, y con el primer bache y el primer contratiempo termina metiéndose en una zanja, y ahora lo tenemos aquí con nosotros. Con eso basta.

—No, no, con eso no basta, ni mucho menos —empezó a decir la señora Moody, pero Etoyle dejó la sandía en el plato, unió las manos sobre el pecho y soltó una exclamación.

—¿En la zanja? ¿Cómo que en la zanja, si el coche del juez Moody se ha subido él solito al Alto de Banner?

—Ni mucho menos —dijo la señorita Beulah con vehemencia dirigiéndose al señor Renfro, que estaba sentado junto al juez Moody con una cara de placer inocultable.

—¿En el Alto de Banner? ¿Al borde del precipicio? ¿Es eso cierto? —preguntó la tía Nanny gritando a los Moody—. ¿Y no hay manera de bajarlo de allá arriba? —No pudo contener la risa.

La señora Moody señaló con el dedo, desde la otra punta de la mesa, a la cabellera de Gloria.

—A cada uno lo suyo, y el mérito es de ella —dijo—. Fue ella la que salió corriendo de los matorrales y por poco se nos mete debajo de las ruedas, llamándonos por nuestro nombre. ¡Es ella la que nos hizo trepar por esa pared!

La señora Moody dijo alguna cosa más, pero no se le oyó entre los gritos que se prodigaron por toda la mesa.

—¡Mira tú quién se había estado tan quietecita como un ratón, aquí mismo, durante casi dos años! Bendito sea su corazón. —El tío Noah Webster bajó de un salto de la escalera y le plantó un beso a Gloria, dejándole la mejilla llena de migas de la tarta.

—¡Gloria Short! Te aseguro que te estás convirtiendo en un interrogante con patas. Me pregunto, la verdad, qué es lo que harás a continuación —exclamó la tía Birdie.

—Eso sí que es convertirse en miembro de la familia de pleno derecho —exclamó la tía Nanny—. ¿Los paraste tú sola en seco? ¿Fuiste tú quien los mandaste a subir la cuesta?

—¡No, por favor! ¡Que nadie se ufane conmigo! —suplicó Gloria—. Mejor dicho: si os vais a ufanar, que no sea por lo que no es debido.

—Le estaba diciendo yo a Gloria que tendría que haberse quedado en casa con las señoras, pero en este preciso instante me como mis palabras —dijo la tía Beck, que se puso en pie y se acercó a besarla como si quisiera hacer las paces en público.

—Déjales que se alegren aunque solo sea un poco, cariño —le dijo Jack hablándole al oído.

—Su único mérito es no haber sabido de qué otra forma podía parar. Iba demasiado acelerada —gritó Etoyle.

—¡Me caí de rodillas! Me avergüenza enormemente lo ocurrido —exclamó Gloria con el rostro casi tan encendido como el cabello.

—Pues es la primera vez que esta señorita dice que ha hecho algo que le da vergüenza, ¿no es cierto? —exclamó la tía Nanny con una ancha sonrisa.

—Y lo he oído yo —concedió la señorita Beulah.

—¡Podría haberme atropellado! ¡Y con mi niña en brazos! —exclamó Gloria.

—¿Y quién te salvó de una muerte segura? ¡Jack Renfro! —dijo la señorita Beulah encabezando un coro de respuestas, algunos de cuyos autores aún trataban de alcanzar a Gloria para darle un abrazo primero y una azotaina después.

—Fui yo quien hizo todo lo posible por salvar a Jack —le corrigió Gloria al soltarse.

Rieron sonoramente, con afecto, al ver a Jack. Se había puesto en pie llevándose la sandía a la mejilla, como si fuese una armónica. La había devorado del todo, dejándola en la cáscara, tanto que la luz del cielo brillaba al través.

—¿Cómo has dicho, cariño?

—Eso fue lo que quise hacer al principio —exclamó Gloria—. ¡Fui yo a salvarlo! ¡De todos los que estoy viendo ahora mismo!

—¡Señorita Gloria! Creo que empiezas a ser un poco más como esta familia había pensado que eras —cantó el tío Noah Webster de pura hilaridad.

—¡Pero sigo intentándolo! Y aún lo tengo que salvar —exclamó—. No soy de las que se rinden fácilmente

—¿Sabes una cosa? —dijo la tía Beck—. Yo creo que una maestra es capaz de hacer todo lo que se proponga.

—¡Gracias al juez Moody —gritó Jack— todavía la tengo! Es él quien salvó a mi esposa y a mi niña.

—¿Se puede saber cómo es posible que hayas dejado que el juez Moody salvase a tu mujer y a tu hija? —exclamó la señorita Beulah—. Porque a todo esto, ¿tú dónde estabas?

—Salí corriendo tan deprisa detrás de Lady May que mandé a Jack dando tumbos a la zanja —dijo Gloria—. Pero si no hubiese aparecido el juez Moody justo en ese instante, no nos habría pasado nada a nadie, nos habríamos puesto de nuevo en pie como si tal cosa.

Jack se inclinó hacia ella.

—Si el juez Moody tuvo que salvarnos, fue por culpa del juez Moody —dijo Gloria a toda la concurrencia.

—La auténtica culpable —se oyó decir al juez Moody, hablando con su esposa— ha sido esa niña, eso por descontado. Echó a correr entre los dos. Era un blanco móvil.

—Eso es, la culpa es de la mocosa —dijo la señora Moody.

—De esa niña no se puede decir nada, y menos aún que sea culpa suya —dijo la señorita Beulah.

—Pero… ahora que caigo, todos los planes resulta que han salido del revés —dijo la tía Fay Champion.

—Y el coche ahora mismo está colgando por los pelos en el Alto de Banner. ¿Y se ha ido usted como si tal cosa, juez Moody, en cuanto le han indicado que se fuera?

—Yo sigo sin creerme que el coche esté allá encaramado, Beulah —dijo el tío Dolphus para consolarla—. Y tampoco pienso darme un paseo hasta allá, eso lo podéis tener claro, con el calor que hace, para demostrárselo a nadie.

—Ese paseo ya lo he hecho yo y lo he visto con mis propios ojos —dijo el señor Renfro—. Y por lo que al coche respecta, está allá encendido, en marcha, ronroneando a las mil maravillas.

—¡Y hay uno dentro sujetándolo! ¿A que no lo adivináis? ¡Aycock! —gritó Etoyle.

—Ah, por un momento pensé que ibas a decir otra vez «Jack» —dijo asombrada la tía Birdie.

—¿Aycock Comfort está metido en su coche y aun así sigue portándose como debe? —preguntó la señorita Lexie Renfro al juez Moody con toda frialdad, dirigiéndole la palabra por vez primera—. En fin, pues me agrada saberlo. Supongo que Parchman le habrá sentado bien a Aycock. Ojalá encontrasen a su padre y lo mandasen también para acá.

—Mamá, mientras Aycock no se mueva, está bien seguro en donde está, tanto como lo estamos nosotros —dijo Etoyle—. Al menos, eso dice Jack.

—Y si se mueve un pelo, es ganso que vuela. ¿Y qué hay de todo lo demás? —chilló la señorita Beulah—. Estos chicos, estos hombres... ¿es que no se dan cuenta de nada?

—¿Darse cuenta de qué, madre? —le preguntó el señor Renfro.

—¿Se puede saber por qué estáis tan seguros de que así se acaba la historia? Alguien tendrá que convencer a ese coche de que baje de donde está. ¿O es que a ninguno de vosotros se os ha ocurrido pensar en ese detalle? —exclamó la señorita Beulah—. ¡Todo lo que sube tiene que bajar en algún momento! ¡Todo, todo, todo! ¡Y a veces no hay manera de ver el fin de nada! Así pues, Jack, eres el elegido.

—Es posible que el equipo quiera que así lo haga, de acuerdo —dijo Jack—. Pero la última noticia que tuve del juez y de la señora Moody es que prefieren ponerse en las manos del viejo Curly.

—¿De Curly Stovall y de esa yunta de bueyes herniados que tiene? Le aseguro, juez Moody, que ese malandrín ya se las apañará para sacar tajada de ustedes —dijo la señorita Beulah.

*   *   *

—Esa niñita aún será una cría, ¡pero digo yo que edad ya tiene para llevar bolsillos! —exclamó la tía Cleo.

Gloria, en un asiento tan bajo como estaba, casi tan bajo que apenas se le veía desde el otro lado de la mesa, se había abierto el vestido cubriéndose con una mano.

—A pesar de los pesares, la niña ha comido unos hilillos de carne blanca, unas migas de huevo duro y una cucharada de pan de maíz mojado en crema, y un encurtido —dijo la tía Nanny—. Su padre mismo se lo ha dado. Y yo la vi con un hueso de pollo en la mano.

—Cuéntenos algo más, hermano Bethune —gritó el tío Noah Webster—. No puede dejarnos así sin más.

El hermano Bethune recordó que el premio por ser la persona de mayor edad en la reunión correspondía a la abuela Vaughn.

—Y ahora el premio al más joven —gritó a voz en cuello, y apareció un bebé que acababa de nacer ese año, tendido y bien sujeto en una carretilla, batiendo manos y pies como si fuesen dos pares de alas—. El premio al que tiene más descendientes, después de la abuela Vaughn, naturalmente... Ponte en pie, Curtis Beecham.

A la tía Cleo se le dio el premio por ser la novia más reciente, al tío Percy por ser el más flaco, a la tía Nanny por ser la más gorda.

—El abuelo no dio en toda su vida un premio a nadie por ser el más gordo —dijo la señorita Beulah—. Había que hacer las cosas bien. Y si se hacían las cosas bien, se entendía que ya había recibido una su premio. ¿Verdad que sí, abuela?

La anciana alejó la cabeza del plato durante un momento, como si a la mecedora que ocupaba le hubiesen salido ruedas.

—¡Y mira el pobre Jack! Aparece el juez Moody por la carretera de Banner y resulta que llega justo a tiempo para que ponga a prueba ese camión. Pero entonces va y se encuentra con que no hay camión —dijo la tía Nanny.

—Así es, juez Moody. Sabemos todos mejor que usted qué es lo que necesita —dijo el tío Percy con un hilillo de voz—. Lástima que haya escogido el peor día para ello.

—Si Jack sale con vida de esta y logra recuperar el camión y consigue ponerlo en marcha, yo lo único que pido es seguir estando en la tierra y gozar además de buena vista para verlo trabajar —dijo el tío Dolphus—. Jack a punto ha estado de convencer a toda su familia de que ese camión serviría incluso para arar la tierra.

—¿Y qué fue lo que pasó para que se estropease? —preguntó la tía Cleo—. ¿Atropelló a algún imbécil por el camino? No creo que Jack ponga mucho cuidado en lo que es suyo. —Lo miró zamparse la mitad que quedaba de una sandía.

—Es que hasta que estuvo reventado no fue propiedad de Jack —dijo la tía Nanny guiñando un ojo.

—¿Y qué fue lo que le pasó? —preguntó la señora Moody.

—Arrancó de la tienda de Curly, en Banner, un sábado por la mañana, y resulta que el Rápido de Nashville se acerca por la vía. Estábamos allá sentados en el porche de la tienda, llorando nuestras penas, cuando de pronto se oye un ruido tremendo —dijo el tío Dolphus.

—¿Se lo llevó el tren por delante? —exclamó la señora Moody.

—El camión detuvo al Rápido de Nashville en el cruce, así es, señora.

—¿Y no hubo que recoger el camión a trocitos de la vía del tren? —preguntó la señora Moody.

—Fue Jack quien lo recogió. Hasta las rodillas tuvo que meterse. Porque se había formado todo un río de Coca-Cola caliente y una montaña de cristales rotos que le impedían recogerlo. Era un camión de la Coca-Cola —dijo la tía Birdie.

—Jack pudo haberse rajado una arteria y aquí en casa no se habría enterado nadie —dijo la tía Beck.

—Las únicas Coca-Colas que seguían intactas en dos kilómetros a la redonda eran las que Orejones Broadwee acababa de entregar en su reparto. Fue a Curly a quien se las llevó —susurró el tío Percy.

—Pues vaya reja tan pegajosa la de la locomotora —dijo el tío Dolphus.

—Esa gente de la Coca-Cola me deja sorprendida. Me da la impresión de que se trata de uno de esos conductores imprudentes que tanto abundan —dijo la señora Moody a su marido.

—¡Cuidadito, que es pariente mío! —dijo la tía Nanny.

—Imagino que no quedó de él gran cosa que recoger y enterrar —dijo la tía Cleo—. ¿Se le enterró en un ataúd sellado, quizás?

—No se llevó ni siquiera un rasguño. Orejones Broadwee es así. Acababa de pasar por la tienda, donde estuvo contándoles cuentos a Jack y a Curly y a los chicos. Sostiene que ni siquiera llegó a oír el tren —dijo la tía Nanny—. Orejones se alegró de tener una excusa para buscar un trabajo que no le obligara a irse tan lejos de casa. Todavía lo sigue buscando. A lo mejor tendrá que ir a un CCC Camp si no le sale pronto algo que sea más de su gusto.*

—Ese hombre destruye todo lo que toca, desde luego —dijo el tío Noah Webster—. Ese camión no era mucho mejor que una jaula para las gallinas que se hubiera llevado por delante un ciclón. El Rápido de Nashville no pudo ser más puntual.

—Los de la Coca-Cola se quedaron francamente abatidos. Mandaron desde Alabama a un tipo para que verificase los destrozos. Llegó y se volvió por donde vino —dijo el tío Dolphus—. En fin. Ellos se lo pueden permitir.

—Total, que el camión queda hecho papilla, las piezas repartidas por el terreno que tiene Curly detrás de la tienda. «¿Y a ti quién te parece que me va a hacer la oferta apropiada por ese camión de marca International, Jack?», le dice Curly. «Fíjate: no hay una sola pieza que tenga más de un año de antigüedad.» Ya se sabe: con eso los puso a todos a babear.

—A mí me sigue dando la impresión de que Curly tendría que haber dado las gracias a Jack por habérselo llevado bien lejos de su terreno —dijo la tía Birdie—. Y no habérselo levantado del granero. ¿Me has oído, Jack?

---

*. El Civilian Conservation Corps fue una invención de Franklin D. Roosevelt, que en 1933 lo implantó en diversos estados para dar trabajo a los norteamericanos que no encontraban empleo durante la Depresión. Los hombres firmaban por el tiempo que fuese, y era habitual que los chicos estuvieran meses internos. Se les daba alojamiento y manutención y un salario mínimo, así como las herramientas necesarias para construir edificios básicos, centros de información, aseos públicos, carreteras, etc. Los parques nacionales empezaron por ser campamentos del CCC. *(N. del T.)*

—¡Jack está comiendo! Primero tendrá que terminar de cenar, así que ahora no va a haceros caso — dijo la señorita Beulah—. Abreviando una larga historia, ese camión, o más bien lo que quedaba de él, terminó aquí mismo, en nuestra parcela. Jack no pidió permiso a su madre. Empezó a traérselo por piezas. ¡Un montón de chatarra!

—Bueno, madre, ahí mismo está la vieja forja, en la trasera —dijo el señor Renfro—. Y hay bastante madera en el granero, madera bien curada, a la espera de que alguien le sepa dar el mejor uso. A Jack le dije qué es lo que haría yo si me encontrase como él, es decir, primero lo desmontaría pieza a pieza, y luego empezaría de cero.

—¿Y cómo se trajo Jack ese armatoste a casa desde la tienda? ¿Tenía al menos un volante? —preguntó la tía Cleo.

—Hermana Cleo, se fabricó un trineo él solo y cargó las piezas en él y las trajo a rastras una por una, con la ayuda de Dan y de Bet. Y todo fue como la seda —dijo la señorita Beulah, y se dio la vuelta para señalar con el tenedor de mango alargado—. Había cuatro pinos jóvenes que le hicieron un buen servicio. Los taló a la misma altura los cuatro y montó el bastidor del camión con cada esquina apoyada en uno de los tocones, ahí mismo están, si es que no os importa ir a echar un vistazo. Aquello había que verlo, desde luego.

—Para Jack fue algo muy bonito —dijo la tía Nanny sonriendo—. Ah, qué prisa llegó a tener Jack por terminar de armar ese camión.

—Yo me sigo preguntando qué necesidad tenía. Aquí estáis lejos de la autopista, no tenéis siquiera una buena carretera de grava —dijo la tía Cleo—. ¿Qué es lo que tenía que cargar? Yo aún no lo he visto.

—Su sueño era proveer a la familia —dijo la tía Beck, aunque seguía mirando al hermano Bethune, que había anunciado que ahora se disponía a predicar sobre la cuestión de la humildad—. Y mira que fue a él a quien terminaron llevándose a rastras de esa manera tan triste.

—¿Y no habría servido a las mil maravillas para llevarnos a todos a la iglesia sin que se nos embarrasen los zapatos? Durante todo el invierno, aquí en medio de los barrizales, podría habernos cargado a todos y llevarnos a verle jugar al baloncesto en el equipo de Banner.

Al llevárselo como se lo llevaron, ya ni siquiera pudo seguir en el equipo.

—No sigas, Birdie, que nos haces sentir lástima por él —suplicó la tía Beck, mirando primero a Jack y luego al hermano Bethune.

—Y es más: nos habría podido llevar al juzgado mucho más deprisa y con muchos más aires cuando llegó la hora de su juicio —dijo la tía Birdie a los Moody—. Podríamos haber adelantado a todos los que fuesen por el camino, y que se comiesen ellos el polvo que levantase el camión cuando volviésemos a casa, después de que en Ludlow se nos rompiera el corazón de pena.

—Ya, pero ¿a qué tantas prisas? —preguntó la tía Cleo—. Espero que no es porque estuviera deseando que lo juzgaran.

—¡Porque estaba cortejando a su mujer! Como ya se ve, se casó an tes de terminar de reparar el camión —dijo la tía Nanny—. La suya era una carrera contra la Naturaleza, y la Naturaleza se le adelantó por más que no parase de martillear ni una sola tarde.

—Reluciente, al final del arcoíris, lo esperaba Gloria Short —dijo la tía Beck con fervor.

—¿Dónde? ¿Dónde fue eso? —preguntó la tía Cleo.

—¿Dónde? Pues aquí mismo, en esta casa, dónde va a ser —dijo la señorita Beulah en tono de admonición—. A menos de seis metros de donde está ahora mismo, ahí sentada. En la salita de la entrada estaba cuando no en la cocina conmigo, planchándose las blusas.

—La nueva maestra, tan tierna, tan inexperta aún… —le recordó el tío Noah Webster con una sonrisa.

—Jack no pensó que debiera proponerle en matrimonio mientras no pudiera invitarla a ir de paseo los domingos en un vehículo que no fuera el autobús escolar —dijo la tía Nanny.

—Gloria es muy dada a que le gusten las cosas bonitas, y bien bonito habría sido ir sentada por encima de la polvareda cuando saliese a dar una vuelta —dijo la tía Birdie—. Ir los dos en un mismo caballo no es muy de su estilo. Nadie lo habría dicho cuando le daba por ser Lady Clara Vere de Vere mientras vivía en el orfanato de Ludlow.

—Bueno, a medida que se acercaba la hora de empezar a dar clase en el colegio, las cosas se pusieron bastante más serias —dijo el tío Noah Webster—. Jack estuvo dispuesto a darle un buen cabrito a Curly a cambio de todo lo que a Curly aún le quedaba del camión. Una operación de trueque sin más complicaciones, ni que decir tiene.

—¿Y qué es lo que aún estaba en poder de Curly? —preguntó la tía Cleo.

—Un montón de piezas del motor —dijo la tía Birdie, veloz en su conjetura.

—Sed humildes —gritó el hermano Bethune.

—Eso es verdad, Birdie —dijo el tío Noah Webster—. El hueco en donde tenían que ir alojadas las piezas de la transmisión daba la sensación de estar vacío, como si una mula le hubiera pegado un buen ñasco. Lo que Curly conservó hasta el final fue precisamente el motor.

—Pues entonces es que parece como si alguien se hubiera desvivido para cambiarle a Jack pieza por pieza algo que solo servía como mucho para admirarlo —dijo la tía Cleo, y se rió—. En fin, yo diría que la culpa fue de Jack por no hacerse con el motor antes que nada.

—Jack estaba convencido de que el otro individuo era tan honesto y tan transparente como él —exclamó la señorita Beulah con furia, sin dejar de patrullar alrededor de la mesa—. ¡Pero si hasta cree que los puercos lo son…! Adelante, hermano Bethune —exclamó—. Aún hay quien tiene la deferencia de escucharle.

—Curly montó el motor en el poste, a la entrada de la tienda, como si fuera una curiosidad digna de admiración —dijo el tío Curtis.

—Y era algo extraordinario de ver —exclamó la tía Nanny hablando con la señora Moody—. ¿Ha tenido usted ocasión de ver alguno? Parece una de esas lombrices que se amarran al final del hilo pescar. Cada vez que iba una a la tienda de Curly, aunque solo fuera por ver si tenía un artículo en concreto, había que pasar por debajo del dichoso motor.

—Mucho me fastidia pensar que eso es lo que los mueve —dijo la tía Beck.

—¿Y por qué no se lo llevó Jack sin más? —preguntó la tía Fay.

—Porque es demasiado honesto. ¡Demasiado honesto y demasiado afanoso! Cuando Jack no conducía el autobús escolar, cuando no estaba recolectando el algodón y plantando cara a los de la General de Verduras para que no le tocasen el maíz, y cuando no estaba pendiente de su educación, dedicaba su tiempo a cortejar a esa chica, y lo hacía muy en serio —dijo la tía Birdie.

—¿Y siempre a la misma maestra, nunca a otras? —preguntó la tía Cleo.

—Nunca a otras —gruñó la tía Nanny. Tomó en brazos a Lady May y se la colocó sobre las rodillas, ronroneando con la niña como si fuera un puma, antes de zarandearla—. Así es, Cleo. Nunca a otras.

—Total, que Curly Stovall tenía a Jack sujeto por la horquilla con ese dichoso motor.

— Yo misma no lo habría dicho más claro. Hasta que al final Jack se dio por vencido y le prometió a Curly el mejor de sus terneros —gritó el tío Noah Webster.

—Por esa porquería de motor, un hermoso ternero con la cara bien blanca —dijo la señorita Beulah a la señora Moody al pasar—. ¿A que son tontos los hombres?

—Es que Jack por entonces se moría de ganas de casarse —dijo la tía Nanny observándole comer y dando otro bocado a la vez que él.

—¿A alguien le intriga qué fue lo que se le ocurrió a Curly Stovall pedirle a Jack después de haberse quedado con el ternero, y eso sin contar con el cabrito que ya tenía? —preguntó la tía Birdie—. Pues veréis. Curly le dijo que lo único que le faltaba para dejarle llevarse de una vez el dichoso motor a casa era que convenciera a la nueva maestra, a la señorita Gloria Short, para que ocupara el asiento de la señorita Ora en la barcaza y fuese con él a navegar el domingo hasta el Remanso Hondo, a verle pescar los peces para la cena.

—No fue mala la pelea que se montó —dijo el hermano Bethune en un aparte.

—Y no hizo falta que nadie los llamase a montarla —dijo Gloria—. Yo ya había tomado una determinación, ya sabía lo que me parecía cada uno de ellos, y estaba ya lista para decirlo alto y claro en cuanto alguno de los dos me lo preguntase.

Todos los tíos se echaron a reír a carcajadas.

—¡Esa pelea a punto estuvo de llevarse la palma! —dijo el tío Curtis.

—Rara vez se ha visto una semejante —dijo el tío Dolphus.

—La última pelea de verdad, la única que valió la pena y se libró por una causa que la valía, fue la que tuvo lugar en la tienda —dijo el tío Percy—. La última antes de que se llevaran a Jack, claro está.

—¿Es que Jack ató a Curly con los mismos nudos y lo tuvo apresado de la misma manera? —preguntó la tía Cleo.

—Y fue la última vez que derrotaron a Jack —dijo el tío Curtis.

—Pero a todos nos hizo mucho bien, porque lo que dejó entre nosotros cuando a Jack se lo llevaron a la penitenciaría fue la sensación de paz de quien tiene algo valioso por lo que esperar. «Aún habrá otro sábado», recuerdo que dijo Jack cuando le tiramos del brazo derecho y se lo encajamos en el hombro. —Dio a Jack una palmada en el hombro mientras Jack seguía comiendo, y se dirigió al juez Moody—. Pues ya lo ve: este es el *sábado* que habíamos estado esperando.

—¿Y ahora resulta que Curly Stovall ha vuelto a montar todo el tinglado? —preguntó la tía Cleo entre risas.

—¡Así es! ¿Verdad que sí, Jack? Ay, cuánto me alegro de verlo zamparse la tercera sandía. Vaya apetito. Cualquiera diría que no ha probado bocado en la cena —dijo la tía Birdie.

—Sí. Supongo que si Curly pudiera terminar con todo el trajín que le queda, seguro que empezaría a ir a la iglesia los domingos montado en ese camión. Será hipócrita... —dijo la tía Beck al hermano Bethune.

—¿Terminarlo? —dijo la señorita Beulah al hermano Bethune—. Si ni siquiera sabe por dónde empezar... Ni siquiera sabe desatar un nudo de un tendedero. Y menos aún sabe cómo cerrar una caja fuerte, en la tienda, para que no se le abra a la primera.

—El camión está ya reparado. —Gloria se puso en pie, plantándose de pronto ante todos—. Nosotros lo hemos visto: Jack, la señora Moody, Lady May y yo, Aycock y todos los metodistas que iban de camino a la iglesia. Al juez Moody poco le faltó para verlo también, aunque al final no pudo. Con ese camión remolcaremos el coche de los Moody hasta el camino, si es que de veras se puede hacer.

—¿El camión de Jack? Así que funciona… —gritó el tío Noah Webster—. ¿Cómo es que nos traes tan malas noticias en un día tan espléndido?

—¡Bah! Yo no puedo creer que Stovall haya sido tan listo y haya sabido montar el camión sin tener a Jack a su lado —exclamó la señorita Beulah.

—Seguro que algo le pasa. Eso es seguro —exclamaron los tíos, gritándose unos a los otros.

Desde luego, cualquiera pondría la mano en el fuego para saber dónde va a llegar con ese cacharro —dijo el señor Renfro al juez Moody. Se había servido otro vaso de limonada y se había sentado junto al juez para verlo cenar. El juez Moody aún no había pasado del pollo—. Lamento saber que al final lo ha puesto en marcha.

El tío Noah Webster gritaba con delectación delante de las narices del juez Moody.

—¡Pero ahora sí que se va a armar una buena! Ahora se va a entablar una guerra como en los viejos tiempos, desde luego. ¡Jack y Curly se enfrentarán a cabezazos otra vez! ¡Y usted está en medio! ¡Y el bueno de Aycock ahí sigue, conteniendo la respiración para que no se le tuerzan las cosas! Lo mejor de los viejos tiempos vuelve de golpe a Banner, juez Moody. La verdad, hubo un tiempo en que pensé que ya no me quedaba gran cosa por lo que tener nostalgia.

—Pobre coche —dijo el juez Moody a su esposa.

—Pues espero que mañana haya alguien que tenga más idea de lo que es un salvamento. Porque lo que se dice hoy… —dijo la señora Moody—. El primero de los que aparecieron, aquel de la furgoneta de las gallinas, pudo ser, pero… ¿se paró a echar una mano? Pasó de largo a pesar de que le hicimos señales de auxilio y desapareció como si tal cosa.

—Es que ese tampoco es muy popular aquí, entre nosotros —dijo la señorita Beulah malhumorada.

—Homer tiene ideas propias —dijo el señor Renfro, y miró con renovado interés al juez Moody, que seguía comiendo con dificultad los melocotones encurtidos de la señorita Beulah—. Les voy a explicar qué inclinaciones tiene Homer, les pondré un ejemplo. Antes preparaba su sirope en mi molino de caña. La última vez que lo hizo, consiguió que Noah Webster introdujera la caña mientras él la hacía pasar por el medio y yo me ocupaba de la cocción. Nuestra mula era la que la molía. Viene Jack a rebañar un poco y no sé bien cómo, resulta que Jack espanta a la mula. Era Bet e iba con orejeras. Bet se echa a trotar a toda la velocidad que puede —le dijo mirando sonriente cuando el juez alzó los ojos y frunció el ceño—. Tuvo que trazar un círculo, otra cosa no pudo hacer, estando amarrada al brazo del molino de caña. Y el bueno de Homer quedó atrapado en el medio y tuvo que agacharse para que no le diera la pértiga. Cada vez que Bet daba la vuelta, Homer intentaba librarse de la pértiga y saltar del pozo, pero el animal no le dejaba. Asomaba la cabeza, intentaba ponerse en pie y la mula volvía a la carga, con los perros pisándole los talones. Pero es que Homer Champion, y eso lo sabe toda la familia, lo sabe el mundo entero y hasta Bet lo sabe, no ha nacido para saltar de un molino de caña cuando una mula da vueltas como loca. Ha nacido como mucho para escaquearse.

—Me di cuenta de que tenía que parar a Bet para que bajase, tía Fay, pero es que no podía hacerlo deprisa y corriendo —dijo Jack a punto de llevarse un bocado a los labios.

—Esa fue la última vez que Homer vino a moler caña —dijo el señor Renfro—. Y también la última vez que nuestra mula tuvo que hacer nada en la molienda. La última. Hoy sería imposible convencerla de que hiciera malvaviscos de caramelo, juez Moody. Y eso que los malvaviscos eran lo más rico que hacía Bet. Aquella última vez fue la mejor y lo hizo para Homer.

—Ah, nosotros también hemos estado hoy a merced de esa mula —dijo la señora Moody—. Solo por intercesión de la Providencia apareció ese camión.

—Stovall amarró una soga al camión, ¿no es cierto? Y les dijo que les haría esperar a mañana para resolver el asunto, ¿no es así? —dijo en tono desafiante la señorita Beulah—. Y entre todos, juez Moody, señora, los han dejado en el atolladero y sin ningún sitio donde refugiarse, ¿es así o no? Se nota por el aire apesadumbrado que tienen ustedes dos.

—¡Cuéntanos más, hermano Bethune! No sea que nos dé por pensar que te has quedado sin resuello.

La petición se extendió entre toda la concurrencia.

—No vaya a terminar así tan de pronto, señor —dijo la tía Beck.

—Bien, en ese caso me vais a permitir que dé la bienvenida entre nosotros a alguien a quien no esperábamos —proclamó el hermano Bethune—. ¡El juez Oscar Moody, del condado de Ludlow! ¡Vedlo todos ponerse en pie, vedlo saludar! Sé que está tan contento como yo de haber venido a parar aquí esta tarde. Y la señora que se sienta delante de él no es otra que su buena esposa, que tanto le ayuda en todo. ¡Póngase en pie también, señora Moody! No había pensado yo en buscar una mujer que se quisiera casar conmigo hasta haber terminado de cazar, y por eso sigo aún sin mujer a día de hoy. —Se volvió y lo dijo hablando con su escopeta.

—¿Por qué nos hemos levantado? —le preguntó su esposa al juez Moody.

—Yo por lo general me levanto cuando me lo piden —dijo él—. Ahora ya podemos sentarnos. —Y ella tomó asiento.

Pero el hermano Bethune de pronto adoptó un aire de severidad, como si hubiese tenido que retirar la silla que ocupaba el juez Moody.

—¡Señor! Ahora que lo tenemos entre nosotros, juez Moody, ¿qué le parece que será lo mejor que podamos hacer con usted? Yo se lo voy a decir. —Entonces todos los demás se callaron por fin y aguardaron. El hermano Bethune esperó con todos ellos. Acto seguido se dirigió al juez con llaneza, y en tono inspirado—. Pues aquí lo vamos a perdonar a usted.

—¿Lo vamos a perdonar, dice? —exclamó Jack poniéndose en pie de un salto, y Etoyle, soltándose del columpio, ejecutó el salto que tantas veces había ensayado, yendo a caer sobre la espalda de Jack. Este se tambaleó con el impacto. Todos los presentes, hinchados por la comida, miraron del juez a Jack y de Jack al juez.

—¡Hermano Bethune! ¡Hermano Bethune! Me pregunto yo si has escuchado como es debido lo que acabas de decir —exclamó

Jack, aunque entre todos los presentes ya zumbaba un nuevo contento—. ¿Qué va a pensar de ti mi familia? —Etoyle, dando un grito, cayó a tierra y se afianzó agarrándose a la pierna de su hermano.

—Cuidado, Oscar. Te estás ruborizando —dijo la señora Moody. Se le había subido la color hasta la raíz del cabello, como si se hubiese preparado para interpretar el papel del culpable.

—¿Perdonarme? ¿Por qué? —preguntó.

—No se les ocurrirá ir a perdonarnos por habernos metido en la reunión familiar. Nos han invitado ustedes —advirtió a todos la señora Moody.

—Eso no es más que la hospitalidad del lugar —dijo el tío Noah Webster, y dio a la tía Cleo una palmada en la espalda—. Pero no es ninguna garantía de que se le vaya a perdonar cuando llegue a donde tiene que llegar.

—No hay un solo indicio de ello —dijo Jack—. ¡Hermano Bethune! Me está pareciendo que la memoria se te viene y se te va a toda velocidad, al menos en el día de hoy.

El juez Moody miró a su esposa.

—Bueno. A fin de cuentas son todos ustedes los que han puesto mi coche en ese barranco, y son todos ustedes los que me indicaron que me fuese de allí y lo dejase en donde está —dijo.

—Yo por eso sí lo perdono —se ofreció la tía Birdie.

—Un poco de perdón no hará ningún daño a nadie —dijo la señora Moody.

—¿A usted le parece que es adecuado y que es de rigor convertirme en motivo de guasa? —le preguntó el juez Moody.

—Pues yo le perdono por haber venido con su esposa —gritó la tía Nanny.

—Eso no está nada mal, ya es algo —exclamó el tío Noah Webster, y los demás prorrumpieron en gritos y vítores aún más hilarantes al ver la cara del juez y la cara de Jack, juntas las dos.

—¿Y por qué es necesario que se me perdone? —preguntó el juez Moody—. ¡Eso es lo que quisiera yo saber!

—Juez Moody, en esto yo soy de la misma opinión que usted, y es una que no me gusta un pelo —dijo Jack.

—Juez Moody, le aseguro que le agradará que la mayoría le otorgue su perdón y también que le agradará ser perdonado —dijo el hermano Bethune abriendo de par en par sus largos brazos—. Se le perdonará por la dulzura del perdón en sí, mi querido juez Moody. El perdón nos sienta a todos mucho mejor que cualquier otra cosa en este mundo tan solitario en que vivimos.

—Y es un perfecto regalo de cumpleaños para la abuela —dijo el tío Percy, procurando dar a su voz toda la fuerza posible.

—¿Y ahora qué es lo que vamos a soltar aquí en medio? —exclamó la señorita Beulah—. Ya es la segunda vez que tengo que hacer la misma pregunta a toda esta gente.

—Pues verás, mamá. Yo no estoy a favor de lo que opina la mayoría —dijo Jack—. Esta vez no.

—¿Y para qué sirve una reunión? —vociferó el tío Noah Webster, mientras la tía Birdie, encantada con la situación y prácticamente fuera de sí, abría los brazos del todo.

—¡Yo le perdono por vivir! —gritó al juez.

El juez Moody de nuevo miró a su esposa.

—Esto ya pasa de castaño oscuro —le dijo ella, y él se separó de todos los demás—. Pon fin a todo esto, Oscar. Tan solo sientes lástima de ti —le gritó, pues el juez se había levantado de la silla del colegio que ocupaba y había tropezado con unas ramas verdes del boj—. ¡Vuelve aquí ahora mismo! No me puedes dejar aquí sentada, no me puedes dejar sola. ¡Y además no hay sitio al que puedas ir ahora!

—Vuelva, juez Moody —exclamó el Hermano Bethune en tono de amable invitación—. ¿De veras no quiere volver a oír cómo se le perdona?

—No, señor. Ni mucho menos quiero —dijo el juez Moody.

—¡Mirad! El perro de Jack lo obliga a volver —gritó alguien entre las risas.

—No sé por qué, pero a ese perro nunca le he podido enseñar buenos modales —exclamó Jack. Sid hostigaba con autoridad al juez Moody, mordiéndole los talones y obligándolo a volver sobre sus pasos, hasta que el juez se sentó de nuevo en la silla del colegio y alguien recompensó al perro con un buen trozo de tarta de cumpleaños.

—¿Qué significa todo esto? —preguntó el juez Moody a Jack.

—Mi familia, ya lo ve, no parece que sea capaz de decirlo, juez —le dijo Jack—. Y la verdad es que no es de extrañar. Intentan perdonarle a usted por haberme enviado a la penitenciaría. —El juez miró atónito en derredor—. Juez Moody, de veras que no sé en qué estará pensando toda esta pobre gente.

—¡Yo le perdono por haber juzgado a Jack Renfro! —exclamó la tía Birdie, y dio una palmada. Jack gemía ruidosamente.

—No —dijo el juez Moody—. No he avanzado a tientas por todo este camino para terminar viéndomelas con esto...

—Ahora está en donde está porque se ha perdido —dijo la señora Moody—. ¿Y puede alguien mostrarme a un hombre, el que sea, que tenga la fortaleza de reconocer una cosa así? No lo creo.

—¡Yo le perdono por haberse perdido! —dijo la tía Beck.

—... y no quiero el perdón de nadie por haber sido justo en un juicio. Eso sí que no me lo merezco.

—Juez Moody, usted y yo pensamos igual en este asunto —gritó Jack.

—Mire al chico, juez Moody. Jack Renfro podría haber sido un chico del que jamás se hubiera oído hablar por estos pagos de no haber sido por la manera en que usted le trató en Ludlow. No creo que su madre llegue a superarlo nunca —dijo el tío Curtis—. Va a necesitar usted un perdón pero muy grande por haber hecho una cosa así.

La señorita Beulah se acercó al juez Moody con la fuente de la tarta y los restos que le quedaban en el vestido para ofrecérsela.

—No me diga usted, señor, que no hay nada por lo que haya que perdonarle, que soy su madre.

—Pero sigue siendo cierto que, al margen del juicio que dictara yo sobre este chico, muy probablemente seguiría juzgándole igual si el mismo caso se me volviera a presentar en el juzgado —dijo el juez Moody.

—Ya lo sabía yo —dijo el tío Dolphus.

El hermano Bethune se acercó rodeando la mesa, se dirigió hacia el juez Moody, y le tomó del brazo.

—Yo hasta le perdono por haberme llamado «viejo», pero le aconsejo que no vuelva a hacerlo —le dijo—. Venga conmigo, dé un paso más y así le daré oportunidad de hacerle a alguien una reverencia —insistió al juez—. Voy a permitirle que la conozca. Señorita Vaughn, aquí tiene a uno que ha recorrido setenta kilómetros para desearle un cumpleaños feliz.

—¿Y en representación de quién viene? ¿A quién pretende tomar el pelo? —preguntó la abuela al juez Moody.

La señorita Beulah fue corriendo a protegerla, pero ella ya había encontrado el ramillete de dalias marchitas y había empezado a espantar con él al juez Moody en un gesto de debilidad. Este retrocedió y fue Jack quien lo sujetó. Se lo llevó lejos de la abuela, donde ella no pudiera oírle.

—Lo siento mucho, juez Moody... La abuela se pone celosa de todo aquel que pretende introducirse en nuestra familia —dijo Jack—. ¡Pero su gesto no me hará perdonarle más deprisa! Juez Moody, usted está aquí porque tanto usted como la señora Moody no tendrían dónde guarecerse en Banner y porque si no fuera por nosotros correrían peligro de morirse de hambre. Y son ustedes bienvenidos a la mesa. Y le debo una gratitud inmensa por haber virado a tiempo y no haber atropellado a mi esposa y a mi niña. Y voy a sacar su coche del atolladero para devolverlo a la carretera de Banner. Pero no pienso perdonarle por haberme enviado a la penitenciaría, eso sí que no. Escúcheme bien, juez Moody. Es usted quien ha causado todas estas risas; fue usted quien obligó a todos esos que se están riendo ahora a pasar sin mí un año, seis meses y un día, el tiempo que me tuve que tirar en Parchman arando la tierra. Algo que me lo tomo muy a pecho. Y me causa un gran sobresalto, sobre todo en este día en que he vuelto a casa, el tener que oír que todos le perdonan, todos menos la abuela. —Miró a la abuela y entonces gritó, mirando en derredor—. ¿Va a perdonarle todo el resto de la reunión? Mamá, papá, hermanas, hermano, tías, tíos, primos y primas... ¿Vais a perdonarle todos? Todos menos mi esposa...

—Yo ya lo dije —dijo Gloria.

—Esto es algo que forma parte de la reunión. Algo con lo que hemos de vivir, hijo —dijo el señor Renfro.

—No, señor; pues yo no le perdono, juez Moody —le dijo Jack—. Estoy que me hierve la sangre solo de pensar en cómo les privó usted de mi ayuda. ¡Y ahora ya los ha oído!

—Jack, termina de entender que tu familia irá siempre un paso por delante de ti —dijo Gloria.

—Yo no le perdono, señor. ¡Ni mucho menos! —dijo Jack con voz alta y clara.

—Pues muy bien. ¡Mejor que mejor! Lo prefiero así —dijo el juez Moody con cierta vehemencia—. Gracias.

—No hay de qué. Es usted más que bienvenido —dijo Jack. Le tendió una mano, y el juez Moody se la estrechó.

—Todo esto no habría ocurrido si el abuelo Vaughn hubiese estado al frente de la reunión —dijo la señorita Beulah—. Y menos aún habríamos visto este perdón sin condiciones de la primera alma hambrienta que viene a ofrecerse. Ay, abuelo Vaughn, cuánto echo de menos tu presencia…

—Lo único que pasa es que hemos terminado en el sitio más infecto del condado de Boone —estalló la señora Moody.

—¿Me permite que le diga algo? —la interrumpió la señorita Beulah—. Esa tarta de coco está tan tierna que se puede comer con cuchara.

—¿Y ahora quién se ha llevado la mayor sorpresa de todas? —gritó el hermano Bethune, y tomó a Lady May del regazo de su madre para volver corriendo con ella a su sitio. Se la colocó sobre el hombro en que apoyaba la escopeta—. Es una niña preciosa esta que veis por encima de vuestras cabezas. Responde al nombre de Lady May.

—Y vaya si no es esa la chica más presumida del condado de Boone —dijo la tía Nanny.

Lady May, que acababa de respirar hondo, miró a todos los que la observaban y se echó a llorar.

—Y quisiera aprovechar la oportunidad para decir —dijo el hermano Bethune por encima del llanto de la niña, y a punto de llorar también él—, que desde que los Bethune empezaron a morirse nunca había visto una familia tan numerosa reunida en un mismo sitio. Un Bethune y un Renfro se nos han ido yendo cada año, hasta que este año alguien nos ganó por la mano y fueron los Renfro quienes nos sacaron la delantera. Me pregunto a quién le tocará el turno ahora, señor Ralph. —El hermano Bethune volvió la cabeza para evitar las patadas de la niña y la tomó en brazos. Sacó un pañuelo, se detuvo para secarle la cara, se secó la suya y continuó—. En ninguna reunión, en todo lo que va de verano, he disfrutado de tantas atenciones ni he visto un comportamiento mejor. Las interrupciones han sido escasas y muy espaciadas. Y el barco, el barco en que hoy camina esta niña, la más pequeña de los Renfro, hoy recorre el río de la vida, y espero que el remo de la fe y el remo de las buenas obras lleven esa barquichuela hasta las puertas mismas del Cielo.

Cerró la boca formando una línea negra y dejó a Lady May en tierra. Todos los niños pequeños se pusieron a gritar con ella.

—Y ahora, apreciados amigos… Si alguno de vosotros piensa que esta es una gran reunión y que da gusto ver a tantos familiares juntos… ¡Esperad! El Día del Juicio cuando suenen las trompetas…

—Me muero de ganas, no puedo esperar —canturreó el tío Noah Webster.

—Caramba, el cementerio de Banner se despanzurrará como si fuera una montaña de patatas —exclamó el hermano Bethune—. Todos los parientes cariñosos que se han ido antes que nosotros, todos nos estarán esperando. ¿Y cómo os comportaréis entonces, apreciados amigos? Yo os lo diré. ¡Todos os quedaréis sin palabras. ¡Sin palabras! ¿A que no os lo podéis creer? Pues pensadlo.

Abrió bien los brazos y se quedó en donde estaba, boquiabierto.

—¿Verdad que se lo está pasando en grande? —exclamó la tía Birdie—. A veces me da por pensar que tuvo que ser un viejo solterón como el hermano Bethune el que inventó las reuniones familiares —dijo la tía Nanny.

—¡Tres hurras por el hermano Bethune! —exclamó el tío Noah Webster.

—El hermano Bethune no ha aceptado muchos títulos terrenales —gruñó el hermano Bethune—. Se contenta con ser uno de los receptáculos que Dios ha escogido.

—¡Otros tres hurras por el hermano Bethune!

—Nunca pidió un centavo de dinero a la iglesia y nunca lo necesitó. Sin escritura y sin monedero ha ido por la vida — susurró a la vez que se apagaban los vítores.

—Así es, hermano Bethune. Siéntate, hermano Bethune —le apremiaron varias voces.

—Es posible que no tenga yo muchos descendientes en la tierra —siguió diciendo el hermano Bethune con una voz todavía endurecida—. Si vamos al caso, no tengo ni uno solo. Sí que he matado en cambio una cantidad de serpientes más que considerable. He llevado la cuenta de las serpientes que he matado en los últimos cinco años, y si incluyo la de este mismo domingo por la mañana, la suma total alcanza las cuatrocientas veintiséis.

Todos lo celebraron a gritos.

—El hermano Bethune ostenta el título de campeón de los mataserpientes de toda esta parte del condado —destacó el tío Curtis—. Y eso que, según creo, se limita a esta orilla del Bywy y a cinco o seis afluentes. ¿No es así, hermano Bethune?

—Así es hasta la fecha —dijo el hermano Bethune, que seguía sin tomar asiento.

—Utilizas la vieja escopeta del calibre doce, tengo entendido —dijo el señor Renfro—. Es tu arma favorita para estos menesteres.

—Es mi única arma —dijo el hermano Bethune. Alargó el brazo para cogerla, apoyada como estaba contra el tronco del árbol, tan larga como él, los dos cañones de plata bruñida, y la sacudió mirando al tío Nathan, que lo saludó con una mano manchada de pintura.

El hermano Bethune volvió a sentarse con un gruñido. Se le fueron los ojos primero a la tarta de cumpleaños, de la que quedaba una última tajada en medio de las migas. Mientras tanto la abuela se daba golpes en los nudillos con el canto de un cuchillo.

Pero en esto apareció la señorita Beulah, que colocó una fuente delante del hermano Bethune y volcó encima un chaparrón de menudillos de pollo, que hicieron un ruido como de pomos de porcelana al caer. Echó en la fuente los restos del melocotón encurtido, tan gruesos que ni siquiera rodaron. El hermano Bethune emitió un ronco ruido de apreciación.

—¿Ha perdonado a Jack el hermano Bethune? —preguntó la tía Birdie.

—No, no lo ha hecho. Por ese camino iba, pero se desvió —dijo el tío Curtis.

El señor Renfro abrió otras siete u ocho sandías más y las fue pasando por las mesas. Iba dando el rojo corazón, a reventar, a una de las niñas cada vez, para que sepultara en él la cara. Todas las niñas aceptaron el obsequio con agrado.

—Vamos a ver. Hay una cosa que quisiera saber —dijo la tía Birdie—. Si no ha sido por causarle complicaciones a nuestro chico, ¿a qué ha venido usted hoy por la carretera de Banner, si se puede saber? ¿Tendrá la bondad de explicármelo, juez Moody?

—Mi presencia en este rincón del condado no tiene nada que ver ni con este muchacho de aquí ni con ninguno de ustedes —dijo el juez Moody—. He venido aquí por asuntos de mi estricta incumbencia. Solo intenté hacer todo lo posible por hallar la forma de cruzar el río, eso es todo.

—Pero al final no quisimos pasar por ese puente —dijo la señora Moody.

—¿Les dio miedo el puente? Bueno, pues no seré yo quien les culpe por eso —dijo el señor Renfro.

—Pues claro que no han querido cruzar ese puente —dijo la tía Beck—. Yo tampoco habría querido. De ninguna manera.

—Pues digo yo que seguro que se saben la historia —dijo la señorita Beulah.

—No —dijo el juez Moody a la defensiva—. Bastó con que lo viésemos bien.

—Ese puente es la manzana de la discordia entre dos grupos de supervisores, eso se puede decir con toda seguridad —dijo el señor Renfro—. Cruza el río entre dos condados rivales, ya sabe. A este lado queda Boone, al otro queda Poindexter.

—Hay un indicador en lo alto que dice «Cruce usted bajo su propia responsabilidad» —dijo el juez Moody.

—Con una calavera y unos huesos cruzados encima —dijo la señora Moody—. Quién va a discutir un aviso así...

—Y ese mismo cartel es el que se ve del otro lado —dijo con voz grave e inesperada el tío Nathan.

—Boone y Poindexter: cada uno de ellos es dueño del puente hasta la mitad —dijo el señor Renfro—. En cuanto ocurre cualquier cosa, por mínima que sea, la culpa empieza a pasar de un lado a otro, yendo y viniendo, gruesa, veloz. Y eso es lo que hay.

—Creo que no me va a gustar nada conocer esa historia —dijo la señora Moody en tono de acusación.

—Clyde Comfort había salido una noche a buscar ranas, y ya estaba de retirada —dijo el señor Renfro, y dejó en la mesa el vaso de limonada—. Y al pasar bajo el puente en su barca, se le ocurrió mirar arriba. Y vio la luna, tres cuartos de luna, que lo miraba tal como si el puente no estuviera en su sitio. Faltaba un buen bocado en la tablazón del puente por el lado del condado de Boone, justo en donde toca la orilla por el lado de Banner, y la luna se asomaba por allí a mirar a Clyde como si lo estuviese haciendo por un boquete abierto en medio de las nubes. Las primeras planchas habían cedido y se habían caído, o bien alguien se las había llevado por pura racanería, eso nunca llegó a saberse. De haber sido madera de pino sin desbastar, no habría sido muy raro que Clyde Comfort se largase con ellas para echarlas a la estufa que llevaba prendida en la barca —aseguró el señor Renfro al juez Moody—. Total, que mientras estaba allí sentado, maravillándose, dice que oyó un caballo y un carricoche que llegaron a todo meter por el cerro, camino de Banner, derechos hacia el puente. Y en plena noche. Las teas de pino que ardían en la barca de Clyde y la luna de tres cuartos en el cielo, esa era toda la luz que se podía ver. Y en ese mismo momento, por el rabillo del ojo, Clyde vio una rana bien gorda, justo la clase de rana que llevaba toda la noche buscando, plantada en la orilla como si lo estuviera esperando. ¿Y qué iba a hacer Clyde? ¿Saltar de la barca y subir el repecho de la orilla para avisar a quien fuera que se acercase y pedirle que no cruzase el puente, o bien asegurarse de atrapar a la rana antes? Al final, claro está, lo que hizo fue tomar el camino que menos resistencia le ofrecía.

A Clyde le gustaba alargarse más contándolo, pero a fin de cuentas esa es la sustancia del caso.

—Señor Renfro, ¿es que te has empeñado tanto en entretener al juez Moody que le vas a contar la historia al revés? —exclamó la señorita Beulah—. Esa historia en realidad trata sobre mamá y papá Beecham, sobre cómo se nos fueron los dos a la vez cuando aún eran jóvenes, sobre el puente que los sacudió y los lanzó al río y sobre el río en que se ahogaron una negra mañana, cuando el Bywy bajaba muy crecido, y sobre cómo los encontraron después muy alejados el uno del otro.

—Ah, bueno, esa al menos ya la conozco —protestó la tía Cleo.

Nuestro padre era un pastor metodista que recorría un circuito, incluidas algunas parroquias del condado de Poindexter —comenzó a decir la señorita Beulah—. Y por aquí predicaba con el propósito declarado de encontrar una mujer que quisiera ser su esposa. Una vez, era un domingo precioso, vio a Ellen Vaughn al salir de la Iglesia de su padre, y entonces Euclid Beecham dejó de buscar.

—Ojalá me hubiesen dado un centavo cada vez que he tenido que oír esta historia —dijo el señor Renfro al juez Moody, pero la señorita Beulah siguió a lo suyo, y todos la escucharon salvo Gloria.

—Y no solo se casó con Euclid Beecham. También hizo que dejara de ser metodista. Y la abuela y el abuelo lo aceptaron de todo corazón y le enseñaron a ser un buen agricultor. ¡Ay, la boda de Ellen y Euclid! ¡Cuánto me gustaría tener una foto de esa boda! —exclamó—. Los predicadores rivalizaron para casarlos, el abuelo Vaughn por un lado, el pastor metodista por otro. Y la época del año en la que todo estaba florecido. ¿Verdad que sí, abuela?

—Era la época en que florecen las acacias —reconoció la abuela.

—Y fueron dos los anillos que se dieron en aquella boda —siguió diciendo la señorita Beulah—. Ella le dio uno a él, y él le dio uno a ella.

—Digo yo que en aquellos tiempos tenían bastante más de todo —dijo el tío Percy con un hilillo de voz—. La Cordillera del Hambre debía de ser por entonces un hermoso paisaje con sus lomas y sus bosques.

—Y toda la gente del campo se reunía en la arboleda de la iglesia de Damasco y los cánticos se oían en dos kilómetros a la redonda, y mamá y papá eran jóvenes, bien conocidos en los alrededores, y todos decían que era la pareja más guapa que se había casado nunca en Banner. Decían que esperaban con impaciencia a ver a sus hijos.

—¡Y luego fuimos llegando todos nosotros, y lo hicimos deprisa! Nathan, el mayor; luego, Curtis; luego, Dolphus; luego, Percy; luego, yo; luego, Beulah, y luego el pequeño, Sam Dale —dijo el tío Noah Webster.

—Euclid encontró aquello que siempre había querido tener —dijo el señor Renfro.

—Y todos y cada uno de aquellos niños eran buenos, eran más buenos que el oro, y listos, y dulces de carácter, y bien educados —siguió diciendo la señorita Beulah, que aún hablaba como si fuera de oídas, o desde el otro lado de la tumba.

—En fin, y ya sabemos qué pasó —dijo la tía Cleo.

—Papá no podía evitar ser mucho más apuesto de lo normal —dijo la señorita Beulah—. No podía evitar que lo hubieran bautizado en la cuna. Ni siquiera podía evitar que le hubieran puesto por nombre Euclid, pobrecillo. —De pronto cruzó los brazos y exclamó—: ¡Ojalá hubiera aprendido cómo detener a un caballo desbocado! Ay, ojalá…

—Tal vez lo hubiese sabido hacer mejor si no hubiera sido su mujer la que llevaba las riendas —dijo el señor Renfro.

—Soy yo quien lo está contando —exclamó la señorita Beulah—. No puedes impedírmelo. De todos los niños, Noah Webster era el único que estaba despierto, el único que los vio marchar.

—¿Te refieres a este Noah Webster? —preguntó la tía Cleo.

La señorita Beulah siguió sin hacer caso.

—Salió corriendo al oír que se abría la puerta del granero, salió corriendo solo con la camisa puesta, gritando: «¡Para, papá! ¡Mamá, para! ¡Esperad un momento!». A punto estuvo de atrapar al caballo, pero es que no tenía estatura suficiente. Por eso se puso a llamar a gritos a la abuela. Ellos siguieron a lo que iban y salieron por la cancela y la abuela salió corriendo para impedir que se marcharan y por poco la atropellan y la hacen puré entre el astil del carricoche y el árbol… —Señaló con el dedo un tronco de cedro que estaba a la entrada—. Fue corriendo tras ellos por la cuesta, llamándoles para que volvieran.

—¿Que la abuela salió corriendo? —gritó Vaughn horrorizado.

—Montó en su caballo y lo azuzó con la fusta y siguió a sus hijos a galope tendido, pero su lindo caballito se le quedó derrengado antes de llegar al puente. Y fue porque había venteado el peligro y había visto el boquete en las tablas, y a tiempo llegó de ver el carricoche hundirse y lo vio aún flotar en el agua, con la lona levantada como una vela.

El tío Curtis, la tía Nanny, el tío Percy, todos, en fin, menos el tío Nathan, al unísono alzaron los brazos, y el tío Noah Webster aún los sostuvo alzados más tiempo.

—El arranque del puente no era sino un gran boquete, y a nadie se le había ocurrido decírselo, con lo que los dos cayeron al río Bywy y se ahogaron y nos dejaron huérfanos en un visto y no visto —dijo la señorita Beulah—. El Bywy bajaba muy crecido, venía desbordado aquella primavera, y nadie sabe hasta dónde se los llevó la corriente mientras aún luchaban por salvar la vida, ni qué fue lo que los arrancó al uno de los brazos del otro. No estaban juntos cuando los encontraron.

—¿Y llegaron a encontrar al caballo? —preguntó a gritos Vaughn.

—El caballo ni siquiera cayó al agua. Tuvieron que matarlo de un disparo.

—El pobre Noah Webster siempre se ha culpado por tan penoso suceso. Y es como si hubiese tenido que estar allí un chico bien despierto para que su padre y su madre lo oyesen alto y claro cuando abrió la boca para avisarles —dijo la señorita Beulah, y se dio un golpe en el pecho.

—Alguien quiso escapar de nosotros, de los niños. Eso fue lo que di en creer entonces, y eso es lo que sigo creyendo ahora —dijo el tío Noah Webster—. Si no lo hubiese creído así, no habría salido al camino para esperarles. Habría estado en la cama junto con todos vosotros. A no ser que lo soñara, yo aún no sabía que había un boquete en el puente del Bywy, yo no sabía más que lo que sabían ellos. Tan solo supe que corría el peligro de perderlos.

—De no haber nuestros padres sido quienes eran, las cosas podrían haber sido de otro modo. Ellos tan solo debieron de pensar que el chiquillo quería ir con ellos. Ni siquiera se volvieron a mirarlo. ¡Y si no hubiera sido un Comfort el que andaba cazando ranas en el río...! La abuela, como es natural, no pudo hacer nada para impedir que pasara lo que pasó —dijo la señorita Beulah angustiada—. A papá lo sacaron del río por la noche casi en el mismo sitio en donde cayó. En cambio, ¿dónde estaba mamá? —exclamó ante la concurrencia.

—Estuve en el Alto de Banner y les vi poner cargas de dinamita para encontrarla. Durante dos días —dijo el señor Renfro—. El viejo río corría por delante de mí mucho más deprisa que yo, que iba siguiendo las burbujas.

—Pero fue en el Remanso Hondo donde apareció por fin, donde mamá salió por sí sola. Beulah era demasiado pequeña, no puede acordarse, o eso es lo que dice —dijo el tío Dolphus, tomándole el pelo con un punto de tristeza.

—A mí me sigue asombrando que ese río no se tragase a un montón de gente aquella misma mañana, gente tan terca como una mula —dijo la tía Birdie con un suspiro—. Todavía me da miedo pensarlo.

—En el puente viejo se han hecho algunas mejoras. Nosotros mantenemos la tablazón bien cubierta por el lado que nos toca, y a cada tanto clavamos cuñas en los voladizos para que no se suelten. Pero en cuanto viene la crecida o alguien hace alguna trastada, muerte segura —dijo el tío Curtis al juez Moody—. Desde mi propia cama la he oído yo cantar toda la noche, y eso que no hay nadie en el puente, cuando sopla el viento del norte.

—Pero volvamos al puente aunque sea un minuto. ¿Qué era eso tan importante que los dos tenían que hacer a toda costa cuando engancharon al caballo y se marcharon de la casa a hora tan temprana, sin avisar al abuelo y a la abuela y a los niños? —Fue la tía Beck con su voz afable la que hizo la pregunta.

—Eso es mucho preguntar —dijo la tía Nanny.

—Beck, esa parte de la historia yo no la conozco —dijo el tío Curtis mirando de reojo a su esposa—. Creo que casi todos han dejado de preguntárselo, y más a la luz de lo que les pasó en el camino.

—Algo entre un hombre y su esposa, esa es la única respuesta posible; algo que nadie más tendría forma de saber, prima Beck —dijo el señor Renfro, y se incorporó para acercarse al recipiente de limonada.

—En cualquier caso, fuimos pacientes y al menos se pudo celebrar un doble funeral —dijo la tía Beck a la señora Moody—. Y eso siempre es un consuelo.

—En el doble funeral —dijo la señorita Beulah, mirando con ojos ardientes a su abuela—, que fue en la misma iglesia, estuvieron los dos predicadores rivales de las otras veces, aunque aquí el abuelo Vaughn se llevó la palma. Nos colocaron a todos los niños allí en fila, llorando como mugen los terneros, de eso estoy segura, aunque no tengo el menor recuerdo de ello.

—Entonces, antes de que fuera demasiado tarde —dijo la tía Nanny—, los que acudieron a dar consuelo decidieron quitarles a los dos los anillos. No dejaron que enterrasen los anillos con sus dueños, junto con lo que de ellos quedase. El de Ellen se lo quitaron por la razón de que la mujer estaba hecha una verdadera pena.

—¿Y quién se lo quedó? —preguntó la tía Cleo.

La señorita Beulah alzó la mano con severidad, en señal de advertencia. Tenía la piel de los dedos hinchada y plateada, como si la cubriesen escamas sueltas e iridiscentes. Su propia alianza matrimonial no se la quitaría nunca del dedo a menos que no pudiera impedirlo, pues la llevaba prácticamente clavada en la carne.

—Fue a parar a la Biblia de la abuela —susurró la tía Beck meneando la cabeza.

—A mí me pareció que sería apropiado enterrar a mi hija con su anillo —dijo la abuela, y todos callaron para oírla—. Me pareció lo indicado. Fueron las visitas que se recibieron en casa las que insinuaron que era mejor no hacerlo. Con Ellen en el ataúd, formaron un círculo en torno a ella y le quitaron el anillo del dedo. Nunca había visto antes a esa gente.

La tía Nanny guiñó el ojo al resto de las tías.

—Así es. Así es como se hace, abuela —dijo la tía Becky. Las mujeres se pusieron en pie y rodearon a la abuela—. Muchas veces se suele hacer así. El mundo exterior no respeta los sentimientos de una ni siquiera al final.

—¿Y ese es el anillo que Ella Fay se llevó al colegio aquella mañana? ¿Otra vez volvemos al principio? —preguntó la tía Cleo.

—El mismo anillo de oro, la misma y triste historia... —dijo la señorita Beulah, y le dio unas palmadas en el hombro a la abuela, alisándole el cuello del vestido—. Esta mañana solo habéis oído la parte de los Renfro. Y eso no es todo.

—Tened paciencia y quedaos sentados —dijo el señor Renfro—. Es lo único que tenéis que hacer.

—Desde luego, bastó un día de colegio para que Ella Fay volviese a casa llorando y sin el anillo. Habría hecho falta todo un largo año para que aprendiese a fregar y a cavar con la azada y a ordeñar y a echar agua a los cerdos y todo lo demás con su propia alianza para que no la perdiese. —La señorita Beulah puso la mano en la que llevaba su anillo de casada sobre la mesa. La tía Beck y la tía Birdie hicieron lo propio y colocaron sus manos junto a la de ella. Y la tía Nanny aún dio una palmada encima de sus manos, y de pronto se echaron todas a reír a pesar de que estaban llorando.

—Total, que para terminar la historia, la abuela se puso el delantal, se lo ató, desempolvó su cuna y empezó de nuevo a criar otra tanda de niños pequeños como si fueran los suyos propios, tras criar a la única hija que tuvo —dijo el tío Percy.

—Sí, fue nuestra bendita abuela la que nos dio forma y sustento a todos —dijo el tío Curtis—. Con el abuelo siempre cerca, enorme como era, para rezar y enderezarnos y ponernos en vereda. Habríamos dado verdadera pena si hubiésemos tenido que bregar por nuestros propios medios, ¿verdad que sí, abuela?

—Nunca se ha permitido en esta familia nuestra que nadie quede huérfano —dijo la señorita Beulah.

—Podrían incluso haber intentado separarnos —exclamó el tío Noah Webster.

—Eso sí que es ser una buena cristiana dos veces en una misma vida —le gritó la tía Beck a la abuela—. Criar a todos estos…

—Fuimos unos niños bastante buenos —dijo la señorita Beulah—. Sam Dale era el mejor de todos, por ser el más pequeño.

—Todos excepto Nathan, el del cabello rizado —dijo el tío Percy—. Aún ahora oigo al abuelo pedirle a la abuela, tras una puerta cerrada, que sometiera como fuera a ese chiquillo, que lo azotara si era preciso, que le diera su merecido para meterlo en cintura. ¿Verdad que sí, abuela?

—Ven aquí delante —dijo la abuela—, que me estás guardando la espalda.

—Esta sandía, que pesa veinte kilos lo menos, es más dulce y está mejor que la mayor de las tentaciones, hermano Nathan, así que haz el favor de acercarte —dijo el señor Renfro. Estaba de pie, ofreciéndole el corazón del fruto pinchado en un tenedor.

—Mi querido Nathan, no seas tan duro contigo mismo —dijo la señorita Beulah—. Solo pasas con nosotros un día y una noche al año, y todos desearíamos que no pasaras cada instante ahí de pie y sin probar bocado.

El tío Nathan alzó la mano.

—No, hermano Ralph —dijo—. Te estaré muy agradecido si se lo das a uno de los niños.

—Eh —exclamó la tía Cleo—. Esa sí que es una baza ganadora.

El tío Nathan seguía con la mano derecha en alto, y tenía la palma sin líneas, lisa, rosada como el talco. No la había articulado, aunque parecía más bien dispuesta por siempre a tomar un azucarillo de un cuenco. En el dedo más largo de los cinco, se le veía un anillo de sello.

—¿Y hasta dónde le llega? —preguntó la tía Cleo.

—Bien se ve, y lo puedes comprobar con tus propios ojos, que no es de verdad —dijo la señorita Beulah—. Esa mano fue un regalo que le hicimos entre todos, sus hermanos y yo, y fui yo, su hermana, la que le regaló el anillo. El anillo se quita igual que se quita la mano. ¿Así te das por satisfecha?

—Por ahora… —dijo la tía Cleo cuando todos volvieron a sus asientos.

—Acabo de ir a despertar a Sam Dale —dijo la abuela—. No tardará nada en venir.

Se aquietaron las caras de todos unos momentos, como si la vieja campana que se elevaba sobre ellos, en lo alto, hubiera dado un solo repique en el aire de la tarde.

—¿Quién es Sam Dale? —preguntó la tía Cleo.

—Jack es lo más parecido a Sam Dale que existe en el mundo —dijo la señorita Beulah en un tono apremiante, de advertencia.

—Aunque Sam Dale nos dejó antes de que alguien se buscara una excusa para enviarlo a la penitenciaría, eso ya te lo aseguro —dijo la tía Birdie con inevitable alegría en la voz—. Si no me hubiese casado con Dolphus, me habría casado con Sam Dale. Creo que yo le gustaba.

—Sí, le gustaba más de una y a más de una trató bien, aunque a ninguna tanto como a sí mismo —dijo la señorita Beulah—. Todas las chicas de Banner estaban por Sam Dale Beecham, y Jack pasó por la misma experiencia, vaya que sí.

—Sam Dale se ahorró el casarse con cualquiera de ellas y lo hizo a las duras —dijo el señor Renfro.

De pronto, la señorita Beulah cruzó los brazos y habló en tono inexpresivo.

—Entre todos nosotros no había más que uno que tuviera tal apostura que a cualquiera se le salían los ojos de las cuencas al verlo, y ese era nuestro hermano menor, Sam Dale.

—Oh-oh —dijo la tía Cleo—. Me apuesto cualquier cosa a que algo le pasó.

—¿Y te abstendrás de intentar sonsacárnoslo? —exclamó la señorita Beulah, todavía cruzada de brazos.

—Es que la suya es una historia que ojalá nunca tuviésemos que volver a contar —dijo la tía Beck—. ¡Qué guapo era! ¡Más guapo que Dolphus, más luminoso que Noah Webster, más listo que Percy, más hogareño que Curtis, más comedido al hablar que Nathan, y en lo que se refiere a su capacidad para pillar al vuelo una melodía, era más rápido que todos ellos juntos! —dijo la señorita Beulah.

—A lo que parece, está muerto —dijo la tía Cleo.

La sombra se había ex tendido por toda la parcela y era más densa. La vieja campana, colgada de un yugo en el poste de la acacia, era lo único que aún no se encontraba envuelto por las sombras. La wisteria que crecía allí mismo parecía casi tan antigua como la campana; el tronco era como una colcha vieja, doblada, gris, envuelta contra el poste, y las hojas le daban un envoltorio plumoso en torno a la forma del hierro negro, quieta.

—Más valdrá que venga cuanto antes a la mesa, que si no se va a perder lo que le tengo guardado —dijo la abuela, el dedo tembloroso sobre la fuente de la tarta—. Le gustan una barbaridad los dulces desde que le puse una gota de miel en la lengua para acallar su primer llanto.

El tío Noah Webster ofreció a la tía Cleo el corazón de su sandía, del que goteaba el jugo, y ella le dio varios mordiscos sin que él dejara de sujetarlo en la punta del cuchillo.

—¿Pensáis seguirle la corriente? —dijo a pesar de todo—. ¿Solo porque ya está vieja?

La señorita Beulah abrió los brazos y unió las manos de pronto.

—Niños, venid —gritó a voz en cuello.

Los niños, que ya estaban a la espera, se precipitaron en avalancha hacia la abuela.

—Yo no soy una niña —dijo estirando sus manos diminutas. Una de las manos la tenía cerrada sobre una bolsa de semillas de tritoma, y la otra la tenía ocupada con una taza de té que temblaba en el platillo. Al mismo tiempo le pidieron que desenvolviera un bote de polvos de talco.

—Hay una cosa que se puede hacer que viva a pesar del invierno. Y eso es algo que ha de florecer antes que os podáis dar cuenta.

Los niños le daban ánimos.

Elvie apareció con el cachorro de pelo moteado y se lo acercó a la mejilla, sentado sobre una mano que lo sostenía con todo cuidado, y con un suspiro lo soltó, y el animalillo fue a refugiarse en el regazo de la abuela.

—Es capaz de atrapar a cualquier criatura que tenga pelo. Y de cobrarse cualquier presa con plumas —dijo con la voz ronca del tío

Dolphus. El cachorro bostezó casi en la misma cara de la abuela. En el hueco abierto de su morro habría encajado a pedir de boca una bellota de buen tamaño—. Es capaz de cualquier cosa.

—¿Y eso qué ha sido? ¿No va a salir a relucir otra vez ese cactus de Navidad? —dijo la abuela—. Si hay algo de lo que jamás me canso...

—¿Y estos? ¿No son bonitos? Y cuando el Viejo Invierno llame a tu puerta, seguro que te encantará comértelos todos —dijo el tío Percy, que se animó a llevarle un tarro de cristal lleno de los pimientos picantes que él mismo cultivaba, encurtidos en vinagre, y que se habían vuelto de un tono azul, rojo, púrpura—. Para mí que son tan ricos como las mollejas de una buena gallina.

El regalo de los Champion, envuelto en un paquete con forma de búho, era justo eso: un búho de porcelana de color marrón, grande como el batidor de la mantequilla, con el vientre hinchado, las patas amarillas como el girasol y tras los ojos unas bombillas que se le encendían y se le apagaban.

—Como si no hubiera tenido ya bastantes de esos ahí fuera y ahora me hiciera falta uno aquí dentro. Creo que el siguiente regalo me va a gustar más. Esto ya sé lo que es —les dijo la abuela, y tomó una caja envuelta en papel amarillo, con acebo estampado, que le llevaron cuatro de los niños. La abrió deprisa sobre las rodillas. Sacó y agitó una colcha recién hecha. Un ronroneo de placer brotó de la garganta de todos los presentes.

Cuando el fango de los caminos lo permitió, las tías y las primas se habían ido a visitar unas a otras de dos en dos y de tres en tres, para coser entre todas la colcha hecha de retazos en las tardes de invierno. Tenía el patrón de «Las Montañas de las Delicias», y rondaría casi los tres metros cuadrados, las piezas al bies, rojas y blancas, unidas hasta formar una estrella de ocho puntas en el centro, con un número idéntico de ovejas espaciadas entre una y otra. Al final, la tía Beck había cosido los remates con la colcha en su regazo, ayudándose de una aguja de punta curva.

Quiso la abuela enfocar mejor los ojos en los de las demás, mirándolas con un brillo palpitante. Se dio la vuelta y lo sostuvo del otro lado, mostrando un forro de color azul celeste. Mirándolas de nuevo, se acercó la tela a la mejilla.

—Lo acabé ayer noche. Y me llevó la noche casi entera —dijo—. Una o dos veces me pinché en el pulgar.

—Bajo esa colcha la han de enterrar —dijo la tía Beck en voz queda.

—A mí me van a enterrar bajo un lema: «No busques más» —dijo la abuela—. Tengo más de una colcha de las mías que aguantaría una inspección a fondo.

La tupida red que formaban en su rostro las arrugas cambió un tanto de luz, y en lo más profundo brillaron por un momento unos ojos intensamente azules. Clavó la mirada en la persona que tenía más cerca, que era Lady May.

—Mira quién ha ido a atenderla —dijo la tía Nanny—. ¿Verdad que parece un fuego de artificio a punto de salir disparado?

La niña se había acercado a los regalos tanto como le fue posible, tan cerca como le permitía su atrevimiento, aunque sin arriesgarse a estirar la mano hacia el cachorro.

—¿Y tú qué tienes para la abuela, Lady May? —exclamó la tía Birdie.

—Yo quiero un beso —dijo la abuela inclinándose hacia la niña—. Yo quiero cariño.

Lady May dio un respingo.

La señorita Beulah echó la cabeza hacia atrás y con una nota firme y tersa dio el tono a todos los demás. Todos a una elevaron la voz, con el tío Noah Webster haciendo el eco con su voz de barítono.

¡A reunirse en el hogar! ¡A reunirse en el hogar!
¡Que no haya más penas ni más años de vagar!
¡A reunirse en el hogar! ¡A reunirse en el hogar!
Los hijos de Dios vienen a reunirse en el hogar.

Mientras cantaban, el árbol que les daba sombra, el Varal de Billy Vaughn, con sus hojas trazando giros constantes allí donde daba la luz última del día, lucía brillante como la superficie de un río, y las mesas podrían haber sido un tren de barcazas amarradas unas a otras que se desplazara a merced de la corriente. La escopeta del hermano Bethune, apoyada aún en el tronco, también había emprendido viaje, y nada permanecía inmóvil, nada parecía poseer la fuerza necesaria para mantener la escena fija, para poner en suspenso la reunión que allí tenía lugar.

4

Estuvieron cantando todavía un rato más, sin moverse de las sillas, arrellanados, y algunos aún cantaban con los ojos cerrados. En las mesas, delante de ellos, solo quedaban restos y huesos, las cáscaras de las sandías; sin embargo, de vez en cuando flotaba cayendo del cielo una pluma blanca de gallina que trazaba giros sucesivos al descender sobre la hierba, o bien un rizo de plumón que aterrizaba en una de las mesas.

—¿Por qué es tan chapada a la antigua cuando canta? —preguntó la tía Cleo. La abuela se había adelantado de una zancada a todos los demás con su fa-sol-la, anticipándose al amén del Bendito Sosiego.

—Canta así porque así es como le gusta la canción a ella —le dijo la señorita Beulah—. Pero si a ti no te parece bien, mi abuelita te cantará otra mucho mejor.

A esas alturas se había reanudado en el prado el partido de béisbol que jugaban las niñas y los chicos. Había un tablón sobre el tronco del cedro y en él se columpiaban las niñas más pequeñas.

—El sitio de Gloria se lo han apropiado esas chiquillas —observó la señorita Lexie.

—A mí ya no me hace ninguna falta, gracias —dijo Gloria.

Salía en ese momento de la casa junto a Jack, que llevaba un pozal lleno hasta arriba de sirope.

—Después de que Aycock se quede a gusto con esto que le llevo, iré a avisar a la señorita Comfort para que sepa dónde está, para que se quede tranquila y se vaya a dormir —dijo Jack cuando llegó a la mesa de la abuela.

—¿Es que pretendes que coma igual que un caballo? —exclamó la señorita Beulah.

—Prométeme... Prométeme que cuando llegues allá no vas a intentar hacer nada por ti mismo, jovencito —dijo la señora Moody.

—Sí, a mí también me gustaría que me dieras tu palabra en ese sentido —dijo el juez Moody.

—Nadie hace las cosas por sí mismo aquí en Banner —les dijo Jack—. Y yo ya se lo prometí a Curly. El Buick lo dejamos para mañana por la mañana.

Antes de marcharse plantó un beso en la mejilla de Gloria y en la de su madre, y en el mentón de la abuela. No se veía ya ni una pizca del mundo más allá de la cancela, tan solo el tejado bajo el polvo que pendía sobre el camino, una polvareda extensa, fina e intacta como una piel, por la que Jack se internó hasta perderse de vista.

—No me hace ninguna gracia que anden todo el rato yendo y viniendo a hurtadillas —dijo la abuela.

—No temas —le dijo velozmente la señorita Beulah—. Volverá cuando lo necesitemos, no nos va a faltar.

—Me parece a mí que ha dejado usted pendiente de Aycock bastante más de la cuenta. Me pregunto si está al tanto del apetito que tiene ese chico —dijo el señor Renfro al juez Moody—. Me acuerdo de aquella vez en que Jack volvió a casa después de haber salido a cazar un poco y vino Aycock pegado a sus talones y se hizo la hora de la cena. —Arrimó el barril en que estaba sentado un poco más cerca del juez Moody—. En fin, pues por permitir que Aycock probase un poco de lo que entendemos aquí por hospitalidad, Beulah frió las ardillas que había traído Jack con el resto de la cena, y las puso en una fuente delante del plato de Aycock mientras este estaba zampándose la cena. Y no se si te acordarás, madre, pero las fue pinchando una tras otra hasta ventilárselas todas él solito. ¿Catorce ardillas, serían? Las conté una por una, porque hasta catorce veces pidió disculpas, una vez por cada ardilla que se zampó, a lo que dijo además que no había comido nada sólido desde que se levantó por la mañana. —El señor Renfro permaneció inmóvil, mirando a la cara al juez Moody—. Todas aquellas ardillas, tan ricas que a uno se le hacía la boca agua, desaparecieron una tras otra en la boca de Aycock, mientras nosotros lo mirábamos y más que nada sentíamos lástima por él —dijo—. No parece que exista nada en el mundo que convenza a ese chico de que ha llegado al punto en que algo es ya suficiente.

—Jack cabe de sobra qué hacer con Aycock —dijo la señorita Beulah.

—Mañana llegará Curly Stovall, y habrá que ver cómo sortea ese árbol —dijo el señor Renfro—. Y es que es un árbol terco como él solo.

—Jack Renfro sabrá apañárselas —dijo la señorita Beulah—. Ha venido tan espléndido que por nada se dejará amilanar cuando amanezca.

—Lo que tiene que hacer ese individuo es adaptar su estrategia al árbol —dijo el señor Renfro al juez Moody—. Ahora mismo pienso en un árbol que debía de tener sus buenos doce metros hasta la primera rama de las buenas. Un árbol de la miel que lo llaman, un álamo blanco. Se oía zumbar a las abejas en la copa como si estuvieran a punto de hervir, trabajaban sin descanso. Así que lo negocié de la manera más sencilla, y fui a buscarme un buen augurio… De casi cuatro centímetros, diría yo. Hice un agujero en el tronco e introduje una escarpia para trepar y quedarme allí plantado. Introduje luego otra. Al final, señor, me había hecho una escala que trepaba por los doce metros de alto del tronco, llegando a darle la vuelta entera dos o tres veces, y cuando alcancé la rama que estaba hueca, ¡vaya manera de rugirme las orejas! No había subido hasta allá arriba sin preocuparme de llevar un buen serrucho al cinto, claro está. La serré y la bajé con todo cuidado, atada a una cuerda, con la miel y las abejas y con todo, la rama entera, hasta que se quedó posada en el suelo, esperándome, toda la miel que Beulah pudiera necesitar.

—Ah, seguro que fue ella la que se la quedó —dijo la tía Cleo.

—Beulah se la quedó no sé bien cómo; me las ingenié para que me dijera que si era yo capaz de bajársela, le encantaría ser ella quien la preparase —dijo el señor Renfro—. La verdad es que se habría sentido muy apenada si hubiera tenido que pasar sin toda esa miel. Igual que la señora Moody sin su coche, si es que no ando yo muy equivocado.

—¿Y todavía hoy serías capaz de reconocer adónde fuiste, papá? —preguntó Elvie desde una rama del boj.

—Ya sanó del todo. Qué va, el árbol ha vuelto a crecer como si nada —dijo él—. Si es que sigue en pie, claro está.

—No me importaría nada volver a darle un tiento a esa miel —dijo la señorita Beulah justo detrás de donde estaba él.

—A mí me encantaba trepar adonde fuera —dijo el señor Renfro al juez Moody.

—Tenemos compañía —gritó Etoyle por encima de Elvie.

—¡Cuidado, Gloria!

El chirrido de un eje se sobrepuso en alguna parte a una canción, y la cabeza de un caballo blanco apareció balanceándose en medio de la polvareda. La carreta de la que tiraba, con un vejete en el pescante, pasó por delante de las niñas que se columpiaban y atravesó la enramada en sombra como si fuera un túnel. El jardín de la entrada, seco y lleno de gente, de carretas y de vehículos, sonaba a hueco bajo las ruedas del carro, como el suelo de un granero vacío.

—Willy Trimble, siempre estoy en un tris de olvidarme de ti —exclamó la señorita Beulah como si fuera el mejor elogio que podía hacerle.

El señor Willy le devolvió el saludo con el látigo en alto como si estuviera a punto de hacerlo restallar.

Gloria dio un brinco, como si poco le faltase para echarse a correr.

—¿Y qué vienes a hacer aquí, Willy Trimble? —le preguntó la señorita Beulah—. Sabrás que estamos celebrando una reunión familiar, o al menos lo intentamos, de la mejor manera que sabemos.

—Feliz cumpleaños —le gritó el señor Willy a la abuela tirando de las riendas.

—Tú mejor que te vayas por donde has venido —le insinuó.

El señor Willy bajó de la carreta y saludó a los demás con un gesto.

—¿Qué tal te va, Lexie?

—Pues de momento voy tirando. —No pudo sonsacarle nada más con esa pregunta.

El señor Willy ladeó la cabeza al mirarla.

—¿Y quién cuida de tu señora mientras tú vienes a esparcirte?

—Un enfermero. Tiene siete años. Le dejo que se ponga mi pañuelo Mother Hubbard al cuello. Es un chiquillo, no es mucho lo que puede saber —dijo—. No vive muy lejos, en el mismo camino. Y no sabe qué hará la señorita Julia Mortimer, igual que la señorita Julia Mortimer no sabe qué hará él. Así que están empatados.

—¿Y qué tendrás que darle a cambio al chiquillo cuando te toque volver a casa? —preguntó la tía Cleo.

—¡Una buena tunda si le da por romper alguna cosa! —exclamó la señorita Lexie.

—Tú supón que la señorita Mortimer nos juega a todos una mala pasada —dijo el señor Willy Trimble.

A Gloria se le aceleró la respiración.

—Ahora que no estoy yo para vigilarla —dijo la señorita Lexie—, no creo que me pueda sorprender nada de lo que haga, y menos si vienes tú a contármelo.

La señorita Beulah tarareó la nota aguda con la que corregía la afinación en la congregación de la iglesia.

—Mejor que no nos vengas con tus historias hoy, Lexie —dijo.

—La señorita Julia se tropezó. Fui yo quien se la encontró tirada en el suelo —dijo el señor Willy Trimble con una expresión de asombro—. Llegó hasta el camino y se cayó de bruces en el polvo. Yo la levanté. En la cara se le notaba todo.

—Vamos a ver: ¿y quién es esa señorita Julia Mortimer? —preguntó la tía Cleo en medio del repentino silencio que se hizo.

—Callad —dijeron unos cuantos a coro.

—Se cayó. Se acabó lo que se daba, pobre señorita. Y esa vaca que tiene mugía que parecía que se le iba a salir la lengua entera por la boca —dijo el señor Willy Trimble.

—No es justo… —exclamó Gloria.

Etoyle y Elvie bajaron del árbol de un salto. Entrelazando las manos hasta apretarse los nudillos, se pusieron a dar vueltas como dos gallos de pelea, a la vez que las tías se ponían todas en pie.

—Gloria, a mí me parece que ahora es a ti a quien le toca marcharse —dijo la tía Nanny.

—¡Eso es! Más te vale llegarte allá tan deprisa como puedas —dijo la tía Birdie—. Allí hay un buen trabajo que te está esperando, muchacha.

—Tienes una deuda de gratitud con ella, Gloria —dijo la tía Beck, que acudió a darle un abrazo—. Lo siento por ti.

—Busca a alguien que te lleve, y cuanto antes. Es mucho mejor que quedarte aquí llorando —dijo la tía Nanny acercándose a ella—. Allí habrá otros que lloren contigo.

—Pero si aún no está llorando —dijo Etoyle.

—No la atormentéis —dijo la tía Beck. Las tías se turnaban para darle un abrazo y besarle en la mejilla—. Sé que sientes que están tirando de ti por los dos extremos —le dijo a Gloria.

—A la vida le gusta hacernos estas jugarretas —se mofó la señorita Beulah desde la mecedora de la abuela—. Hay que estar a la altura de lo que tira de nosotros para un lado y para el otro.

—No es justo… —decía Gloria a cada una de las que iban pasando para besarla.

—Me la llevé adonde no daba el sol y me puse a dar gritos —siguió diciendo el señor Willy—. «¿Hay alguien por ahí cerca?», grité a voz en cuello. ¿Y sabéis quién vino? El chiquillo que vive allí cerca, siguiendo por el camino. Llegó llorando como si le acabasen de pegar un cachete. Le di un vaso de agua y lo mandé para su casa.

—Y a mí me gustaría saber si hay en todo eso algo que explique qué es lo que has venido a hacer aquí esta tarde, Willy Trimble —exclamó la señorita Beulah.

—Pues… ¿queréis que os diga si he venido corriendo a toda velocidad desde allí, sin hacer ni un alto por el camino? —preguntó el señor Willy a todos—. Me encargué de hacerle a medida un bonito ataúd, me llegué de nuevo hasta allá con el ataúd en la carreta y los que estaban en su casa me echaron casi a patadas. Como si nunca hubieran oído qué es lo que se hace en estos casos, como si nada supieran de mí. Me dijeron que ya la tenían amortajada, que no le hacía falta ningún otro regalito. Y yo que pensé que se iban a desmayar del gusto, y que me darían la bienvenida con los brazos abiertos. Parece ser que le encontraron uno en Gilfoy. Cosa de un judío. De alguien que no cree en Jesucristo. Para mí que los domingos le resultan iguales que cualquier otro día. ¡Y yo que santificaba las fiestas con ella! Total, para que luego me lo echasen en cara.

—Espero que no te lo hayas traído hasta acá —advirtió la señorita Beulah.

—Es que es como si se lo hubiese hecho a medida —dijo el señor Willy con un tono de voz que se había tornado más orgulloso, más agraviado—. Consideré los ensamblajes con todo cuidado, y la madera no puede ser mejor. No hay nada chapucero ni barato en toda la obra, ningún despiste. Lo he clavado con toda precisión y he ensamblado las juntas y todo lo demás. Con todo el amor del mundo lo he hecho. Y es que, para empezar, ¿sabéis quién me enseñó a utilizar un serrucho como es debido? ¡Pues fue ella!

—¿Exactamente cuándo dices que te lo enseñó? —preguntó la señorita Lexie Renfro.

—La señorita Julia Mortimer me elegía a mí todos los años en que fui alumno del colegio para que le cortase yo la leña y la echase a la salamandra, y le demostré que en eso soy muy bueno. Y... en resumidas cuentas, cuando tuve mi propia caja de herramientas, más o menos cuando andaba ya por los cuarenta, hice jaulas para los gallineros, las hice a porrillo, e hice macetas para las flores y asientos para los porches, y columpios, y así hasta que los fui mejorando y me salieron de maravilla. Nunca fue muy difícil de complacer. No creo que, si me estuviera escuchando ahora, me impidiera decir lo que estoy diciendo. Era más lista que el hambre. Podría haberse armado ella sola su propio ataúd si hubiera pensado que no le quedaba más remedio. Ni que decir tiene que su vista era fenomenal, una verdadera vista de lince tenía —se disculpó el señor Willy—. De niño recuerdo que colgó una vez un trozo de tela de arpillera sobre una ventana rota, en el colegio, un día en que nevaba. Con veinte chinchetas o más en la boca, las fue clavando una por una, una por una sin fallar ni una vez. Todas bien tiesas. Y, mientras tanto, seguía dando la lección. En Alliance les conté mi historia, pero eso no les ablandó.

—A lo mejor no ha sido culpa suya. A lo mejor la culpa la tienes tú —dijo la señorita Beulah.

—«Caramba, ¡si yo soy quien le trae la leche fresca!», les dije. «Yo solo quería hacer algo por ella. Fue ella quien me enseñó a utilizar el martillo y los clavos y el serrucho cuando yo no era más que un mocoso, y desde entonces he hecho muchos ataúdes en Banner, y ahora le he hecho el suyo. No me digáis que no es una preciosidad.» Pero ellos se volvieron a meter todos en la casa y me dejaron allí con el maldito ataúd.

—Willy Trimble, te voy a decir una cosa por si de veras tienes tantas ganas de saber por qué hicieron lo que hicieron —dijo la señorita Beulah—. A ti lo que mejor se te da es pasarte de la raya. Solo por ordeñar una vaca y llevarle la leche a una señora no quiere decir que seas bienvenido, ni que nadie vea con buenos ojos que, ya puestos, seas tú quien le haga su ataúd. Si no eres bienvenido, más te valdría quedarte en tu casa.

—Ya, pero fue ella quien me lo dijo, me lo dijo cuando era poco más que un mocoso; me dijo que seguramente sería yo quien terminara por hacer el suyo; su ataúd, quiero decir.

—Permíteme decirte, ya que estamos aquí y ahora, que no quiero yo que hagas el mío —dijo la señorita Beulah—. Ni el de nadie más, al menos mientras pueda impedirlo.

—Yo se lo debía, o al menos eso me había imaginado siempre —siguió diciendo como si nada—. Ella me había enseñado más o menos todo lo que sé. Una vez empecé a hacerlo, pues ya no se me ocurrió parar.

—Señor Willy, de aquí al edificio del colegio cuento como poco nueve tíos Sam, y todos ellos se te parecen —dijo Etoyle.

—Bueno, es que yo soy el artista —dijo él con benevolencia—. Y todo es porque ella una vez me puso un martillo en la mano. Por ella empecé yo a escribir mi nombre con el signo de interrogación al final. «Willy Trimble?»

—¿Eso te dijo ella que hicieras? —preguntó el tío Percy respetuosamente.

—Bueno, ella me dijo que no, pero de hecho así es como estoy inscrito en el registro del censo a día de hoy: «Willy Trimble?». Ella me enseñó un montón de cosas, con lo torpe que yo era. Ortografía, aritmética... En fin, en historia no supo enseñarme nada —dijo—. Hay montañas de historia de las que no tengo ni idea, montañas que están aquí mismo, delante de todos nosotros. —Se rascó el pie, inclinó la cabeza—. Pero ella lo sabía todo, todo se lo sabía de memoria. Aunque hay una sola cosa que la señorita Julia descubrió que no sabía hacer igual de bien que yo: ordeñar a una vaca. Se hizo ya mayor, no tenía a nadie más que se lo hiciera, yo era quien me encargaba de llevarle la leche fresca. Se volvió y dedicó otra inclinación de cabeza a Gloria—. ¿Quieres subir conmigo ahora? —le preguntó—. Voy derecho para allá. No me puede el orgullo, no me importa intentarlo por segunda vez. A lo mejor tú consigues que me dejen entrar.

—Bah —dijo la señorita Beulah.

—Gloria se queda aquí. No quiere marcharse de la reunión —exclamó la tía Birdie. Y alzó el puño—. Y tampoco nosotros te dejaríamos marchar, tú eres de donde eres, y este es tu sitio —dijo a Gloria.

—Tuvimos que tomarte el pelo al principio porque parecías demasiado ufana, Gloria —dijo la tía Nanny, y le dio un leve codazo en las costillas. Luego empujó a la niña en el balancín.

—Nadie va a ir allá contigo, Willy Trimble —dijo la señorita Lexie Renfro en un tono cortante.

—Pues entonces supongo que alargaré mi visita un poco más, con algunos que también se han tenido que quedar fuera —dijo él.

—¿Quién, según tú, se ha tenido que quedar fuera? —chilló la señorita Beulah—. Señor Willy, no me vengas ahora con ninguna de tus bromas. —Se llevó las manos a la cabeza.

—Una cosa sí te voy a decir con toda certeza, señor Willy. Yo no iría hasta allá a no ser que me llamasen —dijo la señorita Lexie Renfro.

—Lexie, se supone que tú tendrías que estar ahora allí —dijo la tía Nanny, con un guiño a la mesa—. Y me juego cualquier cosa a que es para eso para lo que te pagaban.

—No creo yo que hayas escuchado a nadie nunca que me llamara por mi nombre —le espetó la señorita Lexie, desafiando al señor Willy, que negó con un gesto vigoroso.

—Pero claro, también podemos pasar sin ti... —dijo la señorita Beulah—. Si es lo que tú quieres.

—Hay otros —dijo la señorita Lexie—. Y siempre te podrán encontrar, si es que lo desean.

—Bueno, yo eso la verdad es que lo desconozco —dijo la tía Beck—. Y mucho me temo, Lexie, que bastante mal lo has pasado ya tratando de convencernos a algunas de nosotras para que fuésemos contigo.

—¿Al velatorio de una persona que no conocéis? No creo que nadie me haya convencido de una cosa así más de una o dos veces en la vida —dijo la tía Cleo.

—¿A una persona que no conocemos, dices? —preguntaron varios a coro.

—Entonces... ¿me queréis decir que todos la conocéis? —preguntó la tía Cleo.

—¿Que si la conocemos? —exclamaron otros tantos a coro.

—¡Pues vaya si no la hemos tenido que aguantar durante años! —exclamó la tía Birdie.

—¡Si nos dio clase a todos! Fue nuestra maestra a lo largo de todos los años que pasamos en el colegio de Banner —dijo la tía Beck—. Mira tú si la conocemos bien; nosotros y al menos un centenar de personas más que han tenido la misma mala suerte.

—La verdad es que las maestras saben hacérselas pasar canutas al más pintado —dijo la tía Cleo con un gesto despreocupado—. Yo a esta no la conozco, aunque me juego cualquier cosa a que en Piney tuvimos una que le daría sopas con honda.

—Cien dólares de plata a que no —dijo el tío Noah Webster.

—La mía era más mala que un avispero —dijo la tía Cleo—. Aún me sorprende que la mayoría de nosotros sobreviviésemos a su mal humor. Lo que pasa con la mía, tiene gracia, es que no me acuerdo de cómo se llamaba.

—En cambio, es imposible que a uno se le olvide el nombre de la señorita Julia Mortimer —dijo la tía Beck—. Pero más imposible era esperar que la señorita Julia Mortimer se olvidase de los nuestros.

—Dio clase a todos los aquí presentes, exceptuando a tres o cuatro. A veces pienso que estar aquí es como volver al colegio; igualito que estar allí mismo, o reunidos en su propia casa —dijo el señor Willy mirando en derredor.

El hermano Bethune se excusó y se marchó con la escopeta al hombro.

—¿A cuántos de aquí habrá tenido en clase? —preguntó la tía Fay.

—De entrada, a tu marido, si es eso lo que quieres saber. Daba clase a todos los de Alliance, a la mitad de los de Ludlow y a casi todo Foxtown. Y a unos cuantos de Freewill —dijo el señor Willy—. Muchos más no caben en un aula.

—Desde luego, todos esos pasaron por su clase, es cierto —dijo la señorita Beulah.

—Ah, y vaya si nos enseñaba cosas. Aquí hay una que me juego cualquier cosa que se acordará de todo mientras viva.

—¿Y a ti te dio clase, mamá? —exclamó Etoyle—. ¿Cómo es posible que haya una maestra así de vieja?

—Me dio clase —dijo la señorita Beulah con frialdad—. Es la responsable de buena parte de lo que sé a día de hoy.

—Beulah, quiero que te ahorres el cumplido y que se lo hagas a ella directamente cuando la veas en el Cielo —dijo el tío Curtis—. Me juego cualquier cosa a que jamás contó con oírlo de tus labios.

—¿Y por qué os parece que se dedicó esa mujer a la enseñanza? ¿Cómo os parece que pudo empezar si no tenía a un solo Beecham al que dar clase? —preguntó la señorita Beulah a Etoyle y a Elvie, que estaban juntas las dos, cogidas de la cintura.

—A mí también me dio clase la señorita Julia, y a fe que tuvo que partirse la espalda conmigo —dijo el tío Noah Webster a las niñas—. Pero seguramente se habría entrenado ya con Nathan. Él tuvo que ser la luz que le iluminase el camino.

—A todos nos dio clase. Aún puedo verla en este instante, según lo estoy contando, yendo al colegio a caballo, abrigada con aquel jersey colorado —exclamó la tía Birdie—. Rojo como el farol de un furgón de cola, y se lo había hecho ella misma. Lista para abrir el colegio e ilustrarnos a todos nosotros.

—Yo me acuerdo de que nos esperaba en el escalón de la entrada, haciendo repicar aquella campana… Tenía más fuerza en los brazos que ninguna otra mujer que yo haya conocido —dijo el tío Curtis—. Y con ese mismo brazo nos daba unos azotes… No sé si os acordáis.

—A las niñas no nos asustaba con esa vara de avellano que tenía. Pero vaya si nos amedrentaba de todas, todas; era una barbaridad lo que esperaba de todas nosotras —dijo la tía Beck.

—Con los chicos era igual —explicó el tío Dolphus—. «A ver, tú, ¿dónde tienes el chichón de la ambición?», nos decía, y nos pasaba la mano sucia de tiza por encima de nuestras pobres cabezas calenturientas.

—Y eso que a veces solo con ponerse detrás de ti mientras estabas ahí sentado en el pupitre, te hacía sudar la gota gorda. Como si estuviera a punto de darte un soplido si no acertabas con la respuesta correcta —dijo la tía Beck.

—Para todos tenía planes. Quería que uno fuese médico y el otro abogado y que todos los demás nos pusiéramos a gritar si no quedaba más remedio con tal de salir algún día de Banner. Así que se ponía detrás de un chiquillo que iba descalzo y lo empujaba dentro de clase —dijo el tío Percy—. Con ella se acabaron los buenos tiempos de irse a pescar cuando a uno le venía en gana.

—¡Si era capaz de seguir al más pintado hasta la puerta de su casa! —dijo el tío Dolphus.

—Aunque por abarcar más de lo debido terminó por despeñarse —dijo la señorita Beulah, y asintió—. Acabó convirtiéndose en un incordio, en particular para los muchachos. Cuando estos chicos Beecham eran solo unos mocosos, eran de armas tomar.

—La señorita Julia Mortimer con su vara de avellano les cortó las alas —bromeó la tía Nanny.

—¡Eso es verdad! No fueron muchos los que se libraron de su vara.

Si es que se empeñaba en que aprendiéramos aunque tuviésemos que morir en el empeño —dijo el tío Percy con su voz cascada. Había empezado a tallar con la navaja una vara de madera.

—Estaba convencida de que robarnos cinco meses al año no era ya castigo más que suficiente para nosotros. Nos obligaba a empezar el curso en agosto, y no en noviembre. Y cuando terminaba la temporada de la siembra, por la primavera, nos obligaba a volver a terminar lo que habíamos empezado meses antes, y nos hacía retomarlo todo en el mismo punto en que lo habíamos dejado —dijo el tío Dolphus—. Era nuestra pesadilla.

—Nos metía en la cabeza todo lo que podía —dijo la señorita Beulah—. Pero no había persona en el mundo capaz de atar en corto a uno de los chicos Beecham. Para eso había que matarse. El único que podía hacerlo era el abuelo.

—Cuando no estábamos en casa, teníamos más costumbre de sentarnos en el puente a pescar que de ponernos en fila para recitar las lecciones. Y ella se empeñó en que eso cambiara —dijo el tío Curtis.

—Creía que mortificándonos el tiempo suficiente al menos habría alguna esperanza de convertirnos en algo que no éramos ni por asomo —exclamó el tío Noah Webster.

—Y luego era ella la que se arrogaba todo el mérito —gritó la señorita Beulah—. Aunque el noventa por ciento de las veces, el mérito era de las madres tan espléndidas que teníamos en casa.

—«Los niños no cambian jamás», le gustaba decir. «Cuando vienen al colegio los hay de tres tipos: los buenos, los malos y los que pasan hambre» —dijo la señorita Lexie, poniendo cara de niña muerta de hambre.

—Parece que se le hubiera metido en la cabeza la idea de que por estos pagos nadie era capaz de dar de comer a sus hijos lo que sus hijos necesitaban comer —dijo el tío Curtis con aire de inocencia—. Todos los lunes por la mañana, se montaba en su caballo y llevaba una cántara de leche al colegio, una cántara de diez galones, y le daba a los niños aquella leche a la hora del almuerzo, para que se la tomasen con sus galletas.

—Nosotras la tirábamos al suelo en el patio —dijo la tía Nanny—. La suya no cra ni la mitad de buena que la de los Broadwee.

—¿Os acordáis? Alguna vez nos dijo cuál era su objetivo en la vida. Lo que pretendía era que dejáramos de mirarnos el ombligo con tanto empeño —exclamó la señorita Beulah, y puso los brazos en jarras.

—Puede ser que justo entonces dejásemos de tener esa adoración por ella —dijo el tío Curtis.

—Yo, si alguna vez adoré a la señorita Julia Mortimer, la verdad es que el romance no duró nada —gritó el tío Dolphus.

—Bueno, ahorrémonos toda esta charla sobre el colegio —dijo la tía Birdie con voz tajante—. Detesto la sola idea de intentar meterle nada en la cabeza a nadie. Si alguien viniera a pedírmelo por favor, no tendría más remedio que mandártelo a ti, Beck.

La tía Fay frunció los labios.

—¿Os acordáis del día en que me convertí en uno más de vosotros?

—Allá va esta. Bueno, pues venga, cuéntanoslo —dijo la señorita Lexie en tono sardónico.

—Era una mañana, no tendría yo ni cinco años y todo se oscureció de golpe, se oscureció la casa entera, y fui corriendo a abrir la puerta. Y voy y digo: «¡Viene alguien!». ¡Lo había oído! «¡Sal corriendo, Lexie!», te dije. «¡Corre!» Era el viento, eso fue lo que oí. El aire se había espesado tanto que apenas se veía nada. Tan espeso estaba que a duras penas se podía respirar. Tanto que casi no se podía seguir de pie. Así que me puse a gatas y cerré los ojos y salí como pude —dijo la tía Fay. Lo estaba contando con los ojos cerrados—. A ciegas, a gatas tuve que salir.

—¿Y adónde ibas? —preguntó la tía Cleo—. ¿Por qué pensaste que te haría algún bien?

—Crucé la carretera para ir al colegio, pero entonces no me di ni cuenta —dijo la tía Fay.

—Te marchaste y me dejaste sola —dijo la señorita Lexie.

—Tú no podías ir al colegio porque tenías la varicela. Pero yo te llamé.

—Todos los demás ya estábamos en nuestros sitios, dentro del colegio de Banner con la señorita Julia, que nos estaba diciendo que aquel era el mejor lugar donde podíamos estar —dijo la señorita Beulah con una sonrisa en la que apenas curvaba los labios—. Y se puso a dar clase como si tal cosa. Oíamos con toda claridad que allá fuera comenzaba a estropearse el ambiente. Supongo que la mayor parte de Banner andaba ya como loca intentando encontrar un buen sitio donde ponerse a resguardo. De repente, el tejado del colegio se despegó y salió volando por el cielo. El ciclón había azotado el colegio como una manada de ganado en estampida. Vimos la chimenea salir bailando junto con las loncheras, vimos que el mapa aleteaba y echaba a volar también, vimos nuestras chaquetas al galope por encima de nuestras cabezas, con la capa de la señorita Julia empeñada en atraparlas. Y oímos el viento aullando como si fuese una piña de rivales encarnizados. Pero la señorita Julia se hizo oír a pesar de todo y en todo momento por encima de aquella barahúnda. «¡Aguantad, sujetaos bien! ¡Sujetaos unos a otros! ¡Sujetaos todos a mí! ¡Este es el mejor sitio en que podemos estar!» ¿Verdad que sí? —exclamó.

—A mí me pareció verla abalanzarse para sujetar el diccionario, que quería escapársele —dijo la tía Birdie—. Pero la verdad es que no podía creer lo que estaba viendo.

—¿Y tú dónde estabas? —la tía Cleo señaló a la tía Fay—. Eres la que ha empezado a contarlo.

—Yo estaba en el peldaño de la entrada, gritando a voz en cuello para que me dejasen entrar —respondió—. Y me pareció que la gente de dentro se empeñaba por todos los medios en no dejarme pasar. Y así hasta que la señorita Julia abrió la puerta de golpe y me agarró por el pescuezo. Y el viento se había empeñado en llevárseme por delante, y todos los niños se habían escondido detrás de ella, en el aula, pero ella no permitió que el viento se me llevase. Me sujetó por un pie y tiró de mí con toda su fuerza. Aguantó los embates del viento y me arrastró dentro del aula, hasta que estuve al cien por cien dentro del edificio.

—Por fin logramos cerrar la puerta, y la señorita Julia se puso de rodillas y cargó con todo su peso, y nosotros imitamos lo que estaba haciendo y así aguantamos las paredes del colegio —dijo la tía Birdie—. ¡Y estábamos todos empapelados de hojas!

—Y aquella silla... Fue entonces cuando llegó esa silla del colegio a esta casa, justo la que ocupa usted ahora mismo, juez Moody. ¡Hasta aquí llegó volando por los aires! —dijo la señorita Beulah, señalándolo—. Y fue el árbol el que impidió que siguiera viaje. El Varal de Billy Vaughn. De no haber sido por él, la silla podría haber entrado en la casa por esa ventana y haberse plantado ella sola en el saloncito de las visitas. Esa silla es la única muestra del ciclón que llegó hasta esta casa. Calculo que el abuelo, mientras tanto, debió de rezar con toda su alma.

—¿Y la tienda? —preguntó la tía Cleo—. ¿Qué fue de la tienda de Stovall?

—Entonces era la tienda de papá. Pues el vendaval arrancó el tejado y fue como si se hubiese despanzurrado un cojín de plumas —dijo el señor Renfro—. Yo vi con mis propios ojos cómo el viento se llevaba lo que se dice todo lo que tenía papá en la tienda. Todo lo que estaba en la tienda terminó fuera. Se lo llevó el viento, de un soplido. Y en la mayor parte de nuestra casa pasó lo mismo; todo lo que teníamos salió en tromba para hacer compañía a los artículos de la tienda.

—¿Y el puente? ¿Qué fue del puente? —preguntó la señora Moody. La tía Fay chasqueó la lengua.

—Nada de nada. Ni siquiera se combó. Lo sé porque durante todo el tiempo que duró el ciclón estuve muy pendiente de lo que le pasara: sencillamente porque estaba debajo —dijo el señor Renfro a su hermana—. Aquella mañana se me había hecho tarde para ir al colegio, y cuando oí la que se nos venía encima solo se me ocurrió guarecerme bajo el puente. Y eso que no estaba en el camino. No, la tormenta dio de lleno contra el río y hasta el río cambió de curso. El puente se quedó en donde estaba, mientras a su alrededor, en menos de un minuto, el mundo entero salía volando por los aires.

—Se llevó la iglesia de los metodistas toda entera, de una pieza, y la arrastró por el aire hasta plantarla justo al lado de la iglesia baptista. ¡En serio! Gracias a Dios que nadie estaba rezando en ninguna de las dos —dijo la tía Beck.

—Jamás había oído nada parecido —dijo la señora Moody.

—Pues ahora ya lo ha oído. Y los metodistas tuvieron que desmantelar su iglesia madero por madero para poder llevársela de vuelta a su sitio y ensamblarla de nuevo a la vera del camino, en su sitio de siempre —dijo la señorita Beulah—. Muchos baptistas les echaron una mano.

—Esto de los ciclones es una contrariedad tan grande como lo son las personas —dijo el señor Renfro.

—Es asombroso que no se nos llevara a todos por delante, que no nos matase con los caballos y las vacas, que no nos despellejase vivos como desplumó a las gallinas —dijo el tío Curtis.

—Pasó todo, nos pusimos en pie y nos fuimos reuniendo poco a poco, felices y contentos de seguir aún en el mundo de los vivos.

—Si se libraron de perecer tuvo que ser por algo, eso está claro —dijo la señora Moody.

—Todos salimos del apuro lo mejor que pudimos hasta que fue posible poner Banner de nuevo en pie. El abuelo Vaughn dedicó todo un mes de prédicas a la destrucción que habíamos sufrido. Había volado todo Banner menos la iglesia baptista. Bueno, y el puente, claro está —dijo el tío Curtis.

—Fue un caso más, como tantos otros en los que hay que empezar de cero. La verdad es que cuesta trabajo creer cómo nuestros padres pudieron hacerlo —dijo el señor Renfro.

—La señorita Julia se equivocó del todo cuando dijo aquello de que estábamos en el mejor sitio posible —dijo la señorita Beulah—. De no haber sido porque todos los niños lo sujetamos como pudimos, el edificio del colegio se nos habría venido encima… sepultándola a ella también.

—Y, a cambio de aquello, ¿crees tú que nos dieron unas vacaciones gracias al ciclón? Pues de eso nada, ni mucho menos —dijo el tío Curtis—. Ese mismo día, y fue lo primero de lo que se enteró todo el mundo, la señorita Julia convocó a todos los padres de los alrededores para que se reuniesen y retecharan el colegio; el del colegio fue el primer tejado nuevo que se puso en todo Banner, y se hizo exactamente con lo primero que encontraron. Y ni siquiera dejó de estar

319

ella presente en el edificio mientras ellos aporreaban el tejado encima de nosotros. Con lluvia o con sol, no permitió que ni un padre ni un hijo dejaran de asistir un solo día. «Cada uno de los días de la vida cuenta lo que cuenta», les dijo a todos por igual. «Y mientras esté yo aquí, no tendréis ocasión de libraros de uno solo.»

—Aquella mañana se marcharon todos y me dejaron sola —dijo la señorita Lexie.

—Sí, Lexie prefirió quedarse ella sola en su casa, y toda la casa se la llevó el ciclón por los aires, y ella se quedó bajo el marco de la puerta de entrada, de pie, con las enaguas puestas, mientras todo lo que había en la casa salía volando. Vaya desesperación, ¿eh? —bromeó la tía Birdie.

—Bueno, por algo desde entonces te has pasado la vida yendo de una casa a otra, Lexie —apuntó la señorita Beulah—. Ahora ya lo tienes todo compensado con creces.

—Me acuerdo de otra vez en que el río bajaba muy crecido, y la señorita Julia Mortimer nos preguntó cuántos éramos los que sabíamos nadar —dijo el tío Curtis—. Y al ver las manos alzadas va y dice: «Todos los niños tienen que saber nadar. Poneos en pie en los pupitres». Y alineados nosotros tras ella, nos enseñó a nadar. —El tío Curtis braceó ostentosamente—. El río ya llegaba a la puerta del colegio. Nunca se le hubiese ocurrido mandarnos a casa. Cuando estuvo convencida de que ya sabíamos nadar, volvió a dar como si tal cosa la lección de historia.

—Caramba. Era imperturbable —dijo la tía Nanny.

—Estaba dispuesta a dar clase incluso hasta la muerte, de sus clases no había nadie que se librase. Lo de menos era que uno quisiera ir o no. Pero yo tengo la sospecha de que lo que ella quería es que nos lo mereciésemos —concluyó el tío Curtis.

—¿Y cómo hizo para aguantar tanto tiempo? —se maravilló la tía Beck.

—Pensaba que si decía a cada uno lo que cada uno tenía que aprender, y si se lo repetía las veces suficientes, al final acabaría metiéndoselo en su cabezota aunque fuera a martillazos, y que ya nunca lo olvidaría. Bueno, a pesar de todo algunos de nosotros le demostramos que estaba equivocada de medio a medio —dijo el tío Dolphus.

—«¿Un Estado que requiere mejoras tan desesperadamente como el nuestro? Mississippi está en lo más bajo de la escala, con lo cual es mucho más lo que debo esforzarme yo», decía. Y yo no creo que lo dijera por decir —dijo la señorita Beulah—. Hablaba completamente en serio.

—Eso es lo que pasa cuando uno lee más de la cuenta, seguro —dijo el tío Curtis.

—Ella desde luego se había empachado de lecturas —dijo la tía Beck.

—¡Ah, los libros! Aquella mujer había leído más libros que nadie —dijo la señorita Beulah—. No sé qué pensaba que le iba a pasar si no leía todo lo que le cayese en las manos.

—Daba premios a los que más leían cuando se terminaba el curso, pero ¿qué premios les daba? Fácil: más libros —dijo la tía Birdie—. A mí me daba pánico solo de pensar que podía ganar.

—¡Y cómo nos hacía aprender las cosas de memoria! Había que poner todas las «y» y todos los «pero» en su sitio. Ya quisiera yo saber si le duró la memoria tanto como ha durado ella —dijo la tía Nanny.

El tío Dolphus echó la silla para atrás y cruzó una pierna sobre la rodilla de la otra.

—«*Escuchad, escuchad, canta la alondra en las puertas del Cielo.*»

—Dolphus, serás perro... —le gritaron los demás.

—«*Me gusta el té, me gusta el café, me gustan las niñas y yo les gustaré*» —gritó el tío Noah Webster a la vez que arreciaban los aplausos.

—Si fue la señorita Julia Mortimer la que te enseñó a recitar eso, es que yo estoy como una cabra —dijo sonriendo la tía Nanny.

—Pues sí, señora. Y a varias generaciones nos lo enseñó. En el fondo, fue la cruz que nos tocó llevar a hombros —dijo el tío Dolphus a la vez que se apagaban las risas—. «*Escuchad, escuchad...*»

Acto seguido, lo único que se oyó fue los disparos que hacía el hermano Bethune contra una lata de tabaco que había colocada detrás de la casa.

—Yo habría ido antes, y antes habría dado con la señorita Julia Mortimer —dijo entonces el señor Willy Trimble—, si alguna vez la hubiésemos convencido para que diera un alarido por la mañana. Yo por lo menos oigo todas las mañanas al capitán Billy Bangs, todas las mañanas oigo al hermano Bethune, y ellos me oyen a mí saludarles.

—¿Para qué un alarido matinal? —le interrumpió la tía Cleo.

—Pues sobre todo para dar muestras de que uno ha sobrevivido a la noche —le dijo.

—Pues ahí tienes a Noah Webster —le dijo la señorita Beulah—. Al menos por hoy te puedes permitir el lujo de no abrir la boca.

—Es una costumbre que por estos pagos se observa desde antaño, sobre todo entre los viejos que vivimos solos. Hay una cadena entera, nos saludamos dándonos alaridos los unos a los otros. Cuando alguien rompe la cadena, todos sabemos que algo ha pasado —dijo el señor Willy, y asomó la lengua por la comisura de los labios cuando sonrió—. «El sonido se oye bien a través del agua», le dije a la señorita Julia. «Puede darme un alarido desde la otra orilla del Bywy, que de seguro la oiré.»

—No se encontraba sola, fui a verla esta mañana —dijo la señorita Lexie—. Pero no quería por nada del mundo perderme la reunión. Hablarían de mí a mis espaldas, eso es seguro.

El señor Willy no apartaba la mirada de los demás. Los ojos, en donde se le veía el blanco por encima del iris, los tenía cautelosos como los de una coneja recién parida.

La tía Nanny ladeó la cabeza.

—Vamos, cuenta. Algo más hay, seguro. Tú la encontraste: ¿no llevaba puestas las medias, o qué?

—¿Llegó a decirte algo? —preguntó la tía Beck con voz temerosa.

—Sí, señora. Antes de que la recogiera del suelo me preguntó que a cuento de qué el viaje.

—¿El viaje? —repitieron varios a coro.

—Pero si no había ido a ninguna parte, ¿no? —preguntó la tía Beck.

—En eso estamos empatados. No le di yo ninguna contestación —repuso el señor Willy—. En fin, que a lo que se ve no atinó a hacer la pregunta que hubiese querido hacer. Siempre queda la posibilidad de que uno vaya de viaje por la vida. Yo solo la recogí del suelo y la llevé a la cama. Pero de eso ni siquiera llegó a darse cuenta. Ya estaba más para allá que para acá.

La abuela lo miraba enfurecida desde la cabecera de la mesa.

—Y ahora han ido todos a hacerle compañía y con ella pasarán la noche entera —le dijo él.

—A la abuela no le da miedo el viejo Willy Trimble —dijo la señorita Beulah, que se había puesto a su lado.

—Lo tiene bien calado —dijo la abuela.

—La abuela no le tiene miedo ni a Satán en persona, ¿verdad que no? —exclamó el tío Noah Webster.

—Es muy aventurera —dijo la abuela.

—Y mañana por la mañana la enterrarán —dijo el señor Willy a la concurrencia—, ¿Hay alguno que quiera ir? —preguntó sonriendo como una niña chica. Retiró entonces una silla y se sentó súbitamente, como si de pronto hubiese tenido un arranque de modestia. Era la del hermano Bethune, que estaba a una silla de distancia de la que ocupaba la abuela—. No he llegado yo a la mesa a tiempo de nada —afirmó.

—¿Y a pesar de todo no te apetece probar bocado? —le dijo a voces la señorita Beulah, mirándolo enfadada—. Pues entonces prueba el pastel de carne de Lexie, que está para chuparse los dedos.

—A mí me da igual lo que sea —dijo sirviéndose con ambas manos.

—En fin, Gloria… Si no hubieras cambiado a tiempo, es posible que te hubiera estado esperando un final como ese —dijo la tía Birdie—. ¿No te alegras de haberte casado?

La tía Cleo señaló a Gloria.

—A mí lo que me extraña es cómo funciona el sistema escolar. ¿Cómo es posible que le echaran el guante precisamente a ella?

—Gloria Short ganó el premio estatal de ortografía cuando se celebró en Jackson, y eso que solo tenía doce años. En la Cámara de Representantes del Capitolio Nuevo. Los alumnos de todo el Estado contra los parlamentarios. Idea de la señorita Julia Mortimer, claro está. Y una huerfanita les ganó a todos aquellos hombres hechos y derechos. A la señorita Julia tuvo que desbordársele el alma de satisfacción —dijo de corrido la señorita Lexie Renfro—. Ella es la que había enseñado ortografía a esa niña, para que pudiera estudiar en el Instituto de Magisterio de Alliance y, antes, estar a la altura de cualquier otro niño, hasta que se sacase el título, y durante todo ese tiempo la tuvo recogida en su propia casa. Después la puso en el autobús y la mandó al Instituto de Magisterio, para que se hiciera maestra. A la señorita Julia Mortimer le daban esos arrebatos.

—¿Y cómo es que llegó a tener tanto dinero? —preguntó la tía Cleo.

—¿Siendo maestra? No fue dando clases, desde luego —dijo la señora Moody—. Eso se le puede preguntar a cualquiera.

—¿Seguro que no tenía nada que fuera suyo? En ese caso, lo tendría que haber dejado —dijo la tía Cleo.

Se rieron de ella.

—¿Dejarlo? ¿Dejarlo, la señorita Julia Mortimer?

—Aprendió a poner el colegio por delante de todo lo demás. Eso en primer lugar —dijo la señorita Lexie—. Igual que habría hecho cualquier otra.

—El año que me tuvo a mí en su casa y me mandó al instituto, era de su responsabilidad mantener en funcionamiento el colegio de Banner. Y me dijo que eso lo haría aunque tuviera que pasar por encima de cuarenta supervisores. Fue entonces cuando compró unas cuantas vacas y las puso a pacer en sus pastos —relató Gloria—. Y las ordeñábamos antes y después del colegio.

—Yo nunca ordeñé para ella —dijo la señorita Lexie, y el señor Willy Trimble se echó a reír—. Para vérselas con un prado lleno de vacas hace falta la misma fuerza que para dar clase a un aula entera de niños, o al menos así me lo parece. Pero ella se las compuso, porque siempre fue de la opinión de que nada podría con ella.

—Luego tenía los frutales y las flores, que ponía a la venta, y vendía también verduras de buena calidad que cultivaba en el huerto. Tenía uno bastante grande, y abono en grandes cantidades —dijo Gloria—. Vendía por correo. No hacía intercambios con nadie. Pero también puso todo su empeño en regalar al menos parte de lo que le sobraba.

—Es que hay que confiar en que quienes son amigos de dar, a una le den lo que necesita, y no lo que a ellos les haga felices dar al primero que pase para quitárselo de encima —dijo la señorita Beulah.

—Ponía las listas de los artículos en venta en el *Boletín del Mercado*. Enviaba cartas y paquetes postales por todo el Estado de Mississippi —dijo Gloria.

—Mucho dudo yo de que hiciera muy feliz al cartero —dijo la tía Birdie—. Mandar correo en semejantes cantidades obliga a esa pobre gente a trabajar de lo lindo.

—Hubo un año en que mando quién sabe a dónde más brotes de albaricoque de los que te pudieras imaginar, y gratis —dijo Gloria, y todos rieron.

—¿Y los avellanos que tenía? —bromeó el tío Noah Webster.

—Los arrancó de cuajo —dijo Gloria—. Al fondo del huerto los tenía. Su deseo era que todo el mundo tuviese un huerto tan fértil como el suyo.

—Te creo. ¡Escuchad! A mí me mandó un melocotonero, me lo mandó por correo. Y todos los que vivían en los alrededores recibieron también uno. Y eso que nadie se lo pidió —dijo el tío Percy—. Me pregunto por qué lo malgastaría conmigo, no es que me vuelvan loco los melocotones.

—Me acuerdo de que yo también recibí uno. Supuse que era de alguien que se presentaba candidato a un cargo oficial, o algo así —dijo la tía Birdie—. Y vaya si voté en consonancia.

—Yo sí le hice sitio al melocotonero que mandó, pero se me murió a la segunda primavera. No me acordaba de que lo hubiese mandado ella. Me pregunto cómo sabrían —dijo el tío Curtis.

—Te aseguro que estaban dulces, eran muy buenos —dijo Gloria—. Esa mujer no se andaba con chiquitas.

—Yo sencillamente el mío ni lo planté —dijo el tío Percy.

—El buen melocotón indio, de carne roja como la sangre, ese es el que a mí me gusta —dijo la tía Nanny—. Podría comerme uno de los míos ahora mismo.

—¿Y a ti? ¿Te hacía trabajar en el huerto? —preguntó la tía Cleo a Gloria.

—Contaba con que yo hiciera mi parte —contestó Gloria—. Cavaba. Quitaba las malas hierbas, le cortaba las flores, reservaba la simiente, la medía con una cuchara. Recogía las flores cortadas, envolvía las verduras recién cortadas en hojas frescas de violeta, con papel de envolver el pan...

—Cualquiera diría que lo echas de menos —dijo la tía Beck—. O algo por el estilo.

—Y las mantenía húmedas en cajas de refrescos, y la simiente en cajas de cerillas, para enviarlas adonde fuese por correo. Colocaba sus instrucciones manuscritas en la base de los brotes de melocotón y los ataba con un hilo, preparando los paquetes para cuando viniese el cartero a recogerlos.

—¿Y tú intentabas seguir los pasos de la señorita Julia? ¿Con esos ojos tan soñadores que tienes? ¿En serio? —preguntó la tía Birdie.

—Una imita a quien ama —dijo la tía Beck.

—A menos que una consiga que sean otros quienes la imiten —dijo Gloria—. Pero cuando yo era pequeña la señorita Julia me sirvió de fuente de inspiración, tanto que soñé con que llegaría a ser como ella. Me imaginaba en el futuro y me veía con el diploma de la Escuela de Magisterio del Estado, me imaginaba subida al estrado, me imaginaba dando clases de civismo en el instituto —dijo mirando al juez Moody—. Seguiría estudiando durante los veranos y terminaría convirtiéndome en directora. Siempre supuse que terminaría en Ludlow.

—Vaya, pues fue Jack el que sí terminó en Ludlow, y no puedo yo decir que haya sido para bien —dijo la señorita Beulah.

—La señorita Julia se ocupó de todo, fue ella quien quiso que me dedicara a ser maestra, igual que ella —dijo Gloria. Estaba sentada en medio de todos ellos, muy derecha, solemne como una lágrima, la cabeza como una llamarada a la luz del poniente—. El mayor de sus sueños era el de pasarme a mí la antorcha.

—¿La antorcha? —preguntó Etoyle, arrimándose.

—Lo que ella me enseñó yo te lo enseñaré, y de ese modo nada se perderá. A eso llaman pasar la antorcha las maestras que asisten a las reuniones primaverales. Nunca tuvo la menor duda de que todo lo que vale la pena preservar se ha de preservar, y de que bastaba con que nos lo transmitiésemos las unas a las otras, de una maestra a la siguiente.

—Y claro, son los pobres niños los que al final acaban pagando el pato —dijo la tía Nanny.

—Todo el que acudiese a ella con ganas de aprender encontraba la ocasión de hacerlo —dijo Gloria—. No tenías por qué ser un niño.

—Eh, muchacha, ¿tú quién te estás creyendo que eres? —gritó la tía Nanny tomándole el pelo.

El tío Noah Webster se echo a reír.

—¿No se contaba que incluso quiso meter en vereda al propio capitán Billy Bangs? Se crió a la vez que la abuela, en los años malos que vinieron tras de la guerra, solo que a él su propia madre no le enseñó nada.

—A ella le gustaba decir —dijo Gloria—: «Si esto va a ser cosa de San Jorge y el Dragón, lo mismo me da batallar por la derecha, por la izquierda, por delante, por detrás, de frente o de costado».

—Me alegro de que en el colegio de Banner no se llegaran a enterar —dijo la señorita Beulah—. Me alegro de no haberme enterado tampoco yo mientras fui alumna suya. Yo lo único que tuve que hacer fue salir corriendo para huir de un dragón, aunque eso no tiene nada que ver.

—Ella era San Jorge —le corrigió Gloria—. Y la ignorancia era el dragón.

—Bueno, la verdad es que si te mandó al instituto y entretanto te mantuvo y te siguió dando clases, y si encima hizo todo lo posible para que sacaras el diploma de maestra, seguramente es que estaba convencida de que tú bien valías todo ese empeño, Gloria —dijo la tía Beck en tono reconfortante, mirando a la muchacha a la cara—. Cuando los tiempos vienen mal dados, la gente se sacrifica al máximo prácticamente por nada. Pero tanto ahora como entonces siempre habrá una buena excusa para tanto sacrificio.

—Solo que llegó el día en que no quise yo que hiciera más sacrificios por mí —dijo Gloria—. Preferiría haber pasado sin todo aquello.

Y cuando ya estaba a punto de pasarme la antorcha definitivamente, resultó que descubrí que no quería llevarla.

—¿Durante cuánto tiempo te estuviste engañando así? —preguntó la tía Cleo—. No veo que tengas muchas arrugas en la frente…

—Terminé mis estudios en el instituto de Alliance e hice el examen para entrar en la escuela de magisterio y en el verano estudié e hice un examen y luego me dieron el certificado que atestiguaba mis dos años en el instituto. Fue entonces cuando me hice cargo del colegio de Banner para adquirir experiencia y reunir el dinero necesario para seguir estudiando y obtener el título en la escuela de magisterio.

—Y entonces te encontraste de frente con Jack Renfro —dijo la tía Nanny, dándole un pellizco en el brazo.

—¡Un momento, un momento! —gritó la pequeña Elvie—. ¿Qué es eso del título…? ¡No te lo saltes! ¡Cuéntanoslo todo!

—Eso es cierto, Gloria, tú eres la única de entre nosotros que ha estado en la escuela… —dijo la tía Birdie—. Anda, haznos un resumen por lo menos.

—Era un lugar donde ni siquiera podía salir a dar una vuelta, no había suficiente espacio, ni suficientes profesores, ni suficiente dinero, ni suficientes camas, ni tampoco había bombillas eléctricas ni libros para todos —dijo Gloria—. No era muy distinto del orfanato.

—¿Y ni siquiera era bonito? —insistió Elvie.

—Había dos torres redondas como bolos, de ladrillo las dos. En lo alto de la que estaba a la derecha, una campana de hierro. Y justo debajo de la campana, en la habitación más alta de todas, fue donde me alojaron a mí. Seis camas de hierro apuntando todas al centro, como las tajadas de un pastel. Cuando repicaba la campana, nos zarandeaba como un atizador en la chimenea —dijo Gloria—. La verdad es que ya no recuerdo mucho de la escuela de magisterio, nada más que los ejercicios que nos obligaban a hacer por si había un incendio.

—¿Unos ejercicios? —gritó Elvie.

—Había una pasarela de hierro negro de cuatro pisos de altura, como un túnel, pero vertical, y una caída muy estrecha, como un tobogán en espiral —dijo Gloria—. Había que saltar, juntar bien las piernas, sentarse encima de la falda y dejar que la siguiente saltase detrás de ti. Parecíamos las cuentas de un collar. Solían engrasar el túnel con jabón, era imposible agarrarse a nada.

—¿Y al salir, dabas un salto mortal? —preguntó Elvie.

—Mientras bajabas dando vueltas solo te daba tiempo a rezar para que alguien te sujetase al final. Cuando llegabas abajo y te ponías de pie la cabeza te daba vueltas.

—¡Pues yo quiero ir! —dijo Elvie.

—Allí ya hay demasiadas alumnas —dijo Gloria—. Cuando recitábamos con la profesora de historia la lista de los reyes de Inglaterra poco faltaba para que se nos cayese el techo encima, y la gimnasia la hacíamos al aire libre. Cuando llovía, había que llevarse el piano como si fuese un patín enorme y cobijarlo en la oficina de correos, que estaba en el sótano. Cada vez que intentábamos bailar la danza de las Tres Gracias delante de la profesora de gimnasia, salían todas las demás y se nos metían en medio, leyendo las cartas de sus madres y abriendo los paquetes de comida que les habían enviado de sus casas. Teníamos que bailar esquivándolas.

— Baila ahora esa danza —dijo Elvie.

—Una vez dije que esperaba que nadie me volviese a pedir que lo hiciera.

—¿Y no agradeciste que te dieran esa educación tan buena? Te la pusieron en bandeja de plata —dijo la señorita Lexie Renfro con una risa cortante.

—Había demasiado jaleo —dijo Gloria—. Aquello estaba abarrotado.

—¿Y de veras que no te gustó nada la experiencia? —le interrumpió la señora Moody—. Son bastantes las chicas de Ludlow que aún se suben al coche y van todas las primaveras a presenciar la ceremonia de graduación.

—¡Y vendrán a verme! —la invitó Elvie—. Porque yo, desde luego, pienso ir. Me haré maestra, igual que la hermana Gloria.

—Pues te queda un buen trecho por recorrer —le dijo la señorita Lexie.

—Todas echaban de menos su casa. Todas, todas, todas —dijo Gloria.

—¿Y a ti quién te escribía? —preguntó Ella Fay.

—La señorita Julia Mortimer. Me decía que aprovechara al máximo mi tiempo, porque esas cosas pasaban solo una vez en la vida —dijo Gloria.

—Eso es cierto —dijo la señora Moody—. Yo misma me licencié en gimnasia —siguió diciendo—. Solía ir en cabeza durante el ejercicio con los bastones de majorette. Todavía conservo mi gorrita de Zuava. —El juez Moody la miró con cara de sorpresa—. Ta-ta, ta da. —Y tarareó un compás de la *Rapsodia Húngara*—. Luego me dediqué a enseñar gimnasia a los más pequeños. Era lo que más les gustaba.

—Me muero de ganas de empezar —dijo Elvie.

—Pues por ahora te puedes ir entreteniendo con el matamoscas —le dijo la señorita Beulah.

—Y así fue como Gloria vino a ocuparse del colegio de Banner, y entonces se dio de bruces con Jack, en una época en que solo tenía que responder ante la señorita Julia. De veras, Gloria… —exclamó la tía Birdie—. Ojalá tuvieras la capacidad que tienen los Beecham para pintarnos un buen cuadro. Cuánto me gustaría haber estado escondida detrás de la puerta el día en que le diste la noticia a la señorita Julia Mortimer y le dijiste que dejabas de dar clases para casarte.

Gloria se puso en pie junto al balancín de la niña. La tía Nanny alargó las manos y la tomó en brazos.

—Es una historia preciosa, estoy segura —dijo la tía Beck.

—Ahora solo te estamos escuchando las mujeres —dijo la tía Nanny—. Los hombres ya están todos a punto de quedarse dormidos. Curtis no hace más que cabecear, y Percy está tallando el bastón como si le fuera la vida en ello.

—Anda, cuéntanosla. Quizás te podamos ayudar —dijo la tía Birdie.

El tío Noah Webster estiró la mano para tomar el banjo por el mástil, y con la otra rasgueó las cuerdas y comenzó a tocar *Yo tenía un burrito cuyo nombre era Jacob,* pero sin cantar la letra.

—Aquella fue la última vez que pasé a ver a la señorita Julia —dijo Gloria—. Era domingo, poco antes de que llegasen mis calificaciones, las primeras después de la siembra, por primavera. El terraplén por el que subía el camino a su casa era una lámina de blanco, todo lleno de iris y de ojos de faisán. Teníamos verduras tiernas en el huerto, cebollas de primavera, y al lado picoteaba la gallina. Las lunas de plata ya habían salido, las macetas de las ventanas estaban repletas.

—Y ahora es cuando echa la casa abajo —dijo la señorita Lexie.

—Y el rosal rojo, el que crece al extremo del porche...

—¿Esa rosa grande, del oeste? Ya no está allí —comentó la señorita Lexie.

—Había puesto encima de la mesa un florero de cristal tallado —dijo Gloria—. Con flores rojas y blancas.

—Ya no solía cortarlas —dijo la señorita Lexie como si estuviera alardeando—. Las rojas estaban todas en el emparrado, y se le ponían azules como la lengua de un perro perdiguero.

—Deja en paz a la chica, Lexie. Nadie te ha dicho que la ayudes a contar su historia —dijo la tía Birdie.

—Me senté con ella en el comedor después de la cena. Estábamos delante de una de esas estanterías tan serias que tenía, cargada de libros, y estaba preparándome a poner las notas que tenía pendientes.

—Sáltate esa parte —gritó la tía Nanny.

—Y entonces se me derramó la tinta del tintero —dijo Gloria—. Y después de intentar salvar como pude las calificaciones y secar del todo la mesa, le solté: «Señorita Julia, escúcheme. Antes de regresar a Banner, hay una cosa que debo decirle, y supongo que le causará dolor. Y esto es lo que le quiero decir. Quizá yo no sea una maestra tan maravillosa como usted ni tan buen ejemplo para los alumnos. Hay un chico al que le gusto bastante». Y me dijo: «¿Un chico de Banner? Bueno, pues dime cómo se llama y qué edad tiene y en qué año le di clase, a ver si te puedo dar yo la respuesta adecuada».

—Gloria, querida, ¡la has clavado a la perfección! —exclamó la tía Birdie—. Sigue, anda...

—Así que le di su boletín de calificaciones. «¿Es que todavía va a clase?», me dice. Le dije que durante un tiempo había tenido que abstenerse de ir, y que por eso había vuelto aunque fuera ya bastante mayor, y que ella nunca llegó a ser su profesora. Le dije que yo sí que lo era, y que ese era en parte el problema, porque no podía olvidarme de él y hacer como si no existiera. «Ahora que veo quién es, creo que sé con toda exactitud cuál es el problema», me dijo. «Te haré algunas preguntas…»

—Pobre Gloria —suspiró la tía Beck.

—Y entonces me dijo: «En primer lugar, ¿cómo has podido dejarle que vuelva a clase cuando ya había abandonado los estudios?». Le dije que le dejé porque era el que se encargaba de conducir el autobús escolar. Y me dijo: «¿Y cómo has conseguido que se aprenda bien las lecciones? Lo digo porque no parece que le haya servido de mucho». Le dije que lo conseguí pidiéndole que fuera el encargado de izar la bandera, de cortar la leña, de mantener la salamandra encendida, para que no nos congelásemos ni nos quemásemos tampoco, y le pedí que estuviera atento a las goteras, a que las ventanas y las puertas quedasen bien cerradas, no fuera a ser que se nos llevase por delante una inundación o una tormenta. Y le dije que estudiaba entre una ocupación y otra y que mientras tanto estaba haciendo grandes progresos. Me preguntó que cómo lograba que estudiase cuando hacía buen tiempo. Le dije que los días de buen tiempo a veces lo retenía en el colegio después de terminadas las clases. Le dije que después de llevar a los niños a sus casas y dejarlos con sus madres, volvía con el autobús al colegio. Le dije que me limpiaba las pizarras y los borradores y que me barría el suelo y que me cortaba las varas y me quemaba la basura y me sacaba punta a los lápices y me colocaba la tinta en el tintero y me arriaba la bandera y que en todo momento estaba yo pendiente de él y le iba enseñando cosas. Y me dijo: «Y después de todo eso, ¿cómo te aseguras de que no lo olvide todo según sale por la puerta?». Le dije que él me llevaba a casa. Le dije que estaba alojada en casa de su familia. Le dije que teníamos por delante toda la tarde y que aprovechábamos también después de la cena.

—Sigue, sigue —dijo la tía Nanny—. No te quedes ahora así embobada.

—Y entonces la señorita Julia dijo: «¿Y ahora qué pasa? Ahora ya está hecha la siembra. ¿Qué pasa ahora, antes de que llegue el tiempo de la cosecha? ¿No se mantendrá ahora lejos del colegio?».

Le dije que incluso en esa época del año iba al colegio a izar la bandera y a hacer la salutación conmigo y que yo le echaba una mano en la casa, por las tardes, con sus lecciones. Y que los días en que se perdía todos los recitados me quedaba mucho por hacer para que se pusiera al día. Los días en que más veía a Jack, le dije, eran los días en que más faltaba a clase, los días en los que tenía que ponerle una falta de asistencia. Le dije que la familia aún trataba a duras penas de ganarse la vida con la granja, que el círculo familiar no se había roto, que eran nueve las bocas que era preciso alimentar, que él era el amor de los chicos.

—¿Y se puede saber quién es ese? Hablas de él como si fuera digno de lástima —clamó la señorita Beulah, que seguía estando en todas partes a la vez, como si anduviera demasiado ocupada para sentarse a escuchar la cháchara de cualquiera.

—¿Dijo tal vez que le gustaría conocerlo? —preguntó la tía Beck.

—No le pareció que fuera necesario —dijo Gloria—. Intenté decirle que no había tenido siquiera oportunidad de ver nunca a Jack. «Media escolar, 72; asistencia, 60; comportamiento, 95: con eso ya me das una idea bastante precisa de cómo estáis los dos», me dijo. «Le has dado una media general de 75 y dos tercios.» Y le dije que con 75 se aprobaba. «Se aprueba de momento», me dijo. «¿Se va a presentar al examen para cumplir con los finales de séptimo curso? No se te olvide que soy yo quien colocó esos exámenes finales.» Le dije que sí, que claro que haría los exámenes, que de eso me encargaría yo. «¿Y aprobará el curso?» Y le dije que ya tenía su diploma preparado para que lo firmase el superintendente y le pusiera el sello dorado. «Señorita Julia», le dije, «voy a seguir con Jack, le voy a dar toda la atención que merece, lo voy a sacar adelante. Y en cuanto esté bien plantado con los pies en la tierra, me voy a casar con él.» «¿Que te vas a casar con él?», me dijo.

—¿Pareció que se diera por contenta? —preguntó la tía Birdie, e indicó con un gesto a Gloria que siguiera—. ¿Y te dijo que adelante, que podías dejarle que te cortejase?

—Hizo exactamente todo lo contrario —dijo Gloria—. «¿Casarte con él?», me dijo. «¿Y dejar que el colegio de Banner se quede sin maestra?» Y se puso en pie de un salto y zarandeó el armario de la porcelana que tenía detrás. «Eso sí que no. ¡No puedes hacer eso!»

La tía Nanny se dio una palmada en el regazo, a uno y otro lado de la niña, y la tía Birdie comenzó a reírse antes que todas las demás.

—Dijo que era algo completamente impropio de una maestra que se preciase de tal —siguió diciendo Gloria—. Dijo que en vez de casarme con un alumno más me valdría armarme de valor y cumplir con mi deber y esforzarme por ser una mejor maestra y así hacer en esta vida algo de provecho.

Se oyeron nuevas risas femeninas, junto con las cuales se oyó el goteo de las notas del banjo, acompañado de un gruñido grave, de hombre, que solo pudo salir de la garganta del juez Moody.

—Me pregunto qué es lo que la señorita Gloria va a decidir no contarnos esta noche —comentó la señorita Beulah—. Algo le ha debido de pasar, a saber el qué, que le ha soltado la lengua del todo.

—¡Sigue, Gloria! ¡Gloria, por favor! Después de todas las excusas que has puesto... —exclamó la tía Birdie—. ¿No le podías dar una todavía mejor?

—Le dije que mi deseo era dedicarme a la enseñanza de un solo alumno —dijo Gloria. Y como las demás permanecieron en silencio, añadió—: Fue entonces cuando se me rió a la cara.

—Eso sí que no se lo podías tolerar —dijo la señorita Beulah—. Ni a ella ni a nadie.

—¿Diste tu brazo a torcer? —preguntó la tía Nanny.

A Gloria se le cerraron los párpados con un temblor. Y siguió su relato.

—La señorita Julia dijo que mi historia no era nueva, que ya la había oído más veces antes. Me dijo que no era la primera maestra en la Creación que se había visto abrumada por los sentimientos de ternura en su primer día de clase, ni la primera que se había fijado en un rostro que destacaba por encima de todos los demás. Me dijo que las maestras se enamoran de los alumnos ya desde los tiempos del Diluvio. Pero que eso no les autorizaba a dejar de dar sus clases.

—Esas palabras que te dijo seguro que las tienes marcadas a fuego en el cerebro, pobrecita —apuntó la tía Beck.

—¿Y tú qué hiciste? ¿Te reíste o te echaste a llorar? —dijo la tía Nanny—. Te voy a contar lo que yo habría hecho: me habría marchado de allí corriendo—. Como estaba gritando, Lady May se escabulló y se alejó de ella.

—Me enfadé con ella tanto o más que ella conmigo —dijo Gloria—. Le pregunté si era capaz de darme tres razones de peso por las cuales no pudiera dejar de dar clase y casarme con Jack cuando me diera la gana.

—¿Y no se quedó perpleja ante tu pregunta? —preguntó la tía Birdie con cara ansiosa.

—Ella creía que podía darme esas razones —dijo Gloria—. «Muy bien, Gloria», me dijo. «Una: eres joven y además eres ignorante. Tan joven como ignorante.» Eso no era verdad. «Dos: cada vez que te sientas con los pies colgando en el vacío en el Alto de Banner y luce la luna, aún no has soñado adónde puede llevarte la fuerza de tus sentimientos.» Eso tampoco era verdad. «Y tres: quizás tendrías que pensar un poco en la familia con la que te estás enredando.»

—¡Por Dios bendito! ¡Pero si es una de las familias más numerosas! —gritó la señorita Beulah—. ¡Y una de las más unidas!

—Y es en el seno de esta familia donde me alojaron cuando llegué cargada con mi maleta —dijo Gloria.

—¡Oh, sí! Es que Stacey Broadwee, Ora Stovall, la señorita Comfort y yo nos echamos a suertes cuál iba a ser la que diera alojamiento a la maestra —dijo la señorita Beulah a toda la concurrencia—. ¿Y sabéis quién sacó la pajita más corta?

—La señorita aún insistió más —dijo Gloria—. «Y si con tres razones no te vale, te voy a dar una cuarta: ¿tú eres consciente de quién eres? ¿Quién te crees que eres? No tienes ni idea», me dijo. «Antes de tirarte de cabeza al río, hazte unas cuantas preguntas…»

—Como si eso no fuera asunto nuestro, y no suyo —dijo la señorita Beulah. Y aún añadió, mirando a Gloria, con un punto de sarcasmo—: Supongo que para eso también tendría una respuesta preparada, claro.

Cuando el tío Noah Webster se inclinó hacia ella y tocó otro acorde, Gloria meneó la radiante cabellera.

—Dijo que ojalá los ciudadanos de Mississippi tuvieran certificados de nacimiento, que ojalá fueran como todos los demás. Dijo que eso no les mataría, desde luego. Dijo que no es un insulto que a nadie se le pida que demuestre quién es en realidad. Dijo que a nadie le haría ningún daño dar fe de su existencia en el momento apropiado. Y que con eso no se perdería nada, y que de hecho se aclararían no pocas confusiones.

En el silencio desaprobatorio que se hizo tras sus palabras se oyó carraspear al juez Moody.

—¿Y no existe acaso una página bien llena de fechas y de nombres, no está ahí mismo, en las guardas de la Biblia de cualquier familia? ¿No es ahí donde se anotan los nacimientos y las defunciones? —preguntó el tío Curtis.

—En la nuestra sí, pero es que Gloria no tiene a su lado a los que deberían haber escrito esa nota —le recordó la tía Beck con tristeza.

—Pero tú estás aquí, ¿no es cierto? —dijo la tía Birdie con una risa escandalosa, mirando a Gloria.

—La señorita Julia me dijo que en algún sitio existía un hilo oscuro, un hilo oscuro que pespunteaba mi historia —siguió diciendo Gloria—. O que de lo contrario mi madre no habría envuelto mi nacimiento en un halo tal de misterio. Y que mi deber conmigo misma era averiguar lo peor, y mejor cuanto antes.

—¡Lo peor! ¿Y eso cómo te sentó? —sonrió la tía Nanny.

—Le dije que a mí no me importaba nada dejar que las cosas oscuras siguieran estando a oscuras, que no me importaba que el misterio las envolviese, que estaba de sobra acostumbrada. Y que si mi nacimiento fue un misterio, seguiría siendo un misterio me casara o no.

—¿Y morir en el misterio? —insinuó la tía Beck.

—¿La señorita Julia no se dio por satisfecha? —preguntó la tía Birdie mirando a Gloria a la cara—. Yo me habría dado por contenta.

—Dijo que le parecía un grave error.

—¿Y eso fue todo? —preguntaron varias.

—No. «Usa la cabeza», me dijo. «Averigua quién eres. Y no se te ocurra casarte antes de averiguarlo», dijo. «Eso es poner el carro delante de los bueyes.»

—Pero eso mismo es lo que hiciste, ¿no es verdad? —dijo la tía Birdie con simpatía—. No te vayas a echar la culpa de nada, ojo.

—Me dijo que volviese al colegio de Banner. «Mañana mismo les entregas las calificaciones a esos niños y los pones a trabajar en serio. Termina tus clases, cumple con el año que tenías prometido. Y mientras tanto abre bien los ojos. Estás en el mejor sitio del mundo para ver un poco de luz en lo que a ti atañe. Banner está en el lado del río junto al que seguramente naciste. A ti te encontraron en Medley. Está casi a tiro de piedra del colegio de Banner. Preocúpate de ti misma, que también yo me ocuparé de ti, vaya que sí.»

—Ay —exclamó la tía Nanny.

—Me dijo que no podía ni pensar en la idea de que unas manos desconocidas se encargaran de deshacer el complicado nudo de un asunto tan turbio, y que después pudiera ser ya demasiado tarde, cuando no pudiera ella velar para que las cosas se hicieran como es debido. Dijo que todo misterio tiene su respuesta, que solo hay que encontrarla. Para eso están los misterios; dijo que el mío era demasiado duro de pelar para quien no tuviera una buena cabeza sobre los hombros.

—Pobre Gloria —murmuró la tía Beck—. Me juego cualquier cosa a que pensaste que habría sido mejor no decirle nada...

—Suerte tienes de que no le sentara nada bien —dijo la tía Birdie—. Sigues siendo el mismo signo de interrogación que has sido siempre, ¿verdad?

—¿Y cómo le paraste los pies, Gloria? —preguntó la tía Nanny.

—Recogí con una goma elástica las calificaciones, tomé las rosas que ella me había dado y me marché con viento fresco de su casa dispuesta a tomar mi camino —dijo Gloria—. Y Jack estaba allí, nada más pasar el puente, esperándome. Silbando.

—Ah, seguro que diste un brinco de alegría al verlo —dijo la tía Nanny.

—Y nunca volviste a verla —dijo la señorita Lexie mirándola a fondo.

—Y nunca más volviste a pensar en quién eres en realidad —dijo la tía Birdie con voz campanuda—. ¿Cómo ibas a pensar en eso si después ya ni siquiera tuviste tiempo?

—No veo yo por qué iba a tener razón esa mujer cuando dijo que este era el mejor lugar de todos para indagar sobre mis orígenes… Ya había visto yo en Banner el primer día en que llegué todo lo que había que ver.

—¿Y eso no le pareció suficiente a la señorita Julia? —dijo la señorita Lexie meciéndose sobre los talones y riendo en silencio.

—En lo más profundo de mi corazón me consideraba llamada a un destino más alto. —Gloria levantó el mentón y abrió los ojos como platos—. Y aún lo sigo pensando.

Se oyó entonces la vocecilla de la abuela.

El tío Noah Webster dejó de tocar de repente y todos callaron. Cesaron las risas.

—¿Qué sucede? ¿Qué te pasa, abuela? —dijo la señorita Beulah.

—Sojourner —dijo.

La señorita Beulah se apresuró hacia su mecedora.

—¿Hay algo que nos quieras decir, abuela?

—Aguzad bien el oído. Porque lo diré una sola vez —dijo la abuela—. Sojourner. Esa es tu madre. —Agitó el abanico en dirección a Gloria—. Rachel, la pelirroja.

Todos miraron de golpe a Gloria. Ella se quedó con los ojos muy abiertos.

—¡Abuela, abuela, espera un minuto! No atino ahora a saber quién es esa Rachel Sojourner de quien hablas —gritó la señorita Beulah—. No conozco yo a nadie llamado Sojourner…

—¡Pues claro que los conoces! Te tienes que acordar —dijo la tía Nanny—. Yo me acuerdo, vaya.

—¿Y en dónde viven? —preguntó la tía Cleo—. En Banner tiene que ser…

—Sí, señora. Cerca del pie del cerro —dijo la tía Nanny—. Más abajo que Aycock. ¡Allí vivían! Pero ya no queda nadie con ese apellido. —Se dio una palmada en el muslo—. Y Rachel es aquella a la que enseñó a coser la señorita Julia Mortimer, la niña que se sentaba siempre al final del banco donde recitábamos las lecciones. Sí, señora. A Rachel nunca se le dio bien el cálculo mental, así que mientras todos los demás respondíamos a sus preguntas sin perder comba, ella se quedaba sentada muy calladita, sacando la punta de la lengua mientras cosía.

—Pero si fue aquí mismo donde la enseñamos a coser —dijo la abuela—. Se veía que se moría de hambre. Así que la llamamos para que viniera. «Me podrás ayudar con todos estos chiquillos, al menos a remendarles los calcetines. Y así tendrás de comer.»

—Ahora me empiezo a acordar... —dijo la señorita Beulah en tono de cautela—. Aún no le veo la cara, pero empiezo a oírla... Sí, la oigo cómo se reía. Sí, en esta misma casa, oía yo a los chicos tomarle el pelo, andar a vueltas alrededor del bastidor en que zurcía, o el telar, a lo mejor era el telar, y le tomaban el pelo mientras cosía. Ahora mismo la oigo reírse por el pasadizo... Y le veo aquellos ojillos que tenía. Trabajaba con la aguja y el hilo y aguantaba la risa hasta que se le saltaban las lágrimas y ya no veía nada. Y seguro que de aquí a nada me acordaré de alguna otra cosa de ella, seguro —añadió, y miró a Gloria—. Sí, creo que estoy a punto de verla.

—Cómo agitaba el cabello —dijo la abuela—. Una cabellera preciosa.

A Gloria se le escapó un suspiro de protesta, pero la señorita Beulah siguió como si tal cosa.

—Y era Nathan el que mejor sabía hacerla llorar.

—Pero con ella era tan callado como ese leño que se va a echar a perder ahí mismo, a la entrada —dijo la abuela, y se volvió a mirar a Nathan a la cara.

—Yo no podía evitar tomarle el pelo a la señorita Rachel, abuela —dijo el tío Noah Webster—. Quizás precisamente por eso la recuerdo tan bien.

—En cambio, sí que había uno con el que ella se sentía segura. Sam Dale jamás le tomó el pelo —dijo el tío Curtis, y en el acto asomaron las lágrimas a los ojos de la señorita Beulah.

La abuela apoyó la cabeza en el respaldo de la mecedora, como si hubiera salido disparada en un carricoche.

—El señor Vaughn puso fin a sus tonterías, vaya que sí. Fue él quien la metió en vereda —dijo—. En fin. Ahora ya sabes quién eres. Eres la hija de Rachel.

—Eso es solo porque la abuela es vieja… Por eso la creéis —dijo Gloria hablando muy rápido—. Si no fuera vuestra abuela, si no estuvieseis celebrando su cumpleaños, pensaríais que está diciendo tonterías.

—Espero, por tu bien, que la abuela no haya oído eso que acabas de decir —susurró la señorita Beulah.

—¡Y vosotros la creéis porque también estáis mayores!

—Gloria, hoy estás demostrando que eres un mal bicho, lo mismo da de quién lo hayas heredado —dijo la tía Nanny, y rió.

—Yo no soy su hija. No soy la hija de esa Rachel. Yo no tengo nada que ver con ella —dijo Gloria.

—Y entonces ¿de dónde ha venido esta chica? —preguntó la tía Cleo—. Me refiero a Gloria, claro está…

—Oh, es una historia bien conocida, al menos hasta el momento —dijo la señorita Beulah.

La tía Nanny ya había empezado a contarla en cuanto terminó de espantar a unos cuantos niños y niñas que habían aparecido jugando a «zorro por la mañana, gansos por la tarde», como si una racha de viento los hubiera traído.

—La agente de formación de trabajadores del condado de Boone fue quien encontró a la recién nacida en su porche, cuando ya había anochecido. En el columpio. Metidita en una caja de zapatos.

—Eras tan pequeñita —dijo a Gloria la tía Cleo.

—Roja como la grana, y no paraba de llorar. Se cuenta que ya de recién nacida sacudía los puños —dijo la tía Nanny con cariño—. Así que la agente de formación de trabajadores del condado, que era la madre de la señorita Pet Hanks, y que vivió toda la vida en la misma casa de Medley en que la señorita Pet ahora se dedica a contestar el teléfono, la señorita Hanks, en el instante en que vio lo que tenía allí, aunque tenía el día muy ajetreado, colocó a la criatura en la trasera del cochecito con el que recorría toda la comarca y se la llevó a Ludlow. Era tiempo de moras, estaban las zanjas repletas, las zarzas cargadas de fruto, pidiendo a gritos que alguien las recogiera a uno y otro lado del camino. Ganas le dieron de tener tiempo de parar a comerse unas cuantas.

—Tuvo que haber sido poco antes de los días de frío que suele haber entonces —dijo la tía Beck.

—Así fue.

—¿Tú qué día celebras tu cumpleaños? —preguntó la tía Clea a Gloria.

—El primero de abril —dijo ella con jactancia.

—¡Ojalá lo hubiera sabido! —le gritó la tía Nanny entre las risas de todos los demás—. ¡A la primera te habría recibido con los brazos abiertos! Siempre quise tener una hija, aunque un hijo tampoco me habría importado. Pero el Señor no dio respuesta a mis plegarias. —Siguió resoplando—. La señorita Hanks se te llevó derecha al orfanato y allí que te entregó. «Aquí les traigo una sorpresa», les dijo «Es una niña. La traigo ya con nombre y todo.» Te puso el nombre en el viaje a Ludlow. Era un día glorioso, y lamentó mucho tener que abreviar su visita. Así que Gloria Short.

—Tampoco fue un mal nombre, Gloria. Naciste con una gloriosa mata de cabello y demasiado se abrevió tu relación con tu padre y con tu madre —dijo la tía Birdie.

—Seguramente es un nombre más dulce que el que podría haberte dado cualquiera de ellos, Gloria —le dijo la tía Beck.

—Yo me habría puesto otro —dijo Gloria—. Uno menos corriente. En la misma mesa del comedor había otras tres Glorias.

—Pues teniendo en cuenta quién te encontró, gracias tienes que dar de no llamarte Pet Hanks y de que no te dejaran tirada en cualquier rincón —dijo el tío Noah Webster.

—Eso es cierto. Vaya nombrecitos que ponen algunos por ahí —dijo la tía Birdie—. Tanto los padres como las madres. A mí los míos me pusieron por nombre Virgil Homer, por los dos médicos que lograron traerme al mundo. Cuando intenté yo decirlo por primera vez, me salió «Birdie» por Virgil, y así se me quedó el nombre.

—Yo a los míos les puse nombres bien bonitos, a todos ellos —dijo la señorita Beulah—. Digo yo que es lo mejor, darles unos nombres bien bonitos, porque a lo mejor es lo único que una puede dejarles. A los míos les puse yo misma los nombres, incluida a la pequeña Beulah, que no vivió más que un día.

—Yo ahora soy una Renfro —dijo Gloria.

—Y eso ha sido en un visto y no visto —dijo la señorita Beulah. Estudió a Gloria ladeando la cabeza—. Sojourner, vaya… Eso quiere decir que eres pariente de Aycock. Y el capitán Billy Bangs también debe de tener algún parentesco remoto contigo. ¿Tú crees que llegarás a vivir tanto como él?

—¡Pero si yo no soy hija de esa Rachel…! —exclamó Gloria.

—Le cuadra totalmente —dijo la señorita Beulah—. Demasiado bien le cuadra, te lo digo yo. Si hubieras conocido a Rachel…

—Pero yo fui un secreto —protestó Gloria—. Fuera de quien fuese, fui su secreto. —Se puso en pie de un salto, con la cabellera como una casa en llamas.

—Es posible que fueras el secreto de Rachel, de acuerdo, pero la historia de Rachel es de sobra conocida en todo Banner, y ahora he vuelto a acordarme de golpe de todo, me viene como si lo hubiésemos invocado entre todos —dijo la señorita Beulah—. Supongo que hasta el último de los vecinos ha tenido que oír la historia al menos una vez, aunque supongo también que todos los vecinos han vivido el tiempo suficiente para olvidarla.

—¿Y Rachel? ¿No la tenéis en algún sitio, no hay dónde verla para preguntárselo a ella? —preguntó la tía Cleo.

—Si quieres que te lo cuente Rachel, creo que vas a tener que esperar a reunirte con ella en el Cielo —dijo la señorita Beulah.

—Y entonces… ¿cómo podéis estar todos tan seguros de antemano? —exclamó Gloria—. ¿Cómo podéis saber que soy yo precisamente el secreto de Rachel?

—Si la señorita Hanks era la única alma de Medley que Rachel Sojourner llegó a conocer más o menos bien, es a ella a quien habría hecho entrega de su niña, ¿no es así? —le preguntó la tía Birdie.

—Pero la señorita Hanks tal vez conociera a otros que, sin haberse casado, como Rachel, seguramente tenían niños que dar en adopción. A fin de cuentas, era la agente de formación de trabajadores del condado e iba todo el rato de un lado a otro, estaba en todas partes al mismo tiempo —insistió la tía Beck hablando con Gloria.

—Ya, pero en algún sitio tendrá que estar el bebé de Rachel —dijo la señorita Beulah—. Y yo estoy de acuerdo con la abuela en que es aquí donde está.

—¡Yo no soy de Rachel! —dijo Gloria—. Cuanto más lo repetís, menos me lo creo.

—Bueno, veréis. Cada madre es diferente a todas las demás —dijo la tía Nanny con una sonrisa—. Mamá tuvo dos, y a los dos los dio en adopción, a mi hermana y a mí, cuando no éramos más que dos enanas que lo único que sabíamos era llorar, y eso que no se vio en la obligación. Lo hizo solo porque le cuadraba más a su manera de ser. Ahora mismo aún sigue por ahí con papá, ocupada en sus cosas a pesar de los muchos años que tiene.

—Pero es que era una Broadwee —le recordó la señorita Beulah—. Más dura que una nuez vieja.

—El viejo Sojourner, después de que a Rachel la enterrasen, alcanzó un hueco que tenía en la chimenea y sacó todo el dinero que llevaba ahorrado para su entierro y el de su esposa, y además vendió la vaca, y todo por poner una lápida en recuerdo de Rachel. Y allí sigue estando. En forma de cordero, y no muy blanco, por cierto —dijo la tía Nanny. Alargó la mano y le dio un azote a Gloria.

—¡Es esa tumba —exclamó Gloria— que parece que está a punto de echar a rodar por la ladera hasta caerse al Bywy!

—Así es —dijo la señorita Beulah—. Y a estas alturas toda la tribu le ha ido siguiendo los pasos hasta la tumba. Yo creo que si el capitán Billy Bangs sigue aún con vida es lisa y llanamente porque se ha empeñado en vivir más que la abuela. —Dio un paso hacia Gloria—. Tendría que haberte reconocido a la primera, muchacha. En el mismo momento en que llegaste a mi casa con tu maleta y tu mochila de los libros y con los polluelos de regalo, como una maestra buena y aplicada, en cuanto te quitaste la goma elástica del sombrero. Podrías haber sido una pobrecilla muchacha, frágil y tozuda, igualita que si Rachel Sojourner hubiese vuelto a la vida. ¿Por qué no me paré en donde estaba el tiempo suficiente para mirarte y pensar un minuto? —Miró a la abuela—. Pero si es que aquel día, cuando la abuela volvía del jardín con un cesto lleno de verduras, se detuvo delante de ti y dijo: «Niña, ¿tú no te has equivocado de casa?».

—«Pues no, señora», le dije. «No me he equivocado de casa. Soy la maestra.» Y se le cayeron las verduras al suelo y tuvimos que recogérselas entre todas —dijo Gloria.

La señorita Beulah posó una mano sobre el hombro de la anciana y se dirigió a Gloria.

—Podrías haber sido exactamente igual que ella, igual que la que venía a esta casa a echar una mano con las labores de costura, la que se quedaba a veces una semana entera con nosotros, en la sala de las visitas, durmiendo con la maestra. Tal vez alguien contó con que al tener la cabeza de la señorita Julia Mortimer en la almohada de al lado le entrase un poco de sensatez en la cabeza.

—La señorita Julia Mortimer —replicó la señorita Lexie dirigiéndose a Gloria sin darle tiempo a decir nada— fue justamente la que encontró a Rachel Sojourner cuando aquella chica estaba a punto de morir. Estaba toda temblorosa y con fiebre en medio del puente de Banner. La señorita Julia iba a cruzar el río después de haber cerrado tarde el colegio, y empezaba a apretar el frío y casi era de noche. Y allí estaba Rachel. Su alumna la costurera, la que era tan mala en cálculo. La señorita Julia se detuvo y le ordenó que no diera un paso más, que no se las diera de estar a punto de lanzarse al río, que se subiera al coche inmediatamente, y volvió por el puente, dio la vuelta en el patio del colegio y se encaminó a Ludlow a toda velocidad. «Te llevo ahora mismo a que te vea un médico, chiquilla», le dijo. «No hay tiempo que perder ahí sentada, esperando a que vuelva. ¡Si te estás poniendo azul!», le dijo. «¿Es que ni siquiera tienes unas medias? ¿Cómo se te ocurre salir por ahí sin ponerte unas medias, con el frío que hace?» El termómetro bajó de golpe muchos grados. Aquello fue en abril. La señorita Julia detuvo el carricoche en medio del camino, se quitó deprisa sus medias y se las puso a Rachel, y no me extrañaría además que la hubiera envuelto también con su capa, y se la llevó a toda prisa a Ludlow. Cuando la señorita Julia llamó a bocinazos en la casa del médico, la pobre Rachel estaba ya hecha un carámbano. Pero Rachel dijo al médico, cuando aún podía hablar, castañeteándole los dientes, que no le importaba nada morirse, pero que no pensaba dejar que nadie la viera muerta con las viejas medias de lana de la señorita. Se las había quitado aprovechando la última pizca de fuerza que aún le quedaba. Y en un visto y no visto se quedó tiesa, como muerta. No iba a llegar a Ludlow con las viejas medias de la señorita Julia Mortimer, y el frío le caló hasta los huesos. Así se cogió una pulmonía. Murió en cuanto le dio la primera crisis.

—Me juego cualquier cosa a que la señorita Julia ni siquiera se pescó un resfriado —dijo la tía Birdie con un estremecimiento.

—Oh, sí, es dura como el hierro —dijo la tía Nanny.

Todos guardaron silencio, salvo los que estaban más alejados de la casa y cantaban una canción de ronda: «... *suave baja la corriente, suave y contenta, suave y contenta...*».

—Lexie, ¿cómo es que has armado tú solita semejante historia? —preguntó la señorita Beulah—. Eso tienes que habérselo oído contar a la propia señorita Julia.

—En uno de los días en que estaba de buen humor, en aquellos tiempos en que todavía confiaba en los cuidados que yo le daba, fue ella quien me lo contó todo —dijo la señorita Lexie—. Pero si en toda esa historia hubo alguna niña implicada, eso prefirió no hacérmelo saber a mí.

—Rachel ya había dado a luz a la niña... —adivinó la tía Beck.

—¿Tú crees que Rachel le contó a la señorita Julia esa historia en aquel viaje que hicieron las dos en plena helada?

—No, no pudo contárselo. De lo contrario no habría querido quitarse sus medias —dijo la tía Birdie—. Acababa de abandonar a su hija, y seguro que pensó que era un buen momento para terminar con todo —dijo la tía Beck—. Como mucho tendría fuerzas para permanecer en pie, pero nada más. Como mucho sería capaz de poner un pie delante de otro. Pero cuando llegó a Banner...

—El frío repentino de la Pascua se la llevó —dijo la tía Nanny, e hizo un gesto con la mano mirando a Beck.

—Todo encaja a la perfección —dijo la tía Beck a Gloria—. Demasiado bien incluso.

—Yo estoy convencida de que los Sojourner no dejaron volver a Rachel a casa cuando ella quiso hacerlo. Al menos es eso lo que se contó —dijo la tía Birdie.

—¿Y ahora te acuerdas? ¿Qué otra cosa pudo empujarla hasta el puente para que la señorita Julia la encontrase, con esos ojos de águila que tenía?

—El viejo Sojourner, cuando lo llamaron para que acudiera después de que muriese Rachel, tuvo que ir en su carreta hasta Ludlow. Y aún le quedaba otro largo viaje a la vuelta, hasta Banner, adonde la trajo para darle sepultura —dijo la señorita Beulah—. Seguramente tuvo tiempo para pensar.

—Eso fue lo que le dio la idea del cordero —dijo la tía Beck a Gloria.

—Desde luego, de nuestra casa se marchó mucho antes, y si te he visto no me acuerdo. Bueno, volvió una vez. Volvió una vez, acabo de recordarlo nada más decirlo. A ayudar a la abuela a salir adelante cuando estaba yo muy ocupada preparando mi boda con el señor Renfro —dijo la señorita Beulah—. Seguía cosiendo igual que antes. ¿Tú recuerdas haberla visto por aquí, señor Renfro? Supongo que no, tú no eras más que el novio.

—Me acuerdo, claro que me acuerdo, sin la menor duda. Me acuerdo de la carrera por recoger las moras de temporada —dijo él.

A ella se le escapó una risa.

—Ah, sí, eso nos puso a todos de los nervios —dijo—. Fue entre Rachel y uno de estos chicos.

—Fue Sam Dale Beecham —dijo el señor Renfro—. Sam Dale y Rachel, los dos aseguraron delante de todos los comensales que cada uno de ellos era el mejor, el más veloz y el más ágil recogedor de moras del mundo. No quedó más remedio que dejar que cada uno tomase un pozal y que saliera a demostrarlo. Cuando cada uno tuviera el pozal lleno, tenían que volver a toda velocidad a casa, vaciar los pozales en una bañera grande y salir corriendo otra vez. A cada viaje que hacían, se iban encontrando los dos en la bañera. Estuvieron recogiendo moras desde primera hora de la mañana hasta que se puso el sol, y aún entonces seguían empatados. ¿Es así?

—No me recuerdes el resto —dijo la señorita Beulah.

—Llenaron las bañeras y luego todos y cada uno de los pozales que había en la granja, y Sam Dale al final tuvo que ahuecar un tronco de álamo para llenarlo también, y volvió a la casa con el tronco al hombro. Y Rachel aún apareció con un pozal más. No había manera de romper el empate.

—Tuvo que ser año de muchas moras —dijo la tía Nanny.

—Fue mucho más que eso, fue cuestión de que los dos se jurasen que eran capaces de vencerse el uno al otro, y que ninguno de los dos diera su brazo a torcer —dijo la tía Birdie.

—Al final ambos convinieron en que aquello había sido un empate —dijo la señorita Lexie.

—Fue más bien el bendito de Sam Dale quien dejó que ella le empatase —dijo la tía Beck con dulzura.

—¿Y dónde nos puso a todos los demás la dichosa competición? —exclamó la señorita Beulah—. La pobre abuela volvía cada vez a la cocina manchada hasta los codos de moras. ¿Qué iba a hacer con tantísima abundancia, y encima con una boda a la vuelta de la esquina? Aquella noche llenó cuarenta y nueve tarros de moras, cada uno de un cuarto de galón, antes de hartarse e irse a la cama. ¿O fueron sesenta y nueve tarros, o quizás noventa y seis...?

La abuela asintió al oír las cifras.

—Bueno, pues quizás fuese un empate por el modo en que lo cuentas, pero creo que la abuela se las arregló para salir adelante —dijo la tía Nanny.

—Cuando tú estabas a punto de nacer, Gloria, parece que las zarzas volvían a estar llenas de moras —dijo la tía Birdie.

—¡Ay! —exclamó Gloria—, ¡ojalá os callaráis todas de una vez! Sé muy bien que soy mejor que Rachel Sojourner y su cordero. No hay nadie, ni aquí ni en ninguna parte, que me vaya a hacer creer que estoy en el mundo por culpa de otro, o porque alguien cometiera un error. —Y echó la cabellera para atrás.

—Oscar, ¿no puedes poner un poco de paz? —preguntó la señora Moody—. A lo mejor así hacemos que todo este asunto merezca la pena.

—Hay cosas que deberían estar en los registros del condado de Boone, pero lo cierto es que no lo están —dijo el juez Moody—. Eso es algo que yo no puedo remediar, Maud Eva.

—No hay más registros. Se acabó, juez Moody. Desaparecieron —dijo el señor Renfro.

—Estoy informado del incendio que se produjo en el juzgado —dijo el juez Moody con aspereza—. Aún hoy celebramos los juicios en el Departamento de Primaria de la Primera Iglesia Baptista.

—Sentados de cualquier manera en las sillas que se emplean los domingos en la catequesis —dijo la señora Moody, y soltó una risita al ver la silla que ocupaba el juez.

—Sí. No me hacía ninguna falta venir a Banner para enterarme de lo que sucedió en Ludlow —dijo el juez Moody—. Pero… ¿y qué hay del médico que atendió a esa muchacha? Seguro que registró el caso en sus archivos. Y aun así, si ha desaparecido el registro es posible que lo recuerde, si le impresionó tanto como se supone.

—Tengo para mí que Rachel alumbró a la criaturita ella sola —dijo la tía Birdie con un gesto de desaire propio de un narrador avezado—. Lo hizo lo mejor que pudo, se la dio a quien creyó que sabría arreglárselas mejor, y luego dejó que el Señor se hiciera cargo de ella.

—Oscar, sabes de sobra que nunca podrían haber conseguido que un médico se arrastrase hasta aquí —dijo la señora Moody—. Tendrían que habérselo pedido de rodillas, y a lo mejor no habría venido ni por esas.

—Bueno —dijo el señor Renfro, mirando con calidez al juez Moody—, yo eso no lo sabía, así que aquella vez en que estábamos a punto de tener a nuestro hijo —la señorita Beulah soltó aquí una carcajada y lo dejó seguir—… me planté de un salto en la tienda y cogí el teléfono y pedí que me pusieran con el médico de Ludlow, y el médico dijo que de acuerdo, que ya venía. «Venga a la vieja casa de los Jordan», le digo. «Cualquiera le sabrá decir dónde está.» En fin, era ya de noche cuando volví aquí, y veo que se avecina una tormenta como nunca se había visto por estos pagos. Me entró la preocupación de que el viento derribase un árbol de buen tamaño y ello impidiera al médico llegar a tiempo. Ya veía los rayos, ya se oían los truenos. Caminaba de un lado al otro de la galería, sin parar. No había llegado a ver al médico y el médico no había llegado a verme a mí, pero le dije a Beulah que cuando un hombre dice que vendría pues seguro que vendría, y le dije que aguantase.

»Y entonces lo vi venir, lo vi en alas del vendaval. Venía montado en un buen caballo, y sacaba chispas de las piedras mientras se acercaba a galope tendido. Lo primero que hizo nada más llegar fue pasarme una escopeta de las grandes, que traía en el regazo. La verdad es que me sorprendió un poco, porque más bien me esperaba verlo con un maletín de médico. Luego me pasó las alforjas.

»—¿Y aquí salen mucho a cazar? —me dice en cuanto salta, y vi que no era mucho mayor que yo.

»—Pues claro que sí, doctor —le digo.

»—Bueno —me dice—, ya me parecía a mí que este era buen sitio para salir a cazar ardillas. Así que mañana mismo —me dice—, si escampa la tormenta, le diré qué vamos a hacer: salimos los dos a cazar y volvemos con el zurrón lleno.

—El niño nació aquella misma noche, de acuerdo con la predicción que había hecho Beulah. Y al día siguiente amaneció despejado, un día precioso, y el médico y yo salimos a cazar. Y aquel médico no volvió a su casa en una semana. No volvió hasta que el abuelo lo invitó a ir a escuchar su sermón. Y todos aquellos días salimos los dos por las lomas y cazamos todas las ardillas que uno pudiera desear. Y la abuela le cocinaba todas las que se podía zampar cada noche, y al final de la semana, cuando por fin se despidió de nosotros, llevaba las alforjas llenas hasta los topes de ardillas ya bien condimentadas. Cuando nos dijo adiós a Beulah y al niño y a los viejos y a mí, señaló que nunca en la vida había hecho una visita más agradable. Se llamaba Carruthers.

—¿Era Gerard Carruthers? —exclamó incrédula la señora Moody.

—¿Cuánto te cobró? —preguntó la tía Cleo—. ¿Fue mucho?

—Seguro que no fue una minuta excesiva para todas las atenciones que nos dedicó —dijo el señor Renfro—. Supongo que nada más llegar se dio cuenta de que no íbamos a poder pagarle gran cosa.

—El abuelo Vaughn sí que le dio algo que echarse al monedero, eso lo sé yo —dijo la señorita Beulah—. No, desde luego no íbamos a dejar que nos tomasen por unos mendigos.

—Así que también ha subido por aquí —dijo el juez Moody—. Hasta aquí atiende Gerard Carruthers. Qué cosas.

—Es el médico de cabecera del juez —exclamó la señora Moody—. ¡Imagínatelo por estos pagos!

—De eso hace ya unos cuantos años, esa es la verdad —dijo el señor Renfro—. Porque la criatura que ayudó a traer al mundo era Jack.

—Si es que para colmo también quiso ser él quien le pusiera nombre al niño —dijo la señorita Beulah—. Y eso sí que no se lo permití. «Este es Jack Jordan Renfro», le dije.

—A ver quién consigue hoy que le haga una visita a domicilio —dijo la señora Moody.

—Lady May vino al mundo sin ayuda de ningún médico —dijo Gloria—. Y yo no me morí al dar a luz, como me podría haber pasado si fuera una Sojourner.

—Pero es que tuviste a la abuela —dijeron varias voces a coro.

—A Beulah también le ayudó la abuela —dijo la abuela—. Cosa buena.

—Pero ni siquiera la abuela podría demostrar que soy hija de Rachel —dijo Gloria—. Nadie lo podría demostrar.

—Pues entonces ve con cuidado, que como me lo proponga te puedo mostrar yo la prueba ahora mismo —dijo la tía Birdie con retintín—. Viene ahora mismo derechita a tu encuentro, la tienes delante de las narices.

Bajo los faldones de la mesa apareció Lady May a gatas. Allá abajo había encontrado un hueso. Dio un grito a su madre, como si la hubiese adelantado en la búsqueda. El hueso estaba cubierto por un montón de hormigas diminutas.

—¡De tal palo, tal astilla! ¿No ha sido siempre así? ¿La veis? —canturreó la tía Birdie con voz de embeleso.

Gloria abrió la boca, pero no acertó a decir palabra.

—Vuelve, Rosa Roja —avisó la tía Beck a Lady May.

—Ven para acá, pequeña —gritó la tía Nanny, y con un brazo colorado se llevó a la niña al regazo—. Ya lo creo que sí, tú también eras un hermoso secreto, ¿verdad que sí? —le preguntó.

—¿Y quién no querría que fuera el suyo? —el resto de las tías formó un círculo en torno a Lady May, abriendo bien los brazos—. ¡Vente conmigo! ¡Vente conmigo! —y le quitaron el hueso de las manos.

—Gloria, no hemos venido aquí a llorar —dijo la tía Beck—. Si hubiésemos querido llorar, nos habríamos quedado en casa, ¿verdad que sí?

—Mirad qué dos —dijo la tía Nanny cuando Lady May, escapando de su regazo, se abrazó llorando a su madre.

—Venga, déjala. Yo os diré quiénes son los que le gustan a la niña: los hombres, desde luego que sí —dijo la tía Birdie—. Cuando crezca, va a ser una rompecorazones. Ya lo veréis.

Lady May, de pie en el suelo, pasó corriendo por delante de los tíos, que también habían extendido los brazos para atraparla, y al final se sentó a horcajadas en el zapato de ciudad que calzaba el juez Moody. Dejó de mecerlo en el acto, aunque ella le acariciaba el tobillo revestido de seda con una manita.

La señorita Beulah había levantado la voz mientras hablaba con las tías.

—Birdie Beecham, y esto va también por todas las demás, quiero que os enteréis de una cosa: yo a mis chicos les he enseñado a hacer las cosas bien, ¿me habéis oído? ¡Jack Renfro nunca ha dado a la comunidad de Banner el menor motivo de queja! Sabe tratar a una chica estrictamente como se le ha dicho que las trate. Y si hay algo que no está del todo bien, la culpa será de ella.

—Yo siempre me he dicho eso mismo, Beulah —dijo la tía Beck tratando de sosegarla—. Eso le he dicho yo a mis nueve chicos.

—¡Eh! ¿No querrás decir que Gloria se adelantó a los acontecimientos...? —exclamó la tía Cleo.

Gloria se puso en pie con gesto desafiante ante todas ellas, igual que cuando les dijo que su cumpleaños era el primero de abril, el día de los inocentes.

La tía Nanny alcanzó a Gloria e hizo amago de darle un azote.

—¡Quédate ahí de pie, Gloria! En esa falda que llevas, en donde te la tapa la cintura, tienes un desgarrón. ¿Has estado en un brezal, o qué?

—Gloria, mírate la espalda. ¿Sabías que parece que te acabara de morder un perro? —preguntó la tía Birdie.

—¿Es el único vestido de domingo que tienes? —preguntó la tía Cleo.

—Es mi vestido de novia —dijo Gloria.

—¿Hecho en casa? —preguntó la tía Cleo.

—Sí, señora.

—Me juego lo que quieras a que te lo hiciste tú sola, sin que nadie te dijera cómo —dijo la tía Cleo.

—Gracias. Así fue.

—Pero una cosa sí te diré: la verdad es que no te queda del todo bien —dijo la tía Cleo—. ¿Lo hiciste con un patrón?

—Me acuerdo de que te lo vi el día de tu boda —dijo la tía Beck—. Y parecías igualita que cualquier otra novia.

—Yo creo que es justo esa cintura lo que le da un aire tan anticuado —dijo la señora Moody sumándose al coro.

—Sí, la verdad es que con esa cintura, que parece que tiene un kilómetro de largo, da la sensación de que te estés ahogando —dijo la tía Fay.

—Pero son muchas las novias que tienen esa misma tendencia —dijo la tía Beck—. Lo lleva más ceñido que la banda del sombrero de Dick —dijo la tía Nanny, y probó la holgura de la cinturilla.

—Tira, suéltasela —dijeron las otras.

La tía Nanny pasó el dedo por el nudo y soltó la cintura, que cayó como si pesara igual que un brazo, deslizándose sobre la falda hasta caer a los pies de Gloria.

—¡Caramba! ¡Mirad qué cantidad de tela ha metido en esa falda! —exclamó la tía Birdie—. Seguro que tuviste que sujetarte ahí dentro para estar segura de que no te perdías, Gloria.

—Vamos a ver, un momento. No había notado yo que le pasara nada raro a ese vestido —dijo la señorita Beulah—. Solo da la impresión de estar hecho con demasiado tejido, más del necesario. Y cuesta una hora plancharlo, pero lo único que le pasa es que queda un poco holgado. Y siempre es mejor así que ir demasiado ceñida, digo yo.

—Seguramente que la tela de la cintura pesa por sí sola una tonelada —dijo la tía Nanny.

—Así es —dijo Gloria, mirándola en el suelo, a sus pies, donde brillaba como si fuera de agua—. Es de raso. —La recogió con todo cuidado, pero la tía Nanny se la quitó de las manos.

—¡Dios bendito! ¿Y de dónde sacó una maestra raso, y en tal cantidad?

—Algún sacrificio haría —dijo la tía Beck, como si con eso fuera suficiente.

—Sí —siguió diciendo la tía Birdie—, y fijaos en ese viso de color rosa que tiene aquí en el borde. Esa tela la ha prendido la luz.

—Podría ser una pieza ya envejecida —dijo la tía Nanny.

—Ni mucho menos —exclamó Gloria—. No, señora, la compré nuevecita y pagué lo que costaba. ¡Yo no tengo nada que sea de segunda mano!

Por momentos, las tías se acercaban a palpar el vestido en los hombros y en la cintura de Gloria, y donde fuese, como si quisieran encontrarla a ella dentro.

—Se la ha tragado entera —dijo la tía Nanny—. El vestido está esperando a que aumente de peso.

—No entiendo yo cómo puede haber ido todo el día de acá para allá con un vestido del que le sobran kilómetros por todos lados, contando con recibir solo halagos —dijo la tía Cleo. Tomó la tela por el dobladillo—. Ni siquiera me parece que esté blanco como la nieve.

—¡Era de una tela nueva! Me he pasado toda la vida llevando ropa de segunda mano —dijo Gloria—. ¡Y con unas ganas locas de ponerme vestidos nuevos! Este me lo hice para mí.

—Gloria es que considera que pese a todo está hecha para ser la novia —bromeó la tía Nanny—. Ya juega con ventaja con esos rizos que tiene.

—Dejadla que diga lo que quiera. Pero sigue siendo una verdad como un piano, ya se dice en el campo, que de tal palo, tal astilla. Es la hija de Rachel, y allá cabalga una que bien lo demuestra —dijo la tía Birdie, que comenzó a reírse al ver al juez Moody con la niña montada en el pie.

—¡Y quién dice que hace falta demostrarlo! Yo sé que es hija de Rachel —insistió la señorita Beulah—. Me ha bastado con detenerme un momento y mirarla bien. Pero si Rachel es tu madre, lo que va a ser difícil de verdad es averiguar quién fue tu padre —dijo a Gloria.

Gloria abrió la boca como si estuviera a punto de dar un grito.

—A Rachel le daba por salir los domingos a montar con uno de esos que llaman metodistas —dijo la tía Nanny, con un raro brillo en los ojos.

—¿Ya estás encasquetándole la culpa a los metodistas? —preguntó la tía Cleo.

—Bueno, ya se sabe que los baptistas siempre andan juntos, están muy unidos los unos con los otros —dijo la tía Beck—. Les suele dar por irse a buscar a los transgresores bien lejos de donde viven.

—Por favor, no sigamos con esto —dijo tajantemente la señorita Beulah—. Dejémoslo estar. Se acabó la cháchara.

Gloria se llevó primero una mano y luego la otra a la boca. Se oyó la voz de la abuela.

—Sam Dale Beecham. Sam Dale Beecham es el que iba a casarse con Rachel, la del cabello rojo encendido.

Se oyó un rumor en toda la mesa. Por fin un alarido salió de labios de Gloria, y la recorrió de punta a punta.

—Abuela, ¡mira que estás hoy obcecada con Sam Dale! ¿Tú sabes lo que estás diciendo? —exclamó la señorita Beulah, y fue corriendo a la mecedora de la anciana.

La abuela miró ceñuda a toda la concurrencia. Sus ojos, azules y legañosos, daban la impresión de estar encendidos por la fiebre.

—No, abuelita querida. Sam Dale nunca habría dejado a una chica en un aprieto; no se habría marchado después y la habría abandonado —dijo el tío Noah Webster. Dejó el banjo en el suelo, donde nadie lo viese.

—Ay, si hubiera sido así… —exclamó la señorita Beulah con gran agitación.

—No, Sam Dale era demasiado bueno. Sencillamente era demasiado bueno —afirmó el tío Curtis—. Abuela, eso es algo que todos los chicos sabemos.

—Yo no creo que fuera capaz de hacer a nadie ninguna jugarreta de este calibre —dijo el tío Noah Webster, y sacudió la cabeza con gesto de sobriedad—. No era capaz siquiera de pensar nada malo de nadie. Ni de nosotros ni de ninguno de Banner, ni tampoco, ya puestos, de nadie que habitara este ancho mundo.

—Ay, no es posible que sea una Beecham... —exclamó Gloria.

La abuela miraba al tío Nathan, que guardaba silencio.

—Ve a buscarme la Biblia de los Vaughn, la que está bajo mi lámpara —le dijo con el dedo índice en alto.

Pero Elvie, demasiado veloz para el tío Nathan, se le adelantó y volvió tambaleándose con la Biblia, que sujetaba entre las piernas, a duras penas capaz de impedir que se le cayera al suelo. Logró depositarla en el regazo de la abuela. Se prosternó ante las rodillas de la abuela, de frente, e inclinó la espalda para servirle de soporte y aguantar el peso.

La abuela buscó en el bolsillo y sacó unas lentes; volvió a buscar y sacó un billete de dólar, renegrido y sedoso, con el que las limpió. Se plantó las lentes en la nariz, levantó la tapa de la Biblia y pasó la primera página.

Se detuvo unos momentos en la lista decorada con angelotes que recogía los nacimientos y las defunciones acaecidos en el seno de la familia, anotados por manos diversas, antes de levantar los dedos, que se había humedecido previamente con la lengua, y empezar a pasar sistemáticamente las páginas de su Biblia, aunque no como si tuviera que buscar algo en concreto, sino como si ese algo fuese a salirle al encuentro. Los que más cerca estaban pudieron vislumbrar fugazmente el rizo del cabello de Ellen, pálido como la seda, cuando los dedos de la abuela pasaron por los Hechos. Al comienzo de la Primera Epístola a los Tesalonicenses estaban las gafas del abuelo. La abuela las sacó y se las puso encima de las suyas. Apareció el cordón con que estuvo sujeto el anillo de Ellen, como un tallo de flor comprimido al que le faltase la corola. Entonces pasó una página más y extrajo lo que parecía una postal ya en tonos sepia. Tanto tiempo llevaba allí que había manchado la página de un cierto tono marronáceo, dejando en ella un dibujo como de *moiré*.

—Es hora de que oigan esto, a ver qué les parece —le dijo al tío Nathan.

Pero la señorita Beulah voló entre ellos dos y tomó la postal y se la acercó a los ojos por el lado de la imagen.

—¡Si es Sam Dale! Es Sam Dale Beecham con su uniforme de soldado —exclamó—. Nunca lo había visto así más que cuando lo enterramos.

—El mensaje está por el otro lado —le dijo el tío Curtis, pero ella no era capaz de quitar los ojos de la imagen. Esperaron a que diese la vuelta a la postal, momento en el que volvió a gritar como antes.

—«Querida Rachel...» — su voz perdió de pronto toda autoridad cuando se dispuso a leer las palabras escritas al dorso de la imagen. En un tono monocorde, deteniéndose a cada tanto, dio lectura al texto—. «Querida Rachel. Aquí estoy delante de la tienda del campamento. Disculpa que lleve puesto mi...» No sé qué pone, blusa. «Pero es que hace mucho calor en...» No sé qué, en Georgia. «Aquí tienes un regalo para nuestro bebé, guárdalo para cuando llegue. Lo he comprado con la paga de hoy y...» No sé qué más dice. «Confío que llegue a tiempo. Os echo de menos a todos, ojalá estuviera en Banner.» No sé qué. «Con cariño, tu marido, Sam Dale Beecham.»

Gloria soltó una exclamación, pero no se movió. La señorita Beulah se inclinó y miró de cerca a su abuela, a la cara.

—Sam Dale escribió esas palabras, pero nunca llegó a enviar la postal. ¿Es así?

—La postal se encontraba con el resto de sus cosas. Con el reloj. Me lo dieron todo cuando me devolvieron a Sam Dale —dijo la abuela—. Se le parece mucho. A veces lo miro antes de hacer mis plegarias.

—Vaya, qué lástima tan grande —murmuró la señorita Beulah. Acto seguido exclamó con voz sonora, en tono de liberación, de alborozo—. ¡Es una verdadera lástima! Ay, todos estos años... Dio la vuelta a la postal para mirar primero las letras desvaídas, luego la imagen, y aún volvió a darle la vuelta una vez y otra, como si al empañar las lágrimas sus ojos quisiera que los dos lados se fundieran en uno solo—. Y tú la has guardado, abuela, la has escondido todo este tiempo, ¿y para qué, si se puede saber?

—Para que al cumplir yo cien años, con mis nietos y mis bisnietos sentados a mi alrededor, todos bien atentos, pudieran conocer la verdad —repuso la abuela. Arrebató la postal de los dedos de la señorita Beulah, la devolvió al interior de la Biblia y luego cerró el libro. Elvie se puso en pie de un salto y se lo llevó.

—Abanícame, abuela —dijo la señorita Beulah, arrodillándose junto al asiento de la anciana señora—. Ay, refréscame un poco la frente. —Se abrazó a las rodillas de la abuela y apoyó la mejilla en su regazo inamovible y antiguo—. A fin de cuentas, Sam Dale llegó a ser padre.

—Él no era mi padre —exclamó Gloria.

—Pero no era demasiado bueno en el papel, él mismo dice en la postal que no lo era —dijo la tía Birdie—. Debía de tener una razón tan poderosa como tú para querer casarse con la pequeña Rachel Sojourner.

—Ah, yo creo que sí la tenía, yo creo que sabía muy bien lo que decía —exclamó la señorita Beulah, y la abuela le miró la coronilla con ojos desapasionados.

—Espero que Beulah no se haya hecho ilusiones antes de tiempo —dijo la tía Birdie.

—Beulah es más fuerte que la mayoría —dijo la tía Beck en voz queda—. Sin embargo, si se cuenta en el momento oportuno la historia oportuna, le pasará como a todos nosotros, y creerá lo que quiera creer.

—Ojalá lo hubiera sabido, ojalá hubiese tenido la oportunidad de saber —dijo la señorita Beulah—. Y entonces, al ver la misteriosa escritura en la pared, podría haberme sonreído para mis adentros al ver a esta niña y al ver a mi chico, a Jack. Vaya, me habría dicho, a lo mejor hasta es posible que todo salga bien al final, aun teniendo sangre de los Beecham por ambos lados. —De pronto se puso en pie y estrechó entre sus brazos a Gloria, que se había echado a llorar.

—Tú has salido a Rachel —le dijo la señorita Beulah, y con una mano alzó la cara convulsa de la muchacha, un mar de lágrimas—.

Poco hay de Beecham en tu mirada. No se aprecia ni lo más remoto de Sam Dale. Sí, tienes la misma carita de Rachel, y también todas las ideas descabelladas que ella tenía. Me recuerdas a las veces en que decía que cualquier día se largaría a Ludlow a vivir a lo grande.

—Y la cabellera —dijo la abuela.

—Pero eso ya no importa, abuela. La tenemos aquí. Gloria está aquí, está con nosotros, y es la prueba, la prueba viviente. Al fin y al cabo no hice yo tanto daño a los míos. Puedo morirme feliz. ¿Verdad que sí? —La señorita Beulah hablaba con voz exultante a la vez que Gloria lloraba. Y al juez Moody, que había echado hacia atrás la cabeza, la frente abombada, el labio superior estirado, el mentón en alto, como si rechazase en el fondo todo lo que estaba oyendo, se le escapó un quejido melancólico. Todos los demás rompieron a gritar alborozados, acallándolos a los tres.

—¡Bueno, Gloria! Ya te lo hemos dicho, ¿verdad que sí? Ya te hemos revelado quién eres. ¿No vas a darnos las gracias? —preguntó emocionada la tía Birdie, levantándose con dificultades de la silla.

—Nunca escucharéis a Gloria dar las gracias por nada —dijo la señorita Beulah—. Pero eso no impedirá que ahora le dé un abrazo.

—No tenías necesidad de averiguarlo por ti misma, Gloria. No te hacía falta que la señorita Julia te echase una mano. Ya nos tenías a nosotros —dijo la tía Birdie—. No creo que hayamos tenido que ir muy lejos para descubrir quién eres. Anda, dame un beso.

—Ayudadme a levantarme —dijo la tía Nanny, y se acercó a Gloria caminando como una catalpa en flor—. Bienvenida a la familia.

Los tíos también se habían puesto en pie, riendo y acercándose a ella, todos salvo el tío Nathan.

—¡Pero es que yo no quiero ser una Beecham! —exclamó Gloria—. ¡Ahora es todo diez veces peor! ¡No pienso ser una Beecham! ¡Atrás! Por favor, no me apretujéis.

Por encima de todos ellos, las hilachas de la chimenea trazaban círculos como si un dedo perverso las sujetara mediante unos hilos tensos. Como si con la caída de la tarde se produjera una consonancia con las aves, las tías se acercaron más a Gloria formando un círculo a su alrededor, apretujando a la señorita Beulah por un lado. Y aún se sumaron algunas de las primas. Encerraron a Gloria en medio del jardín de la entrada, llevándola consigo a la vez que se desplazaban.

—*El puen-te-de-Londres-va-a-caer, va-a-caer...* —canturrearon algunas, y de pronto se desplomó sobre la cabeza de Gloria una trampa formada por mil brazos que dio con ella por tierra. Detrás oyó un estrépito como un petardo: alguien había cascado una sandía.

Se debatió con todas sus fuerzas al principio, tratando de apartar la masa enrojecida que se le apretaba contra la cara, grande como un zapato con una costra de barro, llena de pepitas, rezumando un jugo caliente y fino como la lluvia.

Todas reían.

—¡Di Beecham! —le ordenaron hablándole junto al oído. La sujetaron por los hombros contra el suelo y le aplastaron en la cara la carne de la sandía y su calor de sangre, su olor a flores al atardecer. Cintas de jugo se le extendieron por el cuello y hasta la nuca cuando unas manos asexuadas la obligaron a abrirle la boca.

—¿Es que no sabes decir Beecham? ¿Qué tiene de malo decir Beecham?

Lady May, como si algo la hubiese catapultado en medio de todas las tías, llegó y se plantó con la boca abierta y sin decir ni pío, tal como se quedó cuando vio al hermano Bethune disparar la escopeta. Acto seguido la señorita Beulah se la llevó en brazos.

—¡Jack! —gritó Gloria. Pero ya le estaban metiendo los trozos dulzones, partidos, en la boca—. ¡Jack! ¡Jack!

—Se ha marchado a llevarle a Aycock un poco de pan y agua. —Era la voz de la tía Beck, la misma de siempre, que quería consolarla.

—Di Beecham —exclamó la tía Nanny.

—¿Es que no te gustan las sandías? —gritó la tía Cleo—. Anda, traga. ¡Traga!

—Juro —murmuró la voz de la señora Moody a un lado— que no había visto nada así desde hace un montón de años.

—Tú di Beecham y paramos. Queremos oírte decir quién es una Beecham.

—«*Zorro por la mañana, gansos por la tarde...*» —canturreaban las niñas jugando a lo lejos.

En lo alto del árbol, Elvie se balanceaba de un lado a otro montada en el columpio, contemplando la escena con el ojo infalible de una artista del trapecio que está a punto de entrar en acción. Las hilachas de humo de la chimenea se esparcían en el cielo cada vez más oscurecido, inclinándose, como arcos ya tensados y cargados de flechas. En su mecedora, la abuela lo miraba todo con cara de muñeca hecha de mazorcas de maíz, una cara tan anciana y tan lograda que podría pensarse incluso que dormía con los ojos abiertos.

—¡Vamos, hermanas! ¡Démosle de comer! ¡Metámoselo por la boca! ¡Que diga Beecham de una vez! ¡A nosotras ya nos tocó en su día! —gorjeaban las voces femeninas.

—¿Pero de qué estáis tan orgullosas? —La tía Nanny sostenía en alto un trozo de sandía tan generoso como los que se venían sirviendo a la mesa. Las lágrimas se les salían a todas de tanto reír—. ¡Di que eres una Beecham! ¿No? ¡Pues a tragar!

Gloria intentó llamar a Jack una vez más.

—¡Que se la trague enterita! —gritó una.

—Si se traga las pepitas —dijo Elvie desde el columpio—, le crecerá otra sandía Tom Watson en la barriga.

Una mano embadurnada de sandía introducía a la fuerza los caldeados trozos, repletos de pepitas, en la boca entreabierta de Gloria.

—Si es que estás ya en el seno mismo de tu propia familia —se oyó exclamar a otra voz en son de condolencia. Los trozos de sandía y los dedos se confundían dentro de la boca de Gloria.

—¡Traga de una vez! —dijo una—. Todas y cada una de nosotras tenemos algo por lo que llorar.

—Me parece que ya no puede ni respirar. Ni siquiera se resiste —dijo una voz en un suspiro.

—A veces las mujeres son demasiado profundas para mí, pero supongo que es porque nunca he tenido hermanas —sentenció la señorita Beulah desde el porche, con la voz sumamente seria que empleaba con Lady May.

Las tías se ayudaron unas a otras a ponerse en pie. Gloria quedó tendida en el suelo, con un brazo sobre la cara, el interior del cual, sin pecas, quedó expuesto y pálido como el vientre de un conejo. Las hilachas habían desaparecido del cielo, tragadas tal vez por la chimenea.

—¿Os acordáis de cuando llegó a Banner por primera vez? No era tan resuelta como lo fue después. Estaba tan asustada como un pajarillo. Me pregunto por qué —dijo la tía Nanny.

—Estaba lejos de todo lo que conocía —dijo la tía Beck—. Ahora se le vuelve a notar en la cara.

—Llegó aquí y no sabía ni arrancar las malas hierbas —dijo la tía Birdie.

—Sí, eso sí que sabía hacerlo. A fin de cuentas, se crió siendo huérfana —dijo la tía Fay.

—Me pregunto qué verán los hombres en ellas… —susurró la señorita Lexie.

La señorita Beulah se plantó al lado de Gloria.

—Gloria Beecham Renfro, ¿se puede saber qué estás haciendo tirada en medio del polvo? ¡Levántate, por amor de Dios! Levántate y súmate a tu familia, aunque sea para variar. —La señorita Beulah se agachó, tomó a Gloria por el brazo y la puso de pie.

—Yo sigo sin creerme que sea una Beecham —dijo nada más levantarse. El jugo de sandía le había emborronado la cara de color de rosa y se le había resquebrajado en los labios al secarse.

—Gloria —dijo la señorita Beulah—, entra en casa a lavarte la cara y a desenredarte un poco el pelo. Luego, te sacudes el polvo del vestido y te vienes con nosotros. Eso es lo mejor que te puedo decir.

—No, señora. Muchas gracias. —Se quedó en donde estaba—. Prefiero defender mi sitio —anunció a todas.

—Miradla —dijo la señorita Lexie—. Ahora seguro que todas queréis que sea yo la que le dé un repaso, para que podamos verla sin que nos dé lástima. —Se acercó a Gloria y le puso la mano en el hombro como si tuviese poderes para proceder a detenerla—. Te hace falta algún que otro arreglo, me parece a mí. ¿O es que te piensas escapar corriendo? —le invitó la señorita Lexie. Con los dedos se palpó el cuello hasta encontrar la aguja que llevaba prendida. Movió la mano al azar y por el aire le llegó un dedal que le lanzó una de las tías. Ella se lo llevó al pecho. Se echó para adelante el pelo y se quitó del cuello la cinta de la que llevaba colgadas las tijeras.

—Lexie, tú siempre abarcas más de lo que aprietas —dijo la señorita Beulah—. Y en esta casa nunca se le ha permitido a nadie ponerse a coser en domingo.

—No me pienso quitar el vestido, me da igual quién me lo pida —dijo Gloria con los brazos pegados a los costados.

—Ya sabemos que eres muy modesta —bromeó la tía Nanny.

—Tú estate quieta y reza para que no se haga de noche —dijo la señorita Lexie a Gloria—. Los hombres no van a estar pendientes de una simple sesión de costura, y Jack no está, así que no tienes de qué preocuparte.

Nada más decirlo, los tíos volvieron un poco las sillas para ponerse de espaldas, y el señor Renfro se puso en pie y se marchó cojeando, como si quisiera comprobar cuántas sandías de las suyas le quedaban aún en reserva bajo el porche. Con un sonido largo y dilatado, como un chorro de pepitas secas que se vertiese en un pozal vacío, comenzaron a cantar las cigarras.

—Una cosa os diré sobre ese vestido. Difícil va a ser que salga mal parado, sobre todo después del trajín que ha tenido hoy —dijo la tía Nanny con alegría—, y después de tanto baile. —Agitó la banda de la cintura, que tenía en la mano.

—Ya he encontrado el sitio que hay que zurcir —dijo la señorita Lexie, y aumentó el desgarrón.

—¿Te importa no tocarme el bolsillo? —exclamó Gloria.

—Ya lo he encontrado —dijo la señorita Lexie, y le dio la vuelta del revés.

—En mi vida había visto yo un vestido de novia con bolsillo —dijo la señora Moody.

—Llevaba el pañuelo —dijo Gloria.

—Queda más bonito si lo llevas en la mano —dijo la señorita Lexie, y se lo dio—. Y siempre es posible que se te escapen unas lágrimas, quién sabe. Aunque sea por variar.

La señorita Lexie se puso a coser el dobladillo del vestido.

—¡Yo la adoraba! Adoraba a la señorita Julia Mortimer —declaró de pronto a la espalda de Gloria, casi sentada en el suelo. Espació las palabras subiendo la voz o bajándola a la vez que desgarraba la tela según iba dando puntadas—. Vino a vivir con nosotros, le dimos alojamiento en la casa frente al colegio, y me dio clase hasta que estuve en séptimo. Me dio ánimos, me explicó muchas cosas cuando me fui haciendo mayor. Aquí casi todo el mundo sabe que yo podría haber ocupado su lugar si hubiera querido. —Se detuvo y se meció sobre los talones, acuclillada, riendo en silencio—. Pero siempre se mueren —dijo— los que nos tienen en más alta consideración. O cambian, o nos abandonan, o se casan, o enloquecen...

—Lexie, ¿a ti te ha pedido alguien que cuentes tu historia? —preguntó la señorita Beulah, que seguía patrullando por la parcela, llegando hasta donde estaban algunos de los primos enredando bajo dos de los coches, atenta a todo lo que se moviera.

—A mí la memoria me alcanza hasta el día en que llegó ella a Banner —dijo la señorita Lexie a la vez que seguía dando puntadas—. Pero todavía antes el abuelo Renfro dijo: «He vivido mucho tiempo y he hecho un largo camino para ver que aún queda un río alborotado que separa a los míos de algo que necesitan a toda costa y que está en la otra orilla. Y pienso rezar hasta que encuentre una manera de traerlo para acá». Se refería a una buena educación para los suyos. Mi padre y sus dos hermanas pequeñas tenían que ir al colegio a Alliance. Para eso, dos de ellos tenían que ir a caballo hasta un recodo del río, y la pequeña se quedaba para volver a casa con el caballo. Los pasaban en un bote a la otra orilla y el resto del camino lo hacían a pie.

—¿Y dónde estaba el puente? —preguntó la tía Cleo.

—Nadie había soñado siquiera en aquella época que necesitáramos uno —dijo la señorita Beulah de forma terminante.

—Un hombre te pasaba al otro lado del río si le prometías una gallina gorda o un saco de patatas —dijo la abuela—. Eran cosas que en aquellos tiempos había que pensarse dos veces; había que pensar bien si de veras teníamos ganas de pasar al otro lado.

—El abuelo le fue con todo esto al Señor —dijo la señorita Lexie—, y el Señor le dijo que sería mucho mejor que se construyese un colegio a este lado del Bywy, de forma que fuese la maestra la que lo cruzase, y no los alumnos. Para ahorrar tiempo y burlar el clima adverso, la maestra se alojaba en la orilla de Banner durante los días lectivos. ¡Bueno, esto ya casi está!

—¿Quieres decir que el colegio de Banner se lo debemos a un Renfro? ¡Jamás se me había ocurrido! —exclamó la tía Nanny—. Caramba, señor Renfro…

—¿Y la señorita Julia Mortimer fue la respuesta con que se atendieron las plegarias del viejo predicador Renfro? Eso sí que no lo sabía yo —exclamó el tío Noah Webster.

—Bueno, tampoco fue exactamente así —dijo el señor Renfro—. Tuvo que pasar una generación antes de que aquello diese fruto. Primero hubo que construir el edificio del colegio. Cuando estuvo construido, aún fue preciso esperar un poco más antes de que llegase la maestra por la que tanto habían rezado todos.

—Pero por fin llegó. La señorita Julia Mortimer —dijo la señorita Lexie, dando puntadas y acuclillada aún alrededor de la falda de Gloria—. Recia como una roca y sin andarse nunca por las ramas, con todo el aire de la presbiteriana que se había propuesto ser. Lo primero que hizo fue convocar a los hombres para que le vallasen el patio, no fuera que nos distrajésemos, y también quiso que le abriesen las ventanas para que viésemos mejor, y el interior del edificio lo alisó y lo fregó ella misma sin ayuda de nadie, y fue ella quien lo pintó también. «Este es un buen comienzo», dice cuando lo tiene blanco del todo y ya ha puesto el mástil para izar la bandera. «Y ahora seguiré yo dando clase hasta que encuentren ustedes a alguien mejor.» Y así fue como se ancló en el colegio.

—¿Y de dónde la sacaron? —exclamó la tía Birdie.

—No hubo que sacarla de ninguna parte. Fue ella quien nos encontró. El colegio de Banner estaba necesitado de una maestra, y ella era todo cuando se podía necesitar —dijo la señorita Lexie.

—¿Y tú qué edad tenías, Lexie? —preguntó la tía Nanny—. ¿Qué edad tienes ahora?

—Tengo edad suficiente para acordarme de la primera mañana en que dio clase —dijo la señorita Lexie—, y tengo aún la cabeza despejada. Se planta delante de toda la clase y dice: «Niños del colegio de Banner, hoy es el primer día para todos nosotros. Soy vuestra maestra, la señorita Julia Mortimer. No hay nada en este mundo que se pueda comparar con la alegría que me daréis si me dejáis que os enseñe».

—Y todo Banner se alegró de tenerla a ella —dijo la señorita Beulah—. Ah, desde luego. El abuelo ofrendó una plegaria de gratitud por tenerla allí, y pidió al Señor que la tratase con misericordia.

—Al principio, todos debían de estar igual de contentos que ella —dijo la señorita Lexie—. ¡Más bien se enamoraron todos de ella, igual que ella se enamoró de todos! He terminado por pensar que eso es mala señal. Casi sin darse cuenta vieron que la señorita Julia Mortimer les decía que las faltas de atención y el mal comportamiento de un lunes recibirían castigo siempre los martes. Los martes iban los niños al colegio y algunos acudían con sus padres. Y entonces la señorita Julia les dice: «¡Buenos días!», se lo dice a todos por igual, y entonces pasa lista y llama a los alumnos que no se habían portado bien el lunes, como Earl Comfort, por ejemplo, y uno por uno les iba dando prueba de lo que había querido decir al hablar del castigo con una vara de melocotonero recién cortada. «Muy bien», les dice. «Ahora, si alguno de los padres que tan valientes han sido para venir al colegio esta mañana tiene ganas de armar jaleo, estoy preparada para darle lo suyo. De lo contrario, se pueden quedar si quieren en el banco del fondo y aprender lo que puedan.» E invitó antes que a nadie al viejo Levi Champion, al padre de Homer.

—Salió corriendo —dijo el señor Renfro. Se había sentado junto al juez Moody y le sonrió—. Eso lo sé yo sin haber estado presente. Aquella señora hablaba siempre muy en serio. Tanto aquella vez como todas las demás veces que decía algo, y no importa ante quien fuera.

—A partir de aquel día siempre estuvo en el colegio de Banner —dijo la señorita Lexie—. No lo habría dejado por nada del mundo. A ver, date la vuelta —dijo a Gloria, y siguió hablando—. No tardó en colgar una estantería debajo de la ventana, y dijo que era la biblioteca. Dedicó su propio dinero a llenar aquella estantería de libros.

—Ganaba un buen salario, ¿no? —preguntó la tía Cleo.

—El primer mes, según recuerdan algunos, le pagaron diecisiete dólares de plata. Pero más adelante no pudieron mantener tan sustancial salario —dijo la señorita Beulah.

—Ya en aquellos tiempos sabían qué era un justificante. A las maestras se les daba un justificante a modo de sueldo —dijo el señor Renfro—. Y luego aparecía el señor Dearman...

—¡Maldita sea su estampa! —gritó la señorita Beulah.

—Bueno, se dedicaba a recorrer mil sitios y a comprar los justificantes de las maestras haciéndoles un descuento —dijo el señor Renfro—. Es lo que menos se puede decir de él, madre.

—Da lo mismo cómo lo hiciese, que la señorita Julia se las ingenió para conseguir libros y traerlos a la escuela. El colegio de Banner tenía una biblioteca más larga que un brazo —exclamó la tía Birdie como si acabara de ver una serpiente.

—¿Y qué fue de ella? Ya no estaba cuando me tocó a mí ir al colegio —dijo la tía Fay.

—Se la llevó la lluvia, querida —dijo la tía Nanny, y sonrió—. La pobre maestra, según creo, era tan joven por entonces que se echó a llorar.

—Pero volvió a ponerla en marcha. Y colgó un mapa del mundo en la clase, y allí lo tuvo colgado año tras año —dijo la tía Birdie—. Y vaya si se sacudía una mañana de marzo...

—Y nosotros no estábamos en el mapa —dijo la señorita Beulah—. La señorita Julia dijo...

—¡Poned Banner en el mapa! —dijeron varios a coro, entre ellos los hombres.

—Lo demás ya nos lo sabemos —dijo la señorita Beulah—. Por el momento ya basta, Lexie.

—Yo de niña la adoraba, aunque por favor os pido que no me preguntéis por la razón de que así fuera, al menos ahora que la he visto perecer —dijo la señorita Lexie—. Lloré cuando tuvo que marcharse de nuestra casa y venir a esta.

—Primero se alojó conmigo —dijo la abuela, y las miró de soslayo con los ojos entornados.

—No empieces a ponerte celosa, abuela —dijo el tío Noah Webster—. Tú no quisiste tener a la maestra en casa, ¿verdad que no? Entre el abuelo y nosotros, los niños, ya te llenábamos la casa enterita, ¿a que sí?

—Todo hijo de vecino tuvo que darle alojamiento. En casa de los Comfort también pasó un tiempo. Con las largas tardes del invierno tenían que apiñarse todos en la sala de la chimenea, para ver a la luz del fuego y para entrar en calor. ¡Y ella se ponía en pie y les leía! ¡Los volvía más locos que las gallinas mojadas! Tenían que estarse callados, porque si no ella les decía que eran unos maleducados —dijo la tía Nanny—. Yo iba mucho por allí, e iba además en el mismo barco que ellos, porque fue a ellos a quien mamá me dio en adopción.

—¿Les leía? ¿En su propia casa? —exclamó la tía Birdie.

—Fue idea de ella, ellos no se lo pidieron —dijo la tía Nanny—. La vieja señorita Comfort dice que nadie se puede hacer a la idea de lo que tuvieron que aguantar sus hijos y ella cuando aquella maestra se pasaba el invierno entero alojada con nosotros. Ya es todo cosa de viejas, pero una vez oyó a la señorita Julia hasta el final de su lectura, y solo cuando terminó, la anciana señora escupió al fuego de la chimenea y le dijo a la maestra y a su propia hija, que acababa de tener un niño sin llevar una alianza matrimonial en el dedo, que más bien deberían estar avergonzadas las dos de las cosas que hacían.

—Ya basta —dijo la señorita Beulah.

—Si alguien se empeña en segarte la hierba bajo los pies, tú aguanta —dijo a Gloria la señorita Lexie. Miró a todas las demás bajo la protección de sus tirabuzones al estilo Buster Brown—. Pero yo no fui una de aquellas. A mí me dio ánimos, me ilustró, me enseñó a ser trabajadora.

—Ella era así, desde luego —dijo la tía Fay—. Lexie estudió como una jabata durante todos los años que pasó en el colegio de Banner y se sacó su diploma a tiempo. Y luego se marchó a vivir a Ludlow, a la casa de la viuda de un predicador baptista en régimen de pensión, y por las tardes, y también los sábados durante todo el día, se dedicó a envolver los paquetes de los grandes almacenes que había en la esquina. No pensamos que fuera capaz de acabar sus estudios en el instituto.

—Yo ya tenía mis propios objetivos —dijo la señorita Lexie, y entornó los ojos ya con las tijeras en la mano—. Pero hizo falta más fuerza de la que yo tenía. Suspendí en Virgilio y no tuvieron compasión conmigo.

—Solo quisieron impedirte el acceso a la Escuela de Magisterio del Estado —dijo la tía Fay en tono de provocación.

—Yo creí que podría dar clases sin saberme a Virgilio —dijo la señorita Lexie—. Y podría, vaya que sí, si no me hubiesen dado el colegio de Banner después de la señorita Julia. A ella la jubilaron de repente, en contra de su voluntad y de forma inesperada. Una ley estatal, eso es todo. La pusieron a pastar. Y, digo yo, ¿quién iba a ser la lista que se atreviera a heredar su puesto? Intenté imponer disciplina y orden. Pero no tenía yo los nervios templados para eso. Por eso me dediqué a cuidar enfermos.

—Oh-oh —dijo la tía Cleo.

—Y entonces pasó lo que pasó. La hermandad femenina de los presbiterianos de Alliance solicitó en ambas orillas del río a una señora de raza blanca, cristiana, sin lazos familiares.

—Bah, esas son la escoria, lo peor de la tierra —intervino la señora Moody—. Tuvimos a una que cuidó a la viuda de nuestro predicador. ¡Y la encontró de la misma manera!

—Y yo me postulé —dijo la señorita Lexie. Estaba bajo el brazo de Gloria e iba subiendo a la vez que le cosía los pliegues de la cintura. Gloria tenía que estar con los brazos levantados mientras la señorita Lexie trabajaba dando vueltas alrededor de ella, con ese olor suyo a almidón agrio—. Dejé al señor Hugg para cuidarla a ella. Pensé que iba a ser un cambio a mejor.

—De lo demás no me preguntes, pero a mí me parece que lazos familiares sí que tiene unos cuantos, ¿no crees? —comentó la señora Moody como si un nervio aún la molestase.

—Yo solo estaba segura de ser lo mejor que ella podría encontrar —dijo la señorita Lexie—. Y eso fue lo que le dije. Oye, te tienes que volver cuando te indique —le dijo a Gloria—. Hay que recogerte tela de todos lados. Cualquiera lo habría considerado una bendición, tomar por cuidadora a una persona a la que la enferma había enseñado a trabajar y a la que había dado ánimos. Su enfermera sería una persona que conocía su disposición y que no se dejaría sorprender por su manera de ser. Sería otra maestra.

—Y mira adónde os ha llevado eso a las dos —dijo la señorita Beulah—. No es mal sitio para poner fin a tu historia, Lexie.

—¿Durante cuánto tiempo te trató bien? —preguntó la tía Cleo, y soltó una breve carcajada.

—Ojalá hubiera llevado la cuenta de los días —dijo la señorita Lexie—. Pero a todo el mundo trataba igual. Igual que trataba a la gente de Alliance me trató a mí, sin favoritismos. Las visitas que recibía se fueron espaciando, hasta que un buen día ya nadie la fue a ver. No dio mucho trabajo que digamos a la hermandad femenina de Alliance.

— Que fueron precisamente quienes se desvivieron para sobornarte a cambio de que la cuidases… —dijo la tía Cleo, e hizo un gesto de asentimiento.

—La señorita las despachaba con cajas destempladas en cuanto aparecían por la puerta, deseosas de decirle que a mí me habían enviado los ángeles —dijo la señorita Lexie—. Cuando le dijeron que había terminado ya el trabajo que le tocaba hacer en la tierra, y que el Señor se disponía a llamarla, y que entretanto más le valdría ser agradecida… De dos palmadas las despachó y las puso de patitas en la calle.

—Es que era presbiteriana, eso nunca pudo disimularlo. Pero me pregunto si lo era a machamartillo —comentó la tía Beck—, porque hay muchas gradaciones entre los presbiterianos, y algunos la verdad es que no están muy lejos de los baptistas.

—Eso ni lo sé ni me importa —dijo la señorita Lexie pasados unos instantes.

—Supongo que al día siguiente volverían a la carga, ¿no? —dijo la tía Cleo, y asintió—. Las de la hermandad, quiero decir.

—¿Después de que la señorita Julia Mortimer las despachase? —exclamó la señorita Lexie—. No, nadie volvió a probar suerte, y luego se extrañaba de lo que pasaba con el resto de sus visitas. Lo que tenía que preguntarse más bien era qué había pasado con ella.

—Es lo que tiene ser así —dijo la tía Cleo—. En fin, fuera como fuese, no puedes echarte la culpa.

—Así que me dijeron que me tocaba a mí cuidarla sin ayuda de nadie. Domingo tras domingo nos sentábamos allí a la espera de que viniese alguien de visita, pero nunca se acercaba nadie. «¿Se han ausentado adrede, para saltarse la lección de hoy?», preguntaba y se quedaba tan ancha. Y a duras penas se ponía en pie y se acercaba al porche y decía de pronto: «¿Dónde se ha metido Gloria Short?». Bien hiciste en no ir a verla —dijo la señorita Lexie a la vez que le fruncía la espalda a Gloria—. La señorita Julia Mortimer y yo nos pasábamos las horas muertas allí sentadas, envejeciendo minuto a minuto las dos, las dos contrariadas y amargadas, a la espera del domingo siguiente, de eso ya me ocupaba yo. Ella a un lado del porche y yo al otro, ella en la mecedora de mimbre y yo en el balancín de roble. No tardaba nada en dejar de mecerse. «¿Y entonces tú qué pintas aquí?», me decía de pronto la señorita Julia. «Suponte que desapareces. ¿Cómo quieres que me ponga a leer si estás conmigo en la casa?» Ponía el pie en las tablas del porche. Yo hacía lo propio. Ella daba un pisotón, yo lo mismo. A fin de cuentas, las dos habíamos aprendido la táctica en las aulas. A mi juicio, lo de menos era quién enseñara a quién o quién iniciase la competición o quién consiguiera ser la más terca. Dábamos un pisotón, dábamos otro y, a la de tres, se quedaba hecha un desbarajuste.

—¿Y tú dónde estabas mientras, Lexie? —exclamó la tía Birdie.

—Justo detrás de ella —gritó la señorita Lexie, peleándose con el vestido a la espalda de Gloria.

—¡No! —exclamó Gloria.

—A mí no me digas tú que no y deja de moverte, que ahora te tengo que arreglar un bulto muy feo que se te hace en la falda. Tuve que tomar medidas para atar en corto a la señorita Julia. Demasiado acostumbrada estaba a salir a su antojo y a toda prisa. Le daba por irse a mirar al huerto y al cobertizo donde su coche acumulaba polvo, y detrás de los melocotoneros, y bajo el emparrado e incluso en el prado donde pastaban las vacas, por ver dónde se habían escondido los malos. Allá que iba yo, persiguiéndola entre los macizos de flores, unos arriates enmarañados, olorosos, tropezando con ellos como si fuesen tumbas, donde los bulbos se apiñaban de tal manera que impedían ver el camino de la entrada, repleto de rosales que arañaban más que los brezos y la retama, y bajando por las banderas blancas que se extendían como la hiedra hasta el camino, con pinchos como dientes, y en el camino desierto llegaba incluso a abrir el buzón a la fuerza para mirar el interior.

—¿Y durante cuánto tiempo anduvo empeñada en tener compañía? —preguntó la tía Cleo—. ¿Una semana, un mes?

—¡Mucho más! Si hoy pudierais ver el surco que hizo con los pies bajo la vieja mecedora de mimbre... Me obligó a llevarla delante del porche, a un punto desde el cual pudiera ver el camino. Como las niñas bajo un columpio —dijo la señorita Lexie—. Le decía yo: «Señorita Julia, vuelva usted adentro, vuelva a la casa. ¿Me ha oído? Nadie está acostumbrado a verla así en la calle. Y no viene nadie de visita. No viene nadie. ¿Y qué pasaría si viniera alguien y se la encontrase fuera de casa con el pelo todo suelto y hecha un desastre?». Le decía: «¿Por qué se empeña en estar siempre a la contra? ¿Por qué no tenemos la fiesta en paz, señorita Julia, y viene usted conmigo dentro de casa, donde estaremos más frescas?». Y cuando volvía adentro, se daba la vuelta y me echaba a la calle y me desafiaba a que entrase si de veras me atrevía. «¡Fuera de aquí, vejestorio!», me decía, y eso que era once años mayor que yo.

—Es insoportable, siempre a la contra. —La abuela asentía gravemente—. Lo supe desde el primer momento en que vi a aquella jovencita, empeñada en enseñar a sus mayores.

—¿Y llegó a levantarte la mano? —preguntó la tía Cleo.

—Si llegaba yo antes que ella a la puerta y la cerraba, ella intentaba salir como fuera de su propia casa —dijo la señorita Lexie—. ¡Y vaya manera de sacudir aquella puerta que tenía! Una puerta de madera de roble, nada menos. ¿Habéis visto alguna vez a una araña sacudir la tela cuando se le pone una aguja de pino solo por fastidiar? Pues bien, aquella mujer era capaz de sacudir la puerta como si fuera una de esas telarañas. Algunas veces me daba la impresión de que todo, no solo la casa, sino también yo con ella, estaba a punto de salir volando por los aires, y pensaba que yo no era más que una aguja de pino, un estorbo que esa mujer se encontraba en su camino.

—Por mí que ya va siendo hora de parar —dijo Gloria en un susurro.

—Terminé por atarla, eso fue lo que hice al final —dijo la señorita Lexie—. La até a la cama. Yo no quería, pero a todo el que pregunté qué hacer me dijo lo mismo: a lo mejor no te queda más remedio, Lexie. —Gloria hizo ademán de moverse, pero la señorita Lexie la sujetó en el acto por el tobillo—. No te vayas a mover ahora —le dijo.

—Si Lexie se encuentra con algo que hay que hacer por las duras, ten por seguro que lo hará —dijo la señorita Beulah—. Por ejemplo, zurcir esa falda, pese a tener dentro a la dueña. Vaya si lo hará —dijo, y comenzó a dar vueltas alrededor de las dos.

—Hay que estar a la altura de las circunstancias —afirmó la señorita Lexie—. Todos los días, mientras la señorita Julia estaba en la cama, me llamaba para que le llevase el libro. «¿Qué libro?», le pregunto. Me decía solo que le llevase el libro. Y eso era imposible, y se lo dije, «porque no sé a qué libro se refiere. ¿Qué libro quiere que le lleve?». Y es que tenía más libros que nadie. No pude lograr que me dijera qué libro quería. Por eso no le llevé ninguno.

—¡Y dale con los libros! Es como si estuviera harta de todas las cosas que antes le habían contentado, y como si diera gracias de que nadie le llevase nada —exclamó la tía Birdie.

—Estoy segura de que Gloria sí habría sabido qué libro era el que quería —bromeó la tía Nanny.

—Gloria, yo creo que en realidad has tenido que ser tú la que más la ha decepcionado —dijo la tía Beck, como si le hiciera un cumplido—. Siempre albergó grandes esperanzas de que llegaras a algo…

A Gloria se le escapó un grito.

—¡Elvie, tráeme unos cuantos alfileres! Y en cambio, nada de eso, nunca fuiste a ver a tu antigua maestra durante todo el tiempo en que su salud se fue agravando —dijo la señorita Lexie—. Creo que si se asomaba a la calle era con la esperanza de verte a ti aparecer por el camino. Primero decía: «Gloria Short no tardará en venir a verme. Sabe que ha de venir a verme, por su propio bien». Incluso estando en cama se asomaba por la ventana, con la cara pegada al cristal también en las mañanas de lluvia, para no perderse el momento en que Gloria llegaría para hacerle una visita.

—¿Y tú dónde te habías escondido, querida? —exclamó la tía Cleo con una carcajada.

—¿Cómo que dónde me había escondido? Yo en ese momento iba a tener una hija, y eso es lo que hice: tener una hija —estalló Gloria—. Eso es lo que estaba haciendo, y de eso una puede morirse.

—Una puede morirse de lo que sea, basta con empeñarse e intentarlo en serio —dijo la señorita Beulah.

Yo le dije que te habías olvidado de ella. «Igual que todo el mundo, Julia, igual que todos» —dijo la señorita Lexie.

La abuela había empezado a mirar de una cara a la siguiente y su respiración estaba cada vez más agitada. La señorita Beulah la vio y se acercó para plantarse a su lado.

—Total, que le dio por pedirme la campana. Quería a toda costa la campana del colegio —dijo la señorita Lexie.

—Vaya, pero si es un cacharro enorme —dijo el tío Curtis—. De latón macizo, con un mango de los largos…

—Nunca la hubiese podido levantar. Nunca, jamás de la vida. Y yo se lo dije. «Lo de menos es que pueda usted», le recordé, «porque resulta que aquí no está la campana del colegio. Está en el colegio de Banner, como es natural. Resulta que no es de su propiedad», le dije. «El colegio de Banner tiene la campana que le corresponde y a usted la han puesto a pastar. Ya no necesitan de sus servicios.» Pensé que con eso pondría fin al asunto, pero ella insistía. «Quiero que me den la campana, mi campana», decía, y me miraba con cara de verdadero espanto.

—¿Espanto? —se burló la señorita Beulah, firme al lado de la abuela.

—Me estás haciendo daño —susurró Gloria.

—No soy yo, son las tijeras. Yo le decía: «Pero Julia, por favor…». Llegué a un punto en el que ya solo la llamaba así, Julia a secas. «¿Se puede saber para qué quiere la campana? Déme una buena razón, y a lo mejor voy a buscarle la dichosa campana. ¿Es que quiere llamarlos, quiere que vengan a verla? ¿O es que piensa que con la campana los echará de aquí como si los echara a escobazos? Decida de una vez si quiere dar la bienvenida al mundo con los brazos abiertos o si más bien no quiere que venga nadie, porque el mundo no le va a dejar que haga una cosa y la otra a la vez.»

—No siempre es fácil engañarlos —dijo la tía Cleo—. Yo soy enfermera, y estoy acostumbrada a todo eso, acostumbrada a visitar a la gente en su propia casa, y a convertirme, como hoy mismo, en una más de la familia. Tengo muchísima experiencia, muchísima. Y podría contar infinidad de historias ahora mismo.

—Y me mira otra vez a la cara intentando darme una respuesta —dijo la señorita Lexie—, y todo lo que se le ocurrió decir, alto y claro, fue: «¡Ding, dong! ¡Ding, dong, la campana!».

—¿Se le había ido la cabeza? —exclamó la señorita Beulah.

—Se lo pregunté muchas veces —dijo la señorita Lexie.

—¿Y por qué no estaba la señorita Julia contenta con su suerte, digo yo? —preguntó la tía Beck en voz baja—. ¿Por qué no se conformó con lo que tenía, como una cristiana normal y corriente?

—Una cristiana normal y corriente tampoco se habría empeñado en ponerse un jersey colorado y unos zapatos cuando se metía en la cama —dijo la señorita Lexie—. Y si no sabía qué era lo que estaba haciendo, si ya no sabía ni siquiera eso, el sitio donde mejor estaba era la cama. Y tampoco me dejaba tocarle las uñas. Las tenía larguísimas. Me dijo que quería estar preparada por si acaso yo…

—Seguro que plantó batalla a pesar de estar medio paralítica —dijo la tía Birdie.

—No estaba paralítica, ni mucho menos. Ojalá. Todo habría sido mucho más fácil.

—Pues yo resulta que conozco a una señora que no era capaz de cortarse las uñas de los pies —dijo la tía Cleo—. Y tampoco estaba paralítica. Hasta que se le montaron unas encima de las otras y se le entretejieron y las tenía afiladas como cuchillos y al final tuvo que ir al hospital. Los médicos dijeron que habían visto muchas cosas, pero que como a esa mujer a nadie. Al final la enterraron en un ataúd sellado.

—Nunca podrían haber mantenido tranquila a la señorita Julia Mortimer —dijo la señorita Lexie—. Yo le decía: «Julia, ¿por qué no deja usted de batallar de una vez por todas contra quienes quieren ayudarla y solo pretenden ser amables?». Y ella me decía: «¡Porque es la única forma que tengo de seguir viva!». Me daba puñetazos sin parar con sus manos débiles, sin fuerza. «Pero yo la quiero», le decía. «Usted fue mi mayor fuente de inspiración.» «Váyase de mi casa, vieja bruja. ¡Lárguese de aquí! ¡Vuelva a su casa, si es que tiene casa!», me decía.

—Desde luego, dio en el clavo cuando dijo que no tenías ningún otro sitio al que ir —dijo la señorita Beulah—. A menos que volvieras con el señor Hugg, a cuidar de él otra vez. —Dio una palmada en el hombro encorvado de la abuela.

—Entonces me citó no sé qué poema. Y no me refiero a las Escrituras —dijo la señorita Lexie.

—Te puedo asegurar, Lexie, que nadie te ha pedido que cuentes todo esto —dijo la tía Birdie.

—La buena de Lexie desde luego que ha agitado las aguas del fondo —dijo la tía Nanny.

—Lexie, a ti te costaría la noche entera zurcir un agujerito en una media —gritó la señorita Beulah.

—Me desvivo en todo lo que hago, y quiero que se note en el resultado.

—Pues ahora te las vas a tener que ver con la noche, porque está al caer. Yo ya te lo advertí —dijo la señorita Beulah.

—Ah, no te apures. Estoy acostumbrada a deshojarme. Ahora te tienes que subir a una silla —dijo a Gloria la señorita Lexie—. Voy a remeter bien ese dobladillo. Desde luego, a la señorita Julia nunca se le olvidaba que tenía algo que decir, y vaya si lo decía.

El señor Willy Trimble se acercó de un salto para llevar a la señorita Lexie su propia silla, que ella agradeció antes de empujarle para que la dejase en paz. Extrajo una aguja que llevaba en el cuello del vestido, enhebrada con un hilo que no se veía, perdido en los pliegues del vestido de Gloria con el tenue resplandor del anochecer que ya los envolvía. Siguió con su labor mientras Gloria seguía con los brazos alzados, las piernas bien torneadas, un pie más adelantado que el otro sobre la silla a la que se encaramó.

—De haber sido yo la responsable, habría hecho uso de las tijeras para cortar el hilo. Ahora tendría que haberlo enhebrado otra vez —dijo la tía Fay.

—Sissie, ¿te vas a olvidar de que fui yo la que te enseñó a hacer labores de costura?

—¿En qué momento, Lexie, se dio cuenta la señorita Julia de que se había encontrado con la horma de su zapato? ¿Fue cuando ya era demasiado tarde? —preguntó la tía Nanny.

—Si alguna vez llegó a darse cuenta, desde luego lo mantuvo en secreto —dijo la señorita Lexie—. Yo calculo que en realidad todo quedó en que las dos nos acomodamos al final a ver quién iba a ser la que agotase a la otra antes de dejarse agotar.

—Esa sí que es una imagen perfecta de la batalla que se libra cuando una ofrece cuidados a un enfermo —dijo la tía Cleo.

—Y solo si le alcanzaba su lápiz se tranquilizaba ella un poco.

—¿Un lápiz? —exclamó la tía Birdie—. ¿Un lápiz normal y corriente?

Gloria respiró hondo. Estaba de cara al denso enrojecimiento que se formaba en lontananza, del cual iban surgiendo las vacas, las tres en fila. Sus pasos lentos no iban acompasados con el tintineo de las esquilas, como si los desgastados badajos llamasen a cuanto iban dejando atrás, alargándose a la vez que sus sombras, a la par que los hombros de Vaughn y su propia sombra, en compañía de la cual caminaba al conducirlas de vuelta al establo.

—Sí, señora. ¡Un lápiz! ¿Y queréis ver cómo escribía? —preguntó la señorita Lexie, y se lo mostró a todos sin dejar de mover las manos en la labor de costura.

—¿Escribía sacando la lengua?

La señorita Lexie chasqueó los labios.

—Como si las palabras, y nada más que las palabras, fuesen lo único que le diera gusto comer. Como si no le gustase probar nada más.

—Lexie, estás a punto de echar a perder esta reunión, nos pese a quien nos pese, con tanto hablar aquí de la muerte y la desgracia —exclamó la señorita Beulah. Y dio una voz a las demás—. Quitadle la aguja. A ver si es la labor de costurera la que la lleva a decir lo que está diciendo.

La abuela fue pasando la mirada de unos a otros, como si acabara de sorprenderse rodeada por un círculo de desconocidos. Respiraba entrecortadamente, esforzándose al máximo por oír lo que se decía.

—No habría querido yo verme encerrada mucho tiempo con la señorita Julia Mortimer. Seguramente me habría salido con cualquier cosa que no habría tenido muchas ganas de conocer —dijo la tía Birdie.

—Tan solo pretendía hacerse daño a sí misma, agotarse de esa forma —dijo la tía Beck.

—¡No pensé yo que pudiera hacerle daño eso de escribir tantas cartas! —exclamó la señorita Lexie—. Eso sí, ¡vaya temeridad! ¡A todo el mundo se empeñó en decir que no le tenía miedo a nada! Hablaba de lo peor que se le pasaba por la cabeza. ¡A gritos pedía un cuaderno escolar y un lápiz y un papel! ¡Y chupaba el lápiz y luego dale que te pego! Doblaba la carta nada más terminarla y la metía de cualquier manera en el sobre, cuando ya no le cabía ni una palabra más. ¡Y sacaba los sellos de donde los tenía escondidos! Y me decía: «¡Ponla en el correo, imbécil!».

—¿Y eran cartas de verdad? —preguntó la tía Beck.

—¿Es que hay cartas que no sean de verdad? —preguntó el juez Moody desde la silla del colegio. Las señoras callaron al oír su voz, y Gloria alcanzó con ambas manos el pañuelo para llevárselo a las mejillas.

—Tengo entendido que si se chupa un lápiz indeleble es casi seguro que una se muere —dijo la tía Birdie.

—Yo la vi mojar ese lápiz cien veces al día. No lo tenía muy afilado. Abría un viejo estuche escolar y sacaba el lápiz y lo mojaba con la lengua y se ponía a escribir como una posesa —dijo la señorita Lexie—. Y vaya velocidad que se daba al escribir con aquel lápiz.

—¿No le dijiste que se iba a matar? —preguntó la tía Nanny.

—¿Para qué? ¿Para que no me diera siquiera las gracias? —La señorita Lexie se echó atrás para reír.

—No habría dejado de escribir —dijo Gloria por encima de donde estaba la señorita Lexie— solo por darte gusto a ti. Yo la he visto corregir exámenes de aritmética con un brazo roto. Pero no sabía yo que chupase el lápiz.

—¿Y qué hiciste con todas esas cartas, Lexie? No me digas que se las echaste a los cerdos —exclamó la señorita Beulah.

—Eso no me apetece decirlo.

—Pues entonces es que efectivamente se las echaste a los cerdos. Supongo que ya no importa a quién se las escribiera.

—Yo le dije: «Escuche, Julia. Si de veras tiene que decir tantas maldades sobre la naturaleza de los hombres y las mujeres», y es que sí que había ojeado una o dos de sus cartas, «¿por qué no se lo toma en serio y se decide a mandarle esas cartas al Presidente de los Estados Unidos? ¿Por qué va a malgastar todo eso con nosotros?».

—¡Y yo desde luego me lo creo! ¡Si era la vanidad en persona! ¡Una vanidosa de cuidado! —exclamó la señorita Beulah con una voz de admiración y reticencia. Seguro que lo fue hasta el final, ¿verdad? —preguntó a Lexie.

La señorita Lexie contestó sin emitir ni un sonido. Tan solo abrió la boca como si fuera a dar un buen bocado.

—Sin embargo, cuanto menos quiera una ver de ciertas personas, con tanta más claridad terminará por recordarlas —dijo la señorita Beulah con aire tenebroso—. Sucede incluso en contra de nuestra voluntad. No sabría decir por qué, así que no me lo preguntes. Pero a esa vieja maestra la veo ahora mismo con más claridad que a ti, Lexie Renfro, después de que me vuelvas la espalda.

—A la larga, terminé por quitarle el dichoso lápiz —dijo la señorita Lexie hablando más deprisa—. Todavía tenía yo más fuerza.

—¿Y qué hizo entonces? —preguntó alguien.

—Siguió escribiendo, pero con el dedo.

—¿Y con qué tinta? ¿Con saliva?

—Sí, señora. Y escribía en la misma sábana.

Al juez Moody se le escapó un ruidito sofocado.

—Me alegro de que para entonces ya no pudieras saber qué era lo que estaba diciendo —dijo la tía Beck con un suspiro.

—Y le retiré la sábana y aún seguía escribiéndose sus cosas en la palma de la mano.

—¿Y qué escribía?

—Bla, bla, bla. Tonterías, digo yo —exclamó la señorita Lexie.

El coro de las cigarras llegaba en oleadas por el aire, formando un ritmo como el de la campana de latón del colegio cuando se agitaba con el brazo extendido, y se colaba por toda la parcela, por las mesas ya olvidadas, hasta la casa, en donde el sol poniente había extendido su manto sobre el tejado del granero.

—Lexie, ¿quieres hacer el favor de pararte quieta? Llevas una hora de rodillas con la lengua fuera —le dijo la señorita Beulah—. Eso es algo que a lo mejor no todo el mundo agradece.

También cuando era la señorita Beulah quien tomaba la palabra, la abuela miraba a cada una de las que hablaban con ojos despavoridos, meneando un poco la cabeza al pasar de unas a otras.

—Solamente estaba recogiendo bien el dobladillo —dijo la señorita Lexie, y se puso en pie con dificultad.

—En fin, todos acabamos yendo por el mismo camino, digo yo. No falta ya mucho para que la niña que todas llevamos dentro… —murmuró la tía Beck.

—Desde luego que mucho no falta —dijo la señorita Lexie—. Le escondí el lápiz y me dijo: «Ahora sí que me quiero morir». Le dije: «Bueno, pues adelante, muérase si es lo que quiere». ¡Me obligó a decírselo! Y me dijo: «Como resulta que me quiero morir, tú tienes que estar presente a todas horas, como una imbécil sin remedio».

—Ya no sabía lo que estaba diciendo —dijo la tía Beck.

—Vaya si lo sabía —dijo la señorita Lexie.

—Quitadle la aguja —ordenó la señorita Beulah.

—Hay cosas que no se dicen ni aunque nos obliguen —dijo la señorita Lexie—. Me da igual de quién se trate.

—¿Y eso significa que sería mejor marcharse y dejar sola a la gente? —preguntó la tía Beck, y lentamente una de sus manos se desplazó hasta su cara para cubrírsela a modo de escudo.

—Yo se supone que tenía que venir a la reunión, ¿no es así? —replicó la señorita Lexie.

El granero estaba envuelto en una gasa rosada, como una cortina echada sobre una ventana, y Vaughn ya había llegado con las vacas y los perros. Con el sol ya bajo en donde las vacas agachaban la testuz, el latón que les cubría las puntas de las astas destellaba en forma de rayos alargados. Desfilaron todos hasta perderse entre los pliegues de la cortina.

—Hay una cosa que no he oído, no sé si la has contado —dijo la tía Cleo—. ¿Qué enfermedad era la que la estaba devorando? ¿Se llegó a saber, lo dijo alguien con conocimiento?

—La vejez —dijo la señorita Lexie—. ¿Basta con eso?

—¿Te das ya por satisfecha, Lexie? ¿Te has quedado por fin a gusto? —exclamó la señorita Beulah.

—No se sobrepone una tan deprisa, no después de lo que algunos nos obligan a hacer —replicó la señorita Lexie—. ¡Por fin he terminado! —dijo a Gloria, como si la muchacha hubiese dado una voz. Arrimó la cabeza a la pierna de Gloria y partió el hilo con los dientes—. No te has muerto, ¿verdad que no? —Tomó en brazos a la muchacha, con rudeza, y la depositó en tierra.

—Al menos ahora sabemos quién es; ahora podemos ver bien quién eres, Gloria —dijo la tía Birdie.

—Mirad qué piernas tan delgadas tiene, si parece un gorrión… —dijo la tía Nanny, y fue a atarle el lazo de la cintura.

—Ahora se le ven las enaguas —dijo la tía Fay.

—Y no olvides que de ahora en adelante, Gloria —dijo la tía Beck—, con cada gesto que hagas se te notará en esa banda de la cintura. Cada gota que derrames. Cada vez que te levantes o te sientes, se te notará.

—Eh, Gloria —dijo la tía Cleo—. Con todos esos retazos, y casi sin querer —señaló los sobrantes, los trozos de organza pálidos como restos de hojalata que aún se veían, los sobrantes del tejado, en los que habría sido fácil que alguien se cortase el pie—, podrías hacerle a Lady May un vestidito de novia de juguete, igualito que el tuyo.

—¿Dónde está mi niña? —exclamó Gloria.

La tía Nanny impidió el paso de Lady May interponiendo velozmente el brazo. Atrapó a la niña y le dio un achuchón.

—Y tú sí que eras un secretito precioso, ¿a que sí? —le preguntó.

Lady May se desembarazó de ella y echo a correr alejándose también de su madre, para desaparecer tras el malvavisco con sus cientos de flores ya cerradas, girando, como mensajes leídos y enrollados. La señorita Lexie recogió los trozos de tela y formó una bola que se guardó en el bolsillo del vestido de algodón.

—En la última reunión fue el señor Hugg. Todos tuvimos que escuchar lo que nos contaste de él —dijo la tía Fay.

—Ya sabía yo que ibas a decir eso, Sissie.

—¿Hugg? Si creía que estaba al frente de la cárcel de Ludlow —dijo la tía Cleo.

—Pero el carcelero también tiene padre, ¿no? Hablo de su padre —dijo la señorita Lexie.

—¿Y está peor de lo que estaba ella?

— Yo me paso el rato sentada y él está en la cama, Fay. Cuando veo que abre los ojos, le atiendo.

—Hermana Cleo, Lexie, antes que nada, tuvo a su cuidado a un viejo postrado en cama que se llamaba Jonas Hugg. Se ocupaba de las cosas de la casa, le hacía la comida, daba de comer a sus gallinas. Y el viejo le tiraba a la cara el plato de gachas en cuanto ella se empeñaba en que se las comiera —rió por lo bajo la tía Fay.

—Si echo la vista atrás, el señor Hugg no me importa un comino —avisó la tía Lexie—. Ya no me importa lo que se dice nada.

—Y si iba a buscarle otro plato de gachas, se le meaba en la cama para agradecérselo.

—Estoy por encima de eso —canturreó la señorita Lexie—. Estoy muy por encima. De él y del cinto en el que guardaba el dinero. Es al cien por ciento lo que parece, ni más ni menos. Un hombre malo.

—¿Y por qué lo dejaste a él para cuidar a la señorita Julia? Si en el fondo son iguales —dijo la tía Cleo a la señorita Lexie.

—No. El señor Hugg lloraba. Y el primer día dio palmas al verme llegar —dijo la señorita Lexie—. Se alegró de verme al principio, no pudo disimularlo.

—Lo importante es recordar que la gente cambia —dijo la tía Cleo, y asintió mirando a la abuela—. Y a todos nos ha de pasar lo mismo, siento decirlo.

Desde el columpio, Elvie señaló a lo lejos, a lo más distante que se alcanzaba a ver. Allí estaba la luna como alguien que esperase ante la puerta, con aire quedo. Con uno de los cantos a la vista antes que el resto, tal como se abre una rosa, la luna ascendía en medio de la polvareda teñida de un tono rosáceo. El polvo que habían respirado durante todo el día, el sabor que les había llegado con cada bocanada de aire, con cada bocado, con cada beso, en parte se disipaba con la aparición de la luna llena, henchida.

—Al principio, cuando me fui a cuidar a la señorita Julia recuerdo que le tuve mucho más aprecio que al señor Hugg, aunque ahora aprecio más al señor Hugg que a ella. ¡Ojalá pudiera volver con él! Estos calcetines, sin ir más lejos, son suyos —dijo la señorita Lexie, y mostró uno de los tobillos—. Todavía ando ocupada en desgastármelos.

Cantaba un zorzal. Quedaron todos en silencio, menos la señorita Lexie, que arrastró su silla de nuevo a la mesa. Se oía el canto del ave al anochecer.

La abuela también lo captó. Habló entonces en un susurro, y la señorita Beulah acercó la cabeza a la suya.

—Ya estoy lista para volver a casa.

La señorita Beulah la rodeó con los brazos. En la medida que pudo, la abuela rechazó el abrazo con que la sostenía.

—Abuela, si ya estás en casa —dijo la señorita Beulah, y miró a la cara a su abuela.

—¿De qué tendrá miedo? —preguntó la tía Birdie—. Si la abuela nunca tiene miedo de nada.

—¿Le da miedo que nos vayamos y la dejemos? —preguntó la tía Beck.

—Por favor, ensíllame el caballo —dijo la abuela—. Quiero que me traigas la fusta.

—Abuela, ya estás en casa. —La señorita Beulah se arrodilló a su lado, sin dejar que la anciana escapara de sus brazos con sus gestos endebles—. Abuela, ¡estamos en la reunión familiar! Hoy es domingo, celebramos tu cumpleaños, todos estamos contigo, igual que siempre.

—Entonces —dijo la abuela—, creo que estoy preparada para que alguien me haga un regalo de cumpleaños.

La señorita Beulah se alejó un paso de la mecedora de la abuela, que permaneció sentada a la vista de todos. Tenía en el regazo un platillo y una taza blancos, nuevos, y en el suelo, a su alrededor, estaban todos los regalos que había desenvuelto y desatado, todos los obsequios: una almohada de plumón de ganso, un tarro de hojas frescas de sasafrás, una caja de refrescos llena de salvia; una maceta llena de bulbos de jacinto recién plantados y a punto de florecer, tres cojines bordados; un sobre lleno de huesos de melocotón indio, de color rojo como la sangre; una amaranta a la que ya se le habían cerrado las hojas; un rosal de los llamados «túnica de José», de viva coloración; un retoño de alegría de la casa con otro de «no me toques»; un geranio moteado y un helecho de Boston envuelto en papel de cera; una pieza de cristal tallado comprada por catálogo que le había regalado el tío Noah Webster; un delantal nuevo, la lámpara en forma de búho y, mordisqueando un hueso, el cachorro de nueve meses, ya avezado en subir árboles, un perro mapachero que cualquiera de sus bisnietos se llevaría de caza en cuanto ella quisiera. Detrás de ella, extendida sobre la mecedora, preparada para envolverla, estaba la colcha de «Las Montañas de las Delicias».

—Ya has recibido los regalos, abuela. Todos y cada uno de los regalos —dijo la señorita Beulah en voz queda.

La abuela se tapó los ojos. Le temblaban los dedos, en el dorso de las manos se le veían las manchas como los pétalos de los pensamientos apretadas en su piel como el papel.

—Mira en derredor —dijo la señorita Beulah—. Y ya has dado las gracias a todos.

La abuela dejó caer las manos y miró a la señorita Beulah, que a su vez la miró despacio, los rostros de las dos arrasados por la pena.

* * *

El partido de béisbol que disputaban las niñas y los niños había seguido su curso a lo largo de las horas. Pero los dos equipos ya habían dado por terminado el juego, y Ella Fay Renfro dejó caer un guante de lanzador apelmazado por el sudor. Los niños, demasiado cansados para cantar, para decir nada, aún soplaban pompas de jabón con unas arandelas de alambre, o bien tendían los brazos y algunos lloraban. Los pequeños habían levantado una polvareda alrededor, galopando con caballitos de palo hechos con tallos de maíz y disparando por última vez con sus pistolas imaginarias. Un colibrí aleteaba delante del último detalle de color, la pared que formaban las montbretias, como si escribiese palabras en él.

En ese instante cesaron los ruidos más lejanos. Se oyó algo así como un pájaro carpintero en plena faena: era el tío Curtis, que roncaba en su asiento. En la silla del colegio, el juez Moody también estaba inmóvil del todo, con una mano sobre los ojos.

—Creo que su marido está soñando con los angelitos, igual que el mío —dijo la tía Beck a la señora Moody—. ¿Es que piensa dormir esta noche en la silla?

—Y yo que lo he conocido siendo juez… —dijo la señorita Beulah, que volvió despacio con las demás—. Hay que ver, qué papada. En fin, supongo que un hombre como él sigue juzgando incluso en sueños.

—Mi marido no está dormido —dijo la señora Moody—. Ni mucho menos.

—«Venid, venid, venid…» —comenzó a cantar con voz de barítono el tío Noah Webster, y los demás se le unieron—. «Venid a la iglesia del bosque, venid a la iglesia del valle.»

Y la señorita Beulah, con el puño cerrado, dirigió la siguiente estrofa.

—«¿Tendrá estrellas mi corona, tendrá alguna cuando el sol del atardecer se ponga?»

El señor Willy Trimble, que no cantaba, se puso en pie y esperó a que terminasen.

—Bueno, pues voy a contar una cosilla que yo sé, y que aquí no creo que sepa nadie más —dijo el señor Willy—. Hay que remontarse a primera hora de la mañana, cuando llevé a la señorita Julia hasta su casa y la dejé bien segura dentro. En medio y medio de la mesa de la cocina, en vez del cajón de las cucharas, en vez de un papel matamoscas, en vez de un pastel, estaba esto. —Se echó la mano al bolsillo de atrás del pantalón y sacó un librito estrecho, de tapas azules, duras, que manejó como si fuese una pala pequeña.

—Eso lo reconozco yo a la legua —dijo la señorita Beulah. Corrió a quitárselo de la mano e inmediatamente se lo devolvió—. Es el manual de ortografía. ¡Yo era la campeona en ortografía! Podría ganarles de calle a todos los presentes —se ofreció—. Venga, dadme una palabra.

—Pues ahora no se me ocurre nada —dijeron varios al punto.

—Extraordinario —dijo la señorita Beulah—. E, equis, ex; te, erre, a, tra, extra; o, erre, or, extraor; de, i, di, extraordi; ene, a, erre, i, o, nario: ¡extraordinario! ¿No se acuerda ninguna de mis cuñadas, aquí presentes, de aquel concurso de ortografía que gané?

—Sí, lo ganaste, pero luego te hiciste pis encima —dijo la tía Nanny, y la señaló con un dedo.

—¡Pues reíos si queréis! Os gané a todas con esa palabra, os vencí como si no fuerais más que un montón de soldaditos de plomo puestos en fila.

—Una cosa sí puedo decir: ese libro lo llevaba siempre encima, y es lo único que no soltaba nunca después de ponerse como se puso al final. ¿Qué estaría haciendo encima de la mesa de la cocina? —preguntó la señorita Lexie—. Lo tenía siempre debajo de la almohada y lo solía proteger con una mano. Aunque una se empeñara en abrirle los dedos uno por uno para que lo soltara, era imposible.

—Bueno, es que era precisamente debajo de la almohada donde estaba —dijo el señor Willy como si pidiera disculpas—. No quería yo deciros en donde estaba, pero es cierto, era allí. La dejé en la cama y al tratar de apaciguarla, pues no dejaba de mover la cabeza, retiré algo que le estaba molestando. No me dijo que lo dejara en paz, ni tampoco me dijo que no lo tocase. Ya no estaba para decir nada.

La señorita Lexie se asomó, llegándose de puntillas, por encima del hombro del señor Willy.

—Mirad las tapas —dijo con un extraño aire de orgullo—. Después de esconderle yo el lápiz, hizo eso con un alfiler.

En las cubiertas azul oscuro, una serie de trazos discontinuos, tenues, se anudaban entre sí de tal manera que la señorita Beulah los fue siguiendo de uno en uno a la vez que los recorría con el dedo.

—*Eme, i, te, e, ese, te, a, eme, e, ene, te, o...* —deletreó— Mi testamento.

El juez Moody, encajonado en la silla del colegio, levantó un rostro en el que eran visibles la tensión y las arrugas en torno a los ojos, un rostro de mirada martirizada, como si estuviera de nuevo sentado en Ludlow, allá en el juzgado.

—Tomaré a mi cuidado ese manual de ortografía, si les parece bien —dijo—. Creo que es probable que haya un documento preservado en su interior, un documento destinado a que me llegase a mí.

Por varias manos pasó el libro hasta que le llegó en completo silencio.

El juez Moody levantó el libro y lo sacudió. No cayó nada que estuviera entre sus páginas, aunque las aves sí bajaron sobre la mata de malvavisco, a su espalda, tan calladas como los pétalos que caen de una rosa oscura.

Apoyó el libro en el brazo de la silla y lo abrió para pasar las páginas velozmente con el pulgar, de detrás adelante. Cuando llegó a la guarda de la tapa se acomodó mejor, del bolsillo del pecho sacó con cuidado la funda de las gafas y se puso unas lentes de montura de carey. Todos lo vieron estudiar aquella página estrecha y alta. Había algo escrito a mano, por ambas caras. Sin levantar la cabeza, comenzó a dar golpes con la base de la palma de la mano en el brazo de la silla.

—Juez Moody... —la señorita Beulah se aventuró a acercarse a él—. Le he oído más de dos o tres veces cuando intentaba usted decir alguna cosa. ¿Es que está a punto de decirnos que también tiene usted arte y parte en esta historia?

El juez Moody se levantó de la silla y con tosquedad, pesadamente, desaliñado, se puso del todo en pie.

—Mamá —preguntó pacientemente la misma voz infantil de antes—, ¿ese señor es el coco?

—Somos viejos amigos —dijo el juez—. Esto está escrito de su puño y letra, y aquí justo figura mi nombre. —Expuso el libro abierto a los ojos de todos durante unos momentos y luego lo volvió a estudiar a fondo. Frunció el ceño adentrándose despacio en el libro, modificando el ángulo—. Está escrito en las mismas páginas de las normas ortográficas —murmuró—. Con un lápiz que se hace bastante difícil de leer. ¿Quieren hacer el favor de escucharme todos? Esto les afecta a ustedes.

Brotaron exclamaciones de consternación entre todos los presentes.

—Y, en resumen, ¿de qué se trata? —preguntó el tío Curtis—. ¿Nos lo podría explicar?

El juez Moody levantó los ojos de la página.

—¿En resumen? Sí. Todos ustedes son los deudos.

La señorita Beulah llegó a ponerse la mano tras la oreja cuando los gemidos y los gruñidos dieron súbitamente lugar a un tenso silencio que se apoderó de todos los presentes.

—Todos ustedes asistirán a su entierro —dijo el juez Moody.

Hubo nuevas exclamaciones de asombro.

—¿Es que estamos invitados, señor? —preguntó el señor Renfro.

—No exactamente invitados. Se les ha indicado que asistan. Y más vale que todos ustedes cumplan como es debido —dijo el juez, que siguió leyendo en silencio.

—¿Todos los que estamos aquí? ¿Es que también cuentan conmigo? —preguntó la tía Cleo—. ¡Vaya si soy famosa!

—La reunión sigue sin ser lo que se dice todos, y ella ha dicho todos. Eso es lo que ha dicho. De sus palabras deduzco que todo el que haya estudiado en el colegio con la señorita Julia Mortimer queda constituido como deudo de la difunta —dijo el juez Moody.

—¿Constituido? ¿Y eso qué es? —se preguntaron las tías unas a las otras, mientras algunos de los tíos se ponían ya en pie.

—¡Caramba! A ver, un momento, más despacio, a ver si nos entendemos —dijo el tío Noah Webster, y quiso reírse.

—«Un ataúd sencillo, nada extravagante… El padre Stephen McRaven, si aún recuerda cómo me esforcé por enseñarle álgebra, intentará acompañarme con sus rezos a la Eternidad. Se le encontrará en St. Louis, Missouri…» Aquí lo dice, bien clarito —dijo el juez Moody—: «Se instruye a todos los alumnos del colegio de Banner para que se congreguen en el patio del colegio. Los ancianos, los ciegos, los tullidos y los enfermos, así como los quejosos en general podrán reunirse dentro del mismo edificio del colegio, al menos en la medida en que haya sitio para todos en los bancos del fondo del aula. En cuanto a los niños, de ninguna manera se les podrá conceder el día libre».

—Entonces, ¿a santo de qué tenemos que volver al colegio? Si ya hemos terminado los estudios —dijo el tío Curtis.

—¿Y a la señal convenida iniciamos todos una larga procesión y cruzamos el puente para ir hasta Alliance? —exclamó el tío Dolphus—. Pues no pide gran cosa…

—¿Puedo pedir que se restablezca la paz? —dijo el juez Moody—. No es preciso que vayan ustedes donde está ella, porque según este documento es ella la que vendrá a ustedes.

—Caramba —volvió a decir el tío Noah Webster.

—Juez Moody —preguntó el tío Curtis—, ¿está usted seguro, completamente seguro de lo que dice ese libro?

El juez había tensado la boca. Siguió leyendo.

—«Los deudos mantendrán el orden entre los presentes y aguardarán a que yo llegue al edificio del colegio. Se exige la máxima pulcritud de comportamiento y asimismo presencia de ánimo entre todos los presentes cuando sea yo enterrada en mi tumba…» —Miró lo que seguía y durante un minuto entero se mantuvo en silencio. Luego reanudó la lectura—: «… que ya estará abierta bajo la losa traída de la montaña que constituye el peldaño de entrada al colegio de Banner. La losa volverá a colocarse tan pronto se llene de tierra la tumba, con lo cual los niños no tendrán excusa para quedarse en casa y no asistir al colegio. En caso de que llueva, el orden de los acontecimientos seguirá siendo el mismo». —El juez Moody cerró el libro con un ruido como el de un trueno, y entonces recitó las últimas palabras—: «Y entonces, todos vosotros, pobres imbéciles, lloraréis por mí».

Alzó hacia todos ellos un rostro largo y lleno de arrugas.

—«Cualquiera que dijere a su hermano imbécil será culpado del concejo, y cualquiera que le dijere loco será condenado al fuego del infierno» —dijo el hermano Bethune en el momento en que volvió a la mesa. Tomó asiento y despidió un olor a vapor de Biblia y a pólvora.

—Vaya manera de insistir —exclamó el tío Dolphus—. Si por ella fuera, nos seguiría hasta la tumba.

—Son ustedes quienes la seguirán a ella —dijo el juez Moody.

—Pues verá —dijo la señorita Beulah—. Puede que esté muerta y esperando en su ataúd, pero aún no se ha rendido del todo. Eso está bien claro. Mira que proponerse mandar que la reunión entera forme parte de su funeral...

—No es posible obligar a nadie a que presencie tu entierro empleando los mismos trucos que cuando una estaba viva —dijo la tía Nanny.

—¿Y quién va a ser capaz de no hacer caso a lo que dice, quién va a quedarse en su casa como si tal cosa? Yo por lo menos no estoy yo muy segura de que vaya a estar en su desfile. Me parece que voy a tener que pedirle a la señorita Julia que me disculpe la falta de asistencia —dijo la tía Birdie con voz infantil, y empezó a reírse.

—Hoy ya he tragado yo bastante polvareda —dijo la tía Fay.

—¿Y cómo dice que piensa devolvernos a nuestras casas? —preguntó el tío Noah Webster—. Ella se queda enterrada y nos deja plantados en el patio del colegio. Yo ahora vivo al sur de Mississippi, caramba.

—Por lo que a mí respecta, yo no soy un niño ya —dijo el tío Percy tallando su bastón—. A mí nadie me da órdenes.

—Yo tampoco soy una niña —dijo la tía Nanny.

—Yo sí que soy una niña —dijo Etoyle plantándose de un salto entre ellos—. Y los funerales me gustan.

—Escuchadme. Yo no pienso ir —dijo el tío Dolphus—. Porque, a ver, ¿qué va a hacer ella al respecto?

—Yo podría haber vuelto allí hoy mismo si alguien me lo hubiese pedido o si me hubiese mandado buscar. Pero no me ha llamado nadie —dijo la señorita Lexie—. Y ahora mismo muy segura no estoy de que vaya a ir para aumentar el número de los presentes en el entierro. Podría haberme preguntado antes: ¿y a mí quién me acompañará a mi tumba?

—A lo mejor mañana nos despertamos con un ánimo más caritativo, hermana Lexie —dijo el hermano Bethune con pesadumbre—. Tanto tú como yo. Hazme caso, que los domingos a veces son demasiado de sobrellevar.

—La señorita Julia no se privó de nada a la hora de exigir que todos estuviéramos presentes —dijo la tía Nanny—. Qué avaricia.

—Pero es demasiado lo que una espera de los demás durante toda la vida, y luego llega el día en que descubre que ha pedido más de la cuenta —dijo la señorita Beulah. Miró al juez Moody ladeando la cabeza—. Bueno, señor, esto sí se lo puedo decir: para lograr que toda la nación se abstenga de ir bastaría con que usted defendiera lo que ella quería y además hiciera saber a todo el mundo que se les ha llamado a golpe de silbato.

—Ojalá se hubiera ocupado esa buena mujer de sus propios asuntos y nos hubiera dejado en paz —dijo la tía Birdie.

—Eso no lo supo hacer en toda su vida. Y además no hacía otra cosa que alardear, alardear de todo lo que le venía en gana. Pero hay algo que sí os diré cuando hayáis terminado —advirtió a todos la señorita Beulah—. Ella nunca aprendió a complacer a nadie.

—No —dijo el tío Curtis—, nunca aprendió. En eso tienes razón, Beulah, como casi siempre. —La señorita Beulah asintió—. Cuando ella imponía su manera de hacer las cosas nunca tuvo en cuenta que es importante complacer y apaciguar y verter aceite en el agua.

—A lo mejor es que nunca se lo propuso —dijo la tía Beck—. Como siempre se dedicó justo a lo contrario, y con toda la potencia de un motor a vapor…

—Beck siempre corre el riesgo de sentir compasión por el otro bando —dijo la señorita Beulah.

—No supo complacer a nadie ni siquiera cuando eligió el día para morirse, eso desde luego —exclamó la tía Birdie dando muestra de lealtad—. Pero tampoco nos dañó el espíritu tanto como le hubiera gustado, eso sí que no.

—«Yo vengo al colegio a aprender», ese era su grito de guerra. Todavía hoy mismo puedo ver a Earl Comfort cuando lo mandaba a la pizarra a escribirlo cien veces. ¡Y cada uno de los renglones se le torcía como si se despeñara cuesta abajo! —dijo el tío Dolphus.

—Pues si pretende que la entierren en una tumba en el mismo edificio del colegio, será el bueno de Earl el que tenga que cavar su tumba —dijo el tío Noah Webster—. No creo que le haga ninguna gracia.

—Y no sabía llevar el compás cuando nos hacía desfilar —dijo la tía Birdie—. Siempre se nos adelantaba.

—No, no sabía llevar el compás. Pero digo yo que a ver quién conoce a una maestra que lo sepa hacer todo bien, O que al menos lo intente —dijo el tío Percy—. Ahora mismo sigue siendo culpa suya que no sepamos todo lo que podríamos haber aprendido. Vamos a seguir siendo pobres el resto de nuestras vidas. Tendría que habernos obligado a seguir en el colegio y aprender cosas de provecho.

—Sí, señor. Si tan lista era, ¿por qué no nos ha aprovechado más a ti y a mí? —dijo el tío Curtis.

—Se pasaba el día leyendo. —El señor Renfro adoptó un aire juicioso al mirar al juez Moody—. Cuando se hospedó con nosotros no hacía otra cosa. Y eso era algo sumamente raro en una mujer acomodada como ella.

—Bueno, yo creo que lo que le pasó es que puso en el empeño un poco más de ánimo del que debiera. Y quiso hacer de la enseñanza lo más importante, lo único en su vida —dijo la tía Beck—. Se enamoró del colegio de Banner. —Lo dijo con respeto y compasión en la voz.

—Lo único que quiso fue llevar una vida de maestra —dijo Gloria—. Pero parece como si a partir de cierto punto nadie quisiera dejar que lo fuese.

—Bueno, ahora ya es tarde para cambiar las cosas —dijo la señorita Beulah.

—¿Cuando en este preciso instante podría estar a la espera del Juicio Final? Me parece a mí que ya es demasiado tarde —dijo la tía Birdie.

—Ahora ya sabe más de lo que sabemos nosotros —dijo la tía Beck en tono de reproche.

—Señorita Julia Mortimer no hubo más que una, y yo me alegro. Era única, pero no muy exigente consigo misma. Alguien la necesitó una vez, y supo estar a la altura —dijo la tía Beck—. Podía contar con eso.

—No al final —gritó la señorita Lexie—. Al final le falló del todo.

—¿Cómo se volvió al final? Quiero decir, cuando ya estaba cerca del fin —preguntó la tía Cleo.

—Empezó a parecerse bastante al señor Hugg, o tal vez él se fuese pareciendo a ella, según se mire. Los viejos y las viejas eso que han tenido lo pierden también —dijo la señorita Lexie con lo que pareció un particular contento.

—Hermana, señoras, esa mujer está muerta y aún sin enterrar —dijo el señor Renfro con voz tan queda que apenas se propagó entre las demás—. Dejémosla descansar en paz. Ya hemos vivido lo que nos tocó junto a ella.

—Y el colegio de Banner solamente fue una cosa más de las que a mí me pasaron —les confió la tía Birdie—. Pudo haber sido veneno puro mientras duró, pero a mí no me ha dejado ninguna cicatriz. Yo era muy pequeña y aquello era muy exagerado. Y hace mucho tiempo que he dejado todo eso atrás —le tiró a Gloria un beso por el aire—. Y a ti te pasará lo mismo, querida, ya lo verás.

El tío Nathan rompió en ese momento su largo silencio.

—Son muchos los edificios pequeños, de otros tantos colegios, por los que he pasado hoy al venir por el monte, y que son hermanos del colegio de Banner, y al pasar por delante me pregunté si, en caso de llamar a la puerta, no saldría ella a abrirme sin haber cambiado ni un ápice.

—Yo todavía la oigo, no sé si os pasa lo mismo —dijo el tío Noah Webster, mirando a su hermano Nathan como podría mirar un espectáculo ambulante—. Recitando la tabla de multiplicar o cualquier trabalenguas de aquellos que se le ocurrían. ¡Qué voz! Tenía un poderío y una dulzura enormes en la voz. Haberla malgastado dedicándose a la enseñanza es un auténtico pecado.

—Se pasó la vida en medio de una corriente de aire —dijo la tía Birdie—. Si hubiese tenido yo que ocupar su lugar siquiera un día, a buen seguro me habría muerto de una pulmonía.

—¿Qué otro mortal podría conocer las formas de morir como ella las conocía? Encontrar el final ella sola… ¿Qué otro mortal lo habría logrado como ella? —exclamó la tía Beck—. Aun cuando uno se empeñase, por una razón completamente distinta…

—¡Le salió ella al encuentro! Asumir el riesgo de que a una la encontrasen sin estar lo que se dice decente, presentable. No consigo entenderlo, de verdad —dijo la tía Birdie aparentando gran seriedad.

—A mí lo que ha hecho me parece una verdadera falta de amabilidad para con sus semejantes —dijo la tía Beck como si fuera de mala gana—. Así solo se consigue que los demás se sientan como unos traidores, e incluso cosas peores.

—Ella supo estar a la altura —dijo en cambio la señorita Lexie.

—Podría haberos dicho que con eso ponía en peligro el edificio del colegio —dijo la tía Fay—. Solo que ese edificio no es un montón de bolos, precisamente.

—Sissie; ¿qué es lo que sabes tú de ella y del edificio del colegio? —preguntó la señorita Lexie.

—Homer dice que el comité de supervisores recibió una carta de la señorita Julia Mortimer… y eso, lo siento, ha tenido que ser culpa tuya, Lexie. Homer estuvo dudando sin saber qué hacer; en la carta afirmaba que ella tenía el real derecho de ser enterrada en el colegio si ese era su deseo, como lo habría de expresar cuando llegase la hora. Esos supervisores que hay hoy en día son sobre todo chicos del colegio de Banner, y ella lo dejó bien claro.

—Serían los chicos malos del colegio de Banner —le corrigió la señorita Lexie—. Por eso mismo está Homer Champion a partir un piñón con ellos; él también fue de los chicos malos.

—Los supervisores no respondieron a su carta, y en una votación desestimaron su solicitud —dijo la tía Fay—. Los supervisores dijeron que no.

—A mí eso no me parece tampoco muy cristiano que digamos —dijo la tía Beck—. Homer me comentó que los supervisores dijeron que si se retirase la losa durante el tiempo suficiente para abrir la tumba, todo el edificio del colegio podría ceder y derrumbarse en una montonera —dijo la tía Fay.

—Me lo imagino perfectamente —dijo la señorita Lexie—. Eso no hace falta que lo diga ningún supervisor. El abuelo Renfro fue quien puso la primera piedra del edificio, esa losa precisamente; fue con ella con lo que se construyó el edificio del colegio, y la puso ahí para que nadie la tocase. Nunca tuvo la intención de que la primera piedra se retirase para favorecer a nadie. Y no creo que jamás llegara a imaginar que una maestra fuese capaz de semejantes ocurrencias, me da lo mismo que trabajase durante años en el colegio o que se hubiese vuelto loca por esa misma razón. Lo que sí me sorprende es que esa pandilla de supervisores tuviesen las agallas de defender el edificio del colegio poniéndose en contra de su voluntad.

—Fue por unanimidad —dijo la tía Fay—. Homer les oyó decir a todos lo mismo.

—Tampoco a mí me hace muy feliz su deseo —murmuró el juez Moody—. Ni lo que he leído entre líneas. —Sacó el pañuelo y se secó la frente.

—¿Es posible que a una la entierren donde le venga en gana? —le preguntó la señora Moody—. ¿En donde una quiera? —Y sacudió la mano en un gesto de abandono.

—La verdad es que no lo sé, no lo sé con certeza. Es una cuestión que nunca se me había planteado de esta forma, al menos según mi experiencia —murmuró—. Sea como fuere, con ley o sin ella, habría que haber intentado convencerla para que olvidara semejante idea. No tenía por qué humillarse…

—¿Humillarse ella? —rió sonoramente la señorita Beulah—. ¡Si ella es humilde, entonces yo puedo dar una cena por todo lo alto para cien comensales!

—Es algo impropio de ella. Solo demuestra lo mal que llegó a estar —dijo él.

—Pues le voy a decir una cosa: ahora mismo, la señorita Julia me da vergüenza —dijo la señorita Beulah a la vez que se cruzaba de brazos—. Para mí, en eso se resume toda su triste historia. Me avergüenzo de ella y me da vergüenza por ella misma.

—Tenía que estar hecha una pena… —dijo la tía Beck con un suspiro.

—Lo que tenía que haber hecho es casarse con alguien —dijo la tía Birdie.

—En ese caso, sus deseos no valdrían lo que se dice nada. Tendrían que enterrarla con su marido y se acabó la historia.

—¿Y dónde nació la señorita Julia Mortimer, si puede saberse? —preguntó la tía Cleo—. ¿Hay alguna razón por la cual no se pueda pasar por alto su deseo para devolverla a la tierra en que nació?

—¡Si nació en Ludlow! Vendió la casa que tenía allí cuando se dedicó a la enseñanza. Por eso, cuando la pusieron a pastar tendría que haberse ido adonde le correspondía, a la otra orilla del río, a la casa de la que vino su madre —dijo la señorita Lexie—. No tiene pérdida. Vivía en Star Route, a la vista del depósito de agua de Alliance. En las tardes de calor, mientras ella dormía, yo iba caminando a la tienda del judío y volvía a pie solo por tener un hilo y una aguja, y por llevarle a ella una pastilla de jabón. Estaría a menos de dos kilómetros.

—Ella venía del condado de Boone, de la misma zona que nosotros. Solo Dios sabrá qué fue lo que hizo a la señorita Julia Mortimer ser como fue —dijo el tío Curtis.

—Pues en algún sitio habrá que darle descanso —dijo la tía Cleo.

—Cuidado, Oscar —dijo la señora Moody.

Estaba de pie como si de pronto algo le estorbase en las manos, con el libro bien sujeto, y contestó a su esposa dando un paso para dejar el librito en su regazo. Se llevó la mano al bolsillo de la pechera, a la chaqueta que no se había quitado en todo el día, y extrajo un sobre polvoriento, aplastado, medio doblado. Del sobre sacó una hoja llena de palabras manuscritas por ambos lados.

—¿De dónde ha sacado eso? —le espetó la señorita Lexie.

—Me llegó por correo oficial. A mi apartado de correos en la sucursal de Ludlow —dijo él.

—Lexie, había creído entender que echaste todas aquellas cartas a los cerdos —dijo la señorita Beulah.

—Las eché al correo, eso es lo que hice. No se me ocurrió qué otra cosa podía hacer con ellas —exclamó la señorita Lexie—. Quizás no las eché al correo el día mismo en que me dijo que lo hiciera. Tenía bastantes más cosas que hacer aparte de ir corriendo al buzón a cada puntada que diera con la aguja.

—¡No se le ocurra leérnosla! —exclamaron varias voces al juez Moody.

Y quizás era demasiado tarde para poder leerla bien. El mundo se había vuelto de color azul jacinto, ese azul que se ve incluso con los párpados cerrados cuando se mira al sol. La luna estaba bien por encima del horizonte. Era como si se hubiera sumado al cielo con un buen montón de arcilla de Banner alrededor.

—Esta misma mañana no habría podido siquiera imaginarlo —dijo el juez Moody—. Cuando emprendí viaje con esta carta en el bolsillo, no podría haber soñado siquiera en qué circunstancias podría llegar a compartirla con nadie. Ni siquiera tenía la intención de enseñársela a mi esposa. —Bruscamente desdobló la hoja. El papel era muy fino, sin rayar, no de los que vienen en un cuaderno escolar; con la luz escasa parecía casi transparente. La letra picuda y precisa, ligeramente al alza por un lado, ligeramente a la baja por el otro, parecía un rompecabezas que se entrecruzase y se resolviese en el centro.

—A lo que se ve, es nuestro destino tener que asistir a una lección más —protestó la tía Birdie—. ¿No nos hemos acordado ya más que de sobra de la señorita Julia Mortimer?

—Sus recuerdos tienen docenas de agujeros. Y también algunos errores bastante penosos —dijo el juez Moody.

Estaban sentados todos allí, envarados, como si algo hecho en casa, algo en lo que todos hubieran tenido que ver, como la culpa, fuera objeto de una crítica.

—«Siempre he sabido perfectamente lo que hacía.»

Ante semejante comienzo, todos pegaron un grito. Podría haber proyectado el rostro de la señorita Julia sobre la pantalla del arbusto del boj por medio de una linterna mágica. Hasta la propia tía Beck se echo a reír llevándose la esquina del pañuelo a los ojos. El juez Moody no hizo ningún caso y siguió leyendo.

—«Durante toda mi vida he librado una encarnizada batalla contra la ignorancia. Salvo en casos que se pueden contar con los dedos de la mano, perdí todas las batallas. Año tras año, mis alumnos del colegio de Banner se pusieron de parte del otro bando y se hicieron fuertes contra mis avances. Todos luchamos con fe, con determinación, con valentía, seguramente incluso con justicia. Casi siempre perdí yo y ganaron ellos. Pero mientras aún era joven, siempre pensé que si pudiera tener la fuerza física y espiritual del ayudante del sheriff, y si pudiera arremeter con ella en cada instante, seguramente podría cambiar el futuro.»

—Si nos lo lee no lo entenderemos. ¿Por qué no nos lo cuenta sin más preámbulos? —se quejó la tía Birdie.

—Vamos, juez Moody, díganos qué dice —dijo la tía Nanny—. No sea usted tan tímido.

Con un repentino crepitar, el juez Moody volvió la página y siguió leyendo.

—«Oscar, solo en este momento, ahora que me veo obligada a yacer boca arriba en cama, he comprendido por fin el porqué de mis derrotas. La razón de que jamás pudiera yo vencer es bien sencilla: ambos bandos empleaban la misma táctica. Seguramente esto mismo sucede en todas las guerras. Una maestra enseña y un alumno aprende, o bien se resiste a aprender. Y tanto a una como al otro los mueve la misma fuerza. El instinto de supervivencia. Es una fuerza poderosa donde las haya, mientras dura es un arma hecha de hierro. Es la desesperación por seguir con vida contra todo pronóstico: eso, a fin de cuentas, es lo que da ánimos a uno y a otro bando. Pero el que pierde llega antes a la verdad. Concluida la batalla, seguramente algo se hace visible sin ayuda de la maestra, sin ayuda del alumno, sin ayuda de los propios libros. Cuando terminan las lecciones y los ojos dejan de ver, cuando la memoria hace todo cuanto está en su mano por engañarnos, por guarecerse y esconderse de nosotros, y sabemos que algún día terminará incluso por escapársenos, hay tan solo una cosa, hay una sola cosa que nunca falla.»

—Espere —dijo la tía Birdie—. No entiendo qué es lo que quieren decir todas esas palabras tan envaradas.

—¿Qué palabras envaradas? —dijo el juez Moody, y siguió leyendo—: «Oscar Moody, voy a reconocer una cosa ante usted. Hallo las ganas de vivir en la inspiración. Siempre ha sido así. Empecé a partir de la pura nada, ayudada tan solo por la inspiración. Por supuesto que tuve la elemental sensatez de entender que con eso por sí solo nunca se llega a nada». —El juez Moody cerró la boca unos momentos y apretó los labios—. «Ahora que ya no es hora de continuar con mi empeño; ahora que puedo repasar los años, entiendo que es preciso empezar todo de nuevo, desde el principio. Pero aun cuando la Providencia nos diera una segunda oportunidad, nunca ha sido plato de mi gusto volver sobre mis propios pasos. Por más que ahora apenas vea por dónde camino, es allá adonde voy.»

—Ojalá no tuviera que escuchar todo esto —dijo la tía Beck con un suspiro.

—Desconozco cuánto tiempo ha mediado entre cada uno de los pasajes de su carta, porque la letra de pronto se hace mucho más difícil de entender —dijo el juez Moody para el cuello de su camisa, con el ceño fruncido—. «Estoy más viva que nunca aunque esté al borde del precipicio del olvido, y una vez me he salvado cuando estaba a punto de caer en desgracia. Estas son las cosas que nos salen al paso para que aprendamos de ellas. Se pueden aprovechar, nos llevan un paso más allá, nos ayudan a seguir nuestro camino. Podemos ir a gatas recorriendo el filo mismo de la locura, si es que a eso hemos de llegar. Todo contiene una lección. Nos beneficia saber que no hay por qué avergonzarse de ir a gatas, de seguir avanzando aunque sea a gatas, que podemos enorgullecernos de llegar a gatas cuando ya ni a gatas podemos seguir. Es entonces cuando una se descubre tumbada boca arriba en una cama, y comprueba lo que le ha llevado a dar un paso más. Estando boca arriba acaso no sea posible derrotar al mundo, pero al menos se puede impedir que el mundo nos derrote. He pasado la vida entera librando una batalla, hasta este momento. Estoy preparada para todo lo que me haya de llegar. Hay cierto gozo en todo ello.»

—Ahora ya no me cabe duda de que estaba completamente loca —dijo la señorita Beulah interrumpiéndole—. Nos lo está diciendo ella con sus propios labios si seguimos escuchándola el tiempo suficiente.

—«Pero he llegado ahora a toparme con un enigma. Hay algo que me tiene presa, que me cerca, que me vence y me burla; hay algo que atenúa mi capacidad de ver, que me lleva a perder el lápiz que hasta hace un momento tenía en la mano. No confío en esto, recelo, sospecho, no sé qué puede ser esto a lo que he llegado, Ya no lo sé. Hablan a mi alrededor de la cercanía del Cielo. ¿Será esto el Cielo, este lugar en donde una yace expuesta a la misericordia de los demás, quienes piensan que saben más que una, quienes saben qué es verdad y qué no lo es? Me contradicen, interfieren, prevarican. ¿Son los ángeles?» —A la tía Birdie se le escapó un gritito, pero el juez Moody no se detuvo—. «Creo que adonde he llegado ha sido a la ignorancia, no al Cielo.»

—¿Cómo es posible que todavía vea algo, con lo oscuro que está? —preguntó la señorita Beulah desde donde estaba, junto a la mecedora de su abuela.

—Ya he leído la carta antes —dijo el juez Moody. Leía gracias a la luz tintada de rosa que proyectaba un sol ya escondido. La luna aún no despedía luz suficiente; solo estaba vuelta hacia la fuente de luz, como la cabeza de un ser humano. Prosiguió—: «Y aquí sigo estando, en mi viejo campo de batalla. Es ahí donde estoy. Y hay una cosa que deseo hacerte saber, Oscar Moody. Se trata de una advertencia».

—Oscar, escúchame —dijo la señora Moody—. Te sugiero que te sientes.

—«Ha existido una cosa que nunca había considerado —siguió diciendo—. Lo más probable es que tú tampoco la hayas tenido en cuenta. Ten cuidado con la inocencia. Te podría tentar, Oscar, para tu propia mortificación, y podría conspirar con los ignorantes y los que están fuera de la ley, con los imbéciles e incluso con los malvados, y hacerte callar.» —El juez Moody hizo girar la hoja de papel, pues algunas líneas escritas recorrían el margen—. «Oscar Moody, quiero verte aquí en Alliance tan pronto como te sea posible. Ven con tu ley de Mississippi, aunque tendrás que escuchar la historia que te cuente. Es una historia que conduce a una niña. Si por fin he de alcanzar mi final, no me extrañaría que fuese en una niña en donde lo encontrase. Así es como empecé. Más te vale que vengas cuanto antes.» —Permaneció en pie, bajando la carta que tenía entre las manos.

—¿Eso es todo? —preguntó la abuela en tono displicente.

—Mirad a Gloria —dijo la tía Nanny—. Está llorando.

—No te prives, Gloria. Este es un buen momento —le dijo cariñosamente la tía Beck—. Unas lágrimas por otra persona sí que te las puedes permitir, claro que sí.

—No son por otra persona —lloró Gloria.

La señorita Lexie Renfro se había adelantado a los demás.

—¿Cuándo le llegó? —preguntó gritando al juez

—¿La carta? Llevo encima esta dichosa carta en el bolsillo de mi chaqueta desde hace casi un mes —dijo el juez Moody con la voz endurecida.

—Veamos ese sobre. —La señorita Lexie extendió la mano—. Es un sobre ya viejo; supongo que ella volvió a utilizarlo. Es el sobre en que llegaba la factura de la luz. No he sido yo quien lo ha echado al correo. Así que de eso no se me puede culpar. Yo no habría avisado al cartero para que se lo llevara. —Lo devolvió a manos del juez.

—Es asombroso que llegaras a abrir esa carta, Oscar —dijo la señora Moody—. El papel en que está escrito tiene un filo sospechosamente dorado, y los cantos redondeados. No me irás a decir que es la guarda de su testamento…

El juez Moody guardó silencio.

—Te puedes cerciorar por el olor —le animó la señora Moody, pero sin lograr resultados.

—Supongo que ya sé cómo me coló esa carta sin que me enterase —dijo la señorita Lexie—. Seguro que sería todavía el mes de julio cuando la escribió. Yo ya estaba cansada de tener que atarla siempre con la sábana a la cama. Supongo que supo encontrar su oportunidad y la aprovechó. Se apoyaría en el respaldo de la silla hasta que logró incorporarse del todo. Iría caminando a la vez que desplazaba la silla delante de ella para no caerse de bruces, e iría con la carta hasta el gallinero y se llevaría un nido. Volvería caminando con ayuda de la silla, llevando la carta y el huevo, pues siempre llevaba un vestido con bolsillo, hasta el buzón, donde dio la carta al correo cuando pasó el cartero, además de darle el huevo en pago por el sello. ¡Algo aprendió al menos de la forma que tenemos de hacer las cosas en Banner! Regresaría después ayudándose de la silla hasta la cama. Y yo que no llegué a enterarme de nada... Supongo que no habría pasado más de media hora durmiendo,

—Ya no se puede fiar una de nada —le dijo la tía Nanny.

—También es posible que hubiese aprovechado cuando iba yo al pueblo a pagar la factura de la luz —dijo la señorita Lexie—. Si es que tuve ocasión, claro.

—Hay que ver cuánto tiempo, cuánto esfuerzo, y cuántas argucias tuvieron que costarle a esta pobre mujer, que pasaba por momentos tan difíciles, hasta que me hizo llegar esta carta. —El juez Moody miró fijamente a la señorita Lexie, aunque solo fue un momento, y amplió entonces la mirada para abarcarlos a todos—. ¡Qué absoluta, qué completa es la mortificación de la vida! Ni que decir tiene —dijo— que esto exigía una respuesta en persona.

—Y aquí estás ahora —dijo la señora Moody.

—Exacto —dijo él—. Aquí estoy ahora.

—Así que te dijiste... ¡por la señorita Julia, lo que haga falta! —dijo la señora Moody.

—Verá usted, juez Moody —interrumpió la señorita Beulah. Había dejado ya de dar vueltas—. En este preciso instante acabo de tener una inspiración... ya entiendo lo que le pasa. Usted es familiar de esa mujer.

Dieron todos un grito menos los que ya estaban adormilados.

—¡Beulah, es verdad! Eso tiene que ser. Ese es su secreto —exclamó la tía Birdie—. Por eso está tan molesto con todos.

—Desde luego, eso explicaría muchas cosas —exclamó el tío Noah Webster.

—¿Y entonces se nos ha permitido hablar como lo hemos hecho sobre una persona que es familiar de uno aquí presente? —La señorita Beulah avanzó hacia el juez Moody—. ¿Mientras estaba usted aquí acomodado entre nosotros nos ha permitido poner a esa mujer de vuelta y media, sin haberse levantado para defenderla ni una sola vez? ¿Sin dar la menor señal de que estaba usted armado, de que llevaba una carta de ella, hasta que le pareció que era el momento oportuno para sacarla a relucir? —Extendió la mano y lo señaló con un dedo—. ¡Bonita manera de tratar a la gente, sí señor! ¡No se la daría yo ni a mi peor enemigo! Mira que mofarse de mi hospitalidad con semejante descaro... —Se volvió en redondo a la señora Moody—. ¡Y usted! ¡Usted se lo ha permitido!

El juez Moody había permanecido con la mano en alto, la palma vuelta hacia ella. Cuando por fin se le pudo oír de nuevo, habló con voz reposada.

—Un momento, por favor. Yo no soy pariente de la señorita Julia. Existen otros lazos.

—Usted no era su marido —vociferó el tío Noah Webster—. No puede usted plantarse aquí y decirnos lo que nos ha dicho, y menos aún después de traer con usted a su esposa, que ha tenido que oírlo todo.

—La verdad es que no me importaría nada, si es que estás dispuesto, saber algo más acerca de lo que te unía a la señorita Julia —dijo la señora Moody a su marido.

—Hay otros lazos —repitió el juez Moody.

—No nos hace ninguna gracia que un recién llegado como usted se plante entre nosotros y nos obligue a escuchar semejantes críticas —dijo el tío Percy con un hilillo de voz—. Si no era pariente suya, al menos sería de esperar que algo le hubiera enseñado.

—Y así fue —dijo el juez Moody.

La tía Nanny pegó un pisotón en el suelo antes de ponerse a gritar.

—¡No me lo creo! —exclamó haciéndose oír sobre el clamor de los demás.

—Esa mujer me dio clases —dijo el juez Moody—. La casa en la que yo me crié, en Ludlow, estaba en la Calle Mayor, frente a la suya.

—¿Esa casa vieja, la de los dragones de piedra? —preguntó la señora Moody.

—La casa de los misioneros, así es —dijo él con un gesto concluyente.

—O sea, que el juez Moody había sido uno de sus preferidos en Ludlow... —dijo la señorita Lexie, y probó a reírse.

—Hubo un verano —dijo el juez Moody—, en que iba yo a su casa con otros chicos del instituto que apuntaban para la universidad. Me dio clases de retórica y me hizo ganar el primer premio en el Encuentro del Estado de Mississippi.

—Oscar, ten cuidado con tu tensión arterial —dijo la señora Moody con cierto tono de desesperación. Él, en cambio, dotó de más gravedad a su voz y se burló de sí mismo:

—Ya lo dijo Arquímedes: dadme un punto de apoyo y moveré el mundo.

—Eso da lo mismo. Si vivían en casas enfrentadas, se encontraba usted en terreno peligroso —dijo la señorita Beulah.

—¿Y entonces qué? —preguntó el señor Renfro para animarle a continuar.

—Cuando volví a Ludlow a ejercer la profesión, y cuando poco tiempo después fui nombrado fiscal del distrito, ella un día vino a mi despacho para decirme lo orgullosa que estaba de mí.

—Ella quiso reclamar su parte —dijo la señorita Lexie—. Quiso arrogarse el mérito de lo que usted había logrado.

El juez Moody permanecía inmóvil.

—Él no la conocía como la conocimos nosotros —dijo la tía Birdie—. ¿A que no nos sabe decir cómo se llamaba su caballo?

—Cuando se marchó de Ludlow para encontrar su puesto en el campo y al final entregar su vida al colegio de Banner, recuerdo que iba conduciendo un automóvil. Un Ford cupé, regalo de agradecimiento del senador Jarvis en el año en que se fue a Washington. Recuerdo cómo daba marcha atrás: metía la marcha, clavaba la mirada en la pared del fondo del garaje y trazaba una perpendicular —dijo el juez Moody—. Todavía estaba aprendiendo a conducir. No pocas veces me pregunté cuántos habían de ser los inocentes transeúntes que echaran a correr despavoridos sin que ella lo supiera. —Sacó el pañuelo y se secó la cara.

—Entonces hubo un tiempo en que también tú te reías de ella —le dijo la señora Moody.

—No creo que ni siquiera un Ford tan bueno como aquel le sirviera para viajar por estos caminos; no al menos en invierno —dijo él.

—¿Y esa fue su despedida? —preguntó el señor Renfro.

—Poco más adelante, a petición suya, vendí la casa de su propiedad, la vieja casa de los Mortimer —dijo él.

—Eso... eso significa que ya te había escrito antes. ¡Tenía por costumbre escribirte de vez en cuando, a lo que se ve! —dijo la señora Moody.

—Yo le administraba sus bienes, la represené en un par de ocasiones —suspiró él—. Una pequeña herencia, los impuestos...

—Así que tú también le escribiste.

—Sí —dijo él—. Alguna vez.

—Entonces, no solo era ella la que escribía cartas. También las recibía —dijo la tía Beck con voz dolida.

—¿Y qué hiciste con las cartas que recibía, Lexie? —preguntó la señorita Beulah—. ¿También se las echaste a los cerdos?

—Eso no lo pienso decir —dijo la señorita Lexie.

—¡Son las que echaste a los cerdos!

—¿Y quién mejor que yo para saber lo que debía hacer? Estaba demasiado maltrecha para que la trastornase algo; habría tenido que pensar mucho.

—Oscar, se te mueven los pies sin que te des cuenta —dijo la señora Moody—. Siéntate, por favor. Lo único que te pasa es que das lástima, ahí de pie.

—Y entonces esta misma mañana —dijo el juez Moody, que volvió a meter la mano en el interior de la chaqueta y sacó otro sobre arrugado— encontré esto en mi buzón. El sobre es uno de los míos, solo que vuelto a utilizar. No había una carta dentro, solo un mapa que me había dibujado, indicándome cómo llegar de Ludlow a Alliance y el lugar en que vivía. En ese momento me di por vencido y emprendí el viaje.

—Esa la di al correo en cuanto pude, antes no —exclamó la señorita Lexie.

—Y vaya, esto es un laberinto —dijo él, y miró de cerca el viejo billete en el que una red de líneas se formaba en trazos diversos a partir de una marca hecha en el centro del papel—. Un laberinto. Ya no era capaz de pensar con demasiada claridad. No me guié por ese mapa, pero es cierto que me perdí por los caminos del condado de Boone, me perdí por primera vez desde que guardo memoria. Casi llegué a creer que me había dejado engañar para terminar precisamente aquí —dijo en un tono de pesadumbre, casi de desesperanza—. En la raíz de todo lo que ha acontecido en el mundo, como la raíz de una muela podrida. En el remanso mismo de la ignorancia. —De pronto alzó la cabeza—. ¿En qué podía estar pensando yo? He llegado y me he puesto en pie y les he leído la carta. Y te incluyo a ti —dijo volviéndose a su esposa—. He traicionado la confianza que ella puso en mí.

—Creo que eso es impropio de un abogado como tú — le dijo ella.

El juez Moody se esforzaba por devolver la carta y el mapa a los sobres respectivos.

—A pesar de todo, y a mi entender, toda esta gente se lo tenía más que merecido —dijo él.

—Ahora mismo, Oscar —dijo la señora Moody—, me gustaría saber qué es lo que pretendías recibiendo cartas como esa en tu despacho, y eso sin que yo supiera nada de nada.

—Maud Eva —le dijo—. Es natural, ella se sentía libre…

—Todo esto me irrita tanto que creo que me estoy encendiendo —exclamó la señora Moody.

—Los dos nos escribíamos de vez en cuando —dijo él.

—¿Tú y esa pobre y solitaria mujer, una solterona, una maestra? —preguntó la señora Moody.

—No lo fue siempre —la miraba con fijeza—. Con decirte que todos los jóvenes apuestos de Ludlow llegaron a estar locamente enamorados de la señorita Julia Mortimer en algún momento.

—¿Cuando era joven?

—Cuando todos éramos jóvenes.

—¿De una maestra de campo? Vaya, es justo lo que era yo —dijo la señora Moody enarcando mucho las cejas—. ¿Y tú cumpliste con la parte que te tocaba y la cortejaste?

—Ah, no. Yo no. Bastantes eran los pretendientes que había sin contarme a mí, del propio Ludlow y de los alrededores. El propio Herman Dearman, llegado de esta parte del mundo y más tosco que un patán, fue también uno de sus pretendientes, sin darse cuenta de que no tenía nada que hacer. Ella no lo disuadió lo suficiente, tal vez no supiera cómo —dijo el juez Moody—. Tal vez ella supo ver algo en él.

—Pretendiente —dijo la señora Moody.

—Tuvo un final lamentable, tengo entendido.

—Lamentable, esa es la palabra —dijo el tío Curtis.

—Ya basta —dijo la señorita Beulah.

—Lo mismo le pasó a Gerard Carruthers —dijo el juez Moody.

—¿Lo mismo? ¿El qué? —preguntó su esposa.

—Fue su pretendiente. Se marchó del pueblo y se esforzó como nadie en la Facultad de Medicina de Pennsylvania para regresar y montar una consulta, eso ya lo sabes —dijo el juez Moody—. A ella le fue muy leal. Y de hecho siguió yendo a visitarla y atenderla, ¿no es cierto?

—Era un bebedor de licor, ese era su problema —replicó la señorita Lexie—. Claro que venía. Pero ella al final no lo quiso ver más.

El juez Moody siguió sin hacer caso.

—Ella educó a un juez del Tribunal Supremo, al mejor oculista y al mejor otorrinolaringólogo de Kansas City, y también a un profesor de historia de no sé dónde. Todos esparcidos por el ancho mundo, claro está. Fue ella la que los puso a todos en marcha, fue ella la que los formó, pero no pudo conseguir que se quedaran…

—Tú sí te quedaste —dijo la señora Moody.

El juez se sentó con todo su peso en la silla, que emitió un quejido.

—Eso me irrita tanto que creo que me estoy encendiendo —volvió a decir la señora Moody—. Tiene que haber algo, algo que está enterrado en el pasado, que aún no me has contado. Lo noto porque se te están poniendo los pelos de punta. ¿Qué fue lo que hiciste,

Oscar Moody? ¿Le llegaste a proponer matrimonio? Fue ella la que te rechazó, ¿no es así? —insistió la señora Moody.

Él se tapó los ojos con una mano.

—No, no es eso.

—En ese caso, ¿fue ella la que le propuso matrimonio, señor juez? —exclamó la tía Nanny sonriendo con osadía.

—¿Como tú con Percy? —corearon varias voces.

—Ella fue el motivo de que yo tomase la decisión que tomé. Eso es cierto. Ella me manifestó su satisfacción por no haberme ido yo a otra parte, por haberme quedado aquí, trabajando por mi cuenta. Por eso nunca salí del Estado, por eso no emigré tampoco a otra parte mejor del Estado.

—¡Ay, ay, ay! Y pensar que si se hubiera ido… —suspiró la señorita Beulah.

— Tuve mis posibilidades, Maud Eva, y tú lo sabes. Estoy en donde estoy porque ella me convenció para que me quedase, para hacer lo que pudiera sin moverme de mi sitio, para trabajar en el juzgado del condado de Boone. —Hizo un silencio—. Y la verdad es que nunca se lo he perdonado del todo.

—¿Y con quién se quiso desquitar? —preguntó la señorita Beulah con un semblante de sabiduría.

El juez Moody se volvió una vez más hacia su esposa y pareció que le repitiese a ella la pregunta en silencio. Al mirarle todos los presentes, se vio que le brillaba el sudor en la cara.

—Bueno, a ella se debe que estemos los dos aquí —dijo.

—¿Aquí, lo que se dice aquí mismo? —preguntó la señorita Beulah.

—En el lugar de la tierra en que nos encontramos ahora. Sí, señora. Aquí, entre todos ustedes, ahora mismo. Ella sigue siendo la razón de que así sea —dijo el juez Moody—. La señora Moody fue muy hábil. Yo no tenía ningunas ganas de ver hoy a la señorita Julia, no quería averiguar qué le había ocurrido. Eso lo reconozco, Maud Eva. Tuve un ataque de cobardía, lo tuve allí mismo, en el camino.

—No entiendo por qué me vienes a mí con todas estas quejas —dijo la señora Moody—. Hice una tarta con seis huevos y le puse una buena cobertura y me salté la catequesis dominical y todo por cumplir con tu conciencia, y vine de viaje aquí contigo. Llevo todo el día intentando que llegues adonde sea que tienes que llegar.

—Ya era demasiado tarde cuando me puse en camino —dijo él—. Ella me dijo ven, y quiso decir que fuese en el acto y sin tardanza.

—De todos modos, ni siquiera te habría reconocido cuando por fin llegaras a verla —le dijo la señora Moody sin esperar a que siguiera—. Seguramente ni siquiera sabía ya quién era, no lo sabía cuando emprendiste el viaje para ir a verla. —Y alzó ambas manos.

Él se dio unos golpecitos en el bolsillo de la pechera en que tenía guardadas las cartas.

—Sabía perfectamente quién era. Y sabía lo que era también. Lo que no sabía, hasta que le llegó la hora, era lo que había de suceder con la persona que ella era. Tampoco lo sabemos ninguno de los aquí presentes —dijo. Y, como ella aún lo miraba fijamente, añadió—: Dan ganas de echarse a llorar.

—Lo único que yo sé es que hemos venido a este mundo para cumplir una misión —dijo la señora Moody.

—Hasta una piedra se echaría a llorar —dijo el juez Moody.

Alrededor de ellos, los blancos manteles, en los que se apiñaban las sombras, aún contenían algo de luz, igual que las camisas blancas de los hombres mayores, y los vestidos endomingados, las faldas extendidas en la ladera que empezaba a cubrir el crepúsculo. Las mesas en fila parecían formar un dibujo como el que formaba el Carro en el cielo estrellado, y los rombos de los otros manteles parecían repetirse en un trecho, en medio del azul oscuro del polvo que se extendía ya hasta el cielo. De vez en cuando pasaba un niño corriendo, llamando a alguien entre todos los presentes; algunos de los más insistentes aún se dejaban caer rodando por la ladera, una y otra vez, hasta quedar exhaustos de alegría.

La señora Moody continuaba inclinada hacia su esposo.

—¿Sigues asegurando que todo fue platónico?

El silencio formó un gran interrogante abierto como un túnel, tan largo que todas las aves del condado de Boone podrían haber entrado por él, en fila, a tiempo de llegar a sus nidos.

—Ni se te ocurra buscar ningún secreto en todo esto, Maud Eva —dijo de pronto el juez Moody.

—Tus verdaderos secretos son los que ni siquiera sabes que guardas —dijo su esposa, como si de pura irritación hubiera llegado a adivinar lo que decía. Permaneció a la espera de la respuesta de su marido.

—No tengo lazos de familia con ella, lo único que hice fue vivir durante un tiempo cerca de su casa, fui alumno suyo durante un verano, jamás se me habría ocurrido proponerle en matrimonio, no cumplí todos los deberes que contraje con ella, ella se limitó a darme un consejo que seguí y que tuve por lo más preciado y, cuando por fin me mandó llamar, yo no logré llegar a su lado: ella fue mi amiga y yo fui amigo suyo.

—Bueno, pues era bastante mayor que tú, botarate —dijo la señora Moody.

—Diez años mayor que yo —dijo él, y se quedó mirando el púrpura de la noche incipiente como si estuviera atónito.

—¿Y entonces qué bicho te ha picado ahora, después de tanto tiempo?

El juez Moody respondió con una voz tan terca que bien pudo haber hablado para sí mismo.

—Nada malo. Solo que ahora mismo no me importa la vida de la misma forma en que me importaba esta mañana.

—Tengo la impresión de que hemos estado ya en su velatorio —le dijo en tono de acusación la señora Moody.

—Eh, mirad —canturreó Elvie.

—¡Mirad! La abuela se está levantando —dijo el tío Percy con la voz ronca.

Con la taza, el platillo, los cojines desparramados, la colcha deslizándose tras ella, el cachorro adormilado siguiendo sus pasos, la abuela se acercó al grupo que formaban y se situó ante ellos, con la misma estatura que uno de los primos más pequeños. Alzó ambas manos, unas manos pequeñas e ingrávidas. La señorita Beulah echó a correr hacia ella, pero se detuvo a tiempo.

Con los hombros rectos, las manos rígidas, aunque indicando un mínimo movimiento, la abuela hizo notar su presencia y, con una entonación veloz, rítmica, haciéndose sitio en medio del chirrido difuso de las cigarras, se puso a cantar. El tío Noah Webster se levantó, puso el pie sobre el asiento de una silla y se llevó el banjo a la rodilla. Tocando las cuerdas de forma liviana acompasó su canción.

—¿Es *El cortejo de las ranas* o es *Asombroso amor?* —susurró la tía Birdie—. Es que suena un poco a las dos.

Se sabía la letra entera y a fe que no les iba a ahorrar una sola estrofa. Cuando terminó de cantar la canción, la abuela les lanzó miradas calculadoras y siguió llevando el compás con el pie. El tío Noah Webster siguió acompañándola, el banjo sonaba quedo, y cuando apoyó la abuela en la cadera la mano izquierda, menuda como la de Elvie, dio un pisotón liviano con el pie derecho y se vio alzada en vilo; el tío Curtis estuvo listo para alzarla en volandas por encima de la mesa y la colocó con cuidado entre las fuentes y los restos de la cena. El tío Noah Webster descargó la mano con fuerza sobre las cuerdas; bajo sus largas faldas, el pie, la pierna entera, se elevó unos centímetros para caer sobre la mesa a tiempo de iniciar de nuevo el estribillo. La zapatilla negra, con el pompón de seda en la punta, debía de tener por lo menos una docena de años, aunque parecía nueva.

—Con ese piececito marca el compás de maravilla —dijo el tío Dolphus—. Y eso nunca nos lo había enseñado.

—A la vista está que le queda cuerda para rato —dijo la tía Beck. Bailó delante de todos.

—Mamá, dile que es domingo —susurró Elvie.

—¿Serás cabeza de chorlito? Sabe a qué día estamos mejor que tú, mejor que cualquiera de nosotros —dijo la señorita Beulah con vehemencia, adelantándose y ya lista para ponerse en pie de un salto—. Es su cumpleaños.

El dobladillo del vestido de la abuela se arrastró y se enredó en los platos cuando empezó a caminar por encima de la mesa.

—Cógela, Vaughn —chilló la señorita Beulah en un momento de pánico. Electrizado, el chiquillo abrió los brazos, pero se quedó clavado en donde estaba, como todos los demás. Fue Jack, que llegó a la carrera en ese momento y se desembarazó del pozal, que rodó ruidosamente por la ladera, a su espalda, el que la atrapó al vuelo.

—Caramba. Ya te había llamado yo unas cuantas veces. —En los ojos de la abuela asomaron las lágrimas incontenibles de los que han sido salvados. Mientras la tenía abrazada, en vilo, ella le rodeó el cuello con ambos brazos. Se le cayeron las mangas hasta los codos. Como dos varitas mágicas, sus brazos quedaron expuestos, nervudos, recorridos por oscuras venas, como los largos cordones de terciopelo con que se marcan las páginas de la Biblia. Alargó las manos hasta el rostro de Jack. Se le escapó entonces un grito apenas audible, y su rostro, delante del de Jack, se deshizo en pedazos—. ¡Pero si tú no eres Sam Dale...!

La señorita Beulah extendió sobre la mecedora la colcha de cumpleaños y Jack con todo cuidado la colocó encima.

—Abuela, me parece que te has saltado una generación entera, así, en un momento —dijo el tío Noah Webster con afecto, inclinándose sobre ella.

—La culpa la tiene el hermano Bethune —insistió la tía Beck, abanicándola.

—No le pasa nada, la abuela está bien —dijo la señorita Beulah con voz desesperada.

La anciana aún seguía mirando a Jack con incredulidad, atónita. El polvo de un viaje larguísimo rebrillaba a la luz de la luna en la copa de su sombrero.

—¿Y entonces quién eres? —preguntó al fin.

Él se hincó de rodillas a su lado y le habló en un susurro para darle la única respuesta posible.

—Soy Jack Jordan Renfro, abuela. Y acabo de volver a casa.

5

Aquella sustancia fina como el polvo, que iba cayendo tamizada sobre el mundo, perfilando el tejado nuevo, el fantasma veloz de un perro, la campana de metal, era la luz de la luna.

—Cae la noche —dijo la tía Birdie—. ¿Cuándo ha sido?

—Y ya vuelven a picar estos pesados —dijo la tía Nanny a la vez que se daba palmadas en los brazos y en las piernas y espantaba la invisible nube de mosquitos que le envolvía la cabeza.

—Levantémosle a la abuela los pies de este suelo —exclamó la señorita Beulah—. No queremos ahora que el rocío le moje las plantas.

Sin ayuda de nadie, Jack se llevó a la anciana en su mecedora y en medio de todos volvió al porche, a ocupar su sitio en el arranque de las escaleras. Los demás la siguieron más despacio. Entre quejidos y murmullos, llevando cada cual su silla, se retiraron de las mesas y por el jardín de la entrada volvieron a la casa. Los que pudieron, ocuparon con sus sillas el mismo sitio que habían ocupado por la mañana. Otros tantos, los que estaban sentados en el suelo o descansaban con la cabeza apoyada en el regazo de otro, prefirieron quedarse en donde estaban y no moverse del sitio hasta que no quedara más remedio.

A la espalda de la abuela, con el cabello agitanado y canoso y pálido a la luz de la luna, el tío Nathan volvió a ocupar su lugar y apoyó la mano sobre el respaldo. El juez Moody llevó la silla de su esposa y le indicó que tomara asiento, y luego transportó la silla del colegio y la colocó dentro del radio de la mecedora de la abuela, donde aguardaba su silueta pequeña y negra con el sombrerito negro en perfecta inmovilidad. Se sentó a su lado.

—Y aquí estamos, sentados a oscuras, ¿no es cierto? —dijo alguien.

—Si apareciera un forastero y nos encontrase de esta guisa, ¿cómo iba a saber entonces cuál de nosotras es la más bella? —bromeó la tía Birdie.

—Enciende las luces, Vaughn —dijo el tío Dolphus—. ¿Cómo les habéis dejado que lleguen culebreando y os enganchen al tendido eléctrico? Anda, por lo que más quieras, enciende las luces y que se note.

De pronto, el mundo de la luz de la luna se apagó; unas luces duras como el canto de una pala aparecieron en el techo del porche y del pasadizo, atravesando la casa del todo y dejándolos en una isla sobre la tierra negra, en medio de ninguna parte, sin nadie más a quien recurrir que a ellos mismos. En ese primer momento, los rostros de todos, iluminados por el blanco, aunque con las cuevas de las bocas y los ojos bien abiertos, negros por la soledad, negros por la hilaridad del superviviente, dieron indicios de parentesco con el del tío Nathan, el rostro que flotaba por encima de todos los demás. Por vez primera cesaron todas las conversaciones y ninguno de los niños se atrevió a llorar. El silencio irrumpió transportado por la luz sólida y artificial.

—Eso está mucho mejor —dijo la señora Moody—. Parece que por el momento hemos vuelto a la civilización.

—Gloria —exclamó Jack—. ¿Dónde está nuestra niñita?

Dio un salto hacia la oscuridad. Lo miraron los demás hasta verlo regresar despacio, con la niña en brazos. Uno de los brazos de Lady May le colgaba del hombro y se mecía con la ligereza de un mechón de cabello.

—Había encontrado un buen nido, bien mullido, hecho de hierba —dijo Jack al subir las escaleras. Se detuvo ante la abuela, en la mecedora, y dejó que la niña se deslizase hasta quedar en el regazo de la anciana. La niña estaba completamente dormida; ya un nido le tenía que dar lo mismo que otro.

—Jack, te estuve llamando y no viniste. El señor Willy Trimble se presentó aquí ante todos nosotros y nos dijo que la señorita Julia se ha muerto estando sola y que fue él quien la encontró —le gritó Gloria—. Y ahora resulta que la señorita Julia y el juez Moody eran amigos de toda la vida.

La detuvo con un gesto.

Lo he oído todo. Llegué y esperé algo alejado. Oí contar la vida entera de la maestra. —De pronto estalló—. ¡Suena igual que cuando a uno lo meten en el agujero! ¡A oscuras todo el día, a pan y agua, y sin que nadie vaya a sacarlo de allí!

—Jack, oh, Jack, por favor, no permitas que nadie eche a perder tu bienvenida —dijo la señorita Beulah, que estaba fuera de sí.

—Y además a ti ya no te llama. Todos dejan de llamar cuando mueren, hijo —dijo el tío Dolphus.

—Habría preferido quedarme arando la tierra en Parchman —dijo Jack al juez Moody. Colocó las manos sobre los hombros de Gloria—. Doy gracias por haber podido llegar a tiempo de salvar a mi esposa de una vida como la de ella.

—¿Y estuviste aquí para ver lo que tu familia me hizo? —exclamó Gloria—. ¡Ahí sí que te necesitaba! Fue entonces cuando te estuve llamando. Escucha: me tiraron por el suelo y se propusieron meterme una sandía entera en la boca

—Sé que estuviste a la altura, seguro —dijo Jack, suavizando de nuevo la voz al hablar con ella. Estaban los dos justo debajo de la bombilla que más brillaba, uno frente al otro; él le daba a ella palmadas en el hombro.

—¡Me llenaron toda la cara de jugo pegajoso de sandía!

—¿Y tú les has dejado que hagan eso? ¿Qué ha sido de tu ánimo combativo, el que tenías esta misma mañana? —le dijo en broma y en voz baja.

—¡Me la metieron en la boca! Y yo te llamaba: «¡Jack! ¡Jack!», y tú no venías. Luego me encontraron un desgarrón en el vestido y la tía Lexie me lo cosió delante de todos, clavándome la aguja y las tijeras en las carnes. ¡Todas se han unido para hacerme rabiar!

—De todos modos, ya no te tratan como a las visitas, prenda —dijo él con afecto—. Ahora ya eres una más de la familia.

—Oh, Jack —dijo con mayor desesperación—. ¡Si es que hasta dicen que soy tu prima!

—Bueno, pero el cielo no se ha desplomado por eso —dijo él, y le sonrió.

—Todavía es posible que se desplome —dijeron a la vez la señorita Lexie y el tío Percy.

—Dicen que mi padre es Sam Dale Beecham, aunque no tuvo por qué —se precipitó Gloria a decirle.

—¿El tío Sam Dale? Vaya, bendito sea su corazón valiente —exclamó Jack, y se volvió hacia la abuela, que sin embargo permanecía en silencio, la vista clavada al frente.

—Y que mi madre era Rachel Sojourner, una que no llegó a aprender nada. Ni tiempo tuvieron de casarse, murieron los dos cuando estaban el uno lejos del otro. Y aquí estoy yo. Sea como sea, soy pariente de todo Banner, si me descuido —dijo con una voz desesperada.

—Se enorgullecerán todos de saberlo —le dijo Jack, y ella dio un paso para mantenerlo a raya, como si nunca hubiera estado más radiante.

—Y mi hija es pariente de todo el mundo —dijo dolorida.

—Pues eso hace que mi bienvenida al hogar sea todavía más grata de lo que lo fue esta mañana —exclamó.

—Más me valdría no haber quemado la carta de la señorita Julia Mortimer...

—¿Tú también recibiste una? —exclamó la tía Nanny—. ¡Pues me alegro de que ya no la tengas!

—La tengo grabada a fuego en la memoria. En ella me decía que si me casaba con quien tenía intención, más me valía no seguir adelante con la idea. Y que fuese a verla, que había algunas cosas que yo necesitaba saber —dijo Gloria—. Me decía que había profundizado en sus recuerdos, y que aún seguía profundizando.

—¿Por ver qué pescaba en ese río revuelto?—exclamó la tía Birdie.

—¡Recé para que no recordase nada! —exclamó Gloria.

—¿Qué quiere decir eso de profundizar? —preguntó la tía Beck con tristeza.

—Gloria, ¿y qué hiciste tú? —preguntó la tía Nanny.

—¿Qué hice? Romper en pedazos aquella carta. Y echar los pedazos a la chimenea. Nunca le contesté. Nunca fui a verla. Me casé, tal como era mi deseo.

—Así que decidiste darle esquinazo y seguir adelante con tus planes a pesar de los pesares. Sin contar más de lo que contó el propio Jack, me juego lo que sea, y sin decir nada a los Beecham, sin decir nada a los Renfro, o a la abuela, o al abuelo, o al lucero del alba. Qué valiente   dijo la tía Birdie— O qué artera.

—Yo no quise más que ocuparme de mis propios asuntos —dijo Gloria—. ¡Y no ha sido nada fácil! —exclamó mirando a la señora Moody.

—¿Es que no se dio cuenta, señorita? —le preguntó el juez Moody—. ¿Es que nunca se ha dado cuenta del peligro que corría?

—Es que yo no tenía por qué creer a la señorita Julia, solo por ser ella quien era —dijo Gloria—. Tengo ojos en la cara. Y si yo era hija de una muchacha de Banner que no se llegó a casar, como ella quiso hacerme creer, todo lo que tenía que hacer era echar un vistazo en la iglesia el día de mi propia boda y ver a toda aquella gente reunida, y así saber con qué familia estaba yo sana y salva y sin necesidad de temer nada. Y entre toda esa gente no había más que una señora que no se hubiera casado. —Gloria se volvió de frente a la señorita Lexie. Se elevaron entre la concurrencia gritos de aprecio.

Gloria los hizo callar con un gesto de súplica.

—La señorita Julia no me dijo que era mi padre a quien debía temer. Tampoco me dijo que mi madre ya había muerto.

—Se quiso ahorrar lo peor para cuando llegara el momento —dijo la tía Beck, y sacudió la cabeza en dirección hacia la parte por la que le pareció que debía de quedar Alliance.

—Yo, a pesar de todo, quisiera saber qué era lo que la señorita Julia Mortimer estaba tan empeñada en decirte, y en qué términos pretendía disuadirte, Gloria —gritó la señorita Beulah—. Para que luego hicieras lo único a lo que estabas abocada: a casarte con tu propio primo y encontrar al fin un hogar.

—No es seguro del todo —dijo el juez Moody. Lo dijo desde la misma silla del colegio, aunque estaba ya más cerca del resto, y habló con más fuerza—. No es seguro del todo si es eso lo que ha ocurrido, y más si el Estado tiene en su poder alguna forma de demostrarlo.

—Ya demostramos lo que había que demostrar allá en la mesa —dijo la señorita Beulah.

—No me ha parecido a mí gran cosa esa demostración. Muy a mi pesar, he escuchado todo lo que se ha dicho —dijo el juez mientras la silla crujía bajo su peso—. De hecho, no hay una partícula en todo esto que pudiera yo tomar por prueba concluyente. No han hecho más que pescar viejos recuerdos. Postales de los muertos, dichos de los sabios.

—Pero ya lo hemos zanjado —exclamó la tía Nanny entre las exclamaciones de las otras tías.

—Con una pelea a golpes de sandía. En el juzgado zanjamos los problemas de forma ligeramente distinta.

—¡Yo no he dicho que lo crea! Y lo mismo da que hayan intentado convencerme a la fuerza —dijo Gloria—. Yo me guío por lo que siento en lo más hondo de mi corazón.

—Ya, los sentimientos —añadió el juez Moody.

—¿Y cuáles son tus sentimientos ahora, señorita Gloria? —exclamó la señorita Beulah.

—¡No han cambiado! Sigo sintiendo que estoy sola, que no soy pariente de nadie y que en mí solo mando yo; y que nadie sabe ni de quién vengo ni de dónde —dijo—. Y que en mi vida todo lo que cuenta está por venir.

—Muchacha, tú eres idiota —le dijo el juez Moody, aunque con amabilidad—. Lo cierto es que podrías ser casi cualquiera y haber venido de cualquier sitio.

—Oscar, por favor —dijo la señora Moody—. Eso son palabras mayores.

—Yo estoy preparada para oírlas.

Jack sujetó a Gloria y se colocó delante de ella, interponiéndose ante el juez.

Pero Gloria se le adelantó y se plantó delante del juez Moody. Le habló con un punto de gracejo.

—Si quiere que le diga una cosa, con el primer aviso que me dio llegué a pensar que hasta podía ser hija suya.

—¿De la señorita Julia? —Muchas bocas se abrieron de asombro bajo las luces del porche.

Hay que ver —dijo la tía Birdie—. Eso sí que es lo que yo llamo una imaginación desbocada.

—Si no, ¿por qué iba yo a pensar que podía ser maestra? —les dijo Gloria, y esta vez fue más sonoro el gruñido del juez Moody—. Eso lo explicaría todo. Si ella cometió una vez un error, y si me tuvo...

—No, ni lo sueñes. Esa mujer jamás cometió un error, ni adrede ni sin querer —dijo la señorita Beulah—. Y creo que si lo hubiese cometido habría apencado con las consecuencias, Gloria, y te habría criado de modo que el mundo entero viese que eras suya, y alardeando de ello además. No habría hecho de ti un misterio. A ella no le gustaban los misterios.

—Además, hacen falta dos —gritó la tía Nanny.

—Pero es que ella me rescató del orfanato, aunque fuera para matricularme en la Escuela Normal —sostuvo Gloria—. Ella me dio ánimos, ella quiso que yo mejorase.

—No creo que la señorita Julia llegase a ver siquiera por un instante el peligro que se avecinaba. Creo que tenía la ceguera innata de una maestra —dijo la tía Beck a modo de súplica.

—Lo que la señorita nunca pudo imaginar como debiera es que una huérfana sin nombre ni apellidos pudiera con el tiempo convertirse en una belleza impresionante —dijo la tía Birdie—. Y eso es algo que sucede.

—Juez Moody, usted no ha encontrado que ninguno de los aquí

presentes haya incurrido en falta; ninguno aparte de mí, ¿no es cierto? —preguntó Jack.

Torciendo el gesto y frunciendo el ceño bajo la luz desnuda, el juez lo miró de hito en hito.

—Jack —le dijo, llamándole por primera vez por su nombre de pila—, lo que más me asombra de todo esto es que tú no supieras que te ibas a casar con tu prima… Si es que al final es tu prima.

—No, señor —balbució Jack—. No me preocupó lo que se dice nada quién fuese ella antes de que nos casáramos.

—Jack, ¿tú no lo sabías? —preguntó la tía Birdie.

—¿Jack? ¿Jack? ¿Lo sabías, sí o no? —corearon todos a la vez, mientras la señorita Beulah se reía por lo bajo.

—No, él no, pero ella sí lo sabía. Ella estaba al tanto —dijo la señorita Beulah—. A Jack no le avisaste que se alejara de ti, no le dijiste ni una palabra, ¿verdad que no, señorita Gloria?

—Pero… Juez Moody —dijo Gloria—. ¡Es que entonces la señorita Julia me mandó otra carta! Me escribió para decirme que la boda quedaría borrada de los libros y que Jack tendría que ir a la penitenciaría.

—Bien, y eso es lo que hizo Jack —dijo el tío Noah Webster—. A su manera, se las apañó para que así fuera.

—¿Qué es lo que le pudo pasar a la señorita Julia? ¿Qué es lo que podía tener en contra de estos dos tortolitos? —exclamó la tía Birdie—. ¿En qué estaba pensando esa mujer?

—En la inocencia —dijo el juez Moody—. Estaba pensando en la niña.

Gloria inclinó despacio la cabeza.

—¿Pudo la señorita Julia imaginar que existía Lady May sin haberla visto? ¿Se la imaginó estando en cama en Alliance? —exclamó la tía Nanny.

Todos a la vez se volvieron hacia la señorita Lexie, que les aguantó la mirada.

—De mis labios nunca salió ni una palabra sobre la niña. ¡Con todo lo que tuve yo que afrontar…! Lo único que le llegué a decir a la señorita Julia Mortimer fue que, según suponía yo, Gloria se había olvidado de ella, como se había olvidado de ella todo el mundo —proclamó la señorita Lexie.

—Lexie, ¿te lo preguntó directamente a la cara? —preguntó la tía Fay.

—Para el día en que esa niña llegó al mundo, yo ya me estaba asegurando de que ella no supiera nada de nada, nada más que lo que se pudiera cocer en su cabeza —dijo la señorita Lexie.

A la abuela le volvió al temblar el hombro bajo la tela negra del vestido. La niña que tenía en el regazo no se movió. Seguía durmiendo boca arriba, de cara a la luz, con los labios entreabiertos.

—«Bebé»... ¿Es eso lo que decía su carta, Gloria? —preguntó la tía Beck—. ¿Lo dijo así, tal cual?

—La carta sí hablaba de un bebé. Decía que en el caso de que llegase uno, bien podría ser sordomudo.

Se rieron todos al oírla, pero callaron en el acto.

—No es eso. Es mucho más lo que puede pasar. El peligro es mucho peor que ese —dijo el juez Moody, mirando con seriedad a Gloria.

—Y que mi bebé no tendría apellido —dijo Gloria sin levantar la cabeza.

—¿Con un nombre como el de Lady May? —exclamó Jack con aire de estar atónito. Ni siquiera al oír su nombre se despertó o se movió la niña.

—¿Y qué tiene de malo una familia cuando por fin la tienes? —gritó la tía Nanny.

—Y en todo momento, mientras esperaba a mi marido, sentada al margen de todos los demás, en el tronco de cedro, aquietando a mi niña, arrullándola, solo acertaba a pensar en las dos palabras que más miedo me dan: anulación e invalidación —exclamó Gloria—. De puño y letra de la señorita Julia.

—¿Y la penitenciaría? Tú ándate con ojo, Jack, que podrían venir a por ti otra vez —dijo el tío Curtis—. Y a lo mejor te encierran de nuevo por haberte casado con quien no debías.

—¿Por casarme con Gloria? —exclamó.

—Sujétalo, Gloria, que se va a caer —exclamó la tía Nanny.

Pero Jack se había dado la vuelta para encararse con el juez Moody.

—Si he hecho algo malo, señor, la verdad es que me gustaría que me lo dijera a la cara. Me gustaría oír su razonamiento, juez Moody. Oírlo de sus labios —dijo—. Porque me parece que la ley tendrá mejores cosas que hacer que venir a por mí, que no he hecho nada malo.

—No, no es así. Casarse en vuestro caso ha sido un error —dijo el juez Moody—. Si vosotros dos, jóvenes como sois, tenéis algún tipo de relación consanguínea en el grado en que está prohibido, os habréis topado con la legislación del Estado de Mississippi. Creo que se trata de un decreto que se aprobó hará unos diez años. Me temo que estarían en su pleno derecho si os detuvieran por ello. Podrían juzgaros.

—¿Juzgarlos? —chilló la señorita Beulah.

—Y si se les condena…

—¡Que me condenen! ¡Cuando me casé con Gloria, me casé con toda la intención! —exclamó Jack—. Así que muy bien. Si quieren privarme de otros dos años de mi vida, pues habrá valido la pena. Aquí me tiene, señor.

—Y si se les condena —siguió diciendo el juez Moody a pesar del griterío de las mujeres—, os caería una multa, o bien una condena a diez años en la penitenciaría…

Gloria se dejó caer al suelo y se abrazó a las piernas de Jack.

—¡No! —gritó a voz en cuello.

—… o bien a ambas cosas; y, por supuesto, el matrimonio quedaría anulado. Es lo que dicta ahora la ley estatal.

—Y fue la señorita Julia Mortimer la que lo puso en solfa —se maravilló la tía Birdie.

—Y antes de que pasara todo esto, incluso es posible que contribuyera a que se aprobase esa ley —dijo el juez Moody sucintamente.

—A los jóvenes siempre les resulta difícil empezar con buen pie —dijo a modo de súplica la tía Beck—. Pero seguro que podrán superar este escollo, ¿verdad?

—Me parece que esta vez la cosa es muy distinta a cuando tú y yo nos casamos, Beck —dijo la señorita Beulah—. Todo el tiempo que se ha tomado Jack, toda la carga que se echó sobre los hombros, todas las complicaciones que afrontó, e incluso cuando mancilló su buen nombre yendo a Parchman, han sido con el fin de casarse con su prima, y con el fin de que el juez Moody volviera y abriera la puerta para que Curly Stovall pudiera entrar en la casa para detenerlo de nuevo y llevárselo.

—¡De mil amores espero yo que lo intente Curly! —dijo Jack, y le volvió la color a la cara. Puso a Gloria en pie y los dos permanecieron agarrados por la cintura.

—Sigo pensando que es lo más bonito del mundo —dijo la tía Beck.

—Pero la ley del Estado de Mississippi está resuelta a caer con todo su peso y a no permitir que uno beba o que se case con su prima —gritó el tío Noah Webster—. Son cosas demasiado placenteras, ya sabes.

—Aunque tú has infringido la ley de forma más grave que el muchacho —dijo la señora Moody a Gloria.

—¿Cómo dice, señora?

—Mira qué has hecho de esa niña...

—¡Es mi niña! —Gloria dio un paso adelante y tomó a la niña dormida en brazos—. ¡Y no tiene mácula! —Bajo la intensidad de las luces vio por primera vez una peca en el hueco del cuello de la niña, como una gota de miel derramada.

—¡... y además sabiéndolo! ¡A sabiendas! Cuando esta niña se haga mayor y empiece a enterarse de las cosas por sí sola... —La señora Moody sacudió la cabeza y la miró a la cara.

—¿Qué? ¿No encontrará en su corazón la forma de perdonar a su propia madre? —gritó Gloria—. ¡Yo perdoné a la mía!

—El perdón —comentó el juez Moody en tono melancólico— parece ser el pecado más acuciante de esta casa.

—Y con razón —dijo la señora Moody—. Y eso que no sabía yo que el matrimonio entre primos carnales fuera delito; a ese respecto estaba como ellos —confesó—. No sé por qué, pero siempre me había parecido que era algo de lo más natural.

—Vaya, pues entonces tenemos suerte de que tú no lo hayas hecho —le espetó el juez Moody.

—Y ahora, hay que ver, resulta que no solo es delito, sino que es pecado —dijo la señora Moody.

—Bueno, supongamos que simplemente sirve para agravar algo que ya estaba ahí, en la propia naturaleza humana: tanto lo malo como lo bueno, tanto la fortaleza como la debilidad —dijo el juez Moody a su esposa—. Y es que la naturaleza humana misma es dinamita pura, eso para empezar.

—Ay, cuando pensé por un instante que teniendo sangre de los Beecham por ambas partes las cosas se enderezarían solas… —exclamó la señorita Beulah dirigiéndose aún a la abuela, que permanecía sentada y en silencio.

—Madre, tú no estás muy versada sobre los caminos y las carreteras de la ley del Estado de Mississippi, eso es todo —dijo el señor Renfro con bondad—. Pero el juez Moody sí que se los sabe como la palma de su mano, y si está aquí es para ponernos en conocimiento.

—Y yo que pensaba, cuando vine a Banner a dar clases en mi primer colegio, que por fin salía al ancho mundo… —dijo Gloria.

—Al contrario, viniste a parar justamente al lugar del que procedías —dijo la tía Birdie—. Como un peligroso cartucho de dinamita andante.

—¡Eso es verdad! Viniste aquí y eso que eras el peligro en persona —dijo la tía Beck.

—El peligro en persona. Vienes aquí y te pones a ondear tu banderita roja delante de Jack —bromeó la tía Nanny.

—¿Ondear una banderita roja, yo? ¡Yo lo que intenté fue salvarlo! —exclamó Gloria—. ¡He intentado salvarlo desde el primer día en que lo vi! Proteger su pobre cabeza…

—¿De qué? —la interpeló la señorita Beulah con los brazos en jarras.

—¡De esta familia tremenda! Y nadie me puede disuadir de que lo intente —Gloria se sacudió el pelo echándolo para atrás, y salieron volando unas cuantas pepitas de sandía secas—. Algún día viviremos nosotros solos por nuestra cuenta, algún día haremos maravillas juntos. Y criaremos a nuestros hijos, que serán buenos, y fuertes, y listos…

—¿Y a ti qué te parece que he hecho yo aquí? —le interrumpió la señorita Beulah en tono asombrado.

—Muchacha, ¿qué es lo que intentas decirnos? —exclamó la tía Birdie.

—Voy a llevarme a Jack y a Lady May, y vamos a largarnos bien lejos de todos, vamos a vivir a nuestro aire a partir de ahora.

—¿En dónde? ¿En el ultimo confín de la tierra? —exclamó la tía Beck a la vez que Jack ahogaba un ruido en la garganta.

—Llévame contigo —le rogó Etoyle dando saltitos.

—Y a mí —le rogó Elvie.

—Y a mí, y a mí —exclamaron a coro los tíos, en son de chanza, pero con tristeza. Se unieron otras dos voces más a lo lejos.

—¿Y cómo piensas irte, si se puede saber? —le exigió la señorita Beulah.

—Eso el futuro lo dirá   repuso, y miró a lo lejos, aunque más allá del porche iluminado no acertó a ver nada.

—Pobre Gloria —dijo la tía Beck—. Mira que se le dio justo aviso. Supo que estaba poniendo en riesgo a Jack. Cariño, ¿por qué te casaste con nuestro chico? Creo que ahora sí que podrías decírnoslo.

A la cegadora luz de las bombillas, Gloria soltó una exclamación.

—¡Pues porque lo quiero más que a ningún otro que haya visto en mi vida, mucho más que a ningún otro al que haya dado clase!

Jack, allí de pie a su lado, se puso rojo como la grana.

—Ya está. Lo ha dicho con el corazón desgarrado —dijo la señorita Beulah.

—Yo no tuve por qué creer a la señorita Julia Mortimer, no estaba obligada, no tenía por qué —repitió Gloria. Se fue derecha al juez Moody con su niña en brazos. Las piernas de Lady May sobresalían de modo que apuntaron a la cabeza del juez como dos pistolas, por más que estuviera dormida—. ¿Es eso lo que en el fondo se propuso usted con su excursión dominical, señor? ¿Ha hecho todo el camino hasta Banner para declarar que la hija que tenemos Jack y yo está anulada y que no es válida, y para llevarse a Jack otra vez?

—Mi misión no podría de ninguna manera interpretarse así —dijo el juez tajantemente.

—Si pudiera usted dar la vuelta, volver a Ludlow y jurar que no volverá a tener nunca nada más que ver conmigo y con Jack... Si pudiera dedicarse usted a sus asuntos, si pudiera usted ceder al menos en esto, señor... —dijo Gloria suavemente—. Entonces la perdonaría. A la señorita Julia.

—¡Perdonarla! —dijo, y pareció a punto de zarandearla—. ¿Cómo vas a perdonarla tú, muchacha, si eres tú quien tiene la culpa de todo? La culpa es tuya y de tu dichosa hija...

—Bueno, yo la perdonaría.

—El asunto sigue siendo tan erróneo y tan grave ahora como entonces, cuando descubrió lo que iba a hacer, ¿verdad que sí, Oscar? —dijo la señora Moody a su marido—. Si eran primos carnales el día en que se casaron, seguirán siendo primos carnales mañana por la mañana.

—Sí, claro —dijo él.

—¿Y van a perseguirlos por eso hasta el día en que se mueran? —preguntó el señor Renfro al juez Moody. La señorita Beulah se volvió en redondo hacia el señor Renfro.

—Y yo que pensé que sabías lo que estabas haciendo —le dijo— cuando le pusiste el tejado nuevo a la casa...

—No. Antes de que suceda eso, podrían recoger sus cosas y marcharse con la niña a vivir a Alabama —dijo el juez Moody.

—A Alabama —exclamó Jack, con un coro de gritos de espanto por toda respuesta—. ¿Y cruzar la frontera del estado? ¡Eso fue lo que hizo el tío Nathan!

—La frontera está a menos de veinte kilómetros. En el Estado de Alabama los primos carnales gozan de plena libertad para contraer matrimonio, y sus hijos son reconocidos como tales —dijo el juez Moody.

—¿Pretende que Gloria y Lady May y yo nos marchemos y que dejemos atrás todo lo que más queremos? ¿Quiere que dejemos a la abuela y a todos los demás, que no es que estén jóvenes precisamente? —Jack escrutó los rostros de todos los presentes.

—Parece que sea interminable lo que uno puede perder y pese a todo seguir viviendo —señaló el tío Curtis.

—Pero… es que de ese modo terminaría la reunión familiar —dijo Jack. Gloria, al ver qué cara se le había puesto, se apretó contra él con la niña en brazos.

—Esa es la respuesta a tus plegarias. Vaya si te ha llegado deprisa —exclamó la tía Nanny—. ¿No era justamente eso lo que estabas deseando, Gloria, una manera perfecta de olvidarnos?

—Pero no porque no quedase más remedio…

—Así que la señorita Julia Mortimer no pudo impedirte que te casaras con Jack, ni por las buenas ni por las malas —dijo la tía Birdie a Gloria—. No te lo pudo impedir.

—Ojalá pudiera decírselo ahora —susurró Gloria con voz queda. Las voces de las mujeres se hacían eco en paz a su alrededor.

—¿Y qué le ibas a decir?

—Lo equivocada que estaba. Y cuánta razón tenía yo. Bastaría con que viera a mi niña. Y yo se la llevaría a que la viera —dijo Gloria—. Solo estaba esperando a que aprendiese a hablar.

Al juez Moody se le escapó un gruñido.

—Juez, creo lo mejor es que tomes la decisión de olvidar cuanto antes todo este asunto del parentesco de sangre —dijo la señora Moody.

—¿Cómo? Vamos a ver, un momento, no tan deprisa, Maud Eva —dijo él. Se le ensombreció el semblante cuando la sangre se le subió a la cara—. Solo querría tener una prueba, una prueba de las que yo acepto. —Frunció el ceño mirando a la familia—. La verdad es que en ese sentido queda ya muy poca cosa de ninguno de nosotros: apenas queda constancia de que nacimos, nos casamos, tuvimos hijos, de que algunos de nuestros familiares murieron, de dónde fueron enterrados…

—Pero tendrá usted su Biblia familiar, ¿no es así? ¿No lo tiene todo anotado en las guardas? —exclamó la señorita Beulah.

—No hay títulos que indiquen la propiedad de las tierras. No hay declaraciones de impuestos, no hay censos. No queda prueba escrita de que ninguno de nosotros estemos vivos, aquí esta noche. Estamos todos en el mismo barco.

—¿Qué clase de persona es la que quiso pegarle fuego al juzgado? —exclamó la señora Moody.

—La canalla —dijo la abuela—. Están alrededor de nosotros, en todos sitios.

—Bien, pues parte de ahí —dijo con impaciencia su esposa al juez.

—Y de aquí —dijo él, sin quitarle ojo de encima—. Han relatado una historia familiar hecha de retazos y han conseguido aportar menos pruebas que si su intención declarada hubiera sido ocultarla. Esta historia de que son primos podría ser cierta, pero ¿qué pruebas efectivas hay de que así sea? —preguntó a la concurrencia. La señorita Beulah quiso decir algo, pero el juez la calló con un gesto—. Vi que había una postal —le dijo—. Estaba firmada: «Con cariño, tu marido». Podría haber sido tan solo una manera de hablar entre ellos, que se llamaban marido y mujer, cosa que para ellos sin duda podía ser muy cierta, queriendo dar indicación de que su unión era legal cuando él obtuviera su permiso en el ejército. Pero una postal no es una prueba del mismo peso que un permiso matrimonial, y mucho menos que un certificado de matrimonio, y aún así...

—No. ¡Es aún mejor! Es muchísimo lo que hay de Sam Dale en esa postal, basta con saber leer entre líneas —exclamó la señorita Beulah—. Y la abuela la salvó de la destrucción, la guardó en su Biblia, ¡se la ha mostrado a usted! La palabra de la abuela vale tanto como el oro. ¿No se lo cree? Vale más que cualquier juzgado que pueda haber en esta tierra.

—Oh, claro. Sí, señora, claro que creo en su palabra —dijo el juez Moody, y cambió de postura inclinándose hacia la abuela para que ella le oyera—. Pero no estoy del todo convencido de que esta señora esté diciendo lo que aquí creen que está diciendo. Recordemos que es su cumpleaños. Hoy tiene sus privilegios.

La abuela movió los ojos sin abrirlos más hasta clavarlos en él, pero siguió sin decir nada. Los demás también miraron al juez con la excepción de Jack, Gloria y la niña, que seguían abrazados.

—Míralos a los tres, tan abrazaditos. Víctimas de la justicia los tres —dijo la tía Birdie señalándolos—. Los quiero más que nunca. ¿Qué va a ser de ellos?

La señorita Beulah fulminó con la mirada al juez Moody.

—Pues ya se ve que mucho tiempo no tenéis para disfrutar de vuestra pequeña y desatinada esperanza, ¿verdad? —dijo—. Pero nosotros tendremos que cuidar de esa pequeña escandalosa, ¿no es cierto? —Se plantó ante el juez Moody y lo miró cara a cara, igual que cuando este llegó, al comienzo de la cena—. Y mientras usted me escuche y la abuela no me lo impida, creo que voy a tener que contarlo yo. Y así salvarlos.

—Vamos, madre —dijo el señor Renfro.

—Creo en lo más profundo de mi ser que estamos siendo injustos con una persona que no está aquí esta noche para dar fe de su inocencia, y me refiero a Sam Dale Beecham. Y me propongo haceros callar. A todos —dijo la señorita Beulah.

—Madre, creo que voy a ir a poner los barrotes para la noche —dijo el señor Renfro, y se marchó.

—Sé perfectamente que castigué al pequeño cuando aún no tenía edad de defenderse; de todos modos, yo era tan pequeña que tampoco sabía bien cómo velar por él —gritó la señorita Beulah—. Juez Moody, Sam Dale tuvo las mismas probabilidades que usted de ser el responsable de que Gloria esté en el mundo.

—Por favor, Beulah, no digas eso —suplicó la tía Beck—. No hemos venido aquí a llorar, mira que os lo he repetido.

—A Sam Dale Beecham hubo una cosa que le pasó antes que ninguna otra, y la principal razón por la cual me atormenta pensar en aquello es que todos me culpan a mí de esa cosa. Sí, señor, todos aquí me culpáis a mí —exclamó mirando a la abuela, cuya expresión no había cambiado.

—Mamá —dijo Jack—, tú no pudiste hacer ningún daño a tu hermano pequeño. Eso es algo que no podrás hacernos creer ni aunque quisieras.

—Pues entonces procura escuchar —dijo con aspereza—. Sam Dale es un niño chico que está sentado cerca del fuego de la chimenea, con los pañales puestos. Yo tenía que cuidar de él, pero no sabía cómo, y ni siquiera recuerdo qué era lo que estaba haciendo en vez de cuidarle. Saltó un carbón al rojo del fuego que le cayó en el regazo. ¡Fue terrible! La abuela me dijo que fuese a buscar corteza de olmo dulce para ponerle remedio y yo le dije que ya iba, que ya iba. Y en vez de quedarme con el primer olmo dulce que encontré, tuve que ir lejos, muy lejos, en busca del mejor. ¿Con qué iba yo a poner remedio a lo que hice? Cuando volví corriendo y ya era demasiado tarde, con la corteza del olmo dulce, todos creyeron que me había hecho la remolona.

—No fue culpa tuya, Beulah —dijo la tía Beck cuando se alargó el silencio tras sus palabras—. Ninguna hermana mayor, ni nadie, podría haber impedido que un ascua al rojo saliera volando del fuego.

—El abuelo fue quien me dio los azotes. La única vez en su vida. La abuela me sigue echando la culpa —dijo la señorita Beulah al juez Moody, inclinándose para ver mejor su rostro, que había apartado a un lado—. Me obligaron a crecer con el tormento de lo que le había hecho al pequeño Sam Dale.

—Jack está destrozado, Beulah… Jack no soporta verles llorar —dijo la tía Beck.

—Oscar tampoco puede —dijo la señora Moody.

—Beulah siempre tiene la sensación de que necesita contar al menos una parte de esa historia a los mayores antes de que nos vayamos —dijo la tía Beck con un suspiro—. Pero nunca la había oído yo contarla con tanta tristeza como hoy, que encima la ha contado entera.

—¿Es prueba suficiente? —preguntó la señora Moody a su marido.

—Son habladurías, nada más que habladurías —dijo el juez Moody con voz resonante, y se hizo entonces un silencio cargado de expectación y de asombro.

—¡La verdad es que no sé cómo el mundo puede seguir dando vueltas! —exclamó la tía Birdie en tono de indignación—. Al parecer el juez Moody sabe lo que nadie más tiene modo de saber.

—Esa es una historia de lo más triste. Pero no por esa razón resiste mejor que cualquier otra prueba —dijo el juez Moody en voz queda a la señorita Beulah—. Supongo que no tenían un medico a mano —dijo, y aguardó lo que pareció un buen rato.

Cuando habló la abuela, lo hizo dirigiéndose a la señorita Beulah, con un temblor en los labios.

—Me han traído ya el recado. No superó la crisis.

—Dios se lleva a nuestras joyas mejores —fue la suave respuesta que llegó desde el porche.

El juez Moody habló en tono de gravedad.

—Todo esto ya carece de importancia. Lo único que he conseguido es cargar de nuevas preocupaciones a otra anciana señora.

—Lejos de casa —dijo la abuela—, bajo el cielo de Georgia...

—Es esa niña. Creo que debemos hacer la vista gorda con la dichosa niña —dijo el juez Moody con la misma voz de gravedad—. Uno termina haciendo aquello que más detesta, aquello que más ha deplorado durante más tiempo y con más saña —dijo al tío Nathan, que en ese momento lo miraba con atención por encima de la cabeza inclinada de la abuela—. Aquí me tienen, tomándome la justicia por mi mano.

—Bueno dijo el tío Percy con un susurro lejano—, no es tan mala idea. Desde luego, es mucho mejor que dejar que se marchen a Alabama.

—¿Tomarse la justicia por su mano? Ninguna de estas personas ha dejado jamás que se les vaya la justicia de las manos —dijo la señora Moody a su marido—. Y creo que lo mismo ocurre con tu estimada señorita Julia. Una tirana como nunca ha habido dos. Eso sí, una tirana por el bien de los demás, cómo no.

—¡A callar todo el mundo! —ordenó la señorita Beulah—. El juez Moody se ha puesto en pie. Creo que esta vez sí que va a cumplir con la parte que le toca en la reunión.

Permaneció unos momentos en silencio.

—Es esa niña —dijo—. Creo que no nos queda más remedio que dejar las cosas como están. No existía conocimiento previo por las partes. Por tanto, no hay delito.

—Podemos enterrarlo sin más junto con todo lo que ella sabía —dijo el señor Renfro, que volvía por el pasadizo y se situó a su lado—. Quiero decir la maestra.

—En fin, nunca dejará de maravillarme la manera que tiene el Señor de resolver las cosas —dijo la tía Birdie animadamente, dirigiéndose al juez Moody.

—¡Espero que eso quiera decir que todo está de nuevo en orden! Y que Jack esta vez podrá quedarse en casa algo más de tiempo —gritó la tía Beck.

—Ya sabía yo que era eso lo que ibas a hacer… —dijo la señora Moody a su marido—. Te habrías ahorrado bastante tiempo y muchas lágrimas si lo hubieras hecho cuando te dije.

—Supongo que si yo fui el primer protegido de la señorita Julia, esta muchacha ha sido la última —dijo el juez Moody con un suspiro.

—Ella esperaba demasiado de ti, Oscar —dijo la señora Moody, y volvió a sentarse—. Y ahora… ¿he dicho algo malo?

—¿No piensas darle las gracias, Gloria? —preguntó la tía Beck con angustia.

La señora Moody miraba a Gloria a los ojos.

—Tenías talento para la ortografía. Y verdadera determinación a muy corta edad. —Le dedicó dos gestos de asentimiento—. ¿Y qué más tienes?

—Era una huerfanita que no tenía nada en el mundo, una niña de la que nadie sabía siquiera quién era —empezó a decir la tía Birdie.

—Tenía la juventud —dijo sucintamente el juez Moody—. Tenía toda la vida por delante.

Lady May abrió la boca y dejó salir un llanto que llevaba largo tiempo acumulándose dentro de ella.

—La señorita Julia —dijo Gloria— vio que yo era prometedora. —Y se abrió el corpiño.

—Pobrecita, para ser el resultado de una diablura —exclamó la señora Moody—. No puede satisfacer de ese modo a la naturaleza. Y, la verdad, esa niña ya tiene edad para llevar bolsillos.

—También come sentada a la mesa —le gritó Gloria con aire desafiante—. Además de esto, come con normalidad. Lo único que pretendo es asegurarme de que no pase hambre.

La recibió un silencio sepulcral. La tía Nanny sujetó a Jack y fue como si le impidiera caerse redondo. La señorita Beulah se acercó a Gloria con pasos medidos.

—Lo que de veras agradezco ahora que ya es tarde, Gloria, es que el abuelo Vaughn no llegara a saber nada de todo esto. ¿Es que en esta casa se ha permitido alguna vez que alguien pase hambre?

—Y cuando Jack vuelva mañana saltando por los campos, algo sabrá resucitar de la nada. Eso lo sabes bien —exclamó la tía Birdie.

—Y Jack además hará la matanza del cerdo —dijo la tía Nanny—. Aún aguantaréis un año más. Y las vacas tendrán terneros, y...

—Discúlpame —dijo la señora Moody a Gloria.

—Por supuesto —dijo Gloria, sin dejar de dar el pecho a la niña.

—Dense cuenta, juez Moody, señora, que ahora que Jack ha vuelto a casa, ahora que va a quedarse aquí, todo irá a mejor. Todo recaerá sobre sus hombros —dijo el tío Curtis—. Y él es de toda confianza.

—Joven —exclamó la señora Moody—. ¡Jack! ¡Misericordiosos padres! ¿Sigue mi coche estando donde lo dejó el juez?

—Sí, y en el motor suena la misma melodía —dijo Jack, de pie, con la mano sobre la cabeza de la niña—. El rótulo que clavó el tío Nathan sigue aguantando. Fui a disculpar a Aycock a casa de su madre, y cuando le dije dónde iba a pasar la noche la buena señora dijo que todo era culpa mía. Y Aycock dice que ha disfrutado con la cena y que estaría muy bien que le llevásemos lo mismo para almorzar.

—Entonces, ¿por qué has tardado tanto? —exclamó la señorita Beulah—. Demasiadas cosas han querido pasar mientras tú te demorabas.

—Tuve que hablarle a Aycock de la nueva maestra que ha venido a hospedarse en su casa, mamá —dijo Jack—. Joven, tierna... Muy verde, inexperta. La mejor medicina que se le podía dar. Voy a respaldarle en todo y ayudarle a que se case con ella.

—Se me había olvidado todo lo que aún pende de un talud de casi quince metros —dijo la señora Moody—. Y, por cierto, Oscar, ¿dónde vamos a pasar nosotros la noche?

—Mucho me temo que esa cuestión ya está zanjada y que no hemos de preocuparnos —dijo el juez Moody.

* * *

433

—Creo que ya va siendo hora de que nos procuremos una visión más agradable de todos nosotros —dijo la señorita Beulah—. Ve a traerme mi boda —dijo a Elvie—. Te subes a una silla y la coges con cuidado.

Elvie entró trotando en la casa, y llegó desde la salita de estar un estrépito repentino. Sonó como si alguien diera palmas. Volvió con algo que parecía hecho de cartulina fina, enrollado a presión por ambos extremos. La señorita Beulah lo tomó con gran cuidado y lo desenrolló como si fuera un muelle antes de llevarlo a la mecedora de la abuela, para sujetarlo de manera que la anciana pudiera posar la vista en el objeto y los demás pudieran verlo también con claridad. Tenía cerca de sesenta centímetros de largo y unos quince de alto.

—La única fotografía que jamás se ha hecho de nuestra familia entera —dijo la señorita Beulah mientras los demás se agrupaban tras ella.

Los que aparecían en aquella foto antigua habían formado de tres en fondo en el porche y en los escalones de la casa, en donde estaban en ese momento. Los bañaba la luz de abril; la casa estaba oscura, el tejado incluido, como un monte arbolado tras la rociada de agua en catarata que parecía la novia.

—Esa soy yo —dijo la señorita Beulah—. Y esa eres tú, abuela. Y ahí está el abuelo, abuela.

En lo más alto de la foto se encontraba una señora de mediana estatura, muy erguida, con el cabello negro asomándole bajo el sombrero, y con una mano sobre el brazo de un hombre que adoptaba una pose de predicador; una resquebrajadura en la superficie de la foto le había hendido la barba como si formase parte de la cornamenta de un animal con la cabeza baja.

La anciana no dijo ni palabra.

—¿Te acuerdas, señor Renfro? ¿Te acuerdas del hombre de la mula que apareció por casualidad y tomó la fotografía? Sacó la cámara, recogió sus bártulos y se marchó como si tal cosa. No lo volvimos a ver nunca más, ni a él ni a su mula. Tú sacaste el dinero no sé de dónde y le pagaste al hombre, y aún pasó un mes antes de que la foto llegara.

¡Enrollada como un calendario! Me acuerdo de lo difícil que fue desenrollarla. Ha pasado veinticinco años sujeta con dos planchas de hierro, pero aún se empeña en enrollarse por sí sola. Basta con pisar la tabla del suelo que no toca y le salta uno de los lados.

—Le pagué un dólar de plata —dijo el señor Renfro—. Y nunca lo volví a ver.

—Uno de esos peregrinos de la vida, un fotógrafo ambulante —dijo la señorita Beulah.

—Ya andabas con las muletas antes de que nos llegase la fotografía.

El señor Renfro, el novio, aparecía sentado junto a la novia, de pie; se encontraba en una silla y tenía una de las piernas adelantada al primer plano de la fotografía, colocada sobre un taburete como una barra de pan sobre una mesa, y el cobertor que le tapaba la pierna era el que estaba en el sillón de la sala de las visitas, junto a la ventana, visible en ese momento gracias a la luz eléctrica.

—Pero seguiste adelante, hermano —dijo la señorita Lexie.

—Tenía que ir detrás de Dearman y arrancar los tocones de los árboles talados —dijo el señor Renfro—. En aquellos tiempos me llamaban de todas partes.

—Da las gracias a que saliste en la fotografía —dijo la señorita Beulah—. Mira, aparecen en ella todos los chicos Beecham juntos, hombro con hombro. Ahí está fenomenal, el bueno de Sam Dale, abuela.

La anciana no dijo palabra.

—¿Ya tenía ese pálpito? —preguntó la tía Cleo.

—¿A ti te lo parece? —replicó la señorita Beulah—. Mira qué cara tiene. En esa cara no hay más que bondad. Es la bondad en persona.

—Pero si sale dos veces —dijo Etoyle.

Al haber seguido el movimiento de la cámara, corriendo por detrás de todas las personas que posaban para salir en la foto, Sam Dale había logrado aparecer en los dos extremos de la panorámica, con la misma cara repetida en previsión de que se le pudiese olvidar. Aunque aún era demasiado joven, y de rasgos blandos, tanto que no salía con la profundidad suficiente para no correr el peligro de desdibujarse con el tiempo, su rostro era en efecto inconfundible. Tenía el cabello enhiesto en la frente, crespo y abundante como un campo de avena en primavera.

—¿Verdad que fue una travesura por su parte? —murmuró la tía Beck.

—Es que tenía dieciocho años y estaba a punto de irse a la guerra —dijo la señorita Beulah, abreviando.

—Solo uno de los chicos se había casado —dijo la tía Birdie—. Por eso solo era Nanny la que tenía derecho a salir en la fotografía.

—Mira, mira, si en aquellos tiempos Percy era más alto que Nanny. Y ahora es al revés —dijo la tía Birdie—. Siempre se me olvidan estas jugarretas que al tiempo le gusta gastarnos.

La tía Nanny puso el dedo en la cara manchada de alguien que se había movido cuando se tiró la foto.

—¿Rachel Sojourner? —preguntó.

—¡Ay, qué dedos tan resbaladizos tenía! —gritó la señorita Beulah—. No me lo recuerdes, por favor. ¡Qué manera de abotonarme aquel vestido! Llegué a pensar que con aquellos dedos nunca llegaría al último de los botones. Resbaladizos, presurosos y fríos como el hielo. —Retiró de la foto el dedo de Nanny—. ¿Y qué está haciendo en mi fotografía de boda, digo yo, si no la había visto ahí en mi vida?

—Ha estado todo este tiempo contigo en la salita de estar, Gloria —dijo la tía Beck—. Tu madre.

—No puedo ni ver cómo era esa muchacha —dijo Gloria, que por fin se animó a unirse a los demás y mirar la fotografía.

—Es que no se estaba quieta. Beulah, esta fotografía se empieza a llenar de muertos —dijo la tía Beck—. Pasado este año, será buena cosa no sacarla más veces del estante.

—Una cosa sí te voy a decir: viéndola hoy se tiene la impresión de que en la tierra no había más familia que la Renfro —dijo la señorita Beulah—. Y era una tribu de cuidado, eso para empezar. No es que fuesen más vistosos que los Beecham, pero en aquella época amenazaban con ser más. ¡Si eran todos Renfro! Esos son el padre y la madre del señor Renfro, los que aparecen con las cabezas tan juntas.

Polvo son tras todos estos años. ¡Todos eran Renfro! Y esa es Fay, la que sale con el dedo en la boca. Y hoy de todos ellos ya no queda en pie más que el novio al que tomé por esposo.

El señor Renfro le hizo una inclinación de cabeza.

—¿Y quién es este dandy? —preguntó la tía Cleo, cuyo dedo se movía detrás de los otros, pero más despacio—. ¡Con un bastón de caña! ¡Con un sombrero canotier adornado con una banda! ¡Y con corbata de lazo! ¿Es Noah Webster?

—Ese es Nathan —dijeron a coro y con regocijo.

—Pues ahí tiene todavía las dos manos —dijo la tía Cleo a modo de pregunta—. ¿Es que nació con dos manos, como todos?

—Esa fotografía se tomó antes de que Nathan se entregase del todo al servicio del Señor —dijo la señorita Beulah—. Y ya basta con la fotografía por hoy. Llevadla de vuelta a la casa y dejadla en el estante, junto a mi labor de costura.

—No es que fueran muy guapos, la verdad —dijo aún la tía Cleo, moviendo el dedo despacio sobre la fotografía, pasando por encima de la cara de la señorita Lexie, y deteniéndose en ella—. Yo el premio se lo daría a esa.

—Quita ese dedo de ahí —dijo la señorita Beulah, y se lo retiró—. Esa no es una Vaughn, ni tampoco una Beecham, ni siquiera es una Renfro. Esa no es pariente de nadie de los de aquí, y para mí que no tendría que haber venido a mi boda. El abuelo y la abuela Vaughn la tenían alojada en esta casa cuando se celebró la boda. A ver si alguien sabe quién es.

Se encontraba de pie en la fila de atrás, con la cara apartada del resto, sin mirar a la cámara, como si desde el porche oteara el mundo encaramada a un promontorio. El cuello estirado, las mejillas firmes, el ojo atento, la ondulación del cabello largo y negro con un capullo de rosa que parecía un pequeño diploma sujeto por una cinta, el porte con que erguía la cabeza, todo indicaba una gran seriedad en su persona.

—La señorita Julia Percival Mortimer —dijo el juez Moody, de pie entre todos, estudiando la fotografía.

—Imposible que meta todo eso en una tumba —dijo la tía Cleo—. Justo lo que le estaba yo diciendo a Noah Webster Beecham.

—A mí no me parece que tenga mucha certeza de que irá a la tumba —comentó la señora Moody.

—¿Y yo dónde estaba? —preguntó Elvie con los ojos clavados en la fotografía.

—Por suerte para ti, aún no estabas en ningún rincón de la tierra —dijo la señorita Beulah—. Y ahora, aprovechando que estás aquí, ve a poner esta fotografía en su sitio. Abuela querida, ¿no te apetece verla? ¿Una última vez antes de guardarla?

La abuela negó con un gesto. Elvie se la llevó dando saltos.

—¡Mirad! ¡Mirad la luz! —exclamó Etoyle, y algunas de las tías involuntariamente se protegieron los ojos.

En la abertura del pasadizo, la bombilla encendida que colgaba de un cable se elevó hacia el techo despacio, y luego cayó a trompicones, antes de subir de nuevo con la velocidad de una polilla. Casi pegada al techo, por donde desaparecía el cable, la bombilla estuvo detenida un momento, antes de caer bailando hasta quedar quieta otra vez.

—Caramba, esta casa está encantada —dijo la señorita Lexie.

—¡Ya empieza otra vez! —dijo Elvie.

—Jack —gritó a voz en cuello la señorita Beulah al ver que el cable se movía como un hilo de pescar con el anzuelo y el cebo.

—Ahora sí me parece que el que hablase de fantasmas razón de sobra tenía, y no es que haya creído yo nunca en los fantasmas. Yo suelo ser una presbiteriana como es debido, al menos cuando estoy en mi casa —dijo la señora Moody.

—¡Jack! ¡Jack! Nunca estás a mano cuando más falta haces. Vaughn, trepa hasta meterte por debajo del tejado, coge el atizador de la chimenea y ve a ver qué puede ser eso, a ver quién está haciéndolo —dijo la señorita Beulah—. Y luego vuelves y nos cuentas qué tenemos ahí. Cualquier cosa me juego a que está vivito y coleando.

—¿Y a mí quién me va a atender así de bien cuando sea vieja? —graznó la señorita Lexie cuando Vaughn se fue despacio a cumplir su cometido—. Nadie, ni un alma, ni una bendita alma…

—Tendrás que irte al asilo de los pobres —le dijo la tía Cleo sin quitar los ojos del techo—. Eso, claro, si es que aún les queda sitio para ti.

—Yo iré a cuidarte, tía Lexie —exclamó Elvie, que daba saltos sin dejar de mirar el techo—. Al menos iré si no estoy muy ocupada cuando sea maestra. Y si antes no me caso y no tengo hijos, claro. ¡Mirad!

—Ja, ja, ja —cacareó Etoyle. La luz bajaba en el cable como una bandera en el mástil del patio del colegio.

Se apagaron entonces todas las luces. Pareció que fuera noche cerrada antes de que la luz de la luna formase una ola y entrase a raudales.

—Vaya, pues se ve que es otra de las instalaciones que hoy no quiere funcionar —dijo el tío Curtis como si así hiciera un favor al resto.

En cuestión de instantes oyeron a Vaughn aparecer corriendo por el pasadizo, y cuando por fin lo vieron no estaba solo: iba acompañado de los perros, que ya armaban un buen jaleo con él.

—Mira tú qué era, mamá. ¡Jugando al gato y al ratón con todos nosotros, y encima de nuestras cabezas!

—Ajá —dijo la señorita Beulah—. ¿Qué os había dicho yo?

—Qué espanto —dijo la señora Moody—. ¿Eso es un mono?

—A mí no me lo pongas encima —dijo la tía Cleo—. Lo digo en serio.

—Eh, mapachín —gritaron las pequeñas.

—Solo te estaba tomando el pelo, mamá —dijo Vaughn a modo de súplica.

—Diabluras, siempre las mismas diabluras —tronó la señorita Beulah—. ¡Con eso siempre se puede contar! Dije una vez que no pensaba tener ni mapaches ni zarigüeyas bajo mi tejado, y a estas alturas pienso lo mismo —siguió diciendo, a la vez que con repetidos embates probaba con el dedo los afilados y hambrientos dientes del mapache—. ¡Sí, señor! ¡Y tú no eres más que una diablura! Pero no te hagas ilusiones. Te pienso mandar ahora mismo al sitio del que has venido.

Mientras los primos trataban de contener a una jauría de perros, dos enormes globos de color amarillento avanzaron por el pasadizo. Etoyle había ido a buscar las lámparas de queroseno a la vez que la señorita Beulah daba gritos por encima de los frenéticos ladridos de los perros.

—¡Traed las lámparas! ¡Que no se quede vuestra bisabuela a oscuras!

Etoyle arrimó las lámparas al mapache.

El animal, de ojos redondos y amarillentos como las propias lámparas, hinchó el pelaje y resopló con ronquera de macho.

Acto seguido salió por los aires y cayó en el regazo de Ella Fay.

—¡Jack! —gritó a pleno pulmón.

—Sujétalo, Ella Fay, sujétalo bien —gritaron los tíos—. ¡Así no! ¡Que se te escabulle!

—Que no escape con nada que sea mío —dijo la tía Cleo—. ¡Vaya ladronzuelos son estos bichos!

—Oscar, yo me quiero marchar a casa —dijo la señora Moody en tono plañidero.

Sujeta en vilo por Elvie, Lady May se había despertado a tiempo de ver al mapache. En cuanto lo vio, se le pintó la perplejidad en los ojos y se le sonrojaron las mejillas como dos rosas en lo alto de sus tallos.

—¡Mira qué sonrisa! ¡Allá va! Igualita que su madre. Y, a lo que se ve, va a ser igual de difícil arrancarle una sonrisa —dijo la tía Birdie.

—Mamá, yo creo que se ha dado cuenta de que tú eres la cocinera —suplicó Vaughn—. Mira, si fuera por él te seguiría a todas partes. Quedémonoslo, quedémonoslo, por favor. Cuando lo encadene y le lleve de comer en un platillo dejará de hacer travesuras. Quiero que lo llamemos Parchman.

—¡Ese se va! ¡Vaya que si se va! —dijo la señorita Beulah—. Y no quiero tener ninguna pelea entre mapaches y perros en la parcela. ¡Chicos! Sujetad bien a esos perros, a los que no son de la casa. Sid, ven conmigo.

El pequeño Sid, para risa de todos, corrió a la par que la jauría cuando el mapache salió como una flecha hacia los demás perros. A la luz de la luna, Sid enseñó los dientes como si fueran un trozo de encaje.

—Yo creo que estarán al cincuenta por ciento —dijo el tío Curtis con aire de estar pasándoselo en grande.

—Ahí fuera hay más jaleo de lo que estoy dispuesta a consentir —se quejó la señorita Beulah.

Las colas de los perros, blancas a la luz de la luna y moviéndose todas a la vez, por fin desaparecieron felices cuesta abajo. Pero uno de los primos volvió al cabo para contar lo ocurrido.

—Escapó. El mapachín escapó. Parecía que se fuera derechito al Alto de Banner.

—O sea, que ese mapache no ha dado la cara como esperaban los perros —dijo el tío Dolphus—. Seguro que se estaba asfixiando de calor bajo el tejado, eso debe de ser lo que le pasaba. La próxima vez a lo mejor tiene más suerte.

Lucía la luna a toda potencia. El porche parecía extenderse y ocupar las lomas de los alrededores y los barrancos dentro de su alcance. El Alto de Banner parecía que estuviera allí mismo, como si se pudiera tocar con la mano. El propio Banner asomaba por encima del horizonte, como si la única razón de que esa noche hubiese algo aún invisible en la tierra fuese que había dado los pasos necesarios para serlo.

—No sé si lo notáis, pero desde aquí se oye el runrún —dijo la tía Beck—. Señora Moody, el motor de su coche me suena igual que el reloj del juzgado viejo cuando estaba a punto de dar la hora, pero era incapaz de darla.

—Aquí desde luego es que están ustedes en medio de la nada —dijo la señora Moody—. Dios mío, ¡qué lejos queda todo!

—¿Lejos? Si están en medio del meollo —gritó la tía Birdie—. Aquí es donde me gustaría estar cuando me entran ganas de que pase algo.

—En mis tiempos mozos —dijo el hermano Bethune—, una vez incurrí en la ira de quienes respetan la ley. Fue una dulce noche de verano...

—¡Hermano Bethune! —Las tías se volvieron en las sillas a la vez que exclamaron con asombro.

—¿Cómo puede ser? ¡Imposible! —dijo una.

—¿Vas a contarnos acaso que te mandaron a la cárcel? —preguntó la señorita Beulah.

—Trato solo de contaros que incurrí en la ira de quienes respetan la ley. En aquel entonces se destilaba el whisky clandestino en estas apacibles lomas, a la luz de la luna. Y yo me encargaba de suministrar el azúcar.

—¡Hermano Bethune!

—Nos pillaron a todos. Sí, en mis tiempos mozos los traficantes de licor ilegal eran numerosos por estos andurriales. Pero de todos los detenidos, solo a mí me permitieron volver a casa en un santiamén. Dijeron que podía ir a recoger mi Biblia.

—Eso al menos te lo debían —dijo a voz en cuello el tío Noah Webster—. ¿Y qué fue del producto de aquellas fechorías? ¿Se lo ventilaron en el acto?

—Salí por la ventana de atrás —dijo el hermano Bethune—. Con la luz de la luna.

—Bueno, al menos te ha sentado bien decírnoslo, ¿no es así? —dijo la tía Birdie—. Ahora al menos ya sabemos que de una cosa estás arrepentido.

—Hermano Bethune, yo creo que podrías volver a lo mismo —comentó la señorita Beulah—. Vuelve a destilar licor ilegal. En eso hay menos riesgo de equivocarse que cuando uno trata de predicar la palabra del Señor. Hoy el abuelo ha tenido que revolverse más de una vez en su tumba.

—¡Beulah! ¿Tú sabes lo que estás diciendo? —le preguntó el tío Curtis.

—Yo era joven, no sabía nada —dijo el hermano Bethune—. Estaba necesitado de que alguien me enseñara el camino, nada más.

—En fin, sabe Dios cómo voy a volver a casa si llego viva a la mañana —dijo la señora Moody.

—Señora Moody, usted y el juez Moody son bienvenidos a nuestro cuarto de las visitas —dijo el señor Renfro inmediatamente—. ¿Dónde está mi esposa? Ella se lo dirá con la debida cortesía.

—Tengo el coche en precario, al borde de la nada, con un idiota a bordo —siguió diciendo la señora Moody—. Supongo que antes de que amanezca encontrará mi tarta de chocolate y le hincará el diente.

—Pues no se preocupe, señora, que hojearé el *Boone County Vindicator* de la semana que viene para enterarme del resultado. Ora Stovall es la corresponsal en Banner, seguro que lo cuenta todo como es debido. Si le sucediera lo peor a su coche, la mayoría de los lectores dirán que Curly se lo tuvo bien merecido —dijo el tío Dolphus.

—¿Y yo? ¿Qué merecimiento tengo yo en todo esto? —preguntó el juez Moody.

—Seguro que no es tan grave… —lo tranquilizó el tío Noah Webster.

—Madre, date prisa, invítalos a entrar —dijo el señor Renfro a la vez que la buscaba—. Si no, se nos van a marchar.

—Si no tienen ustedes dónde ir hasta que amanezca, señor juez, señora Moody —dijo por fin la señorita Beulah—, tenemos la sala de las visitas. Pasaré a Gloria y a la niña a otro cuarto antes de que llegue Jack, y ahora que Jack está en casa también sacaré a Elvie y la pondré en la cama de Vaughn, en el porche de atrás, porque Lexie comparte cuarto con las otras dos niñas. En cuanto a Vaughn, puede dormir donde le dé la gana.

—Si no es mucha molestia… —dijo la señora Moody.

Elvie soltó un grito.

—Pero tendrán que esperar un poco —dijo la señorita Beulah—. Ahora mismo no se puede ver ni por dónde andamos, al menos hasta que unos cuantos de los presentes se decidan a darnos las buenas noches y se lleven los bebés y los sombreros que han dejado encima de la cama.

* * *

Todas las mujeres y casi todos los hombres estaban sentados con un niño al hombro o bien en el regazo. Otros niños, aún despiertos, corrían sin cesar por detrás de las sillas, haciendo cosquillas a los mayores con plumas de gallina. Los más pequeños, dormidos, estaban en la cama del cuarto de las visitas desde mucho tiempo atrás, además de haberse colocado unos jergones en el pasadizo, mientras otros dormían como si tal cosa entre las patas de las sillas y entre los pies de los que estaban en el porche, como los conejos en sus madrigueras, o bien a sus anchas en el regazo de cualquiera.

—Bueno, es que esta que visitan es parte antigua de la región —dijo el señor Renfro—. Si subieran al Alto de Banner y fuesen a cazar por allá, juez Moody, hallarían las oquedades y las cuevas en las que los indios del Bywy molían el maíz y tenían encendida una hoguera para hacerse señales unos a otros, y todo lo demás. Pero no queda gran cosa de ellos y de su historia por estos pagos. Me temo que eran indios bastante pacíficos.

—El Salto del Indio —dijo la abuela.

—Así es como lo llamaba también mi abuela. El Cerro Azul es otro de los antiguos nombres que le daban —dijo la tía Beck.

—¡Pero si el Alto de Banner no tiene nada de azul! —rió la tía Nanny—. Es de un rojo puro.

—¿Lo has visto alguna vez cuando anochece desde el Arroyo del Monte? —preguntó la tía Beck—. Yo nací en el Arroyo del Monte. Y desde allí el Alto de Banner es tan azul como la vena que le palpita a la abuela en la sien.

—Los indios que había allí saltaron al río al preferir ahogarse antes que abandonar sus hogares e ir adonde se les había indicado. Es lo que cuenta la abuela —dijo el tío Curtis.

—Hay un nombre aún mejor que cualquier otro, y es el que le pusieron los que llegaron caminando desde Carolina hasta aquí, en los primeros tiempos, los que sin duda sabían bien de qué estaban hablando —dijo el señor Renfro al juez Moody—. Es decir, los Renfro. A toda esta zona la llamaron la Cordillera del Hambre.

—Si esta noche fuese hace cien años, o incluso más —dijo el tío

Curtis dirigiéndose a los Moody—, seguramente no les hubiese resultado fan fácil encontrarnos. Entonces solo había un sendero, un senda apenas visible, que pasaba por el medio del bosque. Tan tenue era la senda, tan difícil de encontrar en medio de los árboles, que a los habitantes de estas tierras les pareció que a la larga sería mejor tocar una campana para que los viajeros supiesen por dónde andaban. Era necesario que no se olvidasen de tocar la campana cada hora, pues de lo contrario el bosque se habría llenado de viajeros perdidos, tropezando los unos tras los pasos de los otros. Eso era en los viejos tiempos, cuando aquí había más gente de paso que últimamente. La gente entonces tenía más prisa por llegar adonde fuera, dense cuenta, aprovechando que el país aún era novedoso.

—Ahí la tienen —dijo la señorita Beulah—. Justo delante de sus narices.

La campana negra, de hierro colado, colgaba del yugo que se sujetaba sobre un poste de madera de acacia. Las hojas de una wisteria trepadora daban a la campana un cobertor plumoso que la luna iluminaba.

—En alguna parte he leído que había una campana como esa en la Vieja Senda de Grenada —dijo el juez Moody a su esposa—. Dudo que aún exista.

—Esa es la Campana de los Viajeros —dijo la señorita Beulah—. Y estaba ya aquí antes de que estuviera todo lo demás, antes incluso de que naciera la abuela.

—Esta mañana mismo la toqué, poco antes del amanecer —dijo la abuela.

—Sí, abuela —dijo el tío Percy, su voz un susurro casi idéntico al de ella.

La abuela asintió a uno y otro lado.

—Y ella os hizo llegar corriendo, ¿verdad que sí?

—Te has perdido unas cuantas cosas —dijo a voces la tía Fay, serena, cuando la furgoneta de las gallinas de Champion llegó dando tumbos por el camino y se detuvo en medio de una polvareda iluminada por la luna—. Gloria nació en el seno de la familia Beecham, es hija de Sam Dale, es la sorpresa más grande que nadie nos podía dar. Esta noche es como si formara parte de la familia por partida doble. ¡Ah, no, qué va! En fin, tú créete lo que te quieras creer.

—Ya se sabe que las gallinas vuelven al gallinero a la hora de la puesta —dijo el tío Homer, que tropezó al subir las escaleras, brillantes a la luz de la luna.

—Tenemos invitados de más, como de costumbre —siguió diciendo la tía Fay—. Dos que aparecieron sin sitio donde pasar la noche.

El tío Homer se acercó a la luz de la lámpara.

—¡El juez Moody! ¿Qué está haciendo ese hombre aquí?

—Se queda a pasar la noche —dijo la tía Fay—. Beulah le acaba de invitar, muy a su pesar, claro está.

—Juez Moody, si durante toda la tarde han estado preguntando por usted en casa de la señorita Julia Mortimer... —exclamó el tío Homer—. El doctor Carruthers estaba a punto de salir a recorrer los caminos por ver si se había estrellado usted en alguna parte. He tenido que inventar mil y una excusas para disculpar su ausencia.

—¿En serio? Pues resulta que usted es el individuo que esta misma mañana pasó de largo y nos dejó tirados en la cuneta —dijo la señora Moody—. Y mi coche sigue colgado al borde de la nada. Si es que sigue allí, claro.

—Allí sigue —dijo el tío Homer—. Como si tal cosa, señora. En su sitio. Me alegra traerle una palabra de consuelo, porque he vuelto a ver su coche al regresar, pasé muy cerca de él.

—Prenda —dijo Jack en voz baja—, no se lo digas a mamá, pero el tío Homer ha venido que se le nota el empeoramiento. Tendríamos que haber sido nosotros los que fuésemos allá en nombre de la familia. Esto de presentar debidamente los respetos no es lo que mejor se le puede dar al tío Homer.

—Y, digo yo, Homer Champion... ¿No habrás oído a nadie pronunciar mi nombre por allí, verdad? —dijo la señorita Lexie, y tosió por tener la garganta reseca.

—Pues ahora que lo dices, no creo yo que saliera a relucir el espléndido apellido de los Renfro —repuso.

446

—Yo de mil amores habría vuelto a arrimar el hombro si alguien me hubiese llamado y me hubiese mandado buscar. Pero no ha sido así —dijo la señorita Lexie—. Esperaba yo que alguien me llamase, pero no.

—Lexie, no me digas que te va a dar una llantina a estas horas —le dijo la señorita Beulah.

La señorita Lexie levantó la voz.

—También a mí me pueden herir los sentimientos, como a cualquiera...

—Yo si tengo que llorar me voy adonde pueda estar sola —dijo la señorita Beulah, y se alejó de ella unos pasos de puntillas, para enseñárselo—, y no se me ocurre volver hasta que se me haya pasado. Pero como se junte allí más gente de la que hay aquí, Homer Champion, yo te prometo que me como esa mesa.

—Si ahora mismo ha logrado congregar a mucha gente allí, y no diré yo que no, lo cierto es que ninguno le hizo caso mientras estaba enferma, como por otro lado tampoco le hicieron caso los aquí presentes —dijo la señorita Lexie.

—En fin, querida, a lo mejor ciertamente todos ellos estaban esperando este momento —dijo la tía Beck en tono de conciliación.

—¡Si toda la casa está llena de peces gordos! Están por todas partes, apenas dejan sitio para que se sienten los lugareños —estaba diciendo el tío Homer—. Y no solo hay gente del condado de Boone. He visto matrículas de tres o cuatro condados distintos, pero eso no es todo: también ha llegado gente de Alabama, de Georgia, de Carolina e incluso de otros lugares del Norte.

—Y esos sí han encontrado el camino sin complicaciones —dijo la señora Moody, mirando de reojo a su marido.

—¡Un Willys-Knight con placa de Missouri quiso echarme de mi propio camino, hay que ver! Y el Padre No-Sé-Qué-No-Sé-Cuántos es el que va a decir la prédica en su funeral, y es de los que visten sotana. Un pez gordo en no sé dónde, no me he enterado bien —dijo el tío Homer.

—Ese no es presbiteriano, seguro —dijo veloz la señora Moody—. No es un presbiteriano del Sur...

—A mí a quien más me recuerda es al juez Moody —dijo el tío Homer.

—¿Y por qué puente han pasado todos esos? —preguntó el juez Moody.

—Por el viejo puente de Banner, que es el que uso yo. ¿Y sabéis quién mandó un telegrama para decir que ojalá pudiera ir mañana al funeral? El Gobernador No-Sé-Qué, he olvidado de dónde es gobernador. Recibir telegramas tiene que ser el no va más —dijo el tío Homer.

—Para ser el no va más no está mal. Pero por lo que aquí hemos sabido, pues parece que a la señorita Julia aún le falta encontrar un sitio donde la entierren —dijo la tía Fay.

—Esa es una acusación sin fundamento —dijo el tío Homer alzando una mano—. Cuando llegó la carta de la señorita Julia Mortimer a los supervisores con el fin de que se le otorgase el derecho a tener una tumba bajo la losa de la entrada al edificio del colegio, y los supervisores dijeron que no, me puse yo manos a la obra y no cejé hasta conseguirle un sitio allí en el cementerio de Banner. Y eso es casi, casi dar en el clavo, ¿no es cierto?

—¿En el cementerio de Banner? ¡Homer Champion! No me digas que la vas a traer de vuelta a aquí, adonde estamos todos nosotros —exclamó la señorita Beulah fuera de sí—. ¿La van a enterrar junto a nosotros?

—Beulah, la parcela me la facilitó Earl Comfort a cambio de un sitio para los Comfort y una vaca de Jersey. Dijo que no podía permitirse rechazar la oferta, y que así la señorita Comfort podría ordeñarle al animal de paso. El señor Comfort será a su vez enterrado en Ludlow, entre desconocidos, gracias a los desvelos de su hermano; pero a mí eso ni me va ni me viene. Conseguir que la señorita Julia sea enterrada en Banner es algo que bajo mi punto de vista tiene un mérito enorme —dijo el tío Homer—. Siempre podré tenerlo en mi haber.

—En fin, el viejo Earl ha estado a punto de cavar él mismo su propia tumba y además ha podido contarlo —dijo el señor Renfro—. ¿Tú qué dices, Willy Trimble?

Pero el señor Willy Trimble permanecía sentado en silencio, frágil, quieto como una mosca atrapada en una telaraña, con los ojos cerrados.

—Homer Champion no es un desagradecido —dijo el tío Homer—. Que no se vuelva a decir eso en su contra. La señorita Julia Mortimer me hizo lo que hoy soy, y eso mismo me habríais oído declarar esta noche si hubierais estado allí. Yo crecí siendo tan solo un pobre chico de Banner, sin un centavo, ignorante, descalzo, y hoy vivo en Foxtown, en una casa de ladrillo con camino de grava a la entrada, tengo agua en la cocina, cuatrocientas gallinas, y desempeño un puesto de confianza pública, a cambio de lo cual solo pido...

—Tú la verdad es que no me sorprendes lo que se dice nada, Homer —dijo la señorita Beulah—. Tú eres capaz de encontrar un pedestal al que subirte incluso donde no lo hay.

—Así que mañana por la mañana será el entierro —siguió diciendo el tío Homer, dando una palmada en el hombro al hermano Bethune—. Y así podrás resarcirte con ella. Creo que tendrás un público muy numeroso.

Pero el hermano Bethune ya se había dormido, con la cabeza para atrás y la boca abierta del todo. Se le veía la lengua, envejecida y rara, brillante como un espejo de bolsillo. En ella se reflejaba la luna.

—La iglesia de Damasco ni siquiera tiene órgano —dijo la tía Beck.

—¡La mejor caja de resonancia del mundo entero! Eso es todo —exclamó la señorita Beulah—. Y las voces hacen el resto. Cuando la iglesia de Damasco se ilumina con un himno, todo el campo sabe qué es lo que allí se alaba.

—El funeral no será para nosotros. Solo el entierro, hermana Beulah —dijo el tío Homer—. Aguarda a que el hermano Bethune vea acercarse a su rival, el de la sotana. Chicos, allí se lo están pasando lo que se dice en grande, os lo digo en serio.

—¿Y tú también te lo has pasado igual de bien? —preguntó la tía Cleo—. A ver, deja que te vea los ojos.

—Además de todo lo que había, el señor Ike Goldman, de Almacenes Goldman, trajo un cargamento de cosas deliciosas como nunca se había visto igual —dijo el tío Homer—. Y decoraba una bandeja de plata una botella de no sé qué, de las que se compran en las tiendas, y unos vasos del tamaño de un dedal de señora. Algunos de los presbiterianos hicieron amago de marcharse a sus casas, pero como había muchas otras cosas que probar, se sirvieron sin reparos.

—Si prefieres estar de celebración en su casa y no en la mía, entonces date la vuelta y lárgate por donde has venido, Homer —le dijo la señorita Beulah a la cara—. Me juego cien contra uno a que aún no han empezado a echarte en falta.

—¿Y todo ese festejo es en su casa? —preguntó la tía Beck.

—Aquello es un auténtico manicomio —dijo el tío Homer como si estuviera plenamente satisfecho—. Un manicomio puro y sin adulterar. ¡Hay hasta cigarros puros…!

—Bueno, Homer —dijo la señorita Beulah—. Es posible que te hayas agenciado unos cuantos votos al prescindir tan pronto de tu propia familia yendo a rozarte con un montón de deudos, pero no por eso tienes más estrellas en la corona, no al menos si quieres que te diga lo que pienso. Y mucho dudo que esas cosas deliciosas que te han servido estén a la altura de las mías. Mucho tiempo no han tenido para preparar nada.

—Había pollo —dijo el tío Homer—. Sobre todo pollo.

De repente tomó asiento.

La calma amenazaba de nuevo. Solo algunos de los niños andaban aún con los ojos abiertos. Excitados, planteándose acertijos a cada paso, se quedaban dormidos al paso siguiente, como si circulara entre todos ellos un vaso y, tras haber probado el contenido, cayeran uno a uno de espaldas, derribados por el cansancio, incluso los más tercos. Los mayores pudieron disfrutar entonces a sus anchas del silencio.

—Y en noches de luna como esta —dijo la abuela—, se montaban en el mismo semental y cabalgaban de acá para allá por el camino, y luego ataban a la montura por las bridas al árbol. Eso era después de estar yo bien segura en cama, claro, y cuando el señor Vaughn daba por terminadas sus plegarias y se retiraba a roncar.

—¿Quiénes, abuela? —preguntaron las tías, todas a una.

—Ya os lo dije. La maestra. ¿No es esa a la que pretendéis dar entierro? —preguntó.

—¿La señorita Julia Mortimer? ¡Abuela! —el tío Percy, el tío Curtis y el tío Dolphus exclamaron con asombro,

—Abuela —preguntó el tío Noah Webster—, querida abuela, ¿te refieres a la señorita Julia Mortimer y a un novio que tuvo?

—Llamadlo Dearman, ese era su nombre —dijo la abuela.

Risas de inquietud surgieron y luego menguaron.

—¿Quién podría creerse algo así? —dijo desafiante la señorita Beulah—. Bueno, no estoy diciendo que no me lo pueda creer. Un bribón como ese seguramente era lo que a una soluciona como ella, más lista que nadie, podía hacerle gracia.

—Algunos la tenían por una muchacha guapa de cara. ¿No te parece extraño? —dijo la tía Birdie.

—La señorita Julia Mortimer tenía las orejas demasiado pegadas a la cabeza, unas orejitas puntiagudas, como las del juez Moody y las mías —dijo el señor Renfro con sincera vanidad.

—¡Si se hubiese casado con Dearman! Todo habría sido completamente distinto —dijo la tía Nanny.

—Nos habríamos ahorrado muchas cosas —convino la tía Beck—. Pero me pregunto si se habría dado ella por satisfecha teniendo solo un marido al que darle la lata, en vez de tener que soportar a una nación entera de niños ignorantes y de colegiales bulliciosos.

—Ve con cuidado, Beck. Vigila tus simpatías —dijo la tía Birdie.

—Aquí que no se hable de Dearman —dijo la señorita Beulah.

—¿Cuál es la historia de ese chico? ¿No ese que volvió de cazar alemanes para hacerse cargo de tu tienda? —preguntó la tía Cleo al señor Renfro—. Ajá…

—Yo no fui a cazar alemanes —contestó el señor Renfro.

—Se las ingenió para plantarse aquí mismito —dijo la señorita Beulah.

—Yo no tuve excusa, estuve todo el tiempo aquí en Banner, pendiente de él, y todo lo perdí y él se lo quedó. El señor Dearman —dijo el señor Renfro—. La tienda que yo había heredado de mi padre.

—Qué asco —dijo la tía Cleo.

—De tanto en tanto me gustaba salir de la tienda a arrancar toco-nes, a adecentar el campo después de que él pasara. Necesitaba que alguien se ocupara de eso, alguien que supiera hacerlo —dijo el señor Renfro—. Y también salía a cazar. Y él, de la noche a la mañana, se quedó con mi negocio. La verdad es que ni siquiera hay lo que se dice una historia en todo eso.

—Es tu historia, no la de Dearman. Tú ni siquiera reconoces tu propia historia cuando te la cuentan —dijo la señorita Beulah. Se vol-vió en redondo a la tía Cleo—. De acuerdo. Dearman es el que se plantó aquí cuando ya era un hombre hecho y derecho, se adueñó de una porción de las tierras, se trajo a unos cuantos negros y taló todos los árboles en sesenta kilómetros a la redonda, para pasarlos con un chirrido de mil demonios por la serrería.

—¿Taló vuestros árboles? —preguntó la tía Cleo.

—¿Tú has visto alguno de esos gigantes cuando has venido por la mañana?

—Primero se pateó nuestras lomas y a continuación las dejó pe-ladas, eso es todo —exclamó la tía Nanny—. Yo no hacía más que preguntarme cómo diablos había llegado hasta aquí, cómo nos había encontrado.

—Siguió las huellas. El ferrocarril ya había llegado atravesando los bosques, y por poco no se nos quitó de enmedio. Sí, señora. Ese hombre levantó una serrería en donde mejor le pareció. Vivía con sus hombres en un vagón de tren y se hartaba de beber licor. Y en un visto y no visto los árboles más altos desaparecieron.

—Pero supongo que algo os daría a cambio —dijo la tía Cleo.

—Para entonces ya éramos nosotros los que estábamos en deuda con Dearman —dijo el señor Renfro.

—Ni siquiera llegamos a ver el serrín de todas aquellas talas —le gritó el tío Noah Webster a su esposa.

—Su máxima ambición era sacar el mejor partido que pudiera de nosotros. Y alguna de nuestras chicas oyeron incluso sus lisonjas y le tomaron aprecio —dijo el tío Percy—. Eso sí que me pareció detestable.

—Lo que nos dejó a cambio fue una nación enterita de tocones —dijo el señor Renfro.

La abuela extendió ambas manos en un gesto asombroso, ágil, de depredador.

—Así era —dijo la señorita Beulah—. Un pájaro de enorme codicia, que todo se lo llevaba. Así era Dearman.

—En fin, así se hace uno con las cosas —dijo la tía Cleo con una sonrisa.

—Tengo entendido que vino exactamente de la misma parte que tú, hermana Cleo —dijo el tío Curtis.

—Así es. De Manifest, Mississippi, de allí es de donde vino —dijo la señorita Beulah.

—Ese apellido de algo me suena. Dearman —dijo la tía Cleo.

—¡Si fue el que arrasó medio Piney! —le dijo el tío Noah Webster—. Caramba, eso es algo que sé desde que vivo contigo en la misma casa y hago visitas al barbero. Fue él quien se llevó todos aquellos pinos. Se los quedó para él solito. Y eso que cuando asomó la nariz por aquí lo único que tenía en propiedad eran dos cabras.

—Y cuando se marchó tenía todo el dinero que necesitaba y una pandilla que iba con él y que fue de hecho la que empezó a construir la vía del tren —dijo el tío Dolphus.

—Luego, una vez me quitó la tienda se fue a por mi casa —siguió diciendo el señor Renfro—. Tuve yo una racha de mala suerte en el momento preciso para servir a sus necesidades, así que me echó y se instaló en mi propia casa. Llegué a pensar que se quedaría para siempre, y que sería el señor de Banner por los siglos de los siglos. No llegó a tanto.

—Ya basta —avisó la señorita Beulah—. No era más que un Stovall que se vanagloriaba más de la cuenta. Ahora, por favor, olvidémonos todos de él.

—A fin de cuentas, no veo yo por qué quiso Beulah casarse conmigo, a no ser que lo hiciera solo por compasión —dijo el señor Renfro.

—Vete a paseo —dijo la señorita Beulah—. Y ahora, creo yo que ya has contado más que suficiente, ¿no es verdad?

—¿Y qué fue de Dearman? —preguntó la tía Cleo.

—Le mandé que se largase —dijo la abuela.

Un largo suspiro fue viajando entre los presentes, como si fuera ese el primer indicio de la despedida que había de llegar.

—Pobre hermano Bethune. Ha recurrido demasiado a su memoria esta tarde, y ahora no hay más que ver cómo está —dijo la tía Nanny.

—Puede que dure. Puede que dure otra ronda. O a lo mejor no —dijo la tía Birdie—. Pobre hermano Bethune. Ganas me dan de pegarle un pellizco.

—Tú despiértalo, a ver si sabe todavía a quién tiene delante —dijo la tía Nanny.

—No, el señor Willy Trimble también está dormido ahí como un tronco. Apoyados el uno contra el otro, hay que verlos. Frente contra frente, como si algo pudiera salir de una cabeza para meterse en la otra.

—No se iban a llevar los dos una buena sorpresa si así fuera.

—Nathan, ¿qué te propones hacer para avisar de que es hora de volver a casa? ¿Piensas tocar la corneta o vas a rezar? —gritó el tío Noah Webster.

El tío Nathan surgió lentamente de detrás de la mecedora de la abuela, donde llevaba un rato, inmóvil. Elevó la mano derecha. Sacudió el brazo pegándolo al costado. Se le oscureció la nariz en medio de la cara.

—Oh-oh —dijo la tía Cleo—. Este ya se prepara para marcharse.

—Se prepara para marcharse ahora mismo —exclamó el hermano Bethune, que se puso en pie de un salto, nada más despertar, listo a saltar sobre quien se le pusiera enmedio.

La señorita Beulah se le adelantó. A la carrera, se abrazó a su hermano mayor sujetándolo por los brazos y le apoyó la cabeza en el pecho. Plantó los pies en el suelo y se apretó contra él.

—No digas nada —dijo entre dientes—. No seas bobo. Ya te tengo.

Sacudió la cabeza hacia atrás y abrió la boca, pero no llegó a decir una palabra. Tampoco pareció que tomase aliento. Se inclinó hacia delante y tosió.

—¿Es sangre lo que tiene en la camisa? —preguntó la tía Lexie.

—Solo es un poco de sandía —dijo la señorita Beulah con vehemencia—. Si no sabes ver la diferencia, más vale que te largues de aquí. —Moviendo la mano como si avanzara a tientas, la señorita Beulah dio unas palmadas en la cabeza del tío Nathan, en su cabello rizado, crespo como el pelo de un perro. Él levantó la cabeza al cabo y la miró con un rostro grisáceo.

—¿Qué es lo que te ha pasado? —le preguntó ella con calma—. Estate callado, ya te lo he dicho. No digas nada.

—Vaya, ¿y qué es lo que tiene que ocultar? —preguntó una voz.

—Hermana Cleo, no entiendo qué es lo que te mueve la lengua para hacer esas preguntas que haces sin descanso —exclamó la señorita Beulah—. A estas alturas ya tendrías que saber que esta es una familia estricta, respetuosa de la ley, temerosa de Dios y muy unida, y que todos sus miembros siempre se han esforzado al máximo y que todos hemos hecho lo posible por perdurar manteniéndonos bien unidos.

Apareció entonces Jack y pasó el brazo sobre los hombros de su tío.

—Todo lo que está diciendo mamá es cierto, tío Nathan. Has vuelto con nosotros. Te puedes sentir reconfortado por ello, igual que yo. —Miró su rostro anciano, curtido por el sol, manchado por la edad—. Algún día, tío Nathan, ojalá puedas contárnoslo todo —dijo de improviso—. Ojalá puedas decirnos qué fue lo que te llevó a marcharte tan lejos, y a rodearte de desconocidos y a no quedarte quieto mucho tiempo en un mismo sitio, y a vernos a los demás solo cuando toca reunión familiar. Esta noche he terminado por preguntarme si lo que hiciste fue algo tan grave como mi agresión exasperante.

—Sea eso lo que sea —dijo la señorita Beulah con voz tronante.

El tío Nathan dio un paso; volvió la cabeza lanuda hacia Jack y tomó la palabra.

—Hijo, no hay más que una sola cosa realmente grave que uno pueda hacer. Tú o yo o quien sea. Y yo ya la he hecho. Matar a un hombre. Yo maté al señor Dearman golpeándole con una piedra en la cabeza; y luego dejé que ahorcasen a uno de los negros de la serrería por ello. Después de eso, Jesucristo tuvo que llevarme de la mano.

—¿Y para qué quieres contarnos eso ahora? —dijo la señorita Beulah al punto; su voz era lo único que se oía—. ¿No podías aguantar una reunión más sin hablar de ello? Sin que te castigaras por ello...

Pero al tío Nathan se le iluminó la cara. Miró a todos como un farol polvoriento y recién prendido.

—¡No nos enseñes el muñón! ¡No lo hagas! —dijeron varias voces, pero él lo hizo. Se quitó la mano y les mostró el muñón a todos.

La luz de la luna era potente, y el muñón brillaba blanco y limpio, con unas puntadas fruncidas como las de un saco de harina.

—¿Con esa mano lo hiciste? —preguntó la señorita Lexie a su espalda—. ¿Y nunca lo había contado hasta ahora, Beulah? ¿No lo sabíais nadie más que vosotras, la abuela y tú?

—Mira, Lexie Renfro. Él se lo contó a la señorita Julia Mortimer. Y esto fue lo que ella le respondió, yo estaba delante: «Nathan, incluso cuando ya no queda ninguna esperanza, puedes empezar de nuevo donde lo dejaste, y seguir tu camino y llegar a ser una buena persona». Él se lo tomó al pie de la letra. Ha visto mundo. Aunque no estoy yo muy segura de que eso haya sido bueno para él —dijo la señorita Beulah.

—¿Y por qué no te viniste abajo y se lo contaste al predicador, si tan grave había sido tu pecado? —preguntó el hermano Bethune con cara de sobresalto al tío Nathan.

—El predicador era también mi abuelo —dijo el tío Nathan. Dio un paso atrás y volvió a su sitio, a espaldas de la mecedora de la abuela.

—Lo hizo por Sam Dale —dijo la abuela. Volvió la cabeza y miró al tío Nathan a la cara.

El juez Moody, impávido, lo observaba en absoluto silencio.

El tío Nathan le devolvió la mirada, pero tuvo que pasar un momento antes de que ubicase al juez.

—Usted viajaba a Alliance —dijo entonces—. Yo salí de Alliance esta mañana y vine aquí a pie. Yo uso el método más viejo que existe para viajar de un lado a otro.

La señorita Beulah dio un paso atrás, y le miró con cara de espanto.

—¿Le hiciste una de tus visitas a la hora del desayuno? ¿Fuiste a ver a la señorita Julia Mortimer?

—El Señor Jesús me dijo que era mejor que no lo hiciera —respondió.

—¿Ves como tenía razón en pedirte que no siguieras hablando de Dearman, señor Renfro? —estalló la señorita Beulah.

Pero el señor Renfro, sentado en su silla, no respondió nada. Lo único que salía de sus labios abiertos era un sonido como el de las semillas secas que se vierten de un pozal a otro, una y otra vez.

—Yo nunca dije que Sam Dale fuera el padre —dijo la abuela. Hizo un breve gesto hacia el juez Moody—. Dije que se iba a casar con la chica. Creo que lo que Sam Dale quiso fue sacarla del apuro.

—¡Abuela! —la señorita Beulah fue corriendo adonde estaba la anciana. Tomó el abanico de la iglesia y comenzó a abanicarla.

—Abuela, nos estás tomando el pelo, ¿verdad que sí? ¿Con todos tus nietos delante? ¿En medio de toda esta gente que ha venido aquí para celebrar este día contigo? —el tío Curtis se había puesto en pie.

—Calla. Con Sam Dale no bromea —dijo la señorita Beulah—. Habla según le vienen las cosas a la cabeza. Puede que ya no nos siga el paso a los demás, eso es todo.

—Creía que la iba a sacar de un apuro —dijo la abuela.

—Abuela, ¿tú qué prefieres? ¿Que Sam Dale siga siendo perfecto, o que sea padre al fin y al cabo? —le preguntó la señorita Beulah con voz suplicante.

—No es un asunto que se pueda zanjar según las preferencias de uno —dijo el juez Moody con un largo suspiro—. No se puede cambiar lo que ocurrió simplemente votando a favor o en contra.

—Abuela —suplicó la señorita Beulah—, no puedes empeñarte en que Sam Dale sea las dos cosas a la vez.

—Y llévale un pedazo generoso de mi tarta de cumpleaños —le ordenó la abuela.

—Pero… pero ¿es que aún no ha captado la diferencia? ¿Es que esa mujer no sabe quién sigue vivo y quién ha muerto? —preguntó la tía Cleo en un susurro de enfermera.

—Sabe que todos formamos parte de lo mismo, o al menos así debería ser —exclamó la señorita Beulah, volviéndose hacia ella—. Y eso es más de lo que algunos han sido capaces de entender.

—A la vista está que podrías ser hija de cualquiera —dijo la señora Moody a Gloria—. Mi marido había afinado más de lo que creía.

Gloria se volvió hacia la abuela.

—La cosa no varía ni un ápice, ¿verdad? Si no eres de Sam Dale… —dijo la abuela, y la espantó con un gesto.

Jack extendió los brazos y estrechó a Gloria contra el pecho.

—Es la señora de J. J. Renfro, eso es lo que es ella —dijo a toda la concurrencia—. El abuelo ofició nuestra boda en la iglesia de Damasco, y ella es mi esposa sin duda de ninguna especie. Así de simple.

Se dio la vuelta con ella y ambos bajaron por las escaleras al jardín y se sentaron en el tronco del cedro a la luz de la luna, para quedarse allí, mirándose embobados.

—Hubo un tiempo, hace unos cuantos años, en que no lamenté su presencia aquí —estaba diciendo la abuela—. El señor Vaughn es tan dado a perderse de vista para rezar sus plegarias antes de apagar la lámpara… Y ella y yo podíamos sentarnos a descansar un poco cuando había terminado el día, y a charlar y confabular comentando cómo iba el mundo. Es mucho lo que aprendió de mí.

—¿De quién hablas, abuela? ¿De la señorita Julia Mortimer? Pues que sea la última vez, abuela —dijo la tía Birdie.

—Una pena que no supiera sumar dos y dos —dijo la abuela—. Como hice yo.

—Pero todo eso fue hace muchísimo tiempo —objetó la tía Birdie en el silencio que siguió.

—Olvidas los sentimientos, Birdie. Los sentimientos no envejecen —dijo la tía Beck con la agitación de la noche—. Nosotros sí, pero los sentimientos no. Los sentimientos siguen igual.

A la suave luz de la lámpara amarillenta, la abuela sonrió y mostró los dientes como si fueran una cucharada de miel.

—Ella era joven. Y si ella lo era, yo también. Anda, pon eso en la pipa y fúmatelo.

El tío Nathan bajó del porche y se dirigió a su mochila, que aún estaba bajo el árbol, justo donde la había dejado al llegar. A tientas encontró la corneta y se la acercó a los labios.

—Toca *Pobre peregrino forastero* —le gritó uno.

—Toca *Dulce y suave* mejor.

Cuando cesaron las peticiones, les tocó *Arden las luces suaves*. Solo le hizo falta la mano izquierda.

—Se me ponen los pelos de punta. Como cuando limpio el quingombó —dijo la tía Nanny—. Me estremezco solo de oírle tocar así la corneta.

—Eso es, así se hace. Sopla sobre las aguas del Jordán, Nathan —le gritó el tío Noah Webster—. Sopla y lleva a la señorita Julia Mortimer sobre las aguas del Jordán.

El tío Nathan tocó la última nota. La sostuvo hasta que a ninguno de los oyentes les quedó aliento en los pulmones, y solo entonces terminó. La señorita Beulah miró a la abuela. Lo mismo hicieron todos. En las lomas de los alrededores aún resonaba el eco de la música. La abuela asintió desde su asiento.

La señorita Beulah le alejó la lámpara del semblante. Un ápice de luminosidad destellaba aún en la montura plateada de las gafas del abuelo, que ella se había dejado en el regazo. A su espalda, extendida sobre la mecedora y dispuesta a abrigarla, estaba la colcha de «Las montañas de las Delicias», con el patrón a rombos verdes y rojos, con sus noventa y nueve ovejas contadas, aunque en la oscuridad pareciera entonces un rompecabezas.

Jack y Gloria se habían sentado en el tronco de cedro, muy juntos los dos, de espaldas a los demás. A su alrededor, aunque no parecieran darse cuenta, las primas habían empezado a trajinar todas a la vez, por su cuenta, para recoger la mesas, llevarse a la cocina o al porche de atrás las fuentes, los platos de las sandías y los manteles. El hielo había desaparecido del todo en el lecho de serrín, y del barreño de la limonada no quedaba nada más que una costra de azúcar y un fondo lleno de pepitas de limón incrustadas. Por las quejas que se les oyeron, apenas había quedado nada para dar de comer a los perros. Las vacas mugían por turnos.

Al cabo, el tío Nathan pasó cerca del porche, recorriendo el jardín de la entrada con una azada en alto, en cuya pala había colocado unos cuantos trapos. A su paso se percibía un olor a queroseno. Pasados unos momentos, una roja antorcha se prendió en la azada, se movió; apareció un óvalo, un resplandor algodonoso, como un sonido completamente blando, aunque no fuera fácil precisar si cerca o lejos, si alto o bajo. Se apagó y apareció casi en el acto en otro lugar.

—Lo perdimos, lo sé, se lo llevó el Libro de la Revelación —dijo la señorita Beulah—. Pero una vez al año vuelvo a tener la sensación de que es nuestro del todo. Ahora mismo está quemando los nidos de las orugas, para rematar el día al gusto de los niños.

En las pupilas de todos los que miraban con atención la escena se reflejaban los nidos encendidos que bailaban al rojo en distintos puntos de la parcela.

—Y al mismo tiempo son cien mil gusanitos malos los que se ennegrecen y arden con cada golpe que da a la antorcha —dijo la tía Birdie—. Hay que agradecerle tanta diligencia.

El tío Nathan pasó con la antorcha por delante de Jack y de Gloria como si no los viera. Ni Jack y Gloria parecieron reparar en su presencia cuando pasó. Estaban sentados sin moverse, besándose.

—Señor Renfro, ¿ya has soñado lo que viene a continuación? —exclamó la señorita Beulah.

Él no se movió. Mientras lo miraban, una florecilla de las que llaman alegría del viajero, medio marchita ya, le cayó del bolsillo de la camisa y fue a parar al suelo.

En el instante en que notó el tacto, la abuela levantó la cabeza con aire cansado.

—Es hora de unir las manos. —La señorita Beulah, a su lado, dio la voz—. ¡En pie todo el mundo! Es hora de que unamos las manos —y extendió los brazos—. ¿Y Jack? ¿Dónde está? A veces basta con formar el círculo para que vuelva a nosotros. ¡Poneos en pie, sostened a la abuela, que no se nos caiga ahora! ¡Levantad al hermano Bethune antes de que se quede dormido como un leño! ¡En pie! Juez Moody, agáchese un poco, tome a Elvie de la mano. Señora Moody, ya la tengo. —Zarandeó al señor Renfro y logró que diera un grito—. ¡Traed a Nathan a su sitio! —dijo con apremio—. A ver, ¿estamos ya en círculo?

Ya estaban las sillas apartadas de en medio, y todos los que se sentían capaces habían ido formando un círculo que se extendía por el espacio ampliado del porche. Los demás trasladaron el círculo por las escaleras y por las hileras de las flores, yendo de un árbol a otro, dejando en el centro el pozo, el asiento en el tronco del cedro y la mata de malvavisco y el poste que sostenía la Campana de los Viajeros, abarcando las mesas y el boj.

—¿Estamos ya en círculo? —exclamó otra vez la señorita Beulah, y dio la nota.

Se pusieron entonces a cantar *Bendito sea el lazo que nos une*. Solo se oyó una voz realmente afligida, la del juez Moody.

—¿Y ahora nos darás la bendición, hermano Bethune? —exclamó la señorita Beulah—. ¿Estás bien despierto?

Por unos momentos el hermano Bethune vaciló, pero Vaughn lo sujetó por la cintura para mantenerlo en su sitio. Alzó el brazo al cielo y exclamó:

—Dios sea con todos nosotros.

—Amén —dijeron varias voces en el círculo.

—Y ahora —dijo la señorita Beulah en tono de advertencia—, ¿alguien quiere comer algo más antes de ponerse en camino?

—Yo no podría comer nada más ni aunque me apuntaras con una escopeta cargada, Beulah —dijo el tío Dolphus, encabezando un coro de noes.

El tío Noah Webster y el tío Dolphus entonaron a la vez un grito de hermandad. Sin que nadie reparase en ella, una flor había brotado en el laberinto sombrío del cactus, en el porche.

—En fin, pues supongo que es eso lo que todos estabais esperando —dijo la señorita Beulah.

—Le hemos metido tanto miedo que el cactus ha terminado por florecer —dijo la tía Birdie, pasando entre todos y parándose junto a la maceta. Algunos grupos se volvieron a mirar el espectáculo formando un círculo, el blanco intenso de la flor, una estrella dentro de otra estrella que parecía casi devolverles la mirada, como si fuera un miembro más de la reunión familiar, uno que no siempre acudía cuando era convocado. La fragancia, dijo la tía Beck, se había adelantado al nardo.

Solo la abuela permaneció sentada, mirando al frente.

—Dejadla en paz —dijo el tío Curtis.

—La abuela tiene casi cien años —dijo en un susurro el tío Percy, y trató de pasar de puntillas a su lado.

—La abuela llegó a oír el fragor de la batalla de Iuka. Oyó las andanadas de los cañones —dijo el tío Dolphus dándose la vuelta.

—Habló con el general Grant. Y se acuerda de toda la conversación —dijo la tía Beck, deteniéndose ante la mecedora.

—La señora Moody cree que quiere decir algo —dijo la señorita Beulah.

—Habéis conseguido que brote un cereus de floración nocturna —repitió la señora Moody—. Hacía años que no veía uno así.

—Sí, señora. Igual da cómo quiera llamarlo usted, pero ha florecido —dijo la señorita Beulah—. Ha florecido, aun cuando nunca más vuelva a hacernos ese favor.

—Esperad un poco, que saldrá otra flor —dijo el tío Noah Webster—. Me encanta cuando huelen así de dulces.

—Y eso que no le he regalado ni una gota de agua —dijo la señorita Beulah—. Ha tenido que medrar pese a estar tan famélica.

Se oyó no un gruñido, sino un largo resoplar.

—Me parece que podremos disculparle al juez Moody si se va a la cama —dijo la señorita Beulah a la señora Moody. Tomó una de las lámparas y se internó en la casa—. Ese hombre está que se cae.

El tío Homer alargó un brazo para impedir que el juez Moody se cayera redondo al suelo.

—Ah, ya nos cuidaremos de que ese camino esté en mejores condiciones. Espere a que sea yo el supervisor —dijo—. Los caminos… Los mosquitos… Nuestros numerosos cementerios… Los perros rabiosos… Las crecidas del río… Ya me ocuparé yo de todo eso. Algún día haremos algo incluso con ese puente. Claro, que no tiene mucho sentido que arreglemos nosotros nuestro lado mientras no arreglen ellos el suyo.

—Oscar, tú pasa de largo, olvídalo —le dijo la señora Moody, y ella misma pasó por encima de los dos gemelos que se habían dormido abrazados en el umbral del pasadizo, los dos tirachinas idénticos sobre ambos pechos desnudos.

—Y este es el cuarto de invitados… Cuidado al entrar —se oyó decir a la señorita Beulah desde dentro—. Y tenga cuidado de no golpearse la cabeza. Lo único que aún no le he ofrecido, señora, es mi camisón. ¿Quiere que se lo pase con la puerta entreabierta? Está fresco y recién lavado, lo almidoné esta mañana, y es el único que tengo. Tendrá ya once años.

—No habrá supuesto usted que me iba a desvestir, ¿verdad? —exclamó la señora Moody.

—¿Quieres que el juez Moody te dé las buenas noches, abuela? Está esperando —dijo el señor Renfro ante la anciana señora—. Te acordarás del juez Moody.

—Creí que lo había mandado a Coventry —dijo la abuela.

El juez Moody pasó de largo y siguió a su esposa al interior de la casa.

—Pero si esa ha de ser nuestra cama —se le oyó decir desde dentro—, me gustaría que alguien se llevase a esa niña.

Cuando la señorita Beulah regresó al porche, la tenía en brazos: era Lady May, aún vestida del todo y completamente dormida. Gloria se la llevó a un rincón en sombra, lejos del resplandor de la luna, y se sentó con ella a contemplar cómo la gente se iba marchando.

El señor Willy Trimble se acercó a la abuela.

—No dejéis de vigilar de cerca a esta joven señorita, paisanos —dijo, y arrimó la cara larga, de bromista, al semblante impertérrito de la abuela—. Si le da por hacer de las suyas y no la queréis más, me mandáis aviso y vengo yo a recogerla y me la quedo.

De repente, y sin previo aviso, y ahora que había terminado el largo día, la abuela decidió quitarse el sombrero. Elvie lo tomó de sus manos; le pesó tanto como una gallina bien gorda. Entró corriendo a llevarlo a su sitio, soplando encima, como si en el polvillo residiera una chispa aún por avivar.

La abuela se quedó fuera.

—En fin, he de ir bien lejos, y mula no tengo. Y Willy Trimble me ha dicho al oído que aún he de dar la vuelta para que me lleve al cementerio por la mañana —dijo el hermano Bethune—. Valgo bien para acompañar a esa mujer en su entierro —dijo tras haber encontrado su escopeta—. Seguirá siendo una maestra incluso en el Cielo. Yo soy el único al que no fue capaz de arrastrar a sus clases.

—Y ahora te tocará pagar por ello —dijo la tía Birdie.

—Lo intentó, vaya que si lo hizo. Pero no fue capaz de engatusarme para que entrase siquiera en el edificio —siguió diciendo el hermano Bethune—. Fui con mi padre adonde quiera que él fuese y le ayudé a predicar. Cantaba a dúo con él, de pie en una silla. Vivíamos al aire libre. Y no creo que eso sea nada malo.

—Es cierto. Hoy nos has dado todo lo que eres capaz de dar —le dijo a gritos la señorita Beulah—. Puedes marcharte si quieres.

—Y os diré ahora qué podéis darme por haber venido. La sorpresa de una cabra atada al porche de mi casa en una noche de luna —replicó el hermano Bethune.

—Abuela, cuando llegue el día de tu próximo cumpleaños, ¿quieres que invitemos al hermano Bethune y le demos una nueva oportunidad? —preguntó la señorita Beulah.

—Antes prefiero verlo ardiendo en las hogueras del Tophet —dijo la abuela.

—La abuela será la próxima novia que me eche —dijo el señor Willy—. Esta mañana ya me quedé sin una, pero me parece que he encontrado a otra.

—Willy Trimble, como te acerques un paso más... —gritó la señorita Beulah—. ¿O es que no has notado el pisotón que te di cuando entonábamos *Bendito sea el lazo que nos une*?

—¿Y qué tal si te llevas bien lejos a esa joya tuya y la abandonas por ahí? —le dijo la abuela con enfado—. Me ha estado matando las flores.

El hermano Bethune prefirió irse con el señor Willy Trimble. Juntos se marcharon, con la cocopera colocada entre los dos como un mástil en medio del pescante.

—¿Y adónde os creéis que vais vosotros? —preguntó la abuela a un círculo formado por sus nietos. Se inclinaron todos hacia ella, se acuclillaron a sus pies, le dieron una palmada en la rodilla, la tomaron de la mano, quisieron besarla en la cara—. ¿O es que me estáis diciendo que me dejáis aquí sola? —preguntó.

—Abuela, en casa hay ganado que espera a que le demos de comer; y estará mugiendo, seguro —dijo el tío Curtis con toda amabilidad.

—¿Y entonces a qué viene esto de iros corriendo? —preguntó la anciana.

Los bisnietos ya estaban cargando las carretas y los coches mil veces reparados.

—Te quiero un montón, abuela. ¡Que cumplas muchos más!

Uno por uno, los bisnietos fueron plantando el beso de rigor en la mejilla de la abuela. Y se marchaban tras despedirse, con sus propios hijos a cuestas, en brazos, a hombros, las extremidades de los bebés colgando de cualquier manera, el cabello de las niñas como la plata que corre. Niños que apenas se habían despertado del todo llevaban en brazos a otros niños dormidos. Los perros, nada más llamarlos con un silbido, corrían a pegarse a sus talones.

—¿De quién tratáis de escaparos? —preguntó la abuela—. Volved aquí.

—Idos si tenéis que hacerlo, aunque sin estas de aquí no os iréis —dijo a gritos la señorita Beulah.

En algún momento, a lo largo del día, había tenido tiempo de ir seleccionando y cortando el resto de sus flores para cuando se marchasen las visitas. Ya las tenía todas listas para llenar las casas de todos ellos. Allí se encontraba la réplica exacta de lo que habían traído al llegar: lirios de vino y leche, zinnias, polemonios, nardos.

—¿Quiénes son esos que huyen con mis ramilletes? —preguntó la abuela.

Los tíos ya se estrechaban las manos unos a otros, y todos ellos al señor Renfro primero y después a Jack.

—En fin, Jack. Hemos logrado traerte a casa. De vuelta al hogar —dijo el tío Curtis.

—Y mi esposa y yo os estamos muy agradecidos a todos —dijo Jack.

—Yo diría que, en conjunto, Jack, hoy te lo hemos puesto bastante fácil para que entrases de nuevo en las filas de la familia con todos los pronunciamientos. No te hemos puesto las cosas muy difíciles, ¿a que no? —dijo el tío Dolphus.

—Si no hubiera tenido que pasar por lo que pasó esta mañana... —exclamó la tía Birdie.

—Es joven —dijo la tía Beck.

—Quedaos —dijo la abuela.

—¡Y la pequeña Gloria, ya tan mayor! Hoy te hemos convertido en una más de nosotros, vaya que sí —dijo la tía Birdie, y le plantó un beso de despedida—. Siempre podrás estarnos agradecida. Y más vale que nos lo demuestres como es debido.

—Ya eres una más de la familia, Gloria, a las duras y a las maduras. ¿Sabes lo que quiere decir eso? ¡Da lo mismo! Ahora no eres más que una mujer casada y echada a perder, como todas nosotras. Ya no tienes que responder ante lo que te venga de fuera —dijo la tía Beck, y la rodeó con un brazo.

—Eso sí, esta noche, cuando guardes el vestido procura poner más cuidado. Podrían enterrarte con él, chiquilla —dijo la tía Birdie—. Tú guárdalo como lo he guardado yo.

—De haber sido mi vestido, hoy no habría salido del baúl, te lo aseguro. Si sacara yo mi vestido de novia y probara a ponérmelo delante de todos, estoy segura de que a todos os habría dado un ataque de risa —dijo la señorita Beulah, e intentó convencer a la tía Nanny de que bajara las escaleras.

—Una cosa te diré —dijo la tía Nanny con lo que pareció verdadero orgullo—. Si mi vestido de novia hablase, seguramente tendría que quemarlo.

—¿Y no tendrá Lady May una palabrita que decir, solo una palabrita antes de que nos marchemos? —exclamó la tía Birdie ante la cara de la niña dormida.

—No hay nada que la despierte... Nada salvo el sol cada día cuando amanece y las punzadas del hambre en su tripita —dijo Gloria.

—Yo no he dicho que quiera que os marchéis —dijo la abuela.

—Pues aquí hay una que ya está diciendo hasta mañana —dijo la señorita Lexie—. No me gustaría perderme nada. Me gustaría ver cómo termina lo que ha empezado hoy.

—Y porque esta misma noche tampoco tienes adónde ir —dijo la señorita Beulah—. A no ser que te entusiasme dormir entre Ella Fay y Etoyle.

La señorita Beulah se mantuvo de pie derecho mientras todos iban pasando para darle las gracias.

—Fay, hace tiempo estuve enojada contigo —le dijo—; porque no eras Lexie. Y mira qué te ha pasado al final. Eres la mujer de Homer. —Se abrazaron las dos.

—Señorita, has de ponerte medias en los brazos cuando salgas a faenar al campo —dijo la tía Cleo, y pellizcó a Ella Fay en el hombro—. Si no, a la luz de la luna nunca volverás a tenerlos tan blancos como ahora.

—Pues ya has adivinado su secreto, tía Cleo —dijo Etoyle.

—¿Qué edad tiene Ella Fay?

—El día de la Marmota del año que viene cumplirá diecisiete —dijo la señorita Beulah.

—¿Y a qué espera?

—¿Y a qué esperas tú? Pensé que ya estabas en camino —exclamó la señorita Beulah.

—Hermana Beulah, permíteme preguntar… ¿Has hablado alguna vez con Ella Fay de ese asuntillo tan serio que tú y yo sabemos? —insistió la tía Cleo.

—Óyeme: ¿quieres decirnos adiós de una vez y arrancar?

—Lo digo de veras. Esa chica que tienes está haciéndose mayorcita.

—Más me valdría preocuparme por Vaughn —dijo la señorita Beulah violentamente.

—Lo que le crecen a la niña son los pies —dijo el señor Renfro.

—Mi mamá nunca habló conmigo de ese asuntillo. ¿Y sabes qué te digo? Que siempre he dado un poco de pena —comentó la tía Fay, que esperaba ya dentro de la furgoneta de las gallinas.

—Pero a mí nadie me ha contado a cuento de qué viene todo este revuelo —dijo la abuela—. A qué vienen tantas prisas, digo yo.

—¡Bendito sea tu corazón, abuela Vaughn! Adiós, Jack, adiós. Te hemos devuelto al hogar entre todos, ¿verdad que sí? Adiós, Beulah, que tengas dulces sueños. Adiós, señor Renfro. ¿Y tú no estás creciendo demasiado aprisa, Ella Fay? —El tío Homer iba dando abrazos una por una a las chicas de los Renfro—. Te lo juro, Ella Fay, no me sorprendería si no encontrásemos manera para que cuando llegue el martes te permitieran votar.

—¡Anda, calla! ¡Si ni siquiera le interesa…! —dijo la señorita Beulah—. Mis hijos han aprendido a esperar a que llegue la hora para todo. Ojalá se hubiera tomado más de uno la molestia de enseñarles lo mismo a unos cuantos mayores que me sé yo.

—Jack tendrá que pasarse toda la vida trabajando para pagar ese tejado nuevo —dijo el tío Noah Webster, y dio una poderosa palmada de felicitación al señor Renfro en la espalda—. Ahí arriba has puesto chapa como para cubrir media hectárea. Tendrá que pasar la noche entera hasta que se enfríe un poco. —Dedicó a Jack una cordial sonrisa y le estrechó la mano como si no pudiera parar. Luego plantó un sonoro beso en la mejilla de Gloria, que le olió a sandía—. Gloria, esta ha sido una historia que ninguno de nosotros podremos olvidar jamás —le dijo—. Tiempo después de que llegues a ser una anciana a la que no le quede ya mucha cuerda, cuando estés sentada en la misma mecedora en la que ahora está la abuela, oirás cómo alguien se la cuenta a Lady May y a todos sus hijos. Alguien contará cómo trajimos a Jack Renfro sano y salvo desde la penitenciaría, cómo te las ingeniaste para mandar a todo un juez al Alto de Banner y le obligaste a sentarse a nuestra mesa y a pasar la noche con la familia, incluida su propia esposa. Alguien contará la historia de cómo Jack regresó al hogar a pesar de todos los pesares y además a tiempo de abrazar a la abuela el día en que celebramos a lo grande su cumpleaños; porque tengo el pálpito de que esta será su última celebración,,, ¿Que no, Nathan? —Alzó el brazo para saludar a su hermano mayor—. Esta sera una reunión para el recuerdo, os lo digo yo —exclamó en medio de las despedidas que todos se prodigaban—. ¿Me habéis oído, corazones benditos? —Se acercó a la mecedora de la abuela y la envolvió en sus brazos, sin soltarla, pidiéndole un beso que ella no le dio.

—Igualito que el traidor del general Benedict Arnold —susurró. Entonces, cuando la tía Cleo quiso llevárselo casi a la fuerza, la abuela se dirigió a ella—. Pero te daría lo que quisieras si no te lo llevas.

—No os olvidéis de que también existe el sur de Mississippi —gritó el tío Noah Webster cuando ambos estaban ya dentro del coche en marcha—. Y de que no está tan lejos como parece cuando hace bueno.

Se asomó por la ventanilla a la vez que se alejaba. Vieron el brillo de su sonrisa, cargada de nostalgia, bajo el bigote como dos pistolones cruzados.

—Ahora ya sabemos que no hay nada en el mundo que pueda hacer que Noah Webster cambie —dijo la señorita Beulah—. Ni siquiera la mujer que acabó escogiendo.

—Ay, abuelo Vaughn, si al menos hubieras vivido para ver esto —dijo la tía Birdie, y abrazó a Jack—. Jack, escucha. Cuando fuiste a la penitenciaría, eso fue lo que acabó por llevarse al abuelo, ¡cariño!

—El señor Vaughn nunca se entera de cuándo es la hora de acostarse. Hay que salir a buscarlo con un farol para traerlo a la casa a la fuerza —dijo la abuela.

—Oíd. Un trueno —dijo la tía Beck—. ¿Ha sido eso un trueno a lo lejos?

—No lo creo —dijo el tío Dolphus sin pensarlo—. A estas alturas no tengo ningunas ganas de dejarme engañar por las imaginaciones de ningún paisano. Ni siquiera tiene pinta de que vaya a llover. —Estrechó la mano al señor Renfro—. Pero el heno que tienes ahí se muere de ganas de que lo cortes. A punto estás de terminar una cosecha, muy a tu pesar, señor Renfro. —La bocina de la camioneta resonaba en la noche; todos los niños estaban dentro, apretados. Abrazó a la señorita Beulah y se acercó a dar las buenas noches a su abuela.

—Y yo que pensaba que tenía una gran familia... —dijo la abuela—. ¿Se puede saber qué les pasa a todos?

—Venid a vernos —se oyó gritar cuando la camioneta se puso en marcha con el neumático reparado, rumbo a Harmony—. Venid antes de que dejen suelto al Viejo Invierno y venga a llamar a la puerta y tengamos todos que estarnos quietos para no embarrancar en cualquier zanja embarrada.

—Qué vergüenza. Qué vergüenza —dijo la abuela cuando vio la polvareda que levantaba la camioneta.

—Aún tengo ganas de tomar un poco más de pastel de pollo, Beck —dijo la tía Nanny cuando ya se iban—. Aquí dentro las tengo clavadas.

—Pues tendrás que esperarte al año que viene.

—En ese caso, ¡adiós, adiós! ¡Adiós, Jack! Besa a esa criaturita de mi parte. ¡Adiós, Beulah, y felices sueños al juez Moody! Demasiado cansada estoy de tanto reírme para tener que subirme ahora al coche y llegar enterita. Échame una mano, Jack —jadeó la tía Nanny.

—Lo único que he de hacer es arrancar —dijo el tío Percy, sujetando la cadena de doce eslabones que había hecho tras tallar el bastón. Y se fueron todos en medio de una nube de polvo espectral.

—No os olvidéis de echar un vistazo al Alto de Banner cuando lleguéis al camino —gritó Etoyle, corriendo tras ellos y agitando la mano—. ¡Seguro que lo que veis os da tanta risa que no podréis parar hasta que lleguéis a Peerless!

—La abuela estará perfectamente mañana por la mañana —dijo la tía Beck, rodeando con los brazos a la señorita Beulah—. Cuando vuelva a pensar en el día de hoy tendrá ganas de poder volver a vivirlo todo otra vez. —Sonrió a Gloria—. ¿Y tú? ¿No deseas volver a ser maestra de nuevo, Gloria? ¿No quieres volver a ser maestra y ayudar a cambiar el mundo?

—No, señora. Me conformo con cambiar a mi marido. Aún sigo convencida de que seré capaz de hacerlo si vivo el tiempo suficiente —dijo Gloria.

El tío Curtis abrazó a la abuela sin que mediase palabra. Ella le dio un beso y lo vio marchar de todos modos.

—No sé si hoy habrá pensado más veces que yo en el abuelo. Bendito sea —dijo la tía Beck, y dio una cariñosa palmada en la mejilla a la abuela antes de marcharse de puntillas.

—A ese no le hagáis caso —dijo la abuela—. Escuchadme a mí.

Vio el viejo sedán, el Chevrolet, cargado con tanta gente que el fondo casi le arrastraba por el suelo. Lo vio desaparecer en medio de la polvareda. Era el último de los vehículos en irse.

—¡Hatajo de ladrones! Se llevan los últimos alfileres que a una le quedaban. Te robarían la vida si supieran cómo hacerlo —dijo la abuela.

—Abuela, ¿acaso no sabes quiénes son los que te quieren de verdad? —preguntó la señorita Beulah, y la abrazó—. ¿No te acuerdas del centenar de parientes que han estado contigo todo el día? Te han hecho regalos, se han esforzado por complacerte.

—Son todos unos tunantes y unos ladrones —dijo la abuela.

El tío Nathan besó a la abuela en la frente, en donde aún palpitaba una vena. Iba a dormir al fresco, en su tienda de campaña. Recalcó a todos que era lo que prefería.

—Pero yo no quiero perderte —dijo la abuela cuando se internó en la noche.

Cuando se marcho el tío Nathan, de toda la parentela que estuvo en la granja a lo largo del día solo quedaba la señorita Lexie.

—¿Quieres quedarte conmigo, por favor? —preguntó la abuela a la señorita Lexie—. Mis niños me han abandonado.

Pero la señorita Lexie no pareció oírla. Miraba fijamente el viejo cactus en donde otra flor, en su blancura, acababa de asomar en plena oscuridad.

—Sí, y mañana por la mañana parecerán gallinas a las que les hayan retorcido el cuello —dijo—. No, gracias. —Y entró en la casa.

—Y que cumplas muchos más, abuela Vaughn, y nosotros que lo veamos —dijo el señor Renfro inclinándose a besarla en la mejilla, aunque ella solo permitió que el beso le rozase la oreja.

—Supón que algo me pasara mientras estás ahí con la boca abierta —dijo ella, y él desapareció en la casa tras hacerle una inclinación con la cabeza.

Cuando no quedaba de ellos nada más que el polvo que habían dejado flotando en el aire, la abuela aún siguió llamándolos.

—¡Ladrones, asesinos, volved! —rogó—. ¡No me abandonéis! —Y se le quebró la voz.

Jack se arrodilló al pie de la mecedora y la miró fijamente. Ella en el acto agachó la cabeza. Fue entonces cuando vio que estaba allí. Por unos momentos lo estuvo observando.

—Me dijeron —dijo con voz apenas audible, de modo que apenas le llegaba a él—, me dijeron que has estado mucho tiempo fuera, muy lejos. Pero yo no creí nada de lo que me dijeron. Aquí me senté como me ves, a esperarte. Todo un día esperando es mucho esperar. Has encontrado a la abuela justo en donde la dejaste. Y volviste a hurtadillas cuando nadie te veía, abriéndote camino en medio de todos ellos. Eres un buen chico.

Jack permaneció muy quieto ante sus ojos. Nadie hacía ningún ruido, salvo Lady May, que emitió un breve murmullo en sueños, en brazos de su madre.

La abuela levantó las dos manos temblorosas del regazo y sacó algo que llevaba en el pecho. Lo sostuvo ante ella, lo colocó en el cuenco formado por ambas manos y lo acercó adonde él estaba. Se le había pintado en la cara una expresión resuelta que le arrugaba las facciones como si fuese pena, pero al mover las manos negaba todo sentimiento de pesadumbre. Y en el momento en que se inclinó hacia él lo olvidó todo. Se separaron sus manos para avanzar hacia su rostro, para tomar su cara y sostenerla delante de sí. Lo que llevaba en una de las manos era la cajita de rapé, de plata, que había llevado el capitán Jordan durante toda su vida, y que la abuela había conservado desde que se alcanzaba a recordar. La caja rodó por el suelo hasta los pliegues de las cannas.

Jack dejó que con sus dedos temblorosos se cerciorase de haberlo encontrado de nuevo, los dejó recorrerle la frente, la nariz, los labios, la mejilla, las lomas de las sienes, los dejó trazar el perfil de cada monte y cada valle, vagar por su cara. Aún no había pestañeado una sola vez cuando los dedos de la abuela parecieron olvidar todos los límites de la carne y se pasearon por el aire que rodeaba su rostro.

Jack se levantó y la rodeó con los brazos.

—Quiere irse a la cama —dijo la señorita Beulah, y tomó la lámpara para indicarle el camino. Jack ayudó a la anciana a ponerse en pie, ella abrió mucho la boca y él la tomó en brazos. La llevó en vilo por el pasadizo, con la cabeza apoyada contra su pecho, hasta donde esperaba la señorita Beulah con la lámpara ante la puerta abierta.

Después, un brazo extendido en la oscuridad del pasadizo le ofreció unos camisones almidonados y una mosquitera doblada sobre una colcha.

—Gracias, mamá —dijo Jack, recibiendo todo aquello.

Gloria se sentó en la mecedora de la abuela y desvistió a la niña dormida.

Le levantó los bracitos, primero uno y luego el otro, para sacarle las mangas. La despojó de las enaguas y las braguitas, y levantándole los dos pies la cambió.

—Es una preciosidad y es muy de fiar. Me parece que hoy se lo ha pasado mejor que nadie —dijo Jack, mirándola embobado.

—¿Sabes qué te digo? Que te has enamorado de esta niña —le dijo Gloria—. Te he visto yo, con estos ojitos, enamorarte de ella.

—¡Qué cariñosa es! Y yo creo que va a ser muy lista.

—Es nuestro futuro, Jack. ¡Ojalá vieras cómo muerde! Muerde que parece que lo hiciera con todo el cuerpo —dijo Gloria—. Como si estuviera hecha de nudos de marinero. Es lo que ha desarrollado mientras esperaba a que volviera su papá. —Le colocó a la niña el camisón por la cabeza. Cuando asomó la cresta colorada por el cuello, Jack rió.

—Ya le veo el diente que tiene en esa boquita linda —dijo él, y dio a la niña un beso de buenas noches.

Gloria se puso en pie e impidió que se moviera la mecedora, hasta que pareció un trono, y dejó en ella a la niña. Extendió la mosquitera y de un tirón la tendió por encima de Lady May, incluida la mecedora.

Fue luego a desvestirse en el pasadizo, a oscuras, y se puso el camisón, y mientras Jack hacía lo propio volvió corriendo a la colcha, la desenrolló y la extendió en el suelo. De rodillas, alisó todas las arrugas. Cuando Jack volvió con el camisón, casi corriendo, con toda la luz de la luna en la pechera, y antes de que pudiera ella taparle la mano con la boca, ya había dado un grito.

El jergón parecía más fino que el papel, y ya tenía el calor acumulado en el suelo. Desgastado desde tiempo atrás, blanqueado esa noche gracias a la luz de la luna, tenía un dibujo tan tenue como si lo hubiese dibujado el viento en un campo de escobas de hierba, siempre verdes y altas. Era la colcha que se había secado al sol durante todo el día en el tendedero, y la limpieza del invierno mezclada con el polvo del día penetraba en sus pieles con un olor tan potente como el de una medicina. No había almohada libre para esta cama, no había sábana que echarse por encima.

Una voz femenina y finísima, como un rayo de luna, se dejó oír en la noche:

—¡Ay-ay-ay-cock!

—No puedo dejar de pensar en la suerte que tengo —dijo Jack con un ronco susurro—. Estoy casado y Aycock no. Si estuviera yo en su lugar...

—No dejes que eso se te meta en la cabeza —dijo Gloria, y le puso la mano en la frente, que le ardía igual que la de Lady May. Sobre el puente de la nariz los ojos le brillaban de un modo desigual a la luz de la luna.

—Gloria, ha sido un día espléndido. Nos lo hemos ganado —dijo Jack.

Se oyó un ruido sigiloso, algo que rozaba en el oído como la chicharra de un grillo tardío. En el cuarto de los invitados, el juez Moody daba cuerda al reloj.

—Aún nos queda mañana por la mañana, Jack. Los Moody están en nuestra cama —le recordó Gloria en voz muy queda.

—En eso nos han ganado, sí —dijo él—. Llegaron allí antes que nosotros.

—Tu diploma del colegio está clavado encima de sus cabezas. Es todo lo que tenemos, porque el certificado matrimonial se quemó con el resto de los papeles del juzgado.

—¿Se incendió el juzgado? —exclamó—. ¿Y por qué no estaría yo aquí? ¡Podría haber echado una mano para apagar el incendio!

—Mi hijo en la penitenciaría —se oyó la voz de la señorita Beulah por el pasadizo, desde el dormitorio a oscuras—. Mi hijo tuvo que ir a la penitenciaría.

Jack apartó la cabeza de la de Gloria.

—Mamá debe de llevar levantada por lo menos tanto tiempo como yo —dijo él de pronto—. Tiene que estar derrengada.

—Se le olvidará lo que le está diciendo a tu padre —le aseguró Gloria—. Ya es mayor. Se dormirá enseguida, igual que él.

—Ojalá pudiera hacer algo yo por el chico —se oyó decir al señor Renfro.

—Pero no será una tontería —dijo la señorita Beulah.

—Haría cualquier cosa, lo que fuera, por ayudar a ese chico a reforzar su orgullo —se oyó decir al señor Renfro.

—Pero eso no te ha impedido estar a buenas con el juez Moody —dijo la señorita Beulah.

—Le he tomado aprecio, es cierto. No sabría decirte por qué. —El señor Renfro se mostró de acuerdo—. Así ha sido, no hay nada más que hablar. Si se quedara una semana, me lo llevaría de caza.

—¿Y tú crees que eso es ayudar a Jack?

—Me gustaría ayudarlos a los dos, madre. Si fuera yo un poco más joven, creo que podría ayudarlos a los dos al mismo tiempo.

—Ya intenté volver a casa otras veces —susurró Jack, con la cabeza aún vuelta hacia la parcela—. Que no se entere mamá; solo haría que se sintiera peor. El día mismo que pisé Parchman empecé a idear una manera de escaparme y volver. Como fuese. Cuando supe que esperabas una hija, me alejé a escondidas, a rastras por un melonar. Agachado, como si fuese inspeccionando las sandías de una fila a otra hasta encontrar una buena. En el último momento me eché cuerpo a tierra, pero ese es un truco que ellos ya se sabían. No le digas a mamá que me atraparon sin despeinarse, porque se le rompería el corazón. Dediqué todo mi tiempo y todo mi pensamiento a ese asunto. De hecho, intenté llegar a la reunión del año pasado. Pero me atraparon.

—Pues no entiendo cómo no achacaron todo eso a tu buena conducta —susurró Gloria.

—Hoy era la última oportunidad que tenía de huir. Y la aproveché. Un día más y habría tenido que dejar que me pusieran en libertad a su debido tiempo.

—El chico, claro está, no hizo lo que hizo Nathan —se oyó decir al señor Renfro.

—Con eso tengo que convivir, y tengo que soportarlo —se oyó a la señorita Beulah—. Cuando todos se han marchado a sus casas, Ralph, y cuando los niños están en la cama, eso es lo único que me queda. Soportarlo.

Jack se volvió hacia Gloria.

—Dime que los vas a querer, aunque sea un poco. Dime que también a ellos los querrás. Tú puedes. Inténtalo, verás que puedes. —La acarició—. ¿No te gustaría que mamá te hiciera compañía en la cocina mientras yo salgo a faenar en el campo o a reparar la valla? ¿No te gustaría tener a alguien con quien conversar? Y además podrías ayudar a crecer a Ella Fay, animarle para que deje de ser tan tímida, y convencer a Elvie para que no sea tan llorona, para que tenga ganas de crecer y para que sea maestra cuando crezca. Y a Etoyle le podrás dar ejemplo de buen comportamiento, para que se convierta en una señorita. Y en las duras noches del invierno estará Vaughn. Con él solo tienes que responder a lo que te pregunte. Cariño, ¿es que no piensas cambiar de opinión sobre mi familia?

—Ni por todo el té de la China —sentenció ella.

—Una vez que llegue el invierno, a papá le gusta sentarse con los pies en alto y ver las imágenes que se forman en el fuego. Podrías abrirle tú las nueces del pecán, sentada junto a la lumbre del hogar. Y además está la abuela… Le pregunté, cuando le di las buenas noches, si ella te iba a querer, y me dijo que sí; lo dijo de veras.

—Eres un crédulo, estás ciego —dijo Gloria—. Con todo el mundo. Ni siquiera hace falta que sean chicas.

—Todos los que se han reunido hoy aquí te quieren. Eres la más hermosa de todas, aún parecías una novia.

—No les tembló el pulso cuando me encharcaron la cara con esa sandía pegajosa.

—Pobre carita linda —le dijo él con ternura, y le pasó la mano por la mejilla y le volvió la cara para que ella lo mirase.

—Lo que dijeron es que habíamos sido los dos demasiado cariñosos antes de casarnos.

—Pues si no lo hubiéramos sido entonces, ya me gustaría que me dijeran ellos cuándo podríamos haber sido cariñosos los dos —dijo él con enfado.

—Han querido hacerme pasar por tu prima, y casi lo consiguen.

—Pues sé mi prima entonces —le pidió—. Quiero que seas mi prima. Mi esposa, y la madre de mis hijos, y mi prima, y todo.

—Jack, yo seré tu esposa con todo mi corazón, y eso tiene que bastarle a cualquiera, incluso a ti. Si estoy aquí es para ser la que soy, la señora Gloria Renfro, y no quiero tener nada que ver con el pasado, que está muerto. No se te ocurra intentar cambiarme —le advirtió.

—Una cosa sí sé con certeza: no quiero volver a estar solo. Cuando has estado solo es muy fácil seguir estándolo —dijo Jack.

—Yo no dejaré que estés solo —le prometió ella.

—Más te vale.

—Jack, te quiero tanto que no tengo más remedio que odiar a todos los demás.

—Prenda —dijo él—. Yo no te pido que prives a los demás de nada.

—Es lo que yo quiero.

—Guárdales un poco a los demás, sea lo que sea —le pidió él.

—A lo mejor con el tiempo aprendo a tenerles lástima.

—Eso se lo tomarán mucho peor —exclamó él.

Ella se arrimó más.

—No tengas lástima de nadie a quien puedas amar —susurró Jack.

—Solo se me ocurre a una persona de la que con seguridad se pueda tener lástima.

—¿El tío Nathan? A él también lo puedes amar.

—La señorita Julia.

—Sé que le tuvo que doler mucho estirar la pata —dijo él despacio—. Tanto como nos dolería a ti o a mí. —La tomó de la mano.

—¿Me estás diciendo que puedes hacer por ella algo mejor que tenerle lástima? —le preguntó Gloria—. Si ni siquiera la conociste.

—Supongo que hasta puede que le tenga aprecio —dijo Jack—. He escuchado su historia.

—Ella representa todo lo que he tenido que descartar para casarme contigo. Y esta noche he vuelto a rechazarla. Y he renunciado también a toda tu familia —susurró ella, y lo sintió temblar.

—No renuncies a nadie. —Él la acarició—. No dejes a nadie fuera. Tú y yo hoy la hemos dejado fuera, y eso me avergüenza.

—Hoy no quedaba sitio para nadie —dijo ella—. Ni tampoco para que nos avergonzáramos de nada.

—Siempre hay sitio para todo —dijo él—, y para todos, si te tomas el día tal como viene y procuras no retrasarte demasiado en lo que te toca hacer. Aún podríamos marcharnos y estar de vuelta a la hora del ordeño. Siempre hay una buena razón.

Ella puso la boca velozmente sobre la suya, y luego deslizó la mano y lo tomó justo por la raíz. Y así lo convenció de que hay solo una forma de privar de sí mismos a quienes se ama: llevarse su presencia viva; lo convenció de que nadie ha merecido nunca ese castigo, aunque tal vez los muertos sí lo merezcan; lo convenció de que nadie que siga vivo podrá nunca perdonar con honra esa maldad que rebasa la vergüenza, y que no se ha de perdonar hasta que no se enderece el entuerto causado.

* * *

La luz de luna, del grosor de la porcelana, bañaba el mundo por completo. La carreta de los Renfro se encontraba sola donde habitualmente solía estar el autobús escolar; sin mulas, vacía, las ruedas de radios de hierro tal nítidas como las semillas de las flores cortadas. Las sombras de los árboles se extendían por la ladera, alargándose como si pretendieran huir.

—Nunca más te irás lejos de mí —susurró Gloria—. Ni siquiera en tus sueños más salvajes.

Alcanzó la mano de Jack con la suya. Estaba tan caliente como el día ya transcurrido, y la tenía cubierta de callos como piedras incrustadas. Olía a sudor, a aceite de coche, a melocotón encurtido, a pollo, a jabón amarillo, y olía también al cabello de Gloria. Pero era un peso muerto, con los dedos yertos como las liebres de hierba marchita que colgaban de una rendija en la caja de la carreta del señor Willy Trimble. Le acarició los labios y se movieron al tacto, abriéndose. Roncó. Todo lo que el amor había jurado, todo lo que había hecho, parecía haber desaparecido de él por completo. Hasta su recuerdo se hallaba a un palmo ya de él y de ella, de ambos, tan apartado como el cereus en la maceta, casi un desconocido, tras haberle brotado las trompetillas blancas.

Vaughn pensó que todos dormían en la casa, pero durante un buen trecho, mientras se alejaba, aguzó el oído por lo que pudiera llegarle por la espalda; aún era posible que alguien lo llamara por su nombre. Durante año y medio había sido un «¡Vaughn! ¡Vaughn!» constante, a cada minuto, aunque sin tiempo para que pudiera darse cuenta, de nuevo volvería a ser el mismo «¡Jack!» de siempre.

¿O tal vez no? ¿Habría sido el día entero un espectáculo de valientes, y habría caído Jack en secreto, arrastrando el día completo en su caída como la estrella que acababa de ver, que desapareció como liebre que huye? ¿Podría Jack caer desde el más alto de los lugares sin que nadie fuese hombre suficiente para decir que había caído? ¿Era su caída un secreto, era parte quizás del enmarañamiento de los unos con los otros, era otro peligro que habría que salvar sin aviso previo, como al encontrarlos a los dos en lo más profundo del bosque, juntos como si fueran uno solo, una especie de grillo que brotase del terreno, tan grande que lo podría devorar o hacer pedazos y expulsarlo de allí? El mundo estaba encharcado de luz de luna como si la luz se derramase de una botella. A lomos de la mula por el mundo, bañado por la luna, el chiquillo se extrañó.

El sombrero del abuelo Vaughn le quedaba ancho, y le doblaba las orejas, que le sobresalían de la cabeza como dos embudos. Con el paso cansino de Bet, por encima y por debajo le llegaba el palpitar de la noche. Oía cómo se propagaban todos los sonidos, repitiéndose, en aumento, como si los recordara ruidosamente la propia noche hablando consigo misma. En ocasiones podría haber sido el correr del agua en el cauce del Bywy con las crecidas de la primavera; podría haber sido la lluvia posterior, la lluvia que los encerraba y los empantanaba. Podría haber sido que la totalidad de la rueda del cielo emitiera ese son como si dejara caer el fuego blando de sus continuos giros. Mientras aguzara el oído prevalecería un sonido idéntico. Igual daba que el chiquillo fuera estupendo al devolver el saludo a gritos, porque sus alaridos nunca podrían detener el girar constante de la rueda. Y tampoco podría alejarse nunca del ruido que hacía mientras cabalgaba. A medida que avanzaba entre el estrépito ensordecedor, resonaba a su espalda y se le adelantaba a la vez. Era omnipresente, tanto que se derramaba formando otras voces, y ya todo, dispuesto estaba a creerlo, amenazaba con hablar, tanto más cuanto se acercase a un sitio en el que algo pudiera suceder. La noche podría desdoblarse en muchas más voces, todas parlanchinas, todas fanfarronas, cantarinas, fingidoras, molestas, enconadas, empeñadas en dar el ser a todo, insultándolo todo para que todo fuera, pero contándolo todo a la vez. Después de que los unos renunciasen a gozar de la compañía de los otros, después de que se despidieran y se marchasen a sus casas, si solo quedase uno, y si ese fuese Vaughn Renfro, el mundo a su alrededor seguiría inmerso en una enorme reunión, una reunión descomunal, un desafío para el alma misma.

Bet movió las orejas cuando Vaughn la enfiló por el camino de Banner. A la luz de la luna, el coche en el Alto de Banner parecía una caja grande y sombría, misteriosamente depositada al pie del árbol, y que no debiera abrirse hasta la mañana siguiente. Creyó por un momento oír a alguien allá arriba, alguien que se movía. Creyó ver hombres que aleteaban como los murciélagos a la luz de la luna; creyó ver las orejas inconfundibles de Orejones Broadwee.

Podría haber gritado cuando vio de nuevo el autobús escolar pacíficamente encajado en la zanja.

Bajó al trote por la cuesta, sujetó las riendas. Se dejó caer a tierra deslizándose por el lomo de Bet.

Con la cadena que había llevado la enganchó al autobús por el cue llo, y sin la menor vacilación, sin hacer ruido, a la luz de la luna el autobús crujió una sola vez, se soltó del anclaje, ascendió al camino.

—Si no estuviera Jack, jamás habría ninguna complicación —dijo Vaughn en voz alta. Puso la mano en el radiador, con su armadura de hierro abrasado y de herrumbre iluminada por la luna, cálida como el fogón en que se ha apagado el fuego que había ardido durante todo el día. Llevó el agua del pozo en el sombrero del abuelo. Subiéndose por la puerta que seguía estando abierta se sentó al volante. Estaba caliente y pegajoso, como sus propias manos. Condujo el autobús en punto muerto durante el trecho de cuesta que aún bajaba, y antes de llegar al desnivel oyó un runrún como de ranas, un ruido como el de la gravilla, un bang, bang, bang: el motor se había puesto en marcha, como habría hecho cualquier otro motor del mundo.

¡Ah, si al menos hubiera amanecido ya! Pensó en la mañana con una punzada de dolor tan agudo que fue como si alguien le hubiera exigido que renunciase a ella. Amaba tanto el colegio de Banner que se habría adelantado al amanecer y habría ido conduciendo hasta allí si le hubiera sido posible abrir de alguna manera la puerta.

Apretando los dientes, volvió con el autobús a lo alto de la cuesta, lo suficiente para entrar por el camino de la granja, salvando sin complicaciones el obstáculo de la zanja hundida.

La hilera de los bojes que jalonaban el camino de la entrada se sacudió como otros tantos pájaros arreglándose las plumas a la luz de la luna. Algunos de los troncos eran más bien agrupaciones de cuatro o cinco tallos que habían brotado de un tocón viejo, fundidos en uno solo como una soga hinchada, como una escopeta con varios cañones. Al llegar, el tocón hendido le recordó a dos osos que bailasen, y allí viró hacia el mejor escondite que conocía. Alejados del camión, unos robles pálidos ocultaban la luna; las flores de los saúcos colmaban todo el espacio entre los árboles. Apagó el motor. Muy fuerte, muy cerca, oyó el canto del búho: «¿Quién te hace la cena? ¿Quién me hace la cena? Ja, ja, ja, ja, ja».

Vio al búho encaramado en un sicomoro seco que se había convertido en una guirnalda de luz de luna.

Había mosquitos por todas partes; se los quitaba del pecho como si fueran espinas. Pero no apartó ni un momento la mano del volante. Mientras lo sujetara, el autobús lo sujetaría a él, y al mismo tiempo notaría que el autobús rodaba sobre las ruedas como si fuese una palabra a punto de pronunciarse, y que luego se tragaba y se removía por dentro. Al mismo tiempo, el cielo que alcanzaba a ver seguía con su misma actuación de antes: nuevas estrellas fugaces, como una cadena que se fuese rompiendo poco a poco.

Antes de dejar allí el autobús, listo, sigiloso hasta que amaneciera el nuevo día, se aseguró de que allí seguía el libro sobre el que se había sentado, el nuevo manual de geografía que le había canjeado a Curly Stovall. Se lo llevó a la mejilla para oler el papel impreso, más penetrante, más negro, más querido para él que el olor de unos zapatos nuevos.

Se montó entonces a lomos de Bet cuando la mula por fin lo alcanzó. La guió hasta el granero y allí la atendió, y dio la vuelta a la casa en busca del pozal del agua.

Al pasar entre las mesas vacías vio la Campana de los Viajeros recortada sobre el cielo cuajado de estrellas, elevada, recogida en sí misma. Estaba igual que siempre, aunque ya nadie se perdiera por aquellos parajes. ¿Podría repicar por su cuenta en una noche como esa? La suya era la única voz que no había dicho nada. A Vaughn se le estremeció el corazón. La Campana de los Viajeros no hablaría con voz de plata, como el resto de la noche. Era de hierro y de hierro era su lengua, y diría «hierro», y seguiría diciéndolo, alcanzando con su palabra al mundo entero. Aunque ya nadie se perdiera, no podía existir una campana que no dijera «volveré a repicar».

La tienda de campaña del tío Nathan estaba bajo el árbol del pecán como si la formasen dos alas negras y extendidas, que se hubieran posado casi del todo en el suelo para aletear allí durante toda la noche. Entre todos los durmientes pernoctaba allí un hombre que mató a otro hombre. Pero tal vez no durmiese. Tal vez el tío Nathan no durmiera nunca.

Vaughn fue al pozal del agua, e hizo ruido dentro con el cucharón: estaba vacío. Subió las escaleras y vio al pasar a Jack y a Gloria dormidos en el porche. Estaban tendidos el uno tras el otro en posición de ir corriendo. Aunque completamente inmóviles, parecía pese a todo que fueran a la carrera. Jack tenía la cabeza echada hacia atrás, pero Gloria se le había adelantado. Nunca la había visto descalza, y menos aún dormida. Vio los zapatos de tacón rozados. La luna le daba en el cabello, que tenía echado hacia atrás y brillaba como las ascuas apenas cubiertas por la ceniza. Pasó por encima de Jack y avanzó por el charco que formaba la luz de luna hacia el brazo que ella tenía adelantado, desprotegido. De haber seguido siendo una maestra, de no haberse casado con Jack, su voz habría resonado en ese instante: «No estoy dormida». Le llegó el olor a sudor de ambos, le dio en la cara como si hubiera sido la palma humedecida de una mano. Entonces entendió que el olor debía de emanar de las flores. Parecían grandes cuajos de luz de luna recién desenterrada de una noche casi del todo fosforescente. Todo él se acobardó como si hubiera visto florecer el cuero de un arnés.

Al girar a punto estuvo de chocar contra la niña. Había olvidado que allí había una niña chica. Estaba tendida sobre los durmientes del asiento de cuero, en la mecedora de la abuela, envuelta en una especie de gasa, como si hubiera viajado en una carreta hasta la luna y hubiera vuelto.

Pasó a su lado y con el faldón de la camisa rozó los radios de la rueca de la abuela, que a la luz del día parecía parte de la pared, pero que con la luna destacaba más nítida. Hizo un ruido quedo, como el de un reloj. Pasó de puntillas por el pasadizo que la luna iluminaba.

Un clavo que había fijado su sombra a una de las tablas más altas: allí solía colgar el tío Noah Webster su banjo antes de marcharse a vivir con la tía Cleo. Allí estaba el telar, abierto a la noche como el propio pasadizo, que nunca se cerraba. La luna hacía resaltar su telaraña. Parecía tan alta como el puente de Banner, y mejor hecha, tendida desde el telar hasta el techo del pasadizo. Su madre la arrancaba con la escoba todas las mañanas. Y todas las noches volvía a estar allí.

En cambio de dentro, de donde dormían unos y otros desperdigados por la casa, tras todas las puertas, no le llegaban más voces: solo algún golpe sordo, ruidos nocturnos. Ni siquiera del calor de la casa emanaba algún sonido, salvo el golpeteo lejano que producían los batientes de la chimenea, en lo más profundo.

De repente llegó por el pasadizo una corriente de aire. Se abrió una puerta delante de Vaughn y apareció la abuela, muy menuda en la cama, a la luz de una lámpara. Por un instante, la piel del oso que cubría el suelo brilló encendida de un tono rojizo, como si estuviera tan vivo que pudiera saltarle encima. Tras la luz de la luna al aire libre, la habitación le pareció amarillenta y cerrada, como si la abuela y él estuvieran incrustados, el uno junto al otro, en un trozo de jabón amarillo.

—Quítate el sombrero —masculló la boca de la abuela—. Y vente a la cama conmigo.

Salió corriendo sin que ella lo viera en su aturdimiento.

—No se ha dado cuenta de quién soy —se dijo a la carrera—. Aunque tampoco le importó.

Siguió corriendo hasta el porche de la parte de atrás y dejó a su paso, a la luz de la luna, a Elvie en su jergón. Olvidando la cocina, donde quizás podría haber un pozal con agua, salió dando tumbos de la casa y siguió veloz hasta que llegó al granero. Se metió dentro y lo recibieron olores avejentados, gruesos como sacos de arpillera que colgasen de las vigas, tan espesos, le pareció, que podría haberlos apartado a manotazos. Oyó a Bet, que seguía masticando el forraje; vio la forma oscura del carricoche estropeado; dentro de él, los arrullos en sordina de las gallinas parecían moverse a remo en plena noche. En el pesebre rezumaba la memoria eléctrica de Dan, el caballo; las regiones más altas del granero estaban repletas de plegarias elevadas por el abuelo Vaughn. La silla que usaba la abuela para montar a mujeruelas colgaba de la pared, a oscuras, invisible; mentalmente la vio, el cuero medio desmigado, desgastado como la corteza de un sicomoro. La mula del hermano Bethune había encontrado también el camino al granero de los Renfro; Vaughn le vio el blanco de los ojos, aunque para él no fueran sino los ojos adicionales de la confusión, y se encaramó por la escalera de mano al desván. Mientras rezaba sus oraciones, cayó rendido, de rodillas, y se durmió antes incluso de dar con la cabeza contra el suelo.

En silencio, como el pulso que sigue latiendo durante el sueño, hubo relámpagos en el sur profundo, como el primer despunte del rosa al avivar un fuego, solo un músculo que tiembla, un ave atrapada en una red. Un amplio trecho de cielo, de nubes algodonosas, asomó y se extendió en apariencia bajo la luna como un jergón. Un aire distinto atravesó despacio el campo hacia la casa y sacudió los camisones que bañaba la luna en el porche.

La nube tenía un movimiento propio en su interior, como un viejo camión de transporte repleto de jaulas y más jaulas de gallinas blancas, dormidas, apiladas unas encima de otras. La luna, como un ojo abierto en trance, parecía cubierta por una película y a punto de perder su rumbo y flotar hasta perderse. Las primeras veladuras se mecían, las toscas y picudas tiendas de campaña se apiñaban tras su estela en el cielo, las formas más densas y encadenadas unas a otras se amontonaron en jorobas sucesivas.

Los relámpagos se bifurcaban y recorrían el mundo tan livianos como insectos. A la sazón llegaron los truenos. Una nube deshilachada corrió destacada sobre un frente, la luna siguió siendo redondeada durante un minuto más, como un fruto en el pico de un pájaro, antes de que las nubes la engulleran.

El trueno entró y salió entonces de la casa a su antojo, como el vozarrón del tío Noah Webster, que hubiese vuelto a decir una vez más: «buenas noches, corazones benditos».

En el tejado nuevo resonó entonces el fragor de una batalla. Con el estrépito y el olor tan repentinos como cuando se vierte agua sobre una sartén que aún humease, en lo más negro de la noche rompió a llover. La señorita Beulah, que saltó de la cama como si acabara de oír una alarma de incendios, recorrió la casa entera cerrando todas las puertas, incluida la del cuarto de invitados. Elvie, tal vez aún en sueños, se levantó el tiempo suficiente para colocar en los escalones de atrás dos pozales de madera de cedro.

Jack y Gloria ni siquiera se movieron.

Al oír lo que le parecieron sonoros pasos casi encima de la cabeza, la niña abrió los ojos. Sumó su voz a la refriega y dijo la primera frase de su vida:

—¿Y tu qué cazas?

La señorita Beulah salió corriendo al porche, tomó en brazos a la niña y volvió con ella corriendo a su cama como si acabara de salvar una vida.

6

—La abuela tarda en despertarse esta mañana —dijo la señorita Beulah a la vez que corría alrededor de la mesa de la cocina, en donde desayunaban a la luz de una lámpara el señor Renfro, las niñas de los Renfro, la señorita Lexie y el tío Nathan.

—Estará rezando por todo lo de ayer —dijo la señorita Lexie.

—¡No, se estará dando el gusto, que bien merecido lo tiene! Así empieza con buen pie los noventa y uno —le corrigió la señorita Beulah.

—Ya me he puesto los pantalones —dijo Jack al llegar. Se había metido por dentro la camisa del día anterior, con al apresto del almidón ya inapreciable, aunque la había sacudido de casi todo el polvo. Acompañaba a Gloria a la mesa. Lady May, muy seria, los seguía pegada a sus talones.

—Jack Renfro, ¡mira qué pinta tienes! ¿Se puede saber qué te ha pasado en el ojo? —gritó la señorita Beulah.

—Mamá, solo es algo que sucedió por el camino, bastante antes de la cena. Aún veo bien con el otro.

—Pues pon cuidado con ese otro esta mañana, cuando vuelvas corriendo —dijo, y le sacó el plato del fogón.

Lady May estaba de pie antc la mesa, sin alcanzar a ver, aunque sí tocaba los platos.

—¿Dónde están el juez y la señora Moody? ¿Siguen disfrutando del cuarto de los invitados o se han levantado ya? —preguntó Jack.

—Ah, es que Vaughn se ha ido en la carreta para llevarlos al Alto de Banner —dijo la señorita Beulah—. Nunca había visto a nadie con tanta prisa. Cualquiera diría que luego de otorgárseles el perdón delante de cien personas al menos, luego de comerse casi todo nuestro pollo, de pasar la noche entera en la mejor cama de mi casa, con el mejor almohadón de plumas, cualquiera diría que se habrían sentido bien atendidos esos dichosos Moody. Al menos podrían acompañarnos y zamparse un buen desayuno con nosotros, ¿no? Pues nada de eso. He freído hasta el último pedazo que me quedaba de sobra para ponerles un desayuno como debe ser, pero no se han dignado. Os lo han dejado todo a vosotros.

Ella Fay se echó a reír. Con la mañana, la niña era todo un bullicio de emoción y de ruido, y movía los pies sin descanso.

—Tendrías que haber visto al juez Moody saltando por encima de tus narices, Jack.

—No le oí yo que saltara —dijo Jack en voz queda, hablándole a Gloria al oído. Lo tenía expuesto del todo. Por la mañana llevaba la cabellera, enhiesta como un hierro, sujeta en lo alto de la cabeza, y tan apelmazada como una hogaza de pan.

—¡Si estabais en el quinto sueño! Y así hasta que me disteis pena y os eché un poco de agua en la cara a los dos —dijo la señorita Beulah, que los miró al rostro, juntos los dos—. Pero Vaughn tuvo que enganchar la carreta y largarse al trote; ellos no estaban dispuestos a esperar.

—¿Por qué? Si tenemos tiempo de sobra. Tanto Curly como yo tenemos que ordeñar primero a las vacas —dijo Jack—. ¿Por qué se habrán ido tan pronto?

—Es que está lloviendo, hijo —dijo el señor Renfro—. Aquello se debe de estar poniendo resbaladizo.

—¿Y eso ha sido todo? —le gritó la señorita Beulah.

—Tu padre es otro de los que no te han querido esperar, Jack —dijo la señorita Lexie.

La señorita Beulah plantó la sartén de las galletas delante de las narices del señor Renfro.

—Todas esas pobres almas del cementerio de Banner han tenido que pensar que la noche había dado paso al Día del Juicio Final. ¡Bang! Encima de sus cabezas. Imagino que habrás conseguido despertar a tu padre, al menos lo suficiente para que se llevase otra vez una decepción.

—Habría hecho falta un trabajo mejor que ese para despertar al abuelo Vaughn —replicó la señorita Lexie—. Si estaba tan soldado como mi padre al Sonar de las Trompetas, seguro que estuvo más inclinado a seguir durmiendo a pierna suelta. Bang, bang, bang... Desde luego que lo oí.

—Yo no recuerdo ningún «bang» —dijo Jack con la mejilla pegada a la de Gloria—. No recuerdo el menor «bang».

—En fin, no ha sido desde luego el bang que yo hubiese querido —dijo el señor Renfro—. Se me olvidó cebar la mecha. Y hasta este mismo instante no se me ocurre una razón de peso para haberlo hecho.

—Papa —gritó Jack—, ¿se puede saber qué historia es esa que estás contando?

—Aunque al menos de entrada tenía la mecha un tanto seca, algo apelmazada... en el momento en que lo encendí no me atreví a apostar sobre seguro —siguió explicando el señor Renfro—. Los resultados estuvieron un poco por debajo de lo razonable.

—¿Quién te dijo que lo intentaras por todos los medios? —exclamó la señorita Beulah.

—Al viejo cedro sí que le hice una mella considerable, hijo —dijo el señor Renfro—. Cuando te llegues por allí ya verás que te he facilitado un poco las cosas. Te será más llevadero cuando tengas que ponerte manos a la obra.

—¿Cómo dices? —exclamó Jack.

—Más te vale ir espabilando. ¿Es que no oíste a tu padre colocar la carga de dinamita ayer por la noche? —exclamó la señorita

489

Beulah—. ¿Qué te está pasando en los oídos, hijo? Últimamente no te enteras de nada.

—Supongo que eso tuvo que ser cuando soñé que iba al volante del camión —dijo Jack—. ¿Y Aycock no puso ningún reparo a…?

—Bastante guerra dio solo con estar en donde estaba, ahí encaramado —dijo el señor Renfro—. Pero yo no hago daño al prójimo, y menos aún si es mi vecino. A estas alturas de la vida ya he aprendido que hay que ir un poco más despacio de lo que parece, porque siempre que uno aprieta el acelerador se topa con un idiota como Aycock que no sabe siquiera cómo quitarse del medio para no estorbar.

Vaughn llegó velozmente salpicándolo todo de gotas de lluvia.

—El coche sigue allí y el Alto de Banner sigue donde siempre, pero todo tiene pinta de estar hecho un desastre. No se puede ver lo peor del caso hasta que el día no mejore un poco —exclamó. Se había vuelto a poner el pantalón corto.

—Ni siquiera me enteré de que había empezado a llover —dijo Jack a Gloria.

—¿No te enteraste, con el jaleo de la lluvia en el tejado nuevo? —exclamó Vaughn—. Pues entonces no entiendo nada.

—En fin, no te sientes ahora, que no te va a dar tiempo ni de desayunar, Vaughn Renfro. ¡Anda, arreando! ¡Arriba, levantaos todas, niñas! Hay tareas que hacer y luego tenéis que ir al colegio, y Vaughn tendrá que ir a decirle a la maestra que el autobús no funciona. No hay más que un par de zapatos nuevos que se puedan echar a perder, y eso no es poco.

—Y pensar en los muchos que estarán esperando a que llegue el autobús para que los recoja esta mañana… En fin, tarde o temprano tendrán que conformarse e ir al colegio a pie, como hacíamos en mis tiempos —dijo la señorita Lexie—. Seguro que el paseo les sienta bien.

—Vaughn se llevará una buena azotaina de la profesora en cuanto llegue. Y yo mismo le daré otra cuando vuelva esta tarde, con un suplemento por el heno echado a perder —dijo la señorita Beulah.

—Si no hubieran estado todos tan pendientes de la reunión, todos esperando ver a Jack aparecer por la puerta —exclamó Vaughn—, quizás podría haber salvado el heno...

—Tú hiciste lo que hiciste: primero cortaste el heno y luego lo dejaste olvidado en el campo, señor Contrariado, y por eso se ha echado a perder —dijo la señorita Beulah—. Sí, señor, y ahora mismo coges la puerta y te marchas al colegio. Andando, y deja tranquilo ese hueso de pollo.

Ella Fay se levantó de un salto, Etoyle y Elvie la siguieron de mala gana, y todas dieron la vuelta a la mesa para despedirse del tío Nathan y de la señorita Lexie,

—Etoyle y yo queríamos ayudar a Jack —dijo Elvie.

—Bonita forma de llegar a ser maestra —dijo la señorita Beulah.

—A estas, desde luego, les encantaría que la vida entera fuese una reunión a lo grande y que no se terminara jamás —dijo la señorita Lexie—. Yo, sin embargo, me alegro de que haya terminado Si se toma todo en consideración, Beulah, a mi entender toda la celebración de ayer estuvo más que bien, a la altura de cualquiera de las anteriores. Solo me dio miedo que la abuela se extrañase al pensar de dónde habíamos sacado a los Moody, pero gracias a Dios no le dio por ahí.

—Se los tomó como si tal cosa, igual que a ti y a todos los demás —dijo la señorita Beulah—. Y si finalmente te vas a llevar mi mermelada de moras, llévatela. Si no, pon en su sitio la cuchara.

—Pues para mí la reunión no fue como esperaba —dijo Ella Fay. Se entretuvo en la puerta de la cocina con el viejo vestido de maestra que había usado Gloria, azul marino, con estrellas blancas en el cuello y una falda plisada—. Porque no invitamos a Curly Stovall, por eso...

La señorita Beulah echo a correr y la alcanzó en el pasadizo.

—¡Tú lo has querido, zapatitos nuevos! Te vas a llevar una buena tunda, que es lo que más falta te hace —exclamó—. Y en cuanto al resto del castigo, vienes derechita a casa después del colegio y me cuentas algo nuevo que hayas aprendido hoy. Y ya veremos.

—Echa de comer al ganado. Lleva las vacas al pasto, Vaughn —dijo el señor Renfro—. Ya has oído a tu madre. Se acabó la reunión.

—Si yo no he hecho nada… —dijo Vaughn.

—Pues entonces estate tranquilo —dijo el tío Nathan. Señaló a Vaughn con el tenedor cargado. Desayunó algo que sacó de su mochila, tras regarlo con sirope casero.

—Aquí todavía podíamos llevarnos una sorpresa —dijo Vaughn mientras salía casi corriendo hacia el establo.

—Tío Nathan, ¿ya te marchas?—exclamó Jack cuando un instante después el tío Nathan comenzó a repartir folletos de los que llevaba en la mochila, sobre todo de uno que trataba sobre un borracho que se volvió loco—. ¿De veras no te vas a quedar para la matanza del cerdo? Siempre lo has hecho…

—No, he de ponerme en camino —dijo el tío Nathan. La manga, que tenía llena de zurcidos, olía aún a queroseno y a quemaduras de la noche pasada.

—Nathan, pero si no has estado bajo mi techo ni siquiera el tiempo suficiente para secarte un poco… —exclamó la señorita Beulah—. Anda, déjame que te toque el pelo.

—Hermana, he de abstenerme de parar, aunque sea para descansar.

—¿Ni siquiera vas a hacer una parada en Banner para estar en el entierro de la señorita Julia Mortimer?

Él sacudió los rizos empapados.

—Si el Señor ha querido que la sobreviva, a buen seguro querrá que siga por mi camino hasta más allá de donde he podido llegar antes —le dijo, y se echó la mochila al hombro.

—Pues entonces dale un beso a la abuela. Pero no la despiertes —le dijo.

—Adiós, adiós, tío Nathan —gritaron las tres chiquillas desde el granero al oír los pasos de su tío por el terreno embarrado—. ¡Hasta la próxima reunión!

—Ahora mismo asoma un rayo de luz por allá —dijo el señor Renfro.

—No pueden ponerse manos a la obra antes de que llegue yo —exclamó Jack, y dio un brinco. Apoyó la mano en el hombro de Gloria—. Cariño, no quisiera yo que tuvieras que mojarte los pies.

No se te ocurra venir detrás de mí, que estará todo embarrado. Seguro que no nos lleva mucho tiempo allí en el Alto de Banner. Seguro. —Besó a la niña, que se había llevado un hueso de jamón a los labios como si fuera un silbato, se despidió de todos y salió disparado por el pasadizo—. ¡Ordeña tú por mí, Vaughn! —le gritó. Soltó un silbido y echo a correr salpicando y con los perros entre las piernas. Oyeron a Bet marcharse con él.

La señorita Beulah se quitó el delantal.

—A ver, madre… ¿Estás de una vez dispuesta a sentarte y descansar un rato? —preguntó el señor Renfro.

—¿Descansar? —exclamó ella subiendo la voz—. ¿Cómo que descansar? ¡Yo me voy al Alto de Banner! ¡Y no se te ocurra decirme que no! Stovall y Moody están a punto de tener una enganchada con esas dos máquinas suyas. Si mi chico está listo para armar la que yo creo que va a armar, su madre tiene que estar allí presente y velar para que todo se haga como se debe hacer.

—Pero si está lloviendo que da gusto… —dijo el señor Renfro.

—Pues yo no estoy hecha ni de azúcar ni de sal, así que no me voy a derretir. Y la lluvia por la mañana dura lo que el baile de un viejo: poca cosa —replicó la señorita Beulah—. Pero lo que yo me pregunto es… ¿alguno de los que están en esta mesa piensa venir conmigo, sí o no?

—Yo no creo que me vaya a aventurar a salir de la casa —dijo el señor Renfro con tono de mansedumbre—. Señoras, si me disculpáis…

—Tiene ese dolor de cabeza causado por la dinamita —dijo la señorita Beulah—. Lo diré por última vez, señor Renfro, y doy por terminado el asunto: de ahora en adelante vas a dejar que sean otros los que salgan de noche a poner cargas de dinamita para volar por los aires lo que sea. A partir de ahora, tú te quedas en casa. En el fondo sigues siendo un chicarrón, un jovencito atolondrado.

—De aquí a nada seguro que le da por volar otras cosas. No aprenderá nunca, al fin y al cabo es un hombre —dijo la señorita Lexie.

—Sí, señor. Todo lo que tocas lo destruyes —le dijo la señorita Beulah, y fue corriendo a la cocina—. Prefiero pensar que te habías emborrachado de tanta limonada como habías bebido —dijo cuando volvió. El señor Renfro se puso el sombrero.

—Mejor será que no haga esperar al señor Hugg —dijo la señorita Lexie—. Sobre todo si le voy a dar una sorpresa. Jack tendrá que pasarse sin mí.

—No te pediré de rodillas que vengas, Lexie Renfro —dijo la señorita Beulah—. Puedes acercarte al buzón y seguro que alguien pasa que te lleve en una dirección o en otra. Elmo Broadwee te puede llevar cuando tome su ruta, y cuando pase por delante de la casa del señor Hugg te puede dejar allí junto con el hielo del reparto. Y si cambias de idea, siempre puedes ir en sentido contrario con el cartero. Y así llegarías a tiempo del funeral. ¿Verdad que sí, Gloria?

—Si está dispuesta… Y si ya no le da miedo la señorita Julia… —dijo Gloria, que estaba de pie con el vestido de ir a la iglesia, un vestido azul oscuro, con el cuello y los puños de piqué blanco.

—De todos modos, yo ya me perdí lo de ayer —sostuvo la señorita Lexie, que también se puso en pie y se sacudió las migas en el suelo. Que otra las recogiera.

—Nadie está obligado a plantarse allí y ver cómo actúa mi chico; y menos si no tiene ganas —dijo la señorita Beulah.

—Anda, pregúntales quién se va a quedar en casa conmigo —dijo el señor Renfro a Lady May, y Gloria la dejó de su mano. La niña fue a su lado con parsimonia.

Sobre la divisoria del tejado nuevo, el sinsonte permanecía en silencio, con el pecho henchido, como un pozal de zinc lleno a rebosar de las canciones que llevase dentro. Lo que a primera vista parecía un rebaño de vacas extrañas que hubiera llegado de noche a la parcela era en realidad el conjunto de las mesas del día anterior, sin nada que las cubriese, despojadas, relucientes como la piel de un ternero bajo la lluvia. Había entre las hierbas una lata de tabaco que brillaba como un rubí; lo que parecía agazaparse bajo la mata de malvavisco igual que una zarigüeya era un delantal que alguien había olvidado. Colgaba del respaldo de la silla del colegio un tirachinas. Las flores del cereus que habían brotado de noche parecían cuellos de gallina retorcidos.

La señorita Lexie, al salir al porche con una funda de almohada sobre la cabeza, las señaló con el dedo.

Apareció la señorita Beulah sujetándose el ala del sombrero sobre la frente.

—Gloria Renfro —dijo—, ¿acaso te crees que esa mata de pelo que tienes te va a mantener seca y protegida de la lluvia?

Gloria se encasquetó un sombrero de paja y se ajustó la goma al mentón.

—No, señora, aún tengo el mismo sombrero que llevaba cuando llegué.

Resonó un tableteo a su espalda. Vaughn estaba dando de comer al cerdo. Bastó con que volvieran la cabeza para que se les desvelara el panorama de todos los desperdicios del día anterior, las mazorcas, las cáscaras de huevo, los huesos de pollo, los despojos y las cabezas de gallina, las cabezas de pescado, saltando todos al mismo tiempo al caer apelmazados en el pesebre. Rusty, el cerdo colorado los miraba con los ojos enanos. Tenía esa mañana la cara avejentada y embotada de los inviernos, y comía ruidosamente, con gula desmedida, triturando los alimentos sin ni siquiera apreciarlos.

—Ahora que me acuerdo, se me ha ocurrido una idea excelente para agarrar bien corto al señor Hugg dentro de un rato en cuanto llegue a su casa —dijo la señorita Lexie, enganchándose del brazo con las otras dos mujeres mientras atravesaba el barrizal de la entrada—. Tendrá todo lo que se le antoje. Todo lo que pida el señor Hugg... se lo conseguiré. —Las miró ilusionada.

—De acuerdo, Lexie, adelante —dijo la señorita Beulah—. Con tal de que eso no signifique que pretendes traérmelo aquí en una carreta...

—Se va a llevar la sorpresa de su vida.

—A ver, Vaughn —le gritó la señorita Beulah por encima del hombro—. Después de que haya engullido todo eso, suelta a ese viejo pecador. Aún hay mucho que podrá desenterrar por ahí. La verdad es que se le veía muy bien ahí amarrado mientras duró la reunión, ¿eh?

—Gloria Renfro, ¿se puede saber cómo te las ingeniaste para subir ahí ese coche? Si ayer te dio tiempo a contarlo, me temo que estaba demasiado ocupada y no me enteré. —La señorita Beulah se había detenido a mitad del camino de Banner y miraba con los ojos como platos hacia lo alto, bajo la fila de gotas de lluvia que pendían del ala del sombrero de su marido.

—Pues porque le di un buen susto —dijo Gloria, que dio un salto sobre la zanja para plantarse a su lado—. Ojalá tuviera en mi poder la posibilidad de darle otro de los buenos para que bajase.

Ninguno de los Moody estaba a la vista. Jack se encontraba solo ahí arriba, en el Alto de Banner, los brazos en jarras, estudiando el panorama.

El Buick no parecía haber cambiado de posición, aunque se veían restos de una quemadura en la parte trasera, y el cristal de atrás estaba algo resquebrajado. En cambio, el árbol había sido arrancado de cuajo y estaba del revés encima de la cornisa. Se habían levantado a la vez todas las raíces junto con el lecho de arcilla en que se hundieron, como si un buen terrón del condado de Boone hubiese resuelto darse la vuelta de repente. Toda la sólida rueda de barro apelmazado, con las barbas de las raíces, recordaba una luna de verano muy blanca, solo que requemada y depositada en la orilla misma del mundo.

La señorita Beulah subía por la senda a toda prisa, hacia el Buick.

—Y tiene dentro todo un Comfort, vivito y coleando. Es increíble —dijo—. ¿O es que no está dentro? Los Comfort por lo general suelen ir en dirección contraria al resto de la gente, aunque quien lo dé por sentado comete un grave error.

—Pues claro que está dentro, mamá —dijo Jack, que seguía estudiando el coche—. Dormido como un tronco.

—¿Y está en donde lo dejaste? Ajá —se mofó la señorita Beulah—. De ser un Beecham o un Renfro el que recibiera ese trato, ¿tú crees que el mundo habría estado sano y salvo de nosotros durante toda esta noche?

—No sabía yo que el mundo estuviera sano y salvo, de hecho —canturreó la señorita Lexie, que se acababa de parar junto al buzón. Le sacaba una cabeza entera a la efigie del tío Sam—. En fin. El panorama no es muy distinto al que yo me imaginaba.

—El señor Renfro pecó de modestia, para variar, cuando dijo que había hecho mella en el árbol —dijo la señorita Beulah—. No creo yo que nos vaya a durar mucho, la verdad.

—Aún se sostiene por los pelos —dijo Jack—. Como si esperase a ver qué toca ahora.

Nada más que el recuerdo parecía sujetar al árbol en su sitio. Nada más fuerte que el recuerdo podía sujetarlo allí, colgado de sus últimas raíces. Se había formado una masa redonda de arcilla, surcada de raíces, como una tapadera gigante que se acabase de abrir y permaneciera a la vista, despidiendo un olor aromático. Bajo la lluvia, las gotas se acumulaban en el agujero que había dejado, como si el día entero, sediento, lloviera desde lo más seco con avidez de llegar a las raíces antiguas, sin tuétano, entre rosas y blancas.

—¿Y ahora qué opinas, Jack? —se escuchó de pronto la voz del juez Moody. Apareció junto con la señora Moody en lo alto de la senda que conducía a la granja. Se habían puesto a resguardo debajo de un árbol. Bajaron despacio hasta el camino de Banner.

—Yo sí os voy a decir lo que opino —dijo la señorita Beulah—. Le falta muy poco. Está a punto de ser un ejemplo perfecto.

—¿De qué? —preguntó la señorita Lexie.

—De la necedad de los hombres —dijo la señorita Beulah—. ¿No han oído hablar nunca de la necedad de los hombres?

—Cualquiera de estos días voy a terminar por estar de acuerdo con tu madre, Jack —le dijo Gloria al oído—. Y espero que no se llegue a enterar.

—Papá solo trataba de echar una mano —dijo Jack—. La reputación que tiene el pobre cualquier día le va a matar.

—Quiero que me dé una buena respuesta —dijo el juez Moody desde el camino—. ¿Qué tamaño tiene ahora el problema?

—Pues verá, señor, al bajar he visto el paso cerrado por el norte, por el sur y por el este —contestó Jack a gritos. Dio un paso adelante y se metió en el barro casi hasta la hebilla del cinturón—. Y ahora mi padre ha cerrado el paso por el oeste. Así que ya se ve: es un agujero con todas las de la ley. Un agujero, nada más y nada menos —dijo a la vez que trepaba para salir de allí—. Y creo que ese Buick, ese estupendo coche de paseo, lo podrá librar sin mayor dificultad. Solo habrá que convencerlo para que enfile por el camino correcto, y cuento con que mi camión tenga toda la fuerza que se precisa.

—Muy bien. ¿Y dónde está ese camión? ¿O es que ese trasto también nos va a fallar? —preguntó la señora Moody.

Todos miraron hacia donde el camino de Banner se perdía de vista. En fila con todos ellos, las anémonas silvestres apenas se agitaban sobre sus tallos bajo la lluvia fina, formando un encaje tan luminoso como la funda de almohada que la señorita Lexie llevaba por encima del sombrero. Se oyó un sonido como el de una lluvia que de repente arrecia.

—¡Allá viene su respuesta! ¡Por ahí mismo llega! Más grande, más luminoso que nunca —vociferó Jack. Tomó a Gloria y a la señorita Beulah cada una de una mano y echó a correr con ellas bajando hacia el camino.

—¿Es el mismo camión? Pues no parece el mismo de ayer —dijo la señora Moody cuando ellos llegaron donde estaba.

—Es que viene marcha atrás —le dijo Jack—. Viene desde la parte alta, desde Banner.

—Pues parece que lo conduzca un perro… —sostuvo la señora Moody.

—Supongamos que no dices nada más, querida, y que le damos la oportunidad a ese hombre de llegar aquí, a ver qué pasa —dijo el juez Moody con retintín.

Jack se encontraba en medio del camino cuando el camión retrocedió hasta donde él estaba; tenía en la mano una pella de barro, listo para ayudar a frenar del todo las ruedas. Esa mañana habían desaparecido las cañas de pescar de la cabina, y la parte trasera la envolvía una franja de tela arrancada de un rollo de hule para cocina, sobre la cual se había garabateado un rótulo en letras rojas, unas palabras que en ese momento, cuando el camión se fue acercando, se hicieron del todo legibles: «*Excell (Curly) Stovall para Juez de Paz. Deja que se encargue Curly*».

—¿Cortinas para la lluvia? —dijo Jack a gritos cuando el camión se fue acercando—. ¿Y quién es el listo que te las dio?

—El hermano Dollarhide. Se las cambié por cinco litros de gasolina. ¿Dónde se esconde? Quiero decir, el dueño de ese Buick —dijo una voz apagada desde el interior de la cabina.

—Está ahí mismo, con su esposa, esperando a que llegues. Caramba...

El camión se paró a la altura de sus pies y Jack bloqueó la rueda. Diez o quince de los perros sabuesos de Curly saltaron en el acto de la caja del camión, esparciéndose por el camino y rodeando a Jack, al juez Moody y a las señoras, con las colas como una docena de varitas mágicas que temblaban a la vez en busca de nuevas complicaciones.

—Pues dile que le va a costar un dólar la subida y otro la bajada. Toda la operación se la dejo en dos dólares —gritó Curly Stovall—. En metálico, claro.

—Si ese tipo no está informado, más vale que no se entere de lo que nos costaría todo esto en Ludlow —murmuró la señora Moody a su marido.

—Sigo sin estar seguro del todo —dijo el juez Moody.

—Es una ganga, Curly —le gritó Jack—. Así que saca la cabezota de esas cortinas, que ya va siendo hora de saber por dónde te propones empezar.

Se abrieron las cortinas por la ventanilla del conductor. Se oyó un alarido.

—¡Jack! ¡Eh! ¡Mira el Alto de Banner! ¿Quién ha llegado antes que nosotros?

—Mi padre —contestó Jack—. No te apures. Todo está igual, solo que hay un árbol menos.

—¿Y adónde diablos pretendes que me amarre ahora? ¿Quieres que me sujete a tu pellejo?

—Cuidadito con lo que dices, Curly. Que tenemos ahí mismo a unas cuantas señoras asustadas por la lluvia matinal —dijo Jack—. Y están en fila, esperando que empiece el espectáculo.

—Y en primer lugar y antes que nadie, su señora madre —exclamó la señorita Beulah, y en el momento en que lo decía se abrió la portezuela de la cabina por el otro lado y bajó una señora más. Llevaba el único paraguas que había en varios kilómetros a la redonda.

—Eh, Curly, pero si te has traído a la señorita Ora en persona. ¡Caramba! ¿Y quién se queda en la tienda? ¿El capitán Billy Bangs?

Todo quedó en suspenso mientras la buena señora, una mujer entrada en carnes, atravesaba el barro con el paraguas abierto.

—¿Y la abuela Vaughn? ¿Ha sobrevivido a su cumpleaños? ¿Y qué me dices de ti? ¿Te han dado la bienvenida sin dejarte cicatrices? ¿Alguna visita por sorpresa? —preguntó la señorita Ora Stovall a la señorita Beulah—. Ah, sí: ya veo que tengo delante de las narices a dos de esas visitas por sorpresa… —Avanzó hacia los Moody hasta el punto de que se les puso en medio—. ¿Qué tal estamos, eh? —empezó diciendo—. Yo soy Ora Stovall, peso más de lo que debiera, no me he casado nunca, sé cómo tratar a la gente y me mantengo al día de todo lo que sucede. ¿Están disfrutando ustedes de su visita a estos pagos? ¿Qué les ha parecido Banner? ¿Tienen ganas de que les cuente en detalle cómo fue la mayor parrillada de pescado que jamás se haya hecho por estos andurriales?

—Muy bien. A ver, Jack Renfro y Curly Stovall —gritó la señorita Beulah por encima de la algarabía que formaban los perros, el estruendo del motor, la señorita Ora y todo lo demás—. Las visitas a lo mejor tienen todo el día para andar de cháchara, pero los Renfro no vamos sobrados de tiempo que se diga. Así que allá arriba los dos y venga, manos a la obra. Y sin olvidaros de que ha venido a veros una madre.

—Yo soy la dueña del coche, si no le importa —exclamó la señora Moody.

Entre las cortinas, la lona se había tornado de la textura del terciopelo viejo, traspasada por unas luces pálidas como la mica y abierta en algunos agujeros.

—¡Señora! —gritó Curly desde dentro—. ¡Tenga en cuenta que este no es el mismo trabajito que acepté ayer!

Jack se lanzó al estribo de la cabina.

—Curly, las cosas han cambiado con la noche, y para eso más vale estar preparados. Tenemos entre manos un trabajito mayor que tu fama y la mía sumadas.

—Y tú crees que sabes cómo hacerlo, claro.

—Claro. Tú al volante y yo me ocupo del remolque. —Bajó al camino de un salto—. ¡Venga, Curly! ¡Arranca! Primero marcha atrás, tal como ibas. Y luego súbete por el terraplén hasta ponerte detrás de mí.

Subió corriendo por el barro resbaladizo, indicándole con ambos brazos que avanzara.

—Esto no me gusta nada. ¿Marcha atrás dices? —objetó la señorita Beulah.

—Mamá, a mi camión, mientras quieras que la gasolina corra como tiene que correr, hay que mimarlo bien al subir una cuesta. ¡Dale al gas, Curly! Venga, no seas tímido — gritó Jack.

Todos observaban desde el camino. Con una dilatada cadena de ruidos, como una ristra de petardos a la que se hubiera pegado fuego, el camión inició el ascenso. La lluvia lo había lavado en buena medida, con lo que casi en su totalidad era del viejo azul International que lucía originalmente. Con las manchas y los círculos de aceite que habían terminado por incrustarse en la chapa, resultaba tan iridiscente como las alas de una mariposa a la vez que se estremecía subiendo el terraplén. Por el frente de la cabina habían aparecido las palabras del rótulo original, «Deliciosa y refrescante».

—¿Qué significan esos malditos cuernos que tiene? —preguntó el juez Moody.

—Es sencillo. ¡Significan que cerré un buen trato con el capitán Billy Bangs! ¿Por qué, quién lo pregunta? —se oyó decir a Curly.

Sid, que llevaba ladrando al camión desde el camino a pesar de la docena de sabuesos que lo rodeaban, aún lo perseguía sin descanso, y se lanzó como una bala contra el parabrisas, ya reparado con cinta adhesiva, como una cara a la que le acabaran de hacer un corte.

—¡Cuidado con la valla de alambre! —dijo Jack subiendo la voz. Algo salió volando, despedido por las ruedas traseras como por efecto de un latigazo—. La llevas enrollada ahí abajo, como si te fueras a enredar igual que aquella vez en que quisiste pasar por encima. Y sin que te des cuenta te vas a encontrar a horcajadas de un agujero más o menos del mismo tamaño que tú, malandrín. Fíjate bien en mis indicaciones.

—¿Y qué es lo que ha venido a arrancar el árbol del terreno? —vociferó Curly casi encima del agujero.

—Estaba ya viejo, a punto de caerse. Lo podría haber derribado Lady May Renfro empujándolo con el dedo —exclamó Jack—. ¡Muy bien, ahí quieto! —Se deslizó para colocar un tope en la rueda delantera del camión—. ¡Venga! Tírame un cabo.

Se abrió de golpe la puerta de la cabina, el tiempo suficiente para que de ella saliera un brazo, y una soga negra surcó el aire hasta posarse blanda y húmeda sobre el pecho de Jack. Se volvió en redondo y se colocó tras el camión, cuadrando los hombros a la vez que hacía los nudos. En un visto y no visto se plantó de un salto en la trasera del Buick. Al atacarla, un repicar de campanas se propagó por el aire.

—Alguien, ha tenido que ser alguien, se ha encaramado por la noche y le ha amarrado unas esquilas a este Buick —gritó Jack—. ¡Solo los Broadwee son capaces de perder así el tiempo! —Se puso en pie y gritó hacia el coche—. ¡Despierta, mamarracho! ¡Despierta! ¿Aún no estás listo para salir a dar un paseo, o qué?

—¿Es que ya es de día? —se oyó decir a Aycock desde dentro con voz soñolienta.

—De día y encima lluvioso. Muy bien, Aycock, sal de ahí cuando cuente tres. ¡A la de tres, Curly, tú empiezas a tirar! —dijo Jack a voz en cuello—. Y cuando tires, recuerda que no será el tuyo el único motor que esté en marcha. Cuando Aycock salte y el Buick se desequilibre, el coche echará a andar hacia ti. Bien, ¿entendido?

—Jack Renfro, esto será mejor que lo termines tú solito —vociferó Curly—. Yo ahora mismo me vuelvo a Banner.

—En esta estás pillado, amigo mío —gritó Jack—. ¡Estás bien sujeto al Buick por una soga, y la soga no se va a partir! Una...

—¿Tú crees que existe alguna posibilidad...? —preguntó la señora Moody a su marido.

—Yo diría que, si alguna posibilidad tenemos, depende de Jack —dijo él sin dejar de mirarlo con los ojos muy abiertos.

—Eso ya se lo aseguro yo —convino la señorita Beulah—. Mejor será que no cuente con ninguna de las dos máquinas. En cuanto a ese camión del que tan enamorado está Jack, las piezas pertenecen prácticamente a todos los vehículos que alguna vez pasaron por Banner y se dejaron allí una partícula. Es un ejemplo magnífico de un revoltijo hecho de pedazos de aquí y de allá. Y lo más probable es que se haga añicos a las primeras de cambio; eso si quiere que le diga mi opinión sin adornar.

—Dos… —gritó Jack.

—Yo a esto no juego —protestó Curly con un rugido.

—Curly, Aycock, ya no queda tiempo para que nadie se ande con tonterías —dijo Jack—. Si lo que queréis es la gloria, ahora no os podéis bajar del barco

—¿Quieres que cambiemos de sitio? —exclamó Curly.

—¡Dos y medio…! —gritó Jack.

—Esto está empezando a darme miedo —dijo la señorita Beulah, que se quitó el sombrero del señor Renfro y vació el agua de lluvia acumulada en el ala sin apartar los ojos del Alto.

Jack abrió la boca otra vez.

La puerta trasera del Buick se abrió de golpe y Aycock salió dando tumbos hasta caer en los brazos abiertos de Jack. Ambos chicos rodaron por el suelo, Jack se puso en pie, levantó a Aycock y se quedó tieso con él, con el cabello todavía seco y de punta. Aycock bailoteó entonces de costado hacia las matas de ciruelo, y mientras lo esperaban oyeron en medio del estrépito que producía la lluvia qué era lo que estaba haciendo.

—¡Y tres! —gritó Jack en tono tajante—. ¡Tres! Cuidado allá abajo, en el camino…

La soga ya se había tensado del todo; el Buick se había movido hacia delante. Un fuerte chasquido resonó debajo del coche y algo salió de allí dando vueltas.

—Allá que va el rótulo del tío Nathan —gritó Jack a voz en cuello a la vez que el camión retrocedía, avanzaba un metro y se detenía con una gran sacudida. El Buick, por fin en tierra firme, se desplazaba en dirección inversa. Jack fue corriendo a por él. Pero antes incluso de que llegara las ruedas del coche se detuvieron y luego comenzaron a rodar en sentido inverso. El Buick se desplazaba a la vez que el camión, que rugía y recuperaba terreno. Bajaba ayudado por la soga, alejándose poco a poco de la cornisa, meneándose, como una señora al salir de la iglesia: uno de los neumáticos no se había llegado a pinchar todavía.

—Bueno —dijo Jack, mirando el coche—, está claro que se ha quedado sin una gota de gasolina. ¿Tú no opinas lo mismo, Aycock?

—Sí, ya he visto que algo nos iba a faltar —dijo Aycock.

—En un minuto lo verás bajar detrás de ti, Curly —le dijo Jack a voz en cuello. Un trozo de alambre de espino salió volando de debajo del camión y Curly dio un chillido como una mujer asustada al ver un ratón. Frenó el camión bruscamente a la vez que giraba el volante. Entonces se le caló el motor. El Buick, en el punto más elevado del Alto de Banner, liberado por la falta de tensión en la soga, se fue rodando hasta el punto desde el que había arrancado y lo rebasó. Avanzó por el mismo rumbo que originalmente había tomado al subir por el Alto de Banner, y desapareció con la parsimoniosa velocidad de un ascensor que baja. El camión se elevó como un mono de hojalata sujeto por un cordel, hasta que las dos ruedas de atrás entraron en el agujero dejado por el árbol y allí se quedaron.

—Bueno, bueno, bueno. Creo que no es esto lo que yo había venido a ver —dijo la señorita Ora Stovall—. ¿Y ustedes?

Una avalancha ascendente recorrió el trecho que desde el camino la separaba del Alto de Banner. Mientras Jack extendía ambos brazos para mantenerlos a salvo tras él, Gloria, la señorita Beulah, el juez, y la señora Moody se apiñaron en medio de la nube que salía del tubo de escape, entre los restos del cedro, para mirar abajo.

El automóvil colgaba de la soga mientras el árbol, a su lado, seguía suspendido por las últimas raíces, como dos objetos que esperasen a un tercero.

—Oscar, creo que por primera vez puedo respirar —dijo la señora Moody—. Ha ocurrido.

—¿No es lo que tú querías? —estalló él.

—No, pero ahora al menos ya no lo tenemos delante.

—Bueno, una parte sí —dijo él.

El Buick había descendido todo lo que la soga le permitía: el morro colgaba a menos de dos metros de la repisa inferior del precipicio. Las ruedas giraban en el aire con toda inocencia. La soga aguantaba, aguantaba, hasta que apenas parecía posible que aguantase más, tan tenue como un sonido, como una ultima y temida nota en el canto de la señorita Beulah cuando entonaba *Bendito sea el lazo que nos une*, aguantando en alto incluso después de que el coro y toda la congregación de los fieles hubiesen dado ya por imposible aguantar un segundo más.

—Visto desde aquí, yo diría que se trata de un empate —dijo la señorita Lexie. Seguía en su puesto, apostada junto al buzón.

—Eso es. Mientras sigan colgando el uno del otro, los dos estarán tan seguros como lo estás tú ahí, tía Lexie —dijo Jack.

Las cortinas protectoras del camión saltaron a un lado y otro, y por la ventanilla se asomó una cara tan colorada como el sol que se pone.

—Te estoy viendo, perro infiel —chilló la señorita Beulah—. ¡Eso es todo lo que me hacía falta! ¿Qué vas a pensar ahora de todo lo que nos has hecho, eh?

—Estate ahí quieto, Curly —exclamó Jack.

—Pero si el camión se sale del agujero… —gritó Curly.

—No, por aquí no —le advirtió Jack—. Arranca. Tira para el otro lado, Curly. Písale todo lo que puedas.

El motor del camión despidió un chirrido agudo, como una rana.

—El acelerador —gritó Jack—. ¡Dale fuerte, que el Buick te está comiendo el terreno, Curly! ¡El Buick tira demasiado!

—Ya salgo del agujero —avisó Curly—. ¡A pesar de todo, ya salgo! ¡Igual que una muela cariada!

—Ojalá te hubieras zampado un desayuno más contundente antes de venir —gritó Jack.

—¡Ya sale! —gritó Curly—. ¿Te parece que no voy a saltar? Procura cogerme a mí también en brazos.

Jack giro sobre sus talones, agarró la soga y tiró hacia el camión, y siguió tirando hasta que se quedó sentado, y se vio alzado de rodillas primero y luego, sin soltar la soga, se vio arrastrado boca abajo, palmo a palmo, hasta quedar sujeto de la soga directamente sobre la cornisa.

—¡Gloria! ¡Sujétame! —gritó—. Sujétame por donde puedas…

Gloria se deslizó volando a su lado, en el asiento natural que habían desgastado los amantes a lo largo de los años, en el punto mismo del salto, y se sujetó con ambos brazos a sus piernas. Él afianzó los pies a su espalda. El juez Moody, jadeando y resoplando encima de Gloria, aferró con ambas manos la soga y tiró con Jack y con el camión. La señora Moody, plantando ambos pies bien separados, agarró a su marido con los puños cerrados por los tirantes y le hizo contrapeso, al tiempo que la señorita Beulah sujetó con ambas manos a la señora Moody por la cintura, cargó todo el peso en una pierna y tiró de ella iniciando un ritmo constante.

—Eso es, haced una cadena humana —les indicó la señorita Lexie desde su sitio, junto al buzón.

—¡Ya le aprieto todo lo que puedo, Jack, pero esto no va a ninguna parte! —vociferó Curly.

—Tú aguanta las cosas tal como están, que no empeoren al menos —le gritó Jack.

—¿A qué distancia está ahora mismo de la repisa? —preguntó el juez Moody.

Jack alargó el cuello y se asomó todo lo que pudo.

—Calculo yo que a la misma a la que estamos usted y yo, señor. —Se deslizó un instante. Los brazos de Gloria estrecharon sus pies contra su torso—. No, puede que algo más cerca…

Abajo, la repisa estaba cubierta de rosales silvestres y de matas de ciruelo. En la hondonada del barranco, allá abajo, los cedros apuntaban oscuros sobre el terreno arcilloso, como los pelos que le salían al hermano Bethune de las orejas.

—¿Alcanzamos hasta el camión, mamá? —gritó Jack.

—¿Tú qué te crees, que soy así de larga? —contestó ella a gritos—. Pero tenemos otros dos en el camino y a otro que está mano sobre mano en el Alto. Ven aquí y ponte detrás de mí, Aycock Comfort. Te acuclillas, te sientas ahí, te sujetas a mi pierna. Serás bobo...

—Ya. Y si la soga se parte en dos, todo eso se me cae a mí encima —dijo él, y no fue.

—Pobre de ti. ¿Y qué me dices de Jack, cuando salga volando por el lado opuesto? —le espetó la señorita Beulah con desdén.

—Si la señorita Ora se prestase voluntaria a arrimar sus cien kilos en el paragolpes de mi camión, y si además tratase de ir paso a paso para atrás, seguro que a nadie le haría ningún daño —jadeó Jack—. Pero es que aun cuando me oiga no creo que le pueda pedir una cosa así, tan poco favorecedora.

—¡Ven para acá, Ora Stovall! —gritó la señorita Beulah.

¡Los voy a sacar a todos en el periódico, eso es todo! Cuando llueve, soy igual que una gata— contestó a voces la señorita Ora desde el camino, en el lado opuesto, donde se había subido para ver mejor, protegida por el paraguas enorme como si fuera el ala de un buitre.

—Ay, no creo yo que la Providencia nos haya traído sanos y salvos hasta aquí para dejarnos abandonados a las primeras de cambio. Seguro que alguien acude en nuestro auxilio —dijo la señora Moody sin apenas fuerzas, entre los crujidos de su corsé, con la señorita Beulah poco menos que encima de ella—. Pero entretanto te tengo que pedir que no me dejes sin respiración.

—A los que yo llamaría antes que a nadie da la casualidad de que ya están con nosotros —jadeó Jack—. No vamos a encontrar a nadie mejor que los que están aquí mismo, arrimando el hombro, señora Moody.

—No me fío yo de ese infiel de Stovall. No creo que siga pegado al volante ni un minuto más, Jack —dijo la señorita Beulah—. ¿Sabes en qué está pensando? En cómo salvar su pellejo, en eso está pensando.

—Ojalá no fuésemos todos tan críticos, al menos por unos momentos. Quizás así pudiera pararme a pensar —dijo el juez Moody.

—Dejadle que piense —exclamó Jack.

—Pues más vale que se dé prisa —dijo la señorita Lexie—. El mundo no se quedará quieto esperándoos.

—¡Lexie, por última vez te lo digo, ven a sujetarme por la cintura! —dijo la señorita Beulah a voz en cuello.

—He de ahorrar fuerzas para las batallas que están por venir —dijo la señorita Lexie—. El señor Hugg pesa una tonelada.

—Sigo aquí apretando el acelerador, pero esto no va a ninguna parte —gritó Curly—. Lo único que estoy consiguiendo es que se hunda más aún en el barro.

—Buen tipo —gritó Jack.

—Cuando caiga, ¿lo hará en aquella repisa que hay allí? —preguntó la señora Moody con temor.

—Si no resbala... —gritó Jack—. El rótulo del tío Nathan ya se resbaló del todo. Allá está tirado, tan lejos que ya no se alcanza siquiera a leer lo que dice. Me alegro de que el tío Nathan volviera a ponerse en camino antes de saber qué ha sido de él.

—Ya, pero ¿qué hay al fondo? —exclamó la señora Moody.

—El río Bywy —dijo Jack—. Con lo bajo que viene ahora, se podría pasar por la barra de arena desde debajo de donde estamos y llegar hasta el puente de Banner sin mojarnos apenas.

La señora Moody pegó un grito.

—Jack —dijo el juez Moody—, creo que podríamos dejar que el coche siga bajando muy despacio, muy despacio, hasta tocar esa repisa. Creo que es lo mejor que se puede hacer. Sobre todo mientras nos quede tiempo y tengamos fuerzas.

—Eso es rendirse, Oscar —protestó la señora Moody.

—Lo malo es que la soga no creo que dé para tanto —dijo Jack a duras penas.

—Jack, ¿qué piensas hacer? —preguntó Gloria en tono de súplica.

—Voy a seguir aquí colgado y aguantar durante todo el tiempo que puedas tú sujetarme por los pies, prenda —resopló.

Se oyó un ruido en el camino.

—Ja, ja, Homer Champion —dijo la señorita Ora Stovall a manera de saludo cuando las ruedas fueron a detenerse del todo—. Tú echa un vistazo al hermano.

—¿Dónde? —se oyó la voz del tío Homer—. Eh, ¿qué está pasando aquí?

—¿Quieres formar parte de una cadena humana? —gritó Jack.

—Eso ha sonado a Jack Renfro —exclamó el tío Homer—. ¿Y en dónde para? ¿Desde dónde me habla?

—Está ahí arriba, colgado de la cornisa —vociferó la señorita Beulah.

—¡Hermana Beulah! —gritó el tío Homer—. ¿Se puede saber qué andáis tramando?

—Fácil. Solo estábamos viendo durante cuánto tiempo podemos aguantar de una pieza —dijo Jack respirando entrecortadamente—. Me alegro de contar contigo, si es que te quieres sumar al equipo.

—A todos los perros les llega su día, ¿eh? —rió la señorita Ora Stovall—.Mira al hermano, allá en lo alto.

—¿En lo alto? ¿Es que es Stovall quien está al mando de ese camión? —gritó el tío Homer

—¡Curly! —dijo Jack a voces, aunque el camión ya había retemblado al abrirse la puerta y saltar Curly con sus botas al aire, cargado de hombros como si le venciera una risa insostenible, además de hacer una cabriola, con una sonrisa de oreja a oreja, y luego volver con la misma a la cabina.

—He visto lo que has hecho, pedazo de malandrín —gritó la señorita Beulah—. No contento con todos los males que ya nos has causado, encima has querido terminar con nosotros.

—No pasa nada, mamá. Cuando Curly ha abierto la puerta de golpe, verás que el coche ha aguantado —dijo Jack—. Aún estamos empatados.

El asiento de atrás del Buick había dado una sacudida, lo cual hizo que se cayeran todas las herramientas, entre ellas un rollo de cuerda de remolque que nunca se utilizó, y que se soltó sobre la cornisa y, tras dejar una huella impresa en el barro, se plantó justo ante sus narices.

—Cada cosa a su tiempo, prenda —dijo Jack con la respiración entrecortada—. Aquí tenemos todo lo que podíamos necesitar.

—¡Mirad qué éxito habéis tenido aupando a mi rival a lo más alto! —exclamó el tío Homer—. ¿Es que no os dais cuenta de lo que va a pasar ahora? ¡Como lo tengáis ahí expuesto a la vista del público el tiempo suficiente, todos terminarán por votarle a él!

—¡Mi chico está impidiendo con apenas sus manos desnudas que ese ejemplo de la necedad humana salga disparado por los aires y de paso arrastre a lo que hay colgado en la otra punta, y tú mientras tanto en lo único que piensas es en el dichoso martes! —dijo la señorita Beulah—. No tenemos tiempo que perder escuchando discursitos, así que ven para acá antes de que te tire algo a la cabeza.

—Ni lo dudes, tío Homer. Si Curly pudiera salirse con la suya ahora mismo, se largaría de donde está y bajaría a tierra firme, a tu lado —le gritó Jack.

—¡Y un cuerno! —dijo Curly. Tocó la bocina del camión; ronroneó como si fuera el lejano zumbido de una abeja.

—¡Y un cuerno tú! —dijo el tío Homer—. ¡Lo tenéis ahí sentadito, justo en donde lo habéis plantado! Y si lo que se pretende es que el público decrete que Stovall es el hombre mejor preparado para ocupar un cargo público, mejor que vuestro propio cuñado, no dejéis de tenerlo colgado en donde está, a ser posible hasta que se abran las urnas. Ahora mismo solo le falta un cencerro, para que lo haga resonar por todo el camino.

Con gran esfuerzo, Jack logró zarandear un poco la soga, y desde abajo pudieron escuchar el tenue repique de las esquilas del Buick.

—Si quieres que te cuente el resto del cuento, tío Homer, al otro extremo de la soga tenemos un Buick sin una gota de gasolina —gritó.

—Creo que será una derrota aplastante —exclamó el tío Homer—. No entiendo cómo no os ponéis a cobrar ya mismo a todo el que quiera contemplar el espectáculo.

—Champion, ¿tú de veras crees que esta exhibición hará ganar muchos votos a Stovall? —le increpó la señorita Lexie—. Me pregunto si a este paso alguna vez tendrás razón en lo que digas…

—Yo ya sé cómo es la gente. La conozco bien —gimoteó el tío Homer como si se le fuese a romper el corazón.

—Entonces, supongo que te vas a quedar en donde estás, deseoso de que la soga se parta cuanto antes —dijo la señorita Beulah a voz en cuello—. ¡Y se partirá! ¡Vaya que sí! ¡Dichosos políticos! No permitiría yo que un hijo mío se dedicase a la política ni aunque fuese la última puerta que le quedase abierta en la tierra.

—Tío Homer, las señoras se están cansando un poco y se están poniendo nerviosas —jadeó Jack—. ¿No querrías aportar tu fuerza para que Curly no se mueva de donde lo tenemos?

—Ah, ya. Así que yo soy lo único que faltaba, ¿es eso? —gritó el tío Homer—. Más te valdría volver a Parchman, Jack. Y la próxima vez te quedas allí hasta las primarias y luego las presidenciales.

La furgoneta arrancó con un derrape, se bamboleó y desapareció antes de que su sonido llegase a apagarse, momento en el cual Curly Stovall soltó una poderosa carcajada desde el camión.

—¡Allá ha caído! ¡Mi guitarra! —dijo Aycock, y su cara asomó por el borde del precipicio. Dio un salto en el aire y aterrizó en la repisa plantando ambos pies a la vez.

—¿Te la dejaste ahí dentro al saltar? Espero que siga estando afinada, muchacho —le gritó Jack.

Los faros del coche iluminaron la cabellera pelirroja de Aycock cuando se metió debajo y tomó la guitarra del barrizal.

—Bueno, pues yo creo que lo mejor será que me vaya a casa y que hable con mamá —dijo a la vez que trepaba por el desnivel agarrándose a las raíces que habían aflorado del árbol. Con la guitarra bajo el brazo, saludó brevemente con la mano libre como si fuese a cerrar un monedero, y acto seguido se puso en camino—. Seguro que sigue enfadada conmigo.

—¿Es que te da lo mismo lo que pase al final? —le gritó Jack.

—Casi prefiero que me lo cuentes luego —dijo Aycock—. Lo que de veras me intriga ahora mismo es si estará muy frío el desayuno cuando por fin llegue a casa. ¿Estará todo tan frío que ni la mantequilla se funda?

—¡Eres un mentecato! Y siempre lo serás. Parchman ha sido demasiado para ti, Aycock Comfort. Anda, lárgate a casa y dile a tu madre que lo he dicho yo —gritó la señorita Beulah.

—Lo único que tenías que hacer era casarte, Aycock —dijo Jack—. Tendrías que haberte llevado una mujer a casa a ser posible antes de tiempo, como hice yo, y ahora la tendrías como yo a la mía, sujetándote por los pies.

—Ya, pero de momento no —dijo Aycock con cortesía. Se detuvo donde estaba la señorita Beulah y ladeó un tanto la cabeza, con el cabello mojado y pegado al cuello como las plumas de un gallo rojo de Rhode Island—. Verá usted, señorita Renfro, yo es que tengo la sensación de que el señor Renfro intentó más o menos hacerme volar por los aires esta noche.

—Aún me queda paciencia suficiente para hacerte una pregunta —le gritó ella—. ¿Cómo llegó el señor Renfro hasta aquí en plena oscuridad?

—Con sigilo —dijo Aycock—. Y con sigilo bajó después. Si me hubiera dicho lo que pensaba hacer, me habría plantado de un salto encima de él. Cuando sonó la explosión, pensé que antes de poner el pie fuera del coche lo mejor sería esperar a ver qué pasaba después. Su dinamita, a lo que se ve, no es la más fresca del mundo.

—¿Dinamita? —Curly Stovall asomó la cabeza por las cortinas de protección para la lluvia.

El juez Moody de pronto se puso a hablar con nerviosismo.

—¡Estamos todos colgando de aquí por los pelos! ¿Es que no podemos dejar para después las conversaciones? ¿Es que a nadie de aquí se le ocurre una idea sensata? ¿Se puede saber qué vamos a hacer con esto?

—Siempre se podría cortar la soga… —sugirió Aycock—. Por lo menos, se ahorraría tiempo.

Se marchó de puntillas, salvando los charcos.

—Llevamos once minutos y medio sujetos a duras penas a la soga —dijo el juez.

—Juez Moody, yo más bien creo que se le ha parado el reloj —resopló Jack—. ¿Seguro que aún funciona?

—¡Por favor, ya basta! Necesito pensar en algo —dijo el juez Moody.

—¿Qué sucede, Gloria? —le dijo Jack—. Cuando has suspirado, el suspiro me ha recorrido entero de los pies a la cabeza.

—No parece que esto tenga futuro, Jack. No para nosotros —jadeó Gloria.

—Pues tú no dejes de mirar, cariño. Ya verás cómo aparece por alguna parte.

—Si no logramos hacerlo mejor de lo que lo estamos haciendo, ¿qué pensará Lady May de nosotros cuando seamos viejos y peinemos canas?

—Tú agárrate a mis talones, cariño —exclamó él.

—Aún estamos en el mismo punto en el que estábamos ayer. A grandes rasgos, todo sigue igual. Pero por poco —dijo Gloria.

—No te rindas, cielo —dijo Jack cuando ella apoyó el mentón entre los talones embarrados, con las suelas húmedas de los zapatos a punto de desprenderse, la piel desgastada, de un tono arenoso, rosáceo, los cordones mojados y pesados como el metal por el barro acumulado, los mismos zapatos con que se casó—. Concéntrate en lo que estaremos haciendo tú y yo dentro de un ano, en este instante. Eso es lo que yo pensaba a diario durante todo el año pasado mientras estaba en la penitenciaría.

—Jack, solo tú eres capaz de pensar que todo saldrá bien.

—Sigo creyendo que sé cómo afrontar las complicaciones; se trata de tomárselas como lleguen —dijo sin resuello.

—¡Hace falta pensar en algo! Se nos tiene que ocurrir algo —exclamó el juez Moody.

—Jack, se te está agolpando la sangre en la cabeza —exclamó Gloria.

—Pues que no se caiga, no vaya a ser que lo haga aterrizar —exclamó la señorita Beulah desde el final de la hilera—. ¡Su preciosa cabeza!

A Gloria le corrían las lágrimas calientes por las mejillas mezcladas con la lluvia.

—Oh, Jack —susurró hablando con sus talones—. No entiendo cómo has aguantado tanto tiempo con vida.

—Si está derrotado es que no se da por enterado. Así es como sobrevive él —dijo la señorita Beulah.

—A mí nunca han logrado vencerme —exclamó Jack.

La soga se partió en dos con un silbido. Al romperse y dejar libre a Jack, este se puso en pie, extendió los brazos y se precipitó de bruces encima del árbol caído. El juez, su esposa y la señorita Beulah salieron despedidos al suelo, mientras que Gloria salió disparada en sentido contrario. Se le escapó el sombrero, que salió volando por el precipicio.

—Y allá que va ella tras él —clamó la señorita Beulah.

Tanto Jack como Gloria se encontraron de golpe encima del árbol, dando tumbos el uno hacia el otro. El tronco del cedro rodó sobre su eje como si una ola hubiera subido desde el río y lo hubiera soltado de su anclaje precario, pero siguió adherido a la tierra, sujeto sobre el precipicio por sus últimas raíces. Las ramas crujían y arañaban a Jack y a Gloria en las rodillas y en los hombros, y les azotaban en la cabeza, y los lanzaban el uno contra el otro, sirviéndoles de asidero a duras penas. Como dos náufragos sorprendidos en plena tormenta, y pese a todo supervivientes, bajaron dando gritos y frenaron el descenso con uñas y dientes. El árbol sin embargo se sostenía como un nido que hubiera caído al final del verano desde lo alto de un árbol o una parra, con todas las hojas del ayer enredadas en el ahora. Los dos cayeron por lo que hasta hace poco había sido la copa del árbol hasta llegar a la repisa, aterrizando el uno junto al otro, mirándose a los ojos, debilitados y asombrados por haber salido con bien del desplome.

Las esquilas aún repicaban en sus oídos.

—Vaya, pues el auto ha ido a dar en donde más duele, ¿no? —exclamó la señorita Beulah.

El Buick estaba clavado de morro en la repisa de barro rosáceo.

Jack se había puesto en pie.

—¡Curly! Si no eras capaz de traer una soga mejor que esa, más te valía no haber traído ninguna.

—Pues era una soga del número 2 de la marca «Maravilla Mundial» —gritó Curly, todavía dentro del camión atronante.

—Me parece a mí que era una simple sirga con un poco de refuerzo.

Jack ayudaba con ternura a Gloria a ponerse en pie en medio del revoltijo de ramas rotas. Le retiró las ramitas y las hojas de la melena.

—Lo que es una chapuza son esos nudos que haces —respondió Curly a voces.

—No lo creo, porque siguen anudados. Son los mismos nudos que ha hecho Jack Renfro toda la vida. Curly, esa soga que has traído se ha partido por la mitad.

—Pues solo la había usado una vez. Para alejar a un ternero de su madre.

—Has traído la cuerda menos apropiada.

—Ha caído justo de morro. Y no habrá sido por no haberme ocupado yo de que se hicieran las cosas como había que hacerlas —dijo la señorita Beulah—. En fin, podría haber sido mucho peor, justo es decirlo. Las dos máquinas podrían haber terminado despanzurradas en el fondo del precipicio, y no habría sido de extrañar que dos o tres hubieran salido con el brazo o la pierna rotos.

—Supongo que estarás contento —dijo la señora Moody a su marido . Ahí lo tienes. En esa repisa.

—Es un alivio, desde luego —dijo él—. Aunque sea solo provisional.

—A mí me parece que tiene toda la pinta de ser bastante permanente —le dijo ella.

—No, es puramente provisional, de eso estoy seguro, Maud Eva —dijo él.

En ese momento se oyó a sus espaldas un ruido poderoso como un trueno, y una nube de azul puro se tragó a la señora Moody en su totalidad y a parte de la señorita Beulah. El camión se había levantado como si lo accionara un muelle, como una bandada de gallinas alarmadas ante el cariz demencial que iban tomando las cosas, y rebotó antes de brincar de nuevo.

—¡Curly! —gritó Jack a pleno pulmón—. Me parece a mí que has atropellado a una de las serpientes del hermano Bethune.

El camión fue a detenerse a unos metros de distancia, pegado a las matas de los ciruelos, con los perros correteando alrededor y ladrando como posesos. Curly Stovall, tan empapado como si hubiera estado a la intemperie junto a todos los demás, saltó por segunda vez de la cabina y se plantó en el barrizal, cerca de la cornisa, para darle un grito a Jack.

—Bueno, ¿y qué ha sido eso, si se puede saber?

—Curly, mi padre plantó un cartucho de dinamita por ahí, queriendo hacerme un favor —dijo Jack—. Y vaya si me lo ha hecho.

—Eso ya lo habías dicho antes —gritó Curly.

—Pues ahora te lo decimos otra vez —dijo la señorita Beulah mirándolo a los ojos—. Hay algunos que ponen un cartucho de dinamita y lo prenden una vez y se acabó, pero no irás a suponer que el señor Renfro se iba a contentar con tan poca cosa.

—Ah, pues eso debe de ser que utiliza una dinamita que está podrida —barbotó Curly—. Y no hay garantías de lo que vaya a pasar con un cartucho de dinamita antiguo, claro.

—De no haber sido por ese estallido repentino, ya te digo yo dónde ibas a estar, Stovall —dijo la señorita Beulah—. ¡Aún seguirías metido en ese agujero! ¡Derechito de camino a la China! Ay, ese olor, señor Renfro… —alzó los ojos—. ¡Qué olor! Es peor que una de esas salas de funeral llenas de gardenias.

A la señora Moody se le escapó un alarido.

El árbol había comenzado a moverse. Se alejaba. Primero fue poco a poco, y luego dando tumbos, rodando sin control sobre la inmensa bola de las raíces amasadas con el barro, menguando a ojos de todos, despidiendo tenues y delicados sonidos, hasta que todo quedó de nuevo en calma, en total silencio, hecho un amasijo de grisura al pie del precipicio, de un tamaño no mucho mayor que un paraguas plegado.

—La señora Moody lo ha echado abajo del susto —dijo Gloria.

—Más bien ha sido gracias al señor Renfro. La última explosión es lo que le ha dado el impulso definitivo —la contradijo la señorita Beulah.

—Y ahora el Buick sí que tiene vía libre para salir de su atolladero —dijo Jack—. Y así volver al camino del que se salió.

—¿A eso lo llamas tú vía libre? —preguntó el juez Moody frunciendo el ceño.

—De ahí sale derecho al camino, siguiendo por la orilla del río —dijo Jack—. Gloria, mantente tan lejos de mí como puedas. —La tomó en vilo y la puso a su espalda.

—Sujétalo bien, muchacha —exclamó la señora Moody.

—Solo quiero dejarlo en su sitio, señora Moody —dijo Jack.

—¿Y con qué, si se puede saber? —inquirió el juez Moody.

—Nada más que con la fuerza de mis brazos, señor. Es lo más seguro —dijo Jack.

—Ni se te ocurra moverte. Espérame —le ordenó el juez.

El coche se encontraba con el chasis a la vista, de cara al juez Moody, cuando este descendió por el camino de los pescadores hasta llegar a la repisa. Alejándose del camino, e incluso de la vista del camino, encaramado en otra repisa, con un muro de arcilla que se levantaba a un lado y la lluvia que caía por el otro en un trecho deshabitado, podría haber sido un motor de misteriosa invención, de pasado desconocido, de función imposible de entender, acaso ilegal, como un cargamento de whisky destilado con el que se hubieren encontrado sin previo aviso en un claro del bosque.

El juez Moody se plantó delante del coche, Gloria detrás, la señora Moody y la señorita Beulah encima. Curly Stovall andaba por allí al fondo, riéndose.

—Siendo como soy la mujer de Jack, quiero pedir que nadie mueva ni un pelo —dijo Gloria.

Jack se asentó delante del coche y se puso de espaldas, flexionó los brazos y cuadró bien las rodillas. Se limpió las manos ensangrentadas en los pantalones, y muy despacio, como si levantara en vilo su propio peso, alzó los brazos y sujetó el coche.

—¡Miradlo bien! Me recuerda a Sansón, es su viva estampa —exclamó la señorita Beulah con frenesí. Se encontraba en la cornisa—. Solo que mi hijo tiene la sensatez que Sansón no tuvo, y se quitará de en medio cuando el coche empiece a moverse.

Jack dio unos pasos inseguros y pegó entonces un salto como si se acabara de librar de unas fauces terribles, y el Buick se posó como un trueno seco que restalla después de que le caiga un relámpago muy cerca.

—Y listo para remolcar —gritó a la vez que el juez Moody lo sujetaba.

—¡Mi tarta! —exclamó la señora Moody.

Las demás puertas del Buick se fueron abriendo una por una, como bolsillos a los que se les da la vuelta, y por la senda que pasaba por la repisa del precipicio salieron corriendo unas jabalinas moteadas, como si la alfombra de la iglesia hubiese cobrado vida propia, que se zamparon la tarta que había caído del asiento de delante al suelo, bajo la lluvia. Azuzando a las jabalinas venía Rusty, el cerdo de la granja.

—Muy bien, Stovall. Ahora es tu turno —le gritó el juez Moody.

—¡Yo abandono! No pienso remolcarlo yo ni un metro más, y no puede usted obligarme, señor, porque la ley soy yo —dijo Curly.

—Curly, el juez Moody también es la ley —dijo Jack—. Espero que no seas tan ingrato y que no te hayas olvidado de lo que el juez Moody hizo por ti.

—¿Qué juez Moody ni qué niño muerto? ¿Ese es el juez Moody? —exclamó Curly—. ¡Vaya, no pensaba yo que fuese a ver alguna vez al juez Moody, y menos por estos andurriales!

—¿Y cuántos jueces Moody te crees que hay? —exclamó la señora Moody—. ¿O es que pretendes decirme que hay otro juez Moody que no sea este? Anda, no me hagas perder el tiempo.

—Maud Eva… —empezó a decir el juez Moody.

Pero de pronto se añadió al ronroneo del camión un ruido más cortante. Curly se volvió en redondo. Jack se abalanzó por la pared de arcilla sujetándose a las raíces del cedro, a los brotes de otros cedros, a los rosales silvestres, aupándose con las piernas hasta que por fin asomó por la cornisa, en donde la señorita Beulah le incitó a continuar.

El camión, vacío, se bamboleaba por la pendiente hacia el camino, patinando sobre las roderas que había dejado en tierra al subir hasta el Alto. Lo retenía solo un poco el motor y, durante un tramo corto, el roce de las matas de ciruelo. Dio un golpetazo al llegar al camino de Banner y pisar un charco profundo, que atravesó formando un abanico de agua para seguir, como si diese a entender que algo se le había roto por dentro, yendo a dar al final a la zanja y llevándose por delante parte del puesto donde Jack vendía su sirope y de paso arrastrando una larga cola de barro compacto, formada alrededor del trozo de soga que seguía atado al paragolpes trasero.

—Vaya, hombre, ese trasto me ha salpicado el vestido —anunció la señorita Lexie desde el buzón.

—Yo me quedo aquí con lo que es mío —gritó la señora Moody.

—Estupendo, Jack. Lo has conseguido. Tú has sido quien lo ha puesto en marcha. Has causado un temblor en todo el Alto de Banner cuando has desencajado ese Buick. Ese camión, por la manera en que está ensamblado, siente cada temblor, cada palpitación. Ya lo has visto —le acusó Curly.

—Bueno, pues una cosa lleva a la otra, eso es todo —dijo la señorita Lexie—, Por eso me quito yo de en medio.

Cada una de las piezas de que constaba el camión se había ido soltando, como la coraza que formaba la piel del rinoceronte que salía en una de las páginas del manual de geografía. Todo el camión parecía desencuadernado, con la excepción de la placa de la matrícula, una placa antigua de Alabama, que había terminado adoptando una tonalidad dorada y que seguía colgada del revés. Las ruedas traseras estaban recubiertas por una costra sólida de barro, como las raíces de un árbol arrancadas de cuajo, si bien las ruedas delanteras y los cuernos tenían bastante menos barro, y este era más fino, como la masa para hacer pan de jengibre.

—Sí, está un poco destartalado ahora mismo —convino Jack, y rozó el camión al enfilar hacia al camino y dirigirse hacia las anémonas que ocultaban el sendero de los pescadores—. Pero las apariencias nunca lo son todo. Ya lo apretaré de aquí y de allá a la primera ocasión que se me presente. —Subió a la cabina—. Menos mal que no se resquebrajó la repisa con el Buick como se ha resquebrajado mi camión —dijo a Gloria cuando ésta llegó a la carretera, a todo correr.

—Vuelve con los otros —dijo ella—. A los Moody les va a dar un ataque.

En la repisa, el juez Moody estaba en pie con la mano sobre la portezuela del coche abierta. Tenía un pie en el estribo.

—Voy a salir de aquí ahora mismo, Maud Eva —le dijo.

Ella volvió a dar un alarido.

—¡Jack, no permitas que mi marido ponga el pie en ese coche! ¿Dónde está el camión? ¡Quítaselo ahora mismo!

—Mi camión está esperando ahí al lado. Necesita un poco de atención antes de ponerse de nuevo en marcha, señora Moody —dijo Jack—. Sé perfectamente lo que necesita.

—Da lo mismo —le interrumpió el juez Moody—. Voy a sacar mi coche de este atolladero, jovenzuelo.

—¡No se lo permitas, Jack! ¡Mira lo que tiene debajo! —exclamó la señora Moody—. Y, si lo intenta, quítale el volante de las manos. ¡Al doctor Carruthers le daría un soponcio!

—Tú espera en el camino, Maud Eva. A ver, jóvenes: ¿querríais ayudar a mi esposa a llegar al camino? Si no es molestia, que espere todo el mundo por favor en el camino a que salga conduciendo el coche. Creo —añadió con más calma— que lo haré mucho mejor si no estáis todos delante. A lo mejor me pongo nervioso.

—Señor, lo que nos falta ahora mismo es gasolina —le recordó Jack—. Pero le traeré algo de la mía.

—Entonces yo ya he dicho todo lo que tenía que decir —dijo la señora Moody—. De mis labios no saldrá ni una palabra más, Oscar; al menos hasta que lleguemos a casa.

Jack sacó un trozo de tubo de goma mordisqueado de la caja del camión, desató un pozal oxidado de debajo de la plataforma del puesto del sirope, lo vació de hojas y de lluvia y sorbió para hacer sifón y verter gasolina del tanque en el pozal.

—Con el kilometraje que lleva, esto tendría que alcanzarle para llegar por lo menos a Banner —dijo, y volvió corriendo con el pozal sin asa entre los brazos.

—Ahora creo yo que ya me empieza a deber bastante más —dijo Curly Stovall.

Oyeron las esquilas antes de verlo. Entonces, manchado de rayajos de barro, con ramas de brezo adheridas, el emblema desaparecido de la tapa del radiador, el paragolpes embozado, ciegos los dos faros, el Buick apareció bamboleándose por la colina, deslizándose de costado y levantando una cortina de barro. Se podía vislumbrar al juez Moody al volante a pesar del hipnótico arcoíris que destellaba bajo la llovizna y las resquebrajaduras del parabrisas. Hincó las ruedas en el barrizal antes de ascender hacia el camino, y terminó por salir disparado entre las anémonas vencidas por el peso del agua, hasta arribar a donde esperaba la señora Moody.

—Me lo traes manchadísimo de barro —exclamó ella.

—Y tiene unos cuantos desperfectos acaso más graves —dijo el juez Moody.

—El morro lo tiene un poco desviado —dijo Jack—. Razonable, si se piensa que ha descansado con todo su peso encima.

—Lo primero será quitarle esos cencerros —dijo la señora Moody; Jack ya los había ido retirando como si fuesen espinacardos.

—Escucha el motor, Maud Eva. Por el ruido que hace la verdad es que deja bastante que desear —dijo el juez Moody.

—Llegará hasta Banner, fíese de mí —dijo Jack—. Es casi todo cuesta abajo. Aparque donde le indique yo, juez Moody, delante de mi camión. —Estaba señalando hacia el camino.

—¿Es que en vez de remolcarme tú a mí, te voy a remolcar yo a ti? —estalló el juez Moody.

—Vamos a ir todos a una —dijo Jack.

—O sea, ¿que voy a rescatar yo un camión casero y destartalado que no se tiene en pie y que ni siquiera ha tenido fuerza para rescatarme a mí? —exclamó la señora Moody—. ¡Eso sí que no me lo imaginaba yo!

—¡Si vamos todos al mismo sitio, señora Moody! Curly, te voy a dejar que lleves tú mi camión todo el camino, sentado al volante si es que lo prefieres así. El Buick del juez Moody te remolcará.

—¿Y eso tiene que pasar justo delante de mis clientes? —gritó a voz en cuello—. ¿Delante de todos mis votantes?

—Curly, decídete, porque este hombre se ofrece para remolcar tu camión —dijo Jack.

—Siempre aparece algo que acorta el rabo del conejo. No lo olvides, Stovall —dijo la señorita Lexie Renfro.

El juez Moody acababa de colocar el Buick marcha atrás en su sitio.

—Pero yo ya no oigo que se ahogue —dijo la señora Moody.

—Ni yo tampoco. No, mucho me temo que no le voy a sacar de dentro ni un chispazo más —dijo el juez Moody.

—Así que hasta aquí me lo has traído todo lo deprisa que puedes ir —dijo la señora Moody al juez—. Ha sido un trecho muy corto... ¡no te acerques! —gritó a la espalda de Jack, que acababa de abrir el capó—. No quiero verte enredar en el motor, ni siquiera estando mi coche ya en tierra. Oscar, toca la bocina para que se entere.

Jack levantó la cabeza.

—¡Escuchen!

Fue otra bocina la que acababa de sonar. El autobús escolar llegó a buena velocidad hasta donde estaban, dando la vuelta al buzón y rebasando al camión y al Buick. Jack quiso perseguirlo dando gritos.

—¡Alto! ¡Alto! —vociferó hasta que bajó la señal de parada solicitada, el conductor del autobús dio un volantazo y Jack sujetó el asa de la puerta.

Vaughn asomó la cabeza por la ventanilla.

—Sal de ahí zumbando y déjame a mí que conduzca el autobús —dijo Jack.

—Lo he arreglado, no ha sido complicado. Ahora voy al colegio —exclamó Vaughn.

—Es justo lo que necesitábamos, llegas justo a tiempo. Ni siquiera lo había echado en falta —dijo Jack.

—¡Hoy es el primer día en que me toca a mí conducirlo! —exclamó Vaughn—. Ni siquiera he dejado a las hermanas que se sientan en el autobús, no sea que me atosiguen con sus cosas. Han tenido que ir andando por la senda del molino. —El motor ronroneaba con aparente excitación, sibilante, como si fuese un susurro descontrolado.

—Vaughn, ya podrás disfrutar mañana de tu primer día. —Con una mano aún ensangrentada, Jack dio unas palmadas en la de Vaughn, perfectamente limpia—. Tú ponlo en fila, delante del Buick, y baja de un salto. Solo me pregunto si has encendido la batería como lo habría hecho yo.

—Esto es una injusticia —dijo Vaughn aceptando la situación.

—La lluvia al menos ha limpiado un poco ese trasto —dijo la señora Moody, y miró con desaprobación a los faros, que seguían ahuecados, y la rejilla, y el paragolpes delantero, que no estaban en donde deberían. Por la mañana eran visibles unos hoyuelos grandes como las caras de los niños, impresos en los paragolpes amarillos. El metal de la carrocería estaba lleno de abolladuras y también tenía algunas quemaduras. El rótulo «Gatos Monteses de Banner» había aparecido debajo de la visera que prolongaba el techo—. Tiene que ser el mismo autobús. ¿Y nosotros vamos a ir detrás, Oscar?

El juez Moody hinchó los carrillos, conteniendo su respuesta.

—Vamos, Vaughn, ve a buscar algo de cuerda para remolcar al juez Moody. Mira debajo de la cornisa, en el Alto, y más abajo, en la repisa, si es que la repisa sigue en su sitio —dijo Jack—. Voy a probar con esa cuerda, a ver qué tal.

—Mis herramientas y mi cuerda de remolque están en el coche, en su sitio —dijo el juez Moody—. Bajo el asiento de atrás. —Fue a sacarlas mientras Jack subía de un salto por el lado opuesto del camino.

En cuestión de segundos se oyó un tamborileo que parecía que fuese a resonar sin fin, al menos hasta que se lo tragó el silencio.

—¡Tenemos una soga bien robusta! —dijo Jack, y volvió corriendo hacia ellos. Manchada de rojo y negro, pesada como una serpiente viva y coleando, colgaba inerte y chorreando en sus brazos arañados y embarrados.

—Deja ese pozal en su sitio, Jack; se trata de algo que no te daría ni aunque me lo pidieras —dijo la señorita Beulah—. Ese pozo llega hasta la China, ya lo abrió tu tatarabuelo Jordan, que era muy terco. El pozal podría incluso ser de él.

—¿Y eso es lo que pretendes utilizar para tirar del camión y del coche desde aquí hasta Banner? —preguntó la señorita Lexie—. ¿Amarrarlo al autobús escolar de Banner? Si no es más que una cuerda de andar por casa, muchacho.

—Si una cosa no tiene más que una utilidad, Lexie, por mí mejor que se use —dijo la señorita Beulah—. Cuidado —avisó a Jack—. Esa cuerda empapada pesa bastante más que tú.

—Mamá, creo que esta mañana está todo más mojado fuera del pozo que dentro —le dijo cuando los dos hermanos se apresuraron a preparar los nudos. Vaughn imitaba todo lo que hacía Jack.

—Sigue sin ser suficiente para ir todos a una —dijo Jack—. ¿Y ahora, qué?

—Yo he traído algo de cuerda por mi cuenta —dijo Vaughn, y echó un vistazo al Alto de Banner—. Por si acaso le pasara lo que ya me pasó a mí.

De debajo del asiento del conductor del autobús escolar sacó una cuerda bien enrollada, con un gran nudo en medio. Allí llevaba también el hacha del señor Renfro y una cadena mediana. Jack se lo quitó de las manos en un santiamén.

Pocos instantes después bajó de un salto y se dirigió a la señora Moody

—¿Quiere ocupar uno de los asientos del autobús escolar, señora Moody? —le dijo—. Si se sienta delante, podrá ver de maravilla todo el camino.

—Pero que en mi asiento no vaya —anunció Gloria.

—Gracias, pero iré montada donde pueda ver mi coche, aunque venga dando tumbos —dijo.

—¿Prefieres ir en el camión? —exclamó el juez Moody.

—Pues en tal caso tendrá que poner un poco de cuidado, señora Moody. A ver dónde coloca los pies —dijo Jack, y la aupó a la cabina del camión—, mientras yo la empujo por detrás.

—Vaya, ¡pero si esto no tiene suelo siquiera! —chilló la señora Moody.

—Apoye bien el pie en ese tablón que corre por el frente, señora Moody, y pase sin miedo al otro lado —dijo Jack—. Cuidado con los muelles que sobresalen, son puntiagudos.

—Tiene una manta de caballo para protegerse —dijo Curly Stovall, y se la señaló.

—Curly —dijo Jack—, la única razón por la que te voy a dejar ir en este camión una vez más es porque mi esposa no se fía de nadie más que de mí para conducir el autobús escolar. Juez Moody, le estaría agradecido si se sentara entre ellos dos. Y mientras la señora Moody se mantiene atenta al Buick usted no pierda de vista a Curly.

—Eso es lo que me propongo hacer. Estaré atento a todo —dijo. Subió. Curly Stovall subió tras él y se plantó con todo su peso al volante, mientras los perros de Jack y los de Curly montaban de un salto en la caja del camión.

—Pero no pienso ir con esa jauría de perros ladradores. Es una locura dentro de otra locura mayor —dijo el juez—. Saquen de aquí esos perros.

—Y eso que están ya bastante mojados —dijo la señora Moody.

Jack hizo salir a los perros, que se desperdigaron como si fueran a emprender la carrera, algunos ya por el camino, otros al paso, persiguiéndose los unos a los otros, por la senda que arrancaba en el Alto de Banner.

—A ver, chicos: ¿lo tenemos ya todo bien enganchado? Todavía no termino de ver claro qué es lo que sostiene todo ese montaje sin que se desplome en pedazos —exclamó la señorita Beulah.

—Las cadenas, la cuerda del pozo, la soga de remolque de los Moody, el alambre de la valla y el columpio de Elvie, madre —gritó Vaughn.

—Vaya, pues no estoy yo tan segura como tú de que Elvie ya no quisiera jugar más con ese columpio. Jack, pase lo que pase, prométeme que volverás con ese columpio para que Elvie pueda volver a montarse en él. Si no lo haces ya verás qué llantina —dijo la señorita Beulah con gran agitación, moviendo ya la mano como si fuera a decir adiós

Jack silbó de pronto y le contestó un relincho.

—¿Y para qué necesitamos ahora a la dichosa mula? —exclamó la señora Moody cuando Bet apareció en lo alto de la senda que conducía a la granja.

—Va todo en el mismo paquete —dijo Jack—. Y me parece que Bet aún me trae algo de ayuda adicional por su cuenta.

La mula negra primero y luego una mula blanca aparecieron por la senda de la granja adelantándose la una a la otra.

—La mula del hermano Bethune estaba esperando a que alguien le indicase el camino de vuelta —dijo Vaughn—. No va a tener que comer en una semana al menos.

—Cuando hayamos cargado también a todos los niños nos va a hacer falta toda la fuerza de esa mula —dijo Jack—. Úncela.

—¿Niños? ¿Qué niños? —exclamó la señora Moody.

—Los niños que van al colegio. Vaughn no es el único. Señora Moody, tenemos que llevarlos a todos, pobrecitos. Justo esta mañana empiezan las clases —dijo Jack— . Si llegan tarde, la maestra les dará una buena azotaina.

—Ya está Vaughn preparado con Bet, junto con la mula del hermano Bethune, las dos de camino al autobús escolar, donde espera Jack al volante, y el camión con Stovall al volante y los Moody en la cabina, y el coche de paseo de los Moody amarrado en medio. Como si fuese una mariquita a la que se llevan a casa entre un escarabajo y una mariposa amarilla y un par de hormigas —dijo la señorita Lexie—. ¡Qué cosas! Ya tengo algo que contarle al señor Hugo cuando llegue.

—¡No, Vaughn! Las has amarrado por el lado contrario. Tú vas con las mulas al final de todo —gritó Jack—. ¡Tú serás el freno!

—¿Es que no sabes cómo pisar el de emergencia? —dijo Vaughn con desdén.

—Pues claro que lo sé. Pero si hay en el mundo una cosa de la que procuro no fiarme ni en broma, Vaughn, es de los frenos de emergencia del autobús escolar de Banner —dijo Jack—. Ahí tienes dos mulas recias, y las dos tienen una estupenda hoja de servicios. Me fío de la una tanto como de la otra.

—Ya, pero nunca han trabajado juntas —aventuró el juez Moody.

—Y no lo harán —dijo la señorita Lexie.

—Cuento con ellas —dijo Jack—. Las quiero al final de todo.

—Ahí viene alguien más, aunque no creo que sea de gran ayuda —dijo la señorita Beulah—. Es el cartero.

—Nos puede pasar aquí mismo si azuza bien al caballejo y sigue por la zanja, señor Wingfield —gritó Jack.

—No hay carta para usted —dijo el cartero a Gloria—. ¿Va a aprovechar para mandar alguna?

—Yo ya no tengo más cartas que escribir —le dijo ella.

—Pues me alegro por usted.

—Si ese no es el repartidor del hielo… —dijo la señorita Beulah—. Mirad, viene justo por el otro lado. ¡Atentos todos, no sea que choquéis contra el furgón!

—Ese es el que me lleva a mí —dijo la señorita Lexie, y le alargó un paño húmedo—. Agradezco que me hayas prestado la funda de la almohada.

Por un momento, hizo gala bajo la lluvia de los mismo gestos que la señorita Julia Mortimer. Después de que el furgón del hielo maniobrase para seguir su camino, Jack fue corriendo para aupar a la señorita Lexie.

—¿Señorita Lexie? ¿Sigue usted dando clases? —le preguntaba el conductor del furgón del hielo cuando la señorita Lexie se elevaba por el aire

—Si dijera que dejé de dar clases hace mucho tiempo, ¿sería usted más feliz?

—Tengo entendido que hoy van a enterrar a una maestra en Banner —dijo él cuando ella estuvo a su lado.

—Venga, vámonos —dijo la señorita Lexie—. Adelante, hasta que pueda dejarme usted en la puerta de la casa del viejo Hugg.

—Pues allá que se va Lexie, de vuelta a lo que bien conoce —dijo la señorita Beulah cuando el furgón del hielo reanudó la marcha.

La señorita Ora Stovall saltó entonces al estribo del camión.

—Espero que no les importe si me subo aquí mismo con ustedes —dijo, y se acomodó en el regazo de la señora Moody. Era la única persona que aún seguía limpia y seca de entre todos ellos. Los polvos blancos que se había puesto en la cara le daban un aire amazacotado, como de pelo de gato. Las mejillas las tenía de un rosa como el de la emoción, un rosa que se le extendía hasta las orejas.

La señora Moody, con la señorita Ora encima de ella, alzó una mano a tientas y la mantuvo elevada sin demasiado sentido.

—Llueve —dijo lastimosamente al juez Moody. Él alargó la mano y cerró la portezuela. Un gesto paradójico en aquel espacio carente de suelo y carente de techo.

Jack se asomó por la ventanilla del autobús.

—A ver, ¿a quién vamos a dejar en tierra si no se espabila cuanto antes?

Gloria echó a correr y saltó ligera al escalón de hierro, entró sujetándose a la barra y se acomodó en el asiento de detrás del conductor, y una vez allí cruzó los brazos sobre el respaldo del asiento desvencijado.

—¡Tú no dejes que el desfile se te aleje, Vaughn! Vaughn es incapaz de robar ni un huevo a una gallina sin que Jack se lo diga. Vaughn no es Jack, y nunca lo será —confesó la señorita Beulah a pleno pulmón al resto de los ocupantes del camión.

—Oh, Jack —le suspiró Gloria a Jack al oído; estaba detrás de él y parecía como si le hablara a su nuca—. Así es como empezamos tú y yo. Nuestro primer día juntos. Arrancaron. Crujidos, gruñidos, chirridos, explosiones como disparos de pistola, traqueteo de bielas, salpicaduras, objeciones de las mulas al final de la comitiva… todo fue sumándose al ruido agudo y constante del autobús escolar que iba abriendo la marcha.

—Y pensamos que las cosas iban fatal el año pasado —estaba diciendo la señorita Ora al juez Moody—. Pensábamos que más pobres no podíamos ser. Pero en comparación con este año, éramos millonarios y no nos habíamos enterado.

El capó que cubría el motor del camión no encajaba bien. Una de las piezas del motor se encontraba casi delante de sus narices, tan reluciente como una tarta de chocolate. La señora Moody se asomó para ver mejor, apartando de delante a la señorita Ora, y la descubrió.

—¿Y si eso empezara a funcionar? —exclamó—. ¡Ay! ¿Qué haré con los pies?

—Sujetarlos en alto —le gritó Jack.

Los tres armatostes avanzaban uncidos entre sí por el camino de Banner; jamás se les había visto de tal guisa y jamás se les volvería a ver recorriendo así el camino, los unos custodiados por los otros, y todos custodiados por las mulas, salvando las torrenteras abiertas en la arcilla de las lomas, que brillaban como ríos rojos y caudalosos que bombeasen sus corazones.

La lluvia, que caía en derredor con mayor mansedumbre que los rayos del sol en la víspera, había bastado para echar a perder el heno cortado en el campo y para que a Sid se le separase la pelambre en dos crenchas. Iba con la comitiva, deprisa, abriendo paso. A medida que ganaban velocidad los vehículos, también ganaba velocidad el perro, saltando un charco tras otro, balanceándose con todo el cuerpo a la hora de salvar los más extensos.

—Me voy a tomar la libertad de retirar estas cortinas de lluvia —dijo la señora Moody—. Si fuesen provechosas para cubrirme la cabeza pues no me importaría, pero es que están todas comidas por el moho.

—¡Pues a mí no me pida que las sujete! —dijo la señorita Ora. En el regazo, junto al paraguas, llevaba un gran bolso de cuero negro que se le iba volviendo grisáceo por las costuras y por las esquinas, del mismo gris que adquiere el cabello con la vejez.

La señora Moody alargó las cortinas al juez Moody para que las sujetara. Se asomó de nuevo, recorriendo con la mirada los bancos de arcilla, frunciendo el ceño al ver el cielo cerrado. La comitiva libró el puente de un arroyo, flexible como una correa de cuero.

—Todo esto es un poco más de lo que nos tocó ayer —dijo.

—No te creas. El mundo no cambia tanto de la noche a la mañana —dijo el juez Moody.

—Esto es como estar en medio de la pura nada, aquí no hay otra forma de salir adelante. No me vayas a decir que por allí vive gente, porque no me lo creo —dijo la señora Moody cuando unos grandes perros pastores salieron corriendo de la entrada que guardaba el acceso a una senda, ladrando a Sid e intentando morder las ruedas del autobús escolar, ladrando a todo lo que se moviera.

—Si se siguen un rato las huellas de los carricoches, es de ver que hay alguna casa. Desde luego, hay clientes de sobra por ahí perdidos.

—La señorita Ora, sentada en las rodillas de la señora Moody, se echó a reír.

—¡Frenos, Vaughn! —cantó Jack, y la hilera de vehículos dio una sacudida hasta casi detenerse. Un puñado de niños que se protegían la cabeza con los libros del colegio esperaban junto al buzón decorado por un tío Sam.

—Al fondo —ordenó Gloria a los niños a la vez que subían al autobús dando chillidos, mientras sus perros, los pastores, como buenos miembros de la familia se empeñaban en montar en el autobús.

—Vuelve por ese camino, Murph —dijo Jack—. Largo de aquí. El único perro que está autorizado para venir conmigo es Sid, ni se te ocurra seguirlo. —Dio un silbido y Sid entró a sentarse junto a la enorme caja de cambios, jadeando sin resuello. Se sentó tan pegado a los pies de Jack como pegada a su cabeza iba Gloria.

El juez Moody de pronto señaló hacia las dos señoras.

—Creo que esa es mi zanja. ¡Ahí la tienes, Maud Eva! Anda, mira a ver si es.

—Qué espanto, me has hecho ver una serpiente de casi tres metros de largo —dijo la señora Moody—. Espero que esté bien muerta.

—Sí, señor. Por aquí la torrentera alcanza buen tamaño —dijo la señorita Ora—. ¿No es cierto, hermano? El Arroyo de la Pantera a veces tiene demasiada prisa por llegar al viejo Bywy.

—¡Frenos! —gritó Jack.

—Soy de la opinión de que chocaremos los unos contra los otros la próxima vez que paremos, y seguro que el choque será tan fuerte que alguien se caerá —advirtió la señora Moody.

—Señora Moody, es necesario que vayamos recogiendo a todos estos niños sin dejar ni uno —gritó Jack—. Habrá alguno esperando en cada hueco, bajo la lluvia, sin más que los libros para protegerse la cabeza. Seguro que no querrá usted que los dejemos en tierra y que se pierdan un solo día de clase.

Un trineo con el frente como la cabecera de una cama pequeña se encontraba enganchado a una mula gris, esperando en un punto en el que no había ningún buzón, en un calvero por el que pasaba una senda que surgía de enmedio mismo del bosque. Del trineo saltó un chiquillo que iba tras su padre, de pie para guiar a la mula.

—Más paciencia que el santo Job —dijo Jack, y abrió la puerta para que el niño subiese.

—Espero que ya no haya más —imploró la señora Moody al cielo lluvioso. El juez Moody volvió a señalar.

—¡No, mi zanja es esa! Ahí la tienes, Maud Eva. Esa tuvo que ser.

—Ya se te ha olvidado —dijo ella—. Esa al menos tiene algún rótulo plantado, a la vista está. Anda, echa un vistazo.

Era un rótulo nuevecito, la pintura todavía húmeda, con trazos largos y negros.

—«¿Y dónde piensas pasar la Eternidad?» —les leyó a todos la señorita Ora—. Sé perfectamente, no me cuesta nada saberlo, a quién tenemos que agradecer el detalle.

—No pienso caerme en esa zanja otra vez —dijo el juez Moody.

—¡Al viejo Nathan Beecham! Está chalado. Viene por aquí una vez al año y nunca se sabe por dónde le dará la ventolera —dijo la señorita Ora—. Y les diré quién más vive por ese camino: el señor Willy Trimble. Es un solterón. Allá se ve su chimenea. —Era una construcción de arcilla, abultada y deforme, como una media vieja que enfundara una vieja pierna—. Es todo un personaje en esta comunidad.

—Bueno, pues sigamos camino como sea —dijo la señora Moody como si hablase con su coche, que los iba precediendo—. Supongo que vamos a tener que pasar por delante de todo lo que haya en el camino antes de llegar por fin a nuestro destino.

En lo alto de la loma se veía un tejado y, más arriba aún, unas calabazas que colgaban en fila de unas cuerdas tendidas entre postes finos, como las nota musicales de una partitura, cada una de ellas pintada de blanco, como una calavera, con una abertura negra en el medio.

—Y esa es la casa del hermano Bethune—dijo la señorita Ora—. Es predicador baptista y se dedica a destilar whisky ilegal. Y esas son sus pajareras.

Los carteles publicitarios de las elecciones pretéritas y venideras empapelaban los troncos de los árboles más gruesos. Estaban los retratos de los perdedores y de los ganadores, de los olvidados y de los recordados, todavía juntos los unos con los otros, como los miembros de una misma familia. Cada vez que aparecía Curly Stovall en un árbol aparecía el tío Homer en el siguiente, aunque solo las cualidades del tío Homer se enumeraban como si fuesen un poema o un epitafio en una lápida:

EXPERTO
CORTÉS
BAPTISTA DE TODA LA VIDA
CASADO
FIABLE
¡DÉJALO TODO EN MANOS DE HOMER!

* * *

—¡Esto no es justo! Estamos ya casi en la casa de Aycock —dijo Jack.
A ambos lados del camino, como dos mitades de un rompecabezas, se encontraba un somier partido en dos, cada uno de los adornos de hierro formando una flor de herrumbre.

—Mira lo que quiere transmitir la señorita Comfort al público en general —dijo Jack—. Yo creo que esa es la cama de Aycock.

—No —dijo Gloria—. Eso lleva ahí oxidándose desde mucho antes de que os fueseis Aycock y tú. Es la cama del señor Comfort.

—Si alguna vez pretende volver a su casa, se va a encontrar con una de las bienvenidas más frías que jamás se hayan dado a nadie. Casi sería mejor que se hubiera muerto —dijo Jack—. ¡Frenos!

—¿Y ahora para qué paramos? —protestó la señora Moody cuando la marcha se detuvo ante un gran roble bajo el cual pasaba un caminillo.

—¡Aycock! —gritó Jack a voz en cuello—. ¿Dónde está la maestra?

Por encima de sus cabezas se encaramaba una casa al borde de un terraplén, sobre pilastras en uno de los lados. Aycock era visible, sentado en el suelo del porche, con las piernas cruzadas y los pies colgando sobre el vacío; estaba acariciando la guitarra. Sin interrumpir el movimiento acompasado de la mano le contestó:

—Se ha largado. Le dije que no era seguro que viniera el autobús escolar.

—Ese es feliz en donde está. Se pasará el tiempo cantando serenatas hasta que haya visto pasar de largo el tren —dijo Jack cuando arrancó la comitiva.

—¿El tren? —repitió la señora Moody.

—Pues claro, Maud Eva, el tren que ha de llegar a Ludlow a las diez y cuarto —dijo el juez Moody mirando el reloj.

—Banner está en el cruce —dijo la señorita Ora—. Lo llaman un cruce a ciegas.

—Pues más vale que el tren pare —dijo la señora Moody.

—Más vale que paremos nosotros. El Rápido de Nashville no sabe que Banner está en el mapa —dijo el juez Moody—. Tampoco tú lo sabías ayer.

—Pues ahora sí lo sabe —gritó Jack—. Desde que lo paró en seco mi camión, el señor Dampeer siempre toca el silbato cuando llega a Banner, a veces lo toca hasta cuarenta veces seguidas, por si acaso. No se preocupe, señora Moody, que no se llevará mi camión por delante una segunda vez.

—En el ultimo momento, me juego un pavo a que les daremos un buen espectáculo gratis, hermano —dijo la señorita Ora.

—Juro por lo más sagrado que ya hemos arriesgado más de la cuenta desde que ayer salimos de casa, Oscar —dijo la señora Moody—. ¡Y todo por hacer una obra de caridad!

—Escuchen, alguien viene por detrás de nosotros —dijo Curly Stovall.

—¿Quién? —preguntó la señorita Ora.

—No acierto a oírlo. Tiene que ser otro caballo, o una mula, que vienen a sumarse a las dos que llevamos —dijo Curly.

La señorita Ora asomó la cabeza.

—Ya te diré yo quién es. ¡Es el señor Willy Trimble! —dijo, y dio una voz—: ¿Willy Trimble? ¡Espero que no! ¿Se puede saber qué vienes buscando tras nosotros? Viene con un cargamento de flores en la carreta —dijo al juez Moody—. A ese le ha dado la chaladura del funeral. Seguro que sé adónde piensa ir.

—Eso ya lo sabía yo —dijo él.

—Vaya, pues mis disculpas —exclamó la señorita Ora—. Mis disculpas por estar viva, señor juez.

Durante un trecho bien recto, el camino discurría entre dos altas bancadas, relucientes bajo la lluvia y demasiado cercanas a la ruta, como el mar Rojo en el momento de separarse las aguas, según se representa en la Biblia. A uno y otro lado se alzaban dos iglesias, dos construcciones en madera, como si cada una de ellas estuviera resuelta a durar más que la otra, empeñadas ambas en ver cuál se desplomaba antes.

—Metodistas y baptistas —dijo la señorita Ora Stovall meneando la cabeza—. Yo soy metodista —dijo a la señora Moody—. ¿Y usted?

—Yo no soy ninguna de las dos cosas, y cada vez me alegro más de ello.

Jack agitaba la mano por la ventanilla del autobús escolar. El hermano Bethune se encontraba en el porche de la iglesia baptista esperando a verlos pasar de largo, con una levita de cuyos bolsillos sobresalían unas solapas como dos tapaderas de fogón, un perro al resguardo de cada una de sus manos.

—Pues a lo que se ve me han dado plantón —gritó—. ¿Dónde están mis fieles?

La señora Moody dio un chillido, e incluso bajo el peso de la señorita Ora, a quien tenía en el regazo, recogió las piernas y puso los pies en alto. Andaban en busca de una brecha entre ambas bancadas, roja la una y la otra como el carbón al fuego, para salir a un riachuelo que salvaba un puente.

—¡Frenos! —dijo el juez Moody subiendo la voz.

—El autobús escolar baja por esta cuesta todas las mañanas y vuelve resoplando todas las tardes —dijo Jack al iniciar el descenso—. Si no sucede algo que lo impida, va a resultar realmente difícil dar una buena educación a los niños de la comarca.

—Que se nos lleva por delante —susurró la señora Moody—. ¡Se nos lleva a todos por delante!

—¡Ahora lo veo! Lo tengo casi delante de las narices, ya está —gritó Jack—. El bendito depósito de agua, la indicación de que ya casi estamos en Banner. —Soltó un alarido—. ¡Frenos, Vaughn! Dales toda la marcha que puedas… Que se vuelvan para casa.

—¡Oh, Jack! —dijo Gloria.

—Toca la bocina, Curly, si te vas a arrimar tanto —gritó Jack.

—Ay, ay, ay —exclamó la señora Moody.

Y los niños, todos a una, se pusieron a cantar:

¡Te saludamos, colegio de Banner,
al más bello colegio de la tierra…!

—Todo esto lo pienso contar yo en el *Vindicator*. ¡Hay que estar al tanto, Freewill! ¡Esta semana en Banner os vamos a dar sopas con honda! No vais a tener nada comparable a lo nuestro, nada que valga la pena pregonar —alardeó la señorita Ora Stovall.

—Prepárate para el susto que te vas a llevar como se te cale el motor, Curly —vociferó—. Nos pondremos a la par en un momento.

Las bancadas de arcilla quedaron atrás y ocupó su lugar el olor del río. La madreselva y las enredaderas arañaban los laterales del autobús escolar, del Buick, del camión. Se avistó un cruce de caminos.

—¡El cruce a ciegas! —exclamó el juez Moody, y todos los niños seguían cantando con ahínco: «¡Sin comparación, sin comparación!».

Y así se abalanzaron sobre las vías del ferrocarril y rebotaron en rápida sucesión al salvarlas, pasando veloces por delante de los viejos carteles de un circo que había en el lateral de una tienda, como una andanada de copos de nieve que les soplase de pronto a la cara, y siguieron hasta un punto en que el camino se ensanchaba en un depósito de agua y rápidamente se estrechaba para enfilar hacia el puente, y justo antes de llegar al puente viraron a la derecha por la explanada del patio de un colegio a la que dieron la vuelta pasando por encima de los baches y las raíces de los árboles como si fuesen derechos hacia el edificio mismo, que parecía apretujado ante ellos como una cara apretada en el cristal de una ventana, a la vez que los niños entonaban a voz en cuello el final de la canción:

¡A ti corremos a reunirnos,
a la púrpura y el oro!

Y entonces el motor del camión se caló y se paró casi en seco cuando el autobús estaba ya casi a punto de llevarse por delante la canasta de baloncesto.

—Ay, Jack. Ha sido igualito que entonces —suspiró Gloria. Se había levantado de la silla, a su espalda, y se acababa de sentar sobre sus rodillas.

—Entonces es que no he perdido el tino —le dijo él con ternura.

—No se ha notado ni pizca.

—Se puede sentar tranquila y mirar alrededor, señora Moody —le dijo Jack—. Ya estamos en Banner.

535

—¡Alabado sea Alá! —dijo.

Solo el señor Willy Trimble, con el sombrero en alto, había seguido su camino, delante de ellos, con las mulas y la carreta hacia el puente colgante que parecía tendido en Banner desde la otra orilla del río. El ruido era como el de cuarenta yunques que martillearan sin cesar.

—¡A por ellos! —exclamó Jack, y abrió de golpe la puerta del autobús. Riendo, los niños salieron en tromba y saltaron sobre los charcos hasta el peldaño de entrada al colegio, entrando unos y otros a empujones.

—¡Esto está hecho, Vaughn! Ya puedes cortar —dijo Jack—. Ahora ya no te necesitamos.

Desenganchadas, las mulas inmediatamente pasaron más allá del colegio y juntas las dos, casi con el cuello la una encima de la otra, se volvieron por el mismo camino por el que habían llegado.

Vaughn se plantó en el escalón del autobús.

—Hermana Gloria, ¿me haces el favor de buscarme los libros? Tienen que estar en donde me iba a sentar yo, para alcanzar mejor el volante.

—Levanta, Jack. Ahí los tienes, parecen nuevecitos —mintió Gloria, colocando los libros recalentados en los brazos de Vaughn.

—Ya puedes conducir bien luego de vuelta a casa —dijo Jack—. Que no se te olvide todo lo que has aprendido a la bajada; es igual, pero justo al revés.

—Está empapado —dijo Gloria a Jack—. Esa maestra nueva, tan verde todavía, debería excusarle de que se siente en el pupitre hasta que no se haya secado un poco.

—No, señora, así mojado me siento fenomenal —dijo Vaughn—. Y además, tú ya no eres la maestra.

Pintado en otro año, el edificio del colegio lucía la blancura espectral de una botella de leche que acabara de vaciarse. Una hilera de margaritas recortadas y pintadas con lápices de colores adornaba una de las ventanas desde las vacaciones de primavera, el receso de las clases para las tareas de la siembra. La ventana se había llenado por el otro lado de rostros sonrientes. La maestra a la que Vaughn estaba tan resuelto a adorar apareció entonces en el umbral. El olor a junquillo de los lapiceros nuevos y bien afilados para el primer día de clase, el olor a cabello empapado por la lluvia y a migas aplastadas, manaban del edificio del colegio y la envolvieron entonces, cuando alzó una mano. Con los libros bien apretados contra el costillar, Vaughn salvó de un solo salto el charco de barro y la losa traída de las montañas, aterrizando casi en brazos de la maestra.

—El hermano mayor de Vaughn ha estado en la penitenciaría —dijeron varios niños a coro cuando entró.

Jack saltó del autobús y ayudó a saltar a Gloria. Fue corriendo al camión, sacó a Curly a tirones y subió de un brinco al asiento del conductor. Pasó ambas manos por encima del volante y se abrazó a la circunferencia. Empujando al Buick, puso el camión a cuarenta por hora en medio de un rugido estruendoso, dejando a un lado las ramas del sicomoro para trazar una curva más amplia, a la izquierda y salir así del patio del colegio, atravesando el barrizal al entrar en el camino y, con el mismo estruendo del motor, dejar atrás los girasoles gigantes que se alineaban de camino a la tienda como una fila de dianas en las que hacer blanco, deslizándose la señorita Ora del regazo de la señora Moody al regazo del juez Moody y vuelta al de la señora, así hasta detener el morro del Buick a menos de un palmo del poste del teléfono. Allí desenganchó las dos máquinas y condujo el camión al otro lado de la entrada, poniéndolo a la par del Buick.

Estaba sentado un viejo en el banco del porche de la tienda, con los pies bien separados, sujeto con ambas manos al asiento.

—¡Vaya, pero si es el capitán Billy Bangs, seguramente haciendo acopio de todas sus fuerzas para ir mañana a votar! —exclamó Jack.

—Hoy es el día de las elecciones —dijo el viejo—. ¿No es cierto?

—No, señor. Va a tener que esperar hasta mañana —dijo Jack, y subió de un salto al porche para estrechar la mano al viejo—. Capitán Billy, quiero presentarle al juez Moody y a su señora, llegados de Ludlow. Han pasado la noche en mi cama y acaban de venir desde el Alto de Banner en mi camión.

—El tren se retrasa —les dijo el capitán Billy—. La vida ya no es lo que era. —Aún le quedaban vetas de rojo en la barba.

—En fin, lo único que espero es que cuando lean el *Vindicator* aprecien todo lo que he tenido que pasar —dijo la señorita Ora Stovall—. Ayúdame a bajar de aquí, hermano.

Cuando salió del camión, el juez Moody ayudó a su esposa a deslizarse fuera de la manta del caballo para poner pie en tierra, en un terreno en el que unos riachuelos anaranjados corrían sobre la gravilla arcillosa, justo delante de la tienda.

El colegio de Banner y la tienda de Stovall se encontraban frente por frente, a un lado y otro de un cuadrado de tierra del que habían sido arrancadas tiempo atrás todas las vallas, como en el transcurso de una batalla ininterrumpida. El depósito del agua rebrillaba por encima de las vías del ferrocarril como un ave que abrevara bajo la lluvia fina. En el lateral, bajo la palabra BANNER, unas letras que se ensanchaban tanto que parecían darse la mano rezaban así: *«Jack + Imogene»*. Más allá había dos montañas de serrín descolorido en medio de un campo poblado por las escobas de hierba deslucidas, como las moles del *Monitor* y del *Merrimac* que salían en el libro de historia, pero listos para entablar combate de nuevo. Un festón de sauces crecía en torno a la base de ambas montañas.

Una vez dejaba atrás Banner, el camino ascendía en una empinada pendiente hacia el puente suspendido, estrecho y oscuro como un pasillo interior entre las dos orillas del Bywy, aunque desde allí no se viese.

—Vaya, si volvemos a estar a la vista de eso de allá… —A la señora Moody, una vez vio por dónde habían llegado, se le puso la cara como un mapa de color rosa—. Con todo lo que llevamos recorrido…

—Nunca ha sido un secreto que desde el Alto de Banner casi se tiene Banner en el regazo —dijo Gloria—. Me alegro de que esté más lejos de lo que parece, porque si no nadie estaría nunca fuera del alcance de nadie.

—¿Y ese es el camino por el que hemos bajado? —inquirió la señora Moody.

—El camino es aquello de allí, el que parece un tobogán. Ese es el trecho de la recta —dijo Jack.

—Las mismas dos iglesias —señaló la señora Moody.

—Y aquí está la tienda de Curly, así que ahora pueden pedir lo que se les antoje —dijo Jack.

Mientras lo estaba diciendo, una persona menuda, de andar ajetreado, salió de la tienda y bajó las escaleras. Con los ojos como platos, le sacó la lengua a Gloria.

—Hola, Imogene —dijo Jack.

—Jack Renfro, tú escúchame bien. Lo primero que quiero que hagas es que te subas allá arriba y borres tu nombre del depósito del agua donde lo escribiste junto al mío, entérate bien —dijo—. El mío lo puedes dejar si quieres, y si no, pues no. Entérate bien, porque lo digo muy en serio.

—Igual de guapa e igual de patizamba que siempre - dijo Jack a Gloria según Imogene Broadwee se marchaba con su contoneo—. Y en el fondo ella es la que tendría que casarse con Curly. Se lo voy a decir y también cuál es la mejor manera de lograrlo

—Voy a utilizar el teléfono —interrumpió el juez Moody—. Más vale tarde que nunca.

Subió las escaleras de la tienda. En un poste, enfrente, se veían clavados cuatro carteles, cada uno de ellos con una fotografía de Curly tocado con un sombrero, de la copa del cual salían como rayos distintas palabras: «Cortés», «Nacido en Banner», «Metodista», «Merecedor», «Fácil de encontrar». Sobre la entrada se hallaba extendida una piel de becerro como si aletease, un paraguas negro abierto en parte, no del todo distinto al de la señorita Ora. El juez Moody tropezó con los escalones al tratar de dar con el camino de entrada.

El olor del queroseno, del cuero de los arneses, del polvillo de las galletas saladas, del tinte y de los encurtidos saturaba el aire nada más pasar el umbral. Al juez Moody se le veía solo muy en la sombra, de pie junto al teléfono; entre las botas y los ronzales y las sogas que colgaban de la viga por encima de su cabeza eran visibles los faldones de camisas de todo tipo y condición, viejos y nuevos, como otros tantos estandartes que le dieran la bienvenida.

—Eh, Curly, ¡por fin ha llegado el día! —exclamó Ella Fay Renfro. Donde el reguero de serrín salía de entre los matorrales hasta inundar la vía del ferrocarril, Ella Fay y Etoyle y Elvie habían saltado para poner el pie en Banner. Ella Fay apiló los libros de sus hermanas menores y las mandó al edificio del colegio. De un salto, apareció corriendo por el camino.

Un aire de necedad se apoderó del rostro de Curly.

—Bueno, mira tú a quién me mandan a la tienda —dijo.

Entonces Jack le arreó un puñetazo en la nariz.

—¡Y allá que van mi hermano y Jack otra vez a la greña, como si nada hubiese cambiado y no hubiese pasado un solo día desde la última vez que se las tuvieron tiesas! —comentó con Gloria la señorita Ora Stovall—. Pero tú has cambiado y yo también. ¡No os vayáis a meter en la tienda! —les gritó mientras el capitán Billy Bangs tamborileaba con los tacones en el suelo del porche y daba una o dos palmadas.

Jack volvió a lanzar un puñetazo; Curly, que perdió la gorra de béisbol, trastabilló hacia atrás hasta caer contra la puerta abierta del camión y terminar por resbalar al suelo. Le salieron de la boca los sollozos como si fueran lágrimas pequeñas y exprimidas.

—Jack, eso le ha tenido que hacer daño —exclamó Gloria—. Espero que semejante golpe haya sido un accidente, y no algo que hayas aprendido en Parchman.

Ella Fay se acuclilló y puso ambas manos blancas en torno al bíceps de Curly.

—Yo solo venía a pedirle que me diera un poco de maíz de caramelo.

—Levanta, hermanita —le dijo Jack—. ¿No aprendiste la lección cuando este se quedó con el anillo de la abuela?

—Debería preocuparme, debería ir con más cuidado —dijo Ella Fay—. Le obligué a que me diera una cosa.

Con toda la prisa que pudo, moviendo los dedos mojados y veloces, se desató el cuello del vestido azul marino que había sido de Gloria, le dio la vuelta y mostró lo que llevaba sujeto de un cordón de escapulario: una navaja con las cachas de nácar, de tres centímetros de longitud. Extendiendo los meñiques se desató rápidamente el nudo y con un breve chillido de placer se lo mostró a todos, uno por uno, en la palma codiciosa de la mano.

—Así que estamos en paz. Fue un trueque —dijo, sonrojándose al fin.

—¡Vaya ladronzuela que estás hecha! —exclamó Gloria.

—Pero si es lo que hicimos todas... —replicó Ella Fay—. ¿Y qué más da si el anillo viejo se coló por la ratonera? Ya sabía yo quién me iba a dar uno nuevo. ¿Te enteras, Curly?

Curly Stovall se rió y se incorporó hasta sentarse. Ella Fay se anudó al cuello el cordón del escapulario a la vez que dejaba caer la navaja con gesto experto, delante de ella, y lanzaba una mirada rebosante de contento a su alrededor.

—¡Tú mira y verás! —le dijo a Gloria—. Si quiero, yo también puedo ser la novia de alguien. No siempre vas a ser tú la única. —Se volvió y se marchó salpicando por los charcos hasta el edificio del colegio

—¡Curly! ¡No me estarás diciendo que amenazas con casarte con Ella Fay! ¡Curly! Eso supondría pasar a formar parte de mi familia —dijo Jack.

—Jack, te estás poniendo todo colorado —dijo Gloria—. Jack, que vas a explotar...

—¡Curly! ¡Nuestras batallas pendientes quedarán todas aplazadas antes de librarlas! Y seremos todos una familia feliz... —exclamó Jack—. Te daré la bienvenida en mi propia casa, donde te pueda enjabonar. —De un tirón puso a Curly en pie y le gritó a la cara—. ¡Y si el tío Homer se presenta al cargo, tendremos incluso que votar por ti a partir de ahora...!

—Y vosotros votáis como vota una familia. Eso viene a ser un centenar de votos, calculo yo —dijo Curly. Se volvió a poner la gorra de béisbol con la visera para atrás.

—Curly, algo te daría con gusto, te daría incluso el camión tal como está, con tal de que no te casaras con una de los nuestros y no formases parte de la familia. ¿Lo aceptas por regalo?

Curly dejó de reírse y sacó el mentón.

—No pienso aceptar ningún regalo que venga de ti.

—Pues yo preferiría dártelo antes de tener que verlo como está —dijo Jack acalorándose.

—¡Jack! —chilló Gloria corriendo a su lado.

—¡Es tuyo! ¡Es tuyo, Curly, tómalo! Atrévete a tomarlo —dijo Jack.

—Ni de broma —gritó Curly.

—Es tuyo, te lo pongo en bandeja de plata. ¡Acéptalo ahora mismo! Y no se te ocurra enredar con mi familia.

Curly acertó con el primer puñetazo bajo el mentón de Jack, que se puso de puntillas, como si fuese a volar, y cayó cuan largo era, dándose con la frente contra la base del poste del teléfono. Rodó de lado y quedó tendido boca arriba. El ojo bueno, azul y muy abierto, aún lo tenía clavado como se le quedó, con el iris azul casi escondido del todo, metido a un lado, como si aún esperase que le llegara algo más por la mejilla.

—¡Jack! ¡Jack! —dijo Gloria—. ¿Ves algo?

—Ahora sí me vas a dar el faldón de la camisa, chaval —le gritó Curly. Sacó el gran cuchillo de caza y se plantó encima de Jack para cortarle el faldón de la camisa.

—Oscar, ¿no piensas hacer de árbitro? —exclamó la señora Moody cuando el juez apareció de nuevo en el porche.

—Maud Eva, yo no soy un árbitro —dijo el juez Moody.

—¡Bien, pues yo sí que lo soy! Escúchame, matón: Jack estaba en tierra y desvalido como un bebé —gritó la señora Moody a Curly, que pasó corriendo por delante de ella, hacia la tienda, con el faldón de la camisa de Jack en la mano—. Y tú te aprovechaste, so abusón, para cortarle el faldón de la camisa —le gritó—. ¡Eso no es jugar limpio!

—Ya sabía yo que algún día tenía que pasar —dijo Gloria. Tenía la cabeza de Jack en el regazo, y se hundió apoyándose en el poste del teléfono, que surgía como el tallo nudoso de una caña de azúcar gigantesca.

—¡Así aprenderá! ¡Mira que intentar regalarme su camión…! ¿De qué pretende dárselas, eh? ¿De ricachón? —exclamó Curly, y clavó el faldón de la camisa en la viga, encima de los demás.

—Ni siquiera he conseguido hablar con la operadora —dijo el juez Moody entre los martillazos.

—Es que cuando se muere alguien, esa es de las que no faltan al funeral —dijo la señorita Ora Stovall—. Se junta la gente y esa es de las pocas que no suelen faltar. Pruebe usted a la hora de la cena.

—Tú, quédate quieto —dijo Gloria acariciando la frente de Jack—. No te enteras de lo que está pasando.

—Estamos aquí encallados. Aún es peor que ayer. Encallados —dijo el juez Moody a su esposa. Señaló—. ¿Y qué está haciendo el chico ahí tirado, si se puede saber?

—¿No has oído el golpetazo que se ha dado en la cabeza? —preguntó la señora Moody—. Lo que no entiendo es por qué no lo zarandea su esposa.

—Completamente encallados, sin salida posible —repitió el juez Moody, y al otro lado del río repicó la campana de una iglesia. En el aire empapado por la lluvia no tuvo más resonancia que el canto de un pájaro. A este lado del río, desde lo alto del camino, descendió un coche hacia Banner y atravesó el puente.

Restalló el aire como si aporreasen los yunques en varios kilómetros a la redonda. Antes de que el puente dejara de estremecerse, otro coche siguió al primero por el camino de Banner, y otros dos, que lo seguían de cerca y que rodaban casi pegados, aparecieron salpicando en los charcos del cruce de Foxtown, todos ellos con las ruedas y los flancos manchados de barro rojizo. Los tres tomaron el mismo rumbo, por el puente, hasta llegar al viejo rótulo de hojalata que decía: «Cruce usted bajo su propia responsabilidad». La señorita Ora Stovall ya había extendido el dedo y los iba contando.

—Esa gente no se da cuenta, pero suerte tendrán si no se topan de frente con el funeral —gritó la señora Moody haciéndose oír en medio del jaleo—. Ese puente solo tiene un carril de paso.

—Yo más bien diría que son ellos los que van al funeral —dijo el juez Moody, y de nuevo miró el reloj.

—Oh, Jack —dijo Gloria en medio del estrépito—, ni siquiera te llega el ruido del puente. Cuando éramos jóvenes nos perseguíamos el uno al otro, de una orilla a otra, como dos niños jugando a saltar una valla.

Pasó de largo otro coche.

—A este lado no mira nadie. Cualquiera diría que se iban a detener a preguntar si se había producido algún accidente —gritó la señora Moody.

—Son de Ludlow —dijo el juez.

—Pues entonces me alegro de que no miren para este lado.

—Y van como locos... —dijo la señorita Ora Stovall con aire de satisfacción.

—Supongo que ya habrán probado suerte por todos los caminos de los contornos —dijo la señora Moody.

Por fin lo único que se escuchó fue el ladrido de los perros y el chirrido del camión. El motor del camión seguía en marcha por sí solo, puesto que nadie había apagado el contacto. Seguía goteando el barro por el temblor de la carrocería: goterones gruesos y amorfos como los caquis.

—Bueno, pues solo hace falta esperar —dijo la señora Moody subiendo una pizca la voz—. Ya viene sin que nadie la llame, juez. Ahí viene la grúa.

—Eso sí que sería una novedad —dijo la señorita Ora.

Una grúa apareció traqueteando por el cruce y pasó las vías del ferrocarril para entrar en Banner. Iba pintada de rojo, con una gruesa capa de pintura, pero los jeroglíficos negros de un trabajo de soldadura más reciente habían recubierto la pintura por la mayor parte de la carrocería. Balanceándose, salpicando en todos los charcos, pasó de largo donde estaba el Buick y fue derecha hacia el camión. Dio marcha atrás y se colocó delante. En la puerta del conductor iba marcado en negro, como una res con un hierro, el rótulo: «Red lo tiene».

El conductor bajó de un salto, salvó un charco y aterrizó delante de Curly Stovall.

—¿Cuánto te habías apostado a que nunca más me volverías a ver?

—¡Señor Comfort! —dijo Curly.

—Y eso de allá... ¿Quién es el que le ha dejado ese recuerdito?

—Se ha golpeado él solo en la cabeza al levantarse. Y tiene el ojo morado porque una niñita le dio una patada sin querer —replicó Gloria. Tenía la cabeza de Jack posada en el regazo. El ojo bueno aún lo tenía en blanco, como si quisiera ver por la espalda.

—Vaya susto nos ha dado, señor Comfort —exclamó Curly—. ¿Quién le ha dejado a usted ir por ahí a su antojo con esa grúa?

—Esta misma mañana he empezado a trabajar para Red. El primer encargo que me hizo: venir a Banner y llevarme remolcado este camión.

—Pues vuelva a verme pasado mañana, señor Comfort. O mejor el sábado —dijo Curly con apremio.

—A lo mejor no tengo que trabajar el sábado —dijo el señor Comfort.

—Espero que no.

—Oscar, ¿es que no piensas hablar con él? —exclamó la señora Moody—. Si no hablas con él ahora es capaz de irse sin mi coche. Míralo, si anda mirando a hurtadillas...

Un momento. Señor, ¿ve usted ese Buick? —preguntó el juez Moody.

—Sí, señor, parece que a un malandrín le haya dado un ataque —dijo el señor Comfort—. Pero nadie me ha dicho nada de un Buick. Las órdenes que tengo son claras: llevarme el camión de Stovall.

—Bueno, pues de nada le va a servir despedirse ahora de nadie —dijo la señorita Ora Stovall.

—Pero ahora no se lo puede llevar —exclamó Curly, e impidió el paso al hombre de mayor edad.

—Hace un tiempo a Red le dio la ventolera de que más valdría llevárselo de aquí mientras sirviera de algo —dijo el señor Comfort—. Quita de enmedio, Curly.

—¿Y a ese qué se le ha perdido con tu camión, hermano? —preguntó la señorita Ora Stovall—. ¿O es algo que llevas en secreto?

—Lo quiere para el desguace —dijo el señor Comfort. Esquivó a Curly, saltó un par de charcos y se llegó hasta el camión. Se puso a sacudirle los laterales como si fuera una sandía y quisiera verificar el grado de madurez del fruto.

—¿Está en buenas condiciones? —preguntó con los labios fruncidos—. No sé por qué me parece que huele a quemado.

—Casi seguro que ese olor sale de algún trozo de tu pellejo —dijo el capitán Billy Bangs desde el banco.

Curly salpicaba alrededor del señor Comfort, que intentaba enganchar una cadena mientras sus perros acudían a intentar morder sin éxito las botas del señor Comfort.

—¡Eh, Jack! —dijo Curly con un alarido—. Jack, ¿estás muerto, te estás haciendo el tonto o qué?

—¡Despiértalo, muchacha! ¡Dale un bofetón! —gritó la señora Moody—. Lo necesitamos cuanto antes.

—Es que duerme tan tranquilo que... —dijo Gloria. Le puso el oído en el pecho—. Su corazón late a la vez que el mío.

—¿Qué quieres, que lo lamente después? —exclamó la señora Moody—. Escucha, ese bribón se va a largar con su camión sin que él se entere, y además no piensa llevarnos el Buick al taller, como le ha indicado el juez. ¡Dale tú una bofetada, a ver si se espabila! —gritó a Curly, cuando el señor Comfort alargó una mano y apagó el contacto del camión.

—No es más que un viejo... —se quejó Curly—. No es más que el padre de Aycock, que los abandonó hace tanto tiempo.

El señor Comfort se secó las manos y subió el escalón de la cabina de la grúa.

—Señor Comfort, ¿no piensa quedarse aquí el tiempo suficiente para votar? —exclamó Curly.

—Yo ahora voto en Foxtown.

—Señor Comfort, podría darle alguna noticia que tal vez le interese conocer —gritó la señorita Ora Stovall—. Esta misma mañana van a enterrar a otra señora en su tumba de usted. ¿Es que tampoco va a quedarse para eso?

—No, me parece que seguiré mi camino. Solo he venido a recoger este camión mientras esté aún en condiciones. Saluda a mi familia de mi parte y pídeles que sigan rezando por mí —gritó el señor Comfort.

El motor de la grúa arrancó haciendo un ruido tan suave como un estornudo, y en muy poco soltó una andanada de explosiones con abundante humo por el tubo de escape. Los dos vehículos se fueron desplazando juntos. La grúa temblaba mucho más que el camión; era como si las piezas de la cama desmontada que habían visto por el camino de Banner se hubieran hecho sitio dentro de la maquinaria.

El runrún melodioso de la locomotora diésel se escuchó entonces a lo lejos. Fue un tenue aviso recibido en Banner por encima de los cerros que cercaban el río, acercándose, resonando con más fuerza y mejor afinado, subiendo de tono.

—Échale un pozal de agua por la cabeza, muchacha, y hazlo cuanto antes —dijo la señora Moody.

—Eh, que es mi marido —dijo Gloria.

En el aire oscilaba un rugido; Gloria, con una mano, lo espantó en el momento en que la grúa pasó junto a ellos arrastrando el camión y lo sacaba del trecho de entrada a la tienda, camino a las vías del ferrocarril.

Una nota grave, como de órgano, vibró a través de todo Banner. Jack alargó la mano tentando el espacio, y cuando el tren pareció que ya surgía desde detrás de la tienda y entraba en el cruce a ciegas, se puso en pie tambaleándose. Con la mirada atenta, acertó a mover los labios no sin dificultades.

—¿Adónde se ha ido mi camión?

Gloria se lo señaló, y cuando Jack se volvió hacia la derecha ya solo pudo atinar a ver el tren. Pasaba a cien kilómetros por hora, todo calor, inclinados los girasoles y las matas de las moras, succionadas como si en el vientre de la máquina tuviera en su centro mismo una tormenta. Durante un momento, o tal vez dos, divisaron las cabezas de los viajeros en las ventanillas iluminadas, y cuando por fin se pudo ver de nuevo el camino, el otro extremo se encontraba ya desierto, ocupado tan solo por el baile de algunas chispas desperdigadas. Los perros que habían echado a correr en pos del tren por el otro lado del patio del colegio estaban convulsos de tanto ladrar, y tras los ladridos acallados sus voces resultaron audibles otra vez. Por fin, algunos sonidos suaves, en ondas sucesivas, perseguían al tren por donde había desaparecido. Al igual que del camión y la grúa, del tren no quedaba ni rastro.

—Se lo ha llevado el chatarrero —exclamó Gloria.

—¡Tú estás soñando! —exclamó Jack.

—Se lo llevó cuando tú no te podías enterar de nada.

—¡Pero si no llevaba ni un minuto al volante! ¡Si no había recorrido ni treinta metros! —exclamó Jack.

—Se lo han llevado al viejo Red, el de Foxtown. Y el viejo Red lo va a desguazar —dijo Gloria—. Para eso lo quiere.

—Es el de la sala de despiece —dijo Jack—. ¡El mismo que se llevó a mi caballo! ¡Primero mi caballo y ahora mi camión!

—Así es como te trata el mundo, Jack, cuando no sabes ni por dónde te andas. ¿Ahora lo vas viendo?

—Curly —Jack se volvió en redondo—. ¿Se puede saber qué trato has cerrado a mis espaldas?

—Jack, ese camión no era más que mi forma de conseguir votos —vociferó Curly—. ¡Y el viejo Red es el dueño de Foxtown! Igual que yo soy el dueño de Banner. Y él me juró…

—Así que has canjeado el camión por los votos de Foxtown. Ahora lo entiendo —señaló la señora Moody—. Para mí, la política no encierra el menor misterio.

—Pensé que podía fiarme de él por lo menos hasta mañana. Pero me ha jugado una mala pasada —gritó Curly—. Yo desde luego no contaba con que nadie viniese a recoger el camión hasta después de contar los votos…

—¡Y ya no está! —volvió a exclamar Jack—. ¡Y todo en un abrir y cerrar de ojos!

—Homer Champion es una alimaña que no merece perdón, y que además es insufrible —dijo Curly, y lo agarró—. Es lo más vil que existe sobre la faz de la tierra.

—Y para rematarlo debe de tener una cabeza veloz como el rayo —dijo Jack—. Mira que venir con una respuesta tan rápida después de la que le soltaste en el Alto de Banner...

—Es uña y carne con el viejo Red, no pueden estar más conchabados —exclamó Curly.

—El tío Homer a lo mejor termina convertido en un vejestorio antes que nadie se dé cuenta, pero esta vez no se ha dormido en los laureles. No perderá por una gran diferencia —dijo Jack—. Y a ti, gracias por haber vendido mi camión.

—El viejo Red sabía que no formaba parte del trato el venir a llevarse el camión hasta después de la celebración del martes. Y a ti no se te habría ocurrido que iba yo a dejar que se lo quedara, digo yo...

—¡Pero si es lo que acabas de hacer! —exclamó Jack.

—¡Al señor Comfort no le podía decir que no! ¡Y él envió al señor Comfort!

—Sí, Jack. Para añadir insultos a la injuria, es el señor Comfort el que vino a llevarse el camión —dijo Gloria—. Y nadie se lo ha impedido.

—Y pensar que esa es la forma que ha elegido el señor Comfort para aparecer de repente,,, Después de pasar tanto tiempo, cuando ya tal vez se le daba por muerto... —dijo Jack.

—A veces son los padres los que se merecen que les den unos azotes — dijo la señorita Ora.

—Bueno, al menos ha sacado mejor nota que Orejones Broadwee al intentar llegar al cruce antes que el tren —dijo Jack.

—No tenía ni un minuto que perder —dijo Gloria—. ¿Y si el tren hubiese llegado en hora?

—Se te da bien esto de criticar, muchacha —exclamó la señora Moody—. ¿Y quién era la que no quería echarle un pozal de agua a su marido por la cabeza? Eres tú la que lo dejó ahí tumbado mientras ese mono se llevaba el camión.

—Yo intenté que te despertaras a tiempo de ver lo que iban a hacer en tu ausencia, Jack —dijo Gloria—. El juez Moody también izó la bandera, pero todo lo que hizo para echar una mano fue quedarse en donde estaba y decir: «¡Encallado, encallado!».

—¿Encallado? —exclamó Jack—. ¿Quién está encallado?

En medio del agua resonó de nuevo la campana, tenue como un eco lejano.

—No he llegado a tiempo al funeral de Alliance —dijo el juez Moody.

—Pero no se perderá el entierro en Banner, descuide —exclamó Jack—. Eso sí que no, señor. Le hice la promesa de devolverlo a usted al camino, y pienso cumplirla hasta el final. Aún no se les ve. Le voy a reparar el coche a tiempo de que vaya con todos los demás al cementerio. Y además aún le queda todo el camino de vuelta a casa, juez Moody. Se podrá marchar en cuanto la enterremos, no se apure. Si no tiene mala suerte hasta llegar a Foxtown, estará de vuelta al juzgado a la hora de la cena. —Se volvió en redondo—. Muy bien, Curly. ¿Dónde tienes los neumáticos más nuevos que haya?

De una tubería que sobresalía de la pared colgaban tres neumáticos usados como las arandelas que se usan para jugar al aro.

—Te van a hacer falta todos los que tengo —dijo Curly, y los fue sacando—. Se los pongo a cambio de tres dólares y sus neumáticos viejos, señor.

—Pero con tres no llego a ninguna parte —dijo el juez Moody, y bajó las escaleras.

—De todos los que hay, el que mejor pinta tiene es el de recambio que aún le queda al juez Moody —dijo Jack—. Solo ha tenido un pinchazo de nada. Le pongo un parche y puede ir bien en el tren delantero. —Se agachó y se metió debajo del Buick con el gato.

Cuando el Buick tuvo las cuatro ruedas puestas, lisas las cuatro, bien hinchadas, grises, el juez Moody se sentó en el asiento del conductor.

—Sigo sin poder encenderlo —dijo—. Aunque no contaba con que arrancase, eso es cierto.

—Aparta esa cabezota del motor de mi coche, Jack Renfro —exclamó la señora Moody.

Las manos y la cara de Jack quedaban ocultas por el coche.

—Hay un cable que se ha soltado —dijo él—. Está colgando abierto en dos.

—Déjalo. Déjalo abierto en dos. Déjalo como está, Jack —dijo el juez Moody.

Jack cerró el capó, montó dentro del Buick a la vez que el juez Moody se escurría dejando libre el asiento del conductor y tomó entre las manos el volante como si fuera el manillar de una motocicleta. Con el ruido de una motocicleta vibrante, el motor arrancó por fin.

—¿Cómo te lo explicas? ¿Cómo se supone que has arreglado ese cable? —preguntó el juez Moody haciéndose oír por encima del ruido del motor.

—Pues con un poco de saliva. Creo que le aguantará hasta que llegue al juzgado —dijo Jack bajando de un salto.

El juez Moody soltó un largo suspiro.

—¿Ha sido tan tremendo, Oscar? —le preguntó su esposa, que se sentó a su lado.

—Todo es tremendo —dijo él—. O más bien suele terminar por serlo.

—¿Quieres que te cuente cómo va a ser tu próximo cumpleaños? —le preguntó ella.

—No —dijo él, y ella se lo dijo.

—Pues entonces échame un dólar de gasolina en el tanque —le gritó a Curly Stovall.

—Con ese van dos. Y un dólar más por subir hasta el Alto de Banner y otro dólar por el viaje de regreso —recordó Curly al juez Moody cuando este ya le estaba pagando—. Y los tres neumáticos.

—¡Siete dólares nada menos! Y a eso quisiera yo añadir que tu comportamiento ha sido en todo momento dudoso, por no decir otra cosa, y que no te pienso olvidar así como así —dijo la señora Moody.

—Y otros sesenta centavos más por la soga —dijo Curly—, Esa ni la podré volver a usar ni la podré vender.

—¡Sesenta centavos! —exclamó la señora Moody—. ¿Te refieres a la soga de la que estábamos todos colgados? ¿Se supone que eso es lo que valía nuestra vida? ¿Sesenta centavos?

—Quédeselos. La soga se la cargaré a Jack —dijo Curly cuando apareció la señorita Ora Stovall y le arrancó los billetes de las manos, los dobló y se los guardó en el bolso.

Curly Stovall entró en la tienda y volvió con su sombrero de candidato. Lo llevaba bien encasquetado.

—Bueno, y ahora deprisita, al funeral —gritó la señorita Ora—. Han tenido suerte, ya casi no llueve.

—¿Hay un funeral? —preguntó con voz quebradiza el capitán Billy Bangs. Se puso las manos con fuerza en las rodillas—. ¿Quién ha sido? ¿Elvira Vaughn?

—No, señor. Esta mañana ha empezado con buen pie sus noventa y un años —dijo Jack.

—Solo quería ver si podía sumarme —dijo el viejo—. ¿Y aún aguanta a ese Billy Vaughn?

—Al abuelo ya lo enterramos, capitán Billy —dijo Jack en voz baja.

—Bueno, pues a ver a quién me puedo sumar... —dijo el capitán Billy—. Porque... ¿a quién se disponen a enterrar ahora?

—A la señorita Julia Mortimer, señor.

—Ah, vaya, eso le ha pasado —dijo, y guardó silencio.

—Quiero marcharme a casa —dijo la señora Moody desde el Buick—. Enterrar a esa mujer y macharme a casa.

—A ti también te han quitado un poco de almidón, querida —dijo el juez Moody, y apoyó la mano en su rodilla.

—El piqué blanco no está pensado para usarlo dos días seguidos. Y mucho menos en un entierro y cuando llueve a cántaros —dijo—. ¿No podemos abstenernos de ir, Oscar? ¿No podemos abstenernos de todo esto?

—Ah, nada de eso. Claro que vamos —dijo él—. Íbamos a ir desde el principio.

—Si tú lo dices... De todos modos, ojalá pudieras ver qué pinta tienes —exclamó su esposa. Apuntó con el dedo sus pantalones de lino, manchados de barro por varios sitios—. Los de Ludlow y los presbiterianos del resto del mundo se van a preguntar qué has estado haciendo tú de rodillas en el barro.

—Que se pregunten lo que quieran —dijo él.

Ella rió.

—Y cuando vean este coche y busquen el Mercurio alado que había puesto de figurilla decorativa en el radiador... Dirán que bastante suerte has tenido al acompañarte yo para dar garantías de que eres quien dices ser. —El juez Moody la miró de reojo—. Y una cosa más te diré —añadió su esposa—: Una cosa sí tenemos entre los dos que sigue estando blanca como la nieve: ¡los guantes de Maud Eva Moody! No han salido de mi bolso hasta este instante —dijo, y los sacó.

—Póntelos —dijo él. Se dio la vuelta y se asomó por la ventanilla del Buick—. Nos despedimos de ustedes. Nos has tenido a salvo a todos durante un buen rato esta mañana, Jack.

—Y bien orgulloso que me he sentido de ello —dijo Jack, poniéndose colorado—. Lo único que no me podía esperar era una excusa tan mala por una triste soga...

—Bueno, espero... espero que al menos hayas conseguido lo que te proponías —dijo el juez Moody.

—Gracias, señor.

El juez sacó la mano, que tenía cubierta por las quemaduras que se hizo con la soga, y Jack le tendió la suya ensangrentada. Se las estrecharon.

—El hombre al que te habría encantado ver en la zanja es el hombre al que has terminado salvando, el mismo hombre al que ahora tiendes tu mano —le dijo Gloria en voz baja.

—Lo sé —dijo Jack.

—Y la próxima vez no querría yo que arriesgaras el pescuezo por nosotros como lo has hecho,

—Me enorgullece que me hayas ayudado como lo hiciste, mirando por mí en todo momento —dijo Jack, y se agachó a besarla en la mejilla—. Es lo que hace una esposa.

—Es difícil ayudar a alguien e impedir que se meta en problemas al mismo tiempo —dijo ella—. Pero yo en todo momento he intentado tener muy presente el futuro.

—Y así me has dejado a mí lo que teníamos entre manos. Así se porta una esposa —dijo él.

—Pero seguro que lo vuelves a hacer —gritó ella—. ¡Seguro que me vuelves a poner en el mismo aprieto! ¡Arriesgaste la vida por ellos, y ahora mira qué pinta tienes!

—Y mírate el ojo —exclamó la señora Moody—. Y eso que ha sido cosa de su familia. Se lo ha hecho su propia hija.

—No ha sido más que un golpecito cariñoso —dijo Jack, y sonrió al ir a estrechar la mano enguantada de la señora Moody.

—¡Y mira qué manos, Jack! Las tienes echas un desastre —dijo Gloria.

—Ya me pondrás un poco de grasa de ganso en ellas cuando todo haya terminado y hayamos vuelto a casa —le dijo él con ternura. Se las lavó bajo el agua de la bomba—. Anda, ven, acércate. —Se besó un dedo y le frotó la mejilla con él—. Me parece que te he embadurnado la cara.

—¿De sangre? —preguntó ella.

—Solo al cincuenta por ciento. El resto es arcilla pura de Banner. Y ahora creo que estamos más preparados que nunca para ir a ese funeral.

—¡Venga, vámonos todos al funeral! —gritó la señorita Ora Stovall.

—La chica y tú no tenéis quien os lleve —dijo el juez Moody—. Pero podemos transportaros en el asiento de atrás hasta el cementerio.

—No me gustaría que le estropeásemos ese terciopelo —dijo Jack—. Por dentro, el Buick está mejor que nunca; cuando lleguen a casa ya encontrarán la manera de quitarle el polvo.

—Son jóvenes, Oscar —dijo la señora Moody—. Pueden ir a pie.

—No estamos cansados —convino Jack—. Hay un atajo por el que se llega enseguida. ¿No estás con ganas de caminar un poco, Gloria?

—Sigues sin saber lo peor de todo —dijo Gloria—. Prentiss Stovall por fin te cortó el faldón de la camisa, Jack. Y lo clavó en la viga de la tienda.

Jack se puso rojo como la grana. Apretó los puños, pero Gloria le puso la mano sobre el músculo del brazo.

—Ya es demasiado tarde —dijo—. No puedes dedicarle ni un minuto más. Si no, ya veo la que se avecina.

Muy despacio se tomaron los dos de la cintura. Avanzando a la vez, recorrieron los últimos pasos del camino hasta llegar a la plancha que daba acceso al puente.

La otra orilla del río era alta, y no de arcilla, sino de caliza. Ascendía desde el agua con la blancura de una concha, desgastada y erosionada en formas ahusadas, de carretes, o fuertes con almenas, troneras, torres. La marca de la cota máxima del agua era una franja dorada, de herrumbre, que llegaba casi hasta la pasarela del puente. Allí donde el puente tocaba la roca, la piedra caliza se arrugaba formando anillos como los de las patas de un elefante que la sostuvieran.

A medida que la procesión fue avanzando con lentitud por la orilla, y a medida que luego fue recorriendo el camino hacia el puente, asomaron los finos rayos de luz por acá y por allá. Al llegar al puente, los tablones sueltos comenzaron a resonar como el piano de un colegio. Los cables y cordajes chirriaban, el suelo se mecía. Tras el coche fúnebre parecía hacerse más fina la hilera, más larga, como si tuviera que pasar en ese punto por el ojo de una aguja. Y el ojo de la aguja era el lugar más ruidoso de la tierra.

Hubo sin embargo un momento en que la procesión se alargó hasta abarcar toda la longitud del puente. El repiquetear y rechinar de los cables dejaron de oírse, el movimiento del suelo se afinó en una clave distinta. Cuando estuvo lleno de un extremo al otro, el puente se tornó tan callado como el río.

—Espero que no se vayan a caer con ella por nuestro lado —dijo la señorita Ora Stovall—. Eso no sería muy buena cosa para nuestra reputación.

—La señorita Julia pasaba ese puente todos los lunes por la mañana, lo pasó durante muchos años —dijo el juez Moody—. Seguro que aguanta su peso una vez más.

Con los brazos entrelazados, Jack y Gloria se apartaron del camino y emprendieron la marcha por una senda que pasaba por debajo del puente. Abajo, el lecho del río se extendía sobre la orilla en un terreno pelado, picado, blanco, desigual, sobre el que corrían hilachas y nudos de agua rojiza. Más allá de la última repisa de la roca, casi todo el caudal del río fluía por un canal más angosto. Podría haberlo salvado un niño de un salto. Y entre un punto y otro, toda la roca caliza del suelo estaba repleta de mariposas, mariposas encendidas que permanecían sujetas a la piedra. Sin levantar el vuelo, algunas abrían y cerraban las alas amarillas, como mudos que hablasen con las manos.

Jack y Gloria esperaron hasta que el coche fúnebre pasó de largo por el puente, casi exactamente por encima de sus cabezas. La capa de pintura más reciente, arrugada como un mantel de hule, brillaba en el aire desprovisto de luz por estar aún húmeda.

Curly Stovall, de pie y atento tras el surtidor de gasolina, se quitó el sombrero y se lo plantó encima del corazón. A su lado estaba la señorita Ora, contando uno a uno a todos los que pasaban de largo por medio de breves gestos que hacía con el paraguas recogido. Los coches con los faros encendidos se sucedían muy pegados unos a otros, y de vez en cuando aparecía una carreta, todos los vehículos llenos de pasajeros con los sombreros puestos. Con cada uno de los que pasaban el puente, el ruido de los que aún llegaban iba en aumento.

El autobús de la iglesia dejó atrás el puente envuelto en un azul tan ácido y penetrante como el de las hortensias que nunca se tornan rosadas al florecer. Pasó despacio por delante de Jack y de Gloria, en las ventanas los rostros de las maestras que regresaban.

—Pues no parece que hayáis llegado muy lejos desde ayer —dijo la conductora al pasar.

Detrás venían los autobuses escolares uno tras otro. Dos en concreto estaban aún más destartalados que el autobús escolar de Banner, otros dos tenían mejor aspecto, y uno más era como un calco del autobús de Banner. El ruido peculiar que hacían al pasar animó a los niños, dentro del colegio de Banner, a asomarse a la ventana. A través de las flores de papel que decoraban el cristal vieron pasar los autobuses llenos de maestras.

—Hoy es festivo —exclamó la señorita Pet Hanks asomada por una de las ventanillas—. ¡Se ha extendido la noticia por todos lados, como un reguero de pólvora! ¡Lo saben en todos lados menos en Banner! Es que no he conseguido que nadie se me pusiera al teléfono. Los niños de todo el condado de Boone tienen fiesta para que las maestras puedan asistir a su funeral.

Desde el volante de su coche, el juez Moody emitió un gruñido sordo.

—Eso ha sido culpa tuya, Oscar, por no estar en tu puesto —dijo la señora Moody—. Eras tú quien tenía que impedir que pasara algo así.

Con los trompicones que sufrieron al salvar las vías del ferrocarril, la procesión enfiló por el camino de Foxtown, que discurría casi a escondidas entre las altas matas y las zarzas, corriendo a la par que las vías y el río.

—Tú cuenta las matrículas que vienen de otros sitios lejanos —dijo la señorita Ora Stovall volviendo la cabeza de un lado a otro para ver bien todos los vehículos que pasaban por delante—. ¡A todos esos les dio clases ella! Todos son de por aquí, eso es seguro. Son los que ella puso en circulación, los que se marcharon de casa, los que llegaron muy alto. Nunca había pensado yo que volvería a verlos por aquí hasta que no les llegase la hora de su entierro.

En el banco, bajo el porche, solo, el capitán Billy Bangs no se puso en pie. Era demasiado viejo para ponerse en pie.

—A mí también me dio clase. ¡A los mayores también nos daba clase! Fue porque después de la Rendición no nos quedó siquiera un colegio al que asistir. A mí ella me enseñó el mundo entero —dijo—. «No nos estamos quietos, capitán Billy», me decía. «No, señor. El mundo da vueltas sin parar, y gira y gira como una turbina.» «Vaya, hija», le decía yo. «Pues si el mundo gira sin parar de ese modo, no me gustaría a mí pensar que no hubiera por algún sitio guardada una lata de queroseno para darle impulso.»

El capitán Billy, que muy despacio había ido levantando una mano, por fin se rozó con un dedo tembloroso el ala del sombrero.

El coche fúnebre había vuelto a aparecer encabezando la larga hilera que en ese momento ascendía hacia la loma del cementerio. Y al mismo tiempo, y cerrando la comitiva en medio de un enorme estruendo, el señor Willy Trimble cruzó el puente trayendo tras él el silencio. Llevaba la carreta cargada con lo que parecía una paca de heno, aunque en realidad se trataba de madreselva. El chiquillo que vivía cerca de la casa de la señorita Julia en Alliance iba montado entre las parras de madreselva para evitar que se desmadejasen y cayeran. Cuando pasaron por delante del colegio de Banner, miró hacia las ventanas del edificio, se llevó el pulgar a la nariz y tocó la trompeta con el resto de los dedos delante de los niños apretujados en el aula.

—Tiene que ser ahora o nunca —gritó la señora Moody, y agarró el volante junto con su marido para ayudarle a trazar el giro. El Buick se movió despacio al arrancar delante de la tienda y ocupó su sitio en la fila, justo detrás del señor Willy.

—Va a tener la dirección un tanto desviada a partir de ahora —murmuró Jack—. Pero creo que el juez Moody preferirá descubrirlo por su cuenta.

—Bueno, pues ya han ido llegando todos al otro lado del puente. Habría sido extraordinario que no lo hubieran logrado —dijo la señorita Ora Stovall—. Y eso que ya casi no me queda ni un dedo libre en mis páginas del periódico. Entre la multitud que se juntó en la parrillada de pescado, la que se juntó en la reunión familiar de los Renfro, y la cantidad de gente que ha venido a este funeral, la lista de nombres que tengo es infinita. Y Willy Trimble aparece las tres veces. ¡Espérame! —Se había detenido a poner refrescos de naranja y zumo de uva y Coca-colas en el barreño del hielo—. Muy frías no estarán, pero seguro que se venden bien. Después de un funeral, a uno le alegra tomarse un refresco aunque esté un poco demasiado caliente. Lo que cuenta es beber algo —dijo.

Ella y Curly, y Jack y Gloria, emprendieron el camino a pie.

Sid, el perrillo de Jack, iba pegado a sus talones, saltando los charcos.

—Aquí me quedo —dijo el capitán Billy.

—Cariño, lamento mucho no tener mi camión para poder llevarte —dijo Jack cuando iban por el atajo—. Si lo tuviera, podría llevarte como el juez Moody a la señora Moody.

—Jack, ¿tú sabes lo que ha sido ese camión al final? No era más que un juguete para ti —dijo Gloria—. Un juguete para hombres, nada más.

—Era el sudor de mi frente.

—Terminó por ser solamente la manzana de la discordia.

—Pero yo aún no lo había terminado de reparar —exclamó—. Y tampoco lo terminó de reparar el bueno de Curly.

—Yo ya lo conocía lo suficiente, no me hacía falta más para estar contenta. Nunca nos iba a llevar a ninguna parte. Habríamos tenido nosotros que acarrearlo de acá para allá —dijo Gloria—. De veras, no me ha dado ninguna lástima que desaparezca.

—Cariño, eres tan dura como un soldado —dijo él.

El camino era el que conducía al terreno donde se solían celebrar las reuniones sociales en la parte de atrás de la iglesia de Damasco. Estaba tan desierta como una habitación desierta, tan despojada de sonidos como un aula de un colegio en pleno verano. Persistía un olorcillo que había ido rezumando con los años, un olor a caballos, a cuero, a eternas esperas, a polvo, que se mezclaba con el olor espectral de las hojas de morera y de la mostaza húmeda que emanaba de las mesas que se usaron el día anterior en la reunión, y que estaban a la espera de que Jack devolviera a su sitio. En donde se encontraba cada una de las mesas había un surco en el suelo como el que se forma bajo un columpio o bajo la silla de un viejo que se sienta a ver pasar a la gente por el camino.

Cuando llegaron a la vieja verja de hierro cubierta de madreselva, Jack ayudó a Gloria a pasarla por donde estaban colocadas dos escaleras improvisadas y unidas a la altura de la cintura. En medio de una humareda, a media distancia, la procesión fúnebre estaba próxima a llegar a su destino final.

La tumba del abuelo Vaughn era la más llamativa de las que estaban a la vista. Se encontraba en una elevación del terreno, roja como los ladrillos recién cocidos, con muy pocos penachos de hierba asomando del suelo arcilloso, bastante largos pese a todo, blanqueados, pero vivos. El tarro de cristal con las dalias de la abuela estaba encima; habían sobrevivido al sol del día anterior aunque se habían doblado un poco con la lluvia de la mañana.

Jack se agachó, y con la diestra enderezó y afianzó la pequeña cruz de madera, frágil como los palos de una cometa.

—Y algún día le pondré una lápida como ha de ser, aunque sea lo último que haga —dijo poniéndose en pie.

Las tumbas de los Vaughn parecían apiñarse unas contra otras y competir por el primer puesto, inclinadas con sus rótulos, algunos de hierro como gigantescas cerraduras que podrían abrirse en cualquier momento.

—El terreno que ahora pisamos es donde descansará la abuela —dijo Jack—. ¡La última Vaughn del mundo! Y ahora, a pesar de los años que tiene, no pesa mucho más que nuestra hija. Cuando la tomé en brazos para felicitarla, por poco se me escurre. En toda la extensión que iban atravesando, la hierba tenía el aire de haber sido segada el día anterior. Olía a heno y a lluvia. Aunque estaba empapada, sus pasos resonaban sobre las cerdas erizadas como si caminasen sobre un mentón gigantesco y sin afeitar. Avivaron el paso.

—Allí están el padre y la madre de mi madre —dijo Jack, y acercó la mano a la doble tablilla sobre la tumba única, con una sola tumba cercana por toda compañía—. En cambio, si piensas en la reunión familiar y cuentas cuántos dejaron tras ellos... Es como si algo o alguien les hubiera dicho: «¡deprisa!», y como si hubieran sido tan listos que supieron tomar buena nota del consejo. —Un mirto viejo aguantaba con las ramas cargadas por la lluvia, dando sombra sobre todo a Sam Dale Beecham. Le habían crecido media docena de troncos, no redondos del todo, sino como los brazos de las muchachas, aplanados por ambas caras; con las gotas de la lluvia cubriendo las flores como los compartimentos de un panal, parecía el doble de recio, y carnoso, y sonrosado. La tablilla con el nombre de Sam Dale Beecham se había oscurecido, se le había alisado la superficie y las letras eran como un calco hecho con esmero, con cariño, sobre una moneda de cinco centavos con la efigie del búfalo, aunque el nombre y la cadeneta de adorno colgaban en dos piezas, roto el eslabón, brillante con la humedad. Un saltamontes de un verde sin sombra y del tamaño de un ratón de campo permanecía agazapado en su base. Voló al percibir sus pasos veloces y desapareció entre la hierba rala.

—Que salte —dijo Jack—. Sam Dale Beecham no era mucho mayor de lo que yo soy ahora cuando le dieron sepultura.

—Ahora sería tan viejo como todos los demás. Aunque fuera el benjamín de la familia —le recordó Gloria—. Si no hubiese muerto sería viejo, y seguro que le pediríamos que contase todas las historias que supiera.

Poco le faltó para trastabillar; había tres lápidas pequeñas, en fila las tres, como barras de pan horneadas por manos distintas, aunque en las tres aparecía la misma palabra: «Niño». Dos eran de la tía Nanny y del tío Percy, los únicos que habían tenido, y el tercero era el último que tuvo la señorita Beulah.

—Cariño, no hay tiempo que perder. ¡A la gente se la entierra sin que uno se dé ni cuenta! —dijo Jack, y atrajo hacia sí a Gloria salvando un charco.

—Tú no oíste al hermano Bethune en el entierro del abuelo. Fue como la reunión de ayer, fue interminable.

—Espero que a nadie se le perdonase antes de dar la prédica por terminada…

Un ejército de tablillas, negras algunas como la pizarra, jalonaban una ladera entera, los maridos y las mujeres enterrados unos junto a otros: la totalidad de los Renfro. Esta vez, la tía Lexie y la tía Fay, el tío Homer Champion, el señor Renfro y la señorita Beulah, sus hijos, los propios Jack y Gloria, y Lady May Renfro, eran los ausentes. El saltamontes original se repetía en aquel trecho, se repetía por todas partes, se repetía hasta cien veces, sentado en una tumba, saltando por encima de otra, escondiéndose entre la hierba rala, irguiéndose con afán y levantando las patas delanteras, posándose tras ellos en cuanto pasaban. Había saltamontes a docenas.

Habían tomado el atajo hasta la senda, y por uno de los lados, en medio de los árboles que velaban las parras de madreselva y las yucas de hoja puntiaguda, en plena floración, los coches y las carretas, los caballos y los autobuses ya se habían quedado atrás. Allí estaba el Buick, con el motor al ralentí. A su lado se encontraban el caballo y el carro del cartero, el correo en una caja de puros en el pescante, sujetas las cartas por una goma elástica. Estaba la furgoneta del tío Homer con un nuevo rótulo: «Es la hora de Homer». Los autobuses escolares se habían hecho arañazos nuevos en los costados, los unos a los otros, al intentar alinearse en una zona en la que no se quedaran encallados en el barrizal. El autobús de la iglesia se quedó con la puerta abierta; en todos los asientos había un sombrero, pues aún goteaban un poco las ramas de los árboles en el cementerio. Las mulas del señor Willy Trimble esperaban dóciles, grises como el cemento, como si fueran monumentos, comiendo con calma la madreselva de la verja.

—Hemos llegado —susurró Jack con los labios cálidos y pegados al oído de Gloria—. Justo a tiempo.

El coche fúnebre ya había entrado marcha atrás entre el bosque de tumbas. Estaba inmóvil, y Gloria y Jack pasaron de largo para unirse a la multitud.

Rodearon un gran montículo de hierba alta como un henar, en el cual parecía deslizarse la tumba de Rachel Sojourner, lista para caer por el terraplén hacia la orilla del río, como si fuera una niña desobediente. El corderito de la lápida se había ennegrecido como si hubiera estado dentro de una chimenea.

La multitud se apiñaba por tres de los lados de la tumba recién abierta. En donde habría tenido que ser enterrado el señor Comfort se encontraba la última de las tumbas por el lado del cementerio que bajaba hacia el río. A su espalda se hallaba solo un viejo tronco de cedro, que brillaba blanquecino en medio del lodoso fondo gris. Tenía la corteza tan cuarteada como una sábana de lino bien doblada, y tan blanca como un mantel. Las guirnaldas y los ramos de flores comprados en las floristerías de Ludlow —gladiolos y claveles enmarcados en el verde de los helechos abundantes— estaban en pie, sobre bastidores de alambre, en torno a la tumba, y las ofrendas domésticas —las coronas de las flores cosidas sobre tapas de cajas y cartones de camisas, y los tarros de conservas y una cántara de leche repletas de lirios silvestres y de polemonios y de margaritas blancas— habían encontrado sitio en uno de los laterales.

Jack sostenía a Gloria por la mano cuando la condujo por entre las caras conocidas y desconocidas de los deudos que los rodeaban, llegando al centro de todos, y situándose bien delante. Como si los imantara el monumento más alto del cementerio, tanto Curly Stovall como el tío Homer Champion se encontraban ante la tumba de Dearman, ambos con la vista al frente, ambos con sus sombreros de candidato sujetos a la altura del corazón. Un poco más arriba, el túmulo de Dearman se elevaba imponente tras ellos, la cúspide cubierta por un dedo que cubría el musgo y señalaba a lo alto, sobresaliendo de un puño sobre el cual alguien había tallado dos palabras: «En Paz».

—Ese chico que pasa por ahí delante ha venido a un funeral con una camisa al que le falta un faldón —se oyó decir a alguien.

—Es Jack Renfro. Ganas dan de decírselo a su madre —dijo otro.

—Es que ella no es mucho mejor. Mira qué cuello, qué puños lleva. Mira qué falda.

—Se han casado. Y tengo entendido que sin darle tiempo a nada, tuvo él que irse a la penitenciaría a pasar una temporadita.

—Ahora lo tendrá que sujetar ella en corto. Tienen una hija sin destetar aún. Yo la he visto.

—Ese es seguramente el máximo a lo que ella podía aspirar. ¡Pobre huerfanita! Si no quería dar clases en un colegio hasta el fin de sus días, claro.

—¡Mira qué ojo se le ha puesto, fíjate cuando nos mire! ¿Sabes que te digo? Que yo vi cómo su hija le pegaba una patada. Ayer mismo y en público. Vi a la niña dar un salto y vi que él la cogía al vuelo y vi que la niña le daba una de sus gracias tan especiales.

—A pesar de todo, podría venir a un funeral con una camisa como es debido.

—Tú estate atento a lo que se avecina, cariño —susurró Jack hablando con Gloria—. Hasta ahora lo has hecho de maravilla, has sido tan dura como un soldado, tanto como mamá.

—No creo que se les haya perdido nada en un funeral —dijo una voz de hombre o de mujer. Sonaban muy ancianos.

El boquete de la tumba, de cerca, olía como la pala de hierro con que se había excavado y como las cuerdas mojadas con las que se haría descender el ataúd. Como si tuviera hambre y sed suficientes para apoderarse de lo que fuese, había engullido toda la lluvia caída y aún esperaba resbaladizo y brillante. Los terrones arrancados del suelo brillaban más que la tumba del abuelo Vaughn; estaban apilados como un montón de patatas, en el lado opuesto adonde estaba el señor Earl Comfort, allí de pie sobre un trecho pisoteado de iris de cementerio.

—Nunca había visto tantas canas en un mismo sitio —se oyó decir a la señorita Ora Stovall—. Ni tiempo habría para contar tantas cabezas de sienes plateadas. ¡Y mira aquel! ¿Cómo dice ese que se llama?

Era el sacerdote con sus vestiduras. Los faldones de la sotana le pendían con un ritmo propio sobre la hierba rala. Detrás venían los que portaban el féretro; el juez Moody, con la cabeza descubierta, era el primero por la derecha.

—Ese portador del féretro ha venido tan deprisa que ni siquiera ha tenido tiempo de afeitarse —dijo alguien.

El ataúd iba envuelto en la bandera del Estado de Mississippi.

—Si no me engaño, esa bandera es la que estuvo doblada durante todo el verano, encima del piano del colegio junto con las partituras de música militar. Esperemos que no se haya enmohecido —se oyó una voz en el grupo de las maestras, todas ellas muy juntas.

Al llegar los portadores del féretro a su destino, los búhos salieron en tropel, uno tras otro, del viejo cedro. Los búhos se elevaron como una nube de humo por encima del sacerdote y de los portadores del féretro, que se balanceó una sola vez, suspendido sobre la tumba, en medio del gentío de los deudos, de los monumentos y los árboles, y se alejaron volando despacio. Hasta el viejo cedro, el último, estaba habitado.

El sacerdote estaba impertérrito, esperando a que los portadores terminasen la operación en medio del silencio de los presentes. Un tordo negro se había encaramado cerca del boquete abierto y contemplaba los movimientos de todos como si quisiera cerciorarse de lo que tenía delante. El sacerdote entonces abrió la boca y de ella manaron palabras nada habituales en el cementerio de Banner, palabras que ni uno solo entendió. Sus sílabas se sucedían unas a otras como múltiples hojas que cayeran con la lluvia. Hizo entonces un movimiento con las manos, movió la cabeza unos centímetros. Pareció que cediera con amabilidad su sitio a quien quisiera ayudarle.

—¿Dónde está el hermano Bethune? Ahora debería tocarle a él —dijo Jack en un susurro.

El sacerdote le dio solo un momento sin pararse a saber dónde estaba, y siguió sin él. Elevó ambas manos y habló en voz baja, deprisa, en la misma lengua que antes. Cuando hizo un alto, el señor Willy Trimble se acercó a él con sigilo, con la agilidad de quien sube a reparar un tejado, dejando a un lado y a otro las tumbas, ambos brazos cargados de madreselva, y en vez del hermano Bethune fue él quien dijo «Amén». El señor Earl Comfort dio un paso adelante, calzado con unas botas de goma, rojas y remendadas, y sobre la madera del ataúd cayeron los primeros terrones.

En el acto se diseminó la multitud, empezaron a alejarse los presentes.

Antes de que pudieran darse cuenta del todo, el sacerdote había terminado.

—Y supongo que todo eso era solo para decir «tierra a la tierra, polvo al polvo» —se oyó decir a alguien—. Como si más bien se adorase él solo, ¿no? A ese le encanta escuchar el sonido de su propia voz.

—¿Y dónde estaba el bueno del hermano Bethune? Se va a llevar una desilusión cuando llegue...

—¡Qué descuido! —dijo uno de los que habían portado el féretro, que vestía un traje negro de Palm Beach, caminando entre los Moody hacia los coches—. ¡Qué descuido, qué desatención! ¡De eso se muere cualquiera! ¡Si tenía las mejillas de un esqueleto! Eso es morirse de hambre, así de sencillo.

—Ahora ya no tiene mucha importancia, doctor Carruthers —dijo la señora Moody.

—Pues ahora es cuando me importa realmente —dijo él.

—Ya ha completado su tarea en la tierra. Pero sigo pensando que podría haber estado un poco más atenta y haber permitido que los presbiterianos de a pie se hicieran cargo de su funeral. Todas esas sandeces incomprensibles... ¡hay que ver! Y solo porque a ese individuo una vez le dio clases de álgebra.

Los tres siguieron su camino entre las tumbas y desaparecieron entre los árboles.

—Has elegido un momento muy curioso para reírte, Oscar —se escuchó decir a la señora Moody en voz queda.

Al cabo solo se oían los ruidos alborotados de la despedida, y el señor Earl Comfort, con un gruñido tal que pareció que necesitara ayuda, siguió llenando de tierra la tumba.

—¡Mira! Nos hemos quedado solos, Jack —dijo Gloria.

Él la atrajo hacia sí y la condujo algo más allá, hacia la orilla. La hierba que cubría la tumba de Rachel Sojourner tenía un lustre lluvioso, como si la luna de la noche anterior colgara en hilachas. Algo más abajo de donde estaban corría el agua del río.

El Bywy, ceñido en ese trecho a Banner, justo en el tramo que llamaban el Remanso Hondo, tenía el color del té demasiado cargado, aunque era más claro por arriba. Inmóvil, bajo la superficie, se encontraba un árbol largo y descolorido que atravesaba la corriente, y en las ramas sumergidas se amontonaban las hojas verdosas, ya blanquecinas. Resguardado por la corriente, con las rachas de la lluvia en la superficie, era como un helecho comprimido entre las páginas de un libro.

—Ah, así es como siempre tendría que ser. Esto es lo que siempre he soñado —dijo Gloria, y rodeó con ambos brazos a Jack por el cuello—. Te tengo todo enterito para mí, Jack Renfro. No habla nadie, nadie escucha, no viene nadie, nadie te va a llamar, no vendrá nadie a visitarnos. No quedamos más que tú y yo, nada se interpone entre nosotros.

Él se encontraba en los brazos de ella sin decir nada. Ella bajó la voz hasta no ser sino un susurro.

—Si pudiéramos estar siempre así, construirnos una casita de dos habitaciones, en donde nadie nos pudiera encontrar...

Él la atrajo más cerca, como si de pronto percibiera el peligro.

Había salido por primera vez el sol. La luz rozaba la otra orilla del río, donde las aguas se tornaban blancas como la sal. Se precipitó una sombra por un pliegue de la roca en donde estaba la cueva, una abertura negra como una boca interrumpida al cantar. La ribera de la otra orilla formaba una repisa que parecía adelantarse en el agua con el sol, donde el agua bañaba la cara porosa de la roca. Era como una barra de pan cortada con un cuchillo mellado. La marca de la cota máxima de la riada era amarillenta, cruda, como el maíz molido, y recorría una franja homogénea en la que se deletreaban unas letras acuosas: «Vive por él».

—Me alegro de que el tío Nathan no tuviera que ir a la penitenciaría. Allí nunca le hubiesen dejado levantar su tienda de campaña ni llevar su sirope. Ni ser un artista —dijo Jack—. Como yo ya he ido a cumplir mi parte, a lo mejor estamos empatados y el pobre viejo puede descansar tranquilo.

—De eso habrá que convencerlo —dijo Gloria.

—En la próxima reunión a lo mejor tengo ocasión de hablar con él y decírselo.

—Solo se lava en el río Bywy. Espero que no venga.

—Quiere mucho a su abuela —dijo Jack—. Y yo prefiero oír su corneta por una pobre alma antes que cien oraciones fúnebres, sean cortas o largas. —La tomó de la mano para llevársela por donde habían llegado—. Lamento que hayas perdido a tu maestra —le dijo—. Pero me alegro de que pudieras llegar a tiempo para que te rindieran los debidos respetos.

Gloria no dijo nada hasta que llegaron a la verja.

—La señorita Julia Mortimer —dijo allí— no quiso que nadie se quedara sin saber lo que hay que saber. Siempre quiso que todo fuera sabido por todos, que todo estuviera a la luz, que todo se viera y se supiera. Quiso que las personas ampliasen sus miras y abriesen sus corazones a otras personas, para que a todos se nos pudiera leer como se leen los libros.

—Eso que dices suena a Salomón —dijo Jack—. Como si ella tuviera que haber sido Salomón.

—Pero no es así, a nadie le gusta ser leído como un libro.

—Supongo que debía de ser la única que habría entendido una palabra de las que soltó aquel hombre en el entierro. Si es que era un hombre, claro —dijo Jack—. Ella estaba muy por encima de nuestras cabezas, de la tuya y de la mía.

—Quizás una vez lo estuvo. Pero luego cambió. Yo nunca cambiaré —exclamó Gloria, y él la abrazó.

Mientras la ayudaba a salvar la verja por las escaleras improvisadas salió el sol velozmente tras ellos. Por todo el cementerio se levantaron las brumas. Las lápidas parecían más pequeñas, blancas, todas iguales, iguales que un montón de huevos desperdigados al derramarse de un delantal.

Salieron por los terrenos anexos a la iglesia de Damasco y siguieron dando la vuelta al edificio, una iglesia de recios pilares, cuatro rocas calizas de nívea blancura. Estaba a la misma altura que la iglesia metodista de la Mejor Amistad, al otro lado del camino de Banner. Esa mañana, la fachada de madera de la iglesia de Damasco, mojada, tenía un matiz oscuro y tan leve como el de una peonía. La entrada, de una estrechez casi imposible, estaba al resguardo de dos tablones más recientes que el resto de la fachada, colocados en ángulo recto; bajo el alero, como un ojo bajo una ceja, una sola bombilla aparecía encajada en la pared. En sus filamentos se apreciaba algo de color, como en las venas bajo la piel. Alguien había encendido la luz y estaba haciendo algo allí dentro. Dos cables entraban por la pared, y junto a la puerta cerrada se veía un contador de la luz, iluminado como un reloj. Arriba del todo, la aguja estaba envuelta en hojalata hasta el extremo, como el brote de un iris en su envoltorio gris de primavera.

—¡Jack, la última vez que estuvimos juntos en las escaleras de la iglesia de Damasco acabábamos de empezar! Nos armamos de valor para entrar y recorrer el pasillo hasta llegar ante el abuelo Vaughn, que nos esperaba para casarnos —dijo Gloria.

—Es demasiado tarde —dijo el hermano Bethune al salir—: He esperado y he esperado y no ha venido nadie. «¿Y dónde se han metido los novios?», me preguntaba. «¿Dónde están los invitados a la boda?» Es una vergüenza la manera que tenéis de tratarme. Ni siquiera estaba seguro de que el suelo me sujetase del todo. Y pasé el dedo sobre la tapa de vuestra Biblia, y si hubiera sabido enseguida cómo me llamo habría tenido polvo suficiente para escribirlo en ella. ¡Y mirad cómo me tambaleo! Un porche como este podría hacer enloquecer a cualquier predicador hambriento. ¡Podría lanzarlo de bruces al camino! Estáis dejando que minen vuestra iglesia y la socaven, estáis dejando que llegue hasta aquí el camino, y más aún con el río que entra por ahí detrás. Por delante y por detrás, terminarán por echaros de aquí.

—El hermano Bethune avanzó palmo a palmo por las escaleras, dejando la puerta abierta a su espalda. Señaló atrás con la punta de su escopeta—. ¿Por qué no la pintáis? —preguntó—. Al paso que va, ¡se os va a pudrir! Aunque hay una sola cosa, a mi parecer, que puede hacer que esta iglesia se salve. Sé que es de confesión baptista. Igual que yo, bien lo sé. ¿Y por qué no decidís casaros en domingo? Los domingos para eso son.

—Si el abuelo volviera a la tierra y lo oyera, ahora mismo lo traspasaba con la mirada y lo fulminaba y lo dejaba tieso —susurró Jack, y el hermano Bethune pisoteó los iris mientras bajaba por el camino—. Fue el abuelo Vaughn quien construyó con sus manos la iglesia de Damasco.

—De un simple vistazo hasta el hermano Bethune tendría que haberse dado cuenta de que ya estamos casados —dijo Gloria.

La mula salió al paso de detrás de la iglesia y se acercó al trote hacia él, mientras Bet esperaba su turno a la sombra.

—Ahora va a subir allí —dijo Jack—. Mientras su mula lo reconozca, no tiene pérdida. Ya lo llevará el animal a donde ha de llevarlo.

Salió por fin el sol del todo. De improviso se volvió rojo el mundo. La piel de los dos adquirió toda la nitidez del calor. Al pie del camino, por donde el hermano Bethune bajaba trotando hacia Banner, la sombra del puente al proyectarse en el río parecía más sólida que el puente mismo, cuyas planchas, desiguales, aparecían desparejadas, como una partida de dominó entre viejos en una mesa al sol, a la entrada del juzgado, cuando se hace ya la hora de ir a cenar. Por la orilla del río, las copas de los sicomoros del patio del colegio se habían teñido de amarillo, como si se hubiese derramado ácido por encima, o un líquido vertido con una cuchara viajera.

El surtidor de gasolina delante de la tienda de Curly se desdibujaba como una anciana sin ningún sitio al que ir que se hubiera puesto sombrero azul para protegerse del sol.

—Entre todos ellos se han llevado lo que era tuyo, Jack —dijo Gloria.

—Sí, ha sido una limpieza en toda regla —convino él.

—Todos han hecho lo posible para que las cosas salgan mal —dijo ella—. Más ya no se puede hacer.

Él posó sus labios en los de ella.

—Pero no se pueden llevar lo que nadie que tenga alma se podría llevar. A mi familia —dijo—. A mi esposa y a mi hijita y a todos los que se han quedado en casa. Y sigo conservando mis fuerzas intactas. A lo mejor no tengo todo el tiempo de antes, pero sabré proveer. No tienes nada que temer.

—Yo mientras tanto seguiré pensando en el futuro, Jack.

Él la interrumpió dando un grito. Más abajo, en el pasto que había entre la parte trasera de la tienda de Curly Stovall, el cobertizo y el río, se movía algo blanco, sin rumbo fijo, como el cielo un día de viento.

—¡Dan! —gritó—. ¡Pero si es Dan!

El caballo echo a correr ligero como un espinacardo que llevase el viento en dirección a la cancela del prado, dando la vuelta a la casa de Curly, y a la tienda, hasta salir al camino, atravesar el patio del colegio, dar la vuelta al colegio y seguir por las vías del ferrocarril hacia el depósito del agua. Y aún volvió echando una carrera con su sombra. Atravesó todo Banner al galope en unos pocos minutos de luz. Terminó en el patio del colegio, y fue al paso, adrede, hasta la canasta de baloncesto, el viejo poste donde Jack lo solía dejar atado, bajo la sombra del aro herrumbroso en el que daba de plano el sol. Se cuadró como si esperase a oír su nombre.

—¡Dan!

El caballo se puso de manos y se volvió sobre su sombra. Echó a galopar veloz, enrojecido, salpicando hasta la grupa un agua enrojecida que se posó tras él. A paso grácil apareció trotando por el camino de Banner, y nadie alcanzó a verlo sacudir las crines y mover la cola, mientras Jack se reía tanto que de los ojos le brotaron lágrimas y le corrieron por ambas mejillas.

—¡Dan, si estás vivo! ¡Has sobrevivido a todo!

Desde el camino, abrió los brazos de par en par.

El caballo aún se alejó un poco, lo justo para demostrar que seguía siendo un animal de pelo blanco, aunque lo tuviera áspero y descuidado. Las crines se las había peinado la lluvia. Jack dio un silbido como un trino amable y largo. Pero el caballo, con un brusco cabeceo, se dio la vuelta por el camino y volvió al trote, la cola como un chorro de escarcha a su paso.

—Es caprichoso —dijo Gloria a Jack—. Dan es caprichoso. Y

ahora es el caballo de Curly, y quiere que tú lo sepas. Ay, Jack. Habría preferido que pensaras que se lo habían llevado al despiece…

—Pues yo prefiero saber que está vivo y es caprichoso en vez de saber que era mío y que lo han vendido por lo que valga su pellejo y su grasa —dijo Jack. Seguía en medio del camino con los brazos extendidos—. Además, de ser así, ¿cómo es que Curly no lo ha montado ya delante de mí? ¿Para qué se lo estará reservando? No hay más que una respuesta. Está esperando a que lo coja. —Gloria asintió despacio—. Y es de suponer que esta mañana el capitán Billy Bangs lo habrá soltado en el prado. Nos marchamos todos, dejamos al capitán Billy sin nada mejor que hacer, hasta mañana no puede ir a votar. —Hizo bocina con ambas manos en la boca y dio un alarido—. ¡Muy bien! ¡Ya lo he visto! ¡Iré a buscarlo cuando sea buena hora!

—Pero es que eso es lo que quiere Prentiss Stovall que hagas… —dijo Gloria—. Y Stovall pasado mañana será juez de paz. Ay, Jack… ¿Esto quiere decir que volverá a suceder lo mismo otra vez?

—Por algún sitio se empieza —dijo Jack. Y dio media vuelta—. Por ahora, Gloria, hay mucho que hacer en casa, mucho que hacer. ¡Tenemos que comer! Eso es lo más importante. A mí al menos me quedan mis fuerzas.

Bet bajó hasta el camino.

—Yo lo único que sé es que nunca más dejaré que se te lleven. Nunca —juró Gloria—. Nunca dejaré que escapes de mí, Jack Renfro. Más vale que no se te olvide.

—Eso será lo primero que intentaré, antes que todo lo demás —dijo él con su mejor sonrisa. La tomó en vilo y la sentó a lomos de Bet, y luego tomó a Bet del ronzal y se la llevó. Echaron a andar hacia la casa.

—Y algún día —dijo Gloria—, algún día nos iremos a vivir nosotros solos. Y solo seremos tú y yo y Lady May.

—Y una retahíla de pequeñajos que vendrán tras ella —dijo Jack—. Tú nunca podrás tener demasiados, al menos así es como lo veo yo.

Sid llegó desde la iglesia. Había atravesado la iglesia entera de Damasco, entrando por el detrás y saliendo por delante, como si fuera un árbol cruzado sobre una zanja. Llegó dando brincos por la orilla del camino, moviendo la cola como si fuera una campana, y continuó a toda velocidad, hacia la casa, empequeñeciéndose delante de ellos.

Jack y Gloria siguieron sus pasos, y el sol dejó de dar sombra en el camino de Banner: era mediodía. Con uno de los ojos solo medio abierto, con un nuevo chichón en medio de toda la frente, a la espera de que su madre se lo besara, Jack elevó la voz y cantó de manera que se le oyese en todo Banner, de manera que se supiese en todas partes quién era:

¡Traed las mieses,
traed las mieses!
¡Vendremos todos contentos,
traed las mieses!

Índice

∾

La sugerencia del editor

∾

Stella Gibbons

La hija de Robert Poste

Traducción del inglés de José C. Vales

«Deliciosa… *La hija de Robert Poste* posee la mordaz ligereza
de Wodehouse y el descarado aplomo de Evelyn Waugh.»
(The Independent)

«Probablemente la novela más divertida jamás escrita.»
(Sunday Times)

www.impedimenta.es

TAMBIÉN EN IMPEDIMENTA

∽

EUDORA WELTY

La hija del optimista

Traducción del inglés de José C. Vales
Introducción de Félix Romeo

«Welty es, junto con Faulkner, McCullers, Truman Capote o Tennessee
Williams, uno de los grandes monstruos sagrados de la literatura americana.»
(Richard Ford)

www.impedimenta.es

También en Impedimenta

∾

Leonard Woolf

Las vírgenes sabias

Traducción del inglés de Marian Womack

«Una novela sobre la lucha contra los prejuicios de una época. En ella, la escritura de Leonard Woolf se vuelve crudamente honesta.»
(Helen Dunmore, The Sunday Times)

www.impedimenta.es